OEUVRES

DE

SILVIO PELLICO

PARIS. — TYP. LACHAMPE ET COMP., RUE DAMIETTE, 2.

SILVIO PELLICO

MES PRISONS

SUIVIES

DU DISCOURS SUR LES DEVOIRS DES HOMMES

TRADUCTION DE M. ANTOINE DE LATOUR

AVEC DES CHAPITRES INÉDITS

LES ADDITIONS DE MARONCELLI ET DES NOTICES LITTÉRAIRES OU BIOGRAPHIQUES
SUR PLUSIEURS PRISONNIERS DU SPIELBERG

ÉDITION ILLUSTRÉE PAR TONY JOHANNOT

de cent beaux Dessins gravés sur bois par les premiers Artistes

PARIS

CHARPENTIER, LIBRAIRE-ÉDITEUR

29, RUE DE SEINE

1843

A

SA MAJESTÉ

LA REINE DES FRANÇAIS.

HOMMAGE

DE PIEUSE VÉNÉRATION ET DE PROFONDE RECONNAISSANCE

ANTOINE DE LATOUR.

Silvio Pellico

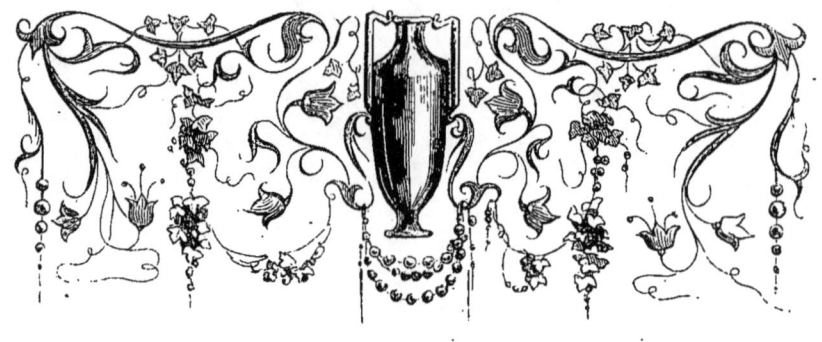

SILVIO PELLICO

Un livre nous est venu d'Italie, œuvre de haute philosophie morale, de simple et évangélique poésie. Enseveli dix ans sous les plombs de Venise et dans les cachots du Spielberg, un homme a raconté ses longues douleurs, sans permettre à ses lèvres aucun murmure contre des juges qui lui ont pris tant d'années d'une vie déjà pleine de renommée. Qu'un condamné rendu à l'air et à la liberté secoue la poussière de ses pieds contre les murs de sa prison, et en touchant le sol de sa patrie, pousse un cri de vengeance et de malédiction, c'est ce que l'on voit tous les jours; ceci, au contraire, est le spectacle d'un prisonnier qui a su tellement faire servir l'infortune à l'éducation religieuse de son cœur, qu'il n'a trouvé, au jour de sa captivité, que des paroles de consolation pour ses frères, et, redevenu libre, des prières pour ses geôliers. Jeté dans les fers comme Boèce, le poëte avait plus à faire et il a mieux fait que le philosophe. La torture n'avait plus rien à enseigner au ministre de

Théodoric : la philosophie, la vieillesse, et surtout l'histoire de son temps, avaient dû le familiariser assez avec tous les caprices de la fortune. L'auteur de *Mes Prisons* avait à revenir de plus loin, forcé de renoncer tout à coup aux illusions de la jeunesse et de la gloire. Dans cette épreuve de dix ans, il a, par l'énergie d'une foi sincère, reconquis la sérénité de son âme, et replacé le cœur de l'homme aussi haut que l'avaient mis les premiers martyrs du christianisme. Ce confesseur du Christ et de la patrie se nomme Silvio Pellico.

Silvio Pellico est né vers 1789, à Saluces, en Piémont, où son père occupait alors un emploi dans les postes. Il était encore enfant, lorsque M. Honorato Pellico consacra une partie de sa fortune à fonder une filature de soie à Pignerolles, première prison du Masque de fer, ce tragique personnage de nos annales. J'imagine que plus tard, lorsque dans ses longues nuits du Spielberg, Silvio évoquait l'image de son heureuse enfance, le château de Pignerolles lui revint plus d'une fois à la mémoire avec son étrange prisonnier. Qui lui eût dit, lorsqu'il écoutait cette mystérieuse légende sur les genoux de sa mère, qu'il devait un jour, lui aussi, voir ensevelir sa destinée dans les cachots d'une citadelle, loin des siens, loin de sa patrie, sous le ciel froid et brumeux de la Moravie !

La révolution éclata. M. Honorato, qui tenait pour le roi, se réfugia dans les Alpes, traînant après lui ses enfants en bas âge et sa femme encore enceinte. Silvio apprit ainsi de son père à supporter l'adversité, et certes, le jour où lui fut prononcé son arrêt, il dut ressentir une héroïque joie de ce que la Providence avait permis que l'exemple d'un père n'eût pas manqué à son enfance.

Cet exemple ne lui manqua pas non plus, quand il fallut apprendre la magnanimité. Lorsque la cause du roi l'emporta, la maison de M. Pellico servit d'asile aux vaincus qui l'avaient proscrit la veille. Voilà pour l'homme et le chrétien ; l'éducation du poëte commençait vers le même temps.

Il étudia les premiers éléments des lettres sous les auspices d'un prêtre : don Manavella partageait ses soins entre Silvio et son frère aîné, Luigi, qui depuis est devenu un poëte comique distingué. La vocation dramatique des deux frères se décela de bonne heure. Tout jeunes encore, ils s'étaient construit avec des meubles une espèce de théâtre, et là ils récitaient devant un auditoire indulgent des scènes que souvent leur père avait composées.

Cependant M. Honorato vint s'établir à Turin. Silvio avait alors dix ans ; c'était encore un enfant, mais déjà aussi c'était un poëte. Il avait, à cet âge, composé une tragédie dont le sujet et les personnages appartenaient à ce monde d'Ossian que Macpherson rapporta, un beau jour, des montagnes de l'Écosse. Ossian passionnait alors toutes les imaginations ; c'était comme une nouvelle invasion du Nord qui passait sur le Midi : Cesarotti, avec sa brillante traduction, avait ouvert aux *Barbares* le chemin de l'Italie.

Divers autres essais plus ou moins heureux révélaient, à la même époque, sinon encore le génie, déjà du moins l'instinct poétique du jeune Silvio. Son père, qui lui-même avait publié, à Turin, de remarquables compositions lyriques, dut voir avec une joie mêlée d'un juste orgueil la précoce vocation de son fils. Il fit mieux, et une dédicace nous apprend d'une manière touchante quelle religieuse mémoire le fils a gardée des conseils de son père.

A Turin, la petite troupe se recruta de plusieurs autres enfants du même âge. Quelques jeunes filles, en s'y joignant, ajoutèrent au charme de ces naïves représentations. L'une de ces jeunes filles surtout se faisait remarquer entre ses compagnes par sa bonne grâce; elle se nommait Carlottina. Silvio se sentit doucement attiré vers elle; il l'aima, à peine assez de temps toutefois pour apprendre ce qu'il en coûte de perdre un être adoré : elle s'éteignit à quatorze ans. Ce fut le premier amour de Silvio, et sa première douleur. Souvent au Spielberg (son ami me l'a raconté), une douce et mélancolique image venait visiter le prisonnier, et s'emparait de lui pendant de longues heures. Il y avait un jour dans l'année où, au milieu de ses tortures présentes, il trouvait encore des larmes pour une souffrance d'autrefois; ce jour-là il avait vu mourir Carlottina.

A ces graves et solennels enseignements de la mort la place publique ajouta les siens. Lorsqu'un gouvernement démocratique s'établit à Turin, M. Honorato, que la modération de son caractère mettait à l'abri de toute recherche, allait souvent aux assemblées générales, et jamais sans ses deux enfants. Le plus jeune puisait insensiblement dans le spectacle contemporain des luttes populaires l'intelligence du passé de l'Italie.

Mais à mesure que son âme grandissait sous l'impression puissante de ces fortes scènes, les accidents d'une enfance pénible mêlaient à cette précoce énergie une teinte douce de mélancolie. Ces souffrances étaient quelquefois si vives, qu'un enfant de sept ou huit ans se pencha un soir sur le pauvre malade, et lui dit tout bas d'un ton mystérieux : « Sais-tu, mon Silvio, qu'il n'y a pas de « Dieu? S'il y avait un Dieu, il ne te laisserait pas souffrir ainsi. » Et l'enfant s'arrêtait étonné et comme épouvanté de ses propres paroles. Plus d'une fois depuis, dans les cachots du Spielberg, le désespoir fit retentir ces mêmes paroles à l'oreille de Silvio, et l'enfant qui les avait dites prenait alors dans son imagination mille formes fantastiques. Mais la pensée de Dieu lui revenait toujours plus forte avec l'ineffable souvenir de sa mère. Il avait fallu toute la piété de cette tendre mère pour sauver l'âme de son fils de la fascination de ces paroles étranges; comme aussi, pour arracher le faible enfant à la mort, il n'avait pas fallu moins que le dévouement d'une mère. Madame Pellico était née à Chambéry, d'une famille honorable, et il ne lui manquait aucune des qualités de son excellente nation. Elle voulut elle-même nourrir ses enfants, et leur donna avec son lait les premières leçons et les premiers exemples de la vertu.

La seizième année de Silvio le trouva livré à ce culte domestique de la vertu et de la poésie.

A cette époque il fut conduit à Lyon par sa mère, qui avait dans cette ville un cousin, nommé M. de Rubod. Le jeune Italien resta quatre années chez ce digne parent, qui lui donna toutes les preuves d'une affection paternelle.

b

Ce fut une des heureuses époques de la vie de Silvio. Partageant tous ses jours entre une société élégante et choisie et des études toutes françaises, il semblait avoir oublié l'Italie pour la France, et Alfieri pour Racine, dont l'inspiration se trahira plus d'une fois dans son Théâtre. Mais voici qu'un jour lui arriva d'Italie un nouveau poëme de Foscolo, *les Tombeaux*. Ce poëme fut pour lui le bouclier de Renaud. En le lisant, il se sentit redevenir Italien, et se retrouva poëte.

Agité, préoccupé de ce qu'il vient de lire, il essaie de retourner dans le monde, mais ses préoccupations l'y suivent. Il semble chercher un accent inconnu sur toutes les lèvres, il croit lire *les Tombeaux* sur le titre de tous les livres. On dirait qu'il vient de s'apercevoir pour la première fois que notre langue a de la rudesse, que notre ciel n'a pas la pureté transparente des horizons italiens; l'Italie s'empare de toutes ses pensées, envahit toute son âme. On s'étonne, on lui demande d'où vient cette rêverie inaccoutumée, cette tristesse qu'on ne lui connaît pas. Il raconte alors d'une voix émue qu'il y a, de l'autre côté des Alpes, un poëte dont les vers donnent *le mal du pays*. On veut connaître ce poëte, on lui demande son nom, on le presse d'en traduire quelques vers. Alors le jeune homme ouvre le livre magique, et dans une prose vive, ardente, colorée, il improvise la traduction d'un morceau de ce poëme, et fait passer dans l'âme de ceux qui l'écoutent l'enthousiasme qui l'anime. Quelques jours après, il était sur le chemin de l'Italie.

Nous avons cherché avec une pieuse attention dans le poëme de Foscolo les vers dignes d'inspirer à Silvio un si vif regret de la patrie, et il nous a semblé les retrouver dans ce passage que nous avons essayé de traduire :

« Les urnes des grands hommes font belle et sainte, aux yeux du voyageur, la terre qui les reçoit. Lorsque j'ai vu le monument où repose la dépouille de ce génie qui, forgeant le sceptre des tyrans, effeuille le laurier de leur front, et dévoile aux nations de quel sang, de quelles larmes il ruisselle; lorsque j'ai vu la tombe où dort celui qui, dans Rome, a élevé un nouvel Olympe aux immortels, où dort celui qui, sous le pavillon des cieux, a vu rouler tant de mondes, et le soleil immobile les inonder de sa lumière, je t'ai proclamée heureuse, ô Florence! heureuse à cause de ton air embaumé où l'on respire la vie, et de ces flots purs que du haut de ses sommets épanche sur toi l'Apennin. Suspendue au milieu de ton ciel, la lune revêt d'un transparente lumière tes collines que réjouit la vigne, et tes vallées qui, se couvrant de maisons et de champs d'oliviers, envoient vers le ciel le parfum de leurs mille fleurs. La première encore, ô Florence! tu as entendu le chant qui soulagea la colère du Gibelin fugitif. C'est à toi qu'il dut ses parents et son langage harmonieux, ce nourrisson de Calliope aux douces lèvres, qui parant d'un chaste voile l'Amour nu dans la Grèce et nu dans Rome, l'a replacé dans le sein de la Vénus céleste. Heureuse Florence! heureuse surtout de garder en dépôt dans un temple les plus nobles richesses de l'Italie, les seules peut-être qui lui restent depuis que les Alpes mal défendues et l'inévitable vicissitude des choses humaines ont livré à l'étranger tes armes et ta vie, les autels et la patrie, tout, excepté la mémoire du passé. »

Cependant, avant 1810, M. H. Pellico avait quitté le Piémont avec sa famille, pour aller résider à Milan, où il eut l'emploi de chef de section au ministère de la Guerre. *Les Tombeaux* ont reconquis Silvio à la poésie et à l'Italie; nous allons le suivre maintenant, non plus seulement dans les solitaires études de sa vie privée, mais au milieu des poëtes ses contemporains.

Milan était alors le rendez-vous de tout ce qu'il y avait de cœurs généreux et d'esprits distingués. A leur tête se plaçaient deux poëtes célèbres, aujourd'hui morts l'un et l'autre : Ugo Foscolo et Vincenzo Monti. Monti, talent fécond et pur, continuait avec élégance et naturel le culte des traditions de l'antiquité. Homme de noble style et de mélodieux langage, il traduisait admirablement Homère. Lorsqu'il faisait parler C. Gracchus sur la scène, il semblait s'être souvenu de ce joueur de flûte que le Romain plaçait derrière lui dans la tribune, et le lui avoir dérobé pour écrire sa tragédie. Monti, esprit tout littéraire, changeait naïvement, à chaque révolution, d'inspiration et de sujet, sans paraître s'inquiéter de ce que devenaient son sujet et son inspiration de la veille, et cela avec une facilité de création qui fait les caractères, mais non les écrits originaux, car cette facilité qui étonne ôte en sève et en profondeur à la pensée ce qu'elle communique au style de souplesse et de variété. Autre chose était de Foscolo, génie âpre et fier, écrivain à l'humeur violente et à la phrase tourmentée. Il avait embrassé avec toute la chaleur de son âme la cause de l'indépendance italienne. Poursuivi à travers les aventures d'un roman de passion par la sombre inquiétude de ses croyances républicaines, il laissait voir partout l'image d'une amante plus belle, plus adorée, plus malheureuse que Thérésa, l'Italie, son véritable amour, dont l'autre n'était que l'ombre et le symbole; l'Italie que, dans les tristes préoccupations de l'exil, l'ingénieux Rossetti a cru retrouver, de nos jours, jusque sous le voile de la Laure de Pétrarque et dans la Béatrix de Dante.

Que deviendra Silvio entre ces deux hommes? lequel va l'attirer à lui? Il aime sa patrie et la plaint comme Foscolo; mais ses études françaises semblent le livrer sans défense à la séduction du beau langage de Monti. Les deux poëtes l'accueillirent avec la même bienveillance. Monti le premier lui offrit ses conseils et lui ouvrit sa maison.

Comprend-on la joie du jeune Piémontais? il allait contempler un grand poëte, il allait surprendre dans le sanctuaire où l'inspiration descendait la visiter, la muse épique de Monti; il répétait dans son enthousiasme les vers que Dante adresse à Virgile au début de son mystérieux voyage; car lui aussi allait commencer son pèlerinage de poëte à travers le monde, et voici qu'un autre Virgile venait le prendre par la main. Celui qui écrit ces pages les a éprouvées ces délicieuses palpitations, lorsqu'il lui a été donné de s'asseoir pour la première fois au foyer d'un grand poëte; et depuis, nul plaisir de l'intelligence n'a valu pour lui cette religieuse volupté de l'imagination. Ah! sauvons du moins le culte du génie de ce naufrage de toutes les croyances!

Silvio arriva donc à la porte de Monti, le cœur plein d'une suave émotion.

Monti reçut son jeune élève avec bonté, et dès l'abord, pour l'initier aux secrets de l'art, il déposa entre ses mains un énorme cahier, ce que les Italiens nomment un *zibaldone*. C'était un immense répertoire des dépouilles littéraires du passé, Babel de la poésie, où venaient se confondre toutes les langues et tous les temps, vaste dictionnaire de la pensée poétique, où chaque idée se classait à son rang et à sa page, avait sa traduction pour tous les genres, sa métaphore pour tous les goûts. Dans ce livre Monti puisait, chaque jour, non pas seulement l'inspiration originale qui peut naître aussi de la contemplation des modèles, mais cette perfection de détails à laquelle on arrive par la fusion laborieuse des mots et des images. Monti croyait peut-être imiter le sculpteur antique qui, pour créer sa Vénus, empruntait une grâce à chacune des jeunes filles d'Athènes. Mais il oubliait que les arts du dessin, qui se rattachent toujours plus ou moins au monde réel par la matière qui les enveloppe et les limite, exigent, dans la reproduction visible de la pensée qui les anime, une rigueur d'exactitude qui ne peut se passer du modèle. Il en est autrement de la poésie : ici la pensée crée, pour ainsi dire, la parole, sa forme extérieure, et se fait une langue à son image. Silvio demeura confondu devant cette recette du talent. Il admira fort le dictionnaire, mais toute illusion avait cessé : Monti lui sembla déchu du haut rang où son enthousiasme le plaçait la veille. Silvio ne vit plus en lui qu'un artiste habile, et, parmi les poëtes, le plus ingénieux à disposer les mots. Il partit, et ne revint plus.

Je comprends sans peine qu'une jeune imagination, pleine de candeur dans son respect pour l'art, se soit effarouchée à cet aveu de Monti, et ait eu peine à regarder sa volumineuse compilation comme les feuilles de la sibylle poétique ; mais je m'assure, pour l'honneur de l'art, que l'auteur de *Gracchus* oublia souvent le *zibaldone* pour se livrer naïvement à sa propre inspiration. J'en appelle du *zibaldone* à l'*Aristodème*.

Désenchanté de ce côté, Silvio se tourna vers Foscolo. Foscolo était bien le poëte de l'Italie à cette époque. Son âme semblait avoir résumé en elle toutes les vertus et tous les défauts de ce peuple, qui ne faisait que traverser la liberté dans l'intervalle de deux conquêtes, et ne pensait jamais au tyran du lendemain, une fois qu'on l'avait délivré du tyran de la veille ; peuple si héroïque dans ses âmes d'élite, si inconstant dans sa multitude qui semblait croire que, pour être libre, elle n'avait qu'à se proclamer libre un matin, au risque de laisser ensuite ses chefs aller seuls au-devant de l'avenir et de la liberté. Il y avait en Foscolo l'énergie de ces belles âmes et le découragement de ce peuple. Dans ce cœur énergique et fier, mais sans croyances arrêtées, toutes les convictions étaient tour à tour de l'amour ou de la haine, du désenchantement ou de l'enthousiasme.

L'âme douce et tendre de Silvio, en se laissant séduire à ce caractère orageux, le dominait quelquefois par sa douceur même et sa facile bonté. Brusque et amer pour tout le monde, l'auteur d'*Ortis* n'eut jamais que pour Silvio une amitié égale et sans caprices.

Ce dernier avait déjà traité un sujet grec, *Laodamie*, lorsque vers 1816 parut sur le théâtre de Milan une jeune fille de douze ans, déjà pleine de grâce et d'intelligence, et depuis, la première tragédienne de l'Italie, Carlotta Marchionni. Le poëte, en la voyant, se souvint de la pâle et mélancolique figure de Françoise de Rimini, emportée dans un tourbillon irrésistible avec celui qui *ne sera plus séparé d'elle*. Il eut la pensée de jeter sur ce visage, où les grâces de la jeune fille se mêlaient déjà aux traits indécis de l'enfant, l'expression de ce malheureux amour. Ainsi fut composée la tragédie de *Francesca*. Lorsqu'elle fut achevée, l'auteur se hâta de la porter à Foscolo, qui lui dit après l'avoir lue : « Mon ami, « voilà une méprise complète ; laisse Françoise dans son cercle de l'enfer, et jette « ton œuvre au feu. Ne touchons pas aux morts de Dante : ils feraient peur aux « vivants d'aujourd'hui. »

Racine ne brûla pas l'*Alexandre* condamné par Corneille, mais il alla faire *Andromaque*. Silvio Pellico ne fit pas d'*Andromaque*, mais le lendemain il porta à Foscolo *Laodamie*, son premier essai : « A la bonne heure ! s'écria Foscolo, « voilà qui est beau ! » Silvio s'en revint chez lui et jeta *Laodamie* au feu. Quelques années après, *Francesca* était accueillie avec enthousiasme sur tous les grands théâtres de l'Italie. C'est qu'il est une conscience du génie qui lui crie impitoyablement : Tu t'es trompé, lors même que la foule bat des mains ; mais qui sait aussi l'absoudre et l'avertir de son droit, là même où ses pairs l'ont condamné.

Silvio Pellico, par ses relations avec Monti et Foscolo, tenait, pour ainsi dire, aux grands poëtes de l'ancienne Italie.

Il avait entrevu l'Allemagne par Schlegel et madame de Staël ; il allait toucher à Shakspeare par lord Byron.

Ce fut en effet vers cette époque que lord Byron vint à Milan. Placé longtemps sous la fascination lointaine de cette puissante imagination, Silvio avait traduit *Manfred*, comme pour se rapprocher davantage de ce génie nouveau qui l'attirait à lui. Lord Byron, touché de cet hommage rendu par une riante imagination du Midi à cette œuvre sombre de l'inspiration septentrionale, demanda à son jeune admirateur pourquoi il avait traduit son drame en prose. Silvio lui répondit qu'il ne pensait pas qu'on dût traduire les poëtes en vers. Et en effet, un poëte qui écrit en vers ne peut tellement abdiquer sa propre originalité, que, tout en restant fidèle au sens général de son modèle, il ne mette sa pensée à la place de celle qu'il interprète. Ce qu'il faut pour traduire un poëte, c'est du dévouement plutôt que du talent. Traduire, c'est se dépouiller de sa vie pour vivre de la vie d'un autre. Et quand on est devenu cet autre, il faut, de peur de se laisser préoccuper par ses habitudes d'écrivain, ne donner au travail de la forme que cette attention matérielle du sculpteur qui modèle sur le visage d'un mort illustre le plâtre qui doit reproduire ses traits.

L'auteur de *Don Juan* ne se rendit pas, et quelques jours après, Silvio lui ayant apporté le manuscrit de *Francesca*, lorsqu'il vint pour le reprendre, lord Byron le lui présenta traduit en vers anglais. Heureux celui qui le premier découvrira ce précieux essai de traduction dans les papiers de lord Byron !

Manfred et *Francesca* parurent en 1819.

Jouée avec un immense succès à Naples et à Milan, *Françoise de Rimini* eut pour interprète, dans la dernière de ces deux villes, cette célèbre Marchionni, qui la première avait inspiré le poëte. C'était bien l'œuvre d'un jeune homme, pleine de naïve passion et de gracieuse poésie. Ne cherchez dans cette pièce ni Guelfes ni Gibelins. Cette Italie du Moyen-Age, c'est à Manzoni qu'il faut la demander : elle respire dans le *Comte de Carmagnola*. Mais tout ce que l'amour a de religieux et de pur dans un cœur de vingt ans, tout ce qu'une passion combattue a de douleurs intimes et profondes dans l'âme d'une fille et d'une épouse, placée entre un père et un époux : cela vous le trouverez dans *Françoise de Rimini ;* et voilà ce qui saisit d'abord toutes les imaginations italiennes. C'était encore le drame d'Alfieri avec son austère économie de personnages et d'incidents, mais avec une langue presque racinienne dont Alfieri eut rarement le secret. Et ici, il faut le dire, le soin qu'a pris le poëte de débarrasser son action de tout ce qui ne tient pas directement au sujet, l'a merveilleusement servi. La simplicité du plan donne à la passion quelque chose de plus solennel et de plus tragique ; c'est elle que partout on rencontre, et depuis le retour de Paolo jusqu'au coup d'épée de Malatesta, elle jaillit de chaque scène, elle est l'inspiration de chaque vers ; sans cesse elle précipite le drame vers le dénouement, au delà duquel est l'enfer de Dante. Mais il était à craindre que si la nature du sujet permettait ici au poëte je ne sais quel laisser-aller d'action et de langage qui ressemble assez bien à la marche impétueuse de la passion, partout ailleurs ce laisser-aller ne méritât d'être appelé faiblesse d'intrigue et mollesse de style.

L'année 1820 commençait pour Silvio une existence nouvelle. Il venait, par un coup d'éclat, de prendre son rang entre les plus poétiques intelligences de cet âge. Sa vie, jusqu'ici renfermée dans cette lente initiation à l'art qui se compose de retours pleins d'enthousiasme sur les créations du passé et de laborieuses tentatives pour arriver à la forme nouvelle, va se répandre au dehors. Cette littérature dont il n'est encore qu'un humble prosélyte, il va en devenir l'apôtre au nom des idées les plus généreuses. Voyez comme tout se prépare en lui pour cette noble mission qu'il s'impose.

Deux sentiments dominent dans son âme.

Cette passion de l'homme pour le rocher qui l'a vu naître s'était, en grandissant, tranformée chez lui en l'amour du pays, amour plein de résignation pour le présent, plein d'espérance pour les jours à venir. Il a vu l'Italie malheureuse, et sa foi en Dieu en a tiré une merveilleuse consolation ; il lui a semblé que dans les conseils de la Providence, tant d'infortunes ne peuvent être, pour ceux qui souffrent, que le prix de la gloire et de la liberté qui les attend.

Cet amour de la patrie se fortifia en lui d'un autre plus intime, l'amour de la famille, ce sentiment presque divin, le seul, comme nous essaierons de le démontrer quelque jour, par où la vie morale et religieuse peut encore rentrer dans les sociétés modernes. Ce sentiment qui a été le tourment du prisonnier au Spielberg, et la grande inspiration du poëte redevenu libre, avait, dans son âme, précédé les mauvais jours : l'instinct de sa première enfance était devenu comme la religion de sa vie privée.

De ces deux sentiments, l'amour de la patrie et l'amour de la famille, le poëte arriva plus haut : il s'éleva à l'amour de l'humanité. C'était dans l'Italie l'humanité qu'il aimait, l'aimant davantage là où elle était plus à plaindre.

L'Italie ! il rêvait pour elle une renaissante jeunesse ; mais à ces nouvelles destinées il voulait une Italie nouvelle, et la littérature était, dans ses convictions, la Providence dont l'action invisible et lente devait amener à la longue cette résurrection de la patrie. Il voulait retremper le caractère national dans les hautes questions de l'art et de la métaphysique ; en un mot, la question politique ne se présentait à lui qu'enfermée dans la question littéraire, et, pour ainsi dire, épurée et consacrée par elle.

Le religieux patriotisme de Silvio ne se contentait pas de stériles espérances ; sa pensée avait hâte de se produire sous une forme saisissante et vive : il avait entrevu l'avenir de la presse militante.

A l'époque de la Restauration, la famille de Silvio Pellico était revenue à Turin ; mais lui n'avait pu se résigner à quitter Milan : Milan était devenu en quelque sorte la patrie de son génie et de ses espérances. Ses manières pleines de douceur et d'aménité lui avaient ouvert la maison du comte Briche, qui lui confia l'éducation de l'un de ses enfants. Silvio se rappelle toujours avec charme les jours qu'il passa dans le sein de cette aimable famille, qu'il ne quitta que pour entrer, au même titre, dans la maison du comte Porro Lambertenghi.

« J'ai toujours eu beaucoup d'inclination pour les enfants, dit-il quelque part dans ses Mémoires, et la charge d'instituteur m'a toujours paru sublime. » Aussi je ne saurais dire tout ce qu'il apporta dans ses fonctions de dévouement tendre et de patiente persévérance.

La maison du comte Porro était, à Milan, le rendez-vous de tous les étrangers de distinction, dans cette Italie que traversent incessamment les plus hautes intelligences de l'Europe. Là apparaissaient tour à tour à l'auteur de *Françoise de Rimini*, Byron, madame de Staël, Davis, Schlegel, Brougham, l'industrielle Angleterre et la rêveuse Allemagne. Là, s'entretenaient de leurs communes espérances beaucoup d'Italiens de renom. C'était le célèbre Confalonieri, un des hommes les plus remarquables de notre temps par ses talents politiques et par son grand caractère ; c'était Lodovico de Brême, poëte et prosateur à la fois ;

c'était D. Petro Borsirei, de Faënza, critique ingénieux et poëte remarquable, avec bien d'autres encore.

Ce fut au milieu de ce petit cénacle que Silvio Pellico apporta un jour la première idée d'un projet qui lui parut propre à résoudre le sublime problème de la régénération italienne par la pensée littéraire et scientifique.

Ainsi commença le journal le *Conciliateur*.

Le *Conciliateur*, avec des croyances plus positives et des formes moins acerbes, devait jouer en Italie le rôle glorieusement soutenu en France par *le Globe*. Il y avait toutefois cette différence que les écrivains du *Conciliateur*, à la fois poëtes et critiques pour la plupart, posaient d'une main ferme les principes de l'art qu'ils allaient surprendre dans ses sources les plus élevées, et en même temps traduisaient leurs doctrines au dehors par des œuvres quelquefois éclatantes de jeunesse et de vie.

Le comte Porro était toujours prêt à favoriser les idées généreuses avec ce désintéressement du véritable citoyen, qui ne se demande pas s'il doit entrer en partage des bienfaits qu'il procure à l'avenir; il accueillit avec joie la pensée de son jeune ami. Tant d'écoles fondées par lui, tant de créations nouvelles importées en Italie, au profit de l'industrie, n'avaient pas épuisé sa fortune : le *Conciliateur* fut fondé.

Il semblait que chaque cité, jalouse de s'associer à l'œuvre du chantre de *Françoise de Rimini*, voulût avoir son représentant à ce congrès de la pensée italienne. On vit bientôt se grouper autour d'un drapeau commun Romagnosi de Venise, le plus célèbre des jurisconsultes de l'Italie ; Melchior Gioja, le premier de ses économistes; Manzoni, le plus grand de ses poëtes, le plus grand de ses prosateurs ; Grossi, qui depuis a fait l'*Ildegonda* et les *Crociati ;* Berchet enfin, l'auteur des *Fantasie*, poëte original qui, en 1812, dans un livre frivole en apparence, écrit à la gloire de Bürger, ouvrait une route à travers les Alpes à l'inspiration germanique.

Dès la première année parurent, sous les auspices du *Conciliateur*, trois œuvres empreintes du plus haut talent : le *Comte de Carmagnola*, cette magnifique épopée du drame moderne ; le poëme élégiaque de Grossi et l'*Eufemio di Messina :* ce fut la seconde tragédie de Silvio Pellico.

Le comte Porro s'en étant procuré clandestinement une copie au moyen de ses enfants, la fit imprimer à Novarre et l'offrit à l'auteur, à l'anniversaire de sa naissance. Mais cette copie, faite par des enfants de huit ou dix ans, ne pouvait être que très-fautive, et l'auteur s'occupa lui-même de donner, à Milan, une édition de son ouvrage. Le gouvernement ne le permit qu'à la condition que la pièce ne serait pas représentée. Dépouillée du prestige de la scène, l'*Eufemio* fut néanmoins trouvé digne de la renommée de son auteur.

Cette rigueur de la censure ne s'arrêta pas à l'*Eufemio*. Dans chaque numéro du *Conciliateur*, de tristes lacunes venaient affliger les regards, et jeter l'image du maître parmi ces libres illusions de l'art où commençaient à se perdre tant de préoccupations. Aussi nul ne fut étonné lorsque *le Conciliateur* annonça qu'il allait cesser de paraître.

Ce fut un jour bien cruel pour cette brillante école de Milan que celui où, condamnée à se dissoudre, elle vit chacun de ses membres retourner tristement à ses solitaires études. Au milieu de ce monde tout littéraire qu'elle s'était créé, elle avait pu se regarder un moment comme une jeune et libre Italie, à côté de l'autre, vieillie et conquise.

Les citoyens de cette patrie imaginaire n'eurent pas longtemps à s'entretenir de tant d'espérances évanouies. Le contre-coup de la révolution de Naples avait ébranlé la Lombardie; des arrestations eurent lieu. Les proclamations de l'Autriche contre les associations secrètes n'étaient pas un avertissement pour ceux qui faisaient partie de ces sociétés, mais une menace dont l'effet ne se fit pas attendre : de nouvelles arrestations furent faites, et cette fois encore dans les rangs du *Conciliateur*. Porro ne se déroba que par la fuite aux tourments du Spielberg, où pour plusieurs la mort est venue avant la clémence de l'empereur.

L'Autriche, qui n'avait pas respecté le noble caractère et le bonheur domestique de Confalonieri, non plus que les cheveux blancs et la haute science de Gioja, ne devait pas s'arrêter devant la glorieuse jeunesse de Silvio. Le 13 octobre 1820, ce dernier fut conduit à Sainte-Marguerite.

Mais avant de le frapper, et comme pour l'aider à supporter son infortune, la Providence lui gardait un ami. Il y avait alors dans l'établissement typographique de Nicolo Bettoni un jeune homme de Forli, né avec la double inspiration de la poésie et de la musique : c'était Piero Maroncelli. J'avoue que je ne puis me défendre d'une vive émotion en écrivant ici pour la première fois le nom de celui qui a tant souffert à côté de Silvio Pellico. C'est à lui que je dois la plupart des faits que je raconte dans cette notice. Il était arrivé à la fin de son pathétique récit sans m'avoir dit un mot de lui-même, sans m'avoir appris où et comment était née cette fraternité de leurs âmes, si religieusement continuée dans les tortures de la prison ; et lorsque je le lui fis remarquer, il y eut dans ses yeux étonnés quelque chose qui semblait me dire avec une douceur infinie qu'en me parlant de son ami il croyait avoir tout dit sur lui-même.

Ils se rencontrèrent pour la première fois chez cette célèbre Marchionni, au nom de laquelle se rattache la première gloire poétique de Silvio. Une vive discussion sur un système de musique les rapprocha l'un de l'autre, et leur amitié commença presque par une querelle, mais une de ces nobles querelles d'art où deux âmes se laissent voir jusqu'au fond. Lorsque Piero Maroncelli se leva pour sortir, Silvio le suivit. Ils cheminèrent quelque temps ensemble, et avant de se quitter ils s'étaient déjà promis une inaltérable amitié. Il semblait que, pressentant leur commune disgrâce, ils éprouvassent le besoin de s'assurer l'un de l'autre pour les mauvais jours qui allaient suivre. Ils se hâtaient de s'aimer, afin de se trouver prêts à souffrir ensemble quand l'heure serait venue.

Piero Maroncelli fut arrêté le 7 octobre, six jours avant son ami.

Les premiers mois de sa captivité, Silvio les consacra tout entiers aux soins de son procès. Mais ensuite, appelé à Venise devant une commission spéciale, il essaya d'échapper à ses tristes préoccupations en usant de son droit de poëte, et se réfugia glorieusement dans le sanctuaire inviolable de l'art. Certes, il est toujours beau de dater une œuvre littéraire des murs d'une prison ; mais lorsque cette prison est à Venise et sous les *plombs*, lorsque cette œuvre est empreinte de tout ce que le génie biblique a tour à tour de plus tendre et de plus sublime, on se demande alors avec un étonnement mêlé de respect, ce que l'on doit le plus admirer, de l'œuvre ou de la sérénité du poëte.

Dès le mois de mai 1821, il avait achevé l'*Iginia d'Asti*, et le mois d'après il mettait la dernière main à l'*Esther d'Engaddi*.

Aujourd'hui que le poëte a recouvré sa liberté, il y aurait bien pour lui quelque charme à rechercher dans ces touchantes productions de sa captivité ce qu'à son insu il a dérobé au sentiment de son infortune. Lorsqu'il prêtait de si pathétiques paroles à ce vieillard proscrit que sa fille voit descendre des rochers d'Engaddi, ne se peignait-il pas lui-même revenant, après un long exil, dans sa terre natale, où il resterait à peine un ami pour le reconnaître et l'ensevelir auprès des siens? Cet involontaire retour du poëte sur lui-même se marque peut-être d'une manière plus individuelle encore dans quatre petites compositions épiques dont il a emprunté les divers sujets au Moyen-Age. S'il en est une dont il a placé l'action à Pignerolles, pense-t-on qu'il ait seulement voulu obéir à ce principe de la critique moderne qui ordonne à l'écrivain de ne décrire que les lieux qu'il a pu voir? Non ; c'est que dans la solitude de sa prison, le noble captif laissait aller sans doute sa pensée vers les heureuses années de son enfance, et le nom des lieux qu'il avait aimés venait de lui-même se placer harmonieusement sous sa plume. Ah ! c'est au poëte surtout à proclamer la vérité de la belle théorie de Platon : Tous ceux qui semblent inventer ici-bas ne font que se ressouvenir.

Qui pourrait ne pas reconnaître Silvio lui-même dans ce début d'un troubadour?

« Revenez, chansons de mes pères, récits antiques qu'aux jours de mon enfance j'appris dans mon idiome des Alpes, langue rude aux lèvres, mais douce au cœur, mais noblement animée de passions guerrières et de mélancoliques accents. Revenez, revenez à ma mémoire, et qu'avec vos airs touchants je retrouve de gracieuses illusions qui m'enlèvent à mes douleurs, à cette prison où j'expie de vaines témérités ! Revenez, et ramenez-moi les heures de mes joies enfantines !

« Ramenez-moi dans cet air bien-aimé de Saluces que je respirai le premier ; ramenez-moi sur les coteaux embaumés où Pignerolles se réjouit dans le parfum de ses fleurs et la limpidité de ses eaux. »

Silvio néanmoins ne se faisait pas illusion, et ce fut avec cette douce résigna-

tion à laquelle il s'exerçait depuis deux ans que, le 21 février 1822, il traversa
un double rang de baïonnettes autrichiennes pour aller entendre, du haut d'un
échafaud, sur la *Piazza* de Venise, l'arrêt qui le condamnait à mort ; un rescrit
impérial commua la peine en quinze années de *carcere duro* dans la citadelle du
Spielberg.

Avant de quitter l'Italie, le condamné voulut disposer de ses manuscrits,
comme un mourant de ses trésors. Il offrit donc à l'inquisiteur qui avait instruit
le procès, les quatre premiers chants d'un poëme en prose qui avait pour titre :
Colà di Rienzi. N'y avait-il pas dans le don de cet ouvrage inachevé un noble
et muet reproche pour ce juge qui ne laissait pas à une si belle pensée le temps
de mûrir sous le beau ciel de l'Italie ?

Il pria aussi la commission de faire passer à sa famille l'*Esther d'Engaddi* et
l'*Iginia d'Asti,* comme le testament de son génie poétique, qui peut-être allait
s'éteindre sous le froid soleil de la Moravie. La commission promit, mais elle
tarda longtemps à exécuter sa promesse. Silvio Pellico ayant demandé la cause
de ce retard, il lui fut répondu que ses tragédies n'offraient rien que la censure
pût atteindre ; mais que ses parents auraient peut-être la pensée de les livrer à
l'impression, et qu'il ne paraissait pas convenable que les applaudissements de
l'Italie cherchassent le nom d'un homme frappé par la justice de l'empereur.
Rien ne devait manquer au sacrifice de la victime : il venait de lui être défendu
de se survivre à elle-même dans la sympathie de ses admirateurs.

Silvio Pellico partit...... A lui maintenant, à lui seul de raconter sa vie du
Spielberg : elle est écrite heure par heure dans ces *Mémoires.*

Disons quelques mots de ce livre.

Il est des personnes qui se plaignent que la censure autrichienne n'ait pas
permis à l'historien d'exprimer énergiquement sa pensée, et l'ait condamné à
une modération qui semble pleine de réticences. Il me semble que c'est n'avoir
pas compris le livre. Assez d'autres diront la longue élégie de la liberté italienne. Dicté par la légitime colère du citoyen, ce récit eût été éloquent, pathétique, mais vulgaire ; écrit avec l'âme du poëte et la douceur du chrétien, il est
sublime. A ne le considérer même que sous le rapport de l'art, il gagne à cette
intrépide résignation sa véritable originalité. En s'élevant du monde réel au
monde moral, le martyr a reconquis, par la hauteur du point de vue où il s'est
placé, l'indépendance de l'écrivain. Si loin des hommes et de son temps, il a pu
être impunément naïf, sincère, toujours vrai ; et à ceux qui se prendraient
encore à regretter dans sa narration une parole plus acerbe, un accent plus
amer, je répondrais : Savez-vous beaucoup d'invectives qui parlent plus haut que
cette chrétienne modération ?

Elle va si loin, cette modération, que plusieurs auraient bien voulu douter
de la bonne foi religieuse de Silvio ; mais c'eût été confesser qu'on ne connaissait ni le livre ni l'auteur. Le livre, il est écrit avec une aisance si parfaitement
naturelle, que plusieurs se sont pris à sourire avec dédain de la candeur du

poëte, le voyant chercher des vertus jusque dans l'âme d'un geôlier ; pauvres
gens qui ne se doutent pas qu'il est un homme plus à plaindre que celui qui
semble dupe de tous, à savoir celui qui n'est dupe de personne !

L'auteur, nous ne l'avons jamais vu ; mais il nous a été donné de le surprendre
dans le secret de sa correspondance la plus intime, et là nous l'avons retrouvé
tel que ses écrits nous l'ont montré, chrétien simple de cœur et ferme d'intelligence. C'est une âme revenue au christianisme par cet instinct du malheur qui
court aux consolations surnaturelles, mais aussi par cette infaillible logique
d'un esprit élevé qui, forcé de renoncer au monde, regarde au delà, et juge de
plus haut.

Ces croyances, qui ont été la consolation de sa captivité, Silvio Pellico les a
rapportées dans le monde, quand le monde l'a ressaisi de nouveau.

« Plus je médite, plus je compare, dit-il dans une de ses lettres, et plus je
suis convaincu de la vérité de notre religion catholique. Celui qui se la représente en caricature peut aisément en rire ; mais qui l'étudie sérieusement et
sans haine y découvre le principe de toute philosophie. Beaucoup de ceux qui
l'ont professée ont été et sont encore injustes, vils, ignorants et fauteurs d'ignorance : cela vient de ce qu'ils sont hommes, et non de ce qu'ils sont catholiques. Un parricide n'est pas un scélérat parce qu'il est fils, mais parce qu'il est
mauvais fils. »

Et ailleurs ; « Le christianisme est philosophique au plus haut degré, et les
hommes se débattent en vain pour sortir de son cercle magique, de son cercle
divin. »

Ailleurs encore : « Quand la science sociale aura franchi cette époque violente et pleine de contrastes, on sourira de pitié à ces assertions de nos jours :
*Le catholicisme est le christianisme corrompu par le Moyen-Age. Le christianisme
n'est plus de ce monde, et c'est nous qui l'avons tué.* On verra que le christianisme
fut, est et sera toujours la doctrine du bien-faire, appuyée sur les principes les
plus rationnels, et unie à un culte simple et sage. Le christianisme, source de
toute vertu dans la Judée, où il est né, dans le monde païen, où il s'est établi,
et dans la barbarie du Moyen-Age, qu'il a traversée, ne sera pas moins fécond
dans des temps plus éclairés et mieux en harmonie avec lui. »

Silvio Pellico vit aujourd'hui au milieu de sa famille, dans la solitude et la
retraite, comme un convalescent qui hésite à essayer les forces qui lui arrivent.
Cette mélancolie qui lui faisait dire avant l'époque de sa captivité : « Ah ! le plus
beau jour de ma vie sera celui de ma mort, » et qui n'était peut-être que le
vague pressentiment de son infortune, est encore au fond de son âme ; elle
s'épanche dans ses écrits par de touchantes inspirations dont ce livre est la plus
intime et la plus complète.

En 1831, l'*Ester d'Engaddi*, jouée avec un grand succès à Turin, a été presque
aussitôt défendue, et un peu plus tard la *Gismonda* a éprouvé le même sort. Et
pourtant, si vous saviez tout ce qu'il y a de pur, de moral, de profondément

religieux, dans le drame tel que l'a conçu Silvio Pellico! C'est le chant élégiaque
du chrétien qui gémit des discordes civiles, et se réfugie amoureusement dans
les affections les plus douces, c'est le drame de la famille; là seulement l'amour
paternel, l'amour filial, l'amour conjugal, ont tout l'entraînement de la passion.
C'est là le caractère original de l'œuvre de Silvio Pellico, ce sera sa gloire dans
l'avenir! Peu préoccupé du système de la forme, il ne touche à Manzoni que
par cet amour élevé de l'humanité que l'un et l'autre ont reçu du christianisme;
tout autre est la vocation de leur talent : à Manzoni l'histoire, le cœur humain à
Pellico [1].

Une noble carrière s'ouvre de nouveau devant le prisonnier du Spielberg.
Puisse-t-il la parcourir glorieuse et longue, celui qui, par l'éclatante autorité de
son exemple et la haute moralité de ses ouvrages, a mérité de réconcilier son
siècle avec la foi dans la sphère de l'âme, avec l'art dans le domaine de l'intelligence, avec tous les sacrifices dans ce pèlerinage de la vie!

ANTOINE DE LATOUR.

[1] Depuis la *Gismonda*, Silvio Pellico a écrit plusieurs autres tragédies, des poésies lyriques dont nous parle-
rons ailleurs, et ce beau *Traité des Devoirs*, que nous essaierons aussi de caractériser.

Au surplus, je suis heureux de trouver ici l'occasion d'indiquer aux lecteurs de Silvio Pellico la charmante
notice que lui a consacrée, dans son œuvre chaque jour plus populaire, le très-ingénieux auteur de LA GALERIE
DES CONTEMPORAINS ILLUSTRES, M. de Loménie, qui se cache sous le pseudonyme d'*un Homme de rien*.

MES PRISONS

Homo natus de muliere,
Brevi vivens tempore,
Repletur multis miseriis.

Ai-je écrit ces Mémoires par vanité et pour parler de moi ! Je désire vivement que cela ne soit pas ; et autant qu'on peut se constituer soi-même son juge, je crois avoir agi dans des vues plus élevées.

J'ai voulu contribuer à relever le courage de quelque infortuné par le récit des maux que j'ai soufferts et des consolations que l'homme peut trouver (je l'ai éprouvé) dans les plus grands malheurs.

J'ai voulu attester qu'au milieu de mes longs tourments, nulle part je n'ai vu l'humanité aussi injuste, aussi peu digne d'indulgence, aussi pauvre de belles âmes qu'on a coutume de la représenter ;

Inviter les cœurs nobles à se défendre de haïr, mais au contraire à aimer tous les hommes, à n'avoir de haine irréconciliable que pour le vil mensonge, la pusillanimité, la perfidie, pour toute dégradation morale.

J'ai voulu enfin redire une vérité déjà bien connue, mais trop souvent oubliée : savoir, que la religion et la philosophie commandent l'une et l'autre, avec l'énergie dans la volonté, le calme dans le jugement, et que, sans ces conditions réunies, il n'y a ni justice, ni dignité, ni principes certains.

MES PRISONS

I

Le vendredi 13 octobre 1820, je fus arrêté à Milan et conduit à Sainte-Marguerite. Il était trois heures après midi. On me fit subir un long interrogatoire pendant tout ce jour et plusieurs autres qui suivirent. Mais de cela je n'en dirai rien : comme un amant mécontent de sa belle et qui sait bouder avec dignité, je laisse la politique où elle est, et je parle d'autre chose.

Le soir de ce malheureux vendredi, à neuf heures, le greffier me consigna entre les mains du geôlier, et celui-ci, m'ayant conduit à la chambre qui m'était destinée, me fit poliment l'invitation de lui remettre, pour me les rendre en temps convenable, ma montre, ma bourse, avec tout ce que je pouvais avoir dans ma poche, et me souhaita respectueusement le bonsoir.

— Un moment, lui dis-je, mon cher ; je n'ai pas dîné aujourd'hui ; faites-moi porter quelque chose.

— A l'instant ; le restaurant est ici près : monsieur verra quel bon vin !

— Du vin ! je n'en bois pas.

A cette réponse, le *signor* Angiolino me regarda tout effrayé, et en homme convaincu que je plaisantais ; les geôliers qui tiennent cabaret ont horreur d'un prisonnier qui ne boit pas de vin.

— Je n'en bois pas, c'est la vérité.

— Je m'en afflige pour monsieur : la solitude lui en sera doublement à charge.

Et voyant que je ne changeais pas de résolution, il sortit, et en moins d'une demi-heure je vis arriver mon dîner. Je mangeai quelques bouchées, j'avalai un verre d'eau, et on me laissa seul.

La chambre était au niveau du sol et donnait sur une cour ; prisons à droite, prisons à gauche, prisons en face, prisons au-dessus. Je m'appuyai sur la fenêtre, et m'arrêtai quelque temps à écouter le pas des geôliers qui allaient et venaient, et le chant effronté de quelques-uns des reclus.

Je pensai : il y a un siècle, cette prison était un monastère; se seraient-elles jamais doutées, les vierges saintes et pénitentes qui l'habitaient, qu'un jour viendrait où leurs cellules retentiraient non plus de gémissements de femmes ou de pieux cantiques, mais de blasphèmes et de honteuses chansons, et renfermeraient des gens de toute espèce, réservés la plupart aux travaux forcés ou à la potence? Et dans un siècle, qui respirera dans ces cellules? O éternelle mobilité des choses! O rapidité de la fuite du temps! Celui qui vous envisage peut-il se plaindre, si la fortune a cessé de lui sourire, s'il se voit enseveli dans une prison ou menacé du gibet? Hier j'étais un des êtres les plus heureux de ce monde! aujourd'hui je n'ai plus aucune des douceurs qui faisaient le charme de ma vie : la liberté, les amis, l'espérance! Non, se faire illusion serait folie. Je ne sortirai d'ici que pour être jeté dans de plus horribles tanières ou livré au bourreau. Eh bien! le lendemain de ma mort, ce sera comme si j'avais rendu le dernier soupir dans un palais, comme si j'avais été porté en terre avec les plus grands honneurs.

C'est ainsi que mon âme prenait de la force en pensant à la fuite inexorable du temps; mais alors vint m'assaillir le souvenir de mon père, de ma mère, de mes deux sœurs, de mes deux frères, d'une autre famille encore que j'aimais comme si elle était la mienne, et les arguments de la philosophie perdirent sur moi tout pouvoir. Je m'attendris, et je pleurai comme un enfant.

II

Trois mois auparavant, j'étais allé à Turin, et j'avais revu, après quelques années d'absence, mes chers parents, un de mes frères et mes deux sœurs. Toute notre famille s'était toujours tant aimée! Nul enfant n'avait été plus que moi comblé des caresses de son père et de sa mère. Oh! comme, en revoyant ces vieillards vénérables, tout mon cœur s'était ému! Les retrouvant bien autrement accablés par les années que

je ne me l'étais imaginé, que j'aurais voulu alors ne les plus abandonner, mais consacrer tous mes soins à soulager leur vieillesse ! Et
dans le peu de jours que je passai à Turin, qu'il m'en coûta d'avoir à
remplir certains devoirs qui m'arrachaient à la maison paternelle, et
me laissaient si peu de mes heures à donner à ces bien-aimés parents !
Ma pauvre mère disait avec une amertume mélancolique : « Ah ! notre
Silvio n'est pas venu à Turin pour nous voir ! » Le matin que je repris
la route de Milan, la séparation fut des plus douloureuses. Mon père
monta dans la voiture avec moi, et m'accompagna pendant un mille,
puis revint sur ses pas, seul ! Je me retournais pour le voir encore, et je
pleurais, et je baisais un anneau que ma mère m'avait donné. Jamais
je ne m'étais senti le cœur si brisé en m'éloignant de ma famille. Ne
croyant point aux pressentiments, je m'étonnais de ne pouvoir vaincre
ma douleur, et j'étais forcé de m'écrier avec effroi : D'où me vient
cette anxiété extraordinaire ? — Il me semblait voir dans l'avenir quelque grand malheur.

Maintenant, jeté dans une prison, je me rappelais cet effroi, ces angoisses ; je me ressouvenais de toutes les paroles que, trois mois auparavant, j'avais ouï dire à mes parents, et cette plainte touchante de ma
mère : « Ah ! notre Silvio n'est pas venu à Turin pour nous voir ! » me
retombait pesamment sur le cœur. Je me reprochais de ne m'être pas
montré mille fois plus tendre pour eux. Je les aime tant, et je le leur ai
dit si froidement ! Je ne devais plus les revoir, et je me suis si peu ras-
sasié du bonheur de contempler leurs traits chéris, et je leur ai été si
avare des témoignages de mon amour ! Ces pensées me déchiraient l'âme.

Je fermai la fenêtre, et me promenai pendant une heure sans espérer
aucun repos de toute la nuit. Je me jetai sur le lit, et la fatigue m'endormit.

III

Le réveil qui suit une première nuit de prison est horrible. Est-ce
bien possible ? me disais-je, en me rappelant où j'étais, est-ce bien
possible ? moi ici ? Ce que je fais là n'est pas un songe ? Il est donc bien
vrai qu'hier on m'arrêta, qu'hier j'ai subi ce long interrogatoire qui se
continuera demain, et jusques à quand ? Dieu le sait. C'est donc hier soir

La séparation fut des plus douloureuses

qu'avant de m'endormir j'ai tant pleuré, au souvenir de ma famille!

Le repos, le silence absolu, le court sommeil qui avait réparé les forces de mon esprit, semblaient avoir centuplé en moi la puissance de souffrir. Dans cette absence de toute distraction, le désespoir de tous les miens, et surtout de mon père et de ma mère, à la nouvelle de mon arrestation, se retraçait à ma pensée avec une force incroyable.

En ce moment, disais-je, ils dorment encore tranquilles, ou ils veillent peut-être en pensant à moi avec douceur, bien éloignés, hélas! de soupçonner où je suis. Trop heureux si Dieu les enlève de ce monde avant qu'arrive à Turin la nouvelle de mon malheur! Qui leur donnera la force de supporter un pareil coup?

Une voix intérieure semblait me répondre: Celui que tous les affligés aiment, invoquent et sentent en eux, celui qui donnait à une mère la

force de suivre son fils au Golgotha, et de se tenir sous sa croix! l'ami des infortunés, l'ami des mortels!

Ce fut le premier moment où la religion triompha de mon cœur, et c'est à l'amour filial que je dois ce bienfait.

Avant ce jour, sans être hostile à la religion, je la suivais peu et mal. Les objections vulgaires par lesquelles on a coutume de la combattre ne me paraissaient pas avoir grand poids, et cependant mille doutes sophistiques affaiblissaient en moi la foi religieuse. Déjà, depuis longtemps, ces doutes ne tombaient plus sur l'existence de Dieu, je me répétais sans cesse que, si Dieu existe, c'est une conséquence nécessaire de sa justice qu'il existe une autre vie pour l'homme qui a souffert dans un monde si injuste . de là l'invincible nécessité d'aspirer aux biens de cette seconde vie ; de là un culte qui repose sur l'amour de Dieu et du prochain, un éternel besoin pour l'âme de s'ennoblir en s'élevant aux sacrifices les plus généreux. Déjà, depuis longtemps, je me disais tout cela, et j'ajoutais : Eh ! qu'est-ce donc que le christianisme, sinon cet éternel élan vers l'ennoblissement de l'âme ? Et je me demandais avec étonnement comment le christianisme se manifestant, dans son essence, si pur, si philosophique, si inattaquable, il avait pu venir une époque où la philosophie osait dire : « Je jouerai désormais le rôle du christianisme. Eh ! comment le joueras-tu, ce rôle ? En enseignant le vice ? Non, certes ; la vertu ? Eh bien ! ce sera l'amour de Dieu et des hommes, ce sera précisément ce qu'enseigne le christianisme. »

Tout en raisonnant de la sorte depuis plusieurs années, j'évitais néanmoins de conclure : Sois donc conséquent, sois chrétien ; ne te scandalise pas de quelques abus ; ne subtilise plus sur quelque point ardu de la doctrine de l'Église, puisque le point capital est celui-ci, et de tous le plus lucide : aime Dieu, aime ton prochain.

Dans ma prison, je me décidai enfin à tirer cette conclusion, et je la tirai. J'hésitai un moment à la pensée que si quelqu'un venait à me savoir plus religieux que par le passé, il pourrait s'arroger le droit de me traiter de faux dévot, ou d'homme avili par le malheur. Mais sentant bien que le malheur n'avait fait de moi ni un faux dévot ni un homme avili, je résolus de ne tenir aucun compte des reproches injustes qu'on pourrait m'adresser, et je demeurai ferme dans la volonté d'être et de me déclarer désormais chrétien.

IV

Ce fut plus tard que je m'arrêtai fortement à cette résolution ; mais je commençai à la rouler dans mon esprit et comme à la vouloir dès cette première nuit de ma captivité. Vers le matin, mes fureurs s'étaient calmées, et je m'en étonnais. Je pensais encore à mes parents et à tous ceux que j'aimais, et je ne désespérais plus de la force de leur âme ; le souvenir des sentiments vertueux que je leur avais connus en d'autres rencontres me revenait et me consolait.

Pourquoi d'abord un tel trouble en moi, quand je me retraçais le leur, et maintenant une telle confiance dans l'élévation de leur courage ? Cet heureux changement était-il un prodige ? Était-ce l'effet naturel du sentiment ravivé de ma croyance en Dieu ? Eh ! prodige ou non, qu'importe le nom que l'on donne aux réels et sublimes bienfaits de la religion ?

A minuit, deux *secondini* (on donne ce nom aux gardiens qui dépendent du geôlier en chef) étaient venus faire une visite dans ma prison, et m'avaient trouvé de fort mauvaise humeur. Ils revinrent au point du jour, et me trouvèrent le front serein et l'accueil bienveillant.

— Cette nuit, dit Tirola, monsieur avait un regard de basilic ; monsieur est maintenant tout autre, et je m'en réjouis ; c'est une preuve, pardon de l'expression, que monsieur n'est pas un malfaiteur, parce que les malfaiteurs (je suis vieux dans le métier, et mes observations ont bien leur poids), les malfaiteurs sont plus furieux le second jour de leur arrestation que le premier. — Monsieur prend-il du tabac ?

— Je n'ai pas l'habitude d'en prendre, mais je ne veux pas refuser ce que vous m'offrez de si bonne grâce. Quant à votre observation, je vous en demande pardon, elle n'est pas digne d'un homme avisé, et vous en avez l'air. Si, ce matin, je n'ai plus ce regard de basilic, ce changement ne pourrait-il pas être de ma part une preuve de démence ou de facilité à me faire illusion et à rêver une liberté prochaine ?

— Je pourrais le croire, si monsieur était en prison pour d'autres motifs ; mais pour ces affaires d'État, au jour d'aujourd'hui, j'ai peine à croire que cela se termine ainsi *en deux mots*. Monsieur n'est pas si

simple que de se l'imaginer. Pardon de la liberté, monsieur voudrait-il
une seconde prise?

— Donnez. Mais comment peut-on avoir un visage gai, comme
vous l'avez, quand on passe toute sa vie avec des malheureux?

— Monsieur croira peut-être que c'est par indifférence pour les malheurs des autres : je ne le sais pas positivement moi-même, à dire le
vrai; mais je vous assure que bien des fois ça me fait mal de voir
pleurer ; et alors je fais semblant d'être joyeux, afin qu'ils sourient
aussi, les pauvres prisonniers !

— Il me vient une idée que je n'avais jamais eue, brave homme :
c'est qu'on peut faire le métier de geôlier, et néanmoins être de fort
bonne pâte.

— Le métier n'y fait rien, monsieur ! Au delà de cette voûte que monsieur peut voir, de l'autre côté de la cour, il y a une autre cour et d'autres prisons, toutes pour les femmes. Ce sont, je ne sais comment dire..... des femmes de mauvaise vie. Eh bien, il y en a là qui sont des anges pour le cœur ; et si monsieur était *secondino*.....

— Moi !.... et j'éclatai de rire.

Tirola sembla déconcerté par mon éclat de rire et n'acheva pas. Il voulait dire peut-être que, si j'avais été *secondino*, il m'eût été difficile de ne pas prendre en affection quelqu'une de ces malheureuses.

Il me demanda ce que je voulais pour déjeuner. Il sortit, et quelques moments après m'apporta le café.

Je le regardai fixement au visage avec un sourire équivoque qui voulait dire : « Serais-tu capable de porter un billet de moi à un autre malheureux, à mon bien-aimé Piero ? » Et il me répondit par un autre sourire qui voulait dire : « Non, monsieur ; et si vous vous adressez à quelque autre de mes camarades, celui qui vous dira oui, soyez sûr qu'il vous trahira. »

Je ne suis pas parfaitement certain qu'il me comprît ou que je le comprisse ; mais je sais bien que je fus dix fois sur le point de lui demander un morceau de papier et un crayon, et que je n'osai, parce qu'il y avait dans ses yeux je ne sais quoi qui semblait m'avertir de ne me fier à personne, moins encore aux autres qu'à lui.

V

Si Tirola, avec son expression de bonhomie, n'avait pas eu aussi ces regards malins, s'il avait eu une physionomie plus noble, j'aurais cédé à la tentation d'en faire mon ambassadeur ; et peut-être un billet de moi arrivé à temps à mon ami lui aurait donné le moyen de réparer quelque méprise ; et cela peut-être sauvait, non pas lui, le pauvre ami, il n'était déjà que trop découvert, mais plusieurs autres et moi.

Patience ! les choses devaient aller ainsi.

Je fus appelé de nouveau à l'interrogatoire, et cela dura tout le jour et plusieurs autres, sans autre intervalle que celui des repas.

Tant que le procès ne se termina pas, les jours s'écoulaient rapidement pour moi, grâce à l'exercice d'esprit que m'imposait la nécessité de répondre sans fin aux demandes les plus diverses, et de me recueillir aux heures des repas et le soir pour réfléchir à tout ce qui m'avait été demandé, à ce que j'avais répondu, et à toutes les choses sur lesquelles je serais probablement encore interrogé.

A la fin de la première semaine, il me survint un cruel déplaisir : mon pauvre Piero, aussi avide que je l'étais moi-même d'établir une communication entre nous, m'écrivit une lettre, et se servit pour me l'envoyer, non d'aucun des *secondini*, mais d'un malheureux prisonnier qui venait avec eux faire quelque service dans nos chambres ; c'était un homme de soixante à soixante-dix ans, condamné à je ne sais combien de mois de détention.

Avec une épingle que j'avais, je me piquai un doigt et j'écrivis avec mon sang quelques lignes de réponse que je remis au messager. Il eut le malheur d'être observé, fouillé, pris avec le billet sur lui, et si je ne me trompe, bâtonné. J'entendis d'effroyables cris qui me parurent venir du pauvre vieillard, et depuis, jamais je ne le revis.

Appelé au greffe, je frémis en me voyant présenter ma petite lettre barbouillée de sang, laquelle, grâce à Dieu, ne pouvait nuire à personne, et avait l'air d'un simple bonjour. On me demanda avec quoi je m'étais tiré ce sang. L'épingle me fut enlevée, et on rit de nous voir pris. Ah! je ne riais pas, moi! Je ne pouvais arracher de mes yeux l'image de notre vieux messager. J'aurais de grand cœur subi un châtiment quelconque pour qu'on lui pardonnât; et lorsque j'entendis ces lamentations que je crus être de lui, mon cœur se remplit de larmes.

Ce fut en vain que plusieurs fois je demandai de ses nouvelles au geôlier et aux *secondini*. Ils branlaient la tête et disaient : « Il l'a payé cher, celui-là, il ne recommencera plus ; il est un peu plus tranquille maintenant. » Et ils refusaient de s'expliquer davantage.

Voulaient-ils désigner par là l'étroite prison où le malheureux était détenu, ou me donner à entendre qu'il était mort sous les coups de bâton, ou par suite de ces coups?

Un jour il me sembla le voir de l'autre côté de la cour, sous le portique, avec une charge de bois sur les épaules, et mon cœur battit, comme si j'eusse revu un frère.

VI

Quand je n'eus plus à subir le martyre des interrogatoires, et que nulle autre chose ne vint occuper ma journée, alors je sentis amèrement le poids de la solitude.

Il me fut bien permis d'avoir une Bible et le Dante ; le geôlier mit bien à ma disposition sa bibliothèque, composée de quelques romans de Scuderï, du Piazzi, et pis encore ; mais mon esprit était trop agité pour pouvoir s'appliquer à une lecture quelconque. Chaque jour j'apprenais par cœur un chant du Dante ; mais cet exercice était si machinal, qu'en m'y livrant je pensais moins encore aux vers qu'à mes malheurs. Il en était de même quand je lisais toute autre chose, excepté, par mo-

ment, certains passages de la Bible. Ce livre divin, que j'avais toujours beaucoup aimé, même quand je me croyais incrédule, je l'étudiais
alors avec plus de respect que jamais; mais très-souvent encore,

en dépit de ma volonté, je le lisais ayant l'esprit ailleurs, et ne comprenais plus. Insensiblement, je devins capable de le méditer plus profondément, et de le goûter chaque jour davantage.

Cette lecture ne me donna jamais la moindre disposition à la bigoterie, ou, si l'on veut, à cette dévotion mal entendue qui rend pusillanime
ou fanatique. Elle m'enseignait au contraire à aimer Dieu et les hommes,
à désirer toujours plus ardemment le règne de la justice, à abhorrer
l'iniquité, en pardonnant à ceux qui la commettent. Le christianisme,
au lieu de détruire en moi ce que la philosophie y avait fait de bon, con-
firmait et étayait mes convictions de raisons plus hautes, plus puissantes.

Un jour, ayant lu qu'il faut prier sans cesse et que la véritable prière ne consiste pas à marmotter beaucoup de paroles à la façon des païens, mais à adorer Dieu avec simplicité, tant en paroles qu'en actions, et à faire que nos actions et nos paroles ne soient que l'accomplissement de sa sainte volonté, je me proposai de commencer sérieusement cette

incessante prière de toutes les heures, à savoir de ne plus me permettre même une seule pensée qui ne fût inspirée par le désir de me conformer aux décrets de Dieu.

Les formules de prières dont je me servais pour adorer furent toujours en petit nombre, non qu'il y ait mépris de ma part (persuadé, comme je le suis, que ces formules sont infiniment salutaires, à l'un plus, à l'autre moins, pour captiver celui qui prie), mais parce que je me sens fait de manière à ne pouvoir réciter de longues prières sans me laisser aller à des distractions et mettre le culte en oubli.

Cette application à me tenir constamment en présence de Dieu, au lieu d'être un effort pénible pour l'âme et un sujet de tremblement, avait pour moi une douceur ineffable. Comme je n'oubliais pas que Dieu est toujours près de nous, qu'il est en nous, ou plutôt que nous sommes en lui, la solitude perdait chaque jour à mes yeux quelque chose de son horreur : ne suis-je pas en très-bonne compagnie ? me disais-je. Et mon âme redevenait sereine, et je fredonnais, et je sifflais avec plaisir et avec attendrissement.

Eh bien ! me disais-je, une fièvre ne pouvait-elle pas aussi bien venir et me mettre en terre ? Tous ceux que j'aime, qui, en me perdant, se seraient abandonnés aux larmes, auraient insensiblement acquis assez de force pour se résigner à ne plus me voir. Au lieu d'une tombe, c'est une prison qui m'a dévoré. Dois-je croire que Dieu ne leur enverra pas la même force ?

Mon cœur élevait pour eux vers le ciel les vœux les plus ardents, parfois accompagnés de larmes ; mais ces larmes elles-mêmes étaient mêlées de douceur. J'avais pleine confiance que Dieu viendrait en aide aux miens et à moi. Je ne me suis pas trompé.

VII

Vivre libre est chose bien plus douce que vivre en prison ; qui en doute ? Et cependant, même dans la détresse d'une prison, quand on y pense que Dieu est là, que les joies de ce monde sont éphémères, que le véritable bonheur réside dans la conscience, et non dans les objets extérieurs, on peut encore trouver du charme à se sentir vivre. En moins d'un mois, j'avais pris mon parti avec une résignation sinon parfaite, du moins tolérable. Je vis que, décidé à ne pas commettre l'indigne action d'acheter l'impunité par la perte des autres, mon sort ne pouvait être désormais que la potence ou une longue captivité. Il fallait bien se conformer à sa destinée : Je respirerai, me dis-je, tant qu'ils me laisseront un souffle ; et quand ils me l'ôteront, je ferai comme tous les malades arrivés au dernier moment, je mourrai.

Je lui jetais un beau morceau de pain.....

Je m'étudiais à ne me plaindre de rien, et à donner à mon âme toutes les jouissances possibles. La plus ordinaire consistait à faire l'énumération des biens qui avaient embelli mes jours : un excellent père, une mère excellente, d'excellents frères et d'excellentes sœurs, tels et tels pour amis, une bonne éducation, l'amour des lettres, etc. ; qui plus que moi avait reçu du bonheur en partage? Pourquoi ne pas rendre grâces à Dieu, quoique ce bonheur fût maintenant troublé par l'infortune? Quelquefois, en faisant cette énumération, je m'attendrissais et je pleurais un moment; mais le courage et la joie revenaient bientôt.

Dès les premiers jours, je m'étais fait un ami. Ce n'était ni le geôlier, ni aucun des *secondini*, ni aucun des instructeurs de mon procès. Je parle néanmoins d'une créature humaine. Qui était-ce donc? un enfant sourd-muet, de cinq à six ans. Le père et la mère étaient des malfaiteurs, et la loi les avait frappés. Le malheureux petit orphelin était élevé par l'État avec plusieurs autres petits enfants de même condition. Ils habitaient tous une chambre en face de la mienne, et à certaines heures leur porte s'ouvrait, et ils allaient prendre l'air dans la cour.

Le sourd-muet venait sous ma fenêtre, me souriait et gesticulait. Je lui jetais un beau morceau de pain : il le prenait, faisait une gambade de joie, courait à ses camarades, en donnait à tous, et venait ensuite manger sa petite part près de ma fenêtre, en m'exprimant sa reconnaissance avec un sourire de ses beaux yeux.

Les autres enfants me regardaient de loin, mais n'osaient s'approcher. Le sourd-muet avait pour moi une grande sympathie qui n'était pas sans désintéressement. Quelquefois il ne savait que faire du pain que je lui jetais, et me faisait signe que lui et ses camarades en avaient assez, et ne pouvaient manger davantage. S'il voyait venir un *secondino* dans ma chambre, il lui donnait le pain pour qu'il me le rendît. Alors, quoiqu'il n'attendît rien de moi, il continuait à folâtrer devant ma fenêtre avec une grâce toute charmante, mettant son bonheur à être vu de moi. Une fois, un *secondino* lui permit d'entrer dans ma prison. L'enfant, à peine entré, accourut à moi pour m'embrasser les jambes, en poussant un cri de joie. Je le pris entre mes bras, et je ne saurais dire avec quels transports il me comblait de caresses.

Que d'amour dans cette chère petite âme! Que j'aurais voulu pouvoir le faire élever et le sauver de l'abjection où il se trouvait!

BRUCKOT

Je n'ai jamais su son nom; lui-même ne savait pas qu'il en eût un. Il était toujours gai, et je ne le vis jamais pleurer qu'un jour qu'il fut battu, je ne sais pourquoi, par le geôlier. Chose étrange! on regarde comme le comble de l'infortune de vivre en de tels lieux; et cependant cet enfant éprouvait là, certes, autant de bonheur que peut, à cet âge, en ressentir le fils d'un prince. Je faisais cette réflexion, et j'apprenais par là que l'humeur peut se rendre indépendante des lieux. Gouvernons l'imagination, et presque partout nous serons bien. Un jour est bientôt passé, et quand, le soir, on se met au lit, sans faim et sans douleurs aiguës, qu'importe si ce lit est sous le toit de ce qu'on appelle une prison, dans la maison d'un particulier, ou dans le palais d'un prince?

Excellent raisonnement ! Mais cette imagination, comment faire
pour la gouverner ? Je m'y essayais, et il me semblait par moments
que j'y réussissais à merveille ; mais d'autres fois elle triomphait en vrai
tyran, et, dans mon dépit, je demeurais confondu de ma faiblesse.

VIII

Dans mon malheur, me disais-je, je suis heureux, après tout, qu'on
m'ait donné une prison au niveau du sol, sur une cour où, à quatre
pas de moi, vient ce cher enfant avec lequel j'ai tant de plaisir à causer
par signes. Merveille de l'intelligence de l'homme ! Que de choses nous
nous disons, lui et moi, avec ces inépuisables expressions des regards
et de la physionomie ! Comme il règle ses mouvements avec grâce,
quand je lui souris ! comme il les corrige, s'il remarque qu'ils me déplaisent ! comme il comprend que je l'aime, quand il caresse ou qu'il
régale quelques-uns de ses camarades ! Personne au monde ne se l'imagine, et cependant moi, debout à cette fenêtre, je puis être une sorte
d'instituteur pour cette pauvre petite créature. A force de répéter ce

3

mutuel exercice de signes, nous aurons bien vite perfectionné ce moyen
de nous communiquer nos idées : plus il sentira que son âme s'étend et

s'améliore avec moi, plus il prendra d'affection pour moi ; je serai pour
lui le génie de la raison et de la bonté. Il apprendra à me confier ses
plaisirs, ses peines, ses désirs; j'apprendrai, moi, à le consoler, à le
rendre meilleur, à le diriger dans toute sa conduite. Qui sait si, en
laissant mon sort indécis de mois en mois, on ne me laissera pas vieillir
ici? Qui sait si cet enfant ne croîtra pas sous mes yeux, pour être employé plus tard à quelque service dans cette maison? Avec autant
d'esprit qu'il en fait voir, que pourra-t-il devenir? — Hélas! rien de
mieux qu'un excellent *secondino*, ou quelque autre chose de ce genre.
Eh bien, n'aurai-je pas fait une bonne œuvre, si j'ai contribué à lui
inspirer le désir de plaire aux honnêtes gens, de se plaire à lui-même,
et à lui donner l'habitude des sentiments bienveillants?

   Ce petit monologue était fort naturel. J'eus toujours beaucoup d'inclination pour les enfants, et la mission d'instituteur m'a toujours paru
un ministère sublime. Je m'étais voué à cette œuvre depuis quelques
années auprès de Giacomo et de Giulio Porro, deux enfants de belle

espérance, que j'aimais comme s'ils eussent été les miens, et que toujours j'aimerai ainsi. Dieu sait combien de fois, dans ma prison, je pensai à eux, combien je m'affligeai de ne pouvoir achever leur éducation, avec quelle ardeur je demandai au ciel de leur donner un nouveau maître qui m'égalât dans mon amour pour eux [1] !

Parfois je m'écriais en moi-même : Quelle grossière parodie que ceci ! au lieu de Giacomo et de Giulio, deux enfants parés des dons les plus brillants de la nature et de la fortune, le sort m'envoie pour élève un

[1] Combien de fois j'ai été témoin de tes vœux, de tes regrets et de tes larmes ! Et dans cette terrible maladie du Spielberg, quand la mort était là, c'était encore à eux que tu pensais, pour eux que tu priais ! A peine guéri, c'était encore leur nom que tu avais sur les lèvres ! et lorsque deux ans après notre arrivée au Spielberg, d'autres condamnés de Milan vinrent nous rejoindre, ta première pensée fut pour ta famille, la seconde pour Porro et ses enfants. Tu sais combien ils m'étaient aussi devenus chers ! Je les avais vus pour la première fois, seulement quelques mois avant notre arrestation. Cher Giacomo, cher Giulio, vous n'avez peut-être gardé aucun souvenir du compagnon de captivité de votre Silvio ; vous étiez alors dans un âge où les impressions s'effacent si aisément ! Mais moi je me souviens que chaque fois que j'allais voir Silvio chez votre père, vous couriez aussitôt dans le jardin et à la serre pour y cueillir deux bouquets. Vous demandiez ensuite à cette bonne Angiola

pauvre petit enfant sourd, muet, déguenillé, le fils d'un malfaiteur!... qui deviendra tout au plus un *secondino*, ce qu'en termes un peu moins choisis on appellerait un sbire.

Ces réflexions me confondaient, me décourageaient. Mais à peine entendais-je le cri perçant de mon petit muet, que je sentais tout mon sang en émoi, comme un père qui entend la voix de son fils. Et ce cri et la vue du petit muet chassaient loin de moi toute idée de bassesse à son égard. Où est sa faute, s'il est vêtu de haillons et incomplet dans ses organes, s'il est de race de voleurs? Une âme humaine dans l'âge de l'innocence est toujours digne de respect. Ainsi disais-je, et chaque jour je le regardais avec plus de tendresse, et je croyais le voir croître en intelligence, et je m'affermissais de plus en plus dans la douce pensée de me vouer à ennoblir son âme; et dans mon imagination, passant en revue tout ce qui pouvait arriver, je pensais qu'un jour peut-être, sorti de prison, je trouverais moyen de faire placer cet enfant dans une école de sourds-muets, et de lui ouvrir ainsi la route vers un avenir plus beau que le métier de sbire.

Tandis que je m'occupais délicieusement ainsi de son bonheur, deux *secondini* vinrent un jour me prendre.

. — C'est pour changer de logis, monsieur.

— Que voulez-vous dire?

— On nous a donné l'ordre de faire passer monsieur dans une autre chambre.

— Pourquoi?

— On aura pris quelque oiseau d'importance, et cette chambre étant la meilleure... monsieur doit bien comprendre...

— Je comprends : c'est ici la première halte des nouveaux venus. Et ils me firent passer dans la partie opposée de la cour, mais, hélas! non plus au niveau du sol, non plus en un lieu d'où il me fût encore possible de converser avec mon petit muet. En traversant cette cour, je le vis, ce cher enfant, assis à terre, étonné, triste. Il avait compris

---

un fil de soie pour les attacher, puis vous veniez dans le pavillon où nous étions ; chacun de vous s'avançait en tenant caché avec soin son gracieux présent, et me disait en me le présentant tout à coup : Celui-ci est pour vous, et celui-là pour la personne que vous aimez le plus.

Maintenant vous êtes des hommes, et vous ne rirez pas, j'en suis sûr, de ce souvenir de votre enfance. Ah! n'oubliez jamais votre noble instituteur; il a épousé une cause sainte qu'il n'a pas trahie au milieu des plus atroces tourments. C'est le plus beau testament moral que Silvio, votre second père, put léguer à ses enfants, l'exemple.   (MARONCELLI.)

qu'il me perdait. En un moment il fut debout, et courut à moi ; les *secondini* voulaient l'éloigner ; je le pris dans mes bras, et, tout morveux

qu'il était, je l'embrassai, l'embrassai encore avec tendresse, et me séparai de lui, le dirai-je ? les yeux pleins de larmes.

IX

Mon pauvre cœur, tu aimes si facilement et si chaudement ! et à combien de séparations déjà tu t'es vu condamné ! Celle-là, certes, ne fut pas la moins douloureuse, et je la ressentis avec d'autant plus d'amertume, que mon nouveau logis était fort triste : une mauvaise chambre, sale, obscure, avec une fenêtre ayant aux châssis non des vitres, mais du papier ; les murs en étaient souillés de grossières peintures faites de couleurs que je n'ose dire ; et dans les endroits qui avaient échappé à ces peintures, étaient des inscriptions : plusieurs portaient simplement le nom et le pays de quelque malheureux, avec la date du jour funeste de son arrestation. D'autres y ajoutaient des imprécations contre leur juge, etc.; d'autres étaient des biographies abrégées; d'autres enfin contenaient des sentences morales; il y avait ces paroles de Pascal :

« Que ceux qui combattent la religion apprennent au moins quelle elle est avant que de la combattre. Si cette religion se vantait d'avoir une vue claire de Dieu et de le posséder à découvert et sans voile, ce serait la combattre que de dire qu'on ne voit rien dans le monde qui le montre avec cette évidence; mais puisqu'elle dit au contraire que les hommes sont dans les ténèbres et l'éloignement de Dieu, qui s'est caché à leur connaissance, et que c'est même le nom qu'il se donne dans les Écritures, *Deus absconditus...* quel avantage peuvent-ils tirer lorsque, dans la négligence où ils font profession d'être de chercher la vérité, ils crient que rien ne la leur montre? »

Plus bas étaient écrites ces paroles du même auteur :

« Il ne s'agit pas ici de l'intérêt léger de quelques personnes étrangères, il s'agit de nous-mêmes et de notre tout. L'immortalité de l'âme est une chose qui nous importe si fort et qui nous touche si profondément, qu'il faut avoir perdu tout sentiment pour être dans l'indifférence de savoir ce qui en est. »

Une autre inscription disait :

« Je bénis la prison, parce qu'elle m'a fait connaître l'ingratitude des hommes, ma propre misère et la bonté de Dieu. »

Auprès de ces humbles paroles étaient les violentes et superbes imprécations d'un homme qui se disait athée et qui s'emportait contre Dieu, comme s'il eût oublié qu'il avait dit : « Dieu n'est pas. »

Après une colonne de ces blasphèmes en venait une autre d'injures contre ces lâches (il les appelait ainsi) qui, dans le désespoir de la prison, deviennent religieux.

Je montrai ces infamies à l'un des *secondini*, et lui demandai qui les avait écrites. — Je suis bien aise d'avoir trouvé cette inscription, dit-il; il y en a tant, et j'ai si peu le temps de chercher! Et il se mit aussitôt à gratter le mur avec son couteau pour en faire disparaître l'inscription.

— Pourquoi cela? lui dis-je.

— Parce que le pauvre diable qui l'a écrite, et qui fut condamné à mort pour homicide avec préméditation, s'en repentit, et me fit prier de lui faire cette charité.

— Que Dieu lui pardonne ! m'écriai-je. Quel meurtre avait-il commis ?

— Ne pouvant tuer son ennemi, il se vengea en lui tuant son fils, le plus bel enfant qui fût sur la terre.

Je frissonnai d'horreur. La férocité peut-elle bien en venir là ? Et un tel monstre prenait le langage insultant d'un homme supérieur à toutes les faiblesses humaines ! Tuer un innocent ! un enfant !

X

Dans ma nouvelle chambre si sombre et si immonde, privé de la compagnie de mon petit muet, j'étais accablé par la tristesse ; je restai plusieurs heures à la fenêtre qui donnait sur une galerie, et d'où l'on voyait, au delà de la galerie, le fond de la cour et la fenêtre de ma

première chambre. Qui donc m'y avait remplacé? Je voyais un prisonnier s'y promener avec la démarche rapide d'une personne pleine
d'agitation. Deux ou trois jours après, je vis qu'on lui avait donné de
quoi écrire, et alors il se tenait tout le jour à sa table.

Enfin je le reconnus : il sortait alors de sa chambre, accompagné du
geôlier, et allait à l'interrogatoire : c'était Melchior Gioja [1] !

Mon cœur se serra de douleur : et toi aussi, digne homme, te voilà
ici ! (Plus heureux que moi, après quelques semaines de détention, il
fut remis en liberté.)

[1] Melchior Gioja, le penseur le plus éminent que les sciences économiques aient eu en Italie dans ces derniers temps, homme d'une érudition universelle : ses *Tables statistiques,* son traité *Du mérite et des récom-
penses,* son prospectus colossal *de toutes les Sciences économiques,* sa *Logique à l'usage de la jeunesse,* sa *Philosophie de la Statistique,* et vingt autres ouvrages, sont autant de monuments élevés par lui à sa gloire et à
celle de sa patrie. Une charmante jeune fille, Bianca Milesi, entoura des soins les plus tendres ce vénérable
vieillard pendant toute la durée de sa détention, et lui, dans sa reconnaissance, ayant achevé en prison son traité
dell' Injuria, le publia, dès qu'il fut libre, avec une dédicace à cette aimable jeune fille, qui avait si puissamment contribué à lui faire rendre la liberté. Melchior Gioja est mort au mois de janvier 1829.
                                                                              (MARONCELLI.)

La vue de toute bonne créature me console, m'attache, me fait penser. Ah ! aimer et penser sont un grand bien ! J'aurais donné ma vie pour tirer Gioja de prison, et cependant j'éprouvais de la consolation à le voir.

Après avoir été longtemps à le regarder, à démêler, d'après ses mouvements, s'il avait l'esprit calme ou agité, à faire des vœux pour lui, je me sentais plus fort, plus riche d'idées, plus content de moi-même. Cela montre que le spectacle d'une créature humaine pour laquelle on éprouve de la sympathie suffit pour tempérer l'ennui de la solitude. Ce bienfait, je l'avais dû d'abord à un pauvre enfant muet ; maintenant je le trouvais dans la vue éloignée d'un homme de grand mérite.

Quelque *secondino* lui dit sans doute où j'étais. Un matin, en ouvrant sa fenêtre, il agita son mouchoir pour me saluer ; je me servis du même signe pour lui répondre. Oh ! quel plaisir m'inonda l'âme en ce moment ! il me semblait que toute distance avait disparu, que nous étions ensemble ; le cœur me battait comme à un amant qui revoit sa bien-aimée ; nous gesticulions sans nous comprendre, et avec la même vivacité que si nous nous étions compris. Oh ! c'est qu'en effet nous nous comprenions ; ces gestes voulaient dire tout ce que sentaient nos âmes, et l'une n'ignorait pas ce que l'autre avait senti.

Oh ! quelle consolation ces signes semblaient me promettre dans l'avenir ! L'avenir vint, mais ces saluts ne furent pas renouvelés. Chaque fois que je revoyais Gioja à la fenêtre, j'agitais mon mouchoir, mais en vain. Les *secondini* me dirent qu'il lui avait été défendu de provoquer mes signes et d'y répondre. Néanmoins il me regardait souvent, et souvent je le regardais, et nous savions encore ainsi nous dire bien des choses.

XI

Sur la galerie placée sous ma fenêtre, au niveau de ma prison, pas-saient et repassaient, du matin au soir, d'autres prisonniers accom-pagnés d'un *secondino*. Ils allaient à l'instruction et en revenaient. C'étaient pour la plupart gens de basse condition ; j'en vis néanmoins quelques-uns qui semblaient appartenir à une classe plus élevée. Quoi-qu'il ne me fût pas possible d'arrêter longtemps mes yeux sur eux, tant leur passage était rapide, ils attiraient cependant mon attention, et tous, plus ou moins, me touchaient. Pendant les premiers jours, ce triste spectacle augmentait ma douleur; mais peu à peu je m'y accoutumai, et il finit aussi par diminuer l'horreur de ma solitude.

Je voyais également passer sous mes yeux beaucoup de femmes arrêtées. On allait de cette galerie, par une voûte, dans une autre cour, et là étaient les prisons des femmes et l'hôpital des syphilitiques.

Un seul mur, et assez mince, me séparait d'une des chambres de ces femmes. Les pauvres créatures m'étourdissaient souvent de leurs chansons et quelquefois de leurs querelles. Le soir, quand toutes les rumeurs avaient cessé, je les entendais s'entretenir ensemble.

Si j'eusse voulu entrer en conversation avec elles, je l'aurais pu. Je m'en abstins, je ne sais pourquoi. Était-ce timidité, fierté, prudence, ou crainte de m'attacher à des femmes dégradées? C'étaient, je crois, ces trois motifs ensemble. La femme, quand elle est ce qu'elle doit être, est pour moi un être si sublime! La voir, l'entendre, lui parler, remplit mon âme de nobles images; mais, avilie et méprisable, elle me trouble, m'afflige, me désenchante le cœur.

Et cependant (les *cependant* sont indispensables à qui peint l'homme, cet être complexe), entre ces voix de femmes, il en était de suaves, et celles-ci, pourquoi ne le pas dire? m'étaient chères; une surtout, plus suave que toutes les autres, s'élevait plus rarement et n'exprimait jamais de pensées vulgaires. Elle chantait peu, et le plus souvent ces deux seuls vers si pathétiques :

> Chi rende alla meschina
> La sua felicità?

Quelquefois elle chantait les Litanies : ses compagnes alors se joignaient à elle; mais j'avais le don de reconnaître la voix de Madeleine entre toutes les autres, qui semblaient toujours acharnées à me la ravir.

Oui, cette infortunée se nommait Madeleine. Quand ses compagnes racontaient leurs peines, elle savait y compatir, elle gémissait et répétait : « Courage, chère amie ! le Seigneur ne délaisse personne. »

Qui pouvait m'empêcher de me la retracer belle et plus malheureuse que coupable, née pour la vertu, et capable d'y revenir, si jamais elle

Quelquefois elle chantait . . . .

s'en était écartée ? Qui pourrait me blâmer si je m'attendrissais en l'écoutant, si je l'écoutais avec recueillement, si je priais pour elle avec une ferveur particulière ?

L'innocence est vénérable, mais combien l'est aussi le repentir ! Le meilleur des hommes, l'Homme-Dieu, dédaignait-il d'arrêter ses regards compatissants sur les pécheresses, de respecter leur confusion, de les mettre au nombre des âmes qu'il honorait le plus ? Et nous, pourquoi tout ce mépris envers la femme tombée dans l'ignominie ?

En raisonnant ainsi, je fus cent fois tenté d'élever la voix et de faire à Madeleine une déclaration d'amour fraternel. Une fois même, j'avais déjà commencé la première syllabe de son nom, *Mad!* chose étrange ! le cœur me battait comme à un amoureux de quinze ans, et pourtant j'en avais trente et un, et ce n'est plus l'âge où l'on éprouve de ces palpitations d'enfant.

Je ne pus aller plus avant, je recommençai : *Mad! Mad!* Ce fut en vain, je me trouvai ridicule, et m'écriai de rage : *Matto* [1], et non *Mad!*

XII

Ainsi finit mon roman avec la pauvre créature ; mais je lui fus encore redevable des plus douces jouissances pendant plusieurs semaines. Souvent j'étais mélancolique, et sa voix m'égayait ; souvent, pensant à la bassesse et à l'ingratitude des hommes, je m'irritais contre eux, je prenais en haine l'univers entier, et la voix de Madeleine venait me disposer de nouveau à la piété et à l'indulgence.

Oh ! puisses-tu, pécheresse inconnue, n'avoir pas été condamnée à un sévère châtiment ! et, à quelque peine que tu aies été condamnée, puisses-tu en profiter pour te relever, vivre et mourir chère au Seigneur ! puisses-tu trouver près de tous ceux qui te connaissent le respect et la sympathie que tu as trouvés près de moi, qui ne t'ai pas connue ! Puisses-tu inspirer à quiconque te verra la patience, la douceur, la soif de la vertu, la confiance en Dieu, tout ce que tu as inspiré à celui qui t'aima sans te voir ! Mon imagination peut se tromper en te prêtant un beau corps ; mais ton âme, j'en suis sûr, était belle. Tes compagnes

[1] Fou.

parlaient grossièrement, et toi avec noblesse et pudeur; elles blasphé-
maient Dieu, et toi tu le bénissais; elles disputaient, et tu apaisais
leurs querelles. Ah! si quelqu'un t'a tendu la main pour t'arracher à
la carrière du déshonneur, s'il a mis de la délicatesse dans ses
bienfaits, s'il a essuyé tes larmes, puissent pleuvoir sur lui toutes
les consolations! sur lui et sur ses enfants, et sur les enfants de ses
enfants [1]!

Contiguë à ma prison, en était une autre habitée par plusieurs hommes. Je les entendais aussi parler : l'un d'eux surpassait tous les
autres en autorité, non peut-être qu'il fût d'une condition plus élevée,

[1] Madeleine, qui es-tu! ne t'ai-je pas connue? la seule bonne entre toutes les autres; oh! oui, il me semble
bien t'avoir connue. Moi aussi j'ai entendu tes chants, et jusqu'à ce jour j'avais ignoré ton nom.

Madeleine était au numéro 9 du corridor dont j'occupais le numéro 11; deux fois la semaine, les femmes du
numéro 9 venaient prendre l'air dans le corridor pendant quinze ou vingt minutes. Ce corridor étant moins exposé
aux regards que celui de Silvio, le *secondino* y exerçait une vigilance moins sévère. Une fois, cette pauvre
créature inconnue, qui chantait d'une manière si touchante, s'approcha de ma fenêtre, et me dit doucement :
Bonsoir! Je lisais; je levai les yeux, et je vis une jeune fille qui me parut belle : elle semblait attendre une
réponse à son salut compatissant; elle avait la tête penchée sur une épaule, son front était un peu pâle, ses yeux
expressifs et mélancoliques. Je répondis avec une tristesse qui n'était pas sans douceur : Oh! bonsoir! Et l'accent de ma voix signifiait : Béni soit celui qui t'envoie au prisonnier délaissé!

Elle reprit : — Qui êtes-vous, pauvre jeune homme!
— Je suis ici pour cause politique.
— Carbonarisme!
— Oui.
— O mon Dieu! Et elle fit un profond soupir, comme pour me prédire l'iliade des malheurs qui allaient suivre
— Puis-je vous rendre quelque service? J'ai plus de liberté que vous, vous comprenez!...
— Oh! oui, je comprends; je vous prie...
— Dites, dites, je le ferai avec plaisir, si je le puis.
J'allais dire : Apportez-moi un crayon. Je me retins; je n'avais aucun soupçon sur elle, la pauvre jeune fille!
mais le vieillard n'était pas revenu, et craignant qu'il ne fût arrivé quelque malheur, je ne voulais exposer per-
sonne; je changeai de conversation.
— Vous vouliez me demander quelque chose... Vous méfiez-vous de moi, et m'estimez-vous si peu!...
— Non, non, sur mon honneur, *poverina*!
Je me sentis des remords pour lui avoir inspiré la pensée d'un pareil doute, et je lui tendis la main à travers
les barreaux; elle la prit et la serra.
— Vous chantez quelquefois, me dit-elle, et vos chansons sont si belles! je les apprendrais volontiers.
— Elles ont deux grands défauts; elles sont trop longues et trop sérieuses; elles ne sont bonnes que pour moi,
qui dois m'accoutumer à de longues souffrances : je ne dois plus sortir jamais.
— Jamais! en vérité!
— Rentrons, rentrons! s'écria un des *secondini*; et elle, qui connaissait sa brutalité, ne prit que le temps de
me jeter un regard plein de tristesse et de mélancolie.
Je ne saurais dire combien cette apparition de femme me fut douce et cruelle à la fois. Elle réveilla dans mon
cœur le souvenir de ma mère, de mes sœurs, de toutes les femmes aimables que j'avais connues : je sentais qu'il
fallait me résigner à ne plus les revoir. J'étais plongé depuis deux heures dans cette rêverie, lorsque j'entendis
une voix qui m'appelait.
— Numéro 11! — Je ne répondis pas. On recommença : — Onze! onze!
— Qui m'appelle!
— C'est la dame du numéro 9 qui souhaite une bonne nuit au numéro 11.
— Bonne nuit donc à la dame du numéro 9, et que Dieu la bénisse!
— Ah! qu'il nous bénisse tous!
Je ne la vis plus, parce que la mince faveur de respirer un peu d'air pendant vingt minutes coûtait cinq cen-
times chaque fois, et la pauvre jeune fille ne pouvait peut-être pas les payer. Mais depuis ce jour-là, chaque
soir à huit heures, elle souhaitait au numéro 11 un peu de patience et une bonne nuit.

(MARONCELLI.)

mais il avait plus de faconde et plus d'audace ; il faisait le docteur,
comme on dit ; il querellait, et imposait silence à ses antagonistes avec
l'accent impérieux de sa voix et la fougue de ses paroles. Il leur dictait
ce qu'ils devaient penser et sentir, et ceux-ci, après quelque résistance,
finissaient toujours par lui donner raison en tout.

Les infortunés ! pas un d'entre eux qui, pour adoucir les déplaisirs
de la prison, exprimât quelque sentiment tendre, une pensée de religion ou d'amour !

Le chef de mes voisins m'adressa un mot de bienvenue et je le lui
rendis. Il me demanda comment je *menais cette maudite vie* ; je lui dis

qu'il n'était pas pour moi de vie maudite, quelque triste qu'elle fût ; et
que, jusqu'à la mort, il fallait rechercher le bonheur de penser et d'aimer.

— Expliquez-vous, monsieur, expliquez-vous.

Je m'expliquai, et ne fus pas compris. Et lorsque, après d'ingénieux détours préparatoires, j'eus le courage d'articuler pour exemple la vive tendresse qu'éveillait dans mon cœur la voix de Madeleine, le voisin donna dans le plus terrible éclat de rire.

— Qu'y a-t-il ? qu'y a-t-il ? s'écrièrent à la fois tous ses compagnons.

Le profane leur rapporta grotesquement mes paroles ; les éclats de rire recommencèrent en chœur, et je jouai là à merveille le rôle d'un sot.

Il en est de la prison comme du monde : ceux qui mettent leur sagesse à s'indigner, à se plaindre, à dénigrer, traitent de folie la pitié, l'amour, et le besoin de se consoler par de nobles illusions qui honorent l'humanité et son auteur.

XIII

Je les laissai rire sans leur répondre une syllabe. Les voisins m'adressèrent deux ou trois fois la parole ; je gardai le silence.

— Il aura quitté la fenêtre. — Il sera parti. — Il est allé tendre l'oreille aux soupirs de Madeleine. — Il se sera choqué de nos éclats de rire.

C'est là ce qu'ils se dirent pendant un moment ; et le chef finit par imposer silence aux autres, qui s'entretenaient encore à demi-voix de mon récit.

— Taisez-vous, imbéciles, vous ne savez ce que vous dites. Le voisin n'est pas en ceci un si grand âne que vous croyez. Vous n'êtes capables de réfléchir sur rien. Moi, j'éclate de rire d'abord, mais ensuite je réfléchis, moi. Les derniers des bandits savent faire les enragés comme nous autres. Mais un peu plus de gaieté, de charité, de confiance dans les bienfaits du ciel, là, franchement, qu'est-ce que cela veut dire, à votre sens ?

— Maintenant que je me mets aussi à réfléchir, répondit l'un, c'est signe, je crois, qu'on est un peu moins coquin que nous.

— Bravo ! s'écria le chef avec un hurlement de Stentor ; cette fois je recommence à avoir quelque estime pour ta caboche.

Je ne me sentais pas fier de passer simplement pour *un peu moins coquin* que ces gens-là.; mais j'éprouvais une sorte de joie de voir ces misérables revenus à meilleur avis sur l'importance de cultiver les sentiments bienveillants.

Je remuai le châssis comme si je fusse revenu à la fenêtre. Le chef m'appela ; je répondis, espérant qu'il aurait quelque velléité de moraliser à ma manière. Je me trompais : les esprits vulgaires esquivent le raisonnement sérieux ; si une noble vérité traverse leur intelligence, ils sont capables d'applaudir un moment à cette vérité ; mais bientôt après ils en détournent leur regard et ne savent pas résister à la rage de faire parade de leur sens, en doutant de cette vérité, ou se prenant à la railler.

Il me demanda ensuite si j'étais en prison pour dettes.

— Non.

— Accusé de fraude, peut-être? accusé à tort, bien entendu.

— De tout autre chose.

— Affaire d'amour?

— Non.

— Homicide?

— Non.

— Carbonarisme?

— Précisément.

— Et qu'est-ce que ces *carbonari*?

— Je les connais si peu que je ne saurais vous le dire.

Un *secondino* nous interrompit avec emportement, et quand il eut bien accablé mes voisins d'injures, il se tourna de mon côté, et me dit avec la gravité d'un maître plutôt que d'un sbire : — Fi ! monsieur ; descendre à converser avec toute sorte de monde ! monsieur sait-il que ces gens-là sont des voleurs?

Je rougis, et ensuite je rougis d'avoir pu rougir, et il me sembla que descendre à converser avec toute sorte de malheureux ; c'était moins crime que bonté.

XIV

La matinée suivante, j'allai à la fenêtre pour voir Melchior Gioja, mais je ne causai plus avec les voleurs ; je répondis à leur salut, et leur dis qu'il m'avait été défendu de parler.

Je vis arriver le greffier qui m'avait fait subir les interrogatoires, lequel m'annonça avec mystère une visite qui devait m'être agréable ; et quand il crut m'avoir assez préparé, il me dit : —Votre père enfin : ayez la bonté de me suivre.

Je le suivis dans les bureaux, palpitant d'aise et de tendresse, et m'efforçant d'avoir un aspect serein qui tranquillisât mon pauvre père.

Lorsqu'il avait su mon arrestation, il avait espéré qu'elle avait eu lieu par suite de soupçons de peu d'importance, et que j'allais bientôt sortir de ma prison. Mais voyant que ma détention se prolongeait, il était venu solliciter du gouvernement autrichien ma mise en liberté. Déplorables illusions de l'amour paternel ! Mon père ne pouvait me croire assez téméraire pour m'être exposé à la rigueur des lois, et l'enjouement étudié avec lequel je lui parlai lui persuada que je n'avais aucun malheur à craindre.

Le court entretien qui nous fut accordé m'agita à un point que je ne puis dire, d'autant plus que je m'efforçais de réprimer toute apparence d'agitation ; le plus difficile fut de n'en pas laisser voir quand il fallut nous séparer.

Dans les circonstances où se trouvait alors l'Italie, j'étais convaincu que l'Autriche ferait des exemples avec une rigueur extraordinaire, et que je serais condamné à mort ou à une longue captivité. Dissimuler cette conviction à un père ! le flatter de l'espérance de ma prochaine liberté ! ne pas fondre en larmes en l'embrassant, en lui parlant de ma mère, de mes frères, de mes sœurs, que jamais (je le pensais du moins) je ne devais plus revoir sur cette terre ! le prier, sans que ma voix fût entrecoupée de sanglots, de revenir encore me voir, s'il le pouvait ! oh ! non, jamais je ne me fis une telle violence.

Il me quitta presque consolé, et moi je retournai dans ma prison le cœur déchiré. Lorsque je m'y retrouvai seul, j'espérai pouvoir me soulager en m'abandonnant aux larmes ; ce soulagement me manqua. J'éclatais en sanglots, et je ne pouvais verser une larme. Le malheur de ne pouvoir pleurer est, dans les grandes douleurs, l'une des plus cruelles disgrâces, et ce malheur, que de fois je l'ai éprouvé !

Je fus pris d'une fièvre ardente avec un horrible mal de tête. Je ne pus avaler une goutte de bouillon de tout le jour. Oh ! m'écriai-je, si c'était une maladie mortelle qui vînt abréger mes tourments !

Lâche désir ! désir insensé ! Dieu ne l'exauça pas, et maintenant je l'en remercie. Et je l'en remercie, non pas seulement parce qu'après dix ans de prison j'ai revu ma famille bien-aimée, et que je puis me dire heureux, mais aussi parce que les souffrances donnent de la valeur à l'homme, et que les miennes, je l'espère du moins, ne m'ont pas été inutiles.

XV

Deux jours après, mon père revint. J'avais bien dormi la nuit, et j'étais sans fièvre. Je me donnai une contenance aisée, un air enjoué, et personne ne soupçonna ce que mon cœur avait souffert et souffrait encore.

Mon père me dit : « J'espère que sous peu de jours tu seras renvoyé à Turin. Nous t'avons déjà préparé ta chambre, et nous t'attendons avec une grande impatience. Les devoirs de mon emploi m'obligent à repartir. Fais en sorte, je te prie, fais en sorte de me rejoindre bientôt. »

Sa douce et mélancolique tendresse me déchirait l'âme. La dissimulation me semblait commandée par la piété filiale, et cependant je dissimulais avec une sorte de remords. N'eût-il pas été plus digne de mon père et de moi que je lui disse : Il est probable que nous ne nous verrons plus en ce monde ; séparons-nous en hommes, sans murmure et sans plainte ; que j'entende prononcer sur ma tête la bénédiction paternelle !

Ce langage m'eût plu mille fois davantage. Mais je regardais les yeux de ce vieillard vénérable, ses traits, ses cheveux gris, et je ne croyais pas que l'infortuné pût trouver en lui la force d'entendre de telles choses.

Et si, pour ne pas avoir voulu le tromper, je l'avais vu s'abandonner au désespoir, s'évanouir, peut-être (idée horrible !) tomber mort du coup dans mes bras !

Je ne pus lui dire la vérité ni la lui laisser entrevoir. Ma sérénité

factice lui fit pleinement illusion. Nous nous séparâmes sans larmes;
Mais, revenu dans ma prison, je fus en proie aux mêmes angoisses
que la première fois, ou à de plus cruelles encore; et ce fut encore en
vain que j'implorai le don des larmes.

Me résigner à toute l'horreur d'une longue prison, me résigner au
gibet, c'était dans la mesure de mes forces. Mais me résigner à l'immense douleur que devaient en ressentir mon père, ma mère, mes
frères et mes sœurs, oh! c'était à quoi toutes mes forces ne pouvaient
suffire. Alors je me prosternai à terre, et avec une ferveur que jamais
je ne m'étais sentie, j'adressai à Dieu cette courte prière :

Mon Dieu, j'accepte tout de ta main; mais prodigue ta force aux
cœurs à qui j'étais nécessaire; que je cesse de leur être tel, et que la
vie d'aucun d'eux ne s'abrége pour cela d'un seul jour.

O bienfait de la prière! Je restai plusieurs heures l'âme élevée à
Dieu, et ma confiance croissait à mesure que je méditais sur la bonté

divine, à mesure que je méditais sur la grandeur de l'âme humaine, quand elle échappe à l'égoïsme et s'interdit toute autre volonté que celle de la souveraine sagesse.

Oui, cela peut être ainsi, oui, tel est le devoir de l'homme. La raison, qui est la voix de Dieu, la raison me dit qu'il faut tout sacrifier à la vertu. Et s'accomplirait-il, ce sacrifice que nous devons à la vertu, si, dans les circonstances les plus douloureuses, nous luttions contre la volonté de Celui qui est le principe de toute vertu?

Quand le gibet ou tout autre martyre ne se peut éviter, lâchement les craindre, et ne savoir marcher de pied ferme à l'échafaud en bénissant le Seigneur, c'est l'indice d'un déplorable avilissement ou d'une déplorable ignorance. Et non-seulement il faut, de nous-mêmes, consentir à notre mort, mais aussi à l'affliction que doivent en ressentir ceux qui nous aiment. Tout ce qu'il nous est permis de demander à Dieu, c'est qu'il tempère cette affliction, c'est qu'il nous vienne en aide à tous; une telle prière est toujours écoutée.

XVI

Quelques jours s'écoulèrent, et je restai dans le même état, c'est-à-dire dans une tristesse douce, pleine de calme et de pensées religieuses. Je croyais avoir triomphé de toute faiblesse et n'être plus accessible à aucune inquiétude. Folle illusion! L'homme doit tendre sans cesse à la plus parfaite constance, mais il n'y arrive jamais sur la terre. Que fallut-il pour me troubler? La vue d'un ami malheureux, la vue de mon bon Piero, qui vint à passer à quelques pas de moi sur la galerie, tandis que j'étais à la fenêtre. On l'avait tiré de son gîte, pour le mener aux prisons criminelles.

Ils passèrent si vite, lui et ceux qui l'accompagnaient, que j'eus à peine le temps de le reconnaître, de recevoir de lui et de lui rendre un signe d'amitié.

Pauvre jeune homme! à la fleur de l'âge, né avec un génie de haute espérance, un caractère honnête, délicat, aimant, fait pour jouir glorieusement de la vie, précipité par la politique au fond d'une prison,

dans un temps où il était devenu si difficile d'échapper aux coups im-
placables de la loi !

Je fus saisi pour lui d'une telle compassion, d'une telle douleur de
ne pouvoir le racheter, de ne pouvoir même le consoler par ma présence et mes paroles, que rien ne pouvait me rendre un peu de calme.
Je savais combien il aimait sa mère, son frère, ses sœurs, son beau-
frère, ses petits neveux ; avec quelle ardeur il brûlait de contribuer à
leur bonheur, combien il était aimé de tous ces chers objets de son
amour. Je sentais quelle devait être l'affliction de chacun d'eux en une
si grande détresse. Il n'y a point de termes pour rendre la fureur qui
alors s'empara de moi, et cette fureur se prolongea si longtemps, que
je désespérais de l'apaiser jamais.

Eh bien, c'était encore une illusion que cette crainte. O affligés,
qui vous croyez la proie d'une douleur invincible, horrible, toujours
croissante, ayez un peu de patience, et vous serez détrompés !

Ni le repos extrême, ni l'extrême inquiétude, ne peuvent longtemps
durer. Il faut se pénétrer de cette vérité pour ne pas s'enorgueillir aux
heures de félicité, et ne pas s'avilir dans les jours de trouble.

A cette longue fureur succédèrent la fatigue et l'apathie. Mais l'apathie non plus ne dure pas, et je craignis d'avoir à flotter désormais
sans repos entre celle-ci et l'excès opposé. Je frissonnai à la pensée
d'un pareil avenir, et cette fois encore j'eus recours avec ardeur à la
prière.

Je demandai à Dieu d'assister mon pauvre Piero comme moi-même,
et sa famille comme la mienne. Ce ne fut qu'en répétant ces vœux que
je trouvai un véritable repos.

XVII

Mais lorsque mon âme s'était calmée, je réfléchissais aux fureurs
qui m'avaient maîtrisé ; et, m'indignant de ma propre faiblesse, j'étudiais
le moyen d'en guérir. Voici l'expédient dont je me servis pour cela.
Chaque matin, après une courte prière au Créateur, ma première occupation était de faire une diligente et courageuse revue de tout événement possible, de tout accident propre à m'émouvoir. J'arrêtais intré-

pidement mon imagination sur chacun de ces accidents, et m'y préparais. Depuis les plus douces visites jusqu'à celle du bourreau, je les imaginais toutes. Ce triste exercice me parut intolérable pendant quelques jours, mais je voulus fermement persévérer, et bientôt j'eus lieu d'en être content.

Au premier jour de l'an 1821, le comte Luigi Porro obtint la permission de me venir voir. La tendre et vive amitié qui nous unissait, le besoin que nous éprouvions de nous dire tant de choses, l'obstacle qu'apportait à cette effusion la présence d'un greffier, le temps trop court qu'il nous fut permis d'être ensemble, les efforts que nous faisions, lui et moi, pour paraître tranquilles, il y avait bien dans tout cela de quoi me soulever au cœur la plus terrible des tempêtes. Séparé d'un ami si cher, je me sentis attendri, mais calme.

Tant on gagne de force à se prémunir contre les violentes émotions !

Si je m'efforçais d'acquérir un calme constant, c'était moins par le désir d'ôter quelque chose à mon infortune que parce que cette inquiétude me semblait chose vulgaire et peu digne de l'homme. Une âme agitée ne raisonne plus : emportée dans un tourbillon irrésistible d'idées exagérées, elle se fait une logique absurde, furibonde, malveillante ; elle entre dans un état tout à fait antiphilosophique, antichrétien.

Si j'étais prédicateur, j'insisterais souvent sur la nécessité de bannir l'agitation : on n'est bon qu'à ce prix. Comme il était pacifique avec lui-même et avec les autres Celui que nous devons tous imiter ! Il n'est pas de grandeur d'âme, il n'est pas de justice sans la modération dans les idées, sans un esprit plutôt enclin à sourire qu'à s'indigner des événements de cette courte vie. La colère n'a quelque valeur que dans les cas très-rares où il semble qu'on puisse par elle humilier un méchant et le retirer des voies de l'iniquité.

Peut-être y a-t-il des fureurs d'une autre nature que celles qui me sont connues, et moins condamnables d'ailleurs. Mais celle qui jusqu'alors m'avait fait son esclave n'était pas une fureur de pure affliction ; il s'y mêlait toujours beaucoup de haine, une violente démangeaison de maudire, et de peindre la société, ou tels et tels individus, sous les couleurs les plus exécrables. Véritable épidémie de ce monde ! l'homme se croit meilleur quand il abhorre ses semblables. Il semble que tous les amis se disent à l'oreille : Aimons-nous seulement entre nous; crions bien haut que les autres ne sont que vile plèbe, et on nous prendra pour des demi-dieux.

Chose étrange, qu'on se plaise si fort à cette vie d'emportement! on y met une sorte d'héroïsme: Si l'objet qu'on maudissait vient à mourir, vite on en cherche un autre. De qui me plaindre aujourd'hui? Qui haïr? Quel sera le monstre? Celui-ci?... O bonheur! je le tiens! venez, mes amis, déchirons-le!

Ainsi va le monde, et, sans le déchirer, je puis bien dire qu'il va mal.

XVIII

Il n'y avait pas grande malveillance à me plaindre de l'horrible chambre où l'on m'avait placé. Par bonheur il en vint à vaquer une meilleure, et l'on me fit l'aimable surprise de me la donner.

N'aurais-je pas dû être très-content à cette nouvelle? Et cependant... il en est ainsi, je ne pouvais penser à Madeleine sans regret. Quel enfantillage! s'attacher toujours à quelque chose, et encore par des raisons, en vérité, bien faibles! En quittant cette misérable chambre, je tournai encore une fois les yeux vers ce mur contre lequel je m'étais si souvent appuyé, tandis qu'à un pied de là, peut-être, s'y appuyait aussi de l'autre côté la pauvre pécheresse. J'aurais voulu, une fois encore, entendre ces deux vers touchants :

> Chi rende alla meschina
> La sua felicità?

Vains désirs! encore une séparation dans ma vie de disgrâces! Je ne veux pas y revenir longuement, pour ne pas faire rire à mes dépens; mais il y aurait de l'hypocrisie à ne pas confesser que j'en fus triste plusieurs jours.

En m'en allant, je dis adieu à deux de ces pauvres voleurs, mes voisins, qui étaient alors à la fenêtre. Le chef n'y était pas; mais, averti par ses compagnons, il accourut; et répondit, lui aussi, à mes adieux; puis il se mit à fredonner l'air *Chi rende alla meschina*, etc. Voulait-il se moquer de moi? Je parie que si je faisais cette question à cinquante personnes, quarante-neuf répondraient oui. Eh bien, en dépit de cette importante majorité, j'incline à penser que le bon voleur voulait me faire une gracieuseté. Je le pris ainsi, et lui en témoignai ma reconnaissance par un dernier regard; et lui, tendant le bras hors des barreaux, avec son bonnet à la main, me faisait encore un signe lorsque je me tournais pour descendre l'escalier.

Arrivé dans la cour, j'y trouvai une consolation : mon petit muet était sous le portique; il me vit, me reconnut, et voulait accourir à ma rencontre. La femme du geôlier, je ne sais pourquoi, l'arrêta par le collet et le poussa dans la maison. Je m'affligeai de ne pouvoir l'em-

brasser; mais les petits bonds qu'il fit pour venir à moi m'attendrirent délicieusement. Il est si doux d'être aimé!

C'était jour de grandes aventures. A deux pas plus loin, je me trouvai près de la fenêtre de la chambre qui avait été la mienne et où était
maintenant Gioja: « Bonjour, Melchior, » lui dis-je en passant. Il leva
la tête, et s'écria en se précipitant de mon côté : « Bonjour, Silvio ! »

Hélas ! il ne me fut pas permis de m'arrêter un moment. Je tournai
sous la porte, je montai quelques marches, et me voici dans une
petite chambre assez propre, au-dessus de celle de Gioja.

J'y fis apporter mon lit, et dès que les *secondini* m'eurent laissé seul,
mon premier soin fut de visiter les murs. On y lisait quelques souvenirs écrits, les uns avec un crayon, les autres avec du charbon, d'autres avec une pointe incisive. J'y trouvai deux jolies strophes en français, que je me reproche aujourd'hui de n'avoir pas apprises par cœur.
Elles étaient signées le *duc de Normandie*. Je me mis à les chanter, en
y adaptant de mon mieux l'air de ma pauvre Madeleine ; mais voici
qu'une voix se mit à les chanter tout près de moi., sur un autre air.
Lorsque le chanteur eut fini, je lui criai : Bravo ! et il me donna le
bonjour avec politesse, en me demandant si j'étais Français.

— Non, je suis Italien, et me nomme Silvio Pellico.

— L'auteur de la *Françoise de Rimini* ?

— Précisément.

Et ici un compliment gracieux, avec les condoléances d'usage sur
ma captivité.

Il demanda dans quelle partie de l'Italie j'étais né.

— Dans le Piémont, lui dis-je, et je suis de Saluces.

Et ici encore un gracieux compliment sur le caractère et le génie
des Piémontais, avec une mention spéciale pour les hommes de mérite
nés à Saluces, et en particulier pour Bodoni [1].

Ces éloges étaient ingénieux et courts, comme il appartient à un
homme bien élevé.

— Maintenant, lui dis-je, permettez-moi, monsieur, de vous demander qui vous êtes.

— Vous venez de chanter une chansonnette de ma façon.

— Ces belles stances, écrites sur le mur, sont de vous?

---

[1] Le chevalier Giovanni Bodoni, célèbre typographe, mort en 1813, directeur de l'imprimerie de Parme,
(MARONCELLI.)

— Oui, monsieur.

— Vous êtes donc...

— L'infortuné duc de Normandie!

XIX

Le geôlier passait sous nos fenêtres, et nous fit taire.

Quel infortuné duc de Normandie? pensais-je. N'est-ce pas le titre qu'on donnait au fils de l'infortuné Louis XVI? Mais ce pauvre enfant

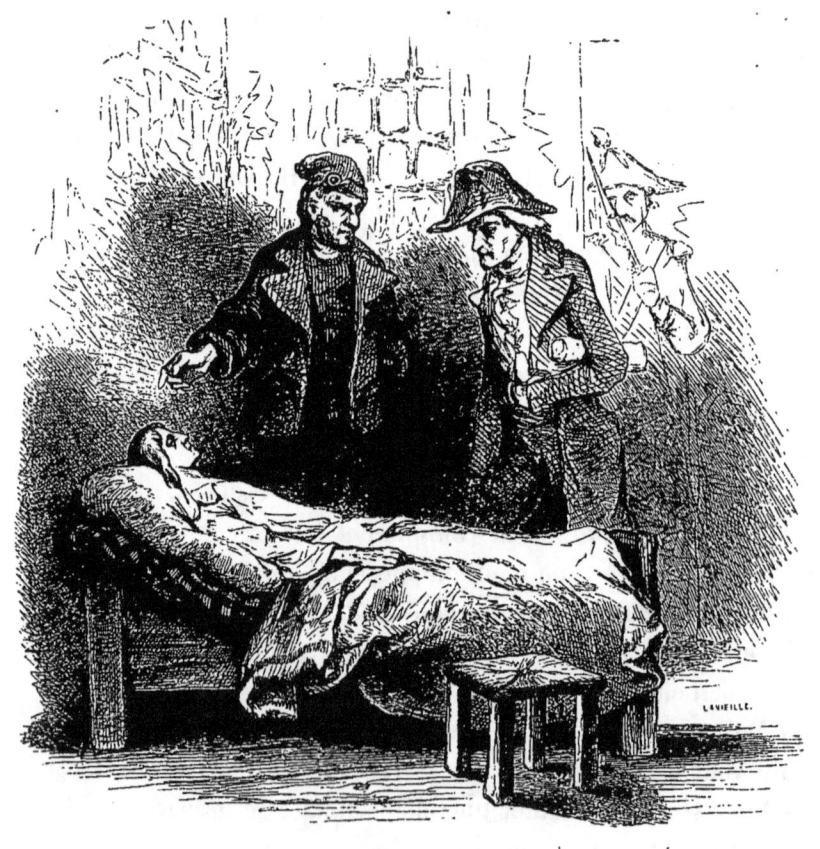

est mort, à n'en pas douter; eh bien! mon voisin sera un de ces malheureux qui ont tenté de le faire revivre.

Plusieurs déjà se sont donnés pour Louis XVII, et ont été reconnus pour des imposteurs. A quel titre celui-ci serait-il mieux cru que les autres?

Je cherchais à rester dans le doute, mais une irrésistible incrédulité prévalait toujours et n'a pas encore cessé de prévaloir en moi. Je résolus néanmoins de ne pas humilier ce malheureux, de quelque chanson qu'il voulût me bercer.

Quelques instants après, il se remit à chanter, et nous reprîmes la conversation.

A la question que je lui fis sur sa personne, il répondit qu'il était en effet Louis XVII, et se mit à déclamer avec force contre Louis XVIII, son oncle, l'usurpateur de ses droits.

— Mais ces droits, comment ne les avez-vous pas fait valoir à l'époque de la restauration?

— Je me trouvais alors à Bologne, où j'étais gravement malade. A peine guéri, je volai à Paris; j'allai me présenter aux puissances alliées, mais ce qui était fait était fait. Mon oncle refusa injustement de me reconnaître, et ma sœur s'unit à lui pour m'accabler. Le bon prince de Condé m'accueillit seul à bras ouverts, mais son amitié ne pouvait rien pour moi. Un soir, dans les rues de Paris, je fus assailli par des assassins armés de poignards, et ce fut à grand'peine que j'échappai à leurs coups. Après avoir erré quelque temps en Normandie, je revins en Italie, et m'arrêtai à Modène. De là, écrivant sans relâche aux monarques de l'Europe, en particulier à l'empereur Alexandre, qui me répondit toujours avec une parfaite politesse, je ne désespérais pas qu'on ne finît par me faire justice, ou que, si la politique commandait le sacrifice de mes droits au trône de France, on ne m'assignât un apanage convenable. Je fus arrêté, conduit à la frontière du duché de Modène, et livré au gouvernement autrichien. Voici maintenant huit mois que je suis enseveli dans cette prison, et Dieu sait quand j'en sortirai.

Je n'ajoutai pas foi à toutes ces paroles. Mais qu'il fût enseveli dans cette prison, il n'était que trop vrai, et cela seul m'inspirait pour lui une vive compassion.

Je le priai de me faire en abrégé le récit de sa vie. Il me raconta minutieusement toutes les particularités que je savais déjà sur Louis XVII : comment on l'enferma avec ce misérable Simon, le savetier; comment on lui fit attester une infâme calomnie contre les mœurs de la pauvre reine, sa mère, etc. Enfin, on vint une nuit le prendre dans sa prison; un enfant stupide, du nom de Mathurin, fut mis en sa place, et lui fut

BRUGNOT

emporté. Il y avait dans la rue une voiture à quatre chevaux, dont l'un était une machine en bois dans laquelle on le cacha. Ils arrivèrent heureusement aux bords du Rhin, et quands ils eurent passé la frontière, le général... (il me dit son nom, mais je ne me le rappelle pas), le général qui l'avait tiré de prison lui servit quelque temps d'instituteur et de père, puis l'envoya ou le conduisit en Amérique. Là, le jeune roi sans trône éprouva diverses fortunes, souffrit la faim dans les déserts, porta les armes, vécut heureux et honoré à la cour du roi du Brésil, fut ensuite calomnié, persécuté, et forcé de prendre la fuite. Il revint en Europe vers la fin du règne de Napoléon, fut retenu prisonnier à Naples par Joachim Murat; et lorsqu'il se revit libre et en position de réclamer le trône de France, il fut atteint à Bologne de cette fatale maladie pendant laquelle Louis XVIII fut couronné.

XX

Il racontait cette histoire avec un air surprenant de bonne foi. Ne pouvant le croire, je ne laissais pas de l'admirer. Tous les faits de la révolution française lui étaient parfaitement connus; il en parlait avec une éloquence toute naturelle, et rapportait à propos de tout des anecdotes fort piquantes. Il y avait bien, par moment, quelque chose de tant soit peu soldatesque dans son langage, mais il ne manquait pas d'ailleurs de cette élégance que donne l'usage de la belle société.

— Me permettrez-vous, lui dis-je, de vous traiter en ami et de ne pas vous donner de titres?

— C'est ce que je désire, répondit-il. Le malheur m'a du moins laissé cela de bon, que je sais sourire de toutes les vanités. Vous pouvez m'en croire, je me sens plus fier d'être un homme que d'être roi.

Matin et soir, c'étaient entre nous de longs entretiens, et quelque persuadé que je fusse qu'il jouait une comédie, son âme me semblait bonne, honnête, naturellement portée vers tout ce qui est bien. Plusieurs fois je fus sur le point de lui dire : Pardonnez, je voudrais croire que vous êtes réellement Louis XVII, mais je vous avoue sincèrement que je ne puis me défendre de la conviction contraire. Ayez assez de franchise pour renoncer à cette fiction. Et je méditais à part moi un beau sermon à lui faire sur ce qu'il y a de petit dans tout mensonge, même dans ceux qui semblent inoffensifs.

De jour en jour je différais; j'attendais toujours que notre intimité s'accrût encore de quelques degrés, et je n'eus jamais le courage d'exécuter mon dessein.

Lorsque je réfléchis à ce manque de hardiesse, je cherche parfois à me l'excuser comme un devoir de politesse, comme une crainte honorable d'affliger, que sais-je, moi? Mais ces excuses ne me satisfont pas, et je ne puis me dissimuler que je serais plus content de moi si ce beau sermon que je préparais ne m'était pas resté dans le gosier. Feindre d'ajouter foi à une imposture, c'est faiblesse. Je crois que je ne le ferais plus.

Oui, faiblesse! Certes, de quelque préambule délicat qu'on s'enveloppe, il est toujours pénible de dire à un homme : « Je ne vous crois pas. » Il s'indignera; il nous faudra renoncer au charme de son amitié, peut-être même nous accablera-t-il d'injures. Mais toute perte est plus honorable que le mensonge; et peut-être le malheureux qui nous accablerait d'injures, s'apercevant que son imposture ne trouve que des incrédules, finirait par admirer en silence notre sincérité, et par se livrer à des réflexions qui le ramèneraient à des voies meilleures.

Les *secondini* n'étaient pas éloignés de croire qu'il fût réellement Louis XVII; ils avaient déjà vu de si grands changements de fortune,

qu'ils ne désespéraient pas de voir leur prisonnier monter un jour sur le trône de France, et se ressouvenir alors de leur servile docilité.

Excepté la permission de s'évader, il trouvait auprès d'eux tous les égards qu'il pouvait désirer [1].

Je fus redevable à ces égards de l'honneur de contempler le grand personnage. C'était un homme de taille médiocre, entre quarante et quarante-cinq ans; il avait de l'embonpoint et une physionomie véritablement bourbonnienne. Il est vraisemblable que cette ressemblance accidentelle avec les Bourbons lui avait inspiré l'idée de jouer ce triste rôle.

XXI

Il faut que je m'accuse encore d'un indigne sacrifice que je fis au respect humain. Mon voisin n'était pas athée, et il parlait même quelquefois des sentiments religieux en homme qui les apprécie et n'y est pas étranger; mais il conservait encore beaucoup de préventions déraisonnables contre le christianisme, qu'il envisageait moins dans sa véritable essence que dans ses abus. La philosophie superficielle qui, en France, précéda et suivit la Révolution, l'avait ébloui. Il lui semblait qu'on pouvait adorer Dieu avec plus de pureté encore que suivant la religion de l'Évangile. Sans avoir une profonde connaissance de Condillac et de Tracy, il les révérait comme des penseurs éminents, et s'imaginait que ce dernier avait achevé de résoudre toutes les questions métaphysiques.

Moi qui avais poussé plus avant mes études philosophiques, qui sentais la faiblesse de la doctrine expérimentale, qui savais avec quelles grossières erreurs le siècle de Voltaire avait pris à tâche de dénigrer le christianisme; moi qui avais lu Guénée et ceux qui avec lui ont hardiment démasqué cette fausse critique; moi qui étais persuadé qu'en bonne logique on ne peut admettre Dieu et repousser l'Évangile; moi qui regardais comme chose vulgaire de suivre le torrent des opinions antichrétiennes, et de ne savoir s'élever à reconnaître combien le christia-

---

[1] Je me souviens que le *signor* Angiolino venait me dire, chaque fois qu'il quittait son royal prisonnier : « J'espère bien qu'il me fera son grand suisse quand il sera roi; j'ai eu la hardiesse de le lui demander, il a eu la bonté de me le promettre. » (P. MARONCELLI.)

nisme, vu de haut, est simple et sublime, eh bien! je fus assez lâche
pour sacrifier au respect humain. Je me laissai déconcerter par les
facéties de mon voisin, quoique convaincu de leur futilité. Je dissimulai
ma croyance, j'hésitai, je me demandai s'il était, ou non, opportun de
le contredire; je me dis que c'était inutile, et je m'efforçai de me croire
par là justifié.

Lâcheté! lâcheté! Qu'importent l'audace et l'emportement des opinions en vogue, quand elles ne reposent sur aucune base? Il est vrai
qu'un zèle déplacé est indiscret, et peut ne servir qu'à irriter plus encore
celui qui ne croit pas. Mais confesser avec franchise et modestie à la
fois ce qu'on tient fermement pour importante vérité, le confesser là
même où l'on sait devoir trouver non l'approbation, mais le dédain,
c'est un devoir clairement établi; et ce noble aveu, on peut toujours le
faire, sans prendre à contre-temps le ton d'un missionnaire.

Oui, c'est un devoir de confesser en tout temps une vérité importante; car si nous ne pouvons espérer de la voir aussitôt reconnue, elle
peut néanmoins préparer les âmes de telle sorte qu'elle y produise un
jour une plus haute impartialité de jugement, et, par suite, le triomphe
de la lumière.

XXII

Je restai dans cette chambre un mois et quelques jours. La nuit du
18 au 19 février 1821, je suis réveillé par un bruit de clefs et de cadenas, et je vois entrer plusieurs hommes avec une lanterne. Ma première
idée fut qu'ils venaient pour m'égorger; mais pendant que je regardais
ces figures avec anxiété, je vis s'avancer poliment le comte B*** [1], qui
me pria de m'habiller promptement pour partir.

Cette nouvelle me surprit, et j'eus la folie d'espérer qu'on allait me
conduire aux frontières du Piémont. Serait-il possible qu'une si grande
tempête se fût ainsi dissipée? Je retrouverais encore la douce liberté!
Je reverrais mes parents tant aimés, mes frères et mes sœurs!

---

[1] Le comte Bolza, natif de Côme, un des greffiers de la direction de la police. (Extrait d'une note de l'édi-
teur de Londres.)

Ces pensées flatteuses m'agitèrent quelques instants. Je m'habillai en toute hâte, et suivis ceux qui étaient venus pour m'accompagner, sans avoir le temps d'adresser un dernier adieu à mon voisin. Il me sembla avoir entendu sa voix, et j'eus regret de ne pouvoir lui répondre.

— Où allons-nous? dis-je au comte en montant en voiture avec lui et un officier de gendarmerie.

— Je ne puis vous le dire que nous ne soyons à un mille au delà de Milan.

Je vis que la voiture ne se dirigeait pas du côté de la porte Verceline, et toutes mes espérances s'évanouirent.

Je me tus. C'était par une nuit admirable et le plus beau clair de lune.

Je regardais ces rues chéries où je m'étais promené pendant tant d'années, si heureux alors! Les maisons, les églises, tout renouvelait en moi mille souvenirs délicieux.

Oh! cours de la Porte-Orientale! oh! jardins publics, où tant de fois,; me promenant avec Monti, avec Foscolo, avec Lodovico de Brême, avec Borsieri, avec Porro et ses enfants, avec tant d'autres qui me sont chers, je m'étais entretenu avec eux, plein de vie et d'espérance! oh! comme en me disant que je vous contemplais pour la dernière fois, oh! comme en vous voyant si rapidement échapper à mes regards, je sentais que je vous avais aimés, que je vous aimais encore! Lorsque nous eûmes franchi la porte, j'avançai mon chapeau sur mes yeux, et pleurai sans être vu.

Je laissai passer plus d'un mille, et je dis au comte B*** · — Je suppose que nous allons à Vérone.

— Plus loin, répondit-il; nous allons à Venise, où je dois vous consigner entre les mains d'une commission spéciale.

Nous voyagions en poste sans nous arrêter, et le 20 février nous arrivâmes à Venise.

Au mois de septembre de l'année précédente, un mois avant mon arrestation, j'étais à Venise, et j'avais dîné en nombreuse et joyeuse

BRUGNOT

compagnie, à l'hôtel de la Lune. Chose étrange! ce fut précisé-

7

ment à l'hôtel de la Lune que le comte et le gendarme me menèrent.

Un valet de l'hôtel tressaillit en me voyant, et en s'apercevant (quoique le gendarme et ses deux acolytes se fussent déguisés pour avoir l'air de gens attachés à mon service) que j'étais aux mains de la force publique. Je me réjouis de cette rencontre, persuadé que le valet parlerait de mon arrivée à plus d'une personne.

Nous dînâmes, après quoi je fus conduit au palais du doge, où siégent maintenant les tribunaux. Je passai sous ces chers portiques des *Procuratie*, et devant le café Florian, où j'avais joui de tant de belles soirées pendant le cours de l'automne précédent. Le hasard ne me fit rencontrer aucun visage de connaissance.

On traverse la *Piazetta*... Sur cette même *Piazetta*, au mois de septembre passé, un mendiant m'avait adressé ces singulières paroles :

— On voit bien que monsieur est étranger; mais je ne puis comprendre pourquoi monsieur et tous les étrangers admirent ce lieu : pour moi c'est un lieu de malheur, et je n'y passe jamais que par nécessité.

— Il vous sera arrivé ici quelque tragique aventure?

— Oui, monsieur, une aventure terrible, à moi et à bien d'autres. Dieu vous en garde, monsieur, Dieu vous en garde!

Et il se hâta de s'éloigner.

Et maintenant, en repassant par le même lieu, il était impossible que je ne me ressouvinsse pas des paroles du mendiant. Ce fut encore sur cette même *Piazetta* que, l'année suivante, je montai sur l'échafaud, pour y entendre lire mon arrêt de mort, et le rescrit qui commuait la peine en quinze années de *carcere duro*.

Si j'avais le cerveau tant soit peu troublé de rêverie mystique, je ferais grand cas de ce mendiant, qui m'avertit si énergiquement que ce lieu était un *lieu de malheur ;* mais je ne remarquai le fait que comme une étrange rencontre.

Nous montâmes au palais. Le comte B*** s'entretint avec les juges, puis me consigna entre les mains du geôlier, et en prenant congé de moi, il m'embrassa avec émotion.

XXIII

Je suivis le geôlier en silence. Après avoir traversé plusieurs galeries

Ce qu'on nomme les plombs, c'est la partie supérieure de l'ancien palais du Doge.

et plusieurs salles, nous arrivâmes à un petit escalier qui nous conduisit sous les *plombs*, célèbre prison d'État depuis le temps de la république vénitienne.

Là, le geôlier prit note de mon nom, et m'enferma dans la chambre
qui m'était destinée. Ce qu'on nomme *les plombs*, c'est la partie supérieure de l'ancien palais du doge, toute couverte en plomb.

Ma chambre avait une grande fenêtre avec une énorme grille, et
donnait sur le toit, également couvert en plomb, de l'église de Saint-
Marc. Au delà de l'église, je voyais dans le lointain l'extrémité de la
Piazza, et de toutes parts un nombre infini de coupoles et de clochers.
Le gigantesque clocher de Saint-Marc n'était séparé de moi que de la
longueur de l'église, et j'entendais ceux qui étaient au sommet, pour
peu qu'ils élevassent la voix. On voyait encore, à gauche de l'église,
une partie de la cour du palais et l'une des entrées. Dans cette partie de

la cour était un puits public, où l'on venait sans cesse puiser de l'eau.

Mais à la hauteur où j'étais, ceux que j'apercevais en bas me semblaient des enfants, et je ne pouvais distinguer leurs paroles que quand
il leur arrivait de crier. Je me trouvais bien plus solitaire encore que
je ne l'étais dans les prisons de Milan.

Pendant les premiers jours, les soucis du procès criminel qui m'était
intenté par la commission spéciale me donnèrent une certaine tristesse,
à laquelle ajoutait peut-être le douloureux sentiment d'une solitude plus
grande. J'étais, en outre, plus loin de ma famille, et je n'en recevais
aucune nouvelle. Les nouveaux visages que je voyais ne m'étaient
pas antipathiques, mais gardaient un sérieux qui ressemblait à de
l'épouvante. La renommée leur avait exagéré les trames des Milanais
et du reste de l'Italie pour l'indépendance; j'étais à leurs yeux, parmi
les instigateurs de ce délire, un des moins dignes de pardon. Ma petite
célébrité littéraire était connue du geôlier, de sa femme, de sa fille, de
ses deux fils, et même des deux *secondini*. Qui sait s'ils ne regardaient
pas un faiseur de tragédies comme une espèce de sorcier?

Ils étaient sérieux, méfiants, avides de détails sur tout ce qui me
concernait, mais pleins d'égards.

Après les premiers jours, tous s'apprivoisèrent et me parurent de
bonnes gens. C'était la femme qui savait le mieux conserver les allures
et le caractère du geôlier; c'était une femme de quarante ans environ,
passablement sèche de visage et de parole, et incapable de bienveillance
pour tout ce qui n'était pas ses enfants.

Elle avait coutume de me porter mon café le matin et après le dîner,
ainsi que l'eau, le linge, etc. Elle était d'ordinaire accompagnée de sa
fille, enfant de quinze ans, qui n'était pas belle, mais qui avait de la
pitié dans les regards, et de ses deux fils, dont l'un avait treize ans et
l'autre dix. Ils se retiraient ensuite avec leur mère, et ces trois jeunes
visages se retournaient doucement pour me regarder en fermant la
porte. Le geôlier n'entrait dans ma chambre que quand il avait à me
conduire dans la salle où la commission se réunissait pour m'interroger.
Les *secondini* venaient rarement, parce qu'ils avaient à surveiller les
prisons de la police, situées à un étage inférieur, et où il y avait toujours beaucoup de voleurs. L'un des *secondini* était un vieillard de plus
de soixante-dix ans, mais encore propre à cette vie fatigante, qui consiste à courir sans relâche, de haut en bas, les escaliers, de prison en

Elle avait coutume de me porter mon café le matin et après le dîner.

prison. L'autre était un jeune homme de vingt-quatre ou vingt-cinq ans, plus pressé de conter ses amours que de vaquer à son service.

XXIV

Oh! oui, les soucis d'un procès criminel sont horribles pour un homme prévenu de crime d'État. Comme on redoute de nuire aux autres! Que de difficulté à lutter contre tant d'accusations, contre tant de soupçons! Comme il est à craindre que tout ne s'embrouille d'une manière chaque jour plus funeste, si le procès ne se termine bientôt, si de nouvelles arrestations ont lieu, si de nouvelles imprudences se découvrent, même de personnes qui vous sont inconnues, mais qui appartiennent au même parti!

J'ai résolu de ne pas parler politique, et voilà pourquoi il me faut supprimer toute chose relative à mon procès. Je dirai seulement que souvent, après avoir passé de longues heures à la séance, je retournais dans ma chambre, exaspéré à tel point et tellement furieux, que je me serais tué, si la voix de la religion et le souvenir de mes chers parents ne m'eussent retenu.

Ce calme dont je croyais m'être fait une habitude à Milan m'avait abandonné. Pendant plusieurs jours je désespérai de le reprendre jamais, et ce furent pour moi des jours d'enfer. Alors je cessai de prier, je doutai de la justice de Dieu, je maudis les hommes et l'univers entier, et roulai dans mon esprit tout ce qu'on peut amasser de sophismes sur la vanité de la vertu.

L'homme malheureux et furieux de son malheur est terriblement ingénieux à calomnier ses semblables et le Créateur même. La colère est plus immorale, plus coupable qu'on ne le croit généralement. Comme on ne peut rugir du matin au soir, pendant des semaines entières, et que l'âme la plus cruellement maîtrisée par la fureur a, de toute nécessité, ses heures de repos, ces heures mêmes se ressentent ordinairement de l'immoralité de celles qui ont précédé. Alors on s'imagine être en paix; mais cette paix, elle est mauvaise, elle est impie; un sourire sauvage, sans charité, sans dignité, un amour du désordre, de l'ivresse, de la raillerie, voilà tout.

Dans cet état, je chantais des heures entières avec une sorte d'allégresse, mais une allégresse tout à fait stérile en bons sentiments. Je plaisantais avec tous ceux qui entraient dans ma chambre; je m'efforçais de considérer toute chose au monde avec une sagesse toute vulgaire, la sagesse des cyniques.

Ce temps infâme dura peu, six ou sept jours.

Ma Bible était chargée de poussière; un des enfants du geôlier me dit un jour en me caressant : — Depuis que monsieur ne lit plus dans ce vilain livre, monsieur n'est plus si triste, ce me semble.

— Il te semble? lui dis-je.

Et ayant pris la Bible, j'en enlevai la poussière avec mon mouchoir; et l'ayant ouverte sans intention, mes yeux tombèrent sur ces paroles : « Et il a dit à ces disciples : Il est impossible qu'il n'arrive pas de scandales; mais malheur à celui par qui le scandale arrive! Il vaudrait mieux pour celui-là qu'il fût jeté à la mer avec une meule de pierre au col, que de scandaliser un de ces enfants. »

Je fus étonné de rencontrer ces paroles. Je rougis de la pensée que cet enfant s'était aperçu que je ne lisais plus la Bible, à la poussière qu'il voyait sur le livre, et qu'il avait pu me croire devenu plus aimable à mesure que je devenais plus insoucieux de Dieu.

— Petit drôle, lui dis-je avec un reproche caressant, et tout affligé de l'avoir scandalisé, ceci n'est pas un *vilain livre*, et depuis quelques jours que je ne le lis pas, je suis bien plus méchant. Quand ta mère te permet de rester un moment avec moi, je m'efforce de chasser la mauvaise humeur; mais si tu savais comme elle revient s'emparer de moi quand je suis seul, et que tu m'entends chanter comme un forcené!

XXV

L'enfant était sorti, et j'éprouvais un véritable plaisir à retrouver la Bible dans ma main, et j'étais heureux d'avoir confessé que sans elle j'étais devenu pire. Il semblait que j'eusse fait réparation à un ami généreux injustement offensé, et que je me fusse réconcilié avec lui.

Et je t'avais abandonné, ô mon Dieu! m'écriai-je. Et je m'étais perverti! et j'avais pu croire que le rire impudent du cynique allait bien à mon désespoir!

Je prononçai ces paroles avec une émotion indicible. Je posai la Bible sur une chaise, je m'agenouillai à terre pour lire; et moi qui ai tant de peine à pleurer, je fondis en larmes.

Ces larmes étaient mille fois plus douces que cette brutale joie. Je recommençai à sentir Dieu; je l'aimais, je me repentais de l'avoir outragé en me dégradant moi-même, et je promettais de ne plus me séparer de lui, non, jamais!

Ah! comme un retour sincère à la religion console et élève l'âme!

Je lus, et je pleurai pendant plus d'une heure; ensuite je me relevai, confiant dans la pensée que Dieu était avec moi, que Dieu m'avait pardonné mon délire. Dès lors mes malheurs, les tourments du procès, l'imminence du gibet, furent peu de chose à mes yeux. J'étais heureux de souffrir, parce que souffrir d'un cœur résigné c'était me soumettre au Seigneur.

La Bible, grâce au ciel, je savais la lire. Ce n'était plus comme au temps où je la jugeais avec l'étroite critique de Voltaire, tournant en dérision des expressions qui ne sont ridicules ou fausses que lorsque, par ignorance ou par mauvaise foi, on ne sait pas en pénétrer le sens. Je voyais clairement à combien de titres elle est le code véritable de la sainteté, et partant de la vérité ; combien cette délicatesse qui s'offense de certaines imperfections de style est chose peu philosophique, et ressemble à l'orgueil de qui méprise tout ce qui n'a pas des formes élégantes ; combien il y a d'absurdité à s'imaginer qu'une telle collection de livres, religieusement révérés, n'a pas une origine authentique ; combien enfin est évidente la supériorité de ces saintes Écritures sur le Coran et la théologie de l'Inde.

Plusieurs en ont abusé, plusieurs voulurent en faire un code d'iniquité, la sanction de leurs passions infâmes. Cela est vrai, mais on en revient toujours là : on peut abuser de toute chose ; et quand l'abus d'une chose excellente a-t-il donné le droit de dire cette chose mauvaise en elle-même ? Jésus-Christ l'a déclaré : la loi et les prophètes, cette vénérable collection de livres sacrés, tout se réduit au précepte d'aimer Dieu et les hommes. Et de tels écrits ne seraient pas la vérité de tous les siècles, ne seraient pas la parole éternellement vivante de l'Esprit-Saint !

Ces réflexions une fois réveillées en moi, je repris mon dessein de ramener à la religion toutes mes pensées sur les choses humaines, toutes mes opinions sur les progrès de la civilisation, mes convictions philanthropiques, l'amour de la patrie, enfin toutes les affections de mon âme.

Le peu de jours que j'avais vécu dans le cynisme m'avaient étrangement corrompu. J'en ressentis longtemps les effets, et il me fallut combattre pour en triompher. Toutes les fois que l'homme se laisse aller un moment à avilir son intelligence, à considérer les œuvres de Dieu avec la loupe infernale de la raillerie, à s'interdire le bienfaisant exercice de la prière, le ravage qui se fait dans sa raison le dispose à de faciles rechutes. Pendant plusieurs semaines je fus cruellement assailli, presque chaque jour, de pensées d'incrédulité, et j'employai à les repousser toute la force de mon esprit.

XXVI

Lorsque ces combats eurent cessé, et que je crus être fermement revenu à l'habitude de glorifier Dieu dans chacune de mes volontés, je goûtai pendant quelque temps une paix ineffable. Les interrogatoires que, tous les deux ou trois jours, me faisait subir la commission, quelque pénibles qu'ils fussent, ne m'entraînaient plus à de longues anxiétés. Je prenais soin, dans ma position délicate, de ne pas manquer à mes devoirs d'honneur et d'amitié, et je disais : Dieu fasse le reste !

Je redevins fidèle à la pratique de prévoir journellement toute surprise, toute émotion, toute disgrâce possible, et je trouvais dans cet exercice un charme tout nouveau.

Cependant ma solitude augmenta : les deux enfants du geôlier, qui, dans l'origine, me tenaient compagnie, furent envoyés à l'école, et, demeurant par suite fort peu de temps à la maison, ne venaient plus me voir. La mère et la fille, qui, lorsque les enfants y étaient, s'arrêtaient souvent aussi à causer avec moi, ne paraissaient plus que pour m'apporter le café, et me laissaient aussitôt. Pour la mère, je m'en inquié-

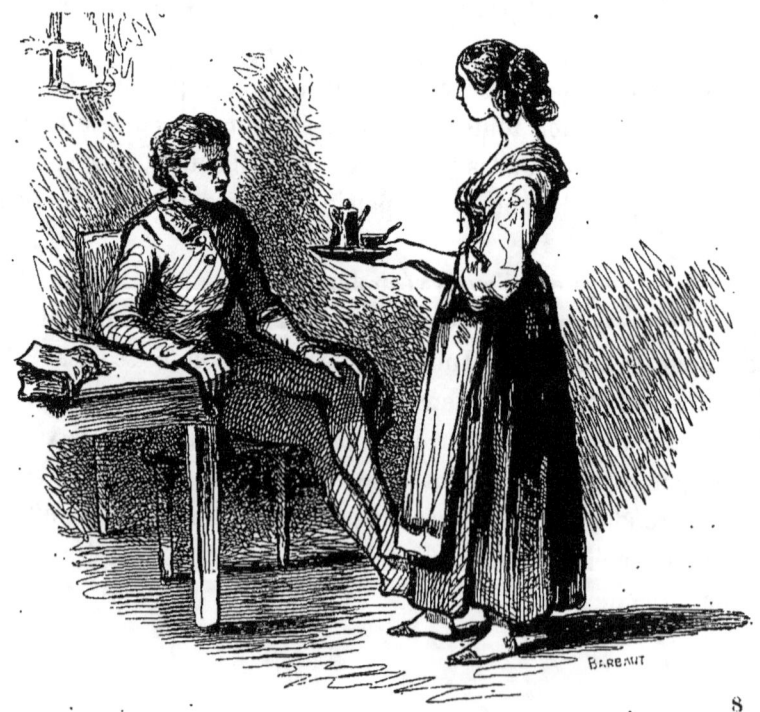

tais peu, car elle ne montrait pas une âme compatissante. Mais la fille,
quoique dépourvue de beauté, avait je ne sais quelle douceur de regard
et de parole qui pour moi n'était pas sans prix. Quand elle m'apportait
mon café et me disait : C'est moi qui l'ai fait, je ne manquais jamais
de le trouver excellent; quand elle disait : C'est maman, c'était de
l'eau chaude.

Voyant si rarement des créatures humaines, je donnai mon attention à quelques fourmis qui venaient sur ma fenêtre, et je les nourris si
somptueusement, qu'elles allèrent chercher toute une armée de leurs
compagnes, et ma fenêtre en fut bientôt remplie. Je m'occupais également d'une belle araignée qui filait sa toile à l'une des parois de ma
prison; je la nourris de cousins et de moucherons, et elle devint familière au point de venir sur mon lit et dans ma main, saisir sa proie sur
mes doigts.

Et plût à Dieu que ces insectes eussent été les seuls à me visiter!
Nous étions encore au printemps, et déjà les cousins se multipliaient,
je puis le dire, épouvantablement. L'hiver avait été d'une douceur peu
ordinaire, et après quelques vents de mars, les chaleurs arrivèrent. On
ne saurait croire à quel point l'air s'échauffa dans l'espèce de gîte que
j'habitais. Placé en plein midi, sous un toit de plomb, avec une fenêtre
donnant sur le toit, aussi de plomb, de Saint-Marc, dont la réverbéra-
tion était terrible, je suffoquais. Je n'avais jamais eu l'idée d'une chaleur si accablante. A ce supplice, déjà si grand, venaient se joindre les
cousins en tel nombre, que, pour peu que je fisse un mouvement et les
excitasse, j'en étais couvert ; le lit, la table, la chaise, le sol, les murs,
la voûte, tout en était chargé, et l'air en contenait une multitude infinie, qui allaient et venaient sans cesse par la fenêtre avec un bour-
donnement infernal. Les piqûres de ces insectes sont douloureuses ; et
quand on en reçoit du matin au soir et du soir au matin, qu'il faut
subir l'importune nécessité de penser sans cesse à en diminuer le nombre, c'est trop de tourment, en vérité, pour l'esprit et pour le corps.

Lorsque, à l'épreuve d'un tel fléau, j'en connus la gravité, et ne
pus obtenir qu'on me changeât de prison, je sentis renaître en moi
quelque tentation de suicide, et parfois je craignis de devenir fou. Mais,
grâce au ciel, ces fureurs ne duraient pas, et la religion continuait à
me soutenir. Elle me persuadait que l'homme doit souffrir, et souf-

frir avec fermeté; elle me faisait sentir dans la douleur je ne sais quelle volupté, la joie virile de ne pas me confesser vaincu, et de tout vaincre.

Je me disais : Plus la vie se fait pour moi douloureuse, moins grande sera ma terreur si, jeune comme je le suis, je me vois condamné au supplice. Sans ces tourments préparatoires, je serais peut-être mort lâchement. D'ailleurs, ai-je, moi, assez de vertus pour mériter le bonheur? Où sont-elles ces vertus?

En m'examinant avec une justice sévère, je ne trouvais dans les années de ma courte vie qu'un petit nombre d'actes quelque peu dignes d'approbation; le reste n'était que passions folles, idolâtries, orgueilleuse et fausse vertu. Et bien! concluais-je, souffre donc, homme indigne! Si les hommes et les insectes te tuent, uniquement par colère et sans aucun droit, sache reconnaître en eux les instruments de la justice divine, et tais-toi!

XXVII

L'homme a-t-il besoin d'effort pour se mortifier sincèrement, pour se reconnaître pécheur? N'est-il pas vrai qu'en général nous dépensons follement notre jeunesse en vanités, et qu'au lieu d'employer toutes nos forces à avancer dans la carrière du bien, nous en faisons servir la plus grande partie à nous avilir? Il y a des exceptions; mais je confesse qu'elles ne regardent pas ma chétive personne. Je n'ai aucun mérite à être mécontent de moi : quand on voit un flambeau jeter plus de fumée que de flamme, il ne faut pas une grande franchise pour dire qu'il ne brûle pas comme il le devrait.

Oui, sans m'avilir, et sans que j'obéisse à un scrupule de dévot, en me considérant avec la plus entière tranquillité d'esprit, je me trouvais digne des châtiments de Dieu. Une voix intérieure me disait : Ces châtiments te sont dus pour ceci, sinon pour cela; puissent-ils te ramener vers celui qui est la perfection même, et que tous les hommes, dans la faible mesure de leurs forces, sont appelés à imiter!

Avec quelle apparence de raison, moi, forcé de me reconnaître coupable envers Dieu de mille infidélités, serais-je allé me plaindre si quel-

ques hommes me paraissaient vils , et quelques autres injustes? si les
prospérités de ce monde m'étaient ravies, si je devais me consumer
dans une prison, ou périr de mort violente?

Je m'efforçais de me graver profondément au cœur des réflexions si
justes et si bien senties ; et, cela fait, je voyais qu'il fallait être conséquent, et que je ne pouvais l'être qu'à la condition de bénir les équitables jugements de Dieu en les aimant, et en maîtrisant au dedans de
moi toute volonté qui leur fût contraire.

Pour m'affermir encore mieux dans cette résolution, je songeais à
faire désormais une revue rigoureuse de tous mes sentiments en les
écrivant. Le mal était que la commission, en me permettant d'avoir de
l'encre et du papier, me comptait les feuilles de ce papier, avec défense
d'en détruire aucune, et se réservait le droit d'examiner à quel usage
je les avais employées. Pour suppléer au papier, j'eus recours à l'innocent artifice de polir avec un morceau de verre une table grossière que
j'avais, et j'y écrivais ensuite chaque jour mes longues méditations sur
les devoirs de l'homme, et en particulier sur les miens.

Je n'exagère pas en disant que les heures ainsi remplies me semblaient parfois délicieuses, malgré la difficulté que j'éprouvais à respirer à cause de la chaleur, et les morsures si douloureuses des moucherons. Pour diminuer le nombre de ces dernières, j'étais forcé, en
dépit de la chaleur, de me bien envelopper la tête et les jambes, et
d'écrire non-seulement avec des gants, mais les poignets emmaillottés,
pour interdire aux moucherons l'entrée de mes manches.

Ces méditations auxquelles je me livrais affectaient de préférence
une forme biographique. Je faisais l'histoire de tout ce qui s'était opéré
en bien et en mal au dedans de moi depuis mon enfance, discutant
avec moi-même, m'évertuant à trouver la solution de mes doutes, or-
donnant du mieux que je savais toutes mes connaissances, toutes mes
idées sur chaque chose.

Lorsque toute la surface disponible de la table était chargée d'écriture, je lisais, je relisais, je méditais sur mes propres méditations, et
enfin je me décidais (souvent avec regret) à racler avec le verre ce que
j'avais écrit, pour rendre cette surface propre à recevoir de nouveau
mes pensées.

Je continuais ainsi mon histoire, souvent arrêtée en chemin par des

digressions de tout genre, par l'analyse de quelque point de métaphysique, de morale, de politique, de religion ; et lorsque tout était plein,
je recommençais à lire, à relire et ensuite à effacer.

Voulant éviter tout ce qui aurait pu m'empêcher de me rendre
compte à moi-même avec la plus entière liberté des faits que je me rappelais et de mes opinions, et prévoyant la possibilité de quelques visites inquisitoriales, j'écrivais en jargon, c'est-à-dire avec des transpo-
sitions de lettres et des abréviations qui m'étaient parfaitement familières. Il ne m'arriva néanmoins aucune visite de ce genre, et nul ne se
doutait que ce temps si triste s'écoulât si doucement pour moi. Lorsque j'entendais le geôlier ou toute autre personne ouvrir la porte, je
couvrais la table d'un linge, et j'y mettais l'écritoire et le cahier *légal*.

XXVIII

Je consacrais aussi à ce cahier quelques-unes de mes heures, et quelquefois tout un jour ou une nuit entière. J'y écrivais des œuvres littéraires. C'est alors que je composai l'*Esther d'Engaddi*, l'*Iginia d'Asti*,
et les quatre chants intitulés : *Tancreda*, *Rosilde*, *Eligi* et *Valafrido et
Adello*, indépendamment de plusieurs canevas de tragédies et autres
compositions, telles qu'un poëme sur la ligue lombarde, et un second
sur Christophe Colomb.

Le cahier une fois épuisé, comme la permission de le renouveler
n'arrivait ni aisément ni promptement, je jetais la première idée de
toute composition sur la table ou sur du papier gris dans lequel je me
faisais apporter des figues sèches ou d'autres fruits. Quelquefois, en
donnant mon dîner à l'un des *secondini*, et en lui persuadant que je
n'avais aucun appétit, je l'amenais à me faire présent de quelques
feuilles de papier. Cela n'arrivait que dans le cas où la table était déjà
chargée d'écriture sans que je pusse encore me résoudre à la racler.
Alors je me résignais à pâtir de la faim, et quoique le geôlier eût mon
argent en dépôt, je ne lui demandais pas à manger de tout le jour, soit
pour ne pas lui faire soupçonner que j'eusse donné mon dîner, soit
pour que le *secondino* ne s'aperçût pas que j'avais menti en lui disant
que je n'avais aucun appétit. Le soir, je prenais pour me soutenir du

câfé très-fort, et je demandais en grâce qu'il fût fait par la *siora Zanze*. C'était la fille du geôlier, qui, dès qu'elle pouvait faire le café à l'insu de sa mère, le chargeait toujours extrêmement, à ce point que, grâce à mon estomac vide, il me causait une sorte d'agitation nerveuse sans douleur, qui me tenait éveillé toute la nuit.

Dans cet état d'ivresse tempérée, je sentais redoubler mes forces intellectuelles ; je philosophais, je poétisais, je priais jusqu'au point du jour avec un merveilleux plaisir. Une soudaine faiblesse me prenait ensuite ; alors je me jetais sur mon lit, et en dépit des moucherons, qui trouvaient encore moyen, quelque bien enveloppé que je fusse, de venir me sucer le sang, je dormais profondément une heure ou deux.

Ces nuits que rendait si fort agitées le café tombé sur un estomac vide, mais qui s'animaient d'une si douce exaltation, me semblaient trop bienfaisantes pour que je ne cherchasse pas à m'en procurer souvent de semblables. Aussi, sans avoir besoin du papier du *secondino*, je prenais souvent le parti de ne pas toucher à mon souper, pour obtenir le soir l'enchantement tant désiré du magique breuvage. Heureux quand j'atteignais mon but ! Il arriva plus d'une fois que le café ne fut pas préparé par la compatissante Zanze, et n'était alors qu'une insipide boisson. Cette friponnerie me donnait un peu de mauvaise humeur, et au lieu de me sentir électrisé, je languissais, je bâillais, j'avais faim, et je me jetais sur mon lit sans pouvoir y trouver le sommeil.

Je m'en plaignais ensuite à Zanze, et elle compatissait à ma peine. Un jour que je m'en prenais amèrement à elle, comme si c'était elle qui m'eût trompé, la pauvrette se mit à pleurer, et me dit : — Monsieur, je n'ai jamais trompé personne, et tout le monde m'appelle une trompeuse.

— Tout le monde ? Ah ! c'est donc que je ne suis pas le seul que cette rinçure mette en colère.

— Ce n'est pas là ce que je veux dire. Ah ! si monsieur savait !... Si je pouvais verser mon pauvre cœur dans le sien !...

— Mais n'allez pas pleurer ainsi ! Mon Dieu, qu'avez-vous ? Je vous demande pardon, si c'est à tort que je vous ai fait des reproches. Ce n'est pas votre faute, j'en suis bien convaincu, si ce café est si mauvais.

— Ah ! ce n'est pas non plus ce qui me fait pleurer, monsieur.

Cette réponse mortifia quelque peu mon amour-propre; mais je pris le parti de sourire.

—Vous pleurez donc à l'occasion de mes reproches, mais pour toute autre chose?

— Oui, vraiment.

— Qui donc vous a appelée *trompeuse*?

— Mon amoureux...

Et son visage se couvrit de rougeur, et dans sa confiance ingénue elle me raconta toute une idylle tragique qui m'émut.

XXIX

Depuis ce jour, je devins, je ne sais pourquoi, le confident de la jeune fille, et elle recommença à s'entretenir longuement avec moi.

Elle me disait quelquefois : —Monsieur est si bon, que je le regarde comme une fille pourrait regarder son père.

— Vous me faites là un triste compliment, lui répondais-je en repoussant sa main; j'ai à peine trente-deux ans, et déjà vous me traitez en père.

— Eh bien! monsieur, je dirai : comme un frère..

Et elle s'emparait par force de ma main, et me la serrait avec affection. Et tout cela était fort innocent.

Je me disais ensuite : Il est heureux que ce ne soit pas une beauté! Autrement cette innocente familiarité pourrait bien me déconcerter.

D'autres fois, je me disais encore : Il est heureux qu'elle soit si jeune. Je ne crains pas de tomber amoureux d'une jeune fille de cet âge.

Quelquefois aussi je ne pouvais remarquer sans un peu d'inquiétude que je m'étais trompé en la trouvant laide, et j'étais forcé de convenir qu'elle ne manquait pas, dans les formes de son corps et les contours de son visage, d'une certaine régularité.

Si elle n'était pas si pâle, me disais-je, et qu'elle n'eût pas ces lentilles sur le visage, elle pourrait passer pour belle..

La vérité, c'est qu'il est impossible de ne point trouver quelque charme dans la présence, dans les regards, dans la conversation d'une jeune fille vive et affectueuse. Ensuite je n'avais rien fait pour captiver la bienveillance de Zanzé, et je lui étais cher comme un père ou comme un frère, à mon choix. Pourquoi? Parce qu'elle avait lu la *Françoise de Rimini*, et l'*Eufemio*, et que mes vers là faisaient tant pleurer! puis parce que j'étais prisonnier, *sans avoir*, disait-elle, *tué ni volé*.

En somme, moi qui m'étais attaché à Madeleine sans l'avoir vue, comment aurais-je pu rester indifférent aux empressements fraternels, aux gracieuses flatteries, à l'excellent café de la

Venezianina adolescente sbirra?

Si je ne tombai pas amoureux de cette jeune fille, je ne pourrais, sans mentir, en faire honneur à ma sagesse; je n'en devins pas amoureux, uniquement parce qu'elle avait un amant dont elle était éprise. Malheur à moi s'il en eût été autrement!

Mais si le sentiment qu'elle fit naître en moi n'était pas ce qu'on ap-

pelle de l'amour, je confesse qu'il en était assez voisin. Je désirais la
voir heureuse, lui voir épouser celui qu'elle aimait. Je n'éprouvais pas
la moindre jalousie, je n'avais aucune idée qu'elle pût me choisir pour
l'objet de son amour. Mais lorsque j'entendais ouvrir la porte, le cœur
me battait dans l'espérance que ce serait Zanzé, et, mécontent si ce
n'était pas elle, si c'était elle mon cœur battait plus fort et s'épanouis-
sait de joie.

Ses parents, qui déjà avaient pris bonne opinion de moi, et qui la
savaient éperdument éprise d'un autre, ne se faisaient aucun scrupule
de la laisser venir presque toujours m'apporter le café du matin et
quelquefois celui du soir.

Elle avait une ingénuité et une affabilité séduisantes. Elle me disait :
— Je suis si amoureuse d'un autre, et cependant je reste si volontiers
avec monsieur ! Quand je ne vois pas mon amant, je m'ennuie partout,
excepté ici.

— Et tu ne sais pas pourquoi ?

— Je ne le sais pas.

— Je puis te le dire, moi ; c'est que je te laisse parler de ton amant.

— C'est cela sans doute ; mais c'est aussi, je crois, parce que je vous
estime de toute mon âme.

Pauvre jeune fille ! elle avait le défaut charmant de me prendre toujours la main et de me la serrer, ne s'apercevant pas que c'était me
remplir à la fois de plaisir et de trouble.

Ah ! je rends grâce au ciel de pouvoir me rappeler sans le plus petit
remords cette excellente créature !

XXX

Ces pages seraient certainement plus amusantes si Zanzé eût été
amoureuse de moi, ou si du moins je me fusse épris d'elle. Et cependant ce lien de pure sympathie qui nous unissait m'était plus cher que
de l'amour. Si je craignais parfois que, dans l'égarement de mon cœur,
il ne vînt à changer de nature, je m'en attristais sérieusement.

Une fois, dans le doute de ce qui pouvait arriver, désespéré de la
trouver, je ne sais par quel enchantement, cent fois plus belle qu'il ne

m'avait semblé d'abord, étonné de la mélancolie que j'éprouvais loin
d'elle, et de la joie que m'apportait sa présence, je me mis pendant
deux jours à faire le bourru, m'imaginant qu'elle perdrait en partie
cette familiarité dont elle usait à mon égard. L'expédient n'était pas
heureux : cette jeune fille était si patiente, si compatissante! Elle
allait alors à la fenêtre, s'appuyait sur le coude, et s'arrêtait à me regarder en silence. Puis elle me disait : — Monsieur a l'air ennuyé de
ma compagnie, et cependant, si je le pouvais, je resterais ici tout le
jour, précisément parce que je vois que monsieur a besoin de distraction. Cette mauvaise humeur est l'effet de la solitude; mais que monsieur essaie de causer un peu, et cette mauvaise humeur s'en ira. S'il
ne veut pas babiller, je babillerai, moi.

— De votre amant, n'est-ce pas?

— Eh! non, pas toujours de lui; je sais aussi parler d'autre chose.

Et elle commençait, en effet, à m'entretenir de ses petits intérêts de
famille, de l'âpreté de sa mère, de la bonhomie de son père, des espié-
gleries de ses petits frères, et ses récits étaient pleins de simplicité et
de grâce. Mais, sans qu'elle s'en aperçût, elle retombait toujours sur
son thème de prédilection, son malheureux amour.

Moi, je ne voulais pas cesser de paraître bourru, et j'espérais qu'elle
en concevrait du dépit. Mais elle, soit inattention ou artifice, n'avait
pas l'air de s'en douter, et il me fallait finir par reprendre un front
serein, par sourire, par m'émouvoir, par la remercier de sa douce patience avec moi.

Je laissai tomber l'ingrate pensée que j'avais eue de lui inspirer du
dépit, et insensiblement mes craintes se calmèrent. En vérité, je n'étais
pas épris. J'examinai longtemps mes scrupules, j'écrivis mes réflexions
sur ce sujet, et leur développement me fit du bien.

L'homme quelquefois se fait des épouvantails de rien. Pour ne pas
s'en laisser effrayer, il doit les envisager avec plus d'attention et de
plus près.

Étais-je donc bien coupable de désirer ses visites avec une tendre
inquiétude, d'en apprécier la douceur, de me réjouir de la compassion
que je trouvais en elle, de lui rendre pitié pour pitié, du moment que
nos pensées de l'un à l'autre avaient la pureté des plus pures pensées
de l'enfance, et que ses mains en serrant les miennes, comme ses

S'il ne veut pas babiller, je babillerai.

regards en s'arrêtant avec affection sur les miens, me remplissaient, tout en me troublant, d'un respect salutaire?

Un soir, en épanchant dans mon cœur une grande affliction qu'elle avait éprouvée, l'infortunée jeta ses bras à mon cou, et me couvrit le visage de ses larmes. Cet embrassement était pur de toute idée profane : une fille n'embrasse pas son père avec plus de respect.

Seulement il arriva que mon imagination en demeura trop vivement frappée. Cet embrassement me revenait souvent à l'esprit, et alors je ne pouvais plus penser à autre chose.

Une autre fois qu'elle s'abandonna au même élan de confiance filiale, je me hâtai de me dégager de ses bras chéris, sans la presser sur mon sein, sans l'embrasser, et je lui dis en balbutiant :

— Je vous en prie, Zanzé, ne m'embrassez pas ainsi ; cela n'est pas bien.

Elle arrêta ses yeux sur mon visage, les baissa, et rougit ; et certes ce fut la première fois qu'elle lut dans mon âme que je pouvais devenir faible auprès d'elle.

Elle ne cessa pas depuis d'être familière avec moi ; mais sa familiarité devint plus réservée, plus conforme à mon désir, et je lui en sus gré.

XXXI

Je ne puis parler du mal qui afflige les autres hommes ; mais pour celui qui m'est échu en partage, depuis que je suis au monde, je dois convenir qu'en l'examinant de près, je l'ai toujours trouvé ordonné en vue de quelque bien. Oui, jusqu'à cette horrible chaleur qui m'accablait, jusqu'à ces armées de moucherons qui me faisaient une guerre si acharnée ! Mille fois j'y ai réfléchi ; sans cette source inépuisable de tourments, aurais-je trouvé en moi la vigilance et la fermeté nécessaires pour me maintenir invulnérable aux traits d'un amour qui me menaçait, et que j'aurais eu peine à contenir dans les bornes du respect, avec une humeur aussi vive, aussi caressante que l'était celle de la jeune fille ? Si parfois alors je me défiais si fort de moi, comment aurais-je pu gouverner la faiblesse de mon imagination, pour peu que l'air eût été agréable et m'eût prédisposé au plaisir ?

Avec l'imprudence des parents de Zanzé, qui avaient en moi une si grande confiance ; avec l'imprudence de cette enfant, qui ne prévoyait pas qu'elle pût m'inspirer un coupable enivrement ; avec l'impuissante sauvegarde de ma propre vertu, nul doute que la chaleur de cette fournaise et les cruelles morsures des moucherons ne fussent pour moi un bienfait.

Cette pensée me réconciliait un peu avec ces fléaux, et alors je me disais : Voudrais-tu en être délivré et passer dans une bonne chambre rafraîchie par un air pur, à la condition de ne plus voir cette affectueuse créature ?

Dirai-je la vérité ? Je n'avais pas le courage de répondre à cette question.

Quand on veut un peu de bien à quelqu'un, on trouve un charme

indéfinissable dans les choses en apparence les plus futiles. Souvent
une parole de Zanzé, un sourire, une larme, une grâce de son dialecte
vénitien, l'agilité de ses bras à défendre elle et moi, avec son mouchoir
ou son éventail, des piqûres des moucherons, faisaient couler dans mon
âme une joie enfantine qui durait tout le jour. Il m'était doux surtout
de voir que ses afflictions se calmaient quand elle me parlait, que ma
pitié lui était chère, que mes avis la trouvaient docile, et que son cœur
s'enflammait quand nous parlions de Dieu et de la vertu.

« Lorsque nous avons parlé ensemble de religion, me disait-elle, je
prie plus volontiers et avec une foi plus vive. »

Et quelquefois, coupant court soudainement à une causerie frivole,
elle prenait la Bible, l'ouvrait, en baisait un verset au hasard, et me
priait de le lui traduire en le commentant. Puis elle ajoutait : « Je vou-

drais que toutes les fois que vous relirez ce verset, il vous revint à la
mémoire que j'y ai déposé un baiser. »

Les baisers, il faut le dire, ne tombaient pas toujours à propos, surtout s'il lui arrivait d'ouvrir le Cantique des Cantiques. Alors, pour ne
pas l'exposer à rougir, je profitais de son ignorance du latin, et j'usais
de phrases qui me permissent de sauver à la fois son innocence et la
sainteté du livre ; car l'une et l'autre m'inspiraient une profonde vénération. En pareille rencontre, jamais je ne me permis de sourire. Je tombais cependant dans un grand embarras lorsque parfois, ayant peine
à entendre ma version falsifiée, elle me priait de lui traduire la phrase
mot à mot, et ne me laissait pas légèrement passer à un autre sujet.

XXXII

Rien n'est durable ici-bas. Zanzé tomba malade. Dans les premiers
jours de sa maladie, elle venait me voir en se plaignant de grands maux de
tête. Elle pleurait, et ne me disait pas la cause de ses larmes, seulement
elle balbutiait quelques plaintes contre son amant : « C'est un scélérat,
disait-elle ; mais que Dieu lui pardonne ! »

Quelque instamment que je la priasse de m'ouvrir son cœur comme
de coutume, je ne pus savoir ce qui pouvait à ce point la rendre malheureuse.

« Je reviendrai demain matin, me disait-elle un soir. » Mais le jour
suivant le café me fut apporté par sa mère, les autres jours par les *secondini*. Zanzé était sérieusement malade.

Les *secondini* me rapportaient sur les amours de cette infortunée des
choses équivoques qui me faisaient dresser les cheveux. Une séduction !
— Ah ! c'étaient peut-être des calomnies ! J'avoue que j'y ajoutai foi, et
que je fus mortellement touché d'un si grand malheur. Ils auront menti,
j'aime à le croire.

Après plus d'un mois de maladie, la pauvre enfant fut menée à la
campagne, et je ne la revis plus.

Je ne saurais dire combien cette perte me fut sensible. Oh ! comme
ma solitude en devint plus horrible ! Oh ! comme la pensée que cette
bonne créature fût malheureuse m'était cent fois plus amère que son
absence ! Elle m'avait tant consolé dans ma détresse avec sa douce
compassion, et ma compassion ne pouvait rien pour elle ! Ah ! certes,

elle savait bien que je la pleurais, et que j'aurais fait tous les sacrifices pour lui apporter, s'il eût été possible, quelque consolation; elle savait bien que jamais je ne cesserais de la bénir et de faire des vœux pour son bonheur!

Au temps de Zanzé, ses visites, quoique toujours trop courtes, en interrompant agréablement la monotonie de mes continuelles méditations et de mes silencieuses études, en attachant d'autres idées au fil de mes idées, en éveillant en moi de suaves sympathies, embellissaient véritablement mon infortune et me doublaient la vie.

Ce temps passé, la prison redevint pour moi un tombeau. Pendant plusieurs jours je fus accablé de tristesse au point de ne plus trouver aucun plaisir même à écrire. Ma tristesse, au surplus, était calme en comparaison des fureurs qu'autrefois j'avais éprouvées. Cela voulait-il dire que j'étais déjà plus familiarisé avec l'infortune, plus philosophe, plus chrétien? ou seulement que cette dévorante ardeur de ma chambre allait jusqu'à anéantir la force de ma douleur? Oh! non, je me souviens que je la sentais violemment au fond de mon âme, et d'autant plus violemment peut-être que je me refusais à l'épancher au dehors en criant et en m'agitant.

Certes, ce long apprentissage m'avait déjà rendu plus capable de souffrir de nouvelles afflictions, en me résignant à la volonté de Dieu. Je m'étais dit tant de fois qu'il y a lâcheté à se plaindre, que j'avais fini par savoir contenir mes plaintes prêtes à éclater, et que j'avais honte de les trouver si voisines de mes lèvres.

L'habitude d'écrire mes pensées avait contribué à affermir mon âme, à me désabuser des vanités de ce monde, et à réduire à ces conclusions la plupart des raisonnements :

Il est un Dieu : donc sa justice est infaillible : donc tout ce qui arrive est ordonné selon une bonne fin : donc si l'homme souffre sur la terre, c'est pour le bien de l'homme.

La connaissance de Zanzé avait été encore un bienfait pour moi. Elle m'avait adouci le caractère; sa délicieuse approbation m'avait excité à ne pas oublier pendant quelques mois le devoir qui fait une obligation à tout homme de se montrer supérieur à la fortune, c'est-à-dire patient, et ces quelques mois de constance m'avaient accoutumé à la résignation.

Zanzé ne me vit mettre en colère que deux fois. La première, dont j'ai parlé, c'était à l'occasion de ce méchant café; l'autre, je vais dire pour quelle raison.

Toutes les deux ou trois semaines, le geôlier m'apportait une lettre de ma famille; cette lettre, qui passait d'abord par les mains de la commission, m'arrivait horriblement mutilée et toute raturée avec une encre très-noire. Il arriva que ce jour, au lieu de m'effacer seulement quelques phrases, on promena l'horrible rature sur la lettre entière, à l'exception de ces mots : *Très-cher Silvio*, qui commençaient la lettre, et de l'adieu qui la terminait : *Nous t'embrassons de tout notre cœur.*

Je fus si furieux de la chose, qu'en présence de Zanzé j'éclatai en cris violents, et me pris à maudire je ne sais plus qui. La pauvre jeune fille eut pitié de moi, mais en même temps elle m'accusa de ne pas être conséquent à mes principes. Je reconnus qu'elle avait raison, et je ne maudis plus personne.

XXXIII

Un jour, l'un des *secondini* entra d'un air mystérieux dans ma prison, et me dit : — Quand c'était la *siora* Zanzé... comme c'était elle qui apportait le café... et qu'elle s'arrêtait longtemps à discourir... je craignais qu'elle n'épiât tous les secrets de monsieur, la petite fourbe !

— Elle n'en a jamais épié un seul, lui dis-je en colère; et moi, si j'en avais eu, je n'aurais pas été assez simple pour me les laisser arracher. Continuez.

— Pardon. Je ne dis pas que monsieur soit simple; mais moi, je ne me fiais pas à *siora* Zanzé, et maintenant que monsieur n'a plus personne pour lui tenir compagnie... j'espère... que...

— Quoi? Expliquez-vous une fois.

— Mais jurez-moi d'abord de ne pas me trahir.

— Oh! pour vous jurer de ne pas vous trahir, je le puis; je n'ai jamais trahi personne.

— Vous jurez donc bien véritablement ?

— Oui; je jure de ne pas vous trahir. Mais sachez, sot que vous êtes, qu'un homme capable de trahir ne le serait pas moins de violer un serment.

La pauvre fille eut pitié de moi.

Il tira de sa poche une lettre qu'il me remit en tremblant, et me conjurant de la détruire aussitôt que je l'aurais lue.

— Arrêtez un moment, lui dis-je en ouvrant la lettre; dès que je l'aurai lue, je la détruirai en votre présence.

— Mais il faudrait que monsieur répondît, et je ne puis attendre. Faites à votre aise; seulement convenons de ceci entre nous. Quand vous entendrez venir quelqu'un, notez bien que si c'est moi, je fredonnerai toujours l'air : *Sognai mi gera un gato.* Ne craignez alors aucune surprise, et ayez dans votre poche les papiers qu'il vous plaira. Mais si vous n'entendez pas la chanson, c'est que c'est un autre, ou que je suis accompagné. En pareil cas, gardez-vous de tenir aucun papier caché, on pourrait bien faire quelque perquisition; mais si vous en avez un, mettez-le en pièces et jetez-le par la fenêtre.

— Soyez tranquille : je vois que vous êtes un homme avisé; je le serai aussi de mon côté.

— Pourtant monsieur m'a traité de sot.

— Vous faites bien de me le reprocher, lui dis-je en lui serrant la main. Pardonnez-moi.

Il partit, et je lus : .

« Je suis (et ici on disait un nom) un de vos admirateurs : je sais par cœur toute votre *Françoise de Rimini.* J'ai été arrêté pour... (et ici la cause et la date de l'arrestation), et je donnerais je ne sais combien de livres de mon sang pour avoir le bonheur d'être avec vous, ou d'habiter du moins une prison contiguë à la vôtre, qui nous permît de converser ensemble. Dès que j'ai su par Tremerello (c'est le nom que nous donnerons à notre confident) que vous étiez arrêté et pour quelle cause, j'ai brûlé du vif désir de vous dire que nul plus que moi ne compatit à votre sort, et que nul plus que moi ne vous aime. Serez-vous assez bon pour accepter la proposition suivante, à savoir que nous allégions mutuellement le poids de notre solitude en nous écrivant? Je vous promets, foi d'homme d'honneur, qu'âme qui vive ne le saura jamais de ma bouche, persuadé que si vous acceptez, je puis attendre de vous la même discrétion.

« En attendant, pour que vous ayez quelque idée de ce que je suis, voici un abrégé de ma vie. »

Suivait cet abrégé.

XXXIV

Le lecteur comprendra sans peine, pour peu qu'il ait d'imagination, l'effet électrique d'une pareille lettre sur un pauvre prisonnier, surtout un prisonnier d'un caractère nullement sauvage et d'un cœur aimant. Mon premier sentiment fut d'éprouver de l'affection pour cet inconnu, de l'intérêt pour ses malheurs, de la reconnaissance pour la bienveillance qu'il me témoignait. Oui, m'écriai-je, j'accepte ta proposition, homme généreux : puissent mes lettres t'apporter une consolation égale à celle que me vont donner les tiennes, à celle que je reçois déjà de la première !

Et je lus et relus cette lettre avec une joie d'enfant; je bénis cent fois la main qui l'avait écrite : chacune de ces expressions me semblait révéler une âme pure et noble.

Le soleil se couchait; c'était l'heure de ma prière. Oh! comme Dieu se faisait sentir à moi! oh! comme je lui rendais grâce de me susciter toujours quelque moyen de ne pas laisser oisives les facultés de mon esprit et de mon cœur! comme se ravivait en moi la mémoire de ses précieux dons!

J'étais debout sur ma fenêtre, les bras passés à travers les barreaux, et les mains jointes. J'avais au-dessous de moi l'église de Saint-Marc, et sur ce toit de plomb une multitude de pigeons sans maître se becquetaient, volaient, faisaient leurs nids. Le ciel le plus magnifique se déroulait devant moi. Je dominais toute cette partie de Venise que le regard pouvait embrasser de ma prison. Une rumeur lointaine de voix humaines me frappait doucement l'oreille. En ce lieu cruel, mais sublime, je conversais avec celui dont les yeux seuls me voyaient; je lui recommandais mon père, ma mère, et, l'une après l'autre, toutes les personnes qui m'étaient chères; je croyais l'entendre me répondre : Confie-toi en ma bonté. Et je m'écriais : Oui, c'est en ta bonté que je m'assure.

Et je terminais ma prière, ému et consolé, sans prendre garde aux morsures dont les moucherons me poursuivaient à l'envi.

Ce soir-là, après une si grande exaltation, comme mon imagination

commençait à s'apaiser, les moucherons à redevenir intolérables, et
moi à sentir le besoin de m'envelopper les mains et le visage, une pensée petite et mauvaise me vint tout d'un coup à l'esprit et me fit
frissonner : je m'efforçai de la repousser, mais ce fut en vain.

Tremerello avait laissé percer un infâme soupçon à l'égard de Zanzé :
qu'elle était là pour épier mes secrets, elle, cette âme candide, qui ne
savait pas un mot de politique, qui ne voulait en rien savoir !

Douter d'elle m'était impossible; mais je me demandai : Suis-je
également sûr de Tremerello? Et si ce fripon était l'instrument de quelque odieuse machination! Si cette lettre était forgée à plaisir par je ne
sais qui pour m'engager à faire d'importantes confidences à un nouvel
ami! Peut-être ce prétendu prisonnier qui m'écrit n'existe-t-il même
pas; peut-être encore existe-t-il et n'est-il qu'un perfide qui cherche à
extorquer des secrets pour racheter sa vie en les révélant. Peut-être
est-ce un galant homme; oui, mais le perfide, alors, c'est ce Tremerello qui veut nous perdre l'un et l'autre pour ajouter un supplément
à son salaire.

Oh! chose affreuse, mais qui n'est que trop naturelle dans un prisonnier, craindre partout la haine et la fourberie!

Ces doutes me décourageaient et tourmentaient mon âme. Non, à
l'égard de Zanzé, je n'avais jamais pu les garder un moment. Toutefois, depuis que Tremerello avait laissé tomber cette parole relativement à elle, j'étais en proie à un demi-doute, non sur elle, mais sur
ceux qui la laissaient venir dans ma chambre. Auraient-ils bien pu,
par un mouvement spontané de leur zèle ou par la volonté de leurs
chefs, la charger d'être mon espion? Ah! s'il en a été ainsi, comme
ils furent mal servis!

Mais quant à la lettre de l'inconnu, que faire? S'en tenir aux conseils étroits et rigides de cette peur qui se nomme prudence? Rendre
la lettre à Tremerello, et lui dire : Je ne veux pas jouer mon repos? Et
s'il n'y avait aucune fourberie, si l'inconnu était l'homme le plus digne
de mon amitié, et qui méritât le mieux qu'on exposât quelque chose
pour lui adoucir les angoisses de la solitude? Lâche! te voilà peut-être
à deux pas de la mort! L'arrêt fatal, d'un jour à l'autre, peut t'être prononcé, et tu refuserais de faire un dernier acte d'amour? Je dois répondre, je le dois. Mais si le malheur voulait que la correspondance vînt à

se découvrir, sans que personne pût, en conscience, en tirer parti contre nous, un terrible châtiment n'en tomberait pas moins sur ce pauvre Tremerello. N'est-ce pas assez de cette considération pour que je me fasse un devoir absolu de m'interdire toute correspondance clandestine?

XXXV

Je fus agité tout le soir; je ne pus fermer l'œil de la nuit, et au milieu de tant d'incertitudes, je ne savais que résoudre.

Au point du jour, je sautai à bas du lit et m'élançai sur la fenêtre pour prier. Dans toute circonstance difficile, on éprouve le besoin de s'entretenir confidentiellement avec Dieu, d'écouter ses inspirations et de les suivre.

C'est ainsi que je fis; et après une longue prière, je redescendis, j'écartai les moucherons, j'essuyai doucement avec mes mains mes joues couvertes de morsures, et ma résolution était prise; je résolus d'exprimer à Tremerello la crainte que cette correspondance ne tournât à sa perte, d'y renoncer s'il hésitait, d'accepter si cette crainte ne le touchait pas. Je me promenai jusqu'au moment où j'entendis l'air *Sognai*, etc., etc. Tremerello m'apportait mon café.

Je lui dis mon scrupule et n'épargnai rien pour exciter sa peur. Je le trouvai inébranlable dans la volonté de servir, disait-il, *deux cavaliers si accomplis.*

Ces paroles faisaient passablement contraste avec sa face de lapin et le nom de Tremerello que nous lui donnions. Eh bien, je demeurai ferme de mon côté.

— Je vous laisserai mon vin, lui dis-je; fournissez-moi le papier nécessaire pour cette correspondance, et tenez-vous pour assuré que si j'entends résonner les clefs sans entendre votre chanson, il ne me faudra qu'un moment pour détruire aussitôt tout objet clandestin.

— Voici justement une feuille de papier : j'en donnerai à monsieur autant qu'il lui plaira, et je me repose parfaitement sur son adresse.

Je me brûlai le palais pour avaler plus vite mon café; Tremerello partit et je me mis à écrire. Faisais-je bien? La résolution que je venais de prendre était-elle réellement une inspiration de Dieu? N'était-ce pas plutôt un triomphe de cette audace naturelle qui me fait préférer ce qui me plaît à de pénibles sacrifices; une complaisance orgueilleuse pour l'estime que me témoignait l'inconnu, mêlée de la crainte de paraître pusillanime, si je préférais un silence prudent à une correspondance tant soit peu périlleuse? Comment résoudre ces doutes? Je les exposai avec candeur dans ma réponse à mon compagnon de captivité, et j'ajoutai néanmoins, qu'à mon avis, lorsqu'on croit avoir de bonnes raisons pour agir sans répugnance positive de la conscience, il n'est plus de faute à craindre. Je le priai toutefois de réfléchir sincèrement de son côté à ce que nous allions entreprendre, et de me dire franchement quelle raison il avait eu de craindre ou d'être tranquille en se déterminant. Si ces nouvelles réflexions lui faisaient regarder l'entreprise comme trop téméraire, il fallait prendre sur nous de renoncer à la consolation que nous promettait cette correspondance, et nous contenter de nous être fait connaître l'un à l'autre par cet échange de quelques paroles, rares, mais éternels gages d'une profonde amitié.

J'écrivis quatre pages animées de la plus vive et de la plus sincère affection; je marquai en peu de mots le sujet de mon emprisonnement; je parlai avec effusion de ma famille, de quelques personnes que j'aimais, et je m'étudiai à me faire connaître jusqu'au fond de l'âme.

Le soir ma lettre fut portée. N'ayant pu dormir de la nuit précédente, j'étais très-fatigué; le sommeil ne se fit pas prier, et je me réveillai dans la matinée suivante, rétabli, heureux, palpitant à la douce pensée que j'allais peut-être recevoir dans un moment la réponse de mon ami.

XXXVI

La réponse vint avec le café. Je sautai au cou de Tremerello, et je lui dis avec tendresse : Dieu te récompense de tant de charité! Mes soupçons sur lui et sur l'inconnu s'étaient évanouis, je ne saurais dire non plus pourquoi : parce qu'ils m'étaient odieux; parce qu'ayant la précaution de ne jamais parler follement de politique, ils me paraissaient inutiles; parce que, tout en admirant le génie de Tacite, je crois très-peu à l'infaillibilité de cette justice à la Tacite qui consiste à voir presque tout en noir.

Julien (ce fut le nom que mon correspondant signa) commençait sa lettre par un préambule de politesse, et se disait exempt de toute inquiétude relativement à la correspondance projetée. Puis il se raillait, d'abord avec réserve, de mon hésitation; puis sa raillerie prenait quelque chose d'acéré. Enfin, après un éloquent éloge de la franchise, il me demandait pardon de ne pouvoir se cacher à moi du déplaisir qu'il avait éprouvé à trouver en moi je ne sais, disait-il, quel méticuleux embarras, je ne sais quel raffinement de conscience chrétienne qui ne pouvait s'accorder avec la saine philosophie.

« Je vous estimerai toujours, ajoutait-il, lors même que nous ne sau-
« rions nous accorder en ceci; mais la franchise dont je fais profession
« m'oblige de vous dire que je n'ai pas de religion et que je les abhorre
« toutes. Je prends par *modestie* le nom de Julien, parce que cet hon-
« nête empereur était l'ennemi des chrétiens; mais en réalité je vais
« bien plus loin que lui. Le Julien couronné croyait en Dieu et avait
« aussi ses *bigoteries* à son usage. Moi, je n'en ai aucune, je ne crois
« pas en Dieu; toute la vertu pour moi consiste à aimer le vrai et ceux
« qui le cherchent, et à haïr ce qui me déplaît. »

Et continuant de la sorte, il n'apportait aucune raison de rien, s'emportait de droite et de gauche contre le christianisme, proclamait avec une pompeuse énergie la supériorité de la vertu sans religion, et se prenait d'un style moitié sérieux, moitié plaisant, à faire l'éloge de l'empereur Julien, à cause de son apostasie et de ses *philanthropiques* efforts pour effacer de la terre toutes les traces de l'Évangile.

Puis, craignant d'avoir trop rudement heurté mes opinions, il recommençait à me demander pardon et à déclamer contre la fausseté si commune parmi les hommes. Enfin il me manifestait de nouveau son extrême désir de demeurer en relation avec moi, et me saluait.

Il ajoutait en post-scriptum : «Je n'ai qu'un scrupule, c'est de ne pas
« être assez franc. Je ne puis vous cacher que je soupçonne le langage
« chrétien que vous me tenez de n'être qu'une feinte; je le désire ar-
« demment. En ce cas, jetez le masque, je vous ai donné l'exemple. »

Je ne saurais dire l'effet étrange que fit sur moi cette lettre. En lisant la première ligne, le cœur me battit d'abord comme à un amoureux, ensuite je crus le sentir comme serré par une main de glace. Ce sarcasme sur la susceptibilité de ma conscience m'offensa. Je me repentis d'être

entré en relation avec un tel homme, moi qui ai tant de mépris pour
le cynisme! moi aux yeux de qui le cynisme est de toutes les tendances
la plus antiphilosophique, la plus grossière! moi qui me laisse si peu
imposer par l'arrogance.

Le dernier mot achevé, je pliai la lettre entre le pouce et l'index
d'une main, le pouce et l'index de l'autre, et levant la main gauche,
j'abaissai rapidement la droite, de façon que chacune des deux mains
demeura en possession d'une moitié de la lettre.

XXXVII

Je regardai ces deux lambeaux, et je méditai un instant sur l'inconstance des choses humaines et la fausseté de leurs apparences. Tout à
l'heure un si grand désir de recevoir cette lettre, et maintenant je la
déchire avec indignation! Tout à l'heure un si doux pressentiment
d'une amitié nouvelle avec ce compagnon de mon infortune, une foi si
vive à de mutuelles consolations, une disposition si entraînante à lui
vouer toute mon affection, et maintenant je l'appelle un insolent!

Je plaçai les deux lambeaux l'un sur l'autre, et ayant disposé de
nouveau, comme la première fois, le pouce et l'index d'une main, l'index et le pouce de l'autre, je levai encore la main gauche et abaissai
rapidement la main droite.

J'allais renouveler la même opération, mais un des quatre morceaux
échappa de ma main; je me baissai pour le reprendre, et dans le peu
de temps que je mis à me baisser et à me relever, je changeai de dessein, et l'envie me prit de relire ce dédaigneux écrit.

Je m'assieds, je rapproche les quatre lambeaux sur ma table, et me
mets à relire. Je les laisse en cet état, je me promène, et les relis encore, tout en faisant ces réflexions :

Si je ne lui réponds pas, il va me croire confus, anéanti, et incapable
de reparaître en présence d'un tel Hercule. Répondons-lui, et lui faisons voir que nous ne craignons pas de confronter nos doctrines avec
les siennes; démontrons-lui de la bonne manière qu'il n'y a aucune lâcheté à mûrir ses décisions, à hésiter lorsqu'il s'agit d'une résolution
un peu périlleuse, et plus périlleuse pour d'autres que pour nous. Qu'il

sache que le vrai courage ne consiste pas à se jouer de la conscience, que la vraie dignité ne réside pas dans l'orgueil. Dévoilons-lui l'invincible raison du christianisme et l'impuissante logique de l'incrédulité. Au surplus, si ce Julien fait montre d'opinions si opposées aux miennes, s'il ne m'épargne pas les poignants sarcasmes, s'il fait si peu de frais pour m'attirer à lui, n'est-ce pas du moins une preuve qu'il n'est pas un espion? — Mais ne pourrait-il pas y avoir un raffinement de ruse à promener si rudement le fouet sur mon amour-propre? — Et encore, non, non, je ne puis le croire. Je suis un méchant, qui, offensé de ses railleries indiscrètes, voudrais me persuader qu'il faut être, pour les avoir lancées, le plus misérable des hommes. Méchanceté vulgaire, que tant de fois je condamnai dans les autres, sors de mon cœur! Non, Julien est ce qu'il est, et rien de plus; c'est un insolent, et non pas un espion. Mais ai-je donc réellement le droit de donner l'odieux nom d'insolence à ce qu'il appelle de la franchise? Voilà bien ton humilité, ô hypocrite! Il suffit donc que le premier venu, dans l'égarement de son esprit, soutienne des opinions fausses, et tourne ta foi en dérision, pour qu'aussitôt tu t'arroges le droit de le traiter de vil! Dieu sait si cette humilité furibonde, si ce zèle malveillant dans le cœur d'un chrétien, n'est pas encore pire que l'audacieuse franchise de cet incrédule. Peut-être ne lui manque-t-il qu'un rayon de la grâce pour que cet énergique amour de la vérité qui le dévore se change en une piété plus solide que la mienne. Ne ferais-je pas mieux de prier pour lui que de m'irriter et de me croire meilleur que lui? Qui sait si, pendant que je déchirais sa lettre avec tant de fureur, il ne relisait pas la mienne avec une douce sympathie, s'il ne comptait pas sur ma bonté pour me croire incapable de m'offenser de ses libres paroles? Quel peut être le plus inique des deux, celui qui aime et dit : Je ne suis pas chrétien, — ou celui qui dit : Je suis chrétien, — et n'aime pas? Il est difficile de connaître un homme, même après avoir vécu de longues années avec lui; et celui-ci, je voudrais le juger sur une simple lettre! Entre tant de probabilités qui se présentent, ne serait-il pas possible que, sans se l'avouer à lui-même, cet homme ne fût pas à l'aise dans son athéisme, et m'excitât à le combattre avec la secrète espérance de se voir forcé de céder? Oh! s'il en était ainsi, grand Dieu, dans les mains de qui tous les instruments les plus indignes peuvent devenir efficaces, choisis-moi, choisis-moi pour cette œuvre ! Dicte-moi des raisons assez puissantes, assez saintes, pour convaincre cet infortuné, pour l'amener à te bénir et à confesser que, loin de toi, il n'est pas de vertu qui ne soit contradiction !

XXXVIII

Je déchirai en petits morceaux, mais sans aucun ressentiment de colère, les quatre lambeaux de la lettre ; j'allai à la fenêtre, où j'étendis la main, et je m'arrêtai à suivre de l'œil le sort de tous ces petits fragments de papier en proie au souffle du vent. Quelques-uns se posèrent sur les plombs de l'église, d'autres tourbillonnèrent longtemps dans l'air, et allèrent tomber sur le sol. Je les vis se répandre de tant de côtés divers, qu'il n'était pas à craindre que personne pût les recueillir et en pénétrer le mystère.

J'écrivis ensuite à Julien, et je mis tous mes soins à ne pas être et à ne pas me montrer piqué.

Je plaisantai sur la crainte qu'il m'avait témoignée que je ne portasse ma susceptibilité de conscience au point où elle aurait peine à s'accorder avec la philosophie, et le priai de suspendre sur cela du moins ses jugements. Je le louai de cette franchise dont il disait faire profession ; je lui protestai qu'en cela je l'égalerais, et j'ajoutai que, pour lui en donner une preuve, je me faisais fort de me constituer le champion du christianisme, « bien convaincu, disais-je, que si je suis toujours « prêt à écouter toutes vos opinions, vous aurez de votre côté la géné- « rosité d'écouter tranquillement les miennes. »

Cette apologie, je me proposais de la faire peu à peu, et je commençais, en attendant, par une analyse fidèle de l'essence du christianisme : — Culte de Dieu dépouillé de toute superstition. — Fraternité entre les hommes. — Aspiration perpétuelle à la vertu. — Humilité sans bassesse. — Dignité sans orgueil, et pour type un Homme-Dieu ! Quoi de plus philosophique et de plus grand ?

Je prétendais ensuite démontrer comment cette sagesse profonde s'était plus ou moins faiblement répandue çà et là parmi tous ceux qui, avec les lumières de la raison, avaient cherché la vérité, mais ne s'était

jamais pleinement épanchée dans le monde.; et comment, à la venue
du divin Maître sur la terre, elle donna d'elle-même un éclatant témoignage, en opérant, avec les moyens humainement les plus faibles, cette
merveilleuse diffusion. Ce que n'avaient jamais pu les plus sublimes
philosophes, la ruine de l'idolâtrie et la prédication universelle de la
fraternité humaine, quelques apôtres ignorants l'exécutèrent. Alors
l'affranchissement des esclaves devint de plus en plus fréquent, et enfin
apparut dans le monde une civilisation sans esclaves, état de société
impossible aux yeux des philosophes de l'antiquité.

Une revue de l'histoire du monde depuis Jésus-Christ devait montrer
en dernier lieu comment la religion, par lui fondée, s'était toujours
heureusement prêtée à tous les degrés possibles de la civilisation. Il
était donc faux que, la civilisation continuant sa marche progressive,
l'Évangile pût cesser un jour de se trouver en harmonie avec elle.

J'écrivis en caractères fort petits, et j'en écrivis long; mais je ne pus
toutefois aller fort loin, parce que le papier me manqua. Je lus et relus
mon introduction, qui me parut bien faite. Il n'y avait aucune phrase
qui laissât percer le moindre ressentiment des sarcasmes de Julien; les expressions de bienveillance abondaient au contraire, et j'en avais trouvé
l'inspiration dans mon cœur, déjà complétement ramené à la tolérance.

J'expédiai la lettre, et la matinée suivante j'en attendais la réponse
avec anxiété.

Tremerello entre et me dit :

— Ce monsieur n'a pu vous écrire; mais il prie monsieur de continuer la plaisanterie.

— Plaisanterie! m'écriai-je. Il n'aura pas dit plaisanterie! vous aurez
mal compris.

Tremerello enfonça sa tête dans ses épaules : — J'aurai mal compris.

— Mais vous croyez réellement qu'il a dit plaisanterie?

— Comme je crois entendre en ce moment sonner les heures à Saint-
Marc. (La cloche sonnait justement.)

Je bus mon café et gardai le silence.

— Mais dites-moi, ce monsieur avait-il lu toute ma lettre?

— J'imagine que oui; car il riait, riait comme un fou, puis il faisait
de cette lettre une balle qu'il jetait en l'air; et quand je l'avertis de ne
pas oublier ensuite de la détruire, il la détruisit aussitôt.

— Voilà qui est bien.

Je rendis la tasse à Tremerello, en lui disant qu'on voyait bien que ce café était de la *siora* Bettina.

— Monsieur l'a trouvé mauvais?

— Détestable!

— C'est moi pourtant qui l'ai fait, et je vous assure bien que je l'ai fait très-fort, et qu'il n'y avait pas de marc au fond.

— C'est peut-être que j'ai la bouche mauvaise.

XXXIX

Je me promenai toute la matinée en frémissant. Quelle race d'homme est donc ce Julien? Pourquoi nommer ma lettre une plaisanterie? Pourquoi rire, et s'en servir pour jouer à la paume? Pourquoi pas même une ligne de réponse? Voilà bien les incrédules! Sentant la faiblesse de leurs doctrines, si quelqu'un se donne la peine de les réfuter, ils n'écoutent pas, ils rient, ils font parade d'une certaine supériorité d'esprit qui n'a plus besoin de rien examiner. Les malheureux! et où ont-ils jamais vu un philosophe qui pût se passer d'examen, de gravité? S'il est vrai que Démocrite eut toujours le rire sur les lèvres, Démocrite était un bouffon. Mais je l'ai bien mérité; pourquoi entreprendre cette correspondance? Un moment d'illusion pouvait s'excuser. Mais quand j'ai vu qu'il devenait insolent, n'ai-je pas été bien sot de lui écrire encore?

J'étais décidé à ne plus lui écrire. A dîner, Tremerello prit mon vin, se le versa dans une bouteille, et le mettant dans sa poche : — Ah! je me souviens, dit-il, que j'ai là du papier pour vous, et il me le présenta.

Il sortit; et moi, les yeux fixés sur le papier blanc, je me sentais venir la tentation d'écrire une dernière fois à Julien, de le congédier avec une bonne leçon sur ce que l'impertinence a de honteux.

— Belle tentation! me dis-je ensuite; lui rendre mépris pour mépris! lui faire haïr plus encore le christianisme, quand je lui montrerai en moi, chrétien, l'orgueil et l'intolérance! Non, cela ne peut être. Cessons toute correspondance. Mais si je cesse brusquement ainsi, ne dira-t-il pas également que c'est orgueil et intolérance? Il faut lui écrire encore une fois et sans fiel. Mais si je puis écrire sans fiel, ne serait-il pas mieux d'avoir l'air d'ignorer ses railleries et ce mot de plaisanterie dont il a gratifié ma lettre? Ne serait-il pas mieux de continuer tout bon-nement mon apologie du christianisme? J'y pensai un moment, et je m'arrêtai ensuite à ce parti.

Le soir j'expédiai mon paquet, et la matinée suivante je reçus un remerciement très-froid, sans aucune expression mordante, mais aussi sans la moindre approbation, comme aussi sans invitation à pour-suivre.

Ce billet me déplut; néanmoins je résolus d'aller jusqu'au bout sans me décourager.

Ma thèse ne pouvait se traiter en peu de mots, et j'en fis le sujet de cinq ou six autres lettres fort longues, à chacune desquelles Julien ré-pondit par un remerciement laconique, accompagné de quelque décla-mation étrangère à la question, tantôt éclatant en imprécations contre ses ennemis, tantôt se moquant de ses propres imprécations, disant qu'il était tout naturel que le fort opprimât le faible, et que s'il s'affligeait d'une chose, c'était de n'être pas des forts, et finissant par me confier ses amours, et l'empire qu'ils exerçaient sur son imagination tourmentée.

Néanmoins, à la dernière lettre que je lui écrivis sur le christianisme, il me dit qu'il me préparait une longue réplique. J'attendis plus d'une semaine, et pendant ce temps il m'entretenait chaque jour de toute autre chose, et le plus souvent de sujets obscènes.

Je le priai de se rappeler la réponse qu'il me devait, et je lui recom-mandai de vouloir bien employer son esprit à peser sérieusement toutes les raisons que je lui avais données.

Il me répondit avec quelque colère, en se prodiguant les titres de phi-losophe, d'homme en repos sur toute chose, et qui n'avait pas besoin de tant réfléchir pour comprendre que les vers luisants n'étaient pas des lanternes, et il recommença gaiement à me raconter de scanda-leuses aventures.

XL

Je prenais tout en patience, pour ne pas m'attirer les noms de bigot et d'intolérant, et je ne désespérais pas d'ailleurs qu'après cette fièvre d'érotiques bouffonneries ne vint le tour de la réflexion. En attendant, je ne dissimulais pas à Julien combien je désapprouvais son peu de respect pour les femmes, sa profane manière dè traiter l'amour, et je plaignais le sort des infortunées qu'il me disait avoir été ses victimes.

Il feignait de ne pas croire à ma désapprobation, et me répétait : « Que parlez-vous d'immoralité? Je suis sûr que je vous amuse avec « mes récits. Tous les hommes aiment le plaisir comme moi; mais ils « n'ont pas la franchise d'en convenir ouvertement. Je vous en dirai de « telles, que je vous enchanterai, et que vous finirez par vous croire, « en conscience, obligé de m'applaudir. »

Mais les semaines s'écoulaient sans qu'il renonçât jamais à cès infamies, et moi qui, à chaque lettre, comptant toujours sur un nouveau sujet, me laissais prendre à la curiosité, je lisais tout, et mon âme en restait sinon déjà séduite, du moins troublée, et allait s'éloignant de plus en plus des pensées nobles et saintes. L'entretien des hommes avilis avilit quiconque n'a pas une vertu fort au-dessus de la vertu commune, fort au-dessus de la mienne.

Te voilà puni, me disais-je à moi-même, de ta folle présomption. Voilà ce que l'on gagne à vouloir faire l'apôtre sans en avoir en soi le sacré caractère!

Un jour, je me décidai à lui écrire ces paroles : « Je me suis efforcé « jusqu'ici de vous appeler à d'autres sujets, et vous me mandez tou- « jours de ces choses qui, je vous l'ai dit franchement, me déplaisent. « S'il vous est agréable que nous parlions d'objets plus dignes, nous « continuerons de correspondre; autrement, touchons-nous la main, et « que chacun reste de son côté. »

Je restai deux jours sans réponse, et d'abord je m'en réjouis. O solitude bénie! m'écriai-je, que tu es moins amère qu'un entretien sans accord et sans noblesse! Au lieu de me tourmenter à lire d'impudiques récits, au lieu de me fatiguer à leur opposer l'expression des sentiments qui honorent l'humanité, je recommencerai à m'entretenir avec Dieu, avec la chère mémoire de ma famille, avec mes véritables amis! Je recommencerai à lire la Bible profondément, à écrire toutes mes pensées sur la table, pour étudier le fond de mon cœur et chercher à l'améliorer, à goûter les douceurs d'une innocente mélancolie, mille fois préférables aux images joyeuses et impies.

Chaque fois que Tremerello entrait dans ma prison, il me disait : — Je n'ai pas encore de réponse.

— C'est bien, lui répliquais-je.

Le troisième jour, il me dit : — M*** est à moitié malade.

— Qu'a-t-il donc?

— Il ne le dit pas; mais il est toujours étendu sur son lit. Il ne mange pas, il ne boit pas, il est de mauvaise humeur.

Je m'émus à la pensée qu'il souffrait sans avoir personne pour le consoler.

Et à mes lèvres, ou plutôt à mon cœur, échappèrent ces paroles : — Je lui écrirai deux lignes.

— Je les porterai ce soir même, me dit Tremerello, et il sortit.

J'éprouvai quelque embarras en m'approchant de la table. Est-il bien à moi de reprendre cette correspondance? N'ai-je pas tout à l'heure béni ma solitude comme un trésor reconquis? Quelle inconstance est donc la mienne? et cependant l'infortuné ne boit pas, ne mange pas; assurément il est malade. Est-ce le moment de l'abandonner? Mon dernier billet était amer, il aura contribué à l'affliger. Peut-être qu'en dépit de nos diverses manières de voir, il n'aurait jamais brisé le lien de notre amitié. Mon billet lui aura paru plus malveillant qu'il ne l'était; il l'aura pris pour un congé tout à fait méprisant.

XLI

Voici en quels termes j'écrivis :

« J'apprends que vous n'êtes pas bien, et je m'en afflige vivement.
« Je voudrais de tout mon cœur être auprès de vous et pouvoir vous
« rendre tous les bons offices d'un ami. J'espère que le mauvais état de
« votre santé aura été l'unique cause de votre silence depuis trois jours.
« Ne vous seriez-vous pas offensé de mon billet de l'autre soir? Je l'ai
« écrit, je vous l'assure, sans la moindre malveillance, et dans le seul
« but de vous amener à des sujets de conversation plus sérieux. S'il
« vous est pénible d'écrire, mandez-moi seulement des nouvelles exactes
« de votre santé; je vous écrirai chaque jour quelques petites choses

« pour vous distraire, et afin qu'il vous souvienne que je vous veux du
« bien. »

Je ne me serais jamais attendu à la lettre qu'il me répondit. Elle
commençait ainsi : « Je te reprends mon amitié : si tu ne sais que faire de
« la mienne, je ne sais non plus que faire de la tienne. Je ne suis pas
« homme à pardonner des offenses ; une fois rejeté, je ne suis pas homme
« à revenir. Me sachant malade, tu te rapproches hypocritement de moi,
« dans l'espoir que la maladie, en affaiblissant mon intelligence,
« m'aura disposé à prêter l'oreille à tes sermons... » Et il continuait sur
le même ton à m'attaquer avec violence, me raillant, traduisant en caricature tout ce que je lui avais dit sur la morale et la religion, protestant
de sa volonté de vivre et de mourir toujours le même, c'est-à-dire dans
la haine la plus implacable et avec le mépris le plus profond pour toute
philosophie autre que la sienne.

Je restai confondu.

Les belles conversions que je fais ! m'écriai-je avec un frissonne-
ment douloureux. Dieu m'est témoin de la pureté de mes intentions.
Non, ces injures, je n'ai rien fait pour les mériter. Eh bien ! patience
donc ! c'est un désenchantement de plus. Adieu à l'insensé, s'il lui plaît
de se créer des offenses imaginaires pour avoir le plaisir de ne les pardonner pas ! Rien ne m'oblige à faire plus que je n'ai fait.

Toutefois, au bout de quelques jours, mon indignation se calma, et
je pensai que cette lettre furibonde pouvait avoir été le fruit d'une exaltation de peu de durée. Peut-être en est-il tout honteux, me disais-je,
trop fier d'ailleurs pour faire l'aveu de ses torts ! Ne serait-ce pas une
œuvre généreuse, maintenant qu'il a eu le temps de se calmer, que de
lui écrire encore ?

Il m'en coûtait fort de faire un tel sacrifice d'amour-propre, mais je
le fis. Celui qui s'humilie dans un but qui n'a rien de vil ne se dégrade
pas, quelque injuste mépris qui lui en revienne.

Je reçus en réponse une lettre moins violente, mais non moins insultante. Mon implacable me disait qu'il admirait ma modération évangélique.

« Reprenons donc, ajoutait-il, notre correspondance. Mais parlons
« clairement : nous ne nous aimons pas. Nous nous écrirons chacun
« pour notre plaisir, jetant librement sur le papier tout ce qui nous

« viendra à la tête : vous, vos séraphiques imaginations; moi, mes
« blasphèmes; vous, vos extases sur la dignité de l'homme et de la
« femme; moi, le récit ingénu de mes profanations, dans l'espérance
« commune, vous de me convertir, moi de vous convertir. Répondez-
« moi si le traité vous convient. »

Je répondis : « Votre traité n'en est pas un; c'est une dérision. Je
« me suis montré plein de bon vouloir à votre égard. Ma conscience
« ne me commande plus maintenant que de vous souhaiter toutes sor-
« tes de félicités pour cette vie et pour l'autre. »

Ainsi finirent mes relations avec cet homme, qui sait? peut-être
moins méchant qu'aigri par le malheur et exaspéré par le désespoir.

XLII

Je bénis encore une fois et sincèrement ma solitude, et pendant
quelque temps mes jours se passèrent de nouveau sans aventures.

L'été finit. Dans la seconde moitié de septembre, la chaleur diminua.
Octobre vint, et je me réjouis alors d'avoir une chambre qui l'hiver
devait être bonne. Mais un matin, voici venir le geôlier, qui me dit
avoir reçu l'ordre de me changer de prison.

— Et où allons-nous?

— A quelques pas, dans une chambre plus fraîche.

— Et pourquoi ne pas y avoir pensé quand la chaleur me tuait,
lorsque tout dans l'air était moucherons et que mon lit n'était que
punaises?

— L'ordre n'est arrivé que d'aujourd'hui.

— Patience! allons.

Quoique j'eusse bien souffert dans cette prison, il m'en coûta de la
quitter, non-seulement parce qu'elle devait être excellente dans la saison
froide, mais pour bien d'autres causes. J'y avais d'abord ces fourmis
que j'aimais et que je nourrissais avec une sollicitude que j'appellerais
presque paternelle, si l'expression n'était pas ridicule. Depuis peu de
jours, cette chère araignée dont j'ai parlé avait émigré, je ne sais pour
quel motif; mais, me disais-je, qui sait si elle ne se souviendra pas de
moi et ne reviendra pas? Et maintenant que je m'en vais, si elle revient,

elle trouvera la prison vide, ou si elle rencontre quelque nouvel hôte, ce sera peut-être un ennemi des araignées, qui, avec sa pantoufle, emportera cette belle toile et écrasera le pauvre animal. D'ailleurs la pitié de Zanzé ne m'avait-elle pas embelli cette prison? C'est à cette fenêtre que souvent elle s'appuyait, y laissant tomber généreusement des miettes de pain pour mes fourmis. C'est ici qu'elle avait coutume de s'asseoir; c'est là qu'elle me fit tel récit, là tel autre, là qu'à demi penchée sur ma table, elle y laissait couler ses larmes...

L'endroit où ils me placèrent était aussi sous les plombs, mais au nord et à l'occident, avec des fenêtres, l'une d'un côté, l'autre de l'autre : séjour des rhumes éternels et d'un froid horrible pendant les mois rigoureux.

La fenêtre tournée au couchant était fort grande, celle du nord était petite et haute, et placée au-dessus de mon lit.

Je me mis d'abord à la première, et je vis qu'elle donnait sur le palais du patriarche. D'autres prisons voisines de la mienne occupaient, à ma droite, une aile de peu d'étendue, et, en face de moi, un prolongement de construction récente. Dans ce prolongement étaient deux prisons, l'une au-dessus de l'autre. Celle d'en bas avait une énorme fenêtre, par laquelle je voyais se promener dans l'intérieur une personne richement vêtue. C'était M. Caporali de Cesena. Il m'aperçut, me fit signe, et nous nous apprimes nos noms.

Je voulus ensuite examiner où donnait la seconde fenêtre. Je posai la table sur le lit, et sur la table une chaise; je grimpai là-dessus, et me vis de niveau avec une partie du toit du palais. Au delà du palais apparaissait un lambeau considérable de la ville et de la lagune.

Je m'arrêtai à considérer cette belle vue, et entendant ouvrir ma porte, je ne bougeai pas. C'était le geôlier, qui, en me voyant si haut grimpé, oubliant qu'il m'était impossible de passer comme une souris à travers les barreaux, s'imagina que je cherchais à fuir, et dans le premier moment de son trouble, sauta sur le lit, en dépit d'une sciatique qui le martyrisait, et me prit par les jambes en criant comme un aigle.

— Mais ne voyez-vous pas, homme de peu de cervelle, les barreaux qui sont là pour m'empêcher de fuir? Ne comprenez-vous pas que je ne suis monté là que par curiosité?

12

. — Je vois, monsieur, je vois; je comprends; mais descendez, je vous prie, descendez : ce sont toujours autant de tentations de fuir.

Il fallut descendre; je descendis en riant.

XLIII

Aux fenêtres des prisons latérales, je reconnus six autres détenus pour cause politique.

Voici donc qu'au moment où je me disposais à une solitude plus grande que par le passé, je me trouve dans une espèce de monde. D'abord je m'en affligeai, soit que cette vie longtemps isolée m'eût déjà rendu le caractère un peu sauvage, soit que la déplaisante issue de mes rapports avec Julien me rendît méfiant.

Néanmoins ce peu d'entretien que nous eûmes ensemble, tant par signes qu'en paroles, ne tarda pas à me paraître un bienfait, propre sinon à m'exciter à la joie, du moins à me distraire. Je ne dis mot à personne de mes relations avec Julien. Nous nous étions mutuellement promis sur l'honneur que le secret resterait enseveli en nous. Si j'en parle dans ces pages, c'est que, sous quelques yeux qu'elles passent, nul ne saurait deviner lequel de tant de malheureux plongés dans ces prisons prenait le nom de Julien.

A ces nouvelles liaisons avec des compagnons de captivité s'en joignit une autre qui me fut aussi bien douce.

De ma grande fenêtre, je voyais, au delà du prolongement des prisons que j'avais en face, une longue file de toits surmontés de cheminées, de belvédères, de coupoles, de clochers, qui allaient se perdre dans la perspective de la mer et du ciel. Dans la maison la plus rapprochée de moi, laquelle était une aile du Patriarcat, habitait une bonne famille qui acquit des droits à ma reconnaissance en me témoignant par ses saluts la pitié que je lui inspirais. Un salut, une parole d'amour aux malheureux, c'est grande charité.

J'aperçus d'abord à une fenêtre, levant ses petites mains vers moi, un enfant de neuf à dix ans, et je l'entendis crier : — Maman! maman! ils ont mis là-bas quelqu'un dans *les plombs*. Pauvre prisonnier! qui es-tu ?

Maman! maman! ils ont mis là-bas quelqu'un dans les plombs ..

— Je suis Silvio Pellico, répondis-je.

Un autre enfant un peu plus grand courut aussi à la fenêtre, et s'écria :
— Tu es Silvio Pellico ?

— Oui ; et vous, chers enfants ?

— Moi, je me nomme Antoine S..., et mon frère Joseph.

Ensuite il se retourna pour dire : « Que faut-il encore lui demander ? »

Et une dame que je supposai être leur mère, se montrant à demi, suggérait de compatissantes paroles à ces chers petits enfants, et eux les redisaient, et je les en remerciais avec la plus vive tendresse.

Ces conversations étaient peu de chose, et il fallait ne pas en abuser, de peur de faire crier le geôlier ; mais, chaque jour, elles recommençaient, à ma grande consolation, le matin, à midi et le soir. Le soir, lorsqu'on allumait les flambeaux, la dame fermait la croisée, et les enfants me criaient : — Bonne nuit, Silvio ! Et elle aussi, devenue plus hardie dans l'obscurité, répétait d'une voix émue : « Bonne nuit, Silvio ! courage ! »

Lorsque ces enfants déjeunaient ou faisaient collation, ils me disaient : « Oh ! si nous pouvions te donner de notre café au lait ! Oh ! si nous pouvions te donner de nos gâteaux ! Le jour où tu auras ta liberté, souviens-toi de venir nous voir ; nous te donnerons des gâteaux bien bons et bien chauds, et mille baisers ! »

XLIV

Le mois d'octobre ramenait le plus cruel de mes anniversaires. J'avais été arrêté le 13 de ce mois, l'année précédente. Plusieurs souvenirs, également tristes, me revenaient aussi dans ce mois. Deux ans auparavant, aussi en octobre, s'était, par un funeste accident, noyé dans le Tésin un homme de mérite que j'honorais fort. Six ans auparavant, encore en octobre, s'était involontairement tué d'un coup de fusil Odoard Briche, jeune homme que j'aimais comme s'il eût été mon fils. Dans ma première jeunesse, toujours en octobre, j'avais été frappé d'une affliction non moins douloureuse.

Quoique je ne sois pas superstitieux, ce fatal concours de déplorables

souvenirs, qui tous venaient m'assaillir dans le même mois, m'inspiraient une grande tristesse.

Quand j'allais à la fenêtre m'entretenir avec ces enfants, ou avec mes
compagnons de captivité, je me donnais un air enjoué ; mais à peine
redescendu dans mon antre, un poids indicible de douleur retombait
sur mon âme.

Je prenais la plume pour composer quelques vers, ou pour me livrer
à quelque autre occupation littéraire, et une force irrésistible semblait
me contraindre à écrire tout autre chose. Eh quoi donc? de longues
lettres que je ne pouvais envoyer, de longues lettres à ma chère famille,
dans lesquelles j'épanchais tout mon cœur. Je les écrivais sur la table
qu'ensuite je raclais. C'étaient de vives expressions de tendresse, des
souvenirs du bonheur dont j'avais joui auprès de mes parents, auprès
de mes frères et de mes sœurs, si indulgents, si aimants. Le violent
désir qui m'entraînait vers eux m'inspirait une foule de choses passionnées. Après avoir écrit des heures et des heures, il me restait toujours
d'autres sentiments à développer.

C'était, sous une forme nouvelle, une manière de recommencer ma
biographie, de me faire illusion en renouvelant l'image du passé, et
d'arrêter forcément mes regards sur un temps heureux qui n'était plus.
Mais que de fois, grand Dieu! après avoir retracé, dans un tableau plein
de feu, un trait de ma plus belle vie, après avoir enivré mon imagination jusqu'à me croire avec les personnes à qui je parlais, me rappelant
tout à coup ma situation présente, je laissais tomber ma plume et fris-
sonnais d'horreur! C'étaient pour moi d'épouvantables moments que
ceux-là! J'en avais d'autres fois déjà éprouvé le tourment, mais jamais
avec une agitation semblable à celle qui venait alors m'assaillir.

J'attribuais cette agitation et ces angoisses horribles à l'excessive
exaltation de mes sentiments, à la forme épistolaire que je donnais à
ces écrits, à la pensée que j'avais eue de les adresser à des personnes si
chères.

Je voulus faire autre chose, impossible! je voulus du moins abandonner la forme épistolaire, impossible encore! Dès que je prenais la plume
et me mettais à écrire, ce qui en résultait c'était toujours quelque lettre
pleine de tendresse et de douleur.

Ne suis-je plus libre de ma volonté? me disais-je. Cette nécessité de

faire ce que je ne voudrai pas faire n'est-elle pas un véritable boulever-
sement de mon cerveau? Cela jadis ne m'arrivait pas. La chose pouvait
s'expliquer dans les premiers temps de ma détention; mais maintenant
que me voilà familiarisé avec la vie de prison, maintenant que mon imagination devrait s'être calmée sur tout, maintenant que je me suis tant
nourri de réflexions philosophiques et religieuses, comment puis-je
devenir l'esclave des aveugles désirs de mon cœur? Comment enfant à
ce point? Appliquons-nous à autre chose.

Je cherchais alors à prier ou à m'accabler de l'étude de la langue allemande. Vains efforts! c'était une autre lettre que je recommençais à
écrire.

XLV

Un état pareil était une véritable maladie, je ne sais si je ne dois pas
dire une sorte de somnambulisme. C'était, sans aucun doute, l'effet
d'une grande fatigue produite par la veille et la tension d'esprit.

Le mal fit des progrès. L'insomnie et la fièvre s'emparèrent de toutes
mes nuits. Ce fut en vain que je cessai de prendre du café le soir;
l'insomnie était la même.

Il semblait qu'il y eût en moi deux hommes, dont l'un voulût toujours écrire des lettres, l'autre s'occuper d'autre chose. Eh bien! dis-je,
transigeons : écris encore des lettres, mais écris-les en allemand; ce
sera un moyen d'apprendre cette langue.

A dater de ce moment, j'écrivais tout en mauvais allemand. De cette
manière, je fis du moins quelques progrès dans cette étude.

Le matin, après une longue veille, mon cerveau affaibli tombait dans
une sorte d'assoupissement. Alors, dans mes songes, ou plutôt dans
mon délire, je voyais mon père, ma mère, ou tout autre de ceux que
j'aimais, se désespérer sur mon sort; j'entendais leurs lamentables
sanglots, et bientôt je m'éveillais épouvanté et sanglotant à mon tour.

Quelquefois, pendant ces songes de courte durée, je croyais entendre
ma mère consoler les autres, entrer avec eux dans ma prison, et
m'adresser les paroles les plus graves sur le devoir de la résignation;
et au moment où je me réjouissais le plus de son courage et de celui
des autres, elle fondait tout à coup en larmes, et ils pleuraient tous

avec elle. Personne ne saurait dire quels étaient alors les déchirements
de mon âme.

Pour échapper à de telles angoisses, j'essayai de ne plus aller à mon
lit. Je gardais mon flambeau allumé durant la nuit entière et je restais
à ma table, à lire et à écrire. Mais quoi? venait un moment où je lisais,
parfaitement éveillé du reste, mais sans rien comprendre, et où ma
tête n'avait absolument plus la force d'assembler ses idées. Alors je
copiais quelque chose, mais je copiais en roulant dans mon esprit toute
autre chose que ce que j'écrivais : je pensais à mes afflictions.

Et cependant, si je me mettais au lit, c'était pis encore. Je ne pouvais, couché, supporter aucune position; je m'agitais de toutes les manières, et il fallait me lever; ou si je sommeillais un peu, ces songes
désespérants me faisaient plus de mal que l'insomnie.

Mes prières étaient arides, et néanmoins je les répétais souvent. Ce
n'étaient pas d'abondantes paroles, mais un élan vers Dieu, ce Dieu fait
homme, qui avait éprouvé les douleurs de l'humanité.

Pendant ces nuits horribles, mon imagination s'exaltait à tel point,
qu'il me semblait, quoique éveillé, entendre dans ma prison tantôt des
gémissements, tantôt des rires étouffés. Dans mon enfance, je n'avais
jamais cru aux sorciers et aux esprits, et voici que maintenant ces rires
et ces gémissements m'épouvantaient, et je ne savais comment m'expliquer cela, et je me voyais forcé de me demander si je n'étais pas le
jouet de quelques puissances mystérieuses et malfaisantes.

Plusieurs fois je pris la lumière d'une main tremblante, et je regardai
si personne ne s'était caché sous mon lit pour se jouer de moi. Plusieurs
fois il me vint à l'esprit qu'on m'avait enlevé à ma première chambre
et transporté dans celle-ci, parce que cette dernière avait quelque
trappe, ou, dans ses murs, quelque secrète ouverture, d'où mes sbires
pouvaient épier tout ce que je faisais et se divertir cruellement à
m'effrayer.

Assis à ma table, tantôt il me semblait qu'on me tirait par mon habit,
tantôt qu'une main cachée avait poussé le livre que je voyais tomber à
terre, tantôt que quelqu'un venait par derrière souffler ma lumière pour
l'éteindre. Alors je me levais précipitamment, je regardais autour de
moi, je me promenais avec défiance, et me demandais à moi-même si
j'étais fou ou dans mon bons sens. De toutes les choses que je regardais,

que je sentais, je ne savais laquelle était réalité, laquelle illusion, et je m'écriais avec angoisse : *Deus meus, Deus meus, utquid dereliquisti me?*

XLVI

Une fois, m'étant mis au lit un peu avant l'aurore, je crus être parfaitement sûr d'avoir placé mon mouchoir sous mon oreiller. Après m'être un moment assoupi, je me réveillai selon ma coutume, et il me sembla qu'on m'étranglait. Je sens en effet mon cou étroitement enveloppé. Chose étrange! il l'était avec mon mouchoir, fortement noué à plusieurs reprises. J'aurais juré que je n'avais pas fait ces nœuds, que je n'avais pas touché mon mouchoir depuis que je l'avais mis sous mon oreiller; il fallait que je l'eusse fait en rêvant, dans l'accès du délire, sans en avoir gardé aucune souvenance. Mais je ne le pouvais croire, et de ce moment je me crus chaque nuit en danger d'être étranglé.

Je comprends tout ce qu'ont de ridicule pour les autres de pareils égarements d'esprit; mais pour moi qui les éprouvais, ils me faisaient tant de mal que j'en frissonne encore.

Chaque matin ils s'évanouissaient, et tant que durait la lumière du jour je me sentais le cœur si bien raffermi contre ces terreurs, qu'il me semblait impossible que je dusse encore être poursuivi. Mais au coucher du soleil, je recommençais à frissonner, et chaque nuit ramenait les extravagantes visions de celles qui avaient précédé.

Plus je me trouvais faible dans les ténèbres, plus je faisais d'efforts durant le jour pour montrer de la gaieté dans mes entretiens avec mes compagnons, avec les deux enfants du Patriarcat, avec mes geôliers. Personne, en m'écoutant plaisanter comme je faisais, n'aurait pu soupçonner la déplorable infirmité à laquelle j'étais en proie. J'espérais retrouver quelque vigueur dans ces efforts, et ils ne me servaient à rien. Ces apparitions nocturnes, que le jour je nommais de sottes illusions, le soir redevenaient pour moi d'effrayantes réalités.

Si je l'avais osé, j'aurais supplié la commission de me faire changer de chambre; mais je ne pus jamais prendre sur moi d'en parler, dans la crainte de faire rire.

Trouvant une égale impuissance dans tous les raisonnements, dans toutes les résolutions, dans toutes les études, dans toutes les prières, l'horrible idée que j'étais entièrement et pour toujours abandonné de Dieu vint s'emparer de moi.

Tous ces mauvais sophismes contre la Providence qui, dans l'état de raison, peu de semaines auparavant, m'avaient semblé si misérables, vinrent brutalement alors bruire dans ma tête, et me parurent dignes d'attention. Je luttai quelques jours contre la tentation, puis je m'y abandonnai.

Je méconnus la bonté de la religion. Je dis, comme je l'avais ouï dire aux plus furieux athées, et comme naguère encore Julien me l'é- crivait : La religion n'est bonne qu'à affaiblir les esprits. J'eus l'audace de penser qu'en renonçant à Dieu mon âme reprendrait sa force. Con- fiance insensée! Je niais Dieu, et ne savais pas nier l'existence de ces êtres invisibles, malfaisants, qui semblaient errer autour de moi et se repaître de mes douleurs !

De quel nom qualifier ce martyre? Suffit-il de dire que c'était une maladie? N'est-ce pas en même temps un châtiment divin pour abattre mon orgueil, et me forcer à reconnaître que, sans une lumière toute particulière, je pouvais devenir incrédule comme Julien et plus in- sensé que lui?

Quoi qu'il en soit, Dieu me délivra d'un si grand mal au moment où je m'y attendais le moins.

Un matin, après mon café, je fus pris de coliques violentes et de vomissements. Je me crus empoisonné. Après ces vomissements, qui me laissèrent tout en sueur et accablé de fatigue, je me mis au lit. Vers midi je m'assoupis, et dormis paisiblement jusqu'au soir.

Je me réveillai, étonné d'un repos si grand, et ne me sentant plus l'envie de dormir, je me levai. En me tenant debout, pensais-je, je serai plus fort contre mes terreurs accoutumées.

Mais les terreurs ne vinrent pas. La joie s'empara de moi, et dans la plénitude de ma reconnaissance, recommençant à sentir Dieu, je me jetai à terre pour l'adorer et lui demander pardon de l'avoir nié pen- dant plusieurs jours. Cette effusion de joie épuisa mes forces, et étant un moment resté à genoux, appuyé contre une chaise, je me laissai de nouveau gagner par le sommeil et m'endormis dans cette position.

Je m'éveille à demi, au bout d'une ou de plusieurs heures, et prenant à peine le temps de me jeter tout habillé sur mon lit, je me rendors jusqu'à l'aurore. Je demeurai tout le jour encore dans un état de somnolence. Le soir, je me couchai de bonne heure et dormis la nuit entière. Quelle crise s'était opérée en moi? Je l'ignore, mais j'étais guéri.

XLVII

Alors cessèrent les nausées que mon estomac éprouvait depuis longtemps; les maux de tête disparurent, et il me vint un appétit extraordinaire. Je digérais à merveille et reprenais des forces. Admirable Providence! elle me les avait ôtées pour m'humilier; elle me les rendait, parce que l'époque des jugements approchait et qu'elle ne voulait pas me laisser succomber lorsque j'en apprendrais l'issue.

Le 24 novembre, un de nos compagnons, le docteur Foresti, fut enlevé des *plombs* et transporté nous ne savions dans quel lieu. Le geôlier, sa femme et les *secondini* étaient atterrés : aucun d'eux ne voulait m'éclaircir ce mystère [1].

[1] Trois ou quatre ans auparavant, quarante ou cinquante personnes avaient été arrêtées à Ferrare et dans la Polésine de Rovigo, sous prétexte de carbonarisme.

M. le marquis Canonici de Ferrare, M. Rinaldi de Bologne, et neuf autres furent condamnés à mort, et ensuite par grâce les uns à dix ans, les autres à six ans de *carcere duro* dans le château de Leibach.

D'autres furent frappés du même arrêt de mort, lequel se changea également pour ceux-ci en vingt ans, pour ceux-là en quinze ans de *carcere duro* au Spielberg. Voici leurs noms :

L'avocat Félix Foresti, préteur de Crispino ; l'avocat Antonio Solera, préteur sur le lac Iseo ; Constantin Munari, de Calto ; Giovanni Bacchiega ; le prêtre don Marco Fortini ; Antonio Villa ; le comte Antonio Oroboni, tous les trois de la Fratta, dans la Polésine.

Foresti, Munari et Solera furent les seuls à qui il fut dit que la sentence qui les condamnait à mort recevrait son exécution. Un sénateur vint en poste de Vérone à Venise, et apporta cette nouvelle à chacun d'eux en particulier ; et après les avoir laissés pendant un quart d'heure en proie à cette pensée, il tira de sa poche un billet autographe de l'empereur, qui commençait par ces mots affectueux : *Mon cher Peltniz* ; c'était le président du sénat, et l'empereur lui disait que l'exécution du jugement des trois condamnés que dans le cas où ils seraient déterminés à faire d'importantes révélations.

Cette proposition leur fut faite, et tous les trois répondirent : Il faudra que nous subissions l'arrêt, puisque, avec la meilleure volonté du monde, nous n'avons rien à révéler.

— Eh bien ! l'arrêt sera exécuté, reprit le sénateur.

Solera se mit à rire.

— Qu'est-ce qui vous fait rire !

— C'est que je ne le crois pas.

— Vous ne le croyez pas, vous n'en croyez pas la lettre autographe de l'empereur ! Il est indigne à vous de respecter si peu des choses si respectables.

— Ce n'est pas du tout manque de respect, mais de conviction. Je ne puis me persuader que l'empereur, qui tient tant à sa renommée de justice, veuille nous condamner, connaissant notre innocence et sachant bien que la loi qui punit toute participation aux sociétés secrètes n'a été faite que depuis notre arrestation. Cette scène n'est donc à mes yeux qu'une sorte de torture morale, un dernier coup de réserve, pour essayer de découvrir si nous avons caché quelque chose dans le cours du procès. Pour ma part, je n'ai rien à dire.

— Et que veut savoir monsieur? me disait Tremerello, et si je n'ai rien de bon à lui apprendre? Je ne lui en ai déjà que trop dit, trop dit.

— Allons! que sert de me le cacher? m'écriai-je en frissonnant : ne vous ai-je pas compris? Le voilà donc condamné à mort?

— Qui... lui?... le docteur Foresti?

Tremerello hésitait; mais le besoin de bavarder n'était pas la dernière de ses vertus.

— Que monsieur ne dise pas ensuite que je jase; je ne voulais pas ouvrir la bouche sur ce sujet-là. Monsieur se souviendra qu'il m'y a forcé.

— Oui, oui, je vous y ai forcé; mais allons! dites-moi tout. Où en est ce pauvre Foresti?

— Ah! monsieur, on lui a fait passer le *pont des soupirs!* il est dans les prisons criminelles! L'arrêt de mort lui a été lu, et à deux autres encore.

— Et cet arrêt s'exécutera? et quand? Ah! les infortunés! Et quels sont les deux autres?

— Je n'en sais pas davantage, pas davantage. Les sentences n'ont pas été rendues publiques. On dit dans Venise qu'il y aura plusieurs commutations de peine. Dieu veuille que l'arrêt de mort ne s'exécute sur aucun! Dieu veuille que si tous ne peuvent échapper à la mort, monsieur du moins y échappe! J'ai voué à monsieur autant d'affection, pardon de la liberté, que s'il était mon frère!

Et il s'en alla tout ému. Le lecteur peut imaginer dans quelle agi-

---

Le sénateur devint furieux, et leur fit mettre les fers aux pieds et aux mains, avec une chaîne qui les serrait contre le mur et ne leur permettait de faire aucun mouvement.

Alors Constantin Munari, respectable vieillard de soixante et dix ans, lui dit :

— Monsieur le sénateur, j'ai les larmes aux yeux, vous le voyez; mais c'est la douleur physique qui m'arrache ces larmes. Je vous prie de faire cesser une cruauté inutile. Regardez mes poignets, ils sont rouges et enflés; le sang va en jaillir; mon corps affaibli a peine à se soutenir, mais je n'ai rien à ajouter à mes dépositions.

Le sénateur fit relâcher les menottes; ces tortures durèrent plusieurs jours.

Munari et Foresti crurent réellement que, n'ayant rien à révéler, les ordres très-précis de l'empereur seraient littéralement exécutés. Le plus âgé des deux condamnés eut un engorgement de vessie très-dangereux, et perdit beaucoup de sang; le plus jeune essaya de se soustraire au supplice ignominieux qui lui était destiné, celui de la corde, car sous la domination autrichienne, les nobles seuls ont droit à la faveur d'être décapités. Arrivé dans sa prison, il pila une bouteille de verre, et l'avala tout entière par petites pincées. Mais surveillés comme nous l'étions, cela était peu facile; un garde s'aperçut de la chose, courut en avertir ses chefs, et le sénateur ordonna que l'on portât secours à Foresti; il ajouta qu'on avait voulu les épouvanter dans la bonne intention de découvrir le mal et de le couper dans sa racine; mais que si réellement ils n'avaient rien à révéler, il espérait que l'empereur, au cœur duquel la clémence avait déjà parlé sous condition, céderait maintenant sans condition à ses mouvements de clémence.

Au bout d'un mois arriva l'édit qui commuait leur peine en vingt ans de *carcere duro*. · (MARONCELLI.)

tation je fus tout ce jour-là et la nuit suivante, et tant d'autres jours
qui ne m'apprirent rien de plus.

L'incertitude dura un mois. Enfin les sentences relatives au premier
procès furent rendues publiques. Elles frappaient beaucoup d'accusés,
dont neuf étaient condamnés à mort, et par grâce au *carcere duro*, ceux-
ci pour vingt ans, ceux-là pour quinze (et dans l'un ou l'autre cas, ils
devaient subir leur peine dans la citadelle du Spielberg, près de la ville
de Brünn, en Moravie), d'autres enfin pour dix ans ou moins (et ces
derniers dans la forteresse de Lubiana).

Fallait-il voir dans cette commutation de peine, appliquée à tous les
condamnés du premier procès, une preuve que la mort épargnerait
aussi ceux du second? ou bien avait-on usé d'indulgence seulement
envers les premiers, parce que leur arrestation avait précédé les décrets publiés contre les sociétés secrètes, et réservait-on aux autres
toutes les rigueurs de la justice?

La solution de ces doutes ne peut longtemps se faire attendre, me
disais-je; rendons grâce au ciel, qui me laisse le temps de prévoir la
mort et de m'y préparer.

XLVIII

Je n'avais qu'une pensée, c'était de mourir chrétiennement et avec
courage. J'eus la tentation d'échapper au gibet par le suicide, mais elle me
quitta. Quel mérite y a-t-il à ne pas se laisser égorger par le bourreau
pour se faire soi-même son propre bourreau? On sauve son honneur?
Eh! n'est-ce pas un enfantillage que de croire qu'il y a plus d'honneur à
jouer un tour au bourreau qu'à ne le pas faire, lorsque, après tout,
force est de mourir? A supposer même que je n'eusse pas été chrétien,
le suicide, en y réfléchissant, m'eût paru une sotte satisfaction et une
chose inutile.

Si le terme de ma vie est venu, me disais-je, ne suis-je pas bien heureux qu'il arrive de manière à me laisser le temps de me recueillir et de
purifier ma conscience par des désirs et un repentir dignes d'un homme?
A juger, comme le vulgaire, de tous les genres de mort, celle du gibet
est la pire; mais, au jugement du sage, cette mort ne vaut-elle pas

mieux que tant d'autres qui viennent à la suite de quelque maladie, où
notre intelligence s'affaiblit, où notre âme n'a plus la force de s'arracher aux pensées terrestres?

La justesse de ces raisonnements entra si profondément dans mon
esprit, que l'horreur de la mort, et de la mort ainsi faite, s'éloignait
complétement de moi. Je méditai longtemps sur les sacrements auxs-
quels je devais demander ma force à ce moment solennel, et je me
crus en état de les recevoir de manière à en éprouver l'efficacité.
Cette hauteur d'âme que je croyais avoir, cette paix, cette indulgente
affection pour ceux qui me haïssaient, cette joie de pouvoir sacrifier
ma vie à la volonté de Dieu, toutes ces heureuses dispositions, les aurais-je conservées s'il m'avait fallu marcher au supplice? Hélas! que de
contradictions dans l'homme! Et lorsqu'il semble qu'il ne puisse être
ni plus saint ni plus ferme, comme il ne faut qu'un instant pour le précipiter dans les faiblesses! serais-je alors dignement mort? Dieu seul le
sait. Je ne m'estime pas assez haut pour pouvoir l'affirmer.

Cependant l'approche vraisemblable de la mort enchaînait tellement
mon imagination sur cette idée, que la mort ne me paraissait pas seulement possible, mais semblait se révéler à moi par d'infaillibles pressentiments. Mon cœur ne s'ouvrait plus à l'espérance d'éviter cette destinée. Chaque fois que j'entendais un bruit de pas ou de clefs, chaque
fois que je voyais s'ouvrir ma porte, je me disais : Courage! on vient
peut-être me prendre pour entendre la sentence. Écoutons-la avec une
dignité fière, mais calme, et bénissons le Seigneur.

Je méditais sur ce que j'écrirais pour la dernière fois à ma famille, et
en particulier à mon père, à ma mère, à chacun de mes frères, à chacune de mes sœurs; et en roulant dans mon esprit ces expressions de
sentiments si profonds, si sacrés, je m'attendrissais avec une douceur
infinie; et je pleurais, et ces larmes étaient impuissantes à amollir ma
volonté résignée.

Comment l'insomnie ne serait-elle pas revenue? Mais qu'elle était
différente de la première! Je n'entendais dans ma chambre ni rires ni
gémissements; je ne rêvais ni d'hommes ni d'esprits cachés. La nuit
était pour moi plus délicieuse que le jour, parce que je concentrais de
plus en plus ma vie dans la prière. Vers quatre heures, j'avais coutume
de me mettre au lit, et je dormais environ deux heures d'un sommeil

paisible. Réveillé, je restais au lit, pour reposer, assez avant dans la matinée. A onze heures, je me levais.

Une nuit que je m'étais couché un peu plus tôt que de coutume, je dormais à peine depuis un quart d'heure, lorsque, m'éveillant tout à coup, je vis une immense lumière sur le mur que j'avais en face. J'eus peur d'être retombé dans mon délire d'autrefois. Mais ce que je voyais n'était pas une illusion. Cette lumière venait de la fenêtre à l'occident, sous laquelle j'étais couché.

Je saute à terre, je prends la table, la place sur le lit, et sur la table une chaise où je monte, et je vois un des plus beaux, un des plus terribles spectacles de feu que je puisse imaginer.

C'était un grand incendie, à une portée de fusil de nos prisons. Il s'était déclaré dans la maison des fours publics, qu'il dévora.

La nuit était fort obscure, et je n'en voyais que mieux se détacher sur le ciel ces vastes globes de flammes et de fumée agités par un vent furieux. De toutes parts volaient des étincelles qui semblaient pleuvoir du ciel. La lagune voisine réfléchissait l'incendie. Une foule de gondoles allaient et venaient. Je me peignais l'épouvante et le danger de ceux qui habitaient la maison incendiée ou celles qui en étaient proches, et je compatissais à leur sort. J'entendais de lointaines voix d'hommes et de femmes qui s'appelaient : Tognina ! Momolo ! Beppo ! Zanzé ! Encore ce nom de Zanzé qui retentissait à mon oreille ! Il y en a par milliers à Venise, et cependant je craignais que ce ne fût celle-là dont le souvenir m'était si doux ! L'infortunée serait-elle en effet là ? et peut-être enveloppée par les flammes ? Oh ! si je pouvais me précipiter à son secours !

Palpitant, frissonnant, frappé de stupeur, je demeurai à cette fenêtre jusqu'à l'aurore, puis j'en descendis accablé d'une tristesse mortelle, et me figurant le mal beaucoup plus grand qu'il n'était. Tremerello m'apprit qu'il n'y avait de brûlés que les fours et les magasins annexés à ces fours, avec bon nombre de sacs de farine.

XLIX

Mon imagination était encore vivement frappée du spectacle de cet incendie, lorsque peu de nuits après (je ne m'étais pas encore mis au lit, et assis à ma table, j'étudiais, déjà tout engourdi par le froid), voici qu'auprès de moi des voix s'écrient (c'étaient celles du geôlier, de sa femme, de leurs enfants, des *secondini*) : Le feu ! le feu ! O bienheureuse Vierge ! nous sommes perdus.

Le froid m'eut quitté en un moment. Je sautai sur mes pieds, tout en sueur, et regardai tout à l'entour si déjà on voyait les flammes ; on n'en voyait pas.

L'incendie était pourtant dans le palais même, dans quelques bureaux voisins de la prison.

Un des *secondini* criait : — Mais, maître, qu'allons-nous faire de ces messieurs que nous tenons en *cage*, si le feu gagne?

Le geôlier répondit : — Je n'ai pas le cœur de les laisser brûler. Cependant on ne peut ouvrir la prison sans un ordre de la commission. Allons ! allons ! cours donc vite demander cette permission.

— J'y cours ; mais la réponse ne sera pas venue à temps, savez-vous ?

Et où était alors cette héroïque résignation que je me croyais si sûr de posséder en pensant à la mort? Pourquoi l'idée d'être brûlé vif me donnait-elle le frisson? comme s'il y avait plus de plaisir à se laisser serrer la gorge qu'à se sentir brûler ! Je fis cette réflexion, et j'eus honte de ma peur. J'allais crier au geôlier de m'ouvrir pour l'amour de Dieu, mais je me contins. Néanmoins j'avais peur.

Voilà donc, me dis-je, quel sera mon courage si, échappé à la flamme, je me vois mené à la mort ! Je saurai me contenir, je déroberai ma lâcheté aux regards, mais je tremblerai... Eh ! n'est-ce pas aussi du courage que d'agir comme si on ne tremblait pas, et de trembler? N'est-ce pas générosité que de faire effort pour donner de bon cœur ce que nous avons peine à donner? N'est-ce pas obéissance que d'obéir quand il nous répugne de le faire ?

Le tumulte était si grand dans la maison du geôlier, qu'il signalait un danger toujours croissant. Et le *secondino* qui était allé chercher la permission de nous arracher à ces lieux ne revenait pas ! Enfin, je crus entendre sa voix ; j'écoutais sans pouvoir distinguer ses paroles. J'attends, j'espère ; mais en vain, et personne ne vient. Est-il bien possible qu'il ne nous soit pas permis de nous mettre à l'abri du feu? Et s'il n'y avait plus moyen d'échapper ? Et si le geôlier et sa famille ne songeaient qu'à se mettre eux-mêmes en sûreté, et qu'il n'y eût plus personne pour penser aux pauvres prisonniers *en cage*?

Ce n'est là, disais-je, se conduire ni en philosophe ni en chrétien. Ne ferais-je pas mieux de me préparer à voir les flammes entrer dans ma chambre et me dévorer?

Cependant les rumeurs s'apaisaient. Peu à peu je n'entendis plus rien. Est-ce une preuve que l'incendie a cessé? ou serait-ce que tous ceux qui ont pu le faire se sont échappés, et qu'il ne reste plus ici que les victimes abandonnées à une si cruelle destinée?

Le silence qui continuait de régner me calma. Je ne doutai plus que le feu ne fût éteint.

J'allai me mettre au lit, et me reprochai d'avoir lâchement souffert. Et maintenant qu'il ne s'agissait plus d'être brûlé, je m'affligeai de n'avoir pas péri dans les flammes, plutôt que de me voir, sous peu de jours, tué de la main des hommes.

La matinée suivante, j'appris de Tremerello ce qu'était cet incendie, et je ris de la peur qu'il me dit avoir éprouvée, comme si la mienne n'avait pas égalé et peut-être surpassé la sienne.

L

Le 11 février 1822, vers neuf heures du matin, Tremerello saisit une occasion de venir dans ma chambre, et me dit tout agité :

— Monsieur sait-il que dans l'île Saint-Michel de Murano, assez près de Venise, il y a une prison où sont peut-être plus de cent *carbonari*?

— Vous me l'avez déjà dit plusieurs fois. Eh bien! où voulez-vous en venir? Allons! parlez donc! quelques-uns d'entre eux seraient-ils, par hasard, condamnés?

— Précisément.

— Et lesquels?

— Je ne sais.

— Mon pauvre Maroncelli en serait-il?

— Ah! monsieur, je ne sais, je ne sais qui en est.

Et il s'en alla tout ému, en me jetant un regard de compassion.

Un moment après arriva le geôlier, accompagné des *secondini* et d'un

homme que je n'avais jamais vu. Le geôlier paraissait troublé. Le
nouveau venu prit la parole :

— Monsieur, la commission vous ordonne de me suivre.

— Partons, répondis-je ; et vous donc, qui êtes-vous ?

— Je suis le concierge des prisons de Saint-Michel, où vous allez
être transféré.

Le geôlier des *plombs* remit à ce dernier mon argent qu'il avait entre
les mains. Je demandai, et j'obtins la permission de faire quelque présent aux *secondini* ; je mis en ordre mes vêtements, je pris ma Bible
sous le bras, et je partis. Pendant que je descendais cet escalier qui ne
finit pas, Tremerello me serra la main, il semblait me vouloir dire :
Malheureux, c'en est fait de toi !

Nous sortîmes par une porte qui donnait sur la lagune, et là nous
attendait une gondole avec deux des *secondini* du nouveau geôlier.
J'entrai dans la gondole, en proie à mille sentiments contraires :—je ne
sais quel regret de quitter le séjour des *plombs*, où j'avais beaucoup
souffert, mais où j'avais aimé quelqu'un et où quelqu'un m'avait aimé ;
le bonheur de me retrouver en plein air, après une si longue reclusion,
de voir le ciel, les eaux et la cité, sans ce triste encadrement des grilles
de fer ; le souvenir de la joyeuse gondole qui, dans un temps plus heureux, me portait sur cette même lagune ; le souvenir des gondoles du
lac de Côme, des gondoles du lac Majeur, des barques légères du Pô, de
celles du Rhône et de la Saône... Oh ! riantes années pour jamais évanouies ! Eh ! qui dans le monde avait joui d'un bonheur égal au mien ?

Né des plus tendres parents, dans une condition qui n'est pas la pauvreté, et qui, vous tenant à une distance à peu près égale du riche et
du pauvre, vous fait connaître, sous son jour véritable, l'une et l'autre
fortune, condition que j'estime la plus favorable au développement des
affections pures, après une enfance écoulée parmi toutes les douceurs de
la vie domestique, j'étais allé à Lyon, auprès d'un vieux cousin de ma
mère, homme fort riche et bien digne de ses richesses. Là, tout ce qui
peut faire l'enchantement d'une âme avide d'élégance et d'amour avait
enivré de délices la première ardeur de ma jeunesse. Puis, revenu en
Italie et fixé à Milan avec mes parents, j'avais continué à étudier, à
aimer la société et les livres, ne trouvant partout que d'excellents amis
et de doux applaudissements. Monti et Foscolo, quoique ennemis l'un

de l'autre, avaient pour moi la même bienveillance. Je m'attachai
davantage au dernier ; et cet homme emporté, qui, avec son âpre
rudesse, détachait de lui presque tous ses amis, n'était pour moi que
douceur et cordialité, et j'avais pour lui une tendre vénération. Les
autres littérateurs de mérite m'aimaient également, et j'avais la même
affection pour eux. Jamais l'envie, jamais la calomnie ne m'atteigni-
rent, ou leurs attaques venaient de gens si bas placés dans l'estime
publique, qu'elles ne pouvaient me nuire. A la chute du royaume d'Italie,
mon père avait de nouveau fixé son domicile à Turin, avec le reste de
ma famille ; et moi, en remettant sans cesse le projet de rejoindre ces
chères personnes, j'avais fini par demeurer à Milan, où mon bonheur
était si grand, que je ne savais plus prendre sur moi d'y renoncer.

Entre mes meilleurs amis, trois, à Milan, l'emportaient dans mon
cœur sur tous les autres, D. Pietro Borsieri, monseigneur Lodovico de
Brême et le comte Luigi Porro Lambertenghi. Plus tard, s'y joignit le
comte Frédéric Confalonieri. Chargé de l'éducation des enfants de
Porro, j'étais avec les enfants comme un père, et avec le père comme
un frère. Dans cette maison affluait non-seulement tout ce que Milan
avait de plus élégant, mais une foule de voyageurs de distinction. C'est
là que je connus madame de Staël, Schlegel, Byron, Dawis, Hobhouse,
Brougham et beaucoup d'autres personnages illustres des diverses
parties de l'Europe. Oh ! comme la connaissance des hommes de mérite
épanouit l'âme et l'excite à s'ennoblir ! Oui, j'étais heureux. Je n'aurais pas changé ma destinée pour celle d'un prince ; et d'un sort si
doux tomber tout à coup au milieu des geôliers, trainer de prison en
prison, et finir par se voir étrangler ou par mourir dans les fers !

LI

Tout en faisant ces réflexions, j'arrivai à Saint-Michel, où l'on
m'enferma dans une chambre qui avait vue sur une cour, sur la lagune
et sur la belle île de Murano. Je demandai des nouvelles de Maroncelli
au geôlier, à sa femme et aux quatre *secondini*. Mais ils me faisaient
des visites courtes, pleines de défiance, et ne voulaient rien me dire.

Néanmoins, partout où il y a cinq ou six personnes, il est difficile

14

qu'il ne s'en trouve pas quelqu'une accessible à la compassion et au plaisir de parler. J'en trouvai une de ce genre, et j'appris ce qui suit :

Maroncelli, après avoir longtemps été seul, avait été enfermé avec le comte Camille Laderchi [1] : ce dernier, reconnu innocent, était sorti de prison depuis peu de jours, et Maroncelli se trouvait seul encore une fois. De nos compagnons étaient encore sortis, comme innocents, le professeur Jean-Dominique Romagnosi [2] et le comte don Giovanni Arrivabene; le capitaine Rezia [3] et Canova [4] étaient ensemble. Le professeur Ressi se mourait dans une prison contiguë à celle de ces deux derniers [5].

— Et quant à ceux qui ne sont pas sortis, leur sentence est donc venue? et qu'attend-on pour la faire connaître? que ce pauvre Ressi meure, ou soit en état d'entendre son arrêt, n'est-il pas vrai?

— Je crois que oui.

Chaque jour, je m'informais de la situation de l'infortuné.

— Il a perdu la parole, — il l'a recouvrée, mais il est dans le délire et ne reconnaît plus ; — il donne encore quelques signes de vie ; — il a de fréquents crachements de sang, et le délire continue ; — il est mieux ; — il est plus mal ; — il est à l'agonie.

Pendant plusieurs semaines, je continuai à recevoir les mêmes réponses, jusqu'à ce qu'on vint me dire, un matin : Il est mort.

Je versai une larme sur lui, et me consolai en pensant qu'il avait ignoré sa condamnation.

---

[1] Le comte Camille Laderchi appartenait à une illustre famille de Faënza. Son père avait été vice-préfet à Camerino, et ensuite à Ascoli, à l'époque du royaume d'Italie.   (MARONCELLI.)

[2] Le professeur Romagnosi, natif de Plaisance, enseigna pendant plusieurs années le droit criminel à Pavie. Ensuite le gouvernement italien ayant fondé une école supérieure de droit pour les jeunes gens qui avaient terminé leurs études universitaires, y plaça comme professeurs :

Le respectable Salfi, qui est mort, il y a quelques années, à Passy, près de Paris, laissant dans le deuil ses amis et ceux de l'Italie. Il fut le maître de Confalonieri.

L'avocat Annelli.

Romagnosi, dont nous parlons. Dans cette école, il eut pour élève *Salvotti*, qui fut son juge inquisiteur et le nôtre.

Romagnosi est regardé en Italie comme l'esprit le plus sage du dix-neuvième siècle. Son ouvrage principal est : *La Genesi del diritto penale;* mais beaucoup d'autres écrits philosophiques et littéraires sont sortis de sa plume.

Je ne puis taire la grande part qu'il eut à la confection du code italien de procédure criminelle. Il lui fallut disputer pas à pas le petit nombre de victoires qu'il réussit à remporter sur un conseil cruel et passionné. Plusieurs fois, jetant à terre ses écrits qu'on repoussait comme trop indulgents, il s'écria en se tournant vers ses juges, qui tous étaient chevaliers de la Couronne-de-Fer : «Certes, l'histoire dira que cette croix que vous portez sur la poitrine a été pour vous la tête de Méduse, car elle vous a pétrifié le cœur. »   (MARONCELLI.)

[3] Le capitaine Rezia, excellent officier d'artillerie de l'armée d'Italie, fils du professeur Rezia, anatomiste distingué dont on montre de remarquables appareils dans le musée anatomique de Pavie. (Édition de Londres.)

[4] M. Canova, de Turin, directeur de la scène dans plusieurs grands théâtres d'Italie.

[5] Pour le comte Giovanni Arrivabene et le professeur Ressi, voir la note sur le comte Porro et Confalonieri.

Le jour suivant, 21 février 1822, le geôlier vint me prendre; il était dix heures du matin; il me conduisit dans la salle de la commission et se retira. Je trouvai sur leurs siéges le président, l'inquisiteur et les deux juges assesseurs, qui tous se levèrent.

Le président, du ton d'une noble commisération, me dit que l'arrêt était arrivé, qu'il avait été terrible, mais que déjà l'empereur l'avait adouci.

L'inquisiteur me lut cette sentence : — Condamné à mort; — puis il lut le rescrit impérial : — La peine est commuée en quinze années de *carcere duro* dans la forteresse du Spielberg.

Je répondis : Que la volonté de Dieu soit faite !

Et j'avais véritablement l'intention de recevoir en chrétien ce coup terrible, et de ne témoigner ni de ne nourrir aucun ressentiment contre qui que ce fût.

Le président loua ma modération et me conseilla de la conserver toujours, en ajoutant qu'au bout de deux ou trois ans cette résignation pourrait peut-être me faire trouver digne d'une grâce plus grande. (Au lieu de deux ou trois, ce furent beaucoup d'autres années !)

Les autres juges m'adressèrent aussi des paroles de consolation et d'espérance; mais l'un d'eux, qui dans le cours du procès s'était toujours montré fort hostile, me dit je ne sais quel mot de politesse qui ne laissa pas de me paraître poignant. Cette politesse, je crus la voir démentie par ses yeux, où j'aurais juré qu'il y avait une joie insultante [1].

Maintenant je ne jurerais pas que cela fût, je puis très-bien m'être abusé. Mais alors mon sang fut bouleversé, et j'eus peine à ne pas laisser éclater ma fureur. Je dissimulai, et pendant qu'on me louait encore de ma modération chrétienne, en secret déjà je l'avais perdue.

— Il nous en coûte, me dit l'inquisiteur, d'avoir à vous annoncer demain publiquement la sentence, mais c'est une formalité.

— Soit, répondis-je.

— Dès ce moment, reprit-il, vous pourrez jouir de la compagnie de votre ami.

---

[1] C'était l'inquisiteur lui-même; il avait dit à Silvio : « J'aurais cru que vous seriez condamné à plus de quinze ans, et Maroncelli à moins. »   (MARONCELLI.)

Et ayant appelé le geôlier, ils me consignèrent de nouveau entre ses mains, et lui ordonnèrent de me mettre avec Maroncelli.

LII

Quel doux moment ce fut pour mon ami et pour moi que celui où nous nous revîmes, après un an et trois mois de séparation, après de si grandes douleurs ! Les joies de l'amitié nous firent oublier un instant notre condamnation.

Néanmoins je m'arrachai bientôt des bras de Maroncelli pour prendre la plume et écrire à mon père. Je désirais ardemment que la nouvelle de mon triste sort arrivât à ma famille par moi plutôt que par d'autres, afin que la douleur de ces cœurs aimés fût adoucie par le calme religieux de mon langage. Les juges me promirent d'expédier aussitôt ma lettre.

Maroncelli me parla ensuite de son procès, et je lui parlai du mien. Nous nous confiâmes tour à tour quelques aventures de prison ; puis, allant à la fenêtre, nous saluâmes trois de nos amis qui étaient à la leur : c'étaient d'abord Canova et Rezia, qui se trouvaient ensemble, condamnés, le premier à six ans de *carcere duro*, et le second à trois. Le troisième était le docteur César Armari, qui, dans le cours des mois précédents, avait été mon voisin sous les *plombs*. Aucun arrêt n'avait été rendu contre lui, et il ne tarda pas à sortir, reconnu innocent.

Nous causâmes ensemble tout le jour et toute la soirée, et ce fut pour nous une agréable distraction. Mais à peine au lit, la lumière éteinte et le silence rétabli, il me fut impossible de dormir ; j'avais la tête en feu, et mon cœur saignait en pensant à ma famille. — Pourront-ils supporter un si grand malheur, mes pauvres vieux parents ? Auront-ils assez de leurs autres enfants pour les consoler ? Ils étaient tous aimés autant que moi, et plus dignes de l'être. Mais un père et une mère trouvent-ils jamais dans les enfants qui leur restent rien qui remplace à leurs yeux celui qu'ils ont perdu ?

Ah ! si je n'avais pensé qu'à mes parents et à quelques autres personnes qui m'étaient chères ! leur souvenir m'affligeait et m'attendrissait. Mais je pensai aussi à la prétendue joie, au rire insultant de ce

juge, à mon procès, à la cause de ma condamnation, aux passions politiques, au sort d'un si grand nombre de mes amis..... et dès lors il me
devint impossible de juger avec indulgence aucun de mes adversaires.
Dieu me soumettait à une grande épreuve! Mon devoir eût été de la
subir avec courage; je n'en eus ni le courage ni la volonté. Je pré-
férai à la douceur de pardonner la volupté de haïr; je passai une nuit
d'enfer.

Le matin, je ne priai pas. L'univers me semblait l'œuvre d'une
puissance ennemie du bien. D'autres fois déjà je m'étais fait le calom-
niateur de Dieu; mais jamais je n'aurais pu croire le redevenir en si
peu d'heures! Julien, dans ses plus grands accès de fureurs, ne pouvait
être plus impie que je l'étais devenu. Lorsqu'on ne roule dans son
esprit que des pensées de haine, surtout un homme frappé d'une immense disgrâce qui devrait au contraire le rendre plus religieux, lors
même qu'on aurait été juste, on finit par devenir méchant; oui, lors
même qu'on aurait été juste, parce qu'on ne peut haïr sans orgueil. Eh!
qui es-tu, misérable mortel, pour prétendre qu'aucun de tes semblables ne te juge sévèrement? pour vouloir que personne ne puisse te
nuire de bonne foi, en croyant agir avec justice? pour te plaindre, si
Dieu permet que tu souffres d'une manière plutôt que d'une autre?

Je me sentais malheureux de ne pouvoir prier; mais où règne l'orgueil on ne saurait trouver d'autre Dieu que soi-même.

J'aurais voulu recommander mes parents désolés à un consolateur
suprême, et je ne croyais plus en lui!

LIII

A neuf heures du matin, on nous fit monter dans une gondole, Maroncelli et moi, pour nous mener à la ville. La gondole aborda au palais
du doge, et nous montâmes aux prisons. On nous mit dans la chambre
qu'habitait, peu de jours auparavant, M. Caporali; j'ignore où ce dernier avait été conduit. Neuf ou dix sbires étaient assis là pour nous
garder, et nous attendions, en nous promenant, le moment de paraître
sur la place. L'attente fut longue. Vers midi seulement, l'inquisiteur vint
nous annoncer qu'il fallait aller. Le médecin vint aussi, et nous conseilla

de boire un verre d'eau de menthe. Nous acceptâmes, et nous lui
sûmes bon gré moins encore de cette attention que de la pitié que le
bon vieillard nous témoignait : c'était le docteur Dosmo. Ensuite le
chef des sbires s'approcha, et nous mit les menottes. Nous le suivîmes,
accompagnés des autres sbires.

En descendant ce magnifique escalier des Géants, nous nous rappe-
lâmes le doge Marino Faliero, décapité en ce lieu même. On nous fit
entrer sous le grand portique qui de la cour du palais donne sur la
Piazetta ; arrivés là, nous tournâmes à gauche vers la lagune. Au milieu
de la *Piazetta*, était l'échafaud sur lequel nous devions monter. De
l'escalier des Géants à cet échafaud étaient rangées deux files de soldats
autrichiens ; nous passâmes entre les deux.

Debout sur l'échafaud, nous regardâmes autour de nous, et sur
cette immense population nous vîmes planer la terreur. On apercevait
dans l'éloignement d'autres soldats se former en pelotons sur divers
points. On nous dit que là étaient les canons avec les mèches allumées.

Et c'était encore cette *Piazetta* où, au mois de septembre 1820, un mois avant mon arrestation, un mendiant m'avait dit : « Ce lieu est un lieu de malheur. »

Ce mendiant me revint à la mémoire, et je me dis : Qui sait s'il n'est pas, lui aussi, parmi tous ces milliers de spectateurs, et s'il ne me reconnaît pas?

Le capitaine autrichien nous cria de nous tourner du côté du palais, et de lever les yeux en haut. Nous obéimes, et ce fut pour voir, sous les arcades de la terrasse, un homme du palais qui tenait un papier à la main : c'était la sentence. Il la lut à haute voix.

Il se fit un grand silence jusqu'à cette expression : *condamnés à mort*. Alors s'éleva un murmure général de compassion. Il se fit un nouveau silence pour écouter le reste de la lecture, et un nouveau murmure accueillit ces expressions : *Condamnés au carcere duro*, *Maroncelli pour vingt ans, et Pellico pour quinze.*

Le capitaine nous fit signe de descendre; nous descendîmes, après avoir jeté encore une fois les yeux autour de nous. On nous fit rentrer dans la cour, remonter l'escalier et retourner à la chambre d'où l'on nous avait tirés. Enfin on nous ôta les menottes, et nous fûmes ramenés à Saint-Michel.

LIV

Ceux qui avaient été condamnés avant nous étaient déjà partis pour Lubiana et pour le Spielberg, sous la conduite d'un commissaire de police. Maintenant on attendait le retour de ce même commissaire chargé de nous conduire à notre destination. Nous l'attendîmes un mois.

Toute ma vie se passait alors à causer ou à écouter causer les autres, pour me distraire. En outre, Maroncelli me lisait ses compositions littéraires, et je lui lisais les miennes. Je lus un soir, de ma fenêtre, à Canova, à Rezia et à César Armari l'*Ester d'Engaddi*, et le soir d'après l'*Iginia d'Asti*.

Mais la nuit je frémissais, je pleurais, je dormais peu ou ne dormais point.

Je désirais, en même temps j'avais peur de savoir comment mes parents auraient reçu la nouvelle de mon infortune.

Enfin arriva une lettre de mon père. Quelle fut ma douleur d'apprendre que ma dernière lettre ne lui avait pas été aussitôt expédiée, comme j'en avais tant prié l'inquisiteur ! Mon malheureux père, qui s'était toujours flatté de l'espérance de me voir renvoyer absous, ayant pris un jour la Gazette de Milan, y lut ma condamnation. Il me racontait lui-même cette cruelle découverte, et me laissait imaginer combien son âme en avait été déchirée.

Oh ! comme dans l'immense compassion que je me sentis pour mon père, pour ma mère, pour toute ma famille, je m'indignai de ce que ma lettre n'avait pas été soigneusement expédiée ! Il n'y aura eu dans ce retard aucune intention perfide ; mais je crus y en démêler une infernale, je crus y voir un raffinement de barbarie, un désir féroce de laisser toute sa violence à la foudre qui devait frapper même mes innocents parents. J'aurais voulu pouvoir répandre une mer de sang pour punir cette cruauté imaginaire.

Maintenant que je raisonne de sang-froid, je trouve en ceci peu de vraisemblance. Ce retard, sans aucun doute, n'eut d'autre cause que la négligence.

Furieux comme je l'étais, j'appris en frémissant que mes compagnons se proposaient de faire leurs pâques avant de partir, et je sentis que moi je ne devais pas faire comme eux, n'ayant pas en moi la volonté de pardonner. Plût à Dieu que j'eusse donné ce scandale !

LV

Enfin le commissaire arriva d'Allemagne, et vint nous dire que sous peu de jours nous partirions.

— J'ai le plaisir, ajouta-t-il, de pouvoir vous donner une consolation. En revenant du Spielberg, j'ai vu à Vienne S. M. l'empereur, qui m'a dit que vos jours de prison seraient de douze heures et non de vingt-quatre. C'est une manière de dire que la peine est réduite de moitié.

Cette nouvelle ne nous fut jamais depuis confirmée officiellement ; mais il n'y avait aucune apparence que le commissaire mentît, d'autant plus qu'il ne nous donnait pas cette nouvelle en secret, mais du consentement de la commission.

Nous montâmes dans une gondole. ...

Et pourtant je ne pus m'en réjouir. Dans ma pensée, sept ans et demi de fers n'étaient guère moins horribles que quinze. Il me semblait impossible que je vécusse si longtemps.

Ma santé était redevenue mauvaise. Je souffrais beaucoup de la poitrine; je toussais, et je croyais mes poumons attaqués. Je mangeais peu, et ce peu je ne le digérais pas.

Le départ eut lieu dans la nuit du 25 au 26 mars: Il nous fut permis d'embrasser notre ami, le docteur Armari. Ensuite un sbire nous attacha une chaîne transversale de la main droite au pied gauche, pour nous empêcher de fuir. Nous montâmes dans une gondole, et nos gardes ramèrent vers Fusine.

A Fusine, nous trouvâmes deux voitures prêtes. Rezia et Canova

montèrent dans l'une, et moi dans l'autre avec Maroncelli. Dans la première était le commissaire avec ses deux prisonniers, et dans la

secondé un sous-commissaire avec les deux autres. Six ou sept gardes de police complétaient le convoi, armés de sabres et de fusils, les uns dans les voitures, les autres sur le siége du voiturin.

Il est toujours cruel de se voir forcé par le malheur de quitter sa patrie ; mais la quitter enchaîné, et pour aller habiter des climats horribles, pour aller languir des années, entouré de sbires, c'est chose si déchirante, qu'il n'est pas de termes pour la dire.

Avant de passer les Alpes, ma nation me devenait plus chère d'heure en heure, à cause de la pitié que nous témoignaient partout les personnes que nous rencontrions ; dans chaque ville, dans chaque village, dans chaque hameau isolé, comme depuis quelques semaines tout le monde savait notre condamnation, on nous attendait. Dans quelques endroits, le commissaire et les gardes avaient peine à éloigner la foule qui nous entourait. C'était chose étonnante que la sympathie qui se manifestait à notre égard.

A Udine, il nous était réservé une douce surprise. Arrivés à l'auberge, le commissaire fit fermer la porte de la cour et écarter le peuple. Il nous assigna une pièce, et donna l'ordre aux valets de nous y apporter notre dîner et tout ce qu'il fallait pour y coucher. Un instant après, entrent trois hommes avec des matelas sur leurs épaules. Quel est notre étonnement de voir que de ces trois hommes un seul est au service de la maison, et que les deux autres sont deux de nos connaissances ! Nous feignîmes de les aider à déposer leurs matelas, et leur serrâmes furtivement la main. Les larmes jaillissaient de nos cœurs à tous ! Oh ! combien il nous fut pénible de ne pouvoir les répandre en nous pressant mutuellement dans nos bras !

Les commissaires ne s'aperçurent pas de cette scène touchante, mais je soupçonnai un des gardes de s'être douté du mystère en voyant le bon Dario me serrer la main. Ce garde était de Venise. Il nous regarda au visage, Dario et moi, pâlit, et parut hésiter s'il devait ou non élever la voix ; mais il garda le silence, et tourna les yeux d'un autre côté, feignant de ne rien voir. S'il ne devina pas que ces personnes étaient de nos amis, il pensa du moins que c'étaient des valets de notre connaissance.

LVI

Le matin, nous quittions Udine, qu'il faisait jour à peine. L'excellent Dario était déjà dans la rue, enveloppé de son manteau; il nous salua encore, et nous suivit longtemps. Nous vîmes aussi une voiture nous suivre pendant deux ou trois milles, et dans cette voiture une personne qui agitait son mouchoir. Elle finit par reprendre le chemin d'Udine. Quelle était-elle? Nous ne pûmes que le soupçonner.

Oh! que Dieu bénisse toutes les âmes généreuses qui n'ont pas honte d'aimer les infortunés! Ah! je les apprécie d'autant mieux que, pendant tous les jours de mon adversité, j'ai connu des lâches qui m'ont renié, et qui ont cru gagner quelque chose à se faire les échos des outrages qui m'étaient adressés. Mais ces derniers ont été en petit nombre, et les autres n'ont pas été rares.

Je me trompais en pensant que cette compassion qui nous suivait en Italie allait cesser dès que nous aurions touché la terre étrangère. Ah! l'homme bon est, en tous lieux, le compatriote des malheureux. Quand nous fûmes en Illyrie, en Autriche, il arrivait la même chose que chez nous; ce gémissement était universel : *Arme Herren!* (Pauvres messieurs!)

Quelquefois, en entrant dans un pays, nos voitures étaient obligées de s'arrêter avant de décider où nous irions loger. Alors la population se pressait autour de nous, et nous adressait des paroles de compassion qui vraiment s'échappaient du cœur. La bonté de cette nation me touchait plus encore que celle de mes compatriotes. Oh! comme je leur en étais reconnaissant à tous! Oh! combien est douce la pitié de nos semblables, et qu'il est doux de les aimer!

La consolation que j'en tirais diminuait jusqu'à mes ressentiments contre ceux que je nommais mes ennemis.

Qui sait? pensais-je; si j'avais vu de près leurs visages, et qu'ils eussent vu le mien; si j'avais pu lire dans leurs âmes, et eux dans la mienne, peut-être eussé-je été forcé de convenir qu'il n'y avait en eux aucune scélératesse, comme eux qu'ils n'en voyaient aucune en moi? Qui sait si alors il n'eût pas fallu nous plaindre mutuellement et nous aimer?

Trop souvent, hélas! les hommes se haïssent parce qu'ils ne se con-

naissent pas les uns les autres ; et il leur eût suffi d'échanger quelques
paroles pour que l'un vînt avec confiance donner la main à l'autre.

Nous nous arrêtâmes un jour à Lubiana, où Canova et Rezia furent
séparés de nous et conduits au château ; on concevra sans peine combien cette séparation fut douloureuse pour tous les quatre.

Le soir de notre arrivée à Lubiana, et le jour suivant, vint poliment
nous tenir compagnie un monsieur qu'on nous dit être, si j'entendis
bien, un secrétaire municipal. C'était un homme plein d'humanité, qui
parlait religion avec onction et gravité. Je pensais qu'il pouvait être
prêtre : les prêtres en Autriche s'habillent comme les laïques. Celui-ci
avait une de ces figures ouvertes qui appellent l'estime. J'eus regret de
ne pouvoir faire avec lui une plus longue connaissance, et je m'afflige
encore d'avoir eu l'étourderie d'oublier son nom.

. Qu'il me serait doux aussi de savoir ton nom, ô jeune fille, qui, dans
un village de Stirie, nous suivis au milieu de la foule ! Lorsque la voi-

ture dut s'arrêter quelques minutes, tu nous saluas avec les deux mains,
et t'éloignas ensuite, ton mouchoir sur les yeux, appuyée au bras d'un

À l'occident s'élève une hauteur sur laquelle est cette fatale forteresse du Spielberg.

jeune homme triste. qui, à sa blonde chevelure, paraissait Allemand,
mais qui peut-être avait été en Italie, et gardait un tendre souvenir à
notre malheureuse nation.

Qu'il me serait doux de savoir le nom de chacun de vous, vénérables pères et mères de famille, qui en divers endroits approchiez de
nous pour nous demander si nous avions nos parents, et qui, en apprenant qu'ils vivaient encore, pâlissiez en vous écriant : « Ah ! que
Dieu vous rende bientôt à ces pauvres vieillards [1] · »

LVII

Nous arrivâmes le 10 avril au lieu de notre destination.

La ville de Brünn est la capitale de la Moravie, et c'est là que réside
le gouverneur des deux provinces de Moravie et de Silésie. Elle est si-
tuée dans une vallée riante et a un air d'opulence. Plusieurs manufac-
tures de drap y étaient alors en grande prospérité, qui depuis sont
tombées en décadence. Sa population était d'environ trente mille âmes.

Près de ses murs, à l'occident, s'élève une hauteur sur laquelle est
cette fatale forteresse du Spielberg, autrefois le palais des seigneurs de
la Moravie, et aujourd'hui la plus rigoureuse maison de force de la monarchie autrichienne. C'était une citadelle très-forte; mais les Français la bombardèrent et la prirent, à l'époque de la fameuse bataille
d'Austerlitz (le village d'Austerlitz est à peu de distance). Depuis elle
ne fut pas restaurée de manière à pouvoir encore servir de citadelle; on
se borna seulement à relever une partie de l'enceinte qui était déman-
telée. Environ trois cents malheureux, voleurs ou assassins pour la
plupart, y sont détenus, condamnés les uns au *carcere duro*, les autres
au *carcere durissimo*.

Subir le *carcere duro*, c'est être obligé au travail [2], porter une chaîne
aux pieds, dormir sur des planches nues, et vivre de la plus pauvre
nourriture qui se puisse imaginer. Subir le *carcere durissimo*, c'est être

---

[1] Je me souviens encore d'une jeune femme que je vis le jour de Pâques à Shott-Wien. Puissent ces deux
lignes lui porter un souvenir de moi, et lui transmettre ma reconnaissance!

[2] D'abord on nous employait à faire de la charpie ; on nous occupa ensuite à fendre du bois. En dernier lieu
on nous fit tricoter des bas, avec l'obligation d'en livrer deux paires par semaine.   · (MARONCELLI.)

enchaîné d'une façon plus horrible encore, avec un cercle en fer autour des reins et la chaîne fixée à la muraille, de telle sorte qu'on peut
à grand'peine se traîner autour de la planche qui sert de lit ; la nourriture est la même, quoique la loi dise : *du pain et de l'eau.*

   Nous autres, prisonniers d'État, nous étions condamnés au *carcere
duro.*

   En gravissant les sommets de cette colline, nous tournions les yeux
en arrière pour dire adieu au monde, ignorant si ce gouffre qui allait
nous engloutir vivants devait encore se rouvrir pour nous. J'étais
calme au dehors, mais au dedans je rugissais. J'avais en vain recours
à la philosophie pour retrouver la paix : la philosophie n'avait pour
moi que d'insuffisantes raisons.

   Parti de Vienne en mauvaise santé, le voyage m'avait déplorable-
ment fatigué. J'avais la tête et le corps endoloris ; la fièvre me dévorait.
La douleur physique irritait en moi la colère, qui, à son tour, je n'en
doute pas, irritait la douleur physique.

   On nous consigna entre les mains du surintendant de la forteresse,
qui écrivit nos noms parmi ceux des malfaiteurs. En nous quittant, le

commissaire impérial nous embrassa tout attendri : « Je vous recommande particulièrement la docilité, nous dit-il ; la moindre infraction à la discipline trouverait auprès du surintendant des châtiments sévères. »

Le dépôt achevé, on nous conduisit, Maroncelli et moi, dans un corridor souterrain où s'ouvrirent pour nous deux chambres ténébreuses qui ne se touchaient pas. Chacun de nous fut enfermé dans sa tanière.

LVIII

C'est une chose bien cruelle, quand on a déjà dit adieu à tant d'objets aimés, lorsqu'on n'est plus au monde que deux amis également malheureux, oh ! oui, c'est une chose bien cruelle que de se séparer encore ! Maroncelli, en me quittant, me voyait malade, et pleurait en moi un homme que jamais plus sans doute il ne reverrait. Moi je pleurais en lui cette fleur éclatante de santé, ravie pour toujours peut-être à la vivifiante clarté du soleil. Et cette fleur, en effet, oh ! comme elle a passé ! Il reparut un jour à la lumière, mais, hélas ! en quel état !

Lorsque je me trouvai seul dans cet antre horrible, que j'entendis se fermer les cadenas ; lorsque, à la faible lueur qui me venait d'en haut par une étroite fenêtre, je distinguai la planche nue qui m'était donnée pour lit, et une énorme chaîne attachée au mur, je m'assis en frémissant sur ce lit, et ayant pris cette chaîne, j'en mesurai la longueur, pensant qu'elle m'était destinée.

Une demi-heure après, j'entends crier les clefs ; la porte s'ouvre : le maître geôlier m'apporte une cruche d'eau.

— Ceci est pour boire, me dit-il d'une voix sombre, et demain j'apporterai du pain.

— Merci, bon homme.

— Je ne suis pas bon, reprit-il.

— Tant pis pour vous, lui répliquai-je avec indignation. Et cette chaîne, ajoutai-je, elle est pour moi peut-être ?

— Oui, monsieur, si vous ne vous tenez pas tranquille, si vous devenez furieux, si vous dites des injures. Mais monsieur n'a qu'à être raisonnable, et nous ne lui passerons qu'une chaine aux pieds. L'ouvrier est occupé à la mettre en état.

Il se promenait lentement en long et en large en faisant sonner son horrible trousseau de clefs, et moi, d'un œil irrité, je regardais sa vieille, sa maigre, sa gigantesque personne ; et malgré les traits peu communs de son visage, tout en lui me semblait porter l'odieuse expression d'une brutale sévérité.

Oh ! que les hommes sont injustes de juger d'après les apparences et selon leurs orgueilleuses préventions ! Cet homme qui, dans mon imagination, trouvait plaisir à faire résonner ses clefs pour me faire sentir son triste pouvoir, cet homme que je croyais devenu impudent par la longue habitude de la cruauté, était agité de pensées compatissantes, et ne prenait certainement cet accent farouche que pour me donner le change sur le sentiment qui l'animait. Il eût voulu me le cacher, de peur de paraître faible et dans la crainte que je ne fusse indigne de sa pitié. Mais en même temps, supposant que je pouvais être plus malheureux que coupable, il voulut me la laisser voir.

Ennuyé de sa présence et plus encore de ses airs de maître, je jugeai à propos de l'humilier en lui disant impérieusement comme à un valet :
— Donnez-moi à boire !

Il me jeta un regard qui semblait vouloir dire : — Arrogant ! il faut ici perdre l'habitude de commander.

Mais il se tut, courba sa longue échine, prit à terre la cruche et me la présenta. Je m'aperçus qu'en la prenant il tremblait, et comme j'attribuai ce tremblement à sa vieillesse, un sentiment de pitié, mêlé de respect, vint tempérer mon orgueil.

— Quel âge avez-vous ? lui dis-je avec un accent de bienveillance.

— Soixante et quatorze ans, monsieur ; j'ai déjà vu bien des malheurs, des miens et de ceux des autres.

Ce mot sur ses malheurs et sur ceux d'autrui fut accompagné d'un nouveau tremblement au moment où il reprenait la cruche, et je pensai que ce tremblement pouvait n'être pas seulement la suite de l'âge, mais aussi l'effet d'une généreuse émotion. Cette idée effaça de mon cœur l'impression de haine qu'avait pu y laisser le premier aspect de cet homme.

— Comment vous nommez-vous ? lui dis-je.

— La fortune, monsieur, a voulu se railler de moi en me donnant
le nom d'un grand homme : je me nomme Schiller.

Il partit de là pour m'apprendre en peu de mots son pays, son origine, les guerres qu'il avait vues et les blessures qu'il en avait rapportées.

Il était Suisse, appartenait à une famille de paysans, avait porté les
armes contre les Turcs, sous le général Laudon, à l'époque de Marie-
Thérèse et de Joseph II, et depuis il avait pris part à toutes les guerres
de l'Autriche contre la France jusqu'à la chute de Napoléon.

LIX

Lorsque nous venons à concevoir meilleure opinion d'un homme
que d'abord nous avions cru méchant, regardant alors à son visage, à

son air, à ses manières, il nous semble y découvrir d'infaillibles signes
d'honnèteté. Cette découverte est-elle une réalité? Je la soupçonne fort
de n'être qu'une illusion; car ce même visage, ce même air, cette
même voix, ces mêmes manières, nous paraissaient naguère d'infaillibles indices de friponnerie. Nous n'avons pas plutôt réformé notre
jugement sur les qualités morales, qu'aussitôt nous réformons aussi
les conclusions de notre science physiognomonique. Que de visages
nous vénérons parce que nous savons qu'ils ont appartenu à de braves
gens, qui, ayant appartenu à d'autres hommes, ne nous paraîtraient
nullement propres à inspirer de la vénération ! et *vice versa*. J'ai bien
ri un jour d'une dame qui, regardant une tête de Catilina et la prenant
pour celle de Collatin, s'imaginait y voir la sublime douleur de Collatin à la mort de Lucrèce ; et cependant ces illusions sont chose
commune.

Non qu'il n'y ait des visages d'honnêtes gens qui ne portent clairement empreint dans leurs traits le caractère de la bonté, et des visages
de méchants qui ne portent aussi clairement exprimé le caractère de
la méchanceté; mais je maintiens qu'il en est beaucoup dont l'expression est fort douteuse.

En somme, ayant un peu rétabli le vieux Schiller dans mes bonnes
grâces, je le considérai avec plus d'attention qu'auparavant, et il cessa
de me déplaire. A dire le vrai, son langage avait aussi parfois, dans sa
rudesse, quelques traces d'une âme élevée.

— Caporal, comme vous voyez, disait-il, on m'a donné pour retraite le triste office de geôlier, et Dieu sait si je n'aimerais pas mieux
risquer ma vie sur les champs de bataille.

Je me repentis de lui avoir demandé à boire avec hauteur. — Mon
cher Schiller, lui dis-je en lui serrant la main, vous voudriez en vain
le nier, je vois que vous êtes bon ; et puisqu'il me fallait tomber dans
le malheur, je remercie le ciel de vous avoir donné à moi pour gardien.

Il écouta mes paroles, secoua la tête, et répondit en promenant sa
main sur son front, comme un homme que poursuit une pensée importune :

— Je suis méchant, monsieur, on m'a fait prêter un serment auquel jamais je ne manquerai. Je suis forcé de traiter tous mes prisonniers avec la même sévérité, sans regarder à leur condition, sans per-

mettre aucun abus, surtout les prisonniers d'État. L'empereur sait ce qu'il fait, et mon devoir est de lui obéir.

— Vous êtes un brave homme, et je respecterai ce que vous regardez comme un devoir de conscience. Celui qui agit dans la sincérité de sa conscience peut se tromper, mais il est pur devant Dieu.

— Pauvre monsieur! prenez patience, et ne m'en veuillez pas. Je serai de fer dans l'accomplissement de mes devoirs; mais le cœur..... le cœur est plein de regret de ne pouvoir secourir le malheureux. C'est la chose que je voulais dire à monsieur.

Nous étions émus l'un et l'autre; il me supplia d'être calme, de ne pas entrer en fureur, comme la plupart des condamnés, de ne pas le contraindre à me traiter durement.

Il prit ensuite un accent brusque, comme pour me cacher une partie de son émotion, et me dit :

— Maintenant il faut que je m'en aille.

Puis il se retourna, pour me demander depuis combien de temps durait cette misérable toux que j'avais, et il lança un gros mot de malédiction contre le médecin, de ce qu'il ne venait pas me visiter le soir même.

— Monsieur a une fièvre de cheval, reprit-il ; je m'y connais. Il lui faudrait au moins une paillasse ; mais nous ne pouvons la donner que le médecin ne l'ait ordonné.

Il sortit, referma la porte, et je m'étendis sur ces planches si dures, ayant toujours la fièvre avec d'horribles douleurs de poitrine, mais moins irrité, moins ennemi des hommes, moins éloigné de Dieu.

LX

Le soir, le surintendant vint faire une perquisition, accompagné de Schiller, d'un autre caporal et de deux soldats.

On faisait chaque jour trois perquisitions, une le matin, une autre le soir, la dernière à minuit. On visitait tous les coins de la prison, on examinait les moindres choses. Ensuite les inférieurs sortaient, et le surintendant (qui le matin et le soir ne manquait jamais à la visite) s'arrêtait un moment à causer avec moi.

La première fois que je vis cette petite troupe, je fus assailli d'une étrange pensée. Dans l'ignorance où j'étais encore de cet usage importun, et en proie au délire de la fièvre, je m'imaginai qu'on venait m'égorger, et je saisis la longue chaîne qui était près de moi pour en briser le crâne du premier qui approcherait.

— Que faites-vous? me dit le surintendant. Nous ne venons vous faire aucun mal ; c'est une visite de pure forme que nous faisons dans toutes les prisons, pour nous assurer que tout est dans l'ordre.

J'hésitais; mais lorsque je vis Schiller s'avancer vers moi et me tendre amicalement la main, son aspect paternel me rendit la confiance. Je laissai retomber la chaîne, et je pris cette main dans les miennes.

— Oh ! comme il est brûlant ! dit-il au surintendant. Si l'on pouvait seulement donner une paillasse à monsieur !

Il prononça ces paroles avec un accent de douleur si vrai, si affectueux, que j'en fus attendri.

Le surintendant me tâta le pouls, et me témoigna de la compassion. C'était un homme de bonnes manières, mais qui n'osait prendre sur lui de rien décider.

— Ici tout est rigueur, même pour moi, dit-il. Si je n'exécute à la lettre ce qui m'est prescrit, je cours risque de me voir chassé de mon emploi.

Schiller allongeait les lèvres, et j'aurais parié qu'il se disait en lui-même : Si j'étais surintendant, je ne pousserais pas la peur jusque-là ; et si je prenais une décision si bien justifiée par la nécessité et si indifférente au salut de la monarchie, on ne pourrait jamais m'en faire un bien grand crime.

Quand je fus seul, mon cœur, incapable depuis quelques jours d'un profond sentiment religieux, s'attendrit et pria. C'était une bénédiction sur Schiller, et j'ajoutais en m'adressant à Dieu : — Fais, ô mon Dieu ! que je découvre aussi dans les autres quelque qualité qui me les fasse aimer. J'accepte toutes les tortures de la prison ; mais du moins permets que j'aime, et délivre-moi, ô mon Dieu ! du tourment de haïr mes semblables !

A minuit, j'entendis des pas dans le corridor. Les clefs résonnent, la porte s'ouvre, et le caporal entre avec deux gardes pour faire sa visite.

— Où est mon vieux Schiller? m'écriai-je avec l'expression du regret. Il s'était arrêté dans le corridor.

— Je suis là, je suis là, répondit-il.

Et s'étant approché du lit de camp, il vint de nouveau me tâter le pouls, et se pencha sur moi avec anxiété pour me regarder, comme un père sur le lit de son enfant malade.

— Et maintenant que je m'en souviens, c'est demain jeudi, murmura-t-il entre ses dents, oui, ce n'est que trop bien jeudi !

— Et que voulez-vous dire par là?

— Que le médecin ne vient d'ordinaire que dans la matinée du lundi, du mercredi et du vendredi, et que demain malheureusement il ne viendra pas.

— Ne vous inquiétez pas pour cela.

— Que je ne m'inquiète pas, que je ne m'inquiète pas! On ne parle dans toute la ville que de l'arrivée de ces messieurs; le médecin ne peut l'ignorer. Pourquoi diable ne pas venir une fois de plus? L'effort serait-il si grand?

— Qui sait s'il ne viendra pas demain, quoique ce soit jeudi?

Le vieillard n'ajouta pas un mot; mais il me serra la main de manière à m'estropier; et quoiqu'il me fît mal, j'en ressentis du plaisir : le plaisir qu'éprouve un amant, s'il arrive qu'en dansant sa bien-aimée lui marche sur le pied. Il jetterait volontiers un cri de douleur; mais au lieu de crier, il sourit à son amie, et il s'estime heureux.

LXI

Le jeudi matin, après une nuit fort mauvaise, affaibli, et les os rompus par les planches, je me sentis inondé de sueur. La visite eut lieu. Le surintendant n'y était pas; comme l'heure lui était peu commode, il venait ensuite un peu plus tard.

Je dis à Schiller : — Touchez comme je suis trempé de sueur; la sueur commence déjà à se refroidir sur ma peau. J'aurais grand besoin de changer à l'instant de chemise.

— Impossible! s'écria-t-il d'une voix brutale.

Mais il me fit signe furtivement des yeux et de la main. Le caporal et les gardes partis, il me fit un second signe, en fermant la porte sur lui.

Un instant après, il reparut avec une de ses propres chemises, qui avait deux fois la longueur de ma personne.

— Elle est un peu longue pour monsieur, me dit-il ; mais pour le moment, je n'en ai pas ici d'autres.

— Je vous remercie, mon ami ; mais comme j'ai apporté au Spielberg une malle pleine de linge, j'espère qu'on ne me refusera pas l'usage de mes chemises ; ayez la complaisance d'aller en demander une au surintendant.

— Il est défendu de rien laisser à monsieur de son linge. Tous les dimanches, on lui donnera une chemise de la maison, comme aux autres condamnés.

— Honnête vieillard, lui dis-je, vous voyez dans quel état je suis. Il est peu vraisemblable que je sorte vivant de ce lieu. Je ne pourrai jamais reconnaître ce que vous faites pour moi.

— Fi ! monsieur, fi ! s'écria-t-il ; parler de récompense à qui ne peut rendre service, à qui peut tout au plus prêter, en se cachant, à un malade de quoi sécher la sueur qui lui ruisselle sur le corps !

Et m'ayant brusquement jeté sa longue chemise sur le dos, il s'en alla en murmurant, et referma la porte avec un bruit furieux.

Environ deux heures après, il m'apporta un morceau de pain noir.

— Voilà, me dit-il, pour deux jours.

Puis il se mit à marcher en grondant.

— Qu'avez-vous ? lui dis-je ; êtes-vous en colère contre moi ? J'ai bien accepté la chemise que vous m'avez offerte.

Je suis en colère contre ce médecin. C'est aujourd'hui jeudi, d'accord, mais il pourrait se donner la peine de venir.

— Patience ! répondis-je.

Je disais patience, mais je ne pouvais en aucune façon reposer sur ces planches sans avoir même un oreiller. Je souffrais dans tous mes os.

A onze heures, le dîner me fut apporté par un condamné accompagné de Schiller. Ce dîner se composait de deux petits pots en fer, dont l'un contenait une soupe détestable, et l'autre des légumes accommodés avec une sauce telle, que l'odeur suffisait pour en dégoûter.

J'essayai d'avaler quelques cuillerées de bouillon ; cela me fut impossible.

Schiller me répétait : — Que monsieur prenne courage, qu'il essaie de s'accoutumer à ce régime, sinon il lui arrivera ce qui est déjà arrivé à d'autres, de ne pouvoir manger qu'un peu de pain, et de mourir ensuite de langueur.

Le vendredi matin, arriva enfin le docteur Bayer. Il me trouva de la fièvre, m'ordonna une paillasse, et insista pour qu'on m'ôtât de ce soùterrain, et qu'on me fît passer à l'étage au-dessus. Impossible ; la place manquait. Mais un rapport ayant été adressé à ce sujet au comte Mitrowski, gouverneur des deux provinces de Moravie et de Silésie, qui résidait à Brüun, le comte répondit qu'attendu la gravité de la maladie, on suivît l'ordre du médecin.

Dans la chambre qu'on me donna, il entrait un peu de jour ; et en m'attachant aux barreaux de l'étroite fenêtre, je pouvais voir la vallée que dominait la forteresse, une partie de la ville de Brünn, un fau- bourg avec une foule de petits jardins, le cimetière, le petit lac de la Chartreuse, et les collines boisées qui nous séparaient des fameux champs d'Austerlitz.

Cette vue m'enchantait. Oh ! que j'aurais eu de joie à pouvoir la partager avec Maroncelli !

LXII

On travaillait cependant à nos vêtements de prisonnier, et au bout de cinq jours on m'apporta le mien.

C'était un pantalon d'étoffe grossière, dont le côté droit était gris, le côté gauche couleur capucine ; un justaucorps des deux couleurs, disposées de la même manière ; un pourpoint encore des mêmes cou- leurs, mais placées en sens inverse, la grise à gauche et la capucine à droite. Les bas étaient de grosse laine, la chemise de toile d'étoupes, pleine d'aiguillons, un véritable cilice ; au cou une cravate de même toile que la chemise. Les bottines étaient de cuir non teint et à lacets. Le chapeau était blanc.

Pour compléter cette livrée, ajoutez les fers aux pieds, c'est-à-dire une chaîne qui allait d'une jambe à l'autre, et dont les anneaux avaient été arrêtés avec des clous rivés sur une enclume. L'ouvrier qui me fit cette opération, croyant que je n'entendais pas l'allemand, dit à un garde : — Malade comme il est, on pouvait bien m'épargner ce jeu-là. Il ne se passera pas deux mois que l'ange de la mort ne vienne le délivrer.

— *Mochle es seyn!* (Plût à Dieu!) lui dis-je en lui frappant sur l'épaule avec la main.

Le pauvre homme tressaillit et resta confus; puis il me dit :

— J'espère bien que je ne serai pas prophète, et je désire que ce soit tout autre ange qui délivre monsieur.

Plutôt que de vivre ainsi, ne vous semble-t-il pas, lui répliquai-je, que l'ange de la mort serait aussi le bienvenu?

Il fit signe que oui de la tête, et s'en alla en s'apitoyant sur mon sort[1].

---

[1] Lorsque le général Lafayette fut arrêté dans sa fuite à huit lieues d'Olmütz, le capitaine du cercle arriva le lendemain matin, et avant de faire monter le général en voiture pour le conduire dans sa prison, il le pria de passer dans l'autre pièce, où le serrurier l'attendait : — Et pourquoi le serrurier! dit Lafayette. — Pour vous

J'aurais en effet volontiers cessé de vivre, mais le suicide ne me tentait pas. J'espérais que la faiblesse de mes poumons serait bientôt assez grande pour m'achever. Dieu ne le voulut pas. La fatigue du voyage avait aggravé le mal, le repos m'apporta quelque soulagement.

Un moment après que l'ouvrier fut sorti, j'entendis le marteau retomber sur l'enclume dans le souterrain. Schiller était encore dans ma chambre.

— Entendez ces coups, lui dis-je. Sans doute on rive les fers de ce pauvre Maroncelli.

Et ces paroles dites, mon cœur se serra de telle force, que je chancelai, et si le bon vieillard ne m'eût soutenu, je tombais. Je restai plus d'une demi-heure dans un état qui ressemblait à l'évanouissement et qui cependant ne l'était pas. Je ne pouvais parler, mon pouls battait à peine ; une sueur froide m'inondait de la tête aux pieds, et malgré cela, j'entendais toutes les paroles de Schiller, et j'avais très-vifs le souvenir du passé et le sentiment du présent.

L'ordre du surintendant et la vigilance des gardes avaient jusqu'alors maintenu le silence dans toutes les prisons voisines. Trois ou quatre fois seulement j'avais ouï entonner quelque chanson italienne, mais elle avait été presque aussitôt étouffée par les cris des sentinelles. Nous en avions plusieurs sur la terrasse placée sous nos fenêtres, et jusque dans notre corridor, une autre qui allait et venait, prêtant l'oreille aux portes et regardant aux guichets, pour empêcher le bruit.

Un jour, vers le soir (chaque fois que j'y pense, se renouvellent dans mon sein les palpitations que j'éprouvai alors), les sentinelles, par un heureux hasard, furent moins attentives, et j'entendis dans la prison contiguë à la mienne un chant s'élever et se poursuivre à demi-voix.

Oh ! quelle joie, quelle émotion soudaine m'envahit en ce moment !

Je me levai de ma paillasse, je prêtai l'oreille, et quand la voix se tut, je ne pus m'empêcher de fondre en larmes.

— Oh ! qui es-tu, infortuné ? m'écriai-je, qui es-tu ? Dis-moi ton nom. Moi, je suis Silvio Pellico.

mettre les fers, général. — Ah! dit Lafayette, voilà une étrange proposition. Si votre empereur en était instruit, vous verriez comme il vous traiterait pour en avoir eu la pensée. » Cette plaisanterie, faite d'un ton menaçant, déconcerta le capitaine, qui renonça à son projet.   (*Note communiquée par M. de Lafayette.*)

— O Silvio, répondit mon voisin, je ne connais pas ta personne, mais il y a bien longtemps que je t'aime: Approche-toi de là fenêtre, et causons en dépit des sbires.

Je me cramponnai à la fenêtre : il me dit son nom, et nous échangeâmes quelques paroles d'amitié.

C'était le comte Antonio Oroboni, né à la Fratta, près de Rovigo, âgé de vingt-neuf ans.

Hélas ! nous fûmes bien vite interrompus par les cris menaçants des sentinelles. Celle du corridor frappait rudement avec la crosse de son fusil, tantôt à ma porte, tantôt à celle d'Oroboni. Nous ne voulions

pas, nous ne pouvions pas obéir. Cependant les malédictions des gardes augmentèrent à tel point qu'il fallut céder, après nous être promis de recommencer lorsqu'on aurait relevé les sentinelles.

LXIII

Nous espérions, ce qui en effet arriva, qu'en parlant plus bas nous pourrions nous entendre, et qu'il se trouverait quelquefois des sentinelles compatissantes qui feindraient de ne pas s'apercevoir de notre causerie. A force de tentatives, nous arrivâmes à émettre un son de voix tellement faible, que, tout en arrivant à nos oreilles, il échappait à celles des autres ou se prêtait à paraître ignoré. Il nous arrivait bien, de temps à autre, d'avoir des auditeurs d'une ouïe plus délicate, ou d'oublier de modérer le son de notre voix. Alors recommençaient les cris des sentinelles, les coups de crosse à nos portes, et, ce qu'il y avait de pis, la colère du pauvre Schiller et du surintendant.

Peu à peu toutes nos précautions se perfectionnèrent. Elles consistaient à parler à certains quarts d'heure plutôt qu'à certains autres, quand c'était le tour de tels ou tels gardes plutôt que celui de tels autres, et toujours d'une voix très-mesurée. Était-ce chez nous perfection de l'art, ou chez les autres une habitude de complaisance qu'ils prenaient insensiblement? Toujours est-il que nous arrivâmes à pouvoir nous entretenir assez longtemps, chaque jour, sans qu'aucun des chefs eût jamais depuis l'occasion de nous reprendre.

Nous nous liâmes de tendre amitié. Il me raconta sa vie, je lui racontai la mienne. Les angoisses et les consolations de l'un devenaient les angoisses et les consolations de l'autre. Oh! que d'encouragements mutuels nous nous donnions! Que de fois, après une nuit d'insomnie, chacun de nous, en allant le matin à la fenêtre, en saluant son ami, en écoutant ses chères paroles, sentait dans son cœur s'adoucir la tristesse et redoubler le courage! Chacun de nous se savait nécessaire à l'autre, et cette certitude éveillait dans nos âmes un doux besoin d'être aimable, et ce contentement qu'éprouve l'homme jusque dans la détresse, lorsqu'il peut venir en aide à son semblable.

Chaque entretien laissait après lui le besoin de le renouer, et appelait des éclaircissements; c'était un aiguillon vivifiant pour l'intelligence, pour l'imagination, pour la mémoire, pour le cœur.

D'abord, me souvenant de Julien, je me défiais de la constance de ce nouvel ami. Jusqu'ici, pensai-je, il ne nous est pas arrivé de nous trouver divisés d'opinions; mais d'un jour à l'autre je puis lui déplaire en quelque chose, et alors il m'enverra à la malheure!

Ce soupçon s'évanouit bientôt : nos opinions s'accordaient sur tous les points essentiels. Seulement à une âme élevée, animée des sentiments les plus généreux, invincible au malheur, il unissait la foi la plus candide et la plus entière au christianisme, tandis qu'en moi cette foi était chancelante depuis quelque temps, et parfois même semblait tout à fait éteinte.

Il combattait mes doutes par les réflexions les plus justes et la plus vive amitié. Je sentais qu'il avait raison, et j'en faisais l'aveu; mais les doutes revenaient encore. C'est ce qui arrive à tous ceux qui n'ont pas l'Évangile dans le cœur, à tous ceux qui haïssent leurs semblables et s'enorgueillissent d'eux-mêmes. L'âme entrevoit un moment la vérité, mais ne la trouvant pas à son gré, elle s'en désenchante le moment d'après, et s'efforce de regarder ailleurs.

Oroboni était très-propre à fixer mon attention sur les motifs qu'a l'homme d'être indulgent envers ses ennemis. Je ne pouvais lui parler d'une personne haïe de moi qu'il n'entreprît adroitement de la défendre, non-seulement par des raisonnements, mais encore par des exemples. Plusieurs personnes lui avaient nui; il en gémissait, mais pardonnait à toutes, et s'il pouvait me raconter quelque beau trait de l'une d'elles, il le faisait volontiers.

L'irritation à laquelle j'étais en proie, et qui me rendait irréligieux depuis ma condamnation, dura encore quelques semaines, puis cessa entièrement. La vertu d'Oroboni s'était emparée de moi; en m'efforçant de l'atteindre, je me mis du moins sur ses traces. Dès que j'eus retrouvé la force de prier sincèrement pour tous les hommes, et de ne plus haïr personne, mes doutes sur la foi s'évanouirent. *Ubi caritas et amor, ibi Deus est.*

LXIV

À dire le vrai; si la peine était très-rigoureuse et de nature à irriter, nous avions en même temps le rare bonheur de ne voir autour de nous que de bonnes gens. Ils ne pouvaient alléger notre sort que par de bienveillants

et respectueux égards, mais ces égards nous les trouvions auprès de tous.
S'il y avait quelque rudesse dans le vieux Schiller, combien n'était-elle
pas rachetée par la noblesse de son cœur ! Il n'était pas jusqu'à ce pauvre
Kunda (le condamné qui nous apportait le dîner et l'eau trois fois le jour)
qui ne voulût aussi, à sa manière, nous témoigner sa compassion. Il
balayait nos chambres deux fois la semaine. Un matin, en balayant, il
prit le moment que Schiller était allé à deux pas de la porte, et m'offrit
un morceau de pain blanc. Je n'acceptai pas, mais je lui serrai cordialement la main. Cette poignée de main l'attendrit ; il me dit en mauvais
allemand (il était Polonais) : — Monsieur, on vous donne maintenant
si peu à manger, qu'assurément vous devez souffrir de la faim.

J'assurai que non, mais ce que j'assurais n'était pas croyable.

Le médecin, voyant qu'aucun de nous ne pouvait se faire à cette
nourriture que l'on nous donnait les premiers jours, nous mit tous à
celle qu'on nomme le *quart de portion*, c'est-à-dire au régime de
l'hôpital. Il consistait en trois petites soupes très-légères par jour,
un très-petit morceau d'agneau rôti, qu'on pouvait avaler en une bou-
chée, et peut-être trois onces de pain blanc. Comme ma santé se
fortifiait chaque jour, l'appétit allait croissant, et j'avais réellement
trop peu de ce *quart*. J'essayai de revenir à la nourriture de ceux qui se
portaient bien ; mais il n'y avait rien à gagner ; elle me dégoûtait à tel
point que je ne pouvais la manger. Il fallut m'en tenir forcément au *quart*.
Pendant plus d'une année j'appris jusqu'où va le tourment de la faim.

Ce tourment, plusieurs de nos compagnons le souffrirent plus violent
encore, qui, plus robustes que moi, étaient accoutumés à une nourriture plus abondante. Je sais de plusieurs d'entre eux qu'ils acceptèrent
du pain de Schiller, des deux autres gardes attachés à notre service, et
même de ce bon Kunda.

— On dit par la ville qu'on donne bien peu à manger à ces messieurs, me dit un jour le barbier, un tout jeune homme, l'apprenti de
notre chirurgien.

— Et l'on dit bien vrai, répondis-je tout naturellement.

Le samedi d'après (le barbier venait tous les samedis), il voulut me
faire accepter en cachette un assez gros pain blanc. Schiller feignit de
ne pas voir l'offre. Si j'avais écouté mon estomac, j'aurais accepté ;
mais je demeurai ferme dans mon refus, afin que ce pauvre jeune

homme né fût pas tenté de renouveler son présent, ce qui, à la longue, aurait pu lui devenir à charge.

Par la même raison je refusais les offres de Schiller. Plusieurs fois il m'apporta un morceau de viande bouillie, me priant de le manger, et jurant qu'il ne lui coûtait rien, que c'était un reste de son dîner, qu'il ne savait qu'en faire, et qu'il ne pouvait que le donner à d'autres, si je ne prenais pas. Je me serais volontiers jeté sur ce morceau pour le dévorer; mais si je l'avais pris, Schiller n'aurait-il pas eu, tous les jours, le désir de me donner quelque chose?

Deux fois seulement, un jour qu'il m'apporta un plat de cerises, et un autre quelques poires, la vue de ces fruits me fascina irrésistiblement. Je me repentis de les avoir pris, précisément parce que depuis il ne cessait plus de m'en offrir [1].

LXV.

Dès les premiers jours, il fut établi que chacun de nous aurait, deux fois la semaine, une heure de promenade. Puis cette consolation nous fut accordée de deux jours l'un, et plus tard tous les jours, excepté les fêtes.

Chacun de nous allait séparément à la promenade, entre deux gardes ayant le fusil sur l'épaule. Moi qui me trouvais logé à l'une des extrémités du corridor, je passais, quand je sortais, devant les prisons de tous les condamnés politiques d'Italie, excepté devant celle de Maroncelli, qui seul languissait à l'étage inférieur.

— Bonne promenade! murmurait chacun d'eux par le guichet de sa porte; mais il ne m'était pas permis de m'arrêter pour saluer personne.

On descendait un escalier, on traversait une cour, et par cette cour on arrivait sur une terrasse exposée au midi, d'où l'on voyait la ville de Brünn et une grande partie des pays d'alentour.

Dans la cour dont j'ai parlé étaient toujours un grand nombre de condamnés ordinaires qui allaient et venaient pour leurs travaux, ou se promenaient par groupes en causant. Parmi eux étaient plusieurs voleurs italiens qui me saluaient avec beaucoup de respect et se disaient

---

[1] Ces cerises, c'était moi qui les avais envoyées à mon ami; mais, pour ne pas trahir son devoir, Schiller avait dû les donner comme venant de lui.   (MARONCELLI.)

Schiller.

entre eux : — Ce n'est pas un vaurien comme nous, et cependant sa
captivité est plus rigoureuse que la nôtre.

Ils avaient en effet beaucoup plus de liberté que moi. J'entendais ces
paroles et bien d'autres encore, et je leur rendais cordialement leur salut.

L'un d'eux me dit une fois : —·Ce salut de monsieur me fait du
bien. Monsieur voit sans doute dans ma physionomie quelque chose
qui n'est pas de la scélératesse. Une passion malheureuse m'a entraîné à
commettre un crime; mais, monsieur, non, non, je ne suis pas un scélérat !

Et il fondit en larmes. Je lui tendis la main, mais il ne put me la
serrer; mes gardes le repoussèrent, non par méchanceté, mais pour
obéir aux instructions qu'ils avaient reçues. Ils ne devaient me laisser
approcher par qui que ce fût. Les paroles que ces condamnés m'adressaient, ils feignaient le plus souvent de se les dire entre eux, et si mes gardes s'apercevaient qu'elles me fussent adressées, ils imposaient silence.

Il passait aussi dans cette cour des personnes de diverses conditions, étrangères à la forteresse, et qui venaient voir le surintendant, ou le chapelain, ou le sergent, ou quelques-uns des caporaux.

— Voici un des Italiens, disaient-elles à voix basse. Et elles s'arrêtaient à me regarder, et plusieurs fois il m'arriva de leur entendre dire en allemand, croyant que je ne comprenais pas cette langue : Ce pauvre monsieur ne vieillira pas; il a la mort sur le visage.

C'est qu'en effet, après avoir vu un moment s'améliorer ma santé, je languissais, ayant si peu de nourriture, et souvent la fièvre venait de nouveau m'assaillir. J'avais peine à trainer ma chaîne jusqu'au milieu de la promenade, et là je me laissais tomber sur l'herbe, où je demeurais d'ordinaire jusqu'à ce que mon heure se fût écoulée.

B.RUGNOT.

Les gardes se tenaient debout ou s'asseyaient près de moi pour causer. L'un d'eux, nommé Kral, était un Bohémien qui, quoique né d'une

La femme du surintendant était malade depuis longtemps.....

famille de pauvres paysans, avait reçu une sorte d'éducation et l'avait perfectionnée lui-même autant qu'il l'avait pu, en réfléchissant avec sens et justesse sur les choses du monde, et en lisant tous les livres qui lui tombaient entre les mains. Il connaissait Klopstock, Wieland, Goëthe, Schiller, et une foule d'autres bons écrivains de l'Allemagne. Il en savait par cœur nombre de fragments qu'il récitait avec intelligence et sentiment. L'autre garde était un Polonais du nom de Kubitzki, ignorant, mais aimant et respectueux. Leur compagnie m'était chère.

LXVI

A l'une des extrémités de cette terrasse étaient les appartements du surintendant, à l'autre demeurait un caporal avec sa femme et un petit enfant. Quand je voyais quelqu'un sortir de ces habitations, je me levais, et m'approchais de la personne ou des personnes qui sortaient, et j'étais comblé par elles de marques d'intérêt et de compassion.

La femme du surintendant était malade depuis longtemps et dépérissait lentement. Elle se faisait quelquefois porter sur un canapé au grand air. Je ne saurais dire à quel point elle s'attendrissait en m'exprimant la pitié qu'elle ressentait pour nous tous. Son regard était singulièrement doux et timide, et quoique timide, s'attachait parfois avec une confiance vive et curieuse au regard de la personne qui lui parlait.

Je lui dis un jour en souriant : — Savez-vous, madame, que vous ressemblez un peu à une personne qui me fut chère?

Elle rougit, et reprit avec une ingénuité sérieuse et touchante : —Ne m'oubliez donc pas quand je serai morte ; priez pour ma pauvre âme, et pour les pauvres petits enfants que je laisse sur la terre.

Depuis ce jour elle ne put quitter son lit, et je ne la revis plus. Elle languit encore quelques mois, et mourut.

Elle avait trois fils, beaux comme de petits amours, et un autre encore à la mamelle. L'infortunée les embrassait souvent en ma présence et disait : Qui sait quelle femme deviendra leur mère après moi? Ah! quelle qu'elle soit, que Dieu lui donne des entrailles de mère, même pour les enfants qui ne sont pas nés d'elle! — et elle pleurait.

Mille fois je me suis souvenu de sa prière et de ses larmes.

Après qu'elle eut cessé de vivre, j'embrassais quelquefois les enfants, et répétais tout attendri cette prière maternelle. Je pensais à ma mère et aux vœux que son cœur si tendre adressait sans doute au ciel pour moi, et je m'écriais avec sanglots : Oh ! plus heureuse encore cette mère qui, en mourant, abandonne ses fils en bas âge, que celle qui, après les avoir élevés avec des peines infinies, se les voit arracher !

Deux bonnes vieilles avaient coutume de rester avec ces enfants ; l'une était la mère du surintendant, l'autre sa tante. Elles voulurent savoir toute mon histoire, et je la leur racontai en abrégé.

— Que nous sommes malheureuses, disaient-elles avec l'expression de la plus sincère douleur, de ne pouvoir vous être bonnes à aucune chose ! Mais soyez sûr que nous prierons pour vous, et que si un jour votre grâce arrive, ce sera une fête pour toute notre famille.

La première, celle que je voyais le plus souvent, avait pour consoler une douce, une merveilleuse éloquence. J'écoutais ses consolations avec une reconnaissance filiale, et elles se gravaient dans mon cœur.

La bonne dame me disait des choses que je savais déjà, et qui pourtant me frappaient comme choses nouvelles : — Que le malheur ne dégrade pas l'homme, s'il n'est vil, mais au contraire l'élève ; que s'il nous était donné d'entrer dans les conseils de Dieu, nous trouverions souvent les vainqueurs, les heureux, les riches, plus à plaindre que les vaincus, que les affligés, que les malheureux dépouillés de tout ; que la sympathie particulière témoignée par l'Homme-Dieu aux infortunés est un fait grave ; que nous devons nous glorifier de la croix depuis qu'elle a été portée par des épaules divines.

Eh bien ! ces deux bonnes vieilles, que j'avais tant de plaisir à voir, furent bientôt forcées de quitter le Spielberg pour des raisons de famille. Les petits enfants, à leur tour, cessèrent de venir sur la terrasse. Combien ces pertes m'affligèrent !

LXVII

La gêne des fers aux pieds, en m'empêchant de dormir, contribuait à ruiner ma santé. Schiller voulait que je réclamasse, et prétendait que le devoir du médecin était de me faire ôter cette chaîne.

Deux bonnes vieilles avaient eu manie de rester avec ces enfants!

Pendant quelque temps je ne l'écoutai pas, puis je cédai à ses conseils, et je dis au médecin que, pour retrouver le bienfait du sommeil, je le priais de me faire enlever ma chaîne, au moins pendant quelques jours.

Le médecin répondit que la fièvre n'était pas encore venue à ce point qu'il pût appuyer ma demande, et qu'il était de toute nécessité que je m'habituasse aux fers.

La réponse m'indigna, et je m'en voulus d'avoir fait cette inutile demande.

— Voilà; dis-je à Schiller, ce que j'ai gagné à suivre votre conseil!

Il faut croire que je lui dis ces paroles un peu rudement; car ce brave homme, assez rude aussi de sa nature, s'en offensa :

— Il déplaît à monsieur, s'écria-t-il, de s'être exposé à un refus, et à moi il me déplaît que monsieur fasse le fier avec moi.

Puis il continua sur ce ton, en me faisant un sermon : Les gens orgueilleux font consister leur grandeur à ne pas s'exposer à un refus, à ne pas accepter ce qu'on leur offre, à avoir honte de mille inepties, *Alle eseleyen!* Sottises que tout cela! Fausse grandeur! Ignorance de la dignité véritable! La véritable dignité consiste en grande partie à n'avoir honte que des mauvaises actions!

Il dit, s'en alla, et fit avec ses clefs un fracas infernal.

Je restai confondu. Et cependant, me dis-je, cette grossière franchise me plaît. Elle s'échappe du cœur comme ses offres, comme ses conseils, comme sa pitié. Et ne m'a-t-il pas dit la vérité? Que de faiblesses ne nommé-je pas dignité, qui ne sont que de l'orgueil!

A l'heure du repas, Schiller laissa entrer le condamné Kunda avec l'eau et les deux petits pots, et s'arrêta sur le seuil de la porte. Je l'appelai.

— Je n'ai pas le temps, répondit-il sèchement.

Je descendis du lit de camp, j'allai à lui, et lui dis :

— Si vous voulez que mon dîner me fasse du bien, ne me faites pas cette laide grimace.

— Et quelle grimace faut-il vous faire? demanda-t-il; et son visage s'éclaircit.

— Celle d'un homme joyeux, d'un ami, répondis-je.

— Vive la joie! s'écria-t-il; et si, pour que son dîner lui fasse du bien, monsieur veut encore me voir danser, le voilà servi!

Et avec ses maigres et longues perches, il se mit à gambader d'une façon si réjouissante, que j'éclatai de rire. Je riais, et j'avais le cœur tout ému.

LXVIII

Un soir, j'étais à ma fenêtre et Oroboni à la sienne, et nous nous plaignions l'un et l'autre d'avoir à pâtir de la faim. Nous élevâmes un peu la voix, et les sentinelles crièrent. Le surintendant, qui par malheur passait de ce côté, crut de son devoir de faire appeler Schiller et de le réprimander sévèrement de ce qu'il ne veillait pas plus attentivement à nous faire garder le silence.

Schiller vint se plaindre à moi, plein de colère, et m'intima l'ordre de ne plus parler désormais à la fenêtre. Il voulait que je lui en fisse la promesse.

— Non, répondis-je, je ne veux pas vous le promettre.

— Oh! *der Teufel! der Teufel!* s'écria-t-il, voilà comme on me parle! Je né veux pas! à moi qui viens d'essuyer une maudite réprimande à cause de monsieur!

— Je m'afflige, mon bon Schiller, de la réprimande que vous avez reçue; je m'en afflige sincèrement; mais je ne veux pas promettre ce que je ne tiendrai pas, je le sens.

— Et pourquoi monsieur ne le tiendrait-il pas?

— Parce que je ne le pourrais; parce que la solitude continue est pour moi un tourment si cruel, que jamais je ne résisterai au besoin de laisser tomber quelque parole de mon gosier, et d'engager mon voisin à me répondre. Et si ce voisin ne me répondait pas, j'adresserais la parole aux barreaux de ma fenêtre, aux collines qui sont devant mes yeux, aux oiseaux qui volent dans l'air.

— *Der Teufel!* Et monsieur ne veut pas promettre?

— Non, non! m'écriai-je.

Il jeta à terre son bruyant trousseau de clefs en répétant : *Der Teufel! der Teufel!* puis il s'élança à mon cou pour m'embrasser.

— Eh bien! faut-il que je cesse d'être homme pour cette canaille de clefs? Monsieur est un homme comme je les aime, et je suis content qu'il ne me veuille pas promettre ce qu'il ne tiendrait pas. Je ferais la même chose, moi.

Je ramassai les clefs et les lui donnai.

— Ces clefs, lui dis-je, ne sont pas si *canaille* que vous dites, puisque d'un honnête caporal que vous êtes elles n'ont pu faire un méchant sbire.

— Et si je les croyais capables de le faire, reprit-il, je les porterais à mes chefs, et je leur dirais : Si vous n'avez à me donner que du pain de bourreau, j'irai demander l'aumône.

Il tira son mouchoir de sa poche, s'essuya les yeux, puis les éleva vers le ciel, et joignit les mains dans l'attitude de la prière. Je joignis aussi les miennes et je priais comme lui en silence. Il comprenait que je faisais des vœux pour lui, comme je savais bien qu'il en faisait pour moi.

En s'en allant, il me dit à voix basse : — Quand monsieur parle au comte Oroboni, qu'il parle du moins le plus bas qu'il lui sera possible. Il fera ainsi deux bonnes choses à la fois, l'une de m'épargner les cris de monsieur le surintendant, l'autre de ne pas laisser entendre quelque discours... dois-je le dire?... quelque discours qui, si on le rapportait, ne manquerait pas d'irriter plus encore celui qui peut punir.

Je lui assurai que de nos lèvres ne sortait jamais un seul mot qui, rapporté à qui que ce fût, pût nous être nuisible.

LXIX

En effet, nous n'avions pas besoin d'avertissement pour nous tenir sur nos gardes. Deux prisonniers qui entrent en communication l'un avec l'autre savent très-bien se créer un jargon qui leur permette de tout dire sans être compris de quiconque peut les entendre.

Je revenais un matin de la promenade; c'était le 7 du mois d'août. La porte de la prison d'Oroboni était restée ouverte, et Schiller, qui s'y trouvait, ne m'avait pas entendu venir. Mes gardes veulent faire fermer cette porte, je les devance, je m'élance dans la prison, et me voici dans les bras d'Oroboni.

Schiller demeura confondu. — *Der Teufel!* s'écria-t-il, et il leva le doigt pour me menacer, mais ses yeux se remplirent de larmes, et il s'écria en sanglotant : O mon Dieu ! faites miséricorde à ces pauvres jeunes gens et à moi, et à tous les malheureux, vous qui avez été si malheureux sur la terre !

Les deux gardes pleuraient aussi. La sentinelle du corridor, accourue de son côté, pleurait également. Oroboni me disait : Silvio ! ce jour est un des plus doux de ma vie. J'ignore ce que je lui répondis ; la joie et l'amitié m'avaient mis hors de moi.

Lorsque Schiller nous conjura de nous séparer, et qu'il fallut obéir, Oroboni fondit en larmes et me dit :

— Nous reverrons-nous jamais sur la terre?

Et jamais plus je ne l'ai revu. Quelques mois après, sa prison était vide, et Oroboni était là couché dans ce cimetière que j'avais devant ma fenêtre.

Depuis que nous nous étions vus un moment, il semblait que notre amitié fût plus douce encore et plus étroite qu'auparavant ; on eût dit que nous étions devenus plus nécessaires l'un à l'autre.

Oroboni était un beau jeune homme de noble aspect, mais pâle et d'une santé déplorable. Ses yeux seuls étaient pleins de vie. Mon affection pour lui s'était augmentée encore de la pitié que m'inspiraient sa maigreur et la pâleur de son visage. Il éprouvait pour moi le même sentiment ; nous sentions tous les deux combien il était vraisemblable que l'un de nous bientôt aurait le malheur de survivre à l'autre.

Au bout de quelques jours il tomba malade ; je ne faisais que pleurer et prier pour lui. Après quelques accès de fièvre, il reprit un peu de force et put revenir à nos conversations amicales. Oh ! quelle consolation ce fut pour moi d'entendre de nouveau le son de sa voix !

— Ne te fais pas illusion, me disait-il. Ce sera pour peu de temps. Aie la force de te préparer à me perdre ; donne-moi du courage avec ton courage.

Précisément à cette époque, on voulut mettre une couche de blanc sur les murs de nos prisons ; en attendant, on nous fit passer dans les cachots souterrains. Le malheur voulut que pendant cet intervalle nous ne fussions pas placés dans des chambres voisines. Schiller me disait qu'Oroboni allait bien, mais je le soupçonnais de ne vouloir pas me dire la vérité; je craignais que la santé déjà si affaiblie d'Oroboni n'achevât de se délabrer dans ces souterrains.

Si j'avais eu du moins le bonheur de me trouver, en cette occasion, plus près de mon cher Maroncelli! J'entendis cependant sa voix. Nous nous saluâmes en chantant, en dépit des cris des sentinelles.

En ce temps-là vint nous visiter le médecin en chef de Brünn, appelé sans doute par suite des rapports que le surintendant adressait à Vienne sur l'extrême faiblesse à laquelle nous avait tous réduits une si grande insuffisance de nourriture, ou parce qu'alors régnait dans la prison un scorbut cruellement épidémique.

Comme j'ignorais le motif de cette visite, je m'imaginai qu'elle avait pour cause quelque nouvelle maladie d'Oroboni. La crainte de le perdre me donnait une inexprimable inquiétude. Je fus pris alors d'une profonde mélancolie et du désir de mourir. La pensée du suicide recommençait à se présenter à moi. Je la combattais, mais j'étais comme un voyageur épuisé qui, tout en se disant à lui-même, mon devoir est d'aller jusqu'au but, se sent un besoin irrésistible de se jeter à terre pour se reposer.

Il m'avait été dit que naguère, dans l'une de ces tanières ténébreuses, un vieux Bohémien s'était donné la mort en se brisant la tête contre les murailles. Je ne pouvais chasser de mon imagination la tentation de l'imiter; je ne sais si mon délire ne serait pas venu jusque-là, lorsqu'une gorgée de sang, sortie de ma poitrine, me fit croire ma mort prochaine. Je rendis grâce à Dieu de ce qu'il voulait bien me tuer lui-même de cette manière, en m'épargnant un acte de désespoir que réprouvait mon intelligence.

Mais Dieu voulut au contraire me sauver. Ce crachement de sang allégea mes douleurs. Sur ces entrefaites, je fus ramené dans ma prison d'en haut; et l'aspect d'une lumière plus vive, et le voisinage d'Oroboni, qui m'était rendu, me rattachèrent à la vie.

LXX

Je lui fis part de l'affreuse mélancolie que j'avais éprouvée, séparé de lui. Il me dit qu'il avait eu, lui aussi, à combattre la pensée du suicide.

Profitons, disait-il, du peu de temps qui nous est accordé pour nous fortifier mutuellement du secours de la religion. Parlons de Dieu, excitons-nous à l'aimer ; qu'il nous souvienne qu'il est la justice, la sagesse, la bonté, la beauté, tout ce que nous admirons de plus sublime. Je te le dis en vérité, la mort n'est pas loin de moi. Je te serai éternellement reconnaissant si tu contribues à me rendre aussi religieux dans ces derniers jours que j'aurais dû l'être toute ma vie.

Et nos entretiens ne roulaient plus que sur la philosophie chrétienne, et sur la comparaison que nous en faisions avec les pauvretés de la doctrine sensualiste. C'était un bonheur pour tous deux de trouver une si grande conformité entre le christianisme et la raison. Tous deux en confrontant les diverses communions évangéliques, nous reconnaissions que la catholique est la seule qui puisse réellement résister à la critique, et que la doctrine de cette communion se compose de dogmes très-purs et d'une morale très-élevée, et non des misérables conceptions de l'ignorance humaine.

— Et si, par le plus incroyable des hasards, nous devions rentrer dans la société, disait Oroboni, serions-nous assez lâches pour ne pas confesser l'Évangile? pour nous laisser aller au respect humain, si quelqu'un s'avisait de dire que la prison a affaibli notre intelligence, et que par la faiblesse d'esprit nous sommes devenus plus fermes dans la foi?

— Cher Oroboni, lui dis-je, ta question me révèle ta réponse, et celle-ci est aussi la mienne. Le comble de la lâcheté est de se faire l'esclave des jugements d'autrui, lorsqu'on a la conviction de leur fausseté. Je ne crois pas que cette lâcheté, toi ou moi, nous l'eussions jamais.

Au milieu de ces effusions de cœur, je commis une faute. J'avais juré à Julien de ne jamais confier à personne, en révélant son nom véritable, les relations que nous avions eues ensemble. Je les racontai à Oroboni, en lui disant : Dans le monde, jamais chose semblable ne s'échapperait de mes lèvres; mais ici nous sommes dans la tombe, et lors même que tu devrais en sortir, je sais que je puis me reposer sur ta foi.

Cette âme honnête se taisait.

— Pourquoi ne me réponds-tu pas? lui dis-je:

Enfin il se mit à me blâmer sérieusement d'avoir trahi un secret.

Ses reproches étaient justes. Aucune amitié, quelque intime qu'elle puisse être, de quelque vertu qu'elle se fortifie, ne peut autoriser une pareille violation.

Mais puisque la faute était commise, Oroboni m'en fit naître un bien. Il avait connu Julien, et savait plusieurs traits honorables de sa vie. Il me les raconta, en ajoutant : « Cet homme a si souvent agi en chrétien, qu'il ne peut porter sa fureur antireligieuse jusqu'au tombeau. Espérons, espérons qu'il en sera ainsi ! et toi, sache, ô Silvio ! lui pardonner du fond de l'âme les caprices de sa mauvaise humeur, et prier pour lui. »

Les paroles d'Oroboni étaient chose sacrée pour moi.

LXXI

Les conversations dont je parle, tantôt avec Oroboni, tantôt avec Schiller ou d'autres, occupaient, après tout, une faible partie des longues vingt-quatre heures de ma journée, et il arrivait même assez souvent que toute conversation devenait impossible avec le premier.

Que faisais-je donc dans une si grande solitude?

Voici quelle était toute ma vie de ce temps-là. Je me levais toujours à l'aube, et debout au chevet de mon lit de camp, je me cramponnais aux barreaux de la fenêtre, et disais ma prière. Oroboni était déjà à sa croisée, ou ne tardait pas à y venir. Après nous être mutuellement donné le bonjour, chacun de nous continuait à élever silencieusement ses pensées vers Dieu. Autant nos prisons étaient horribles, autant était beau le spectacle qui, au dehors, se déroulait devant nous. Ce ciel, ce paysage, ce mouvement lointain de créatures vivantes au fond de la vallée, ces voix de jeunes villageoises, ces rires, ces chants, nous égayaient, et nous faisaient avec plus d'amour sentir la présence de celui qui est si magnifique dans sa bonté, et dont le secours nous était si nécessaire.

Venait ensuite la visite du matin, faite par les gardes. Ils donnaient un coup d'œil à la chambre, pour voir si tout était en ordre, et examinaient ma chaîne anneau par anneau, afin de s'assurer que le hasard ou quelque mauvaise intention ne l'avait pas rompue, ou plutôt (car il était impossible de rompre cette chaine) pour obéir fidèlement aux in-

jonctions de la discipline. Était-ce le jour du médecin, Schiller demandait si on avait à lui parler, et prenait note.

Le tour de nos prisons achevé, Schiller revenait suivi de Kunda, qui
avait la charge de nettoyer chaque chambre.

Après un court intervalle, on nous apportait le déjeuner. Il consistait en un demi-pot d'un liquide rougeâtre, avec trois tranches de pain
excessivement minces [1] ; je mangeais le pain sans boire le liquide.

Ensuite je me livrais à l'étude. Maroncelli avait apporté d'Italie beaucoup de livres, et tous nos compagnons en avaient aussi apporté plus
ou moins. Le tout ensemble formait une bonne petite bibliothèque.
Nous espérions, en outre, pouvoir l'augmenter avec notre argent.
Nous avions demandé à l'empereur la permission de lire nos livres et
d'en acquérir d'autres; aucune réponse n'était encore venue; mais,
en attendant, le gouverneur de Brünn avait provisoirement permis à
chacun de nous d'avoir deux livres avec soi, et de les changer autant
de fois qu'on le voudrait. Vers neuf heures, arrivait le surintendant, et
si le médecin avait été demandé, il revenait avec lui.

Il me restait encore un peu de temps pour l'étude depuis ce moment
jusqu'à onze heures que venait le dîner.

Jusqu'au coucher du soleil, je ne recevais plus aucune visite, et je
reprenais mes études. Alors Schiller et Kunda venaient changer l'eau;
et un moment après, le surintendant, suivi de quelques gardes, faisait
l'inspection du soir, qui s'étendait à toute la chambre et à mes fers.

A l'une des heures de la journée, tantôt avant, tantôt après le dîner,
selon le bon plaisir des gardes, avait lieu la promenade.

Après la visite du soir dont j'ai parlé, Oroboni et moi nous nous
mettions à causer, et c'était d'ordinaire nos plus longs entretiens. Nous
en avions aussi quelquefois le matin, ou aussitôt après le dîner, mais
de fort courts pour la plupart.

Quelquefois les sentinelles étaient assez compatissantes pour nous

---

[1] Cela se nomme en allemand *brenn-zuppe*. Deux fois l'année, le traiteur du Spielberg faisait légèrement
frire de la farine avec du lard, et versait ensuite cette préparation dans de grandes marmites qui la conser-
vaient de six mois en six mois. Chaque matin, avec de longues cuillers, on en prenait un peu qu'on délayait
avec de l'eau bouillante. Voilà ce que c'est que la *brenn-zuppe* des Allemands. Cela peut n'être pas mauvais
en soi, mais au Spielberg c'était nauséabond. Le souvenir que j'en ai gardé m'a toujours empêché de trouver
cela bon partout où l'on m'en a présenté. Je me souviens que Silvio ôtait avec soin de ce liquide les deux ou
trois tranches de pain de seigle qu'on y mettait, les étendait sur le papier pour les faire sécher, et, à l'heure
du dîner, les ajoutait à sa soupe.   (MARONCELLI.)

dire : « Un peu plus. bas, *signori* ; autrement vous me feriez punir. »

D'autres fois ils feignaient de ne pas s'apercevoir de nos causeries ; puis, à l'apparition du sergent, ils nous priaient de nous taire jusqu'à ce qu'il fût parti ; et à peine l'était-il, qu'ils nous disaient : « *Signori patroni*, vous le pouvez maintenant, mais le plus bas qu'il vous sera possible.

Parfois même quelques-unes des sentinelles s'enhardissaient jusqu'à faire le dialogue avec nous, répondaient à nos questions, et nous donnaient quelques nouvelles d'Italie.

A certains discours, nous ne répondions qu'en les priant de se taire. Il était naturel à nous de douter que leurs paroles fussent toujours l'expression de cœurs ingénus, et de craindre qu'elles ne fussent un artifice pour lire au fond de nos âmes. Néanmoins je suis beaucoup plus porté à croire que ces bonnes gens étaient sincères.

LXXII

Un soir nous avions des sentinelles très-complaisantes ; aussi ne nous donnions-nous pas la peine, Oroboni et moi, de modérer notre voix. Maroncelli, du souterrain où il était, s'étant cramponné à la fenêtre, nous entendit, et distingua ma voix. Il ne put se contenir, et me salua en chantant. Il me demandait comment je me portais, et m'exprimait dans les termes les plus tendres sa douleur de n'avoir pu encore obtenir que nous fussions mis ensemble. Cette faveur, je l'avais aussi demandée ; mais ni le surintendant du Spielberg ni le gouverneur de Brünn ne pouvaient prendre sur eux de nous l'accorder. Notre désir mutuel avait été transmis à l'empereur ; mais aucune réponse n'était encore venue.

Depuis le jour où nous nous saluâmes en chantant dans les souterrains, j'avais plusieurs fois entendu de l'étage supérieur les chants de Maroncelli, mais sans pouvoir en saisir le sens, et encore quelques moments à peine, parce qu'on ne le laissait pas continuer.

Cette fois il éleva beaucoup plus la voix, ne fut pas si tôt interrompu, et je compris tout. Il n'est pas de terme pour dire l'émotion que je ressentis.

Je lui répondis, et nous continuâmes le dialogue environ un quart d'heure. Par malheur, on releva les sentinelles sur la terrasse, et les nouveaux-venus ne furent pas si complaisants. Nous nous disposions à reprendre nos chants; mais assaillis de cris furieux et de malédictions, il fallut bien nous taire.

Je me peignais Maroncelli gisant depuis si longtemps dans cette prison bien autrement rigoureuse que la mienne; je me figurais la tristesse qui devait souvent l'y accabler, ce que sa santé devait en souffrir, et une profonde douleur m'accablait moi-même.

Enfin il me fut donné de pleurer, mais ces larmes ne me soulagèrent pas. Je fus pris d'une violente fièvre avec un horrible mal de tête. Ne pouvant me tenir sur mes pieds, je me jetai sur ma paillasse. L'agitation augmenta, je souffrais de la poitrine avec d'horribles spasmes. Cette nuit-là je crus mourir.

Le jour suivant la fièvre avait cessé, et ma poitrine allait mieux. Mais j'avais encore tout le cerveau en feu, et je pouvais à peine remuer la tête sans y réveiller d'atroces douleurs.

Je dis mon état à Oroboni. Lui aussi se sentait plus mal que de coutume.

— Mon ami, me dit-il, le jour n'est pas loin où l'un de nous deux ne pourra plus venir à la fenêtre. Chaque fois que nous venons ici nous dire le bonjour peut être la dernière. Tenons-nous donc prêts tous les deux, l'un à mourir, l'autre à survivre à son ami.

Sa voix était émue; moi, je ne pouvais lui répondre. Nous gardâmes un moment le silence, puis il reprit : « Que tu es heureux de savoir l'allemand ! tu pourras du moins te confesser. Moi, j'ai demandé un prêtre qui sût l'italien; on m'a dit qu'il n'y en avait pas. Mais Dieu voit mon désir; et depuis que je me suis confessé à Venise, en vérité je ne crois pas avoir un bien grand poids sur la conscience.

— Moi, au contraire, lui dis-je, je me suis confessé à Venise avec une âme pleine de ressentiment. J'ai fait pis que si j'avais refusé les sacrements. Mais si maintenant on m'accorde un prêtre, je t'assure que je me confesserai de cœur, et que je pardonnerai à tout le monde.

— Que le ciel te bénisse! s'écria-t-il; tu me donnes une grande consolation. Faisons, oui, faisons l'un et l'autre tout ce qui est en notre pouvoir pour être éternellement unis dans le bonheur, comme nous l'avons été dans nos jours de calamité.

Le jour d'après je l'attendis à la fenêtre, il ne vint pas. J'appris par Schiller qu'il était gravement malade. .

Huit ou dix jours après il allait mieux, et il revint me saluer. Je souffrais, mais je pouvais encore me soutenir. Quelques mois se passèrent, tant pour lui que pour moi, dans cette alternative de mieux et de pire.

LXXIII

Je pus encore me traîner jusqu'au 11 janvier 1823. Le matin, je me levai avec un mal de tête assez faible, mais ayant des dispositions à m'évanouir. Mes jambes tremblaient, et j'avais peine à respirer.

Oroboni, aussi, depuis deux ou trois jours allait mal, et ne se levait pas.

On m'apporte la soupe, j'en goûte à peine une cuillerée, et je tombe privé de sentiment. Quelques moments après, la sentinelle du corridor

regarda par hasard au guichet; et me voyant étendu à terre, avec le pot renversé à côté de moi, me crut mort et appela Schiller.

Le surintendant vint aussi, le médecin fut aussitôt appelé, et on me mit au lit. J'eus peine à revenir.

Le médecin déclara ma vie en danger, et me fit ôter les fers. Il m'ordonna je ne sais quel cordial, mais mon estomac ne pouvait rien garder. Le mal de tête augmentait d'une manière terrible.

On fit immédiatement sur mon état un rapport à Vienne, pour demander comment je devais être traité. Il fut répondu de ne pas me porter à l'infirmerie, mais de me servir dans la prison avec le même soin qu'on l'eût fait à l'infirmerie. De plus, on autorisait le surintendant à me fournir des soupes et des bouillons de sa cuisine, aussi longtemps que le mal serait grave.

Cette dernière précaution me fut d'abord inutile. Aucune nourriture, aucun breuvage ne passait. Mon état empira pendant toute une semaine, et je délirais jour et nuit.

Kral et Kubitzky [1] me furent donnés pour infirmiers : l'un et l'autre me servaient avec affection.

Chaque fois que je reprenais un peu connaissance, Kral me répétait : — Que monsieur ait confiance en Dieu : Dieu seul est bon.

— Demandez-lui pour moi, lui disais-je, non qu'il me guérisse, mais qu'il accepte mes malheurs et ma mort en expiation de mes péchés.

Il me suggéra la pensée de réclamer les sacrements.

— Si je ne les ai pas demandés, répondis-je, attribuez-le à la faiblesse de ma tête ; mais ce sera pour moi une grande consolation de les recevoir.

Il rapporta mes paroles au surintendant, qui fit venir le chapelain des prisons.

Je me confessai, je communiai et reçus l'extrême-onction. Je fus content de ce prêtre. Il se nommait Sturm. Les réflexions qu'il me fit sur la justice de Dieu, sur l'injustice des hommes, sur le devoir du pardon, sur la vanité de toutes les choses du monde, n'étaient pas des lieux communs. Elles portaient l'empreinte d'une intelligence haute et cultivée et d'un vif sentiment du véritable amour de Dieu et du prochain.

---

1 Kral et Kubitzky, braves gens que jamais nous n'oublierons. Incapables de trahir leur devoir, avec quelle douceur ils savaient s'en acquitter! Il était aisé de lire dans les yeux de Kral, même dans les plus grandes rigueurs : « Je suis fâché qu'il me faille agir ainsi, mais je le dois. » Et Kubitzky, qui avait la plus grande considération pour Kral, le prenait en tout pour modèle.

Je dois aussi un souvenir à cet honnête Kunda : tout ce qu'il pouvait faire pour nous, il le faisait avec joie. Bénédiction sur tous ceux qui nous ont rendu moins affreuse la détresse de la prison !   (MARONCELLI.)

LXXIV

L'effort d'attention qu'il me fallut faire pour recevoir les sacrements sembla d'abord épuiser les restes de ma vie; mais au contraire il me vint en aide, en me plongeant dans une léthargie de quelques heures qui me reposa.

Je me réveillai un peu soulagé, et voyant près de moi Kral et Schiller, je pris leurs mains dans les miennes et je les remerciai de tous leurs soins.

Schiller me dit : — Mon œil est exercé à voir des malades ; je parierais que monsieur ne mourra pas.

— Et vous ne croyez pas, lui dis-je, me faire là une triste prédiction ?

— Non, me répondit-il. Les misères de la vie sont grandes, il est vrai ; mais celui qui les supporte avec noblesse d'âme et résignation gagne toujours quelque chose à vivre.

Il reprit ensuite : — Si monsieur vit, il aura, je l'espère, sous peu de jours une grande consolation. Vous avez demandé à voir M. Maroncelli ?

— Je l'ai tant de fois déjà demandé inutilement ! je n'ose plus l'espérer.

— Espérez, espérez, monsieur, et renouvelez la demande.

Je la renouvelai en effet le jour même. Le surintendant me dit également d'espérer, et il ajouta que non-seulement il était possible que Maroncelli pût me voir, mais encore qu'il me fût donné pour infirmier, et ensuite pour compagnon inséparable.

Comme tous les prisonniers d'État avaient plus ou moins la santé délabrée, le gouverneur avait demandé à Vienne qu'il lui fût permis de nous mettre deux à deux, pour nous secourir mutuellement.

J'avais aussi demandé la faveur d'écrire un dernier adieu à ma famille.

Vers la fin de la seconde semaine, une crise s'opéra dans ma maladie et le danger s'évanouit.

Je commençais à me lever, lorsqu'un matin ma chambre s'ouvre, et je vois entrer avec un air de fête le surintendant, Schiller et le médecin. Le premier courut à moi, et me dit : — Nous avons la permission de vous donner Maroncelli pour compagnon, et de vous laisser écrire une lettre à vos parents.

La joie m'ôta la respiration, et le pauvre surintendant, qui, dans l'impatience de son bon cœur, avait manqué de prudence, me crut perdu.

Quand je repris mes sens, et que je me souvins de ce qui m'avait été annoncé, je demandai en grâce qu'on ne me fit pas trop attendre un si grand bien. Le médecin y consentit, et Maroncelli fut conduit dans mes bras.

Oh ! quel doux moment que celui-là ! — Tu vis encore ! nous écriâmes-nous l'un et l'autre, mon ami, mon frère ! Quel heureux jour il nous est encore donné de voir ! Dieu en soit loué !

Mais à notre joie qui était immense venait se joindre une immense compassion. Maroncelli devait être moins frappé de me trouver ainsi dépéri. Il savait à quelle cruelle maladie je venais d'échapper. Mais moi, même avec la pensée de ce qu'il avait eu à souffrir, je n'avais pu me l'imaginer si différent de ce qu'il était autrefois; il était à peine reconnaissable. Ce visage si beau, si éclatant de santé, avait été flétri, dévoré par la douleur, par la faim, par le mauvais air de sa ténébreuse prison.

Toutefois nous reprenions quelque force à nous voir, à nous entendre, à nous dire que nous ne serions plus séparés. Oh ! que de choses nous eûmes à nous apprendre, à nous rappeler, à nous répéter ! Quelle douceur à pleurer ensemble ! Quelle harmonie dans toutes nos idées ! Quel contentement de nous trouver d'accord en matière de religion, d'accord l'un et l'autre à haïr l'ignorance et la barbarie, mais aussi à ne haïr aucun homme, à prendre en pitié les ignorants et les méchants, et à prier pour eux !

LXXV

On m'apporta une feuille de papier et une écritoire pour écrire à mes parents.

Comme, à proprement parler, la permission avait été accordée à un moribond qui désirait adresser à sa famille un dernier adieu, je craignais qu'on ne voulût plus expédier ma lettre, maintenant qu'elle allait contenir autre chose. Je me bornai à prier avec la plus vive tendresse mes parents, mes frères et mes sœurs de se résigner à mon sort, en leur protestant que j'étais moi-même résigné.

Cette lettre néanmoins fut expédiée, comme je l'ai su depuis, lorsque après tant d'années j'ai revu le toit paternel. Ce fut la seule que pendant la longue durée de ma captivité mes pauvres parents purent recevoir de moi. Pour moi, je n'en eus jamais aucune d'eux ; celles qu'ils m'écrivaient furent toujours retenues à Vienne. Mes compagnons d'infortune étaient également privés de toute relation avec leurs familles.

Nombre de fois nous demandâmes la grâce d'avoir au moins du papier et de l'encre pour étudier, et celle de faire usage de notre argent pour acheter des livres. Jamais nos vœux ne furent écoutés.

Le gouverneur continuait néanmoins à nous permettre de lire nos livres.

Ce fut encore lui qui fit introduire dans notre régime une amélioration qui dura, hélas! peu de temps. Il avait permis qu'au lieu d'être apprêtée dans la cuisine du traiteur des prisons, notre nourriture sortît de celle du surintendant. Quelques fonds en sus avaient été par lui affectés à cet usage. Ces dispositions ne furent pas confirmées ; mais, tant que dura le bienfait, j'en éprouvai un notable soulagement. Maroncelli reprit aussi un peu de force. Quant à l'infortuné Oroboni, il était trop tard.

Ce dernier avait eu pour compagnon d'abord l'avocat Solera, ensuite le prêtre D. Fortini.

Lorsqu'on nous eut ainsi placés deux par deux dans toutes les prisons, on nous renouvela la défense de parler aux fenêtres, avec menace de rejeter dans la solitude celui qui oserait l'enfreindre. Cette défense, à dire vrai, nous l'enfreignîmes quelquefois pour nous saluer; mais les longs entretiens ne se renouèrent plus.

Le caractère de Maroncelli et le mien étaient dans une harmonie parfaite. Le courage de l'un soutenait le courage de l'autre. Si l'un de nous se sentait pris de mélancolie ou s'emportait contre la rigueur de sa condition, l'autre égayait son ami par des plaisanteries ou des raisonnements placés à propos. Un doux sourire venait presque toujours tempérer nos douleurs.

Tant que nous eûmes des livres, quoique nous les eussions lus assez

20

souvent pour les savoir par cœur, c'était pour l'âme une douce pâture, parce que ces livres étaient une source inépuisable de nouveaux jugements, de nouveaux examens, de nouvelles comparaisons, de rectifications nouvelles. Nous lisions et nous méditions en silence la plus grande partie de la journée, et nous donnions à la causerie le temps du dîner, celui de la promenade et toute la soirée.

Maroncelli, dans son souterrain, avait composé beaucoup de vers d'une grande beauté. Il me les récitait et en composait d'autres. J'en composais aussi que je lui récitais, et notre mémoire s'exerçait à retenir tout cela. Nous acquîmes par là une admirable facilité à composer par cœur de longs poëmes, à les limer encore un nombre infini de fois, à les amener au même degré de perfection que nous aurions obtenu en les écrivant. Maroncelli composa ainsi peu à peu et retint de mémoire plusieurs milliers de vers lyriques ou épiques. Moi je fis la tragédie de *Leoniero da Dertona* et diverses autres choses.

LXXVI

Oroboni, après avoir beaucoup souffert pendant l'hiver et au printemps, se trouva, l'été, plus mal encore. Il crachait le sang et devenait hydropique.

Je laisse à penser quelle fut notre affliction, pendant qu'il allait s'éteignant si près de nous, sans qu'il nous fût possible de percer le mur cruel qui nous empêchait de le voir et de lui offrir nos services.

Schiller nous apportait de ses nouvelles. Le malheureux jeune homme eut à souffrir d'atroces tourments, sans que jamais la douleur affaiblît son courage. Il reçut les secours spirituels du chapelain, qui par bonheur savait le français.

Il mourut le jour qui porte son nom, le 13 juin 1823. Quelques heures avant d'expirer, il parla de son père octogénaire, s'attendrit et pleura. Puis il se reprit, disant : « Mais pourquoi pleurer le plus heureux de tous les miens, puisqu'il est à la veille de me rejoindre dans l'éternelle paix ! »

Ses dernières paroles furent celles-ci : « Je pardonne de bon cœur à mes ennemis. »

D. Fortini lui ferma les yeux ; c'était son ami d'enfance, un homme tout religion et charité.

Pauvre Oroboni ! quel froid mortel courut dans nos veines lorsqu'on vint nous dire qu'il n'était plus ! — et que nous entendîmes la voix et les pas de ceux qui venaient prendre le corps ! — et que nous vîmes de la fenêtre le char qui le portait au cimetière ! Ce char était traîné par deux condamnés ordinaires ; quatre gardes le suivaient. Nous accompagnâmes des yeux le triste convoi jusqu'au cimetière. Il entra dans l'enceinte, s'arrêta à un angle : là était la fosse.

Quelques moments après, le char, les condamnés et les gardes revenaient sur leurs pas. L'un d'eux était Kubitzky. Il me dit (pensée noble et faite pour étonner dans un homme si commun) : « J'ai marqué avec soin le lieu de la sépulture, afin que si quelque parent ou quelque ami obtenait un jour la permission de prendre ses os et de les transporter dans son pays, on pût savoir où ils reposent. »

Que de fois Oroboni m'avait dit, en regardant le cimetière du haut de sa fenêtre : « Il faut que je m'accoutume à l'idée d'aller pourrir là-bas ; et cependant j'avoue que cette idée me fait frissonner ! Il me semble qu'enseveli dans ce pays, on ne doit pas être aussi bien que dans notre chère péninsule. » Puis il s'écriait en souriant : « Enfantillage ! quand un habit est usé et qu'il faut le quitter, qu'importe où on le jette ? »

D'autres fois il me disait : « Je me prépare chaque jour à la mort ; mais je m'y serais plus volontiers résigné, à la condition de rentrer un moment sous le toit paternel, d'embrasser les genoux de mon père, de recueillir sur sa bouche une parole de bénédiction, et de mourir !

Il soupirait et ajoutait : « Si ce calice ne peut s'éloigner de moi, ô mon Dieu ! que votre volonté soit faite. »

Et le dernier matin de sa vie, il dit encore en baisant un crucifix que Kral lui présentait :

« Toi qui étais un Dieu, tu as eu aussi horreur de la mort et tu as dit : *Si possibile est, transeat a me calix iste !* Pardonne si je le dis aussi ; mais je veux aussi redire tes autres paroles : *Verumtamen non sicut ego volo, sed sicut tu*[1] *!* »

LXXVII

Après la mort d'Oroboni, je tombai de nouveau malade. Je croyais que j'allais bientôt rejoindre l'ami trépassé, et je le désirais ardemment. Seulement aurais-je pu sans douleur me séparer de Maroncelli?

Souvent, tandis que lui, assis sur sa paillasse, lisait ou faisait des vers, ou peut-être feignait comme moi de se distraire par l'étude, et méditait sur nos malheurs, moi je le regardais douloureusement et je me disais : Combien plus triste encore sera ta vie lorsque le souffle de la mort m'aura touché, lorsque tu me verras emporté de cette chambre, lorsque, les yeux attachés sur le cimetière, tu diras : Et Silvio aussi est là ! Et je m'attendrissais sur ce pauvre survivant, et je faisais des vœux pour qu'on lui donnât un compagnon capable de l'apprécier comme je l'appréciais, ou pour que le Seigneur prolongeât mes tourments, et me laissât le doux office d'adoucir ceux de cet infortuné en les partageant.

Je ne marque pas combien de fois mes maladies s'en allèrent et reparurent. L'assistance que pendant leur durée je recevais de Maroncelli était celle du plus tendre frère. Il savait quand il m'était pénible de parler, et alors il gardait le silence ; il savait quand ses paroles pouvaient me soulager, et alors il trouvait toujours quelque sujet conforme aux dispositions de mon âme, toujours s'efforçant de les seconder, tantôt visant à les changer peu à peu. D'âmes plus nobles que la sienne, jamais je n'en avais connu; d'égales à la sienne, un bien petit nombre. Un grand amour de la justice, une grande tolérance, une grande con-

[1] Jaloux de voir les restes de notre ami portés en terre le plus pieusement qu'il serait possible, nous chargeâmes cet excellent Kral d'y veiller pour nous. Il ferma les yeux d'Oroboni après sa mort, et lui déposa une fleur sur le sein ; il donna même un de ses draps pour ensevelir le corps, ce qui ne se faisait pas pour les autres galériens. Tout cela était parfaitement désintéressé de sa part. Chacun de nous composa une épitaphe pour le tombeau d'Oroboni, dans la douce illusion que le dernier de nous qui quitterait la Moravie serait assez heureux pour obtenir la permission d'élever au moins une modeste pierre là où reposaient ces pauvres os. Mon épitaphe fut choisie entre toutes : c'était une simple traduction de quelques versets touchants de la Bible. Le premier de ces versets est précisément celui qui sert d'épigraphe au livre de Silvio.   (MARONCELLI.)

fiance dans la vertu de l'homme et le secours de la Providence, un très-
vif sentiment du beau dans les arts, une imagination riche de poésie,
les plus aimables dons de l'esprit et du cœur, s'unissaient pour me le
rendre cher.

Je n'oubliais pas Oroboni, et chaque jour je gémissais de sa mort ;
mais souvent j'avais la joie au cœur de penser que ce bien-aimé, libre
de tous maux et heureux dans le sein de la Divinité, devait mettre au
nombre de ses contentements celui de me voir avec un ami non moins
affectueux que lui.

Une voix semblait m'assurer dans l'âme qu'Oroboni n'était plus dans
le lieu des expiations ; néanmoins je ne cessais pas de prier pour lui.
Plusieurs fois je crus le voir en songe prier aussi pour moi ; et ces songes, j'aimais à me persuader qu'ils n'étaient pas l'effet du hasard, mais
bien de réelles manifestations de son image que Dieu permettait pour
me consoler. Je ferais rire si j'essayais de peindre la vivacité de ces
songes, et l'enchantement véritable qu'ils me laissaient pendant des
journées entières.

Mais les sentiments religieux et l'amitié qui m'unissaient à Maroncelli allégeaient chaque jour davantage le poids de mes afflictions. Tout
ce que j'avais à craindre, c'était que cet infortuné, dont la santé était
si délabrée, quoique moins chancelante que la mienne, ne me précédât
au tombeau. Chaque fois qu'il tombait malade, je tremblais ; dès que je
le voyais aller mieux, c'était une fête pour moi.

Ces craintes de le perdre donnaient à mon affection pour lui une
force toujours plus grande, et la crainte de me perdre produisait sur lui
le même effet.

Ah ! il est une ineffable douceur dans cette alternative de crainte et
d'espérance pour une personne qui reste seule à nous aimer ! Notre
condition était assurément une des plus misérables qui fussent sur la
terre, et cependant cette estime et cette amitié sans bornes que nous
avions l'un pour l'autre nous composaient, au milieu de nos tourments,
une sorte de félicité ; et certes nous le sentions bien.

LXXVIII

J'aurais désiré que le chapelain (dont j'avais été si content à l'époque de ma première maladie) nous fût donné pour confesseur, et que nous pussions le voir de temps à autre, même sans nous trouver gravement malades. Au lieu de lui confier cette charge, on nous assigna un augustin nommé le père Baptiste, jusqu'à ce qu'arrivât de Vienne ou la confirmation de celui-ci, ou la nomination d'un autre.

Je craignais de perdre au change; je me trompais. Le père Baptiste était un ange de charité; ses manières étaient pleines de bon ton et d'élégance; il raisonnait avec profondeur sur les devoirs de l'homme.

Nous le priâmes de nous visiter souvent. Il revenait chaque mois, et plus souvent, s'il le pouvait. Il nous portait aussi quelques livres, avec la permission du gouverneur, et nous disait, au nom de son supérieur, que toute la bibliothèque du couvent était à notre disposition. C'eût été pour nous un grand bien, s'il eût duré. Toutefois nous en profitâmes pendant quelques mois.

Après la confession, il s'arrêtait longtemps à s'entretenir avec nous, et tous ses discours laissaient voir une âme droite, pleine de dignité, et passionnée pour la grandeur et la sainteté de l'homme. Nous eûmes le bonheur de jouir une année de ses lumières et de son amitié, et jamais il ne se démentit. Jamais une syllabe ne trahit en lui l'homme de la politique au lieu de l'homme de son ministère. Jamais le plus léger manquement aux égards les plus délicats.

D'abord, pour dire la vérité, je me défiais de lui; je m'attendais à le voir faire servir la finesse de son esprit à des investigations déplacées. Dans un prisonnier d'État cette défiance n'est que trop naturelle. Mais comme l'on se sent soulagé lorsque cette défiance s'évanouit, et que dans l'interprète de Dieu on ne découvre de zèle que pour la cause de Dieu et de l'humanité!

Lé père Baptiste avait une manière de consoler toute particulière à lui et très-efficace. Je m'accusais, par exemple, de mes transports de colère contre la rigoureuse discipline de la prison. Il moralisait un moment sur la nécessité de souffrir avec sérénité et en pardonnant; puis il se mettait à représenter avec les couleurs les plus vives toutes les misères réservées à d'autres conditions que la mienne. Il avait beaucoup vécu à la ville et à la campagne, connu des grands et des petits, médité sur les injustices humaines; il savait peindre à merveille les passions et les mœurs des diverses classes de la société. Partout il me

montrait des forts et des faibles, des oppresseurs et des opprimés ; partout la nécessité ou de haïr ses semblables, ou de les aimer avec une
généreuse indulgence, une douce compassion. Les anecdotes qu'il racontait, pour me rappeler l'universalité du malheur et les bons effets
qu'on peut tirer de l'adversité, n'avaient rien d'extraordinaire ; c'étaient,
au contraire, des faits pris au hasard ; mais ses paroles, en les racon-
tant, avaient une telle justesse, une telle puissance, qu'elles me faisaient fortement sentir les conclusions de ses récits.

Oh ! oui ! chaque fois que j'avais entendu ces tendres reproches et
ces nobles conseils, je brûlais de l'amour de la vertu, je n'avais plus de
haine pour personne, j'aurais donné ma vie pour le moindre de mes
semblables, je bénissais Dieu de m'avoir fait homme.

Ah ! malheureux qui méconnaît la sublimité de la confession ! malheureux qui, pour ne pas paraître vulgaire, se croit obligé de la tourner en dérision ! Parce que chacun sait qu'il faut être bon, il n'est pas
vrai pour cela qu'il soit inutile de se l'entendre répéter, et que nous
ayons assez de nos propres réflexions et de lectures faites à propos.
Non ! la vivante parole de l'homme a une puissance que ne peuvent
avoir ni nos lectures ni nos propres réflexions. L'âme est mieux re-
muée, les impressions qu'elle reçoit sont plus profondes. Il y a dans la
parole d'un frère une vie et un à-propos que l'on chercherait souvent en
vain dans les livres et dans ses propres pensées.

LXXIX

Au commencement de 1824, le surintendant, qui avait ses bureaux
à l'une des entrées de notre corridor, se transporta ailleurs, et les chambres de la chancellerie avec d'autres qui s'y trouvaient annexées furent
converties en prisons. Nous comprîmes, hélas ! qu'on attendait d'Italie
de nouveaux prisonniers d'État.

Arrivèrent bientôt en effet les condamnés d'un troisième procès, tous
mes amis ou connus de moi. Oh ! quand j'appris leurs noms, quelle fut
ma tristesse ! Borsieri était l'un de mes plus anciens amis. J'étais lié
depuis moins de temps avec Confalonieri, mais c'était de tout mon
cœur. Si j'avais pu, en me condamnant au *carcere durissimo* ou à quel-

..... Les joyeuses chansonnettes d'un caporal qui pinçait de la guitare....

:que autre tourment que ce fût, subir pour eux leur peine et leur rendre
la liberté, Dieu sait si je ne l'aurais pas fait! Je ne dis pas seulement
donner ma vie pour eux : qu'est-ce, hélas! que donner sa vie? souffrir
est bien davantage!

J'aurais eu alors un si grand besoin des consolations du père Baptiste! il ne lui fut plus permis de venir.

Il arriva de nouveaux ordres pour le maintien de la plus sévère discipline. Cette terrasse qui nous servait de lieu de promenade fut d'abord
entourée d'une palissade, de telle sorte que personne ne pût nous voir,
pas même de loin et avec un télescope, et nous perdîmes ainsi le magnifique spectacle des collines environnantes et de la cité qu'elles domi-
naient. C'était peu : pour aller à cette terrasse, il fallait, comme je l'ai
dit, traverser la cour, et dans cette cour, beaucoup de personnes pouvaient nous voir. Afin de nous dérober à tous les regards, on nous en-
leva ce lieu de promenade, et on nous en assigna un autre fort petit, contigu à notre corridor, et, comme nos chambres, exposé à l'occident.

Je ne puis exprimer à quel point ce changement de promenade nous
affligea. Je n'ai pas fait remarquer toutes les consolations que nous offrait le lieu qu'on nous enlevait : la vue des enfants du surintendant,
leurs naïfs embrassements, là même où dans ses derniers jours nous
avions vu leur pauvre mère malade; quelques mots échangés avec le
serrurier qui était aussi logé là; les joyeuses chansonnettes et le talent
musical d'un caporal qui pinçait de la guitare; enfin l'innocent amour,
non de moi ou de mon compagnon, mais d'une bonne Hongroise, femme d'un caporal et marchande de fruits. Elle s'était éprise de Maroncelli.

Déjà, avant qu'on l'eût mis avec moi, cette Hongroise et lui se
voyant presque tous les jours, il s'était établi entre eux une certaine
amitié. Il avait l'âme si honnête, si digne, si candide, qu'il ignorait
complétement qu'il eût inspiré de l'amour à la pauvre créature. C'est
moi qui le lui fis remarquer. Il hésita d'abord à me croire; mais craignant que je n'eusse raison, il se fit un devoir de se montrer plus froid
avec elle. Ce surcroît de réserve, au lieu d'éteindre l'amour de cette
femme, semblait l'augmenter.

Comme la fenêtre de sa chambre s'élevait à peine au-dessus du sol
de la terrasse, elle sautait de notre côté, sous prétexte d'étendre quelque

21

linge au soleil, ou de faire toute autre besogne, et s'arrêtait là à nous regarder ; et si l'occasion s'en présentait, elle entamait la conversation.

Nos pauvres gardes, toujours fatigués de n'avoir que peu dormi la nuit, saisissaient volontiers l'occasion de venir dans ce coin où, sans être aperçus des chefs, ils pouvaient s'asseoir sur l'herbe et sommeiller.

Maroncelli se trouvait alors dans un grand embarras, tant se montrait à découvert la passion de cette infortunée. Mon embarras à moi était plus grand encore. Néanmoins de pareilles scènes, qui auraient pu être passablement risibles si cette personne nous eût inspiré peu de respect, étaient pour nous sérieuses, et je pourrais dire pathétiques.

Cette malheureuse femme avait une de ces physionomies qui révèlent, à ne s'y point méprendre, l'habitude de la vertu et le besoin de l'estime. Elle n'était pas belle, mais douée d'une expression de physionomie si noble, que les contours un peu irréguliers de son visage semblaient s'embellir à chaque sourire, à chaque mouvement de ses muscles.

S'il entrait dans mon dessein de parler ici d'amour, il me resterait bien des choses à dire sur cette vertueuse et malheureuse femme, morte maintenant. Mais il me suffit d'avoir noté un des rares événements de notre prison.

LXXX

Ces rigueurs croissantes rendaient notre vie chaque jour plus monotone. Comment se passèrent pour nous les années 1824, 1825, 1826, 1827? On nous refusa cet usage de nos livres que le gouverneur nous avait accordé provisoirement[1]. La prison devint pour nous un vrai tombeau dans lequel on ne nous laissait pas même la tranquillité du tombeau. Chaque mois, à un jour indéterminé, le directeur de la police, accompagné d'un lieutenant et de ses gardes, venait faire une inspection sévère. On nous mettait tout nus, on examinait toutes les coutures de nos vêtements, dans la crainte qu'un de nous n'y tînt caché quelque papier ou toute autre chose; on ouvrait nos paillasses pour en fouiller l'intérieur. Quoiqu'on ne pût rien nous trouver de clandestin, cette visite faite hostilement, à l'improviste, et répétée sans fin, avait je ne sais quoi qui m'irritait, et qui chaque fois me donnait la fièvre.

Les années précédentes m'avaient paru si tristes! et voici maintenant que je pensais avec regret à ces années, comme à un temps de chères douceurs! Où étaient les heures où je m'enfonçais dans l'étude de la Bible ou d'Homère? A force de lire Homère dans le texte, la légère connaissance que j'avais du grec s'était étendue, et je m'étais pas-

[1] L'ordre de l'empereur portait qu'on ôterait aux prisonniers d'Olmütz, dans le peu de livres qu'ils pouvaient avoir avec eux, ceux imprimés depuis 89 et ceux où se trouvait le mot *république*. « A-t-on peur, répondit le général Lafayette au général gouverneur d'Olmütz, que j'apprenne la déclaration des droits? C'est moi qui l'ai faite. » On confisqua un volume d'introduction au *Voyage d'Anacharsis*, parce qu'on y rencontrait le mot *république*.   (*Note communiquée par M. de Lafayette.*)

sionné pour cette langue. Combien il me fut pénible de ne pouvoir
en continuer l'étude! Dante, Byron, Pétrarque, Shakspeare, Schiller,
Walter Scott, Goëthe, etc., que d'amis m'étaient enlevés! Parmi ces
livres, je comptais aussi quelques ouvrages de morale évangélique :
Bourdaloue, Pascal, l'Imitation de Jésus-Christ, la Philothée, etc., etc.,
livres qui, lus avec cette critique étroite et illibérale qui se récrie à
chaque faute de goût, à chaque pensée peu solidé, se jettent là et
ne se reprennent plus; mais qui, si on les lit sans y mettre de mauvais vouloir et sans se scandaliser des côtés faibles, laissent voir une
philosophie haute, et d'une substance forte pour le cœur et l'intelligence.

Quelques-uns de ces livres de religion nous furent depuis envoyés
en présent par l'empereur; mais ce don était accompagné d'une ex-
clusion absolue de toute espèce de livres servant à des études littéraires.

Ce don d'ouvrages ascétiques nous fut obtenu en 1825 par un confesseur dalmate qu'on nous envoya de Vienne, le père Stéphano Paulowich, nommé, deux ans après, évêque de Cattaro. Nous lui fûmes
aussi redevables du bonheur d'entendre enfin là messe, faveur que jusqu'alors on nous avait toujours refusée, sous prétexte qu'on ne pouvait
nous conduire à l'église et nous tenir séparés deux à deux, comme il
était prescrit.

Une si grande séparation étant impossible, nous allions à la messe
divisés en trois groupes. L'un se plaçait sur la tribune de l'orgue;
un autre dessous, de manière à ne pouvoir être aperçu; et le dernier dans un petit oratoire qui avait vue dans l'église au moyen d'une
grille.

Maroncelli et moi nous avions alors pour compagnons, mais avec
défense qu'un couple s'entretînt avec l'autre, six condamnés dont la
sentence était antérieure à la nôtre. Deux d'entre eux avaient été
mes voisins sous *les plombs* de Vénise. Deux gardes nous condui-
saient au poste qui nous était assigné, et ramenaient après la
messe chaque couple dans sa prison. Un capucin venait nous dire la
messe. Ce brave homme terminait toujours la cérémonie par un
oremus où il demandait à Dieu qu'il nous délivrât des fers, et alors sa
voix s'attendrissait. Quand il revenait de l'autel, il adressait un regard

compatissant à chacun des trois groupes, et inclinait tristement la tête en priant.

LXXXI

En 1825, Schiller parut trop affaibli par les infirmités de la vieillesse, et on lui donna à garder d'autres prisonniers qui semblaient exiger moins de vigilance. Oh! qu'il nous fut pénible de le voir s'éloigner de nous! qu'il lui en coûta aussi de nous quitter!

Il eut d'abord pour successeur Kral, qui pour la bonté ne lui était pas inférieur. Mais celui-là aussi reçut bientôt une autre destination, et il nous en vint un qui n'était pas méchant, si l'on veut, mais bourru, et incapable de toute démonstration affectueuse.

Ces changements m'affligeaient profondément. Schiller, Kral et

Kubitzky, mais surtout les deux premiers, nous avaient assistés dans nos maladies comme un père et un frère auraient pu le faire. Incapables de manquer à leur devoir, ils savaient s'en acquitter sans dureté de cœur. S'ils avaient un peu de rudesse dans les formes, cette rudesse était presque toujours involontaire, et pleinement rachetée par la bonté dont ils nous donnaient les preuves. Je m'irritais quelquefois contre eux ; mais comme ils me pardonnaient du fond du cœur ! comme ils avaient hâte de nous persuader qu'ils n'étaient pas sans affection pour nous ! comme ils se réjouissaient de nous en voir persuadés, de se voir par nous reconnus pour gens de bien !

Depuis qu'il vivait loin de nous, plusieurs fois Schiller était tombé malade et revenu à la santé. Nous demandions de ses nouvelles avec une sollicitude filiale. Quand il était convalescent, il venait quelquefois se promener sous nos fenêtres. Nous toussions pour le saluer, et lui levait la tête avec un sourire mélancolique, et disait à la sentinelle, de manière à ce qu'il nous fût possible de l'entendre : *Da sind meine sœhne !* (Ce sont mes fils, voyez-vous !)

Pauvre vieillard ! que je souffrais de te voir traîner péniblement ton flanc malade, et de ne pouvoir te soutenir avec mon bras !

Quelquefois il s'asseyait là sur l'herbe et lisait. C'étaient les livres qu'il m'avait prêtés ; et pour que je les reconnusse, il en lisait le titre à la sentinelle, ou en répétait quelques morceaux. La plupart du temps ces livres étaient des contes d'almanach, ou des romans de peu de valeur littéraire, mais ayant un sens moral.

Après plusieurs attaques d'apoplexie, il se fit transporter à l'hôpital militaire. Il y arriva dans un état désespéré, et bientôt il y mourut. Il possédait quelques centaines de florins, fruit de ses longues épargnes. Il les avait donnés ou prêtés à quelques-uns de ses compagnons d'armes. Lorsqu'il se vit près de sa fin, il fit venir ses amis, et leur dit : « Je n'ai plus de parents ; que chacun de vous garde ce qu'il a entre les mains. Je vous demande seulement de prier pour moi. » L'un d'eux avait une fille de dix-huit ans, qui était la filleule de Schiller. Peu d'heures avant de mourir, le bon vieillard la fit demander. Il ne pouvait plus déjà prononcer distinctement aucune parole. Il ôta de son doigt un anneau d'argent, sa dernière richesse, et le mit au doigt de la jeune fille, puis l'embrassa, et pleura en l'embrassant. La pauvre

Il ôta de son doigt un anneau d'argent, sa dernière richesse, et le mit
au doigt de la jeune fille.

« La signora Maria—Angiola Pellico, fille de , etc. , a pris
aujourd'hui, etc., le voile .. »

enfant poussait des cris et l'inondait de ses larmes. Il les lui essuyait avec son mouchoir. Ensuite il prit ses mains et se les posa sur les yeux... Ces yeux étaient fermés pour toujours [1].

LXXXII

Les consolations humaines allaient ainsi nous manquant l'une après l'autre, et les douleurs devenaient de plus en plus vives. Je me résignais à la volonté de Dieu; mais je me résignais en gémissant, et mon âme, au lieu de s'endurcir au malheur, semblait le ressentir chaque jour plus douloureusement.

Une fois on m'apporta clandestinement une feuille de la *Gazette d'Augsbourg*, dans laquelle on avançait sur moi une chose fort étrange, à l'occasion de la prise d'habit de l'une de mes sœurs : « La signora « Maria-Angiola Pellico, fille de, etc.... a pris aujourd'hui, etc.... le « voile dans le monastère de la Visitation, à Turin. Elle est la sœur de « l'auteur de *Françoise de Rimini*, Silvio Pellico, lequel est récemment « sorti de la citadelle du Spielberg, gracié par S. M. l'empereur : trait « de clémence bien digne d'un si magnanime souverain, et qui a ré- « joui toute l'Italie, etc.... »

Suivait mon panégyrique.

Je ne pouvais imaginer dans quel but on avait inventé cette nouvelle de ma grâce. Un pur divertissement de journaliste me paraissait chose peu vraisemblable. C'était peut-être quelque ruse de la police autrichienne : mais ces noms de Maria-Angiola étaient précisément ceux de la plus jeune de mes sœurs. Ils avaient passé, sans doute, de la Gazette de Turin dans d'autres journaux. Il était donc bien vrai que cette excellente jeune fille s'était faite religieuse? Ah! peut-être a-t-elle pris ce parti parce qu'elle a perdu ses parents! Pauvre jeune fille! elle n'a pas voulu que je fusse le seul à souffrir les rigueurs de la prison; elle aussi a voulu se renfermer. Que le Seigneur lui donne, plus qu'il

[1] Cette filleule de Schiller ne nous était pas inconnue. Nous la rencontrions quelquefois, la première année de notre captivité au Spielberg, lorsque nous allions prendre l'air sur la terrasse. Cette jeune fille avait à peine douze ou treize ans, et il fallait voir avec quelle grâce elle bondissait autour de l'interminable personne de Schiller. Avant de quitter le Spielberg, nous eûmes la satisfaction d'apprendre qu'elle était mariée. (MARONCELLI.)

ne me l'a donnée, la vertu de la patience et de l'abnégation! Que
de fois dans sa cellule cet ange va penser à moi! Que de fois elle

se soumettra à d'austères pénitences, pour obtenir de Dieu qu'il
allége les maux de son frère!

Ces pensées m'attendrissaient et me déchiraient le cœur. Hélas!
mon malheur ne pouvait que trop bien avoir abrégé les jours de mon
père ou de ma mère, de tous les deux peut-être. Plus j'y pensais, et
plus il me semblait impossible que, sans une telle perte, ma *Marietta*
eût quitté le toit paternel. Cette idée pesait sur mon cœur comme une
certitude, et me plongea dans l'affliction la plus cruelle.

Maroncelli n'en fut pas moins ému que moi. Quelques jours après,
il se mit à composer une complainte poétique sur la sœur du prison-

nier. Il en résulta un délicieux petit poëme qui respirait la mélancolie et la douleur. Quand il l'eut achevé, il me le récita. Oh! comme je lui sus gré de cette pensée délicate! Parmi tant de milliers de vers composés pour des religieuses, ceux-là étaient probablement les seuls composés dans une prison, pour le frère de la religieuse, par un de ses compagnons de captivité. Quel rapprochement d'idées saintes et pathé-thiques [1]!

C'est ainsi que l'amitié adoucissait mes douleurs. Ah! depuis ce moment, il ne s'écoula pas un jour que ma pensée ne tournât longtemps autour d'un couvent de jeunes vierges, qu'entre ces vierges je ne m'arrêtasse à en-considérer une, une seule, avec la plus tendre compassion; à prier ardemment le ciel de lui embellir la solitude, et de ne pas permettre que son imagination lui peignît ma prison sous des couleurs trop horribles.

LXXXIII

La venue clandestine de cette gazette ne doit pas faire croire au lecteur qu'il m'arrivât souvent de me procurer des nouvelles du monde. Non, autour de moi tous étaient bons, mais tous enchaînés par une grande crainte. S'il se faisait en secret quelque légère infraction à la discipline, c'était seulement quand il ne paraissait y avoir aucun danger; et il était difficile qu'il parût ne point y en avoir, au milieu de tant de perquisitions ordinaires et extraordinaires.

Il ne me fut jamais donné d'avoir clandestinement aucune nouvelle des miens si loin de moi, hélas! à l'exception du mot relatif à ma sœur, que je viens de rapporter.

La crainte où j'étais que mes parents n'eussent cessé de vivre fut, à quelque temps de là, plutôt augmentée que diminuée par la manière dont le directeur de la police vint une fois m'annoncer qu'on se portait bien dans ma famille.

---

[1] Ce poëme, je l'avais gravé sur le mur avec un morceau de verre; je me vis forcé de l'effacer, et voici pourquoi. Quand il nous arrivait d'être malades, on nous donnait des potions enfermées dans de petites fioles; c'était avec les débris de l'une de ces fioles que j'avais écrit mon poëme. A la veille d'une visite, je craignis qu'on ne réprimandât le geôlier pour nous avoir laissé ce verre dans les mains, et j'effaçai mes vers. Il ne m'en est rien resté dans la mémoire.   (MARONCELLI.

22

— S. M. l'empereur m'ordonne, dit-il, de vous annoncer que les parents que vous avez à Turin se portent bien. ·

Je tressaillis de plaisir et de surprise à cette communication, qui jamais auparavant ne m'avait été faite, et je demandai plus de détails.

— J'ai laissé à Turin, dis-je au directeur, un père et une mère, des frères et des sœurs. Sont-ils tous vivants? Oh! si vous avez une lettre de quelqu'un d'entre eux, je vous supplie de me la montrer.

— Je ne puis rien vous montrer. Vous devez vous contenter de cela. C'est toujours de la part de l'empereur une preuve de bonté, que de vous faire dire ces consolantes paroles. Cela ne s'est encore fait pour personne.

— C'est une preuve de la bonté de l'empereur, j'en conviens; mais vous sentirez qu'il m'est impossible de tirer aucune consolation de paroles aussi vagues. Quels sont ces parents à moi qui se portent bien? N'en ai-je perdu aucun?

— Monsieur, je suis fâché de ne pouvoir vous en dire plus qu'il ne m'a été ordonné.

Et là-dessus il se retira.

On avait eu certainement l'intention de m'apporter quelque soulagement par cette nouvelle. Mais je me persuadai que l'empereur, tout en cédant aux instances de quelques personnes de ma famille, et en permettant que cet avis me fût donné, défendait qu'on me montrât aucune lettre, afin de me laisser ignorer qui pouvait me manquer d'entre les miens.

A quelques mois de là, on m'apporta un nouvel avis du même genre. Aucune lettre d'ailleurs, et pas une explication de plus.

On s'aperçut que je ne me contentais pas d'une si grande faveur, que j'en demeurais même encore plus affligé, et on ne me dit plus rien de ma famille.

La pensée que peut-être mes parents étaient morts, que mes frères l'étaient aussi, ainsi que Joséphine, mon autre sœur bien-aimée; que peut-être Marietta, la seule qui survécût, allait bientôt s'éteindre dans les tourments de la solitude et les austérités de la pénitence, cette pensée me détachait de plus en plus de la vie.

· Quelquefois, cruellement ressaisi par mes souffrances accoutumées,

que peut-être Marietta, la seule qui survécût, allait bientôt s'éteindre dans
les tourments de la solitude et les austérités de la pénitence.

ou atteint de nouvelles indispositions, telles que d'horribles coliques avec des symptômes très-douloureux, semblables à ceux du *choléra-morbus*, j'espérais mourir. Oui, c'est bien le mot, j'espérais.

Et néanmoins, ô contradictions de l'homme! s'il m'arrivait de jeter un regard sur mon compagnon languissant, mon cœur se déchirait à la pensée de le laisser seul, et de nouveau je désirais la vie.

LXXXIV

A trois reprises, il arriva de Vienne de hauts personnages pour visiter nos prisons, et s'assurer qu'il ne s'y commettait aucun abus de discipline. La première visite fut celle du baron Von Münch, qui, s'apitoyant sur le peu de jour dont nous jouissions, nous promit de demander qu'on prolongeât notre journée en faisant placer une lanterne, pendant quelques heures de la soirée, à l'extérieur du guichet. La visite de Von Münch eut lieu en 1825. Une année après, sa bonne intention eut son effet, et dès lors, grâce à cette lueur sépulcrale, il nous fut possible de voir les murs de la prison et de nous promener sans nous heurter la tête.

La seconde visite fut celle du baron Von Vogel. Il me trouva dans un déplorable état de santé, et apprenant que le médecin, quoique persuadé que le café me ferait du bien, n'osait me l'ordonner, parce que c'était un objet de luxe, il dit en ma faveur un mot de consentement, et le café me fut ordonné.

La troisième visite fut celle de je ne sais quel autre seigneur de la cour, homme de cinquante à soixante ans, qui nous témoigna par ses manières et ses paroles la plus généreuse compassion. Il ne pouvait rien pour nous; mais l'expression suave de sa bonté était déjà un bienfait, et nous en lui sûmes gré.

Oh! avec quelle ardeur le prisonnier désire la vue des créatures de son espèce! La religion chrétienne, si riche d'humanité, n'a pas oublié de mettre au nombre des œuvres de miséricorde la *visite des prisonniers*. L'aspect d'hommes qui prennent pitié de votre infortune, lors même qu'ils n'ont pas le moyen de vous consoler plus efficacement, ne laisse pas de vous l'adoucir.

La solitude absolue peut être bonne à l'amendement de quelques
âmes ; mais je crois qu'en général elle l'est plus encore si on ne la
pousse pas à l'extrême, si on ne l'isole pas complétement de tout
contact avec la société. Moi du moins je suis ainsi fait. Si je ne vois
pas mes semblables, je concentre mon amour sur un trop petit nombre
d'entre eux, et je cesse d'aimer les autres. Si je puis en voir, je ne
dirai pas beaucoup, mais un nombre raisonnable, je me sens une vive
tendresse pour tout le genre humain.

Mille fois je me suis surpris le cœur si uniquement voué à l'amour
d'un très-petit nombre, et si plein de haine pour les autres, que je
m'en épouvantais. Alors j'allais à la fenêtre, soupirant après quelque
nouveau visage, et je m'estimais heureux si la sentinelle, en se promenant, ne rasait pas le mur de trop près, si elle s'en éloignait assez
pour qu'il me fût possible de la voir, si elle levait la tête quand je
toussais, si elle avait une honnête physionomie. Quand je croyais y
découvrir quelques traces de compassion, je me sentais saisi d'une
douce palpitation, comme si ce soldat inconnu eût été pour moi un
ami intime. S'il s'éloignait, j'attendais son retour avec une tendre
inquiétude ; et s'il revenait en me regardant, je m'en réjouissais comme
d'un grand acte de charité. S'il ne passait pas de manière à se laisser
voir, je demeurais mortifié comme un homme qui aime, et qui s'aperçoit qu'on se soucie peu de lui.

LXXXV

Dans la prison contiguë à la nôtre, qui avait été celle d'Oroboni,
étaient maintenant D. Fortini et M. Antonio Villa. Ce dernier, autrefois
robuste comme un Hercule, avait beaucoup souffert de la faim [1] pendant
la première année, et quand il eut un peu plus de nourriture, il se
trouva sans force pour digérer. Il languit longtemps, et ensuite, réduit

[1] Le bon Kunda lui apporta un jour un énorme pain noir, et lui dit : « Cachez-le sous la couverture, il vous
garantira de la faim pendant toute la semaine, et ensuite vous en aurez un autre. » Eh bien ! et j'en frémis encore
aujourd'hui, au bout de deux heures l'énorme pain avait disparu tout entier. Nous n'avions pas tous un estomac
aussi exigeant ; mais tous, plus ou moins, nous eûmes à souffrir de la faim.   (MARONCELLI.)

presque à l'extrémité, il obtint qu'on lui donnât une prison plus aérée. L'atmosphère méphitique d'un étroit sépulcre lui était sans doute très-nuisible, comme elle l'était à tous les autres. Mais le remède qu'il invoqua fut insuffisant. Dans la grande pièce où on le mit, il traîna plusieurs mois encore, et finit par mourir, après quelques vomissements de sang.

Il fut assisté par son compagnon de captivité, D. Fortini, et par l'abbé Paulowich, venu de Vienne en toute hâte, dès qu'on y sut Villa moribond.

Quoique je ne fusse pas aussi étroitement lié avec lui que je l'étais avec Oroboni, sa mort ne laissa pas de m'affliger beaucoup. Je le savais aimé avec la plus grande tendresse de ses parents et de sa femme. Pour lui, il était moins à plaindre que digne d'envie ; mais ceux-ci qui lui survivaient !...

Il avait été aussi mon voisin sous les *plombs*. Tremerello m'avait porté quelques vers de lui, et lui en avait reporté de moi. Il régnait parfois dans ces vers qu'il m'envoyait un sentiment profond.

Après sa mort, je m'aperçus que je lui étais plus attaché que je ne l'avais cru durant sa vie, lorsque j'appris des gardes combien il avait cruellement souffert. L'infortuné ne pouvait se résigner à mourir, quoique très-pieux. Il éprouva au plus haut degré l'horreur de ce terrible passage, sans cesser toutefois de bénir le Seigneur et de lui crier avec larmes : « Je ne puis conformer ma volonté à la tienne, ô mon Dieu ! et cependant je le voudrais. Opère donc en moi ce miracle ! »

Il n'avait pas le courage d'Oroboni, mais il l'imita, en déclarant qu'il pardonnait à ses ennemis.

A la fin de cette même année (c'était en 1826), nous entendîmes un soir dans le corridor le bruit mal comprimé de plusieurs personnes qui marchaient. Nos oreilles étaient devenues très-habiles à distinguer les bruits de tous genres. On ouvre une porte, celle de la prison où était l'avocat Soléra. Une seconde s'ouvre : c'est celle de Fortini. Entre plusieurs voix qui parlent bas, nous distinguons celle du directeur de la police. — Que sera-ce ? une perquisition à une heure si avancée ? et pourquoi ?

Mais bientôt ils sortent de nouveau dans le corridor, et voici le bon

Fortini qui se met à dire : *Oh pòveretto mi !* Pardon, c'est que j'ai oublié un tome de mon bréviaire [1].

Et il retourna lestement sur ses pas pour prendre ce volume, puis il rejoignit les autres. La porte de l'escalier s'ouvrit; nous entendîmes le bruit de leurs pas jusqu'à la dernière marche : nous comprîmes que les deux bienheureux avaient reçu leur grâce, et quoique bien tristes de ne pouvoir les suivre, nous nous réjouîmes de leur bonheur.

LXXXVI

La délivrance de nos deux compagnons ne devait-elle avoir pour nous aucune conséquence? Comment sortaient-ils, eux comme nous condamnés l'un à vingt ans, l'autre à quinze ans de prison, sans que la même grâce brillât pour nous et pour beaucoup d'autres?

Il existait donc contre ceux qu'on ne renvoyait pas des préventions plus graves? ou voulait-on nous gracier tous, mais à de courts inter-valles de distance, et deux seulement à la fois; peut-être chaque mois, peut-être tous les deux ou trois mois?

Nous doutâmes ainsi quelque temps. Et plus de trois mois s'écoulè-rent sans qu'eût lieu aucune autre délivrance. Vers la fin de 1827, nous pensâmes que décembre pourrait être choisi pour l'anniversaire des grâces. Mais décembre se passa, et rien n'arriva. Nous prolon-geâmes notre attente jusqu'à l'été de 1828, qui complétait mes sept ans et demi de prison, équivalant à quinze, selon les paroles de l'empe-reur, pourvu que l'on voulût bien compter du moment de l'accusation. Si l'on ne voulait pas y comprendre le temps du procès (et c'était la supposition la plus vraisemblable), mais ne dater que de la lecture publique de l'arrêt, les sept ans et demi ne devaient se terminer qu'en 1829.

Tous les termes calculables passèrent, et la grâce ne vint pas. Cepen-dant, déjà avant le départ de Soléra et de Fortini, il était survenu à

---

1 D. Fortini était un excellent prêtre. Quelques amis l'ayant un jour conduit à son insu dans une assemblée de *carbonari*, le soumirent, par forme de plaisanterie, aux épreuves de l'initiation. Arrêté comme véritable *carbonaro*, il fut envoyé au Spielberg, d'où il sortit, comme on le voit, en 1826. Quand on lui lut sa sentence, à Venise, il allait demandant à tous ses amis : « Mais au moins, dites-moi ce que c'est qu'un *carbonaro* ! »
(MARONCELLI.)

mon pauvre Maroncelli une tumeur au genou gauche. Dans le principe, la douleur n'était pas vive, et le forçait seulement à boiter. Puis
il eut peine à traîner ses fers, et n'allait plus que rarement à la promenade.

Un matin d'automne, il voulut sortir avec moi pour respirer un
peu l'air; il y avait déjà de la neige, et dans un moment où par
malheur je ne le soutenais pas, il trébucha et tomba. Le coup qu'il se
donna rendit incontinent aiguë la douleur qu'il ressentait au genou.
Nous le portâmes sur son lit, car il n'avait plus la force d'aller. Quand
le médecin le vit, il se décida enfin à lui faire ôter les fers. La tumeur
empira de plus en plus; elle devint énorme, et chaque jour plus douloureuse. Tels étaient les tourments du pauvre malade, qu'il ne pouvait
trouver de repos ni dans son lit, ni hors de son lit.

Quand il devait se mouvoir, se lever, se coucher, il me fallait prendre le plus délicatement possible la jambe malade, et la placer avec
une extrême lenteur de la manière qui lui convenait. Quelquefois, pour
le moindre changement de position, il fallait un quart d'heure entier
de spasmes.

Les sangsues, les cautères, la pierre infernale, les cataplasmes secs
ou humides, tout fut mis en œuvre par le médecin. C'était un surcroît
de douleur, et rien de plus. Après l'application de la pierre infernale,
la suppuration s'établissait. La tumeur était devenue une plaie; mais
jamais elle ne diminuait, jamais la suppuration n'apportait aucun
adoucissement à la douleur.

Maroncelli était mille fois plus malheureux que moi, et pourtant
comme je souffrais avec lui! L'office de garde-malade m'était doux
auprès d'un si digne ami. Mais le voir ainsi dépérir, avec de si longs,
de si atroces tourments, et ne pouvoir lui rendre la santé! et prévoir
que jamais ce genou ne pourrait être guéri, et voir le malade plus persuadé de sa mort que de sa guérison, et ne pouvoir rien autre chose
qu'admirer continuellement son courage et sa sérénité, oh! cela me
déchirait l'âme d'une façon inexprimable.

LXXXVII

Dans cette déplorable situation, il composait encore des vers, il chantait, il dissertait, il mettait tout en œuvre pour me faire illusion, et me cacher une partie de ses souffrances. Il ne pouvait plus ni digérer ni dormir ; il maigrissait d'une manière effrayante ; il tombait très-souvent en défaillance ; toutefois il reprenait vie par moments, et me donnait du courage.

Ce qu'il eut à souffrir pendant neuf longs mois ne peut se décrire. On finit par accorder une consultation. Le médecin en chef arriva, approuva tout ce que son confrère avait essayé, et se retira sans donner son avis sur la gravité du mal et sur ce qui restait à faire.

Un moment après vint le sous-intendant, qui dit à Maroncelli : — Le médecin en chef n'a pas voulu prendre sur lui de s'expliquer ici en votre présence. Il craignait que vous n'eussiez pas la force de vous entendre annoncer une dure nécessité. Je lui ai dit que le courage ne vous manquait pas.

— J'espère, dit Maroncelli, en avoir donné quelque preuve en souffrant ces tourments sans me plaindre. Me proposerait-on par hasard ?...

— Oui, monsieur, l'amputation. Seulement le médecin, vous trouvant le corps si épuisé, hésite à la conseiller. Dans l'état de faiblesse où vous êtes, vous sentez-vous la force de supporter l'amputation ? voulez-vous vous exposer au danger....

— De mourir ? et ne mourrai-je pas tout aussi vite, si l'on ne met un terme à ces souffrances ?

— Je ferai donc sur-le-champ à Vienne rapport de tout ceci, et aussitôt la permission venue de vous amputer...

— Quoi ! il faut une permission ?

— Oui, monsieur.

A huit jours de là arriva la permission attendue.

Le malade fut porté dans une chambre plus grande. Il demanda que je le suivisse.

— Je pourrais expirer pendant l'opération, dit-il ; que j'expire du moins entre les bras de mon ami.

Ma compagnie lui fut accordée.

L'abbé Wrba, notre confesseur (il avait succédé à Paulowich), vint administrer les sacrements à l'infortuné.

Cet acte de religion accompli, nous attendîmes les chirurgiens, qui n'arrivaient pas. Maroncelli se mit encore à chanter un hymne[1].

[1] Voici ce que m'écrivait, il y a quelque temps, M. Maroncelli :

« Je vous envoie ces pauvres vers que j'improvisai en chantant, pendant qu'on préparait les instruments pour me couper la jambe, et que le retard me semblait long. C'est à ces vers que Pellico fait allusion dans ses mémoires. Quand je les fis, je les destinais à ma mère, et c'était comme un testament que je confiai à la mémoire de mon ami, afin qu'il le transmit religieusement aux miens avec mes propres paroles. Si ce testament eût été en prose, ils auraient pu douter de son authenticité ; mais avec des vers et de la musique, le doute n'était plus possible : voilà pourquoi je mis cet adieu en vers.

« Les suites de l'opération ne furent pas mortelles. Au bout de deux ans je recouvrai la liberté, et ma mère n'a pu encore embrasser son fils ni lire ces paroles dictées pour elle, tant ma vie est tissue de malheurs ! »

Nous croyons faire un véritable plaisir à nos lecteurs en leur donnant ici la traduction de ces vers composés pour un objet si touchant et d'une manière si héroïque.

« Douces brises qui passez sur l'Italie, vous ne soufflez jamais sur le pauvre prisonnier !

« Combien de fois j'ai invoqué le retour d'avril et de mai ! avril et mai sont venus..... mais sans apporter la vie au pauvre prisonnier !

« Sous le ciel de la Moravie, la belle nature languit et ne peut renouveler le sang du pauvre prisonnier !

« Que j'ai souffert de tourments ! qu'il m'en reste encore à souffrir, avant qu'une douce aurore délivre le prisonnier !

« Qu'elle se lève ! — Et que, libre enfin, je sente ma mère, mon frère et mes sœurs guérir, avec leur amour, les blessures du prisonnier !

« Hélas ! j'ai vu tant de fois mes espérances se changer en deuil, que l'espérance ne sourit plus au pauvre prisonnier ! »

A. DE L.

Les chirurgiens arrivèrent enfin : ils étaient deux. L'un était le chirurgien ordinaire de la maison, c'est-à-dire notre barbier. Lorsqu'il se présentait quelque opération à faire, il avait le droit de la faire de sa main, et ne voulait en céder l'honneur à personne. L'autre était un jeune chirurgien, élève de l'école de Vienne, et jouissant déjà d'une grande renommée d'habileté. Celui-ci, envoyé par le gouverneur pour assister à l'opération, aurait bien voulu la faire lui-même ; mais il fallut se contenter de surveiller l'exécution.

Le malade fut assis sur le bord du lit, les jambes en bas. Je le tenais entre mes bras. Au-dessus du genou, à l'endroit où la cuisse commençait à être saine, on forma une ligature pour marquer le cercle que devait suivre l'instrument. Le vieux chirurgien tailla tout autour à la profondeur d'un doigt ; puis il tira en arrière la chair ainsi découpée, et continua à opérer sur les muscles à nu. Le sang coulait à torrent des artères ; mais elles furent bientôt liées avec un fil de soie. Enfin on scia l'os.

Maroncelli ne poussa pas un cri. Quand il vit emporter sa jambe coupée, il lui jeta un regard de compassion ; puis, se tournant vers le chirurgien qui l'avait opéré, il lui dit :

— Vous m'avez délivré d'un ennemi, et je n'ai aucun moyen de reconnaître ce service.

Il y avait sur la fenêtre une rose dans un verre.

— Je te prie de m'apporter cette rose, me dit-il.

Je la lui portai, et il l'offrit au vieux chirurgien, en lui disant : — Je n'ai pas autre chose à vous offrir pour vous témoigner ma reconnaissance.

Celui-ci prit la rose et pleura.

LXXXVIII

Les chirurgiens avaient cru que l'infirmerie du Spielberg serait pourvue de tout ce qu'il fallait, à l'exception des instruments qu'ils avaient apportés. Mais l'amputation finie, ils s'aperçurent qu'il leur manquait diverses choses indispensables : de la toile gommée, de la glace, des bandelettes, etc.

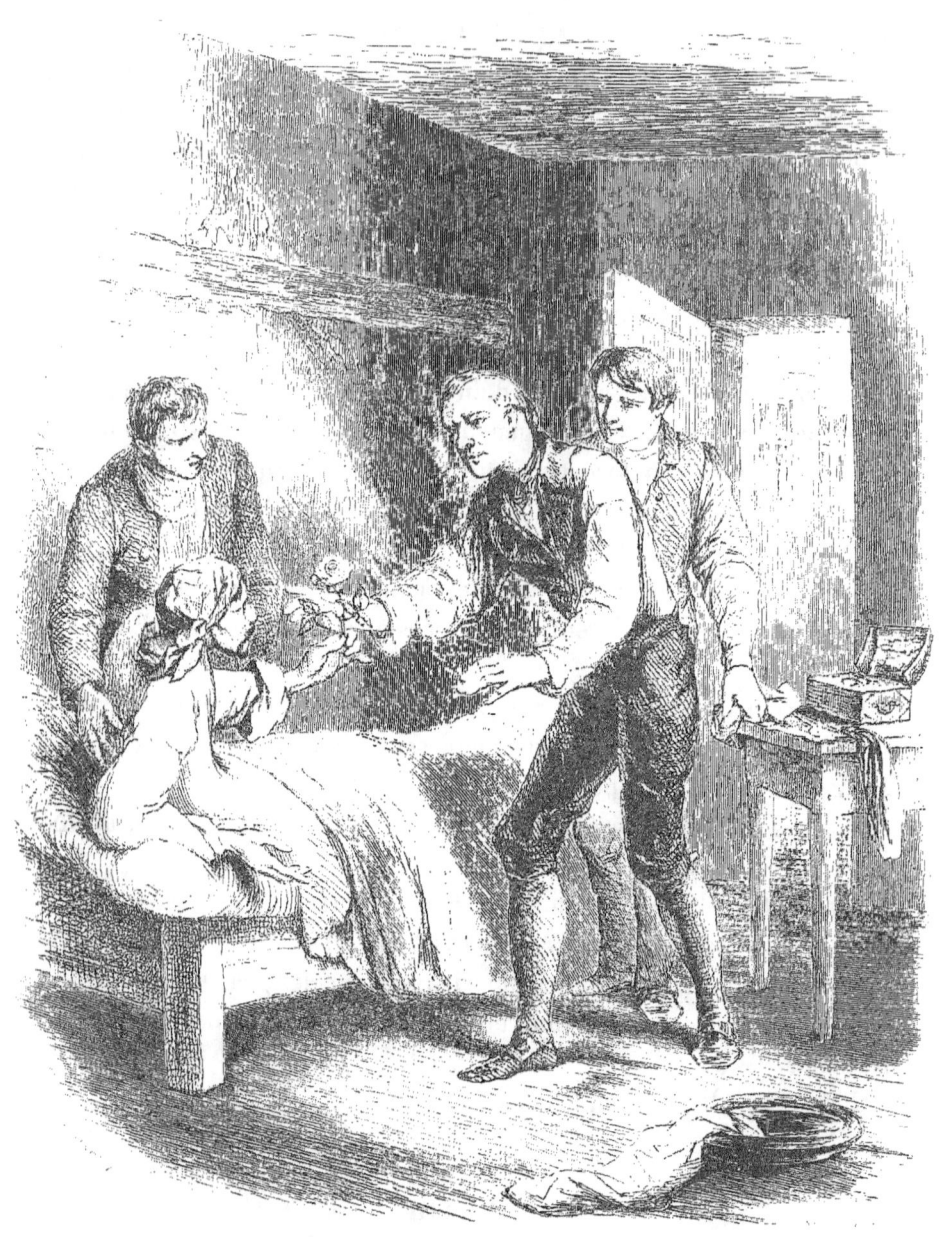

Je n'ai pas autre chose à vous offrir pour vous témoigner ma reconnaissance.

Le malheureux mutilé dut attendre pendant deux heures que tout cela fût venu de la ville. Enfin il put s'étendre sur le lit, et là glace fut posée sur le moignon.

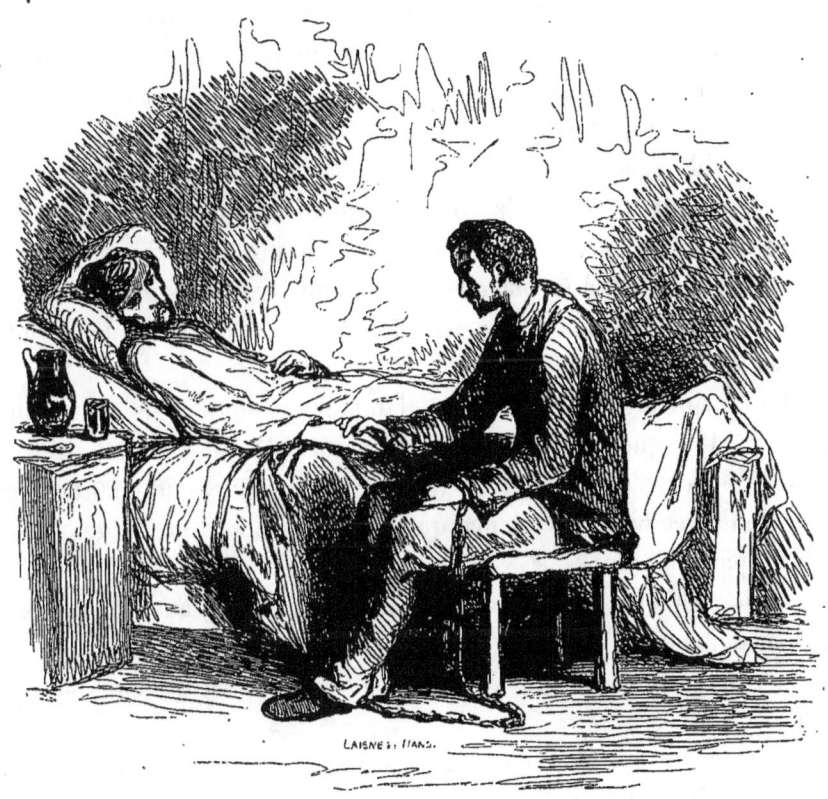

LAISNE; HANS.

Le jour suivant, ils débarrassèrent ce moignon des grumeaux de sang qui s'y étaient formés, le lavèrent, tirèrent la peau en avant, et placèrent les bandages.

Pendant plusieurs jours, on ne donna au malade qu'une demi-tasse de bouillon avec un jaune d'œuf délayé. Mais une fois passé le danger de la fièvre qui devait suivre la blessure, on commença à le restaurer graduellement avec une nourriture plus substantielle. L'empereur avait ordonné que, jusqu'au rétablissement de ses forces, on lui donnât de bons aliments de la cuisine du surintendant.

La guérison s'opéra en quarante jours, après lesquels on nous ra-

mena dans notre prison. On nous l'avait agrandie par une ouverture
pratiquée dans le mur, au moyen de laquelle on l'avait unie à celle
qu'avaient habitée d'abord Oroboni et ensuite Villa.

Je transportai mon lit à l'endroit même où avait été celui d'Oroboni,
là même où il était mort. Cette identité de lieu me faisait du bien. Il
me semblait que je m'étais rapproché de lui. Je rêvais souvent de lui,
et je croyais voir son esprit m'apparaître réellement et me rendre la
paix par de célestes consolations.

L'horrible spectacle de tant de tourments éprouvés par Maroncelli,
et avant qu'on lui coupât la jambe, et pendant cette opération, et depuis, me fortifia l'âme. Dieu, qui m'avait donné assez de santé tout le
temps qu'avait duré la maladie de mon ami, parce que mes soins lui
étaient nécessaires, me reprit cette force aussitôt que Maroncelli put se
traîner sur des béquilles.

Il me vint plusieurs tumeurs glanduleuses dont j'eus beaucoup à
souffrir. J'en guéris, et à ces douleurs succédèrent des maux de poitrine que j'avais déjà éprouvés autrefois, mais qui maintenant me suf-
foquaient avec plus de violence que jamais, des vertiges et des dyssen-
teries spasmodiques.

—Mon tour est venu, me disais-je à moi-même; aurai-je moins de
patience que mon ami?

Je m'appliquai dès lors à imiter sa vertu autant qu'il m'était possible.

Toute condition humaine a sans doute ses devoirs à remplir. Ceux
d'un malade sont la patience, la fermeté, l'attention à faire tous ses
efforts pour ne pas se rendre désagréable à ceux qui l'approchent.

Maroncelli, sur ses pauvres béquilles, n'avait plus son agilité d'autrefois, et il s'en affligeait dans la crainte d'être moins prompt à me
servir. Il craignait en outre que, pour lui épargner du mouvement et
de la fatigue, je ne fisse pas usage de ses services aussi souvent que
j'en avais besoin.

Et cela, en effet, arrivait quelquefois; mais je faisais tous mes efforts pour qu'il ne s'en aperçût pas.

Quoiqu'il eût repris de la force, il n'était pas pour cela à l'abri de
tout ressentiment. Il éprouvait, comme tous les amputés, de douloureuses sensations dans les nerfs, comme si la partie coupée eût été en-

core vivante. Il souffrait au pied, à la jambe, au genou, qu'il n'avait plus. Ajoutez à cela que l'os avait été mal scié, pénétrait dans les chairs nouvelles et y formait souvent des plaies. Ce ne fut qu'au bout d'un an environ que le moignon fut suffisamment endurci et cessa de s'ouvrir.

LXXXIX

Mais de nouvelles douleurs assaillirent le malheureux, et presque sans intervalle : d'abord une arthritide qui commença par les jointures des mains, et ensuite martyrisa toute sa personne pendant plusieurs mois, enfin le scorbut. Ce dernier fléau lui couvrit bientôt le corps de taches livides, et jetait l'épouvante.

Je cherchais à me consoler en me disant : Puisqu'il faut mourir en ces lieux, félicitons-nous de ce que le scorbut attaque l'un de nous ; c'est un mal contagieux et qui nous conduira au tombeau, sinon ensemble, du moins à peu de distance l'un de l'autre.

Nous nous préparions tous deux à la mort, et nous étions tranquilles. Neuf ans de prison et de cruelles souffrances avaient fini par nous familiariser avec l'idée de la dissolution totale de deux corps ruinés et avides de repos. Nos âmes se confiaient en la bonté divine, et croyaient à leur réunion en un lieu où cessent toutes les haines des hommes, et où nous demandions à Dieu qu'il appelât un jour auprès de nous, mais dépouillés de tout ressentiment, ceux qui ne nous aimaient pas.

Durant le cours des années précédentes, le scorbut avait fait beaucoup de ravages dans ces prisons. Le gouvernement, en apprenant que Maroncelli était attaqué de ce mal terrible, eut peur d'une nouvelle épidémie scorbutique, et consentit à la demande du médecin, lequel déclarait qu'il n'y avait pour Maroncelli de remède efficace que le grand air, et conseillait de le tenir le moins possible enfermé dans sa chambre.

Moi, comme son compagnon de chambre, et aussi comme malade d'une dyscrasie, je jouis du même privilége.

Nous restions dehors tout le temps que le lieu de la promenade

n'était pas occupé par d'autres, c'est-à-dire depuis une demi-heure
avant le jour, pendant une couple d'heures, ou pendant le dîner, si
cela nous plaisait, ensuite pendant trois heures de la soirée, jusqu'après
le coucher du soleil; cela pour les jours ordinaires. Les jours de fête,
comme la promenade n'avait pas lieu pour les autres, nous restions
dehors du matin au soir, excepté à l'heure du dîner.

Un autre infortuné qui avait environ soixante-dix ans, et dont la
santé était entièrement ruinée, nous fut donné pour compagnon, dans la
pensée que l'oxygène pourrait aussi lui être favorable. C'était Constantin Munari, vieillard aimable, passionné pour la littérature et la
philosophie, et dont la compagnie nous fut fort agréable.

En faisant remonter le commencement de la peine non plus à l'époque
de mon arrestation, mais à celle de ma condamnation, les sept ans et
demi finissaient en 1829 dans les premiers jours de juillet, si l'on datait
de la signature de l'empereur, ou au 22 du mois d'août, si l'on datait
de la publication de l'arrêt.

Mais ce terme passa comme les autres, et toute espérance s'éteignit.

Jusqu'alors Maroncelli, Munari et moi nous supposions quelquefois
encore qu'il nous serait possible de revoir le monde, notre chère Italie,
nos parents, et c'était pour nous un sujet de conversations pleines de
regret, de pitié et d'amour.

Quand nous eûmes vu passer août, puis septembre, puis toute cette
année, nous nous accoutumâmes à ne plus rien espérer sur la terre,
excepté l'inaltérable continuation de notre mutuelle amitié, et l'assistance de Dieu pour achever dignement ce qui restait à accomplir de
notre long sacrifice.

Oh! l'amitié et la religion sont deux biens inestimables! elles em-
bellissent jusqu'aux heures des prisonniers pour qui a cessé de luire
toute espérance de grâce. Dieu est véritablement avec les malheureux,
avec les malheureux qui aiment!

XC

Après la mort de Villa, à l'abbé Paulowich, qui fut fait évêque, succéda, dans ses fonctions de confesseur, l'abbé Wrba, Morave, professeur de Nouveau Testament à Brünn, élève distingué de l'*Institut sublime* de Vienne.

Cet institut est une congrégation fondée par l'illustre Frint, alors curé de la cour.

Les membres de cette congrégation sont tous des prêtres qui, déjà théologiens lauréats, poursuivent, sous une sévère discipline, les études qui doivent les mettre en possession du plus vaste savoir qui se puisse atteindre.

L'intention du fondateur a été admirable. Il a voulu créer une école d'où se répandît, comme d'une source inépuisable, parmi le clergé catholique de l'Allemagne, une science forte et véritable; et cette intention est généralement remplie.

Wrba, demeurant à Brünn, pouvait nous consacrer une plus grande partie de son temps que Paulowich. Il devint pour nous ce qu'avait été le père Baptiste, excepté qu'il ne lui était permis de nous prêter aucun

livre. Nous avions souvent ensemble de longues conférences très-profi-
tables, du moins il me le semblait, à mes convictions religieuses ; j'y
puisais une immense consolation.

En 1829 il tomba malade ; puis, ayant pris de nouveaux en-
gagements, il ne put continuer à se rendre auprès de nous. Cela nous
affecta profondément ; mais notre bonheur voulut que Wrba eût
pour successeur un homme comme lui, docte et distingué, le vicaire
Ziak.

Parmi tous les prêtres *allemands* qui nous furent destinés, jamais
un méchant homme, pas un qui nous parût (et il est si facile de
le découvrir) vouloir se faire l'instrument de la politique. Pas un
au contraire qui ne réunît en lui les divers mérites d'une science
vaste, d'une foi catholique hautement professée et d'une profonde
philosophie. Oh ! combien sont respectables de tels ministres de l'É-
glise !

Ce petit nombre de prêtres que je fus à même de connaître me fit
concevoir une opinion fort avantageuse du clergé allemand.

L'abbé Ziak avait aussi avec nous de longues conférences. Son
exemple m'instruisait à supporter mes douleurs avec sérénité. Continuellement tourmenté de fluxions aux dents, à la gorge, aux oreilles,
il ne laissait pas d'avoir toujours le sourire sur les lèvres.

Cependant le grand air fit disparaître insensiblement les taches scor-
butiques de Maroncelli, et de notre côté, Munari et moi, nous allions
mieux.

XCI

Le premier jour d'août se leva. Il y avait dix ans que j'avais perdu
ma liberté, huit et demi que je subissais le *carcere duro*.

C'était un dimanche. Nous nous rendîmes, comme les autres jours
de fête, dans l'enceinte accoutumée. Nous regardâmes encore du
haut du petit mur de clôture la vallée qui s'étendait au bas de la citadelle, et le cimetière où dormaient paisiblement Oroboni et Villa ;
nous parlâmes du repos que, un jour aussi, y trouveraient nos os.

Nous nous assimes encore sur le banc accoutumé, à attendre que les pauvres condamnés arrivassent à la messe qui se disait avant la nôtre. On les conduisait dans ce même petit oratoire où nous allions nous-mêmes assister à la messe suivante. Il était contigu au lieu de la promenade.

Il est d'usage dans toute l'Allemagne que, durant la messe, le peuple chante des hymnes en langue vulgaire. Comme l'empire d'Autriche est un pays mêlé d'Allemands et de Slaves, et que, dans les prisons du Spielberg, la plupart des condamnés ordinaires appartiennent à l'une ou à l'autre des deux races, les hymnes s'y chantent, une fête en allemand, l'autre en langue slave. Ainsi, à chaque fête, il y a deux prédications, et l'on se sert alternativement des deux langues. Il y avait pour nous un charme ineffable à entendre ces chants et l'orgue qui les accompagnait.

Parmi les femmes, il y en avait dont la voix allait au cœur. Les malheureuses! quelques-unes étaient fort jeunes. L'amour, la jalousie, le mauvais exemple, les avaient entraînées au crime. J'entends encore résonner au fond de mon âme leur voix si pathétiquement religieuse en chantant le *Sanctus* : *Heilig ! heilig ! heilig !* Je versai encore une larme en les écoutant.

A dix heures les femmes se retirèrent, et ce fut notre tour d'aller à la messe. Je vis encore une fois ceux de nos compagnons d'infortune qui entendaient la messe sur la tribune de l'orgue, séparés de nous par une seule grille, tous pâles, épuisés, traînant avec peine le poids de leurs fers.

Après la messe nous retournâmes dans nos chambres. Un quart d'heure après on nous apporta à dîner. Nous mettions le couvert, ce qui consistait à placer une petite planche sur le lit de camp, et à prendre nos cuillers de bois, quand M. Wegrath, le sous-intendant, entra dans la prison.

— Je suis bien fâché de troubler votre dîner, dit-il, mais ayez la bonté de me suivre; M. le directeur de police est ici à côté.

Comme ce dernier ne venait d'ordinaire que pour de fâcheux motifs, tels que des perquisitions ou des inquisitions, nous suivîmes de fort mauvaise humeur le bon sous-intendant jusqu'à la chambre d'audience.

Nous y trouvâmes le directeur de police et le surintendant; le premier nous fit une inclination plus gracieuse que de coutume.

Il prit en main un papier, et dit avec des mots entrecoupés, dans la crainte sans doute de produire sur nous une trop forte surprise, s'il s'exprimait plus nettement :

— Messieurs... j'ai le plaisir... j'ai l'honneur.... de vous faire savoir que Sa Majesté l'empereur a fait encore... une grâce...

Et il hésitait à nous dire de quelle grâce il était question. Nous pensâmes qu'il s'agissait de quelque adoucissement de peine, à savoir de nous exempter de l'ennui du travail, de nous permettre quelques livres de plus, de nous faire donner des aliments moins dégoûtants.

— Mais vous ne comprenez donc pas? ajouta le directeur.

— Non, monsieur. Ayez la bonté de nous expliquer de quelle sorte de grâce il est question.

— C'est la liberté pour vous deux, et pour un troisième que vous allez embrasser.

Il semble qu'à cette nouvelle notre joie eût dû éclater. Notre pensée courut aussitôt à nos parents, dont nous n'avions aucune nouvelle depuis si longtemps. Les retrouverions-nous sur la terre? Ce doute s'offrit à nous avec une telle vivacité, qu'il anéantit tout le plaisir que pouvait nous faire la nouvelle de la liberté.

— Vous voilà muets! dit le directeur de police. Je m'attendais à vous voir transportés de joie.

— Je vous prie, lui répondis-je, de vouloir bien transmettre à l'empereur l'expression de notre reconnaissance. Mais si l'on ne nous donne aucune nouvelle de nos familles, il nous est impossible de ne pas craindre qu'il ne nous manque des personnes bien chères. Cette incertitude nous accable, même en ce moment qui devrait nous apporter une si grande joie.

Il donna alors à Maroncelli une lettre de son frère, qui le consola. Il me dit à moi qu'il n'y en avait pas de ma famille, et cela me fit craindre qu'il ne fût arrivé quelque malheur.

— Retournez dans votre chambre, continua-t-il, et avant peu je vous enverrai celui dont la grâce est venue en même temps que la vôtre.

Nous nous retirâmes, et nous attendîmes avec anxiété celui qu'on nous annonçait. Nous aurions voulu que ce fussent tous les autres, mais il ne pouvait y en avoir qu'un !... Dieu veuille que ce soit ce pauvre Munari! ou un tel! ou tel autre! Il n'en était aucun pour qui nous ne fissions des vœux.

Enfin la porte s'ouvre, et nous voyons que ce compagnon est M. Andrea Tonelli, de Brescia.

Nous nous embrassâmes. Nous ne pouvions plus dîner.

Nous causâmes jusqu'au soir, en compatissant au sort des amis qui restaient après nous.

Au coucher du soleil, le directeur de police vint nous tirer de ce lieu

de malheur. Nos cœurs gémissaient en passant devant les prisons de tant d'êtres aimés, sans pouvoir les emmener avec nous! Qui sait combien de temps ils devaient y languir encore? combien d'entre eux de-vaient être, en ces lieux, la proie lente de la mort?

On jeta sur les épaules de chacun de nous une capote de soldat et un béret sur notre tête; et ainsi, avec nos vêtements de forçats, mais déli-vrés des chaînes, il nous fallut descendre la funeste colline pour être menés à la ville, dans les prisons de la police.

C'était par un très-beau clair de lune. Les rues, les maisons, les per-sonnes que nous rencontrions, tout me semblait si étrange et si doux, depuis tant d'années que j'avais cessé de voir un pareil spectacle!

XCII

Nous attendîmes dans les prisons de la police un commissaire impé-rial qui devait venir de Vienne pour nous accompagner jusqu'aux fron-tières. En attendant, comme nos malles avaient été vendues, nous nous pourvûmes de linge et de vêtements, et nous déposâmes la livrée des prisons.

Au bout de cinq jours le commissaire arriva, et le directeur de police nous consigna entre ses mains. Il lui remit en même temps l'argent que nous avions porté au Spielberg et celui qui nous revenait de la vente de nos malles et de nos livres, argent qui nous fut ensuite rendu à la frontière.

La dépense de notre voyage fut à la charge de l'empereur, et rien n'y fut épargné.

Le commissaire était M. Von Noë, gentilhomme employé au secré-tariat du ministre de la police. On ne pouvait nous donner une personne d'une éducation plus accomplie. Il eut toujours pour nous les plus grands égards.

Mais je quittai Brünn ayant, à respirer, une extrême difficulté. Le mouvement de la voiture accrut le mal à tel point, que, le soir, je haletais d'une manière effrayante, et que l'on craignait de me voir suf-foquer d'un moment à l'autre. J'eus, en outre, une fièvre ardente toute la nuit, et, le lendemain matin, le commissaire ne savait si je pourrais continuer le voyage jusqu'à Vienne. Je lui dis que oui, et nous partîmes.

La violence de la douleur était extrême. Je ne pouvais ni manger, ni boire, ni parler.

J'arrivai à Vienne à demi mort. On nous donna un bon logis à la direction générale de la police. On me mit au lit. Un médecin fut appelé, on ordonna une saignée, et je m'en trouvai bien. Une diète absolue, des infusions de digitale, voilà quel fut mon régime pendant huit jours, et je guéris. Le médecin était M. Singer; il eut pour moi des attentions pleines de bonté.

J'étais dans la plus grande impatience de partir, d'autant qu'était venue jusqu'à nous la nouvelle des *trois journées* de Paris.

L'empereur avait signé le décret de notre liberté le jour même où cette révolution éclatait. Assurément il ne l'aurait pas révoqué maintenant. Mais ce n'était pas une chose invraisemblable que, les temps redevenant critiques pour toute l'Europe, on ne craignît aussi en Italie des mouvements populaires, et que l'Autriche ne voulût pas en ce moment nous laisser rentrer dans notre patrie. Nous avions bien la conviction qu'on ne nous ramènerait pas au Spielberg, mais nous avions peur qu'on ne suggérât à l'empereur la pensée de nous déporter dans quelque ville de l'empire, éloignée de la péninsule.

Je me donnai pour mieux guéri que je ne l'étais en effet, et je priai M. Von Noë de solliciter notre départ. En attendant, j'avais le plus ardent désir d'aller me présenter à S. E. M. le comte de Pralormo, envoyé de la cour de Turin à la cour d'Autriche, à la bonté duquel je me savais redevable des plus grandes obligations. Il s'était employé avec la plus généreuse persévérance à obtenir ma liberté. Mais la défense qui m'était faite de voir personne n'admit aucune exception.

Je fus à peine convalescent, qu'on nous fit la gracieuseté de nous envoyer une voiture pour quelques jours, avec permission de nous promener un peu dans Vienne. Le commissaire avait ordre de nous accompagner et de ne nous laisser parler à personne. Nous visitâmes la belle église de Saint-Étienne, les délicieuses promenades de la ville, la villa voisine de Lichtenstein, et enfin la villa impériale de Schœnbrünn.

Pendant que nous étions dans les magnifiques avenues de Schœnbrünn, l'empereur vint à passer, et le commissaire nous fit retirer, de

Pendant que nous étions dans les magnifiques avenues de Schœnbrünn,
l'empereur vint à passer.....

peur que l'aspect de nos personnes amaigries et chétives ne l'attristât.

XCIII.

Enfin nous partîmes de Vienne, et je pus me soutenir jusqu'à Bruck. Là, mon asthme redevint violent. Le médecin fut appelé. C'était un M. Jüdmann, homme de grand mérite. Il me fit tirer du sang, mettre au lit, et continuer la digitale. Au bout de deux jours, j'insistai pour que l'on continuât le voyage.

Nous traversâmes l'Autriche et la Styrie, et nous atteignîmes la Carinthie sans accident. Mais arrivés à un village du nom de Feldkirchen, à peu de distance de Klagenfurth, voici venir un contre-ordre. Il nous était ordonné de faire halte en ce lieu jusqu'à nouvel avis.

Je laisse à penser combien nous fut pénible cet événement. J'avais en outre ce regret, que c'était moi qui apportais un si grand préjudice à mes deux compagnons : s'ils ne pouvaient rentrer dans leur patrie, ma fatale maladie en était la cause.

Nous demeurâmes cinq jours à Feldkirchen, et, pendant ce temps-là, le commissaire fit tout son possible pour nous amuser. Il y avait un petit théâtre de pauvres comédiens; il nous y mena. Un autre jour, il nous procura le divertissement d'une chasse. Notre hôte et plusieurs jeunes gens du pays, avec le propriétaire d'une belle forêt, étaient les chasseurs; et nous, placés en un lieu favorable, nous jouissions de ce spectacle.

Enfin il arriva un courrier de Vienne, avec ordre au commissaire de nous conduire à notre destination. Cette bonne nouvelle me remplit de joie ainsi que mes compagnons; mais en même temps je tremblais de voir s'approcher pour moi l'heure d'une découverte fatale, l'heure qui m'apprendrait que je n'avais plus mon père ou ma mère, et qui sait quels autres encore d'entre les miens?

Et ma tristesse croissait à mesure que nous avancions vers l'Italie.

De ce côté, l'entrée de l'Italie n'est pas douce à l'œil; vous quittez les belles montagnes de l'Allemagne pour descendre dans les plaines de l'Italie par de longs chemins stériles et désagréables, de telle sorte que les voyageurs qui ne connaissent pas encore notre péninsule, et qui viennent à passer par là, rient de la magnifique idée qu'ils s'en faisaient, et s'imaginent avoir été dupes de ceux qui la leur ont si fort vantée.

L'aspect sauvage du pays contribuait à me rendre plus triste. Revoir notre ciel, rencontrer des figures humaines qui n'avaient pas les formes septentrionales, entendre sur toutes les lèvres des mots de notre langue, cela m'attendrissait; mais cette émotion avait pour moi plus de larmes que de joie. Que de fois, dans la voiture, je me couvrais le visage avec mes mains pour feindre de dormir, et je pleurais! Que de nuits je passais sans pouvoir fermer l'œil et dévoré par la fièvre, tantôt à donner de toute mon âme les bénédictions les plus passionnées à ma douce Italie, et à remercier le ciel de me l'avoir rendue, tantôt à me tourmenter de ne pas avoir de nouvelles de ma famille, et à me créer des malheurs imaginaires, tantôt à penser que dans peu force me serait de me séparer, et peut-être pour toujours, d'un ami qui avait tant souffert avec moi, et m'avait donné de si grandes preuves de son amitié fraternelle!

Ah! tant d'années ensevelies n'avaient pas éteint l'énergie de ma faculté de sentir; mais cette énergie était si impuissante pour la joie, si puissante pour la douleur!

Qué j'aurais voulu voir Udine et cette auberge où ces deux amis généreux s'étaient déguisés en valets pour venir furtivement nous serrer
la main!

Nous laissàmes cette ville à gauche, et nous passàmes outre.

XCIV

Pordenone, Conegliano, Ospedaletto, Vicence, Vérone, Mantoue, me
rappelaient tant de choses! Dans le premier lieu était né un jeune homme
de mérite qui avait été mon ami, et qui était mort dans les guerres de
Russie. Conegliano était le pays où, au dire des *secondini* des *plombs*,
on avait conduit la Zanzé; à Ospedaletto s'était mariée une angélique et
malheureuse créature, morte aujourd'hui, que j'avais longtemps véné-
rée et que je vénérais encore. Dans tous ces lieux enfin me revenaient

des souvenirs plus ou moins chers, et à Mantoue plus qu'en toute autre
ville. Il me semblait que c'était hier que j'y étais venu avec Lodovico,

en 1815 ; hier que j'y étais venu avec Porro, en 1820 ! Les mêmes rues, les mêmes places, les mêmes palais ! et tant de changements dans la société, tant de personnes connues de moi enlevées par la mort, tant d'autres exilées ! une génération d'adolescents que j'avais vus dans l'enfance ! Et ne pouvoir courir à cette maison ou à celle-ci ! ne pouvoir parler de tel ou tel avec personne !

Et, pour comble de douleur, Mantoue était le point où nous devions nous séparer Maroncelli et moi ! Nous passâmes tous deux une nuit fort triste. J'étais agité comme un homme à la veille d'entendre son arrêt.

Le matin, je me lavai la figure, et regardai au miroir si l'on pouvait connaître que j'avais pleuré. Je pris, du mieux que je pus, l'air souriant et calme. J'adressai à Dieu une courte prière, mais, pour dire la vérité, pleine de distraction ; et entendant Maroncelli, qui déjà remuait ses béquilles et parlait au domestique, j'allai me jeter dans ses bras. Nous semblions remplis de courage l'un et l'autre pour cette séparation. Nous parlions d'une voix forte, quoique un peu émue. L'officier de gendarmerie qui doit le conduire aux frontières de la Romagne est arrivé ; il faut partir. C'est à peine si nous savions que nous dire. Un embrassement, un baiser, un embrassement encore. — Il monte en voiture, et disparaît ; je restai comme anéanti.

Je retournai à ma chambre, où je me jetai à genoux, et priant pour le malheureux mutilé, séparé de mon ami, je fondis en larmes avec sanglots.

J'ai connu beaucoup d'hommes distingués ; mais aucun qui portât dans ses rapports avec les hommes plus d'aménité que Maroncelli, aucun qui fût mieux instruit à tous les égards de la politesse, aucun qui sût mieux se défendre des accès d'une humeur sauvage, et se souvenir plus constamment que la vertu se compose de l'exercice continuel de la tolérance, de la générosité et du jugement. O toi, pendant tant d'années le compagnon de mes douleurs, puisse le ciel te bénir en quelque lieu que tu respires, et te donner des amis qui m'égalent en dévouement et me surpassent en bonté !

XCV

Dans la même matinée, nous partîmes de Mantoue pour aller à

Brescia. C'est là que fut laissé libre mon autre compagnon de captivité, Andrea Tonelli. Ce malheureux reçut à Brescia la nouvelle de la mort de sa mère, et le désespoir de ses larmes me déchira le cœur.

Quoique en proie à mille angoisses, comme j'avais tant de raisons de l'être, ce que je vais raconter me fit un peu rire.

Sur une table de l'auberge était une affiche de théâtre.

Je prends, et je lis : *Françoise de Rimini, opéra, etc.*

— De qui est cet opéra ? dis-je au valet.

— Qui l'a mis en vers et qui l'a mis en musique c'est ce que je ne sais pas ; mais, en somme, c'est toujours cette *Françoise de Rimini* que tout le monde connaît.

— Tout le monde ? vous vous trompez ; moi, qui arrive d'Allemagne, comment voulez-vous que je connaisse vos *Françoises*?

Le valet, à ces mots (c'était un jeune garçon, véritable enfant de Brescia, à la face quelque peu dédaigneuse), me regarda avec un air de pitié méprisante.

— Comment je veux ? monsieur ! il ne s'agit pas ici de trente-six *Françoises*. Il ne s'agit que d'une seule *Françoise de Rimini*. Je veux parler de la tragédie du seigneur Silvio Pellico. Ici on en a fait un opéra, en la gâtant un tant soit peu ; mais c'est toujours celle-là.

— Ah ! Silvio Pellico ? Je crois en effet avoir entendu ce nom-là quelque part ; n'est-ce pas ce mauvais drôle qui fut condamné à mort et ensuite au *carcere duro*, il y a huit ou neuf ans ?

Plût à Dieu que je n'eusse pas fait la plaisanterie ! Le valet regarda autour de lui, puis me regarda, moi, en grinçant de ses trente-deux belles dents ; et s'il n'avait ouï quelque bruit, je crois en vérité qu'il m'assommait.

Il s'en alla en marmottant *mauvais drôle!* Mais, avant mon départ, il découvrit qui j'étais. Il ne savait plus ni interroger, ni répondre, ni écrire, ni marcher. Il ne savait plus que me regarder, se frotter les mains, et dire à tout le monde sans raison : *Sior si, sior si!* de l'air d'un homme qui éternue.

Deux jours après, le 9 septembre, j'arrivai à Milan avec le commissaire. A l'approche de la ville, quand je revis la coupole du dôme, que je repassai dans cette avenue de Loreto, ma promenade habituelle, ma chère promenade ; quand je rentrai par la Porte Orientale, que je me

trouvai au Cours, que je revis ces maisons, ces temples, ces rues,
j'éprouvai un des sentiments les plus doux et les plus douloureux à la
fois. C'était un désir violent de m'arrêter quelque temps à Milan pour

y revoir, pour y embrasser ceux de mes amis que je pourrais y trouver
encore; un regret immense à la pensée de ceux que j'avais laissés au
Spielberg, de ceux qui erraient en terre étrangère, de ceux qui n'étaient
plus ; une vive reconnaissance en me souvenant de l'amour que
m'avaient témoigné presque tous les Milanais; un léger mouvement
de colère contre le petit nombre de ceux qui m'avaient calomnié,
tandis qu'ils avaient toujours été l'objet de mon estime et de ma bienveillance.

Nous allâmes loger à la *Bella Venezia*.

C'était là que bien des fois j'avais pris place à de joyeux banquets
avec mes amis ; là que j'avais visité tant d'étrangers de distinction ; là
qu'une respectable dame me sollicitait, mais en vain, de la suivre en

Toscane, prévoyant, si je restais à Milan, les malheurs qui devaient m'arriver. O souvenirs pleins d'émotions, ô mémoire d'un passé mêlé de plaisirs et de douleurs, et si rapidement évanoui !

Les valets de l'auberge découvrirent aussitôt qui j'étais. La nouvelle se répandit, et vers le soir je vis beaucoup de monde s'arrêter sur la place et regarder aux fenêtres. Une personne (j'ignore qui elle était) parut me reconnaître, et me salua en levant les deux bras.

Où étaient, hélas ! les fils de Porro, mes fils? pourquoi ne les vis-je pas ?

XCVI

Le commissaire me conduisit à la police, pour me présenter au directeur. Quel serrement de cœur j'éprouvai en revoyant cette maison, ma première prison ! Que de chagrins passés me revinrent à l'esprit ! Ah ! je me souvins de toi avec tendresse, ô Melchior Gioja, et des pas précipités que je te voyais faire en long et en large entre ces murs étroits, et des longues heures que tu passais immobile à cette table où tu écrivais tes nobles pensées, et des signes que tu me faisais avec ton mouchoir, et de la tristesse avec laquelle tu me regardais, quand il te fut défendu de me faire des signes! Et je pensai à ta tombe, ignorée peut-être du plus grand nombre de ceux qui t'aimèrent, comme elle est ignorée de moi; et je priai Dieu pour le repos de ton âme !

Je me souvins aussi du petit muet, de la voix touchante de Madeleine, de mes battements de cœur, de ma pitié pour elle, des voleurs mes voisins, du prétendu Louis XVII, du malheureux condamné qui se laissa surprendre un billet, et que je crus avoir entendu crier sous le bâton.

Ces souvenirs et beaucoup d'autres m'accablaient comme un songe douloureux ; mais, plus encore que tout cela, le souvenir des deux visites que, dans cette prison, était venu me faire mon pauvre père dix ans auparavant. Comme ce bon vieillard se faisait illusion, en espérant que bientôt je pourrais le rejoindre à Turin ! Aurait-il pu supporter l'idée de voir son fils enseveli dix ans dans une prison, et dans quelle prison ! Mais lorsque ses illusions se seront évanouies, aura-t-il eu, ma mère aura-

t-elle eu la force de lutter contre une si déchirante douleur ? Me sera-t-il
encore donné de les revoir l'un et l'autre ? de revoir l'un d'eux, et lequel ?

O doute plein d'angoisses et toujours renaissant ! J'étais, pour ainsi
dire, à la porte de la maison paternelle, et je ne savais pas encore
si mes parents étaient en vie, s'il existait une seule personne de ma
famille.

Le directeur de la police m'accueillit gracieusement, et permit que
je m'arrêtasse à la *Bella Venezia* avec le commissaire impérial, au lieu
de me faire garder ailleurs. Il me défendit néanmoins de me montrer à
qui que ce fût ; c'est pourquoi je me déterminai à partir dès le jour
suivant. Seulement j'obtins la permission de voir le consul piémontais
pour lui demander quelques nouvelles de mes parents. Je serais allé le
trouver, mais ayant été repris par la fièvre et forcé de me mettre au lit,
je le fis prier de passer auprès de moi.

Il eut la complaisance de ne pas se faire attendre ; et combien je lui
en sus gré !

Il me donna de bonnes nouvelles de mon père et de mon frère aîné ;
mais quant à ma mère, à mon second frère, à mes deux sœurs, je demeurai dans une cruelle incertitude.

En partie rassuré, mais pas assez encore, j'aurais voulu, pour soulager mon âme, pouvoir prolonger longtemps la conversation avec M. le
consul. Il ne m'épargna pas les témoignages de sa bonne grâce, mais il
dut enfin me quitter.

Demeuré seul, j'aurais eu besoin de larmes, et je n'en avais pas !
Pourquoi en certaines rencontres la douleur me fait-elle éclater en sanglots, et d'autres fois (c'est même le plus souvent), lorsqu'il me semble
que les larmes me seraient une si douce consolation, est-ce inutilement
que je les invoque ? Cette impossibilité de soulager mon affliction ajoutait à ma fièvre ; j'avais un grand mal de tête.

Je demandai à boire à Stundberger : c'était un honnête sergent de la
police de Vienne, qui faisait auprès du commissaire le service de valet
de chambre. Il n'était pas vieux, mais le hasard voulut qu'en me donnant à boire, il le fît d'une main tremblante. Ce tremblement me rappela Schiller, mon bien-aimé Schiller, lorsque, le premier jour de mon
arrivée au Spielberg, je lui demandai impérieusement la cruche à l'eau,
et qu'il me la présenta.

Chose étrange! Ce souvenir, en venant se joindre aux autres, brisa la roche de mon cœur, et les larmes coulèrent.

XCVII

Le 10 septembre, au matin, j'embrassai mon excellent commissaire, et je partis. Nous ne nous connaissions que depuis un mois, et c'était déjà pour moi un ami de longues années. Son âme, pleine du sentiment du beau et de l'honnête, était sans détour et sans artifice, non qu'il n'eût assez d'esprit pour avoir de la ruse, mais il avait cet amour d'une noble simplicité qui se fait voir dans les hommes droits.

Quelqu'un, pendant le voyage, en un lieu où nous étions arrêtés, me dit secrètement : — Méfiez-vous de cet *ange gardien;* s'il n'était pas de ceux de l'enfer, on ne vous l'aurait pas donné.

— Vous vous trompez fort, répliquai-je : j'ai l'intime conviction que vous vous trompez.

— Les plus fins, reprit-on, sont ceux-là même qui savent le mieux paraître simples.

— S'il en était ainsi, il ne faudrait plus croire à la vertu de personne.

— Il est dans la société certains postes où l'on peut rencontrer une parfaite élégance de manières, mais la vertu, jamais! jamais la vertu; jamais!

Je ne pus répondre autre chose sinon : — Exagération, mon cher monsieur, pure exagération!

Il insista : — Je ne suis que conséquent.

Mais nous fûmes interrompus, et je me souvins du *cave à consequentiariis* de Leibnitz.

La plupart des hommes ne raisonnent que trop avec cette fausse et implacable logique :

Je suis le drapeau A, qui est, je n'en doute pas, celui de la justice ; mon voisin suit le drapeau B, qui, j'en suis encore certain, est celui de l'injustice : donc mon voisin est un méchant homme.

Eh non, logiciens furibonds! à quelque drapeau que vous apparteniez, ne raisonnez pas avec cette inhumanité! Souvenez-vous qu'en partant d'une donnée défavorable quelconque (et y a-t-il quelque part une société ou un individu qui n'en présente de telles?) et en procédant

avec une rigueur inexorable de conséquence en conséquence, il est facile
à tout le monde d'arriver à cette conclusion : Hors de nous quatre, tous
les hommes méritent d'être brûlés vifs. Et même, s'il se fait un scrutin
plus rigoureux, chacun des quatre dira : Tous les hommes méritent
d'être brûlés vifs, excepté moi.

Ce rigorisme vulgaire est souverainement antiphilosophique. Il peut
y avoir de la sagesse dans une défiance modérée : dans une défiance
poussée à l'extrême, jamais.

Depuis l'avis qui m'avait été donné sur cet *ange gardien*, je m'appli-
quais plus qu'auparavant à l'étudier, et chaque jour me laissait persuadé
davantage de son inoffensive et généreuse nature.

Dans une société constituée plus ou moins bien, peu importe, toutes
les charges sociales que la conscience de tous ne déclare pas infâmes,
toutes les charges sociales qui s'annoncent comme devant coopérer
noblement au bien public, et dont les promesses se font croire d'un
grand nombre de personnes, toutes les charges dans lesquelles on ne
saurait nier sans absurdité qu'on ait vu d'honnêtes gens, peuvent toujours être remplies par des gens honnêtes.

J'ai lu quelque part qu'un quaker avait horreur des soldats. Il vit une
fois un soldat se jeter dans la Tamise, et sauver un malheureux qui se
noyait, et il dit : « Je n'en serai pas moins quaker, mais les soldats sont
aussi de bonnes créatures. »

XCVIII

Stundberger m'accompagna jusqu'à la voiture, où je montai avec le
brigadier de gendarmerie auquel j'avais été confié. Il pleuvait et le vent
était froid.

— Que monsieur ait bien soin de s'envelopper dans son manteau, me
disait Stundberger ; couvrez-vous mieux la tête, et tâchez de ne pas arriver malade chez vous. Il faut si peu de chose pour vous refroidir ! Combien je suis fâché de ne pouvoir vous offrir mes services jusqu'à Turin !

Et il me disait cela avec tant de cordialité et d'une voix si émue !

— Dorénavant, monsieur, vous n'aurez peut-être plus aucun Allemand près de vous, reprenait-il ; vous n'entendrez peut-être plus parler
cette langue que les Italiens trouvent si dure, et peu vous importera

probablement. Vous avez eu tant à souffrir parmi les Allemands, que vous n'aurez pas trop grande envie de vous souvenir de nous. Et cependant moi, dont vous aurez bien vite oublié le nom, moi je ne cesserai jamais de prier pour vous, monsieur.

— Comme moi pour toi, lui dis-je en lui serrant la main une dernière fois.

Ce pauvre homme cria encore une fois : *Guten Morgen! Gute Reise! Leben sie wohl!* (bonjour! bon voyage! portez-vous bien!) Ce furent les dernières paroles que j'entendis prononcer en allemand, et elles sonnèrent doucement à mon oreille, comme si elles eussent appartenu à ma langue maternelle.

J'aime passionnément ma patrie, mais je ne hais aucune autre nation. La civilisation, la richesse, la gloire, sont diverses parmi les diverses nations; mais dans toutes il est des âmes fidèles à la haute vocation de l'homme, qui consiste à aimer, à compatir, à être utile.

Le brigadier qui m'accompagnait me raconta qu'il avait été un de ceux qui arrêtèrent mon ami, l'infortuné Confalonieri. Il me dit com-

ment il avait essayé de fuir, comment il avait manqué son coup, comment il avait fallu l'arracher des bras de son épouse, comment elle et

Confalonieri avaient supporté leur malheur avec émotion, mais avec dignité.

La fièvre me brûlait à mesure que j'écoutais cette lamentable histoire, et j'avais le cœur comme serré par une main de fer.

Le conteur, bon homme au demeurant et causeur d'humeur confiante, ne s'apercevait pas que, sans avoir de ressentiment contre lui, je ne pouvais sans frémir regarder ces mains qui s'étaient jetées sur mon ami.

A Buffalora il déjeuna; je souffrais trop, je ne pris rien.

Jadis, il y a bien des années, quand j'allais à la campagne à Arluno avec les fils du comte Porro, il m'arrivait quelquefois de pousser ma promenade jusqu'à Buffalora, le long du Tésin.

Je me réjouis de voir terminé le beau pont dont j'avais vu les matériaux épars sur la rive lombarde, avec l'opinion, commune alors, qu'un tel travail ne se ferait pas. Je tressaillis de joie en repassant le fleuve, et en touchant une fois encore le sol piémontais. Ah ! bien que j'aime toutes les nations, Dieu sait combien plus j'aime l'Italie; et bien que je sois si fort épris de l'Italie, Dieu sait combien plus doux que le nom de toute autre contrée de l'Italie est pour moi le nom du Piémont, du pays de mes pères.

XCIX

Vis-à-vis de Buffalora est Saint-Martin. Là le brigadier lombard dit quelques mots aux carabiniers piémontais, puis me salua et repassa le pont.

— Partons pour Novarre, dis-je au voiturier.

— Ayez la bonté d'attendre un moment, reprit un carabinier.

Je compris que je n'étais pas encore libre, et je craignis qu'on ne retardât mon arrivée à la maison paternelle.

Au bout d'un gros quart d'heure, parut un monsieur qui me demanda la permission de venir à Novarre avec moi. Il avait manqué une autre occasion, et maintenant il n'y avait d'autre voiture que la mienne; il était bien heureux que je lui permisse d'en profiter, etc.

Ce carabinier déguisé était de joyeuse humeur, et me fit bonne compagnie jusqu'à Novarre. Arrivés en cette ville, tout en feignant de vouloir nous conduire à une auberge, il dirigea la voiture vers une caserne de carabiniers, et là il me fut dit qu'il y avait un lit pour moi dans la chambre d'un brigadier, et que je devais y attendre des ordres supérieurs.

Je pensais pouvoir partir le jour suivant; je me mis au lit, et après avoir causé un moment avec le brigadier mon hôte, je m'endormis profondément. Il y avait longtemps que je n'avais aussi bien dormi.

Je me réveillai le matin, je me levai aussitôt, et les premières heures me parurent fort longues. Je déjeunai, je causai, je me promenai dans la chambre et sur la terrasse, je jetai un coup d'œil sur les livres de mon hôte; enfin on m'annonça une visite.

Un officier vint poliment me donner des nouvelles de mon père, me dit qu'il y avait une lettre de lui à Novarre, et qu'on allait me l'apporter. Je lui sus un gré infini de son aimable courtoisie.

Il se passa encore quelques heures qui me parurent éternelles, et la lettre enfin arriva.

Oh! quelle joie de revoir ces caractères bien-aimés! Quelle joie d'apprendre que ma mère, mon excellente mère vivait! que vivaient aussi mes deux frères et ma sœur aînée! Hélas! la plus jeune, cette Marietta qui était entrée au monastère de la Visitation, événement dont j'avais reçu clandestinement la nouvelle dans ma prison, avait cessé de vivre depuis neuf mois!

Il m'est doux de penser que je dois ma liberté à tous ceux qui m'aimaient et qui ne cessaient d'intercéder pour moi auprès de Dieu, surtout à une sœur qui mourut avec tous les signes d'une haute piété. Que Dieu la dédommage de toutes les angoisses que son cœur eut à souffrir pour mes infortunes!

Les jours se passaient, et la permission de quitter Novarre n'arrivait pas. Le matin du 16 septembre, cette permission me fut enfin donnée, et alors je fus affranchi de la tutelle des carabiniers. Oh! qu'il y avait d'années qu'il ne m'était arrivé de pouvoir aller où il me plaisait, sans être accompagné de gardes!

Je touchai quelque argent, je reçus les politesses d'une personne qui connaissait mon père, et je partis vers trois heures de l'après-midi. J'avais pour compagnons de voyage une dame, un négociant, un sculpteur et deux jeunes peintres, dont l'un était sourd et muet. Ces peintres venaient de Rome, et j'eus le plaisir d'apprendre qu'ils connaissaient la famille de Maroncelli. Il est si doux de parler de ceux que nous aimons avec des gens à qui ceux-ci ne sont pas indifférents!

Nous passâmes la nuit à Vercelli. L'heureux jour du 17 septembre se leva. On continua le voyage. Oh! comme les voitures sont lentes! Nous n'arrivâmes à Turin que le soir.

Qui jamais, qui jamais pourrait décrire les consolations de mon cœur et de ces cœurs adorés, quand je revis, quand j'embrassai mon père, ma mère, mes frères? Il y manquait ma sœur, cette chère José-

phine, que son devoir retenait à Chierri. Mais à la première nouvelle de mon retour, elle se hâta de venir passer quelques jours en famille. Rendu à ces cinq objets de mes plus tendres affections, j'étais, je suis maintenant de tous les mortels le plus digne d'envie.

Ah! de mes infortunes passées et de ma présente félicité, comme de tout le bien et de tout le mal qui peuvent encore m'être réservés, soit bénie la Providence! Les hommes et les choses, qu'ils le veuillent ou ne le veuillent pas, ne sont entre ses mains que d'admirables instruments qu'elle sait mettre en œuvre pour des fins dignes d'elle.

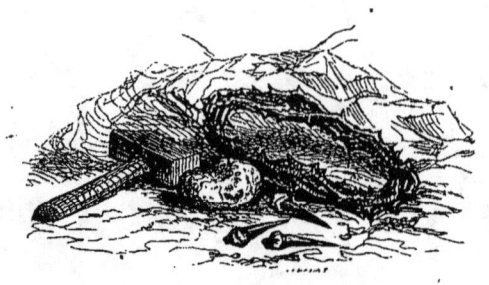

CHAPITRES INÉDITS

I

A première nuit après mon retour dans ma famille ne fut qu'une suite d'heures fébriles, pleines de sentiments contraires, tumultueux, qui tantôt naissaient de la douleur, tantôt du contentement. Il me fut impossible de fermer l'œil jusqu'au matin. Je voulais apaiser mes pensées, en les arrêtant sur Dieu avec des paroles de reconnaissance et d'amour; mais à chaque instant je m'interrompais pour songer encore aux années de ma captivité, à celles qui l'avaient précédée, aux amis que j'avais laissés dans les fers, à ceux dont je pleurais l'absence ou la mort, aux illusions perdues, à toutes les réflexions que j'avais faites dans le malheur, à la foi dont la grâce m'avait été donnée, au bonheur que j'avais eu de sortir de prison, de revoir ma patrie, de retrouver mes parents et mes frères. Chacune de ces distractions m'agitait d'une émotion trop vive, et pour recouvrer un peu de tranquillité, je me retournais encore vers Dieu, je m'adressais à tous ses saints, principalement à la vierge Marie, dont il me semblait que j'avais plus que jamais senti la douce protection dans les plus grandes épreuves de mon dernier voyage. Mais cette multitude de souvenirs ne cessaient de m'assiéger, et d'emporter mon imagination plus souvent au milieu des peines que du côté des consolations. Au tourment de cet irrésistible mouvement d'esprit venait se joindre un violent mal de tête et une oppression telle que je ne savais plus comment respirer. Il me paraissait tout simple que mon corps, si fort affaissé, ne pût aller plus loin, et que cette nuit fût pour moi la dernière. Je remerciai Dieu de m'avoir ramené vivant dans la maison de mon père, et de me permettre d'y mourir, s'il lui plaisait que je mourusse. Toutefois, cette pensée de la mort me troublait, et je ne pouvais m'empêcher de souhaiter que ma vie se prolongeât, afin de jouir encore des ineffables affections de la famille, et de devenir un durable et solide appui pour la vieillesse de mes chers parents.

Vers le jour je respirai mieux, et m'assoupis d'un léger sommeil; il fut court, mais ne laissa pas de me faire grand bien. M'étant éveillé sans mal de tête, je sautai à bas du lit, quoique fatigué, éprouvant une joie indicible à m'assurer que je ne rêvais pas, que j'étais bien dans ma maison. Je pris à peine le temps de me vêtir, et je passai dans la chambre voisine, où je tombai à genoux pour prier avec larmes. Il me semblait que je ne pourrais jamais être assez reconnaissant envers le Seigneur, dont la bonté avait brisé mes chaines, et voulait que je visse encore naitre des jours si fortunés.

Cette fervente adoration et ces larmes de joie me ranimèrent. Je me levai en entendant les pas de ma mère; qui venait épier, dans sa sollicitude, si j'étais réveillé, et s'assurer que je n'étais point malade. J'allai au-devant d'elle, le cœur tout palpitant d'amour, et je me jetai dans ses bras. Je répondis à ses questions inquiètes; mais je lui laissai ignorer mon insomnie, et dans quelle agitation j'avais passé la nuit entière; je feignis d'avoir plus de force que je n'en avais; je lui parlais des admirables miséricordes dont Dieu avait usé à mon égard. — Aime-le donc, s'écria-t-elle, aime-le toujours pour les grâces qu'il t'a faites, et pour celles dont il a comblé ta pauvre mère!

Elle parlait ainsi en sanglotant et souriant tout ensemble. On eût dit qu'elle était encore accablée du souvenir de ses chagrins passés, au moment même où elle se réjouissait de ce que je lui étais rendu.

Bara et Gerard

II

Les douces joies de cette matinée s'accrurent encore quand je revis mon père bien-aimé et mes bons frères. Nous nous embrassâmes de nouveau, nous nous dîmes quelle consolation nous était envoyée, et nous causâmes longuement de tout ce qu'il nous restait à nous apprendre. Je me sentais ravivé, exalté par leurs paroles, par l'expression de leurs visages, et j'étais heureux de leur voir une exaltation égale à la mienne.

Après cette abondante effusion de nos cœurs, je demeurai plus convaincu que jamais de la vivacité de leur tendresse à tous, et je mis cette

généreuse affection au-dessus de tous les biens qui pouvaient m'arriver
en ce monde. Nous nous séparâmes pour nous revoir bientôt. Je descendis à l'église de Saint-François, qui était proche, et j'entendis la
messe avec un vif sentiment d'amour et de reconnaissance, promettant

au Seigneur de n'oublier jamais qu'il avait brisé mes chaines, et qu'il
m'avait rendu à la maison paternelle. Cette ferveur d'émotions me faisait
croire que déjà j'étais mieux; mais à cette vigueur d'un moment succéda tout à coup une excessive faiblesse. J'eus beaucoup de peine à me
trainer jusqu'à la maison, et je crus plus d'une fois que j'allais tomber
dans la rue, et ensuite sur les marches de l'escalier.

Ma mère fut effrayée de me voir si pâle et si épuisé; mais je parvins
à la rassurer en lui dissimulant mon mal. Je pris quelques gouttes
d'élixir, et je restai près d'elle plusieurs heures à me reposer et à causer,
non pas seulement avec elle, mais avec mon père et mes frères, qui
entraient à chaque instant. Nous ne pouvions, ni les uns ni les autres,

nous rassasier de nous voir et de nous entendre, nous lasser de nous adresser des questions et des réponses, pour combler en quelque sorte le vide immense des dix années que j'avais passées loin d'eux.

Tout occupé de raconter les détails de ma douloureuse histoire à ces âmes compatissantes, et de me faire raconter l'histoire non moins pathétique de toutes les angoisses qu'ils avaient endurées pour moi, je puisai encore pendant tout le jour, dans l'émotion de ces récits, une force illusoire ; mais mon pouls avait l'agitation de la fièvre, et j'éprouvais un grand mal de tête. Je cachai mon triste état ; mais lorsque je fus au lit, je sentis un déchirement inexprimable dans les nerfs du crâne, dans le cerveau et dans tout le corps. A ces symptômes succéda une langueur que je crus mortelle, avec sueurs, frissons et beaucoup d'oppression. Cela finit par une espèce de sommeil léthargique qui me maîtrisait ; et que je cherchais à secouer, croyant que c'était le commencement de mon agonie. J'ai passé peu de nuits aussi horribles, tantôt dans le délire, tantôt recouvrant la mémoire et la raison, tenté d'appeler à mon aide, et craignant d'épouvanter mes pauvres parents.

Vers le matin, je me trouvai un peu mieux, mais j'eus beaucoup de peine à me lever. Je ne parlai pas de mon affreuse nuit ; et j'essayai encore de dissiper les graves inquiétudes de mes chers parents sur ma santé. Ils s'aperçurent néanmoins que j'avais une grande difficulté à respirer, et ma mère me recommanda un silence rigoureux ; j'obéis, persuadé que le repos suffirait pour me rétablir ; mais pendant une quantité de jours et de nuits, je fus misérablement en proie aux spasmes et aux langueurs, et ce n'était pas le moindre de mes tourments que l'effort continuel que je faisais pour calmer mon père et ma mère, en paraissant à leurs yeux plus tranquille que je ne l'étais.

III

Cet état dura plus de quatre mois, c'est-à-dire jusqu'à la fin de janvier 1831 ; mais insensiblement les nuits devinrent moins mauvaises, et dans le nombre il s'en trouvait parfois de bonnes. Seulement, au point du jour, le souvenir de mon arrestation, de mon procès, de ma condamnation à mort et des dix années de ma captivité, ne manquait jamais de me causer un songe effrayant, analogue aux circonstances dont les impressions me ressaisissaient. Mais chaque jour aussi, en m'éveillant, j'avais l'heureuse surprise de passer, des angoisses de la prison ou des terreurs du supplice qui s'apprêtait, à la joie de me trouver au sein de ma famille. J'éprouve encore tous les matins cette douce surprise, et tous mes songes appartiennent à cette époque d'amères afflictions.

Au bout de quatre mois, ma santé s'améliora notablement, puis elle s'altéra encore plusieurs fois pendant deux ans; mais la guérison suivait de près la rechute. Enfin mes nerfs et mes poumons prirent assez de vigueur et de consistance, et ne se dérangèrent plus que légèrement au changement des saisons.

Mais si le corps eut d'abord de rudes épreuves, de son côté l'âme eut aussi les siennes. Que de personnes, hélas! bien chères, j'avais perdues en ces dix ans! Que d'autres étaient tombées dans un abîme de malheur! Que d'erreurs nouvelles agitaient les esprits! Que de haines! que de calomnies! que d'espérances folles séduisaient, sous mes yeux, une foule de gens, et les entraînaient à leur ruine! Je n'augurais rien de bon pour l'Italie des nouveaux mouvements de la France; j'y voyais, tout au contraire, une source de dangers, d'irritations et de violences. J'avais, dans le cercle de mes relations, quelques jeunes gens généreux, mais indociles et fascinés par les circonstances, qui se compromettaient eux-mêmes, et en entraînaient d'autres dans le précipice. Je sentais, en outre, que les mouvements furieux de cette époque avaient de déplorables conséquences pour ceux de mes chers compagnons qui gémissaient encore dans les murs du Spielberg. Il était évident qu'on ne pouvait songer à leur faire grâce tant que les révolutions fermentaient. Je déplorais le sort de tous ces pauvres captifs; mais il y en avait deux que j'aimais de prédilection. L'un m'était uni depuis ma jeunesse par les liens d'une amitié fraternelle, Pietro Borsieri, homme d'un esprit vif et très-orné, et appartenant à une famille où je ne connaissais que des âmes nobles, où je ne comptais que des amis. J'étais lié avec l'autre d'une amitié moins ancienne, mais intime et profonde, et je tenais encore à lui par toutes les preuves qu'il m'avait données d'une affection particulière: c'était le comte Frédéric Confalonieri, pour qui j'aurais sacrifié ma vie, tant j'avais de raisons pour attacher du prix à la sienne.

J'appris avec joie la délivrance d'Alexandre Andryane [1], que j'esti-

mais et que j'aimais; mais en me réjouissant pour lui, je m'affligeais de penser combien il devait être pénible à Confalonieri de perdre un tel ami, et de demeurer en pleine solitude entre ces horribles murailles.

IV

Parmi les motifs qui me faisaient condamner les dernières révolutions accomplies ou tentées, il faut compter sans doute mon adhésion entière aux principes de l'Évangile, qui ne permet pas ces entreprises de la violence. Non que je fusse devenu partisan de la servilité et ennemi des lumières, mais j'étais convaincu que les lumières ne doivent se répandre que par des moyens légitimes et sains, jamais par la ruine d'un pouvoir établi, et en levant l'étendard de la guerre civile. Depuis le moment où j'ai cessé de douter de la religion, et où j'ai cru ferme-

[1] Voir ci-après la Notice sur M. Andryane. (*Note du Traducteur.*)

ment à la vérité de la foi catholique, j'ai aussi cessé de croire que l'amour
de la patrie puisse avoir une autre inspiration que le christianisme,
c'est-à-dire une haine profonde contre l'injustice, unie à l'amour de
l'utilité publique; mais avec la résolution inébranlable de ne point commettre le mal dans l'espoir d'en obtenir un bien. Un gouvernement
est-il mauvais, il faut ou s'en aller ou rester soumis à ses lois, sans
prendre part à ses fautes, et persévérer dans la pratique de toutes les
vertus, y compris celle d'exposer sa vie plutôt que de se rendre complice
d'aucune iniquité.

Au reste, si dans ma jeunesse mes principes politiques étaient plus
aventureux, jamais je ne les avais poussés jusqu'à la démagogie et au
mépris de toutes les lois antiques. Les adeptes du jacobinisme m'étaient
odieux. L'amour dont je brûlais pour ma patrie n'allait qu'à désirer
pour elle un gouvernement national et l'expulsion des étrangers maitres
chez elle.

L'âge, en mûrissant mes opinions, les a redressées, sans les changer
au fond. Toutefois la réprobation dont je frappais l'intrigue et les
guerres civiles en général surprit et irrita, depuis ma sortie de prison,
une foule de soi-disant libéraux. Plusieurs d'entre eux prétendaient régler
toutes mes actions; j'en eus pitié. D'autres cherchèrent à me perdre
d'honneur en me faisant passer pour un être dégradé par la superstition.
Les plus grossiers m'adressèrent des lettres anonymes pleines d'outrages.

Chose singulière! cette partie frénétique de la société me persécutait
dans un sens, et d'autres, obéissant à des préventions contraires, se
croyaient en droit de m'être hostiles, me traitaient de *carbonaro*, et mon
amour de l'ordre et de l'Église n'était à leurs yeux que pure hypocrisie.
J'eus des preuves assez violentes de la malice de ces deux factions
extrêmes, et Dieu sans doute le voulut ainsi, afin que chaque jour plus
pénétré d'horreur pour les excès, j'eusse à cœur de devenir un homme
modéré, et de me soustraire à l'influence des jugements d'autrui.

Je pris le parti de me laisser accuser et déchirer, tantôt de vive voix,
tantôt par des articles de gazette, sans faire aucun effort pour désabuser
ou apaiser personne. Mais cette mansuétude apparente provenait, j'en
ai bien peur, d'orgueil et de dédain plutôt que de vertu. Et aujourd'hui
encore, quand je pense à la lâche et secrète haine de certains hommes, je
leur pardonne de me haïr; mais il y a dans ce pardon un reste de colère.

V

Du moins, dans l'intérieur de ma famille, les consolations étaient toujours les mêmes. Là ma présence avait rendu la sérénité à tous les visages. J'avais été pendant tant d'années l'unique désir de leurs cœurs! Maintenant que ce désir était satisfait, ils me laissaient voir qu'ils étaient heureux.

De ces quatre chères personnes au milieu desquelles s'écoulait ma vie, c'est-à-dire mon père et ma mère, et mes deux frères, Luigi et Francesco, je ne saurais dire laquelle me payait plus généreusement de l'amour que je leur portais; je crois plutôt que c'était chez toutes la même tendresse. Mais le cœur d'une mère est toujours le plus expansif, le plus avide d'intimes, de suaves confidences, et la mienne devint la dépositaire de mes pensées les plus secrètes, de mes sentiments les plus cachés.

Jadis, dans les années passées, il avait existé entre ma mère et moi une intimité plus familière et plus étroite. Toutefois à cette époque de ma fougueuse jeunesse, je différais d'elle dans beaucoup de mes opinions et même de mes convictions religieuses. L'union de nos deux intelligences était maintenant plus parfaite, et il en naissait pour tous deux une satisfaction plus vive. Les idées religieuses devinrent le sujet le plus ordinaire de nos entretiens.

Ma mère n'était pas savante, mais elle était douée d'une pensée infatigable, d'un discernement plein de pénétration et de justesse. Nourrie d'un petit nombre de livres excellents, accoutumée à mettre d'accord l'Évangile et le raisonnement, elle possédait en outre, à un degré merveilleux, la mémoire des faits qu'elle avait vu ou entendu rapporter. Elle n'avait pas une éloquence abondante et ornée, mais sa parole était énergique, plutôt grave que brillante, au besoin cependant assaisonnée d'une grâce piquante, et toujours profondément sympathique à tous ceux qui la connaissaient. Pour qui cette parole pouvait-elle être plus sympathique que pour moi, qui, en ayant été privé si longtemps, en jouissais maintenant avec une nouvelle tendresse, avec un respect nouveau, et comme on jouit d'une rare bénédiction de Dieu que l'on croyait avoir perdue, et qui tout à coup se retrouve!

Disposée par caractère et par une longue habitude aux sublimes élans de la charité et aux sacrifices les plus pénibles, ma mère était très-pieuse, mais il ne se mêlait à sa piété aucune petitesse, aucune super-stition.

VI

Pendant les dernières années de ma captivité, une de mes plus gran-des consolations avait été d'avoir pour directeur de conscience un prêtre de beaucoup de mérite. Je désirais vivement en trouver un semblable à Turin, et je l'y trouvai. Ce fut un vénérable octogénaire, l'abbé Gior-dano, curé de ma paroisse, un homme plein de savoir et de sainteté. Rien de plus important pour un catholique que le choix d'un père spi-rituel; et, pour mon propre compte, je ne saurais dire tout le bien que fait à mon âme un véritable ami de Dieu, qui me parle de Dieu avec autorité, avec amour, avec esprit.

Ce fut ce saint vieillard qui, à diverses reprises, m'ayant ouï raconter en détail tout ce que j'avais souffert dans les prisons de Milan, de Venise et du Spielberg, me conseilla d'écrire tout cela et de le publier. Je ne me rendis pas sur-le-champ à son avis. Les passions politiques me semblaient encore trop ardentes en Italie et dans toute l'Europe, trop commune encore la fureur de se calomnier les uns les autres. — Mes intentions seront mal interprétées, disais-je ; les choses que j'aurai racontées avec la dernière exactitude, mes ennemis vont les donner pour de pures exagérations, et tout repos sera perdu pour moi.

— Il y a deux espèces de repos, me répondait ce saint homme : le

repos du fort et celui des âmes pusillanimes ; ce dernier n'est pas digne

de vous, n'est pas digne d'un chrétien. Dans ce livre que je vous con-
seille d'écrire, vous rendrez hautement témoignage à l'immense charité
que le Seigneur épanche sur les infortunés dès qu'ils ont recours à sa
grâce; vous montrerez combien c'est chose impuissante que la philosophie et le déisme, comparés à la religion catholique. Beaucoup de jeunes
gens, après vous avoir lu, secoueront le joug de l'incrédulité, ou du moins
se montreront plus disposés à respecter la religion et à l'étudier. Et
qu'importe si, pendant que vous ferez un peu de bien, il s'élève un ennemi pour dénaturer vos intentions?

Cet excellent D. Giordano avait un mâle et généreux langage qui
faisait sur mon esprit une grande impression. — Le repos des âmes pusillanimes ne vaut rien! me répétait-il souvent. Songez-y bien, si Dieu
vous a permis d'acquérir un peu de renommée en littérature, c'est pour
vous encourager à écrire quelques livres salutaires à votre prochain.

Je ne donnai pas encore promesse formelle d'obéir, je demandai du
temps pour réfléchir; mais chaque fois que je rencontrais le bon vieux curé,
il me serrait la main, comme pour me communiquer son énergie, puis il
levait deux doigts en répétant : — Il y a deux espèces de repos, choisissez.

Je parlai de ce projet à ma mère. — J'y vois du danger, me dit-elle,
et il me fait trembler. Éclairons-nous par la prière.

A quelques jours de là, elle me demanda si j'avais prié Dieu dans
cette intention. — Oui, lui répondis-je; — je crois que ce livre peut
avoir son utilité, et qu'il faut l'écrire.

— A l'œuvre donc! me répondit-elle; j'ai prié aussi de mon côté, et
je me sens tranquille.

VII

J'écrivis avec effusion de cœur les premiers chapitres de *Mes Prisons*;
et un jour que je me trouvais à la campagne, à Villa-Nova-Solera, chez
madame la comtesse de Masino, je lus secrètement ces chapitres à un
vieillard de ma connaissance qui me voulait beaucoup de bien. Mais celui-ci en fut effrayé pour l'amour de moi, et me supplia de ne point
songer à écrire de pareils mémoires. — Il n'est pas encore temps, me
disait-il; il reste encore dans la société trop de germes de malveillance;

laissez passer dix ou quinze ans, et, en attendant, écrivez d'autres tragédies, de nouveaux poëmes, pour accroître votre renommée.

L'opinion de cet homme fit sur moi une vive impression. De retour à
Turin, je confiai la chose à deux autres personnes, et je les trouvai tout
à fait contraires au livre projeté, ce qui me laissa dans un grand découragement. Je fus tenté de n'y plus penser, et de n'en parler à personne
autre. Mais étant allé passer deux ou trois jours à Camerano, auprès du
comte César Balbo, je voulus entendre son avis et celui de sa femme sur
ces quelques chapitres et sur la question de savoir si je devais, ou non,
continuer ces mémoires. Ils m'approuvèrent entièrement. La comtesse
Balbo était un ange de vertu. Ce qu'elle me dit du bien que mon livre
pouvait faire mit fin à toutes mes incertitudes; je repris la plume, et ne
m'arrêtai plus qu'à la fin du dernier chapitre.

En matière de publications, j'ai toujours été fort timide, et je ne sais
par quelle fatalité, à chacun des écrits que j'ai composés, j'ai toujours
rencontré des personnes qui auraient voulu que je ne l'imprimasse point.
Il est certain que j'en eusse donné davantage sans la faiblesse que j'avais
en toute occasion d'aller demander conseil à mes amis. Ce n'est jamais
que la minorité qui encourage; le plus grand nombre incline plutôt à
refroidir, à désapprouver, à désirer que l'on fasse toute chose, excepté
celle que l'on a faite.

Quand on sut que j'avais écrit *Mes Prisons*, et que je me proposais
de les livrer à l'impression, on ne saurait croire tout le mal que se donnèrent quelques personnes pour empêcher que je ne m'aventurasse à
publier ce livre. Les uns m'avertirent charitablement que j'allais m'attirer l'inimitié de la faction A; les autres, que je pouvais encourir la
haine de la faction B.

J'étais presque décidé à laisser dormir mon manuscrit pendant dix
ou quinze ans, ce qui était, aux yeux de plusieurs, le parti le plus sage;
ma mère ne me permit pas de succomber à cette décision, laquelle était
plutôt le conseil de l'indécision et du dégoût. — Il faut tout faire, me
dit-elle, pour obéir à sa conscience, et rien en vue du monde.

VIII

Pendant les deux semaines qui suivirent la publication de *Mes Pri-*

sons, plusieurs me regardèrent comme coupable ou d'un crime ou d'une grande sottise. Les uns dirent que j'avais composé un livre honteux pour ce siècle de lumières, et que ma réputation était perdue ; d'autres m'écrivirent que désormais toute tragédie que je ferais représenter en Italie serait impitoyablement sifflée par les véritables partisans de la philosophie. Plus d'un de mes soi-disant amis détourna la tête à ma vue, pour éviter de me saluer. Ils disaient hautement que ce chef-d'œuvre de bigoterie ne pouvait manquer d'attirer partout le ridicule sur son auteur. Et pendant que ces faux philosophes s'emportaient contre moi à cause du témoignage que je rendais à la religion, beaucoup de gens, de couleur opposée, allaient criant que ma dévotion était pure momerie.

Ces différentes clameurs tombèrent vite, et un grand nombre de mes adversaires, voyant mon livre généralement bien reçu, se restreignirent à me faire une guerre secrète et cherchèrent à me perdre dans l'esprit des personnes estimables qui m'honoraient de leur indulgence. L'heureux succès du livre s'accrut rapidement dans la péninsule. A Paris, un écrivain français, M. De Latour [1], le traduisit dans

sa langue ; les éditions et les traductions se multiplièrent beaucoup plus

---

[1] Il doit être permis au traducteur de passer ici un mot trop bienveillant pour lui dans le texte de Silvio Pellico.

que le livre ne le méritait. On me pardonna l'extrême simplicité du style et l'absence complète d'ornements, en faveur de l'incontestable caractère de vérité qui s'y décelait à chaque page.

Un succès si fort au-dessus de mon attente me donna une grande satisfaction. Il était pour moi la preuve que le siècle n'était pas si ennemi de la religion que je l'avais cru jusqu'alors; le cynisme et la raillerie étaient donc passés de mode : ces malheureux incrédules qui m'écrivaient des lettres injurieuses étaient le dernier reste d'une école expirante. En opposition à ces lettres, j'en reçus beaucoup d'autres fort honorables, que m'adressaient des compatriotes ou des étrangers. Parmi les personnes qui s'empressèrent de m'écrire quelques paroles d'approbation, je dois mentionner la marquise Juliette Colbert de Barol, qui ne me connaissait pas; et ce fut de sa part et de celle du marquis, son mari, la première marque d'une estime qui devint en peu de temps l'amitié la plus généreuse. Déjà je les vénérais pour le bien immense qu'ils font à notre pays; quand je les eus vus de près, je m'attachai à eux de tout mon cœur.

Mon vieux curé me disait : — L'amitié que vous témoigne la maison de Barol est une preuve que Dieu vous bénit, en dépit de ceux qui vous maudissent.

Ma mère me le disait aussi, puis elle ajoutait : — Dieu veuille seulement que tu saches t'en rendre digne!

IX

Les avantages que me valut ce livre de *Mes Prisons* ne purent trouver grâce devant la malveillance, mais je parvins à ne plus m'affliger de ces vulgaires inimitiés. Diverses choses encore concoururent à me donner du déplaisir, et de ce nombre furent les additions que fit à *Mes Prisons* l'infortuné Piero Maroncelli, mon ami, qui était alors à Paris. Il était incapable d'avoir voulu me nuire sciemment, et me faire tort en aucune manière; mais il lui échappa dans ses *additions* différentes propositions qui appelèrent sur son livre la censure ecclésiastique, et ce livre fut mis à l'index. Mes ennemis s'en firent un grand argument pour redoubler de fiel contre moi. Beaucoup de personnes auraient voulu alors que je prisse la plume pour me défendre. Je trouvai plus de mérite à me taire, et j'espère que je ne me suis point trompé.

Parmi ceux qui me blâmèrent sévèrement d'avoir écrit *Mes Prisons*, je rencontrai un homme loyal, qui me déplut beaucoup moins que les autres. C'était un étranger dévoué de cœur au gouvernement de l'Autriche. Il se présenta franchement à ma porte pour s'entretenir avec moi, comme ferait un père avec son fils.

— Reconnaissez-vous ce volume pour votre ouvrage? me dit-il en me présentant la traduction de M. De Latour

— Le texte est de moi, répondis-je.

— Je ne connais point le texte, répliqua-t-il ; mais je sais qu'en France les traducteurs ont l'habitude de prendre des licences inouïes, et j'espérais que vous alliez me dire : Ce traducteur a falsifié le sens original.

Je m'étonnai, et lui demandai pourquoi il me disait cela.

— C'est que je suis forcé de déclarer, s'écria-t-il, qu'à mon sens et de l'avis de beaucoup d'honnêtes gens, votre livre est détestable. Vous l'avez écrit pour vous venger de ceux qui vous ont fait souffrir.

— Pardonnez-moi, lui dis-je ; mais cette basse supposition n'est pas digne d'un homme respectable comme vous en avez l'air.

— Je suis un franc protestant, reprit-il, mais un protestant de la vieille roche, ennemi des opinions audacieuses de notre siècle. J'aime l'ordre et la vérité, et, je le vois avec douleur, c'est l'ordre et la vérité qu'attaque votre livre. Mais, vous autres catholiques, vous avez la conscience large, et vous trouvez toujours des prêtres indulgents pour vous absoudre de tout. Soyez sûrs que Dieu ne ratifie pas le pardon que vous accordent ces ministres de Baal.

J'écoutai le sermon, qui ne fut pas court, et j'y répondis sans emportement. Ma tranquillité surprit mon adversaire, et quand il me quitta, je crus voir qu'il n'avait plus de moi une idée aussi désavantageuse.

Ce n'est pas le seul protestant qui m'ait parlé de mon livre avec cette rudesse, et qui ait voulu m'attirer à un christianisme moins catholique. Mais je dois dire aussi que d'autres m'ont ouvert leur maison et m'ont cordialement offert leur amitié, en respectant ma foi. Je prie pour eux de toute mon âme, et avec l'espoir que tous ne mourront pas ennemis de l'Église.

X

Oui, plusieurs protestants m'avouèrent que les choses que j'avais écrites les avaient disposés à étudier plus sérieusement la religion catholique. Deux d'entre eux vinrent me confier qu'ils sympathisaient avec notre foi, et qu'ils étaient catholiques dans le cœur. Ils ajoutèrent que bientôt peut-être ils prendraient le parti d'abjurer; mais c'est une consolation qu'ils ne m'ont point encore donnée.

Je ressentis au contraire une joie bien vive de la conversion de M. Woigt, un des plus habiles artistes de la Bavière; je fus assez heureux pour que mon livre eût quelque part à cette conversion.

Quelques années auparavant, M. Woigt, tout jeune encore, était allé à Rome, poussé par l'amour des beaux-arts : il est graveur. S'étant lié dans cette ville avec des catholiques, il se rendit un peu compte de notre religion, et il lui parut que les dissidents la connaissaient mal. Toutefois il ne voulut pas l'embrasser, et il nourrit longtemps l'inclination qu'il avait pour elle, mais combattu par mille doutes. Il épousa ensuite une catholique, sans pouvoir encore se décider à abjurer. Fondé sur une tendresse réciproque, ce mariage était heureux, mais il y avait toujours une épine cruelle au fond du cœur de la pieuse épouse. M. Woigt aimait presque toute chose dans notre doctrine, mais le sacrement de pénitence épouvantait si fort son imagination, qu'il y voyait un obstacle presque invincible. Je publie *Mes Prisons;* la curiosité lui fait ouvrir ce livre, et le voilà frappé de quelques-unes de mes paroles, surtout de ce passage :

« Ah! malheureux qui méconnait la sublimité de la confession! malheureux qui, pour ne pas paraître vulgaire, se croit obligé de la tourner en dérision! Parce que chacun sait qu'il faut être bon, il n'est pas vrai pour cela qu'il soit inutile de se l'entendre répéter, et que nous ayons assez de nos propres réflexions et de lectures faites à propos. Non! la vivante parole de l'homme a une puissance que ne peuvent avoir ni nos lectures ni nos propres réflexions! etc. »

De nouveau alors , M. Woigt éprouva le désir d'une instruction plus approfondie. Sa conviction fut bientôt complète, et aux fêtes de

Pâques de l'année 1834, la grâce de Dieu en fit un enfant de l'Église.

Je n'ai appris tout cela que peu de temps après l'événement, et à l'arrivée à Turin du chevalier Manfred de Sambuy. J'écrivis à M. Woigt pour le féliciter, et il me répondit aussitôt par une lettre des plus touchantes, où il me faisait part de toutes les circonstances de sa conversion.

XI

Mon bon curé jouissait autant que moi de l'heureux succès du livre dont il m'avait suggéré l'idée. Il me disait alors : — Vous devriez profiter de la faveur que le public vous témoigne pour lui donner un petit traité de morale, dont la substance serait tout évangélique.

— Ah ! lui dis-je, traiter directement de la morale, ce n'est pas là une petite affaire, et déjà tant de grands maîtres ont pris les devants!

— Qu'importe? me répondit-il; il y a beaucoup de livres excellents qu'on ne lit pas, parce qu'il leur manque l'aiguillon de la nouveauté. Si l'on peut en écrire de nouveaux, c'est un devoir de le faire, pour rendre gloire à Dieu et servir son prochain. Écrivez un discours à la jeunesse, animez-la à tous les nobles sentiments, je vous dis que vous serez lu.

Je rapportai à ma mère ces paroles du digne curé; je vis qu'elle ne repoussait pas l'idée qu'il m'avait exprimée, et je me mis de bon cœur à l'ouvrage. Seulement ma mère me dit : — Ce petit livre ne doit respirer que la bienveillance; veille à ce qu'il n'ait rien de cette teinte satirique que prennent trop aisément les moralistes.

Ainsi naquit mon discours sur les *Devoirs des hommes*, et il eut bientôt la même fortune que *Mes Prisons*. Quelques journaux le déchirèrent, et, selon mon habitude, je gardai le silence. Était-ce vertu de patience? Non; mais toute apologie me paraissait peine perdue avec des adversaires si obstinément décidés à me faire passer pour un méchant homme.

XII

La guerre que cherchaient à me faire de divers côtés les cabales des deux factions opposées auxquelles je n'appartenais pas, était bien sans doute un peu fastidieuse, mais on ne pouvait l'appeler un bien grand malheur; et je ne m'en affligeais pas au point de ne pas avoir l'esprit assez libre pour m'exercer souvent dans des compositions poétiques ou non poétiques.

Après avoir écrit douze tragédies, dont je n'ai encore publié que huit, j'ai cessé de composer pour le théâtre, ne me sentant pas un fonds assez riche pour dessiner des caractères. Dans ma jeunesse, j'avais follement espéré que je pourrais un jour me faire place pas trop loin d'Alfieri; mais plus tard je suis revenu de cette illusion, malgré les applaudissements que j'ai parfois obtenus. Je n'ai plus aujourd'hui de goût à écrire que dans le genre lyrique et dans la narration épique : là même je ne m'élève pas à une grande hauteur; mais cette poésie a du charme pour mon âme; j'aime à y épancher tous mes sentiments, et en particulier mes sentiments religieux.

J'ai souvent besoin de faire des vers pour prier, et ainsi naissent tantôt une ode, tantôt une élégie, où je répands mon cœur devant Dieu, et c'est assez pour me rendre la sérénité. Je voudrais voir s'élever des

poëtes meilleurs que moi, pour multiplier ces compositions sacrées, pour
propager l'amour de Dieu et de la vertu, pour ennoblir leur intelligence
et celle de leurs semblables par l'union sainte des pensées fortes et de la
religion. Nous en avons de ces poëtes, mais en petit nombre; et trop
souvent le plus divin des arts est consacré à des sujets frivoles, ou, ce
qui pis est, indignes.

J'ai aussi travaillé quelque temps à un roman historique, puis à un
autre; mais je n'étais pas à moitié de l'œuvre, que mon ardeur s'est ra-
lentie, en voyant à quelle distance infinie me laissaient encore les chefs-
d'œuvre que nous possédons en ce genre, surtout *les Fiancés* de l'inimi-
table Manzoni. Pour ne faire que des livres médiocres, autant vaut n'en
faire aucun, et peut-être n'ai-je déjà que trop écrit.

Après le discours sur les *Devoirs des hommes*, j'ai ébauché, à diverses
reprises, un petit traité sur les *Devoirs des femmes;* mais ces essais ne
m'ont point satisfait. J'ai rencontré sur mon chemin d'immenses difficultés, et j'incline à penser qu'une femme seule serait en état de réaliser
une telle œuvre avec la perfection que j'y voudrais.

En somme, j'écris beaucoup, mais il est rare que j'achève un travail;
et j'écris plutôt pour ma propre satisfaction qu'avec la confiance de produire un livre de quelque valeur. Parfois je prends ma plume, et, ne sachant qu'en faire, j'écris ma pauvre vie.....

APPENDICE A MES PRISONS

PAR

ANTOINE DE LATOUR

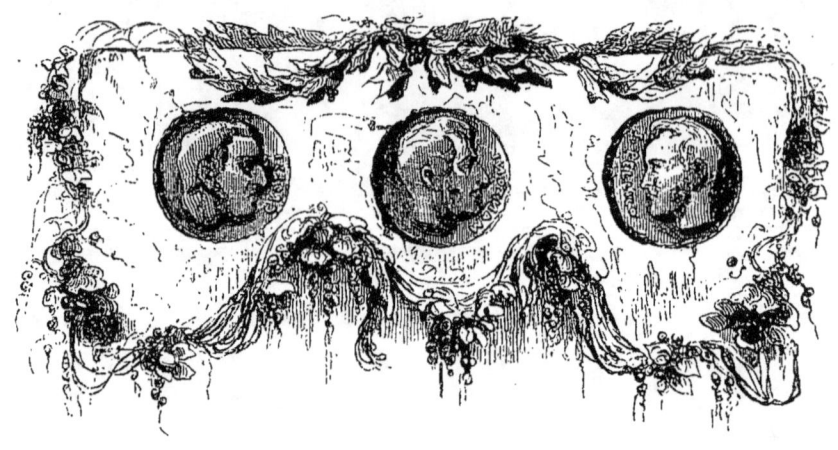

POÉSIES INÉDITES

DE

SILVIO PELLICO

PUBLIÉES A TURIN EN 1837,

Trois poëtes, en Italie, se partagent maintenant l'héritage de Monti et de Foscolo : Manzoni, qui né en 1785, a par conséquent aujourd'hui cinquante-huit ans, et qui est aussi, par ses *Fiancés*, le premier des prosateurs de son pays; Grossi, qui, après s'être fait un nom par ses poëmes, a recherché, lui aussi, une gloire plus humble, et a publié un roman distingué; enfin Silvio Pellico. Tous les trois appartenaient à cette brillante école de Milan que l'exil et la captivité dispersèrent après 1820, et dont l'écho lointain achève de mourir en Amérique sur les lèvres de Pietro Borsieri. Borsieri est, avec le comte Confalonieri, le dernier condamné sorti du Spielberg.

Alexandre Manzoni est un homme d'une belle et expressive physionomie. Il a conquis par la noblesse de son caractère une si haute estime, que les passions politiques l'ont respecté dans la solitude qu'il s'est faite, et où, comme notre Racine, il semble, en expiant sa gloire par le silence, vouloir faire oublier aux autres, et peut-être oublier lui-même, qu'il est encore l'écrivain le plus éminent de l'Italie. Manzoni, ai-je besoin de le rappeler? est l'auteur d'un roman admirable, de deux drames où il a posé hardiment et, à mon sens, résolu la question des unités et de quelques odes pleines de mouvement et d'éclat : il en est une dont M. de Lamartine s'est souvenu en composant sa *Méditation* de Bonaparte.

Thomas Grossi, né en 1791, et plus jeune que Manzoni de quelques années, vit à Milan, où il jouit paisiblement de la popularité que ses ouvrages lui ont acquise, et dans la maison de l'illustre poëte dont il possède l'amitié. Grossi débuta, je crois, en 1820, par une petite épopée qui a pour titre : *Ildegonde*. Depuis, dans ses *Lombards*, il a osé refaire, en partie, la Jérusalem du Tasse. Mais il est des hommes si naturellement modestes, que chez eux un tel effort ne vient pas de l'orgueil, mais de l'admiration. Grossi a imité les tragiques de la Grèce, dérobant à Homère quelques vers touchants qui devenaient tout un poëme.

Silvio se place par son âge entre Manzoni et Grossi. Redevenu libre en 1830, il est retourné à Turin, au sein de sa famille, et il recommence à écrire, tempérant par les grâces d'une piété douce l'inspiration retrouvée de sa poétique jeunesse. Ceux qui ont connu l'auteur des *Prisons*, ceux même qui l'ont vu depuis sa célébrité nouvelle, aiment à raconter ce qu'ils savent de la candeur de son caractère ; et ils ajoutent qu'il est bien l'homme de son livre. Silvio Pellico a donné successivement des tragédies dont plusieurs, datées de Venise et même du Spielberg, portent la marque de ses chaînes, puis quelques nouvelles en vers, ses immortels *Mémoires* ; tout récemment enfin deux volumes, dont le second se compose encore de nouvelles, et le premier d'élégies. C'est ce premier volume que je voudrais faire connaître par un travail où j'essaierais de fondre l'analyse et la traduction.

Il ne faut pas s'y méprendre, quelles que soient dans ces poésies l'élévation de la pensée et l'harmonieuse simplicité du style, elles nous intéressent surtout, comme nous associant de plus en plus à l'histoire intime de cette belle âme. Les larmes qu'elles font couler, et je confesse que plus d'une fois les miennes ont coulé, ressemblent aux larmes de Zanzé : c'est peut-être l'homme qui nous les arrache autant que le poëte, si toutefois la critique admet encore, de nos jours, de telles distinctions. L'émotion morale que nous communique la poésie ne doit-elle être pour rien dans la gloire du poëte? Si cette poésie s'empare de nous assez vivement pour nous donner de l'homme cette haute idée que Pascal veut qu'il ait de lui-même, je ne sache pas qu'elle puisse obtenir un plus beau triomphe ; et je m'assure que, pour Silvio Pellico, ces secrètes sympathies de l'âme vaudront bien ces applaudissements du théâtre dont le souvenir le poursuivait encore sous les voûtes silencieuses du Spielberg.

Ce que je veux, c'est retrouver dans ces élégies la biographie morale du poëte. Elles s'y prêtent d'ailleurs à merveille. Sous la couleur religieuse qui est leur commun caractère, il n'en est pas une où le poëte n'ait déposé quelques tendres souvenirs de sa vie passée. Je vais, de page en page, m'attacher à les recueillir : le chrétien peut encore y gagner, le poëte n'y perdra rien. Il est bon de remarquer, en passant, que Silvio, en composant, a suivi le même procédé que son humble interprète. Il a bien emprunté à la liturgie catholique la plupart des titres de son recueil ; mais sous chacun de ces titres mystiques, l'élégie conserve son individualité. Pour venir à nous, ces vives expansions d'une foi sincère ont passé par le cœur imparfait de l'homme. Non, Silvio ne se sera pas borné à traduire les hymnes de l'Église dans un langage nouveau ; il vient plutôt ajouter les pathétiques plaintes d'un cœur blessé aux poétiques richesses du christianisme.

Silvio Pellico est né en Piémont, et on retrouve dans la belle invocation qui va suivre ce fervent amour de la patrie qui l'a conduit au Spielberg, et qui, pour mieux résister à dix ans d'exil et de captivité, s'est placé sous la sauvegarde des idées chrétiennes. Puisse la poésie qu'il a inspirée n'avoir pas trop perdu à passer dans une autre langue, et à devenir prose sous ma plume !

« Gracieuse Péninsule, qui si longtemps jadis as tenu levée sur le monde ta triomphante épée, et qui parmi d'inévitables maux as versé sur les Barbares domptés le magnifique trésor de la civilisation ;

« Péninsule admirable dans ta mauvaise fortune autant que dans tes prospérités, lorsque vingt peuples qui, d'accord une fois pour punir tes fautes, s'élançaient à la vengeance, se virent, par la main enchaînée de leur prisonnière, ramenés au culte des arts et à la connaissance du vrai Dieu ;

« Péninsule divine, qui des ruines de l'antique patrie es sortie tout à coup, comme un adolescent échappe à des enfants qui le retenaient, et, se riant de leurs outrages, présente le bras d'un maître à leur folle colère ;

« Péninsule où règne la foi sainte, inébranlable aux vains tourbillons : aussi loin que s'étend l'empire de l'homme racheté, c'est toi qui dans les âmes droites as toujours rallumé le flambeau de la vérité !

« Pour toi, plus que pour aucune autre contrée, le Seigneur semble brûler d'amour. Il semble que dans ton air pur descende plus suave le sourire du ciel, et l'on dirait que Dieu a voulu faire de toi sur la terre l'image de son Paradis. »

Mais il est en Italie, dans le Piémont, un lieu plus particulièrement cher à Silvio : c'est Saluces, où il est né. L'Italie tout entière est la patrie de son imagination, de son génie, de ses généreuses espérances ; mais la patrie de son cœur, c'est Saluces.

« Plus d'une contrée digne de mes chants a offert de doux objets à mes regards émerveillés, et entretenu mon âme de sublimes pensées.

« Mais toi, tu parles à mon cœur avec tendresse, comme une mère qui m'a porté dans ses bras, et sur le sein de qui j'ai dormi dans mon enfance.

« Mes pas ont à peine laissé leur empreinte sur tes bords, ô Saluces ! et le jour où je te quittai m'apparaît dans un vague lointain.

« J'étais encore un tout petit enfant, et cependant ce ne fut pas sans douleur que je m'arrachai à ta douce contrée : séparé de toi, je t'appréciai davantage.

« L'éloignement dérobe au regard le côté le moins séduisant de la chose qu'on aime, et répand sur ses beaux aspects une magie plus irrésistible.

« Le pays de mon père était pour moi une terre bienheureuse, une terre d'élus : ailleurs je croyais les âmes moins aimantes.

« Et jamais, il m'en souvient, je ne m'asseyais si joyeux sur les genoux de mon père, que lorsqu'il me redisait tes glorieux souvenirs.

« Après les jours de l'enfance, ta pensée me suivit encore, lorsque je m'en allai tristement au delà de mes Alpes aimées.

« Et je ne t'oubliais pas, ô Saluces ! lorsque je reportai mes pas vers les champs de l'Italie ; mais je ne reposai pas ma tête dans tes murailles ;

« Car le baiser des miens m'attendait dans la cité souveraine de la Lombardie, et j'avais hâte de voler dans leurs bras.

« C'est là que je vécus, là que je cueillis la palme divine au bruit de ces acclamations généreuses qui enivrent, qui exaltent, qui ravissent.

« A cet orgueil, à cette ivresse que me donnait la gloire de mes vers tragiques, ton souvenir, ô Saluces ! mêlait une secrète joie.

« Oh ! que de fois, lorsque brillaient attachés sur moi les yeux indulgents des Lombards, lorsque de nobles esprits encourageaient mon jeune âge ;

« Que de fois j'évoquai avec une vive émotion l'image de mon berceau de Saluces, et me dis qu'un jour aussi ton regard se tournait vers moi avec reconnaissance !

« Et lorsque je vis toute contrée de l'Italie s'entretenir de mon œuvre d'amour, et cette
œuvre survivre aux attaques des Aristarques chagrins,

« Cette vaine fumée qu'on nomme la gloire fut pour moi un trésor inestimable, inestimable surtout parce que l'honneur devait en revenir à ma patrie.

« Un fléau de Dieu, fléau terrible, fit évanouir tout à coup la folle ardeur de mes vanités,
et une sombre prison devint ma demeure.

« Bénie soit l'heure où, de nouveau, mon bien-aimé Saluces, je vins m'asseoir à tes
foyers, et où je pressai sur ma poitrine mes chers concitoyens !

« Ah ! que jamais sur toi ne s'étende vainement l'aile de l'ange que Dieu a commis à ta
garde, et que l'homme toujours soit dans ton sein une noble créature ! »

Silvio Pellico passa les premières années de sa vie dans sa famille, à Saluces d'abord,
puis à Pignerol, et ensuite à Turin : le souvenir de ses parents se retrouve à tout moment
dans ses vers.

« Comment rendrais-je à mes parents toutes les joies qu'ils m'ont prodiguées, leurs
larmes, leurs exemples, leurs conseils et leurs prières ?

« Trop souvent j'ai méconnu la pieuse sagesse que Dieu leur envoyait pour me conduire, et ma téméraire jeunesse secouait le joug de leurs leçons.

« Mais si je m'égarais dans les sentiers de l'orgueil, cherchant le bien où le Seigneur
ne l'avait point mis, si je me passionnais pour la prudence du monde,

« Je retrouvais encore, comme de salutaires épines, les choses qu'avaient gravées en moi
les nobles âmes de mes parents.

« Et lorsque le soleil colorait de nouveau les objets, et lorsque plus tard j'assistais à la
merveille de son coucher, et lorsqu'au sein des nuits j'écoutais l'heure sonner ;

« Et à mille autres de ces moments où l'intelligence s'éveille plus vite aux impressions
graves, et qu'il se fait en nous comme un harmonieux concours d'idées sublimes ;

« Alors je me rappelais avec un doux enchantement la bonté de mon père et de celle
dont le sein me donna la vie et me nourrit à la source de son lait.

« Et alors je sentais renaître sur mes lèvres l'irrésistible besoin de la prière, et je me-
surais l'abîme de mes égarements.

« Et il y avait dans le souvenir de ma mère une sorte de fascination qui me ramenait
comme malgré moi à la croyance des miens et à mes premières affections.

« Et je retournais aux autels de ma mère. »

Il faut ici rapprocher de ce morceau un autre passage d'une exquise délicatesse et
d'une sublime justesse.

« L'âme d'une bonne mère ne saurait trouver le repos qu'elle n'ait éveillé dans ses
fils la noble étincelle de la vertu. Et quel fils s'endormira dans l'ivresse de ses joies coupables, s'il possède encore une mère qui suit ses traces en tremblant, prie en secret pour
lui, et s'afflige ? »

Celui qui a écrit ces paroles en a puisé le sentiment dans les exemples de sa mère. La
mort vient de lui ravir celle qui était l'orgueil et la consolation de sa famille (12 avril 1837).
On eût dit qu'elle n'avait attendu, pour mourir, que le bonheur d'embrasser son fils une
fois encore. C'est ce que nous avons essayé d'exprimer dans quelques vers qu'on va lire ;
l'accueil fait à ces vers par Silvio lui-même semble nous donner le droit de les reproduire ici.

A SILVIO PELLICO.

Ta gloire a ses jaloux ; en cet âge de haine,
O mon doux prisonnier, la gloire est un écueil,
Et l'ange dont la voix aurait calmé ta peine,
Ta mère dort dans l'ombre et la paix du cercueil.

Pendant tes mauvais jours, patiente et sereine,
Elle a jusques au bout, vécu ses jours de deuil ;
Pour qu'un rayon d'amour, en glissant sur ta chaîne,
T'avertît que Jésus était là sur le seuil.

Mais lorsqu'elle eut senti couler de ses paupières,
Sur ton front relevé, ses pleurs et ses prières,
Se souvenant alors de ce cloître écarté,

Où ta sœur s'éteignit les mains sur sa poitrine,
Et demandant à Dieu ta chère liberté,
Elle est allée au ciel rejoindre l'orpheline

« La religion a de grandes raisons pour consoler, nous écrivait alors Silvio : on se console, on bénit Dieu ; mais on sent que ce calice de la douleur est amer. »

Cette enfance entourée de tant de soins et d'amour, et nourrie de si sages leçons, avait été toute chétive et mélancolique :

« De longues douleurs, de longues tristesses accablèrent mon enfance. Autour de moi jouaient et sautaient, heureux et pétulants, et fiers, on l'eût dit, de leur angélique beauté, les enfants de ce temps-là ; et moi, né leur égal en force, je me voyais tombé dans une morne langueur et dans des spasmes inouïs, dont la cause restait un mystère. Bien des fois la mort posa son doigt sur mes cheveux ; mais c'était seulement pour se railler de moi, et elle le retirait avec dédain. Souvent, lorsque moins malade je traînais mon pauvre petit corps parmi mes compagnons florissants, et que ma voix s'échappait plus joyeuse de mes lèvres pâlies, souvent mes courtes joies se troublaient devant la pitié que faisait naître ma frêle et misérable nature. Alors mon âme succombait aux assauts multipliés d'une angoisse si vive, que je courais cacher mes larmes dans la solitude ; et ceux qui m'y trouvaient pleurant pour une cause qu'ils ne savaient pas, me disaient insensé. »

Cependant, si triste qu'elle fût, cette enfance était encore pleine de candeur et de foi. La première blessure qu'elle reçut lui fut portée par des mains que Dieu n'avait pas faites pour cela. Silvio était alors à Lyon, auprès d'un parent de sa mère. Il eut le malheur de rencontrer dans le monde un homme dont les discours laissèrent dans sa jeune âme une impression funeste : c'était un prêtre apostat, et au portrait qu'il en a tracé, j'imagine qu'il devait s'en trouver en France beaucoup de semblables à celui-ci, à l'époque où Napoléon releva les ruines du christianisme. C'était un de ces hommes qui, ayant renié leur Dieu aux jours de la persécution, et ne pouvant, le danger passé, revenir sur leurs pas, couvraient leur désespoir des grâces légères d'un scepticisme apparent, pour ne pas être soupçonnés de n'avoir, en abjurant, obéi qu'à la peur.

« Ah ! que n'osai-je alors arracher son masque indigne à ce renégat ; et le couvrir de

30

mon mépris, à la face des justes! mais je gardai un silence stupide, et roulant dans mon cœur les coupables paroles de ce démon incarné, je répondis en souriant à la grâce perfide de son sourire, partagé désormais entre les austères enseignements de la vérité et les molles et dédaigneuses leçons de ce serpent à voix humaine.

« Depuis ce jour funeste, ce ne fut pas de la haine, oh! non, que je ressentis pour les saints autels de mes pères; mais parfois je les regardais, incertain si je devais les honorer, comme aux jours de mon innocence, ou s'il n'était pas plus sensé de les oublier ou d'en rire, et de n'avoir d'autres idoles que mes désirs et mon audace.

« Ainsi se passa mon adolescence, ainsi je touchai aux années de la jeunesse, ivre de mon savoir, et plein de confiance dans les forces naturelles de ma superbe intelligence. Et cependant les temples avaient toujours pour moi des attraits mystérieux. Souvent je rejetais loin de moi les livres orgueilleux de la science, je fuyais les réunions raisonneuses ou impies, pour me recueillir, solitaire et découragé, sous la majesté de tes voûtes antiques, ô basilique lyonnaise, dépositaire des tombeaux où reposent les premiers apôtres de la Gaule!

« O charmante église! que de fois, prosterné sur tes dalles, priant et méditant, je pleurai les rives natales de mon Italie délaissée, et le pays lointain où mon père et ma mère étaient assis avec mes frères! que de fois je pleurai tout ensemble mes ténèbres, mes doutes, mes passions, et mon Dieu que j'avais perdu! »

A Lyon, Silvio fut témoin de cette renaissance du catholicisme dont je parlais tout à l'heure. Il la raconte avec enthousiasme, et il décrit avec effusion cette première procession où le Christ longtemps captif, comme autrefois, dans les cryptes silencieuses de son église, en sortit à la voix toute-puissante de Napoléon, et reparut au milieu des hommes. Le poëte termine par ce beau mouvement :

« Il y avait là, prosterné dans la foule des fidèles, un jeune homme infortuné. Ce n'était pas un impie, et toujours il avait gardé au fond du cœur l'étincelle de l'amour divin. Mais souvent, hélas! son esprit s'était laissé surprendre aux doutes orgueilleux du démon, et ces doutes étaient un châtiment que Dieu lui envoyait, parce que l'esprit de ce jeune homme n'était pas humble, et qu'il se croyait d'une nature supérieure, appelé à sonder les mystères de la science, inaccessibles au vulgaire. Chaque jour, il passait de longues heures dans la solitude, assis parmi les meilleurs livres et les plus dangereux. Il y cherchait la vérité, oubliant de la demander au ciel. Mais au grand jour de l'adorable solennité, en ce moment où des milliers d'hommes se prosternèrent, il se prosterna lui aussi, et ce jeune homme, plein de ténèbres une heure auparavant, aperçut une lumière nouvelle, se réjouit d'humilier son altière intelligence, et, pendant plusieurs jours, abjurant tout orgueil, resta pur et sans faiblesse. »

Mais ce retour devait encore être suivi de fautes et de repentirs amers. Silvio Pellico retourna en Italie, et c'est à cette époque sans doute que nous devons reporter les souvenirs évoqués dans le morceau qui a pour titre : Ma Jeunesse, et qui est le premier du recueil :

« Je pleure la fuite de ces premières années que Dieu me donnait, riches d'espérances et fécondes en nobles pensées, en pensées d'amour.

« Je m'agitais dans la joie et dans la peine, et sans cesse m'animant à l'étude, j'aspirais à m'élever au-dessus de la foule insouciante.

« Et souvent dans mon cœur j'entendais une voix qui me disait ces choses sublimes de l'homme, si sublimes que, à les apprendre, je me sentais, d'être homme, une joie orgueilleuse.

« Et je croyais mon intelligence douée d'un regard si puissant, qu'entre les vérités cachées aucune ne devait échapper à sa pénétration.

« Et je me jetais, indomptable, au milieu des luttes les plus hardies de la raison, croyant, c'était un rêve, que toujours la méditation est la source des hautes lumières.

« Cette vie présomptueuse et vouée au culte de la science, de la gloire, de la justice, semblait faite pour me conduire aux joies saintes.

« Prompt à maudire l'iniquité des autres, si, à mon tour, je me trouvais coupable, alors c'étaient pour moi des heures de tristesse et de honte.

« Puis, du sein de ce trouble, je retournais aux généreux vouloirs et à la prière, m'excitant aux ardeurs d'une charité plus vive.

« Je voyais bien que l'homme ne peut obtenir la paix et l'estime de soi-même, s'il ne foule pas les sentiers purs du beau.

« Mais lorsque ma vertu semblait briller de plus d'éclat, c'était alors que le vieil orgueil venait y mêler tout à coup ses trompeuses lueurs.

« Dieu alors s'éloignait de mon âme : la témérité m'entraînait à de graves dangers, et de nouveau j'étais malheureux.

« Si je vécus ainsi dans une longue irrésolution dont j'ai honte aujourd'hui, ah ! tu sais, ô mon Dieu ! quel ennemi formidable assiégeait ma faiblesse.

« Ce siècle étincelant de génie, mais livré à la fougue de ses colères impies, élevait la voix avec audace, et moi je l'écoutais.

« Mais souvent, à travers ces nuages, les rayons de l'Évangile venaient me consoler ; toujours, dans le secret de mon cœur, la croix me restait chère.

« Et ma joie la plus vive était lorsque j'allais dans une église évoquer la mémoire des jours croyants de mon heureuse enfance ;

« Jours de foi où, des lèvres bien-aimées d'une mère, descendait dans mon âme l'enseignement des merveilles qui nous ouvrent le ciel.

« Et ensuite je retombais sous le joug de l'inconstance, des mauvais exemples, et de la crainte où me tenait le monde de ses vaines et grossières moqueries.

« Et une faute si grande devait m'attirer ta colère ; mais les ineffaçables années qui ne sont plus, je ne puis, ô mon Dieu ! en recommencer la trame.

« Et que puis-je t'offrir pour réparer mon crime ? ma douleur, mes prières, ma foi en ce sang divin dont tu as été si peu avare sur la terre pour quiconque se traîne repentant à tes pieds. »

Suivons-le donc dans ces égarements du cœur et de l'esprit qu'il confesse avec tant d'ingénuité ; et voyons d'abord si celui qui a peint si profondément l'amour et les remords de *Francesca* n'avait pas trouvé en lui-même la source de ses larmes tragiques. J'emprunte ce qui va suivre à un morceau qui a pour titre : *Les Passions.*

« Lorsque je cherche dans mes vieux livres le Silvio d'autrefois, je ne puis séparer de ce souvenir la douce histoire des émotions que l'amour me fit éprouver, lorsque épris d'une noble créature, je n'aspirais que pour lui plaire à la piété et à la gloire ; toujours mon âme restait attachée à ses pas, et, pour mériter un sourire de ses lèvres, je n'avais qu'un désir : ennoblir mon intelligence.

« Et si alors il y eut quelque piété dans ma vie, ce fut par l'inspiration de ses généreuses pensées. Elle était étrangère à l'ardeur insensée de cet amour qui faisait mon tourment, mais elle compatissait à ma peine ; elle voulait que mon cœur s'élevât, elle le voulait calme et heureux; et lorsque ma folie éclatait le plus à ses regards, elle se troublait, elle me grondait doucement et pleurait.

« Cette dame, dont le beau et noble visage n'est plus, depuis bien des années, qu'une cendre inanimée, et dont l'âme repose dans le sein de Dieu, je ne cessai point de l'aimer, quoique séparé d'elle, et toute ma vie je veux honorer sa mémoire; mais de nouvelles affections s'emparèrent de moi, et cette première flamme s'attiédit. C'était jadis un incendie dans mon âme, ce n'est plus qu'une étincelle qui, comme une lampe, luit auprès d'un tombeau.

« Je n'oubliai point cette femme autrefois tant aimée; mais je portai mon culte à une autre qui s'en est allée, elle aussi. Je croyais ma vertu haute comme le ciel, pour en avoir commis la garde à ce bel ange; mais vainement, dans l'ivresse de mon orgueil, je m'étais promis un long bonheur : les jours de la douleur amère firent invasion dans ma vie, et je fus ravi à celle que j'aimais, et maintenant elle est sous la terre. »

On eût préféré sans doute voir toute la vie du poëte vouée au culte d'un amour unique, et ne rencontrer qu'un seul nom dans sa vie; il en est ainsi dans les romans, mais c'est l'histoire d'un homme que nous écrivons. Ces strophes nous ont paru jeter un jour nouveau sur le caractère de Silvio, et, à ce titre, nous citerons encore. Maintenant à laquelle de ces deux belles âmes devons-nous reporter les strophes qui suivent? Peut-être à une troisième; car il semble que celle-là vive encore :

« J'aimai toujours de sublimes objets, et un plus que tous les autres. Ah! ce n'était pas Dieu, ce n'était pas ce bien suprême qui aujourd'hui me touche.

« Mais entre tous les cœurs mortels, c'était le plus pieux que j'eusse rencontré; c'était quelque noble cœur qui élevait tous mes désirs à la vertu.

« Que ne te dois-je pas, ô mon Dieu! pour avoir permis que, dans l'aveuglement de mes idolâtries, jamais mon cœur ne descendît à de profanes beautés!

« J'oubliai ta saine lumière, ce fut là mon erreur; mais toujours dans mes idoles je voulais retrouver le charme ineffable de tes rayons.

« J'honorais trop les créatures, mais je les voulais éprises de ton amour : c'était quelque ange qui remontait vers toi. ».

Lorsque la famille de Silvio Pellico retourna en Piémont, il resta, lui, à Milan, dans la maison du comte Porro. Milan était alors le rendez-vous de tout ce qu'il y avait en Europe d'esprits éminents dans les lettres : lord Byron, madame de Staël, Schlegel, y rencontraient Monti, Foscolo, Manzoni. Dans le commerce de tant d'écrivains supérieurs, Silvio voyait se reculer l'horizon de son intelligence. Le succès de sa *Françoise de Rimini*, la grâce de son esprit, l'aménité de ses mœurs, lui avaient concilié d'illustres amitiés. Il était alors dans la première ferveur de cette vie littéraire qui, pour les âmes jeunes, a de si charmantes douceurs, et qui tout d'abord leur laisse croire que, pour acheter l'empire du monde, c'est bien assez de quelques vers. Cette vie nouvelle si bien faite pour entretenir ses irrésolutions, altérait chaque jour davantage, mais sans la lui ôter entièrement, la foi de son berceau. Souvent, au pied des autels, une image entrevue venait, jusque dans sa prière, apporter à son cœur des distractions qu'il croyait pieuses; douce illusion qu'il semblait avoir empruntée d'avance aux poëtes français de nos jours :

« Dans l'une de ces saintes demeures, je rencontrais une femme qui était pour moi une étoile. Lorsque je tournais vers elle mes regards tremblants, ma rebelle raison s'humiliait; je croyais alors voir un ange qui priait pour moi, et, plaçant mes espérances sur cette amie du Seigneur : Oh! oui, disais-je, nous nous retrouverons dans le ciel. »

Ah ! que de fois, loin des regards, nous montâmes tous deux
cet escalier d : Dôme !

Ces espérances mêlées de tant de doutes s'épanchaient quelquefois dans le sein d'un ami :

« A Milan, dit-il, mon âme s'oubliait trop souvent au milieu des plaisirs et des décevantes études. Impatient d'obtenir la renommée et de glorieux amis, je m'égarais à la poursuite des plus folles ombres; mais une heure de mélancolie salutaire venait souvent jeter le trouble dans ma joie, et alors mon pied reprenait le chemin du temple, et la foi consolatrice redescendait dans mon âme.

« Et mon pauvre Foscolo que j'aimais si tendrement, encore qu'il ne comprît pas les consolations de la foi, éprouvait aussi le besoin de venir humblement, et la tête penchée, se mêler aux âmes qui, lasses de souffrir, priaient la belle impératrice des cieux de leur obtenir le pardon du Seigneur; et lorsque, le soir, il m'avait suivi à l'église, il en sortait pensif et tout ému.

« Ah ! que de fois, loin des regards, nous montâmes tous deux cet escalier du Dôme ! Que de fois il m'entraîna sous ces arceaux ! et là nous nous entretenions paisiblement de la puissance des idées grandes, des bienfaits dont l'homme est redevable aux autels, de la merveilleuse philosophie qui se cache au fond de toutes les cérémonies de l'Église.

« Et toutes les fois que j'y songe, j'espère que du moins, avant l'heure de mourir, cet impérieux génie aura vu la douce aurore du royaume éternel promis au genre humain; j'espère que cette âme énergique aura conservé du ciel un assez vif désir, pour que Dieu, qui veut être uniquement aimé, se soit laissé désarmer à la tardive invocation de ses soupirs. »

L'auteur des *Dernières Lettres d'Ortis* était l'ami de cœur de Silvio. Lorsque celui-ci revint de France en Italie, Luigi, son frère aîné, le mena chez Foscolo, et leur amitié commença dès le premier jour. Le scepticisme était leur maladie à l'un et à l'autre; mais c'était chez Silvio un entraînement passager de l'esprit, tempéré par la simplicité du cœur; c'était chez Foscolo le résultat d'une humeur violente et d'une impitoyable logique. La poésie était comme une autre religion où, de ces deux extrémités du scepticisme, ces deux âmes venaient se rencontrer. Une fois même leurs pensées faillirent se confondre dans une œuvre commune. Ils avaient conçu le dessein de se partager les annales du Moyen-Age pour les reproduire, Foscolo dans une suite de tragédies dont sa *Ricciarda* pouvait être la première; Silvio Pellico dans une série de nouvelles épiques dont nous possédons quelques-unes. Qu'est devenu ce projet? C'est à l'exil et à la mort, c'est au malheur des temps qu'il faut le demander; il n'en est guère resté, comme on voit, que le souvenir d'une amitié dont celui qui survit conserve religieusement le culte.

« J'ai connu Foscolo, et je l'aimai comme un frère; car il avait pour moi une affection profonde. J'ai vécu près de lui de charmantes années; tous les sentiments généreux, c'est lui qui les éveillait en moi; jamais je ne le vis s'abaisser à l'artifice; la bassesse lui faisait horreur, et mettait son âme à la torture. Grand poëte, la poésie était une arme dans ses mains, et son vers étincelait comme un glaive.

« Mais malheur ! malheur ! dès ses jeunes ans, cet homme si digne d'aimer Dieu avec sa grande âme, ouvrit à de misérables doutes son intelligence hardie. Tantôt ce merveilleux empire de la nature lui apparaissait comme l'œuvre d'un hasard aveugle; tantôt le Dieu des mondes se montrait à ses regards, mais il le croyait indifférent aux actions des hommes.

« Toutefois, parmi ces doutes dignes de pitié, Foscolo abhorrait le zèle effronté de ces superbes qui, privés de la foi, s'irritent de voir les autres élever leurs vœux vers le ciel. Parfois, dans sa tristesse amère, il enviait le sort du chrétien qui marche à la clarté divine de l'Évangile, et souvent il entrait dans un temple solitaire, comme n'y entrent pas l'orgueilleux et l'impie.

« Et il me disait que le pieux silence qui se fait dans la maison de Dieu, aux dernières heures du jour, alors que l'on y voit à peine çà et là un petit nombre de fidèles qui prient et qui gémissent aussi sur leurs douleurs, ou encore ces doux chants du soir qui montent vers la Vierge, souveraine du ciel, faisaient couler en son âme une paix profonde, ou l'ouvraient à la joie d'une sublime poésie.

« Parmi ses amis les plus chers, aucun n'obtenait de lui plus de déférence que le vieux et vénérable Giovio; il l'écoutait parler le séduisant langage de la vertu avec recueillement et désir; il lui disait : Moi aussi j'ai connu sur la terre quelques jours de bonheur, lorsque mon regard plein d'amour voyait encore ce Dieu qui brille aux vôtres.

« Et comme il souriait au bon Giovio avec le tendre respect d'un fils, il abaissait aussi sur mon cher Manzoni, avec une douceur presque paternelle, sa glorieuse paupière; il annonçait, il admirait en lui la grandeur de l'inspiration et la force de la pensée, toujours prompt à blâmer avec énergie quiconque osait railler l'âme pieuse de Manzoni.

« Un jour, ô Foscolo! je me promenais avec le père de mon pauvre Borsieri, sous les arbres voisins de la ville, et je t'y rencontrai assis et lisant. Tu nous aperçus et tu nous crias de loin : Voici le livre des éternelles vérités! je courus à toi, et je pris le livre de tes mains; c'était l'Évangile, et tu me dis : Baise-le! ce sont là les leçons d'un Dieu!

« Et ce livre que tu as écrit sous l'inspiration d'un amour inconsolé, vainement il avait excité d'immenses applaudissements; vainement tu l'aimais comme ton premier titre à la gloire; vainement lui trouvais-tu un mérite élevé; souvent tu gémissais de voir la jeunesse y boire le poison d'une sauvage colère contre l'humaine destinée, et ton Ortis devenir l'idole des âmes insensées. »

Mais à côté de Foscolo, et comme pour sauver de la fascination d'un tel exemple la foi chancelante de Silvio, Manzoni était là; Silvio pouvait le voir, il pouvait encore entendre les sages conseils du grand physicien, Alexandre Volta. Quoique né en 1745, Volta n'était du dix-huitième siècle que par son génie; il s'était emparé du secret de la nature, sans se laisser, comme tant d'autres, éblouir par la matière. La science avait en lui respecté la foi, et, par la simplicité de son cœur, il appartenait à ces jeunes époques du christianisme où la parole divine rencontrait dans les plus sublimes intelligences la candeur des petits enfants.

« Dans ta vieillesse, ô Volta! le hasard plaça sur ton chemin un jeune homme insensé... Ah! ce n'était pas le hasard, mais la bonté du sage Tout-Puissant.

« Et je vis tes ardents efforts; tu ne voulais pas que je succombasse, séduit par les fausses lueurs de l'impiété, mais que, vaincue par la vérité, mon âme grandît à sa lumière.

« Un jour, assis près de ce grand homme, je lui dis quels doutes malheureux m'assaillaient sur le sort que Dieu fit à l'humanité;

« Je lui racontai quelles embûches me tendait mon imagination superbe, impatiente de sonder les mystères suprêmes, ces secrets que Dieu nous refuse.

« O vous, lui disais-je, qui avez vu dans ces secrets plus avant que tant d'autres, vous dont l'âme laisse percer jusqu'à nous la flamme de l'éternel amour!

« Oh! dites-moi comment, parmi tous les pièges dont nous environnent les croyances vulgaires et l'incertitude universelle, vos pensées se sont apaisées dans la foi!

« Et le bon vieillard me répondait avec une pieuse douceur : Et moi aussi, mon fils, j'ai longtemps examiné, longtemps mon âme s'est arrêtée dans le doute;

« Et dans mes jeunes ans, cela me troublait fort de voir les premiers génies du siècle
secouer le joug vénérable de la foi ,

« Et s'imaginant découvrir, aux rayons de la science, qu'autels, Évangile et Dieu, tout
cela n'était rien qu'un aliment pour le peuple. »

Et Volta raconte à son jeune ami comment la science ne lui offrit, au contraire, que
Dieu présent partout. C'est un beau spectacle que celui de ce génie solitaire qui,
dans le siècle de la science, arrive à la science sans passer par l'incrédulité, et résiste au
siècle avec ses armes. Silvio lui prête ici contre Voltaire de sévères paroles. On ne peut
s'empêcher de sourire à la pensée que Volta gardait peut-être à l'auteur de *Zaïre* quelque
rancune de physicien.

Ainsi vivait Silvio, partagé entre de nobles leçons et des exemples trop séduisants. Maintenant quelques-uns s'étonneront qu'après avoir fait si bon marché de son scepticisme
d'alors, et l'avoir amèrement déploré, il ait gardé un profond silence sur ses sentiments
politiques ; c'est que, sur ce point-là, il n'avait rien à désavouer dans le passé. Plein d'une
foi généreuse dans les futures destinées de l'Italie, cette confiance s'alliait en lui a beaucoup de modération : rêveries si l'on veut, mais rêveries d'une âme honnête. Ses espérances trompées ne lui ont laissé aucun remords, et sa prison lui apparaît comme un avertissement de Dieu qui le rappelle, et non comme le châtiment d'une exaltation qu'il ne
connut jamais.

« Le Tout-Puissant, dit-il, et cette pensée se retrouve plusieurs fois sous sa plume, le
Tout-Puissant punit mon inconstance par le malheur et par les fers ; un antre impur devint ma demeure. » Il y a même dans son livre un passage que je n'ai pu retrouver, où il
me semble avoir réservé assez fièrement la question politique.

La poésie avait rarement abordé un aussi merveilleux sujet que cette longue captivité,
avec ses alternatives de peine et d'espérance, de poignantes angoisses et de joies inespé-
rées. Mais après les *Mémoires*, le poëte ne pouvait revenir, qu'en l'effleurant, sur cette
époque de sa vie. Aussi s'est-il bien gardé de renouveler ces naïves confessions de sa douleur. Toute cette histoire plane encore sur ses chants, et donne à l'expression, parfois un
peu commune, une teinte mélancolique ; mais elle s'y laisse à peine entrevoir. Seulement,
lorsque la pensée du poëte, retournant en arrière, rencontre en son chemin quelque image
qui l'émeut, il la consacre dans ses vers. Je lui sais gré, pour ma part, de s'être en passant
ressouvenu une fois encore de ce bon vieux Schiller des *Mémoires*.

« Entre ces murs sombres et pleins d'angoisses, je priais, j'aimais, je sentais se ranimer
ce rayon de la poésie que le ciel avait mis en moi.

« Mes vers n'étaient qu'amour, prière, résignation, et parmi les ardents désirs qu'ils ex-
primaient, combien allaient chercher mon berceau !

« Je décrivais les montagnes de ma patrie à l'âme rude mais compatissante de mon
porte-clefs étranger, et alors son front devenait moins sévère.

« Et mon cœur battait de joie lorsque, dans les brusques élans d'une affection naïve, le
vieux soldat s'attendrissait à mes récits.

« Paix à l'âme de cet homme qui, au milieu des fers, gardait encore quelque chose de
l'humanité. Si je vis, si j'ai touché la rive natale, c'est bien à lui que je le dois.

« Je serais mort ou devenu fou dans cette solitude, si je n'avais trouvé, pour m'y appuyer, un cœur né de la femme et ouvert à la charité. »

On me pardonnera de rapprocher de ce passage un morceau que je m'étonne de ne pas
rencontrer dans ces deux volumes. Silvio, à son départ du Spielberg, l'avait laissé en sou-

venir à l'un des compagnons de sa captivité. C'est encore ici l'auteur des *Mémoires*, avec cet amour plein d'effusion pour les siens, avec cette soumission patiente à la volonté de Dieu ; mais c'est aussi le poëte, c'est l'Italien surtout, amoureux de son beau soleil et se refusant à chanter sous le ciel brumeux du nord. Sa touchante invocation à la lumière est un autre cantique au bord des fleuves de Babylone.

Silvio, c'est lui-même qui nous l'apprend, n'ayant dans sa prison ni encre ni papier, composait par cœur de longs poëmes, et toute sa joie était de les réciter ensuite à Maroncelli, qui à son tour lui récitait les siens. Ainsi fut fait *Leoniero da Dertona*. Nous avons relu attentivement cette tragédie, croyant y retrouver quelque chose des souffrances du captif. Nulle part elles ne s'y laissent voir ; et ce n'est pas, selon nous, la preuve la moins éloquente de sa force d'âme. N'est-ce pas en effet un bel appendice aux *Mémoires* que cette œuvre achevée dans un cachot, et dans quel cachot ! et qui semble paresseusement commencée et reprise, au soleil, dans de longues et oublieuses promenades au pied des Alpes ? Il y a bien dans *Leoniero* le dégoût profond des guerres civiles ; mais c'est là pour un Italien un sentiment si naturel, qu'on ne peut dire s'il appartient au poëte prisonnier plutôt qu'au poëte libre. Il se retrouve admirablement exprimé dans les deux drames de Manzoni.

Mais ce gémissement que Silvio a contenu dans son âme lorsqu'il composait *Leoniero*, avec quelle émouvante tristesse il s'est répandu dans le *Canzone* dont je vais donner la traduction ! M. X. Marmier, qui me l'adressa dans le temps, voulut bien croire qu'il m'appartenait de le traduire. Le lecteur pourra se plaindre qu'il ne l'ait pas fait lui-même, non pas moi, qui suis redevable à cette modestie d'une amitié qui m'est bien précieuse. J'irai quelque jour en remercier Silvio Pellico.

« Qui rendra l'amour du chant au prisonnier ? Toi seul, ô soleil ! divin trésor de lumière.

« Oh ! comme par delà ces ténèbres de mon sépulcre, tu enivres d'amour la nature entière !

« De ces flots, de ces torrents de féconde lumière que tu répands sur les mondes, et qui par toi donnent la vie aux mondes,

« Si une faible goutte réjouit ma prison, elle aussi se réveille, et ce n'est plus une tombe.

« Mais, hélas ! pourquoi si rarement épanches-tu tes dons sur ces funestes contrées ?

« Oh ! viens plus souvent y briller, maintenant que des poitrines italiennes y gémissent, plongées dans de tristes cachots.

« Moins accoutumé à tes splendeurs, le Slave n'éprouve ni si profond, ni si ardent, le désir de la lumière.

« Mais nous, dès le berceau, habitués à t'aimer, il nous faut bien te chercher, te voir... ou mourir !

« Oh ! que jamais, sous le ciel lointain de ma douce patrie, voile d'horreur ne t'enveloppe longtemps !

« Brille aux regards du père, brille aux yeux de la mère de ce pauvre captif, et que ton joyeux rayon enchante leur douleur !

« Mais qu'importe où va gémissante cette dépouille abandonnée, si Dieu m'a donné une âme que nul ici-bas ne peut enchaîner ! »

Le début aura frappé tout le monde. Qui n'a pensé, en le lisant, à ce refrain des prisons de Milan : *Chi rende alla meschina*, etc. ? Comment est-il resté après tant d'années dans la mémoire de Silvio, et vient-il si naturellement se placer sur ses lèvres, lorsqu'il exhale à son tour, au Spielberg, le cri de sa douleur? Il y a là, sans doute, un souvenir de Madeleine.

Je retrouve dans les *Prisons* quelques lignes qui semblent avoir été la pensée première de ce *Canzone*, et qui en sont le touchant commentaire : « Que de fois Oroboni m'avait dit, en regardant le cimetière du haut de sa fenêtre : Il faut que je m'accoutume à l'idée d'aller pourrir là-bas ! et cependant j'avoue que cette idée me fait frissonner. Il me semble qu'enseveli dans ce pays, on ne doit pas être aussi bien que dans notre chère péninsule. Puis il s'écriait en souriant : Enfantillage ! quand un habit est usé et qu'il faut le quitter, qu'importe où on le jette ! »

N'est-ce pas là le sentiment qui anime tout ce morceau, et jusqu'au mouvement qui le termine? Ainsi va la poésie ; sous le chant le plus idéal se cache toujours quelque chose de réel. La plus gracieuse élégie a commencé par être une douleur.

Dans ce silence de la prison, les âmes tendres revenaient naturellement à l'Évangile. Mais le sentiment religieux pouvait, en s'exaltant, devenir pour elles un supplice nouveau s'il ne savait où se répandre, et s'il demeurait sans intermédiaire avec le ciel. Ces aspirations de la foi ont besoin de monter vers la voûte des temples ; mais pour le prisonnier du Spielberg, il n'y eut longtemps ni temples ni autels. Ce sont là pourtant deux tortures que nul n'a le droit d'infliger à l'âme du condamné. Longtemps cette consolation fut refusée par un empereur chrétien à de pauvres jeunes gens dont tout le crime était de s'être souvenus que leurs pères avaient une patrie.

« Ah ! quels siècles que ces premières années de la captivité, où, entre ces lugubres murailles, je vécus dans le tourment et seul !

« Jamais ma prière ne s'élevait avec celle de mes compagnons, et le désir de l'autel absent ôtait le repos à mon âme.

« Elle se représentait tous les ravissements de la religion et les grâces qui brillent sur les saints autels ;

« Et les gémissements de David, et les flambeaux qui réveillent, et les voix harmonieuses de l'orgue, et les mystiques parfums ;

« Et l'ineffable banquet où Dieu lui-même nourrit, et relève, et anime aux espérances sublimes le mortel défaillant.

« Ensuite, me rappelant la perfidie du monde, je jurais de tenir éternellement loin de moi ses profanes douceurs.

« Mes paupières ne se fermaient plus, et je demandais ardemment à Dieu qu'il me permît encore de laisser couler mes larmes dans une église.

« Alors revenaient à ma pensée les ombres paisibles des monastères, les vierges voilées et les austères anachorètes.

« Et je portais douloureusement envie à ces âmes qui pouvaient encore épancher au pied des autels leur peine et leur amour.

« Mais à ce désir des saintes demeures qui venait m'assaillir dans la prison, il se mêlait un sentiment tendre d'une douceur toute nouvelle.

« Je rendais grâce au ciel de ce que mes parents bien-aimés pouvaient du moins pleurer, prosternés devant l'autel.

« Un jour enfin, ô jour bienheureux ! la nouvelle arriva que pour nous allait s'ouvrir le séjour de la prière commune.

« Et pour un moment tiré de ma prison, je revis le tabernacle où repose celui que la gloire environne dans le ciel.

« Ce temple n'est pas de ceux qui s'élèvent hardiment sur de hautes colonnes, et qui semblables à un palais céleste, plongent les cœurs dans le ravissement.

« C'est plutôt la simple maison d'un mortel, et cependant je fus saisi de ce tremblement que donne à l'homme la solennelle émotion d'une pieuse humilité.

« Et je palpitai d'amour pour cet autel, comme jamais je ne l'avais éprouvé pour aucun autre, et je sentis véritablement que le Seigneur était là.

« Cela ne dura qu'un moment; mais quand je sortis, j'étais un autre homme : je portais dans mon sein le Sauveur qui accueille et qui console les affligés.

« Et tel alors rayonnait en moi l'éclair de la divine lumière, que je trouvais dans mes souffrances une joie indicible;

« Et les chaînes étaient devenues légères à mes pieds.

« En quittant la petite église de la prison, je retournai dans ma triste cellule, le cœur en proie à mille émotions tendres, et la pensée ouverte à de plus nobles, à de plus belles images. L'ineffable puissance des rites sacrés semblait m'avoir prêté une âme nouvelle, et pendant tout le jour je décomposai les hymnes de David pour en composer d'autres hymnes.

« O faculté charmante des vers! plus charmante encore dans les sombres années du malheur, lorsqu'une force divine inonde le cœur, et l'embrase tout entier du feu des pensées généreuses, lorsque la grâce abonde en l'homme jusqu'à lui faire bénir les croix de sa douleur; flambeau de la poésie! sans cette église, oh! non, tu ne restais pas allumé dans mon âme.

« Et que cette puissance aimable se fût éteinte en moi, au souffle glacé du désespoir, j'aurais langui sous le joug du ressentiment et de l'orgueil, ou je me fusse emporté à de coupables fureurs. Souvent il me prenait un dégoût fanatique de cette vie enchaînée à tant de maux; puis, à la clarté sainte des hymnes renaissantes, je repoussais loin de moi ce dégoût impie.

« Grâces te soient rendues, ô pauvre petite église, l'amie des prisonniers! Un charme indicible émanait de toi; en toi je retrouvais la confiance de mes jeunes années au Dieu trois fois saint; en toi j'apprenais à pardonner sans effort; en toi j'ai pleuré d'amour et de joie; en toi, pendant les jours amers, je reprenais haleine pour porter jusqu'au terme le fardeau de mon châtiment. »

Ce terme arriva, comme on sait, en 1830, un peu avant notre révolution, et le poëte rentra dans sa patrie, au sein de sa famille. Sa joie fut grande, mais troublée. Hélas! quel homme, s'il s'éloigne du toit paternel, peut s'assurer qu'en son absence la mort n'aura fait aucun vide parmi les siens? Silvio ne retrouva plus sa plus jeune sœur, celle qui, pendant sa captivité, avait pris le voile au couvent de la Visitation. C'est à elle sans doute qu'il a songé en écrivant ce qui suit :

« Ah! toujours l'homme est assiégé de maux, quoique souvent, dans l'impétuosité de sa joie, il s'imagine avoir triomphé de tous les malheurs.

« Je pleurais bien des cœurs chéris que m'avaient enlevés les traits inexorables de la mort. »

C'était cette pauvre Marietta, c'étaient aussi Volta et Foscolo. Le morceau suivant appartient à l'élégie que le poëte a consacrée à la mémoire de Foscolo :

« Je vois les larmes que tu répandis certainement lorsque te vint l'affreuse nouvelle que, séparé violemment de tout ce qui fait le charme de l'existence, j'allais, pendant des années, traîner ma vie dans les fers. Le ciel sait si, dans ma prison, j'ai pleuré sur toi, et quels vœux mon cœur élevait pour toi vers le ciel : je ne cessais de lui demander pour toi cette clarté divine qui console de tout et qui mène au Seigneur.

« Il me fut doux, après dix ans de captivité, de revenir dans la chère patrie de mes pères. Mais lorsque ma chaîne tomba, mon âme fut privée d'une joie immense, car elle était pleine de ton souvenir, et il y avait longtemps déjà que ta cendre dormait sous la terre bretonne ; et j'appris tes malheurs, et nul ne put me dire si, en mourant, ton cœur s'était ouvert à Dieu. »

Foscolo était mort dans l'exil, léguant à l'Italie la renommée d'un talent supérieur à ses œuvres. Volta aussi n'était plus ; il s'était doucement éteint dans sa gloire, à l'âge de quatre-vingt-un ans, le 6 mars 1826.

« Pendant les jours de ma douleur, beaucoup d'existences achevèrent leurs cours ici-bas, et ton noble cœur cessa de battre.

« Il m'est dur, ô Volta ! de ne pouvoir plus me jeter un moment dans tes bras, et lever sur ton front vénérable le regard d'un fils.

« Ah ! j'espère que tu reposes maintenant parmi les âmes choisies ; regarde-moi du ciel, et demande au Seigneur que je puisse pour toujours te revoir dans la paix.

« Pardonne si j'ai tant tardé à suivre tes conseils ! je me confie en ton amitié, et je lui confie aussi ce cher Porro que tu aimais.

« Fais qu'il arrive au terme de sa haute infortune ; fais qu'avec lui et les autres amis, nous trouvions dans l'amour divin des joies plus assurées ! »

Le comte Porro est aujourd'hui, je crois, retiré à Marseille. D'autres étaient morts avant 1820 ; mais, au retour de Silvio, ceux-là aussi lui revenaient à la mémoire. L'exil, en le séparant de leur tombe, semble avoir exalté en lui la religion du souvenir.

« Depuis que j'ai vu mes fers se briser, ô mon Dieu ! et que de nouveau je respire l'air des Alpes, Turin a mille enchantements pour mes yeux ; mais vainement j'y cherche un ami que j'avais, et je soupire.

« Là naquit Lodovico, et c'est là qu'il vécut une partie de ses chères années ; là qu'il souffrit ; là que, près de mourir, il arrêta une dernière fois sur mon visage sa tremblante prunelle.

« C'est là qu'il me montrait le sentier où, le soir, il avait coutume de traîner ses pas solitaires, et le lieu de l'église où, séparé de moi, il allait demander à Dieu mon retour.

« Aussi chaque jour je le vois, tantôt ici, tantôt là, pâle, souffrant, et toujours respirant avec peine ; et je me promène en esprit à son côté, et je crois entendre sa voix dans mon cœur. »

Toute la suite de ce passage est admirable de douceur et de mélancolie. Lodovico de Brème était un prêtre doué d'un talent remarquable pour la poésie. Il avait composé deux drames, mais je ne sais s'il les avait publiés. Le morceau se termine par ce beau mouvement :

« Dans mes heures d'inexplicable détresse, j'aime à passer devant la porte de ta maison, et mon cœur alors laisse un libre cours à son émotion secrète, inconsolable de ta mort cruelle.

« Mais bientôt tes nobles maximes me reviennent à la pensée avec la grâce de ton sourire, et ma poitrine se sent inondée de douceurs cachées, et j'aspire à t'embrasser dans le ciel. »

A ces chères ombres de Volta, de Foscolo, de Louis de Brême, une autre souvent venait se joindre qui lui arrachait aussi des larmes : c'était celle de l'infortunée comtesse Teresa Confalonieri. Pendant que le comte trouvait dans l'espoir de l'embrasser une fois encore le courage de supporter les tortures du Spielberg, cette femme héroïque se mourait du regret de n'avoir pu sauver son époux. On se sent profondément ému, lorsqu'on voit de quel culte religieux les patriotes italiens environnaient la comtesse. Teresa (1). Le génie de l'homme et la grandeur de son caractère les subjuguaient ; mais la beauté, mais la vertu de la femme leur apparaissaient comme une consécration divine de leurs espérances. Silvio avait obéi, comme tant d'autres, à cette sainte et irrésistible séduction, et lorsque ses regards s'abaissèrent sur cette tombe si fraîchement ouverte, il se ressouvint amèrement de l'autre victime qu'il avait laissée en Moravie :

« Je sais supporter pour moi-même le lourd fardeau des jours amers, mais je ne sais pas me résigner, quand je songe au martyre de ceux que j'aime. Dans l'affliction qui m'accable, je n'implore qu'une grâce, celle de pouvoir un jour soulager la peine de mon pauvre Frédéric... Mais nul ne répond au cri de mon âme ; les années passent, et qui sait, en attendant, si, à l'heure où je parle, ce cher infortuné traîne encore sur la terre les restes de sa vie désolée ? »

Le cri de cette âme a été entendu, et le comte Confalonieri est libre ; mais si son ami le revoyait aujourd'hui tel que le lui a fait le Spielberg, et tel que nous l'avons vu à Paris, peut-être il s'écrierait, comme dans ses vers : « Cruel tourment de le savoir mort ! tourment cruel de le savoir vivant ! »

Dans l'existence calme et retirée qui désormais est celle de Silvio Pellico, les souvenirs d'autrefois sont la plus vive préoccupation du présent ; il semble que se défiant de l'avenir, le poëte en détourne volontairement ses regards. Il écrit l'histoire de sa jeunesse, et peut-être un jour le public sera-t-il admis à la confidence de cette autre révélation de son âme. Le volume que je tiens offre plus d'une trace de ce mélancolique retour sur le passé.

« Où est ma jeunesse ? que sont devenues les heureuses années de l'amour sur les bords du Rhône ? où est le temps où je revenais aux doux pénates de la famille, et ma fenêtre

---

1 Un Italien de distinction, M. le comte Carlo Leoni, de Padoue, allié, je crois, à la famille de Teresa Confalonieri, a consacré dans une inscription le souvenir de cette illustre dame. Le hasard ayant fait parvenir cette inscription jusqu'à nous, nous avons tenu à la reproduire ici textuellement, comme un hommage solennel à cette noble mémoire.

ALLA GENEROSA MEMORIA
TERESA CASATI CONFALONIERI
PER COSTANZA DI MARITALI AFFETTI
DEGNA DI STORIA
INFELICISSIMA
DOPO DECENNI LACRIME E PREGHIERE
DA CRUDA TERRA
IN VANO SOSPIRATO IL CONSORTE
STANCA DELLA VITA NON DELLA VIRTÙ
PER LONGHISSIMA AGONIA CONSUETA
VOLÒ NELLA PATRIA VERA.

—

SORGETE O DONNE ITALIANE
SORGETE MAGNANIME
L'ANGELO DI DIO SPEZZERA LA SPADA DEI FORTI
L'ALLEGREZZA DE CIELI
SPEGNERA OGNI UMANA INGIUSTIZIA.

Où est ma pensée? que sont devenues les heureuses années de l'amour, sur les bords du Rhône?

ouverte au souffle tempéré du vent des Alpes? où sont ces glorieux poëtes qui, à Milan, me couronnaient du laurier des Muses? où est la gloire, où sont les applaudissements qui accueillaient mon nom sur la scène? et maintenant où sont mes dix années dans les fers?

« De retour dans ma patrie, après avoir été enseveli vivant dans une nuit si profonde, je me replongeai dans la douceur de ces tendres affections que le malheur n'avait pu interrompre; je payai d'abord le tribut de mes prières et de mes larmes aux êtres si chers que le trépas m'avait ravis, puis je retournai aux œuvres immortelles qui jadis avaient été le charme et l'amour de mes veilles.

« Et souvent ma main tremblante se pose sur ces livres poudreux, et je crois, en les ouvrant, renaître aux jours studieux de ma jeunesse, et alors mes larmes coulent. Je retrouve les marques laissées par moi, dans ces livres, à la page où je m'arrêtai sur une pensée profonde, à celle où j'ajoutai aux sublimes idées d'un auteur préféré le commentaire de l'erreur ou celui de la vérité.

« Maintenant c'est avec d'autres impressions que je vous regarde, ô livres autrefois tant aimés! je suis encore un poëte, mais je ne saurais plus me prosterner en idolâtre, même devant un Homère; si je soupire encore en feuilletant les poëmes des maîtres, ce n'est plus la magie de leurs grandes pensées qui m'enchante. Plus d'un livre m'est cher, et cependant en lui c'est lui rarement que je cherche : je me cherche moi-même. »

Ici doit s'arrêter cette nouvelle biographie. Aussi bien je ne pourrais l'étendre qu'en ajoutant, aux récits harmonieux du poëte, quelques-unes de ces anecdotes familières qui, à propos d'un homme encore vivant, courent le risque de paraître puériles, toutes les fois qu'elles n'excitent pas d'abord un intérêt profond. Il est vrai, et Racine l'a remarqué très-ingénieusement dans la préface de *Bajazet*, il est vrai que *l'éloignement des pays répare la trop grande proximité des temps*. Mais Turin est-il si loin de nous, et la gloire de Silvio est-elle tout entière le patrimoine de l'Italie? Bornons là les détails; mais revenons encore sur la portée littéraire de ces poésies. Pour ressaisir le fil de l'histoire à travers tant de soupirs et de larmes, j'ai dû, selon le besoin du récit, prendre où bon me semblait. Pour apprécier l'œuvre au point de vue de l'art, pour caractériser la manière de l'artiste, après avoir étudié le cœur de l'homme, il me faut replacer dans chaque page ce que j'en ai détaché, et les recomposer toutes dans leur unité primitive.

Silvio Pellico procède avec simplicité et par développement élégiaque, plutôt que par élan lyrique. On dirait que la résignation qui est dans son âme, en se communiquant à ses vers, ait substitué des beautés suaves à ces beautés imprévues et hardies qu'on ne peut guère attendre que d'une inspiration passionnée; la parole harmonieuse et limpide suit sans effort le mouvement de la pensée. Toutefois cette modération de la pensée et du langage n'exclut pas le tour ingénieux, et parfois une certaine majesté d'allure. Il y a ici tel morceau qui rappelle avec bonheur la marche de Schiller dans son admirable poëme de *la Cloche*. Celui qui a pour titre *les Processions*, est une poétique revue de toutes les occasions solennelles où le prêtre sort du temple pour faire entendre son chant du milieu de la foule. Une autre pièce, la plus considérable du recueil, et à laquelle nous avons beaucoup emprunté, *les Églises*, nous fait assister, de contrée en contrée, et, pour ainsi dire, d'année en année, à toutes les transformations qu'a subies la foi du poëte.

Ferme aujourd'hui dans sa croyance, ce poëte chante avec douceur et sérénité, et plusieurs pages de son recueil marquent avec grâce ce moment de sa pensée. Le *Vieux Missel* est une conception ingénieuse, l'hymne à *sainte Fortunata* une touchante mélodie; dans *une Femme*, c'est le portrait d'une dame que chacun a dû reconnaître à Turin, mais où nous ne verrons que l'hommage d'une pieuse reconnaissance; *la Salle d'asile*, enfin, est une élégie un peu trop longue peut-être, mais où l'enfant du pauvre raconte avec naïveté à quelle vie douloureuse vient de l'arracher la munificence du riche. Je traduirai le début :

« Je suis un petit enfant, pauvre et malade ; ayez pitié de moi, enfant Jésus, vous qui êtes Dieu, mais, comme moi, né dans la pauvreté !

« Chaque matin, ma mère me laisse là, dans la chaumière déserte, et s'en va, le cœur triste, gagner notre chétive nourriture.

« Elle sert un maître, puis un autre, porte l'eau à laver et s'épuise de fatigue : c'est à grand'peine si elle vit, et toujours la même indigence !

« Et moi, demeuré seul, je vais à droite ou à gauche, sans une douce parole de quelque bouche qui m'aime ; souvent j'ai faim, et le pain me manque !

« Ces longues heures d'abandon me remplissent l'âme de crainte et de dégoût, et je tombe dans d'inconsolables ennuis.

« Ma pauvre mère m'aime bien, et cependant si elle rentre au logis et qu'elle m'entende pleurer, souvent il lui échappe de dures paroles.

« Pauvre mère ! elle a tant de peine à vivre qu'elle ne sait plus sourire, et chaque jour me rend plus malheureux, etc. »

Eh bien ! cette voix de Silvio qui s'élève avec tant de mélancolie a trouvé en Italie des âmes rebelles à sa pénétrante douceur. Si on s'était contenté de dire que dans les poésies de notre ami l'expression n'est pas toujours à la hauteur de la pensée, qu'il y a dans les idées quelque monotonie, quelques longueurs dans les développements, la critique pouvait peut-être le dire aussi. Mais cette foi si sincère, mais cette résignation si pieuse, ont, dit-on, rencontré des incrédules. Pourquoi s'en étonner ? Cette modération, qui prend si haut sa source, était faite pour déconcerter la logique vulgaire des passions : ne pouvant comprendre cette modération, on l'a niée. Imitons le poëte, qui ne s'en émeut pas et qui laisse passer tout cela à ses pieds sans daigner s'en apercevoir. Tout pays, ici nous poursuivons la pensée de Racine, est, relativement aux autres, comme une image de la postérité. En vain calomnie-t-on le génie et la vertu dans la patrie qu'honorent l'un et l'autre, le reste du monde repousse le mensonge avec mépris, et ne laisse venir à lui que la vérité.

LES

PRISONNIERS DU SPIELBERG

———

I

PIERO MARONCELLI

Vers les derniers jours du mois d'août 1833, un bâtiment partait du Havre pour New-York. Il portait au nouveau monde une colonie de chanteurs ; car, si jalouse qu'elle soit de la nationalité de ses institutions et de ses mœurs, c'est à l'antique Europe que la jeune Amérique demande encore le secret des plaisirs de l'intelligence.

A mesure que le navire avançait sur l'Océan, les voyageurs saluaient par des hymnes et des cris de joie la terre qui leur promettait de l'or et de la renommée ; un seul d'entre eux se demandait si cette terre lui rendrait sa patrie : sa patrie c'était l'Italie ; son nom, Piero Maroncelli.

Ni les chants ni la folle joie de ses compagnons n'arrivent jusqu'à son cœur. En proie aux douloureuses pensées de l'exil, il promène des yeux pleins de larmes sur cette mer qui n'a pas le mol azur de l'Adriatique, sur ce ciel qui a bien les ardeurs brûlantes, mais non les parfums du ciel de Naples, sur cette terre qui n'aura jamais les ruines mélancoliques de Rome. Les deux bras appuyés sur le balcon de l'arrière, il semble chercher à l'horizon qui s'éloigne les bords où l'ont jeté tour à tour les caprices de sa vie errante : Rome, où l'attendent encore une mère et une sœur ; Constantinople, où son frère, comme lui fugitif, est allé reporter à l'Orient les trésors de la médecine que l'Occident en a reçus jadis ; Turin, où chante encore le frère de ses douleurs, Silvio Pellico ; Paris enfin, qui le regarde partir avec regret. Puis il se retourne tristement vers cette Amérique qui l'appelle ; en reviendra-t-il assez riche pour donner à sa mère le pain de ses vieux jours ? Il a beaucoup souffert dans l'ancien monde ; mais aux grandes douleurs Dieu réserve les grandes consolations : la Providence a pour les malheureux des préférences de mère. L'Autriche, qui a fait tous les malheurs de P. Maroncelli, lui devait une réparation. Elle lui réservait une épouse. Condamnés tous deux à l'exil, quand l'un descendait tout mutilé des Alpes, l'autre arrivait des bords du Rhin : un nœud solennel et sacré leur a fait dans l'amour une patrie commune.

Ainsi se passent les jours. Aux inquiètes préoccupations de l'avenir le soir mêle à son tour les rêveries du passé; c'est alors qu'à la pâle lueur d'une lampe agitée par la brise, notre voyageur écrit pour l'enseignement des âges le pathétique récit de ses longues infortunes. Nous, cependant, nous essayons de retrouver, à l'aide de quelques notes éparses, l'histoire de ses premières années.

Nous avons pieusement raconté la vie de Silvio; c'était promettre celle de son ami. Qui oserait séparer dans la mémoire des hommes ceux que le malheur a si tendrement unis?

Il écrit, et le spectacle de l'Océan, en rapprochant sa pensée du ciel, tempère sous sa plume l'amertume des souvenirs. En présence d'une si grande chose que la mer, on éprouve pour les hommes plus de pitié que de haine, tant on les sent petits et misérables comme soi-même!

Il écrit, et sa jeune femme semble épier dans ses yeux quelques larmes à essuyer. Et s'il arrive une fois que les ressentiments du passé ne se taisent pas devant le calme de l'Océan dans le cœur ulcéré du proscrit, elle s'approche timidement, et son regard suppliant semble demander grâce pour le pays qui la vit naître. Elle est là, debout, comme l'inspiration vivante de Maroncelli. Cette angélique résignation que Silvio a trouvée dans la charité du christianisme, il la puise, lui, dans l'amour, qui n'est qu'une manifestation moins céleste, mais divine encore, de la même religion. Il chercherait en vain un reste de colère, lorsqu'une voix aimée murmure doucement auprès de lui ce nom de Silvio, ou lui chante harmonieusement quelque naïve ballade du Tyrol, ruse touchante d'un cœur qui cherche à s'emparer des ressentiments de l'homme par les sympathies du musicien.

Car c'est surtout un musicien que le poëte P. Maroncelli.

Piero Maroncelli est sorti tout meurtri de la prison qui se referma sur lui, une première fois, longtemps avant de s'ouvrir pour son ami. En proie à de vives souffrances, ses doigts n'effleurent plus qu'avec douleur les touches de l'orgue ou du clavecin : c'est à peine si la voix lui est restée. Une lutte à mort, la lutte de Jacob et de l'Ange, se renouvelle entre le génie d'un homme et la matière qui l'opprime. Commencée dans la captivité, elle s'achève dans l'exil. Quelque chose de grand, nous l'espérons, sortira de cette lutte; car l'infortune profite au talent comme à la vie morale. Que de suaves inspirations les jours et les nuits ont amassées dans le cœur de cet homme! Mais ses forces suffiront-elles à les produire, ou faudra-t-il qu'elles s'exhalent uniquement vers Dieu, comme aux jours où l'instrument manquait aux doigts du musicien?

Dans les cachots du Spielberg, la poésie prêtait sa langue à toute douleur que la religion laissait à consoler dans l'âme de Silvio. Toute plainte de Silvio devenait mélodieuse sur ses lèvres, toute espérance s'enchantait elle-même à l'écho de sa voix. P. Maroncelli aussi sentait toute chose en son âme se fondre en harmonie; et si, à défaut de l'instrument que ses doigts appelaient en vain, sa voix fût demeurée libre, il y avait même là quelque bonheur à ressentir. Mais les sentinelles qui se promenaient silencieusement sous la fenêtre grillée de la prison arrêtaient la voix dès qu'elle prenait l'essor. Le poëte, lui, pouvait composer des vers et se les réciter à lui-même, les réciter au nuage qui s'en allait vers l'Italie, à l'oiseau qui traversait l'air, aux montagnes qui se dessinaient dans le lointain, aux soldats endormis sur les champs entrevus d'Austerlitz; cette montagne, ce nuage, cet oiseau, ce grand nom, c'était pour lui le monde; ses vers, il pouvait avec ses ongles les graver aux murs de sa prison; et là, lui apparaissait encore une dernière espérance de gloire, une chance dernière de postérité.

Mais le musicien! concevez-vous les tortures intellectuelles d'un homme qui entend confusément en lui-même une parole ardente, inquiète, orageuse, laquelle, pour le sauver du désespoir, n'aurait besoin que de s'épancher au dehors, et qui se voit condamné à étouffer le murmure de cette parole? Alors Maroncelli ne savait plus à son mal qu'une seule consolation, c'était de rêver un avenir meilleur ou de revivre dans le passé. Et lorsque la liberté est venue pour les deux prisonniers, qu'est-il arrivé? Le poëte a retrouvé sous le toit paternel, avec les premières affections de son enfance, les premières inspirations de sa jeunesse. Son génie, exercé dans les fers, a continué sa noble mission, et les tourments vaincus de la captivité lui ont donné de bonne heure une virile maturité. Mais le musicien pourra-t-il évoquer maintenant l'inspiration stérilement amassée dans son âme? stérilement avons-nous dit, mais pour l'art seulement qui a besoin de se produire sous une forme arrêtée, non pas pour le sentiment religieux qui a mille langues pour s'exhaler. Accoutumé à répandre son génie en larmes et en prières, quand ce génie l'oppressait, l'artiste saura-t-il encore lui ouvrir une autre voie? peut-être ainsi la destinée musicale de Piero Maroncelli est-elle tout entière dans le passé; elle y était du moins à ces tristes heures où sa pensée, fatiguée du présent et n'osant envisager l'avenir, n'avait plus que la force de se replier sur elle-même.

Oh! qu'ils lui semblaient beaux alors les jours de son enfance, uniquement livrée à l'étude de la musique et aux extases de l'harmonie! Avec quelle amertume il se reprochait la perte des heures que, à cette époque, il avait laissé envahir par d'autres idées, par d'autres passions, par un autre culte! L'art, comme un dieu jaloux, lui apparaissait dans le silence de la nuit, lui demandant un compte rigoureux des jours qui lui furent donnés pour devenir un grand artiste. Chacune de ses heures qu'il avait prodiguées au hasard, avec l'insouciance du jeune âge, lui revenait à la mémoire avec le cortége des trésors dédaignés par lui. Il se disait alors que l'art, pour le punir, le condamnait à laisser oisives ses facultés puissantes, maintenant que leur intime et solitaire développement lui serait une compensation de la liberté et de la gloire.

Piero Maroncelli naquit le 21 septembre 1795 à Forli, ville de la Romagne, dans une honnête famille de marchands. Son aïeul, frère d'un précepteur du pape Pie VI, avait voulu d'abord faire de son fils un ministre de l'Église. La médiocrité de sa fortune l'avait accoutumé à compter plutôt, pour son fils, sur la protection de quelque cardinal en crédit, que sur le faible patrimoine qu'il aurait à lui transmettre. Le jeune homme, né avec des inclinations douces et des goûts simples, ne témoignait aucune répugnance pour la vocation qu'on essayait de lui inspirer. Il se laissa donc paisiblement revêtir de la soutane, et peut-être aurait-il achevé dans les ordres sa pacifique carrière, si le hasard ne lui eût fait connaître Marie Iraldi, jeune fille aimable de la famille de Bonnet, le philosophe génevois. Le jeune homme avait alors vingt et un ans; il devint amoureux de Marie, et renonça, pour l'épouser, à toute espérance de fortune ecclésiastique.

De ce mariage naquit une première fille, nommée Pierina, qui vécut peu de jours; puis une seconde, celle qui veille aujourd'hui au chevet de sa mère malade, Eurosia. Il ne manquait plus qu'un fils au bonheur des deux époux. Dieu leur donna celui dont nous racontons l'histoire.

Le jeune couple se prit à penser à l'avenir en voyant s'augmenter sa famille. M. Maroncelli ayant réalisé le peu qu'il possédait, ouvrit un magasin de toiles et de draps. Dieu bénit les pères qui travaillent pour leurs enfants : il fit prospérer les efforts de M. Maroncelli. Sa probité et sa modération, qui, en commençant, avaient été presque ses seules richesses, lui attirèrent à la longue la confiance de ses compatriotes. Étranger aux idées que semait par le monde le spectacle de la révolution française, il ne s'en occupa ni pour les adopter ni pour les condamner. Peut-être entendait-il avec une sorte de frayeur secrète le sourd grondement de la conquête qui s'avançait du côté de la Romagne. Accoutumé à concentrer sur sa femme et sur ses enfants toutes les affections de son âme, il comprenait peu l'ardeur des hommes qui demandaient une patrie quand ils avaient une famille ; mais jamais une parole de blâme n'était venue témoigner de sa craintive sollicitude. A chaque courrier qui, traversant la ville de toute la vitesse de son cheval, annonçait l'approche des Français, il sentait plus doucement son bonheur passé, et regardait en soupirant son foyer si heureux la veille. Quelque chose semblait l'avertir que cette politique, qu'il ne comprenait pas et ne voulait pas comprendre, allait bientôt porter la désolation dans ce foyer paisible, et qu'une fois entrée dans la maison, elle n'en sortirait qu'après avoir marqué d'un sceau de malheur le pauvre enfant qui reposait alors dans les bras de sa mère.

Cependant la révolution française hâtait sa marche en Italie, et déjà son armée entrait victorieuse dans Forli.

Partout où se cache le bonheur, quelque soin qu'il mette à se laisser ignorer, il ne peut si bien faire qu'il échappe à l'œil de l'envie. Le commerce de M. Maroncelli avait prospéré, et l'aisance était entrée dans sa famille. Aussi, dès que les soldats manifestèrent quelque velléité de pillage, il se trouva des gens pour dire à l'oreille des plus avides : « Cette maison que vous voyez appartient à un ennemi de la révolution. » Comme le marchand avait de beau drap en magasin, et que chaque Français avait laissé quelque chose de ses vêtements aux rochers du mont Saint-Bernard, les conquérants se laissèrent aisément persuader que la maison était celle d'un *conspirateur*. Elle fut pillée ; et, au bout de quelques minutes, il n'y restait qu'une famille éplorée, un père cruellement absorbé dans la pensée de l'avenir, et une pauvre mère qui n'avait plus que ses mamelles à présenter à ses petits enfants.

Cependant les Français n'avaient pas tout emporté : chacun d'eux, pressé de prendre son morceau de toile ou de drap, repoussa dédaigneusement du pied le livre des comptes, et ce livre sauva la famille.

A sa vue, une dernière lueur d'espoir brilla aux regards du père affligé. Il vint tout joyeux apporter le registre à sa femme et le déposa silencieusement devant elle, au grand étonnement des enfants, qui, joyeux de la joie triste de leur père, regardaient le grand livre sans comprendre. Le bon marchand le feuilleta tant et tant de fois, qu'il parvint à retrouver et à mettre en ordre ce qui lui était dû encore du prix de ses marchandises. Il réalisa ainsi une petite somme, et, au bout de quatorze ou quinze mois, à force de courage, d'activité et de privations, la famille désolée était sortie de la misère : elle n'était plus que pauvre.

Cependant les enfants grandissaient : ils avaient du pain, il fallut songer à leur éducation. . Eurosia, l'aînée, était allée passer quelques semaines à Bagna-Cavallo, près de Lugo, dans une famille d'amis. Charmés des grâces de la jeune fille, ses hôtes la gardèrent six mois auprès d'eux. La mère pouvait s'inquiéter de l'oisiveté de sa fille ; on chargea un mineur conventuel, élève du *maëstro* Martini, d'enseigner à Eurosia les principes de la musique, et on choisit le clavecin.

Eurosia revint chez ses parents. Ceux-ci, émerveillés de son talent, se gardèrent bien de négliger ces précieux commencements. La musique pouvait être au besoin une ressource pour leur fille, et, pour la famille, une douce distraction pendant les longues soirées de l'hiver. Ils se consultèrent donc, et leur tendresse leur persuada qu'ils étaient encore assez riches, non pas pour acheter un clavecin, mais pour louer une épinette ; Eurosia continuerait ainsi ses études ; Dieu, qui envoyait ces précoces dispositions à leur fille, saurait bien, tôt ou tard, leur donner assez de fortune pour lui acheter une épinette qui fût à elle, celle-là même peut-être, car ils avaient compris (l'amour d'un père comprend tout) que l'artiste conserve toujours un religieux amour à l'instrument qui fut le timide confident de ses premiers essais.

Mais l'étude de la musique n'est pas toute l'éducation d'une jeune fille. Eurosia partit pour le couvent de Sinigallia.

Piero était donc désormais, avec son frère, l'unique joie de sa famille, l'unique consolation de ses parents; je me trompe, il leur restait encore l'épinette louée. Elle était là, comme un souvenir de leur fille absente, et la douce promesse de son retour; quelquefois même on pouvait croire, à l'aspect de l'épinette oisive, qu'elle n'était muette que pour un moment, et que rien n'était changé dans la maison.

Cependant, à force de voir l'instrument et de ne plus voir leur fille assise devant lui, les parents se demandèrent pourquoi ils ne feraient pas aussi un musicien du jeune Piero. Parfois l'enfant, en se dressant sur la pointe de ses petits pieds, était arrivé jusqu'aux touches de l'épinette, et, avec un air de joie intelligente, il avait souri quand les touches, frappées par son poing, lui avaient renvoyé quelque son brusque et retentissant. En fallait-il davantage pour conclure qu'il était né musicien?

Oh! qui ne se mettrait à genoux devant cette naïve et complaisante admiration qu'un père ou une mère a pour ses enfants! Et puis l'avenir a de si amères déceptions, qu'il ne faut pas leur envier ces douces jouissances; elles sont quelquefois la seule récompense de toute une vie de dévouement.

Eurosia avait eu pour maître, à Forli, un pauvre musicien nommé Mingheti; c'était un de ces honnêtes praticiens qui enseignent par routine certains airs qu'ils ont appris par imitation. « Eh bien! dit le père, nous dirons à Mingheti de revenir. » Mingheti revint et donna sa première leçon : elle ne démentit pas les prévisions de l'amour paternel, et pendant trois mois les leçons se succédèrent. L'élève, au dire du maître, faisait chaque jour des prodiges.

Mais un jour, par malheur, se fit sentir dans la main gauche du jeune artiste un douloureux engourdissement. Il venait de la présence d'un corps herpétique, qui menaçait, en s'étendant, de devenir dangereux. On interrompit les leçons, au grand regret de l'enfant, plus affligé de voir son épinette oisive qu'il ne l'était de sa douleur même. La souffrance devint si cruelle, que le mot d'opération fut prononcé. Les parents frémirent à cette pensée. L'enfant seul avait compris, sans les craindre, les tourments qu'il aurait à supporter. Il présenta courageusement sa main, et vit s'approcher le fer sans pousser un cri, sans verser une larme. Jeté au fond d'un cachot affreux, cet enfant, un jour, chantera un hymne en attendant le chirurgien qui doit lui couper une jambe. C'était là le noble apprentissage de ce qu'il devait subir au Spielberg. La Providence semblait essayer dans l'enfant le courage de l'homme, et celui-ci donna dès lors la mesure de son héroïque résignation. Cette maladie et ses suites se prolongèrent quatre mois entiers. Les parents, qui étaient toujours pauvres, s'étaient vus forcés pendant ce temps de renvoyer l'épinette à son propriétaire. Les premières souffrances apaisées, Piero regarda tristement autour de lui, et son muet étonnement semblait demander à ceux qui l'environnaient pourquoi cette place vide parmi les meubles de la maison.

La convalescence arriva. Un ami de M. Maroncelli se présente un matin, et lui dit :

— Vous savez que je suis prieur de ma confrérie; demain nous célébrons la fête de notre patron, et j'ai compté sur Piero que voici pour jouer des orgues à la messe.

Et il passait sa main sous le menton de l'enfant, qui ouvrait de grands yeux, et paraissait ne pas bien comprendre.

Le père prit la main encore endolorie de son fils, et la montra silencieusement à son ami.

— D'ailleurs, ajouta-t-il, y pensez-vous? Mon fils n'a pris que trois mois de leçons, et en voici bientôt quatre que le maître n'est venu.

— Il est trop tard, dit le prieur, pour chercher un organiste. Nous comptons toujours sur Piero.

Le père finit par se rendre, en poussant un grand soupir qui disait mieux que toutes les paroles ce qu'il craignait de l'épreuve du lendemain.

Le cœur de l'enfant battait de joie ; il ne pensait qu'au bonheur de paraître comme acteur, dans une grande solennité religieuse, aux regards de ses camarades qui allaient envier sa gloire ; et sa pensée remerciait avec effusion l'habile Mingheti qui avait fait de lui un si grand homme.

Il ne doutait pas qu'on ne fût naturellement organiste dès qu'on était assis là-haut devant l'orgue, dominant l'église du regard et partageant avec le clergé l'admiration des fidèles. Si certaine crainte intérieure lui donnait quelque défiance de lui-même, sa mère ne lui avait-elle pas appris qu'il y a des anges gardiens dans le ciel ; et lui, enfant pieux et docile, comptait un peu sur son bon ange pour guider ses doigts parmi les touches de l'orgue, et lui enseigner des secrets inconnus même à Mingheti.

Son père le rappela de ce monde fantastique où s'égarait son imagination.

— Aujourd'hui, lui dit-il, tu n'iras pas au séminaire (le séminaire c'était l'école), et la soirée, tu l'emploieras à te préparer à ton rôle de demain.

L'enfant redevint triste tout à coup, et ses regards se dirigèrent sur la place qu'avait occupée l'épinette. Il y avait dans ces regards tant de naïve douleur, que M. Maroncelli se sentit ému.

— Eh bien ! dit-il en maîtrisant son émotion, tu t'exerceras sur cette table.

Il ne faut pour consoler un enfant que lui laisser entrevoir une idée autre que celle qui l'attriste. Piero retrouva sa gaieté, et pendant toute la soirée il essaya un à un sur la table tous les airs que lui avait enseignés Mingheti. Le sommeil vint le prendre plus tard que de coutume, et il s'endormit, bien convaincu que le lendemain il ferait honneur à la famille.

Le lendemain, on n'eut pas besoin de *tirer d'un profond sommeil cet autre Alexandre*. L'émotion ne lui avait permis qu'un léger repos, et le premier rayon du jour l'avait éveillé. Toute la nuit il avait vu passer devant lui de magnifiques spectacles. Il avait assisté aux concerts des anges, et lui-même, une étoile au front, avait fait partie de ces concerts. De si vives jouissances lui avaient été révélées, qu'à son réveil il ressentit d'abord une impression de tristesse et de regret pour ce monde qui s'en retournait. Ce fut son premier désenchantement ; il étudia encore quelques airs sur la table, mais il ne retrouvait plus son enthousiasme de la veille, et lorsqu'il apprit qu'on venait le prendre pour essayer à l'église une répétition sérieuse, peu s'en fallut qu'il ne courût se cacher dans les bras de sa mère. Il suivit le prieur en victime résignée. Chemin faisant, celui-ci l'entretenait de la gloire qui l'attendait et des magnificences au milieu desquelles il allait paraître. Il ne remarquait pas que chacune de ses paroles était un coup de poignard pour le pauvre enfant, qui, à mesure qu'il voyait les clochers de la basilique se dresser au-dessus des maisons, sentait s'en aller son courage. On arriva, on monta tout tremblant l'escalier qui menait à l'orgue. Le petit organiste se vit face à face avec l'instrument. Tout avait été préparé d'avance, et au-dessus de l'orgue était placé ouvert le cahier qui devait ce jour-là remplacer Mingheti. — Hélas ! jamais Mingheti n'avait appris à son élève à lire la musique. Il s'en revint donc le cœur bien gros à la maison. Arrivé, il heurta tout doucement à la porte, et se glissa, en se serrant le plus qu'il pouvait le long du mur, jusqu'à la chambre de sa mère. Il y avait un étranger. L'enfant entra sans bruit et les yeux baissés.

— Eh bien ! dit la mère, cela s'est-il bien passé ? iras-tu à cette messe ?

— Je crois que non, répondit-il avec hésitation et à demi-voix. Ce fut beaucoup pour son courage d'avoir pu dire ce peu de mots. Si une seconde question lui était adressée, des larmes étaient toute sa réponse. Il profita de la présence de l'étranger pour aller, sans témoins, dévorer ses larmes dans un autre appartement.

M. Maroncelli comprit alors que la musique était un art sérieux qui voulait un autre maître que Mingheti. Dès le lendemain on fit venir un véritable artiste, Luigi Favi, et l'enfant reprit courage. Au bout de quelques mois de leçons, il connaissait les notes, et à l'âge de huit ans il avait déjà composé plusieurs *trios*.

Charmé de ces essais précoces, un ami de la famille offrit un jour à Piero un élégant petit piano. Ce fut une des grandes joies de son enfance. Il était comme le soldat qui, vaincu une première fois parce qu'il avait des armes trop courtes, cherche fièrement l'ennemi dès qu'il a rencontré une épée à sa taille. L'occasion ne se fit pas attendre. On vint le prier de jouer des orgues dans un concert. Le voilà donc ramené de nouveau en face du formidable instrument, témoin naguère de tant de confusion. Mais cette fois il ne l'aborde plus en tremblant, il l'affronte avec ce dédain superbe de Démosthènes, lorsqu'après s'être enfermé toute une année dans un souterrain, il reparut à la tribune d'Athènes. Là, par malheur, un obstacle imprévu attendait encore le Démosthènes de dix ans. Il avait bien pu apprendre à connaître les notes et même à les lire couramment ; mais Dieu seul aurait pu faire qu'à dix ans il eût les doigts assez fermes pour ne pas faiblir sur les touches, et les jambes assez longues pour atteindre la pédale. Les touches résistaient à ses doigts et la pédale semblait reculer devant son pied ; ou si parfois un gémissement s'échappait des tuyaux de l'orgue, il ressemblait au rire grinçant de quelque génie moqueur qui se riait des inutiles efforts du musicien. Mais ce jour-là du moins il y eut dans cette disproportion même quelque chose de glorieux pour le jeune artiste. Il avait seulement à grandir.

Le 4 février de chaque année on célèbre à Forli la grande fête de la *Madona del Fuoco* : je dirai en peu de mots la légende de la vierge adorée sous ce nom.

Jadis, dans un quartier pauvre de Forli, habitait un maître d'école qui avait une dévotion particulière à la Vierge. Il n'en possédait qu'une image grossièrement dessinée au charbon sur une feuille de papier ; mais cette image était plus précieuse à ses yeux que toutes les madones curieusement ciselées en argent par les orfèvres de Florence, et ensevelies dans les sanctuaires des cathédrales. Toute la semaine, il enseignait patiemment à ses élèves ce qu'il savait des lettres profanes, semant çà et là ses leçons des préceptes de l'Évangile et du récit des miracles opérés par l'intercession de Marie. Le samedi, avant de se séparer, on allumait une lampe devant la bienheureuse image, et les écoliers, debout et la tête nue, chantaient des litanies à la Vierge, qui donne le lait aux mères et la sagesse aux petits enfants. Cette dévotion à la sainte image se communiqua du maître aux disciples. Si le maître s'absentait un moment, la Vierge avait l'œil sur les écoliers ; mais le bon vieillard se gardait bien d'ajouter qu'elle lui disait tout à son retour, ne voulant pas que dans ces jeunes cœurs l'idée de la délation pût paraître unie à celle de l'innocence et de la vertu. C'est pourquoi, si les écoliers craignaient la patronne de l'école, ils l'aimaient encore davantage. Pour ceux qui avaient encore une mère, elle était la source des biens de ce monde, la bienfaitrice du foyer ; mais, pour les orphelins, c'était bien plus encore, car c'était une mère.

Un samedi, on oublia (peut-être par une pieuse négligence) d'éteindre la lampe qui brûlait, et le feu prit à l'école. On accourut pour l'arrêter, mais déjà l'incendie faisait des progrès rapides ; il avait gagné les toits, et toute la maison était la proie des flammes. Ce fut pour le bonhomme un désolant spectacle. Il perdait dans un moment le prix de ses fatigues et l'asile de sa vieillesse. Mais il eût donné encore le dernier vêtement qui lui restait pour sauver de l'incendie l'image de la Vierge.

Quelqu'un dans le ciel eut pitié de sa détresse. Le feu, qui n'eût pas respecté une madone de Raphaël, épargna l'humble trésor de l'homme croyant. On vit l'image sortir lentement du milieu des flammes, et s'élevant au-dessus d'elles, se jouer du fléau qui l'enveloppait sans l'atteindre. Ceux qui la virent ainsi prétendirent même que, sous le sombre reflet de la flamme, cette vierge, grossièrement crayonnée, avait sur le front une touchante expression de sérénité que nul d'eux ne retrouva depuis dans les œuvres des peintres les plus célèbres.

On recueillit pieusement la madone sauvée du feu, et on la déposa solennellement dans la chapelle de la cathédrale, qui lui fut dédiée. Sur cette chapelle fut élevée une magnifique coupole, et Carlo Cignani vint de Bologne pour la peindre. L'élève de l'Albane y peignit le paradis. Il s'était pris d'une si belle passion pour son œuvre, qu'il ne pouvait se résigner à l'achever. Il fallut pour l'y résoudre commencer à démolir l'échafaudage sur lequel il travaillait. Cignani avait consacré à ce chef-d'œuvre les vingt dernières années de sa vie, ce qui a fait croire a plusieurs qu'il était de Forli, et non de Bologne. Cette coupole, qui fait l'admiration des étrangers, fut le second miracle de la *Madona del Fuoco*.

Le 4 février de l'an 1806 Piero Maroncelli joua de l'orgue en l'honneur de cette patronne de Forli.

L'année suivante ce fut pour Pellegrino Laziosi, autre saint de sa ville natale, dont la fête durait trois jours. Chargé de composer la messe qui fut dite en cette occasion, le jeune artiste ne voulut céder à personne l'honneur d'en diriger l'orchestre. On le vit, assis sur un escabeau un peu élevé, battre gravement la mesure, et chacun s'émut, sans pouvoir s'en rendre compte, à l'aspect de cet enfant chargé de transmettre au ciel, dans une langue sublime, les prières de tout un peuple. Un grand artiste les eût moins touchés. — Le nôtre avait douze ans.

Plusieurs fois, depuis cette époque, on le pria de jouer dans les solennités du catholicisme, et à chaque fois se développait en lui le sentiment religieux, qui allait se confondant de plus en plus avec l'amour de son art. Une passion nouvelle allait bientôt lui être révélée.

Un jour, dans l'église de Saint-Jérôme, comme il passait devant une chapelle de la Vierge pour se rendre à l'orgue, il remarqua le tableau où Guido Reni a représenté la Conception. Le visage mélancolique de la mère du Christ l'émut vivement, et pour la première fois une pensée étrangère le suivit devant l'orgue ; pour la première fois encore l'office lui parut long. Une sorte d'inquiétude sans but s'était emparée de lui. En se retirant, il s'arrêta de nouveau à regarder le chef-d'œuvre du Guide, et s'en revint à la maison, plus triste que la veille. Les jours suivants le ramenèrent à Saint-Jérôme, et toujours avec la même rêverie. C'était d'abord une douce extase qui le tenait pendant des heures entières immobile devant ce tableau ; ensuite, cette pensée si douce et si suave devenait violente et orageuse ; mais cette colère étrange ne tenait pas devant le regard ineffable de la Vierge. Arrivait-il parfois que l'accent du musicien fût plus ardent et plus passionné que de coutume, c'était qu'alors sa pensée, en remontant vers Dieu, se reposait délicieusement à contempler la Vierge assise auprès de lui dans le ciel, et toujours cette Vierge lui apparaissait avec les traits que le Guide lui avait donnés. S'il rencontrait par hasard quelque autre image de Marie, fût-elle même l'œuvre du Guide, il en détournait les yeux avec une sorte de dédain, et s'indignait presque de voir ainsi profaner l'objet de son culte. Bientôt il porta un tel enthousiasme dans ce culte, que sa conscience s'en alarma. Il se demanda avec terreur à qui s'adressait son amour, de la mère du Christ, ou de cette image même, capricieuse création de l'homme. Maintenant que la captivité et l'exil ont passé sur ces premières impressions de l'enfance, lorsque le musicien a interrogé la nature du sentiment qui l'attirait à la madone, il est demeuré convaincu que ce qu'il éprouvait pour elle était bien ce que les hommes nomment amour ; amour plein de candeur et de pureté, l'amour d'un enfant, mais fortement empreint de tous les caractères, emporté à toutes les ardeurs jalouses de la passion. Oh ! qu'il aurait voulu pouvoir s'emparer de ce tableau et fuir avec lui en un lieu désert où nul autre ne l'aurait vu ! Il lui semblait que les regards du vulgaire altéraient en l'effleurant ce visage divin ; poursuivi au milieu de ses études, que maintenant il aimait toutes solitaires, par cette image adorée, il était jaloux du prêtre qui s'agenouillait devant l'autel, jaloux du pauvre sacristain qui passait chaque matin une plume légère sur ce front aimé pour en ôter la poussière, jaloux surtout de l'enfant de chœur qui, en s'inclinant devant la madone, souriait de bonheur, parce qu'il croyait surprendre en elle quelques traits de sa mère. Il y avait dans cette même église, sur un magnifique tombeau de marbre, l'image sculptée d'une belle jeune femme nommée *Barbara Ordelaffi*. L'enfant passait avec indifférence devant la statue endormie sur ce tombeau : c'était la madone, la madone du Guide qu'il aimait. Les années ne mirent aucune passion nouvelle à la place de celle-ci. Même au fond de cette citadelle de Moravie, toutes les fois que le prisonnier essayait de raviver dans sa mémoire les émotions de son jeune âge, la madone de Forli se représentait à son imagination, telle qu'autrefois il l'avait vue. Il croyait même la voir encore dans ses rêves se détacher du tableau, et venir à lui, qui gémissait, le visage empreint d'une douce pitié, et les lèvres entr'ouvertes à de suaves et pacifiques paroles. Cette apparition par moment devenait si voisine de la réalité, qu'elle se faisait douloureuse, s'environnant alors de tous les regrets du pays natal et de tous les tourments d'un exil sans retour. Le captif ne parvenait à triompher de ses souffrances qu'en les poétisant : peu à peu elles se calmaient en devenant une inspiration. Ne pouvant se reposer dans la musique, Piero Maroncelli s'éleva jusqu'à la poésie par la puissante énergie de sa pensée et par le même élan qui, d'une vertu commune, l'emportait à la hauteur de la vertu chrétienne. Il était sous l'empire de son fantastique amour, lorsqu'il écrivit un poëme qui avait pour titre : *Quindici Rose*. Chacun de ces quinze morceaux avait la vierge Marie pour objet, et plusieurs étaient un hommage passionné à la madone de Guido Reni.

Cependant la renommée du jeune artiste croissait avec ses années, et quelques voix commençaient à murmurer autour du bienheureux père le mot de Conservatoire. M. Maroncelli prêta l'oreille et sourit à la pensée d'envoyer son fils puiser le génie et la science dans cette ville de Naples d'où tant d'autres étaient revenus grands. La médiocrité de sa fortune était encore la même ; mais un père se croit-il jamais pauvre lorsqu'au nom de ses enfants on lui parle de sacrifices ? Piero Maroncelli partit pour Naples ; il venait d'avoir douze ans.

Celui-là se tromperait fort qui jugerait le Conservatoire de Naples d'après ce que nous connaissons en France sous ce nom. Notre Conservatoire, et ce n'est pas la faute des maîtres illustres qui le dirigent, est une école où les arts s'enseignent, isolés de ce qui les lie entre eux et veufs du sens philosophique qui les réunit tous dans une harmonieuse et féconde unité.

Autre chose était alors le Conservatoire de Naples : le gouvernement ne lui allouait pas 16,000 ducats par année, pour en tirer uniquement des musiciens ou des danseurs pour la foule : l'histoire, les langues, la philosophie, faisaient partie de l'enseignement, et communes à tous jusqu'à l'âge où se décelait une vocation spéciale, ces études diverses répandaient sur la carrière la plus humble une sorte de dignité qui la faisait l'égale de toutes les carrières. Le Conservatoire était une espèce de gymnase antique. On pouvait, en le quittant, aborder noblement toutes les professions, parce qu'avec le talent particulier exigé par la profession choisie, chacun avait l'intelligence philosophique de l'art auquel il se consacrait. Il faut reconnaître toutefois, qu'entre tous les arts, la musique tenait le premier rang, et semblait se faire un cortége de tous les autres. Dans un Conservatoire italien, la musique devait régner.

P. Maroncelli était venu à Naples pour y étudier la musique ; mais son esprit, naturellement porté aux choses sérieuses, poursuivit avec ardeur l'étude des langues et de la métaphysique. La musique néanmoins avait toujours ses plus chères affections, et dans la musique il faisait une large place à la poésie, la poésie, cette jeune sœur de la musique aux yeux du musicien, sa sœur aînée aux yeux du poëte. Cette universalité de connaissances le préserva d'un écueil. Accoutumé à jeter le brillant tissu de son art sur un libretto facile et de peu de valeur littéraire, le compositeur se fait vite une habitude de regarder la poésie comme une langue qui, par elle-même impuissante et lourde, a besoin, pour se soulever, de l'essor de la musique, et, pour aller à l'âme, de l'accent inspiré du musicien. Piero Maroncelli, en étudiant la poésie dans les poëtes, apprit à lui rendre à la tête des arts le rang qui lui appartient, et il l'aborda elle-même avec le respect qui est dû à la civilisatrice des nations.

Le plus beau spectacle qu'il ait été donné à l'antiquité de contempler, c'est Pindare aux jeux olympiques, chantant sur sa lyre avec des vers la gloire des vainqueurs. Les temps modernes ont méconnu cette noble alliance de la poésie et de la musique.

Et cette alliance, Piero Maroncelli en croyait le retour possible, musicien d'abord par le vœu irrésistible de la nature, poëte aussi par l'instinct plus tardif de son talent, et aussi par le saint privilége du malheur, qui élève quelquefois l'âme à la hauteur de toutes les inspirations, si quelquefois il la rabaisse au niveau des plus tristes dégradations intellectuelles.

Renouer l'antique lien de la poésie et de la musique, c'était là, certes, une belle pensée ; c'était jeter, quelle que fût l'issue de la tentative, un admirable épisode dans l'histoire des conquêtes de l'art.

Piero Maroncelli eut pour premier maître au Conservatoire don Fedele Feneroli, le dernier élève de Durante et le maître de Paësiello, de Cimarosa, de Zingarelli. Il avait près de cent ans à cette époque, et Paësiello, qui fut aussi le maître de Maroncelli, n'en avait pas moins de soixante-quinze. Cimarosa était mort. Ces maîtres, restés grands dans une vieillesse si avancée, prêtent une force nouvelle à une remarque de ces derniers temps : savoir, que le talent musical s'éteint moins vite que tout autre dans l'artiste qui en est doué ; il vit encore par le science, quand l'âge a tari dans l'imagination la source des créations naïves. Sous la direction de ces sages compositeurs, Piero Maroncelli fit des progrès rapides. Ainsi passèrent quelques années de sa vie, uniquement vouées à l'art et à l'amitié. L'aménité de ses mœurs, l'enjouement de son caractère, la facilité de son commerce, lui avaient fait parmi ses camarades de nombreux amis, dont le souvenir lui a été fidèle pendant les mauvais jours. Ce fut au Conservatoire qu'il se lia d'amitié avec Mercadante, avec Manfroce et tant d'autres qui, plus tard, l'auraient eu pour rival de gloire, si le malheur ne lui avait fait une tout autre destinée. Dans le nombre de ses amis, il en est un qui est devenu célèbre en France. C'était un grand et frêle jeune homme d'une complexion faible, mais doué d'une physionomie originale et d'une voix si étendue, que nul morceau de musique ne lui avait encore résisté ; son maître, vieillard de quatre-vingt-dix ans, avait tout exprès composé des solféges pour cette voix extraordinaire. Elle était aigre et perçante ; mais le jeune homme lui commandait tous les prodiges que Paris a vu Paganini faire jaillir de son violon. C'étaient mêmes merveilles avec un instrument non moins rebelle. L'ami de Piero Maroncelli s'était d'abord essayé sur le violon ; il ne réussit pas, et quitta le violon pour l'alto, qui ne lui allait pas davantage, et qu'il abandonna bientôt lui-même pour la contrebasse, mais sans plus de succès encore.

— Allons, lui dit un jour Maroncelli, tu essaierais de tous les instruments jusqu'à la trompette de l'Ange, que peut-être ne serais-tu pas plus avancé ; il en est un, cependant, qui, aidé de ta verve comique, peut faire de toi un excellent *buffo* : c'est ta voix. Si plus tard elle se tempère et s'adoucit, à la bonne heure ! En attendant, jette-la telle que Dieu te l'a donnée, à travers tous les hasards d'un rôle vif et plaisant, et je réponds de tout.

Le jeune homme ne se rendait pas.

— Essayons, dit Maroncelli.

— Pour te faire plaisir, dit l'autre.

— Soit ! dit Maroncelli ; et il courut chercher les œuvres d'Albergati de Bologne.

Connaissez-vous la *Tarentola*? C'est un petit opéra d'Albergati, bâti sur un grain de sable, mais vif et piquant. Maroncelli y ajouta un *aria buffa* tout exprès pour son ami.

Maintenant il fallait un théâtre, et Piero n'avait ni la baguette des fées ni la lampe d'Aladin. Mais ce génie, esclave invisible de la lampe ou de la baguette, est-il une passion si molle, une volonté si faible qu'elle ne l'évoque à son gré? Nos deux amis, à force d'y rêver, trouvèrent qu'avec les draps d'un lit on pouvait, à tout prendre, faire des coulisses, et que, si l'on prenait d'abord la peine de les découper et de les peindre, la bonne volonté des spectateurs ferait le reste. Or, les draps ne se renouvelaient que tous les quinze jours, et à peine si la quinzaine commençait. Cette objection fut la dernière que se fit le directeur de la nouvelle troupe ; il la résolut d'une façon toute simple : pendant quinze jours, il coucha sans draps.

Le jour de la représentation arriva ; c'était un dimanche. Tout le Conservatoire, maîtres et élèves, vint prendre place au parterre. Les premiers acteurs se présentèrent avec une assurance modeste, et le parterre fut indulgent. Mais quand vint le tour de celui pour qui avait lieu la représentation, ce fut dans son jeu et dans sa voix une verve si éblouissante de gaieté et de moquerie, que l'on oublia bien vite et le mauvais goût des costumes et le luxe grotesque des décorations. Un talent neuf, hardi, original, s'était emparé de cette scène étroite et mesquine pour en faire, ce soir-là, le premier théâtre de Naples.

C'est ainsi que Piero Maroncelli révéla le talent de Lablache à l'Italie, et à Lablache lui-même.

Le dimanche d'après, un duo fut ajouté à la pièce, et le public du Conservatoire prenant goût au divertissement, à la farce d'Albergati on substitua un opéra nouveau : c'était le premier essai en ce genre de P. Maroncelli. Il obtint assez de succès pour déterminer l'administration du Conservatoire à élever un théâtre. Un public choisi fut admis aux essais des jeunes élèves, et ces représentations devinrent peu à peu fort brillantes. On voulait par là attirer l'attention et la faveur du gouvernement sur une nouveauté qui pouvait ajouter à la gloire de la nation.

Le directeur du Conservatoire aurait hâté sans doute ce mouvement de l'art, si précisément à cette époque, Zingarelli n'eût trouvé moyen d'échapper à l'impérieuse faveur de Napoléon, qui le retenait, pour ainsi dire, prisonnier dans Paris. Il reparut à Naples, quand Murat y rentrait de son côté, échappé aux tragiques aventures de la retraite de Russie. Le roi prit le musicien sous sa protection, et finit par lui donner la direction du Conservatoire.

Zingarelli arrivait avec des idées musicales qui lui étaient toutes personnelles, et des habitudes mystiques qui allaient plus loin que les pratiques ordinaires de la dévotion. On le disait livré, dans sa vie intérieure, à je ne sais quelles fantaisies étranges, telles que pouvait les concevoir une imagination forte, en proie aux illusions de l'extase.

Zingarelli, en jetant les yeux sur le Conservatoire, eut peur du mouvement intellectuel qui s'y faisait sentir de toutes parts. Il envisagea avec une sorte de frayeur superstitieuse cette variété de connaissances qui, groupées autour de la musique, venaient se rallier plus haut dans un large système de philosophie générale. Il se crut envoyé du ciel pour lutter contre l'esprit inquiet et novateur qui remuait au fond de ces jeunes intelligences. Il s'agissait donc d'une double réforme à opérer : rénovation musicale d'une part, et de l'autre révolution morale.

Le gouvernement de Murat, en faisant donner aux élèves du Conservatoire une éducation si complète, n'avait pas voulu que la nationalité lui manquât. Or cette nationalité était le lien, sinon le but des loges maçonniques. On ouvrit donc la *colonne harmonique* des loges aux élèves du Conservatoire. Une double garantie fut exigée des candidats, talent et moralité ; à ce double titre, Piero Maroncelli fut désigné par ses maîtres. Ce fut la source première de ses longues infortunes.

33

Zingarelli comprit que c'était dans la *colonne harmonique* qu'il fallait chercher, pour le combattre, l'esprit orageux qui, comme il l'eût dit lui-même dans son langage biblique, agitait le Conservatoire. Puis je ne sais quel instinct secret l'avertissait que ces mêmes jeunes gens, rebelles au principe de sa morale et de sa politique, ne le seraient pas moins à la réforme musicale, qu'il regardait comme le second bienfait de sa mission. Ceux-là renvoyés, il ne restait autour de lui que des enfants dociles à toutes les impressions qu'il lui plairait de leur donner. Un matin donc il se souvint à propos du conseil muet de ce roi de Rome, et renvoya du Conservatoire les élèves qui avaient atteint un certain âge. Le nombre en monta jusqu'à trente. De ce nombre étaient Lablache et Piero Maroncelli.

La réforme de Zingarelli s'accomplit paisiblement. Je ne sais ce qu'il faut penser de l'influence de cette réforme, et j'ai voué aux beaux noms d'artistes un amour qui me défend, à leur égard, de tout jugement précipité. Mais peut-être remarquera-t-on que le Conservatoire de Naples, devenu tout à coup presque stérile, ne laissa sortir de son sein, à dater de cette époque, que quelques talents rares et isolés. Et parmi ceux-là, le plus remarquable, Bellini, appartient peut-être, par la fidélité des souvenirs, à la vieille école du Conservatoire.

Quoi qu'il en soit, Piero Maroncelli demeura à Naples deux années encore, continuant avec le célèbre Capo-Torti l'étude de la musique, et celle des sciences à l'Université.

On sait les événements qui suivirent. Ferdinand rentra dans Naples.

M. Maroncelli rappela ses enfants auprès de lui; je dis ses enfants, car un frère de Piero était venu le rejoindre. Piero était abattu et découragé. Quelques mois de repos au sein de sa famille effacèrent bientôt de son esprit ces impressions de tristesse que laisse toujours après elle une révolution politique, et qu'augmentait encore chez Maroncelli l'incertitude d'une carrière chaque jour remise en question. La musique était demeurée, en tout temps, sa passion la plus chère; mais le spectacle des événements, qui ne lui permettait plus de s'y livrer avec abandon, faisait pour lui de son talent un sombre et douloureux tourment. Les grandes révolutions sociales passent sans le heurter auprès de l'humble seuil du savant. Le tourbillon qui emporte toutes les intelligences ne laisse que celles-là dans la pacifique solitude qu'elles se sont faite. Mais ces vives et frêles existences du poëte et du musicien, le moindre vent d'orage qui leur vient du monde les ravit au milieu des hommes, et les livre, l'aile brisée et la voix éteinte, à tous les caprices de la tempête.

Dès qu'il entrevit dans le lointain les premières maisons de Forli, sa ville natale, Piero Maroncelli se sentit doucement renaître à cette vie sereine de l'inspiration que semblait avoir tarie en lui la préoccupation des troubles politiques. Là, vivait encore dans toute sa fraîcheur le souvenir ineffable de ses premiers efforts et la gloire enfantine de ses premiers triomphes. Chaque rue, chaque monument avait je ne sais quel parfum d'autrefois. Jadis il avait passé, tout enfant, sous le porche grandiose de cette cathédrale, pour aller jouer des orgues en l'honneur de la *Madone du Feu*. Devant Saint-Philippe de Néri, il se sentait au fond de l'âme quelque chose de cette naïve confusion qu'il y avait éprouvée dans son enfance. Comme son cœur battit la première fois qu'il posa le pied sur les dalles retentissantes de Saint-Jérôme! Quoiqu'il feignît de marcher au hasard, il lui semblait que tous les regards savaient d'avance où il allait : il allait dans la chapelle de la Conception, s'agenouiller devant cette madone du Guide, que nulle femme encore n'avait effacée de sa mémoire.

Adieu Naples et son Conservatoire, Naples et la douceur embaumée de ses nuits, Naples et son peuple toujours menaçant comme la crête fumante du Vésuve, Naples et les enchantements de ses mers, Naples et le retentissement de ses révolutions! Qu'importe à celui qui revoit sa patrie, si, par delà les monts, il existe une ville que les hommes ont surnommée le paradis de l'Italie, ce paradis de l'univers? Tous ces souvenirs n'étaient plus pour lui que de poétiques visions. Ils semblaient s'être éloignés, dans le passé de sa vie, de toute la distance qui sépare Naples de Forli.

Le jeune homme qui s'en revient dans sa patrie, après avoir longtemps vécu loin d'elle, se livre avec effusion au bonheur de la revoir. Oh! s'il pouvait s'y refaire une existence pareille à celle dont il retrouve le parfum! Puisque Dieu la lui rend, sa ville natale, il se promet bien de ne plus la quitter. Mais, hélas! la vie du jeune homme n'est plus celle de l'enfant. Bientôt les nouvelles habitudes qu'il s'est faites, les besoins nouveaux qu'il s'est créés en d'autres lieux, l'obsèdent et lui désenchantent un à un tous les souvenirs du jeune âge. Il se sent à l'étroit dans cet horizon; il croit avoir besoin de se courber désormais pour entrer sous le toit paternel; ce n'est plus le bruit des fontaines, c'est le retentissement des fleuves qu'il lui faut; ce n'est plus la faible rumeur de la cité qui se cache derrière la colline, c'est la voix sonore de la grande ville. Il part, et ce n'est que dans ses vieux jours que l'homme revient de bonne foi, pour toujours, aux lieux où il a passé les années de son enfance.

Après quelques mois de séjour, Piero Maroncelli quitta Forli pour aller à Bologne continuer ses études. C'était en 1818. Il avait alors vingt-deux ans.

En ce temps-là, demeurait à Bologne une femme célèbre, dont le salon s'ouvrait à tout Italien vraiment Italien de cœur et d'intelligence. Fille du comte Rossi de Lugo et amie de Canova, le grand sculpteur, musicienne et poëte à la fois, Cornelia Martinetti appelait ses concitoyens au consolant partage de ses lointaines espérances et de sa foi dans l'avenir. Auprès de cette femme si belle et si distinguée, P. Maroncelli apprit à aimer l'art d'un amour plus religieux, et la liberté d'une ardeur moins impatiente et plus grave. Dans ce sanctuaire, ouvert du moins à l'espérance, s'il sentait son âme se faire plus grande et ses idées s'élargir, c'est qu'il élevait le culte de la liberté jusqu'à la modération politique, et le culte de l'art jusqu'à la philosophie chrétienne.

Il demeura deux ans à Bologne.

Il était temps enfin de donner l'essor aux richesses amassées par tant de veilles. — Un nouvel ordre de son père le ramena au sein de sa famille.

Quelques semaines après son retour, c'était la fête de saint Jacques, qui avait une église à Forli. Le curé, vieil ami des Maroncelli, s'en vint dans la famille.

« Réjouissez-vous, mon ami, lui dit le père, voilà notre fils qui s'en revient tout exprès de Bologne pour fêter votre patron. Allons, reprit-il en se retournant vers son fils, voici une belle occasion de nous prouver que tu n'as pas perdu ton temps à courir les théâtres de Bologne. »

Quelques jours après, Piero avait composé une hymne qu'il porta au curé de Saint-Jacques. Le bon curé ne prit aucun repos qu'il n'eût lui-même présenté son hymne à la censure ecclésiastique. L'hymne approuvée, on la chanta; le succès en fut assez grand pour éveiller l'envie. Mais quelques bonnes âmes se ressouvinrent alors que l'auteur avait été *Maçon* et ensuite *Carbonaro*. On revint à cette hymne, qu'on retourna en tous sens. Le malheur voulut qu'elle fût écrite en style dantesque, premier grief. Dante avait été un *Carbonaro* dans son temps; ensuite, comme ce style de Dante ne se laisse pas d'ordinaire aisément pénétrer, on lui fit dire ce qu'on voulut. Les hérésies naquirent en foule dans chaque vers de l'hymne. On y retrouva, l'une après l'autre, toutes les erreurs des temps passés, et un poëte, bon catholique, fut envoyé pour cause d'impiété à la citadelle de Forli, parce que ses censeurs n'avaient jamais compris le Dante.

Là s'arrête ma tâche. J'ai dit ailleurs comment Piero Maroncelli connut Silvio Pellico, et tout le monde sait le reste.

Piero Maroncelli, après avoir fait deux parts de sa vie, est venu à moi, et m'a dit :

« Ceci est mon histoire jusqu'à l'âge de vingt-trois ans; je vais écrire les Mémoires de ma vie pendant les temps qui ont suivi. Ici le déplorable souvenir de mes douleurs, là le peu de bonheur qui m'a été départi en ce monde. Ces premières émotions de la vie, tout le monde peut les concevoir et les raconter; les ravissantes espérances du jeune âge vous ont bercé comme moi d'année en année, jusqu'à celle où s'évanouit la première de ce chœur enchanté des illusions. Mais ce que tous ne sauraient peindre, parce qu'il est des choses où l'imagination ne vaudra jamais l'expérience, c'est la détresse profonde des prisons de l'étranger. D'ailleurs, celui qui écrirait à ma place ne pourrait se défendre de prêter à son récit l'éloquence involontaire d'une vertueuse indignation, et moi je veux que ce livre, s'il arrive à mon Silvio, lui apprenne qu'on a bien pu jeter un monde entre nous, mais non détruire la fraternité de nos âmes. Il faut avoir peu souffert pour garder rancune à ses bourreaux. J'ai acheté par assez de tourments le droit superbe de plaindre les hommes au lieu de les maudire.

« Vous apprendrez dans votre langue, à vos libres concitoyens, les décevantes promesses que la vie m'avait faites, et qu'ensuite elle n'a pas tenues. Moi, avec cette mélodieuse langue d'Italie, la seule chose de la patrie que le malheur des temps n'ait pu me défendre d'emporter avec moi dans l'exil, je dirai à mes compatriotes ce que peuvent devenir les généreuses années de la jeunesse chez les nations qui ont perdu la liberté. »

N'est-ce pas là du moins, ô Maroncelli! ce que disaient vos regards, lorsque, après m'avoir confié les humbles événements de votre premier âge, vous avez ajouté avec un soupir ces simples paroles :

« Là commence mon livre. » Il est probable que ce livre ne se fera jamais.

Les voyageurs racontent que sous le ciel embrasé de l'Égypte il est de petits sentiers perdus dans l'herbe, qui mènent à de grandes ruines. Le récit que l'on vient de lire est un de ces sentiers cachés. Lui aussi mène à une ruine vénérable; c'est la destinée d'un homme qui pouvait être grand, si la fatalité qui l'a promené de prison en prison lui avait permis de faire halte ailleurs que dans l'exil.

II

ALEXANDRE ANDRYANE

M. Andryane est ce jeune Français qui, en 1823, impliqué, à Milan, dans le procès des sociétés secrètes, fut arrêté, condamné à mort avec le comte Confalonieri, puis avec ce dernier envoyé au Spielberg, d'où il ne sortit qu'en 1832. Deux femmes travaillèrent à lui rendre la liberté : sa sœur et la Reine.

M. Andryane a écrit ses Mémoires, et il a eu raison : les malheurs de l'homme nous instruisent presque autant que ses fautes. Le seul inconvénient, et il est grave, c'est que M. Andryane vient après Silvio Pellico. Mais cette fois il s'agit d'un compatriote, et il y a d'ailleurs, dans l'intérêt même qu'a excité le premier récit, une chance pour qu'à son tour le second soit écouté. Silvio Pellico a glissé sur les événements et sur les hommes avec une simplicité qu'il faut louer, mais aussi avec une discrétion qui désespère, et ses Mémoires ne laissent entrer dans la prison que juste ce qu'il faut de lumière pour éclairer le combat de l'âme sur la figure du prisonnier. Plusieurs auraient voulu que le poëte racontât plus au long. M. Andryane semble s'être proposé de satisfaire cette curiosité mêlée de sympathie, et de remplir cette lacune volontaire dans l'œuvre de Silvio Pellico. Ces personnages qui déjà nous sont connus, il a voulu nous les rendre dans toute la liberté de leur action, dans toute la sincérité de leur caractère. Mais pour donner de l'autorité à cette évocation nouvelle, il fallait la même modération de langage. M. Andryane nous offre, lui aussi, cette garantie de sa bonne foi, et dans un pays libre comme le nôtre, je le loue de s'être souvenu sans colère, et de n'avoir pas pris le plaisir de la vengeance pour l'amour de la liberté.

Les deux premiers volumes contiennent l'histoire du procès de Milan. Mais il y a autre chose encore, à savoir, la biographie d'un homme plein de cœur. Et puis, dans cette pauvre et adorable Italie, ce serait du malheur si, par quelque côté, la politique elle-même ne tournait à l'art et à la poésie.

M. Andryane était, au commencement de la Restauration, un de ces jeunes gens d'élite, qui, forcés de renoncer à la gloire des armes, demandaient une carrière à la politique, sans doute pour retrouver dans les luttes de la tribune les émotions du champ de bataille. Entraîné un moment par les séductions de la vie parisienne, pour s'y soustraire il court à Genève s'enfermer avec ses livres. Mais Genève aussi avait alors son danger; un certain nombre d'Italiens proscrits s'étaient réfugiés au bord du lac, pour y attendre l'heure et le beffroi des vêpres siciliennes : un entre autres, Michel-Ange Buonarotti, vieillard indomptable, qui s'empara vite de l'âme et de l'imagination de notre jeune compatriote. Ce dernier eut peur de cet irrésistible ascendant, et résolut d'aller poursuivre en Italie des études politiques qu'un tel voisinage rendait pour lui pleines de périls et de tentations : mais les partis ne lâchent pas aisément leur proie. L'Italie, il ne pouvait y aller que pour y servir la cause de la liberté. On l'enivra, il s'enivra lui-même de cette pensée. Surpris d'ailleurs par la crainte de succomber à l'entraînement d'un amour qu'il voulait garder pur au fond de son âme, il partit le 18 décembre 1823, et muni de lettres, des diplômes et des statuts des sociétés secrètes, il prit la route de Milan.

La neige et les difficultés du passage étaient déjà comme un avertissement de la Providence; il s'obstina à n'y voir qu'un défi porté à son courage. Une fois, son portefeuille tomba sur la pente d'un précipice, où un buisson l'arrêta; un guide le reprit au péril de ses jours. Qu'on suppose ce portefeuille tombé un pied plus bas, qu'arrivait-il? les titres de sa mission perdus, M. Andryane continuait paisiblement son voyage, et le spectacle de l'Italie donnait un autre cours à ses pensées. Il ne devait pas en être ainsi : à Bellinzona, incertain un moment, il retrouva toute sa confiance dans l'entretien des réfugiés et de Malinverni, leur chef; mais à quelques lieues de Lugano, dans une misérable chaumière qu'il eut grand'peine à trouver par une nuit d'orage, les incertitudes le reprirent. L'hôte qu'il venait y chercher était un vieux Piémontais, homme de bonne humeur, conspirateur émérite, instruit par l'expérience à ne se confier légèrement ni aux choses ni aux hommes, tout disposé d'ailleurs à compter l'indépendance de l'Italie parmi les illusions qu'il fallait abandonner avec la jeunesse, et vivant seul pour mourir en paix. M. Andryane revint à Lugano un peu désenchanté, mais les jeunes gens lui rendirent l'ardeur qu'il avait perdue à écouter le vieillard, peut-être aussi à chercher sa chaumière, et il partit pour Como.

Ce fut un moment tragique que celui où, pour la première fois, il mit le pied sur le seuil d'une maison italienne. On ne vient pas, de gaieté de cœur, allumer au sein d'un peuple la guerre et la discorde. C'est alors que le doute vous prend, et que la conscience se demande avec terreur si les plus généreuses théories valent une goutte de sang humain. Le hasard voulut que cette fois le jeune homme eût affaire à un patriote découragé : il s'en revint tout pensif.

Au retour, son hôte, qui le vit décidé à partir, lui dit : « Je parie que monsieur veut assister, ce soir, à l'ouverture du théâtre de la Scala. On parle beaucoup d'un certain Lablache. »

Ces simples paroles qui coupaient court à ses pensées, réveillèrent en lui tout un ordre d'idées; l'amour, les arts, les lettres, les souvenirs de la famille, rentrèrent de toutes parts dans son cœur, et n'était un honnête ecclésiastique qui, pendant la route, fit un moment tomber l'entretien sur la politique, je crois qu'il arrivait à Milan, s'imaginant n'y être venu que pour voir le poëte Monti, ou pour entendre un opéra.

A Milan, le soir, en sortant du théâtre, où l'exaltation du chant et du spectacle l'avait rendu à toute la ferveur de la passion politique, enveloppé dans son manteau et cheminant dans les rues désertes, il rêvait pour cette belle et grande ville un avenir glorieux, et il en faisait la capitale d'un royaume constitutionnel de l'Italie du Nord. Le qui-vive autrichien d'une sentinelle le rappela tout à coup au sentiment de la réalité. Il fallut peu de jours pour lui apprendre que ce n'était pas là une surprise de son imagination impatiente; mais que le vieux Piémontais avait raison. Point de révolution possible à Milan. Pénétré de cette pensée, il écrivit à Buonarotti qu'il renonçait à son projet ; et en même temps il priait Malinverni de retenir à Bellinzona les papiers qu'il y avait déposés pour passer plus aisément la frontière.

Le cœur et l'esprit soulagés de ce fardeau, il respira plus librement et se livra au charme d'une vie mondaine et toute littéraire, étudiant le caractère milanais, dont il peint spirituellement l'insouciance épicurienne et la grâce un peu puérile ; visitant Monti, dont il aimait la candeur, et se réjouissant à l'espoir de connaître bientôt Manzoni. Chaque jour cependant des arrestations nouvelles venaient affliger la vie douce et un peu milanaise qu'il s'était faite, et réveillaient à demi son ardeur éteinte ; mais la terreur qui suivait partout ces actes du pouvoir n'étaient pas de nature à entretenir longtemps ses scrupules, et il retournait, en soupirant, à ses chères études. Seulement parlait-on devant lui de Confalonieri captif, de l'élévation de son génie et de son âme, surtout de la belle comtesse Teresa, plus belle encore dans ses habits de deuil, il éprouvait déjà pour l'illustre infortuné cette sympathie profonde qui a fait depuis sa consolation dans les fers.

Un soir, le 17 janvier 1823, comme il venait d'entendre le *Barbier de Séville*, on lui dit qu'un inconnu l'attendait. C'était un des jeunes réfugiés de Bellinzona. Malinverni avait-il reçu la lettre ? Ce jeune homme n'en savait rien, mais il apportait les papiers. Les refuser c'était faire acte de faiblesse, c'était de plus s'exposer à compromettre le messager. Les brûler aussitôt était le mieux ; retenu par une fausse honte, M. Andryane les garda. Le surlendemain, on frappe à sa porte : c'était le comte Bolza, ce même commissaire dont il est parlé dans les Mémoires de Silvio Pellico. On s'empare de toutes les issues, les papiers sont saisis, et on conduit M. Andryane à la direction générale de la police. Du cabinet du directeur, il est jeté dans une prison voisine de celle où, trois ans auparavant, Silvio avait entendu la chanson de *Madeleine* ; mais Madeleine et ses tristes compagnes n'y étaient plus : elles avaient fait place aux *Carbonari*.

Les premières heures de la captivité, ce qu'on éprouve lorsqu'à vingt-quatre ans on se voit enseveli dans une prison, loin de sa patrie, loin de sa famille, il y a dans les Mémoires de Silvio deux chapitres qui nous dispensent de le dire. La nuit arriva et les rondes commencèrent. «*Voilà*, dit un geôlier dans la langue triviale de son métier, en montrant le prisonnier qu'il croyait endormi ; *voilà un coq qui amènera plus d'une poule au poulailler.*» Le prisonnier ne dormait pas, et ce mot prononcé à voix basse fut pour lui une révélation ; il comprit aussitôt quels devoirs délicats il aurait à remplir, et l'effrayante responsabilité qui allait s'attacher à ses moindres paroles. Cet effort de toutes les minutes à veiller sur soi-même, cette attention à peser toutes ses réponses, dont une pensée artificieuse s'évertuait d'autre part à détourner le sens, voilà ce qui donne à cette partie du récit son unité dramatique, voilà ce qui répand un intérêt pathétique sur mille incidents qui seraient peu de chose dans un livre d'imagination. Qu'avait à faire la police autrichienne de la vie d'un jeune homme inconnu, aimant les lettres, passionné pour la musique, et qui, le jour où l'on frappait à sa porte pour l'arrêter, croyait ouvrir à Lablache ? Elle n'avait pu ignorer, dès l'origine, ni ses projets ni son impuissance à les accomplir ; elle savait sans doute aussi qu'il y avait renoncé. Ce qu'elle voulait, c'était de tenir par un fil de plus les réfugiés de la Suisse, et pénétrer plus avant dans le secret de leurs desseins. Mais si l'Autriche avait d'habiles inquisiteurs, le prisonnier que cette fois elle avait sous la main craignait moins pour sa vie que pour la liberté des autres.

Le conseiller qui l'interrogeait était un de ces hommes dont jamais aucune émotion ne trouble les froides pensées, et qui, dans les gouvernements absolus, savent donner aux procès politiques un tour assez équivoque pour mettre en repos la conscience du souverain. Les procès politiques avaient élevé très-haut la faveur de Salvotti, et sa pensée soupçonneuse inspirait à ses collègues presque autant de terreur qu'au prévenu lui-même ; je me trompe : le prévenu, cette fois, était plus tranquille que les juges. Tout ce que déployèrent d'adresse, pendant une année entière, l'inquisiteur pour surprendre l'accusé et l'enlacer dans ses paroles, et celui-ci pour garder sa modération et ne compromettre que lui-même, on ne le comprendra qu'en lisant les *Mémoires*. Cette torture morale était si cruelle, qu'elle prêtait à la prison même une sorte de charme, et que M. Andryane y rentrait, le soir, avec une joie sauvage. D'ailleurs, au retour de l'interrogatoire, parmi les groupes de curieux, il rencontrait, au passage, le regard compatissant de quelque jeune fille ; ce sont là les bonnes fortunes de la captivité. Un autre jour, un juge plus humain et plus courageux que les autres, M. Minghini, le visitait en secret. On lui rendit quelques-uns de ses livres, et, à certaines heures, il put se croire dans sa petite chambre de Genève. Une guitare qu'il avait reçue de sa sœur achevait l'illusion. Il se mit alors à écrire son journal sur les marges d'un exemplaire des *Lettres d'Ortis*. A dater de ce jour, la narration plus nette a aussi plus de couleur et de vivacité. Pendant quelque temps, l'étude, les souvenirs de l'enfance et l'image des bois de Chantilly calmèrent son âme. Mais ces longs interrogatoires qui brisaient son corps finirent aussi par épuiser ses forces morales. En proie à d'horribles angoisses, il voulut mourir. Cette pensée devint sa préoccupation la plus vive, sa tentation de toutes les heures. Il allait y succomber peut-être, lorsque sa main s'égara au hasard sur la guitare suspendue au mur, et en tira quelques sons mélancoliques : ses larmes coulèrent, et il fut sauvé.

Une fois réconcilié avec sa destinée, il se demanda si la prison n'avait pas aussi ses douceurs. Plus l'homme se croit isolé de ses semblables, plus il éprouve le besoin de mêler sa vie à la leur. M. Andryane avait ouï parler de cet alphabet mystérieux qui, par de légers coups frappés sur une muraille, transmet dans un cachot voisin la pensée du prisonnier. Quelle joie de s'apercevoir un jour qu'il avait été entendu ! Son premier voisin fut un pauvre diseur de bonne aventure. Mais dans la fraternité d'une destinée commune, il n'est point de fortune si humble qui n'ait son côté touchant. Ce fut ensuite le colonel Moretti, qui avait servi dans nos armées : il y avait dans ces prisons de Milan un vivant débris de toutes les époques. Ces simples biographies, racontées ici en quelques pages, il fallait des semaines entières pour les apprendre. Mais quel roman eût valu ces détails souvent vulgaires qui arrivaient lettre par lettre, à travers un mur, et que sans cesse interrompait le cri d'une sentinelle ou l'apparition d'un geôlier ?

Tels furent les passe-temps de l'hiver. Le printemps en amena d'autres. Il y avait devant la prison une petite cour intérieure, et dans cette cour un saule. Rien n'est indifférent à l'homme qui vit seul : les premières feuilles de cet arbre, un mot prononcé par la voix d'une femme, des pas vifs et légers glissant sur le sable, que fallait-il de plus pour plonger en de douces distractions le cœur d'un pauvre solitaire ? Un bouquet de violettes jeté à sa fenêtre, et qui vint tomber à ses pieds, acheva de donner à sa rêverie une teinte de réalité. Un bonheur ne vient guère seul. D'autres livres arrivèrent au prisonnier : c'étaient de nouveaux souvenirs, des espérances nouvelles. Puis une lettre de cette femme qu'il avait aimée à Genève. Toutes ces choses, dont son âme était attendrie et fortifiée tout ensemble, n'étaient que le présage d'une consolation inespérée. Un jour, le 2 avril, le saule était en fleurs ; il avait ouï les mêmes pas, d'autres violettes lui étaient venues de cette main compatissante. Il se revit, en dormant, au milieu des Alpes, et au bout d'un sentier il apercevait des visages chéris, celui de son vieux père, de son frère, de sa belle-sœur [1]. Celle-ci, lorsqu'il s'éveilla, frappait à la porte de sa prison. Mais sa joie bientôt fut changée en deuil. Salvotti se fit de la présence de la sœur une nouvelle arme contre le frère : torture infâme que le fanatisme seul serait impuissant à inventer. Mais, pour l'honneur de l'Italie, le conseiller Minghini suivait Salvotti en silence, s'étudiant à réparer le mal que faisait son col-

---

[1] Partout où nous parlons de la sœur de M. Andryane, il faut bien entendre qu'il s'agit de sa belle-sœur.

lègue. Cette lutte, où tous les sentiments humains semblaient s'être donné rendez-vous entre les quatre murs d'un cachot, revit éloquemment dans un journal qu'écrivait, heure par heure, la sœur de M. Andryane : l'art le plus ingénieux n'atteindrait pas au charme attendrissant de ces souvenirs.

Cependant les interrogatoires devenaient plus rares et moins longs ; c'est que le dénouement approchait. On réunit à M. Andryane un autre détenu, Rinaldini de Brescia. Fallait-il en conclure qu'on se relâchait de tant de rigueurs ? C'était seulement qu'il arrivait d'autres prisonniers. M. Andryane éprouva d'abord de cette réunion une vive joie, puis il se demanda douloureusement si ce n'était pas une autre manière de surprendre son secret ; et voilà comment la captivité souille par le soupçon jusqu'aux sentiments les plus naturels. Rinaldini était par bonheur une de ces honnêtes créatures que l'on pénètre aisément, une de ces âmes candides qui se familiarisent peu à peu avec toutes choses, et qui sont tentées de se croire assez libres quand la prison ne dérange pas trop leurs simples habitudes ; M. Andryane ne pouvait s'empêcher d'aimer cet homme et de s'en divertir.

Cependant Salvotti voyant qu'il ne gagnait rien à émouvoir son prisonnier, fit donner l'ordre à sa sœur de quitter Milan ; mais à Milan il se trouva de bonnes âmes qui prirent pitié de tant de misère, et l'ordre ne fut point exécuté. Cette première victoire fut le prélude d'une autre : il fut permis à M. Andryane d'embrasser sa sœur : embrassements pleins de larmes, entrevue douloureuse, qui, sur la terre étrangère, et dans une prison que le caprice de l'homme ouvre et ferme à son gré, revêt un caractère sombre ; car on se demande si le bourreau n'est pas derrière la porte et si l'adieu n'est pas le dernier.

De retour dans sa chambre, et en proie aux violentes agitations d'un désespoir longtemps contenu, M. Andryane se ressouvint d'une gravure qu'il avait vue bien des fois dans les rues de Paris. Elle représentait un condamné qui se sépare de sa famille ; c'était, je crois, Louis XVI. Tous les détails lui en revinrent alors si vivement à la pensée, que, cédant à l'impérieux besoin de les reproduire, il saisit une fourchette et se mit à les graver sur la muraille. Aussitôt de petits coups frappés de l'autre côté l'avertirent qu'il avait un voisin : c'était Monpiani de Brescia, un saint homme, qui expiait par la perte de sa liberté ses longues veilles au chevet de Confalonieri mourant. Dans les fers, l'amitié vient vite ; l'ami de Confalonieri devint celui de M. Andryane. Tous les jours ils s'entretenaient, à l'aide du mystérieux alphabet, et le soir, pour se dire adieu, ils sifflaient alternativement les notes de la romance de Desdemona.

Les distractions de Rinaldini étaient d'un ordre moins élevé. Pendant ces belles et sérieuses causeries, il s'efforçait d'arracher de la porte une petite cheville enduite de cire qu'il y avait découverte. Il parvint à la retirer, et il put voir ceux qui passaient dans le corridor. La joie de M. Andryane ne fut guère moindre que celle de son compagnon. Il y a des circonstances dans la vie qui donnent un caractère presque tragique à des espiègleries d'écolier. Chaque jour, ils assistaient, par cette ouverture, à quelque douloureux épisode de ce drame où il y allait de leur propre vie. Néanmoins, on y trouvait encore une certaine douceur.

Il n'est guère de jour qui n'apporte à l'homme un lien de plus avec ses semblables et presque une raison d'aimer les lieux qu'il habite. M. Andryane n'avait point encore songé à se cramponner à ses barreaux ; il le fit, et la vue des demeures paisibles du voisinage fit rentrer un peu de calme dans son esprit. Il est des moments où le regard pénètre irrésistiblement toutes choses. Il y a, d'ailleurs, autour d'une prison tant de douleurs qui attendent, tant de regards mélancoliques qui s'attachent aux fenêtres ! Une femme tristement penchée sur un balcon, c'était tout un roman, et le son de sa harpe ne pouvait être qu'un appel d'amour, avidement recueilli sans doute dans quelque chambre voisine.

Ces tendres mystères qu'il surprenait au passage redonnaient à M. Andryane mille souvenirs charmants. Aussi n'apprit-il pas sans regret qu'il fallait quitter Sainte-Marguerite pour Porta-Nuova. Le cœur se serre toujours à la vue d'une prison nouvelle, c'est une autre captivité qui commence. Celle-ci, toutefois, devait avoir aussi ses consolations. Ce n'était pas l'érudition grotesque du geôlier, qui s'y prit pourtant de la meilleure grâce pour offrir son étrange bibliothèque ; ce n'étaient pas encore les fenêtres d'un couloir où, plus tard, il fut permis aux détenus de se promener ; ce fut, dès le premier jour, un de ces hasards bienheureux où triomphe la Providence. En arrivant, M. Andryane courut à la muraille ; son appel fut entendu et on lui répondit ; puis des lettres qui lui arrivaient lentement, et où l'on sentait l'effort d'un bras qui se soulève sur un lit de douleur : il parvint à composer un nom, et ce nom fut *Confalonieri.* Cet homme, dont la haute renommée l'avait si vivement ému, dont il avait trouvé le nom sur les lèvres de tous les réfugiés à Genève, de tous ses compagnons de captivité à Milan ; cet homme dont l'amitié lui apparaissait comme la récompense dernière de son dévouement à la cause de l'Italie, il était là, près de lui, et Dieu sans doute avait permis qu'il fût, lui, jeté dans les mêmes fers, pour le rendre plus tôt digne de cette héroïque amitié. Lorsqu'à son tour il se fut nommé : « Je te connais, lui dit le comte, et je sais comment tu as supporté les épreuves du procès. » Ce mot le payait de tout ce qu'il avait souffert. Dans les entretiens qui suivirent, M. Andryane apprit à connaître les personnages qui avaient figuré dans les troubles de l'Italie. Que l'on me pardonne cette comparaison ; mais jusqu'ici il ressemblait un peu à ces héros épiques qui commencent par se jeter hardiment au milieu de l'action, et se font raconter ensuite, dans une heure de loisir, ce qui a précédé. Emporté par l'ardeur de sa généreuse nature, M. Andryane avait épousé une cause dont les champions lui étaient à peu près inconnus. Maintenant il se voyait initié au secret de leur caractère et de leur conduite. Toute cette histoire de la veille, racontée par une voix mourante à travers les murs d'un cachot, avait plutôt l'air d'une antique tradition ; mais on sent que nous ne pouvons la reproduire, et le lecteur fera bien de recourir aux *Mémoires,* s'il ne veut imiter le bon Rinaldini, qui, n'ayant pas voulu se donner la peine d'apprendre l'alphabet des prisonniers, savait à peine de ces récits ce que lui en laissait comprendre l'attendrissement de son compagnon.

Cependant le procès était terminé, et un courrier était allé porter à Vienne les actes de la procédure ; il devait en revenir avec la sentence ; ce ne pouvait être que la mort pour Confalonieri et pour celui qui, par son silence, s'était montré digne de lui.

La voix amie qui les avertissait en secret, ils allaient bientôt ne plus l'entendre : le bon Minghini mourut. Cette touchante physionomie qui s'efface ajoute, par son absence, à la morne tristesse du récit ; elle éclairait d'un doux reflet les ténèbres de la prison, et aux heures mauvaises, elle réconciliait avec les hommes celui qui souffrait par eux. Près de cette figure dont la bienveillante expression revêtait, en ces moments suprêmes, un caractère presque divin, une autre, un moment, se plaça : celle de Lucy, de cette femme que M. Andryane avait aimée à Genève. Un jour qu'il se promenait dans ce corridor dont j'ai parlé, il l'entrevit sur le *Cours de la Porte Orientale.* Elle était seule et vêtue de deuil. Une fois elle leva sa belle tête vers la prison ; aperçut-elle son ami derrière les barreaux de cette fenêtre où l'infortuné l'appelait du regard ? Elle partit. Il eût voulu que sa sœur aussi s'éloignât ; mais vainement essaya-t-il, en lui cachant la vérité, de la renvoyer en France ; elle sentit, sous les paroles de son frère, cette vérité qu'on lui cachait, et elle resta : il est des cœurs qu'on ne trompe pas.

Ainsi allaient les choses, Dieu mesurant aux épreuves les consolations qu'il envoyait : cette progression ne s'arrêta qu'au pied de l'échafaud. Le courrier revint, apportant l'arrêt de l'empereur : on le disait terrible. Cette nouvelle jeta l'effroi dans Milan. Mais ni le comte, ni M. Andryane, car désormais on ne saurait les séparer, n'en furent troublés pour eux-mêmes. Depuis quelques jours, le mystère dont on les environnait les avait préparés à ce coup. On avait placé auprès de Confalonieri ce qu'on nomme en Italie *les gardes de la mort,* et ils avaient compris, tous deux, ce muet avertissement de la justice des hommes. Enfin, dans la nuit du 20 janvier, c'était en 1824, on vint les prendre pour leur lire la sentence. M. Andryane partit le premier. Il vit, en passant, la porte de Confalonieri qu'on avait laissée entr'ouverte, et il se précipita dans les bras de son ami. Ainsi, on s'en souvient, Silvio, au Spielberg, avait vu pour la première fois le comte Oroboni, mais ce fut aussi la dernière, et Confalonieri ne devait pas mourir encore.

Lorsqu'on fut au Palais de Justice, M. Andryane en gravit l'escalier, entouré de gendarmes qui portaient, d'une main leur fusil, et de l'autre une torche. On le fit entrer dans une grande salle qui avait été une chapelle. Dans de tels moments tout ajoute à l'émotion qu'on éprouve. La solennité de ces voûtes convenait à la situation. Là arrivèrent l'un après l'autre tous ceux dont le sort allait être connu : Tonelli, qui sortit du Spielberg avec Silvio Pellico; Castillia, qui jusqu'au bout resta digne de sa cause; Borsieri le poëte, à qui Monti promettait de glorieuses destinées; Palavicini, qui, par un accès de folie simulée, déconcerta les plans de l'inquisiteur. Pas un qui ne crût sa vie ou sa liberté compromise; cependant pas un qui ne détournât sa pensée de lui-même pour la reporter sur Confalonieri. Le spectacle était imposant : cette vieille chapelle transformée en salle d'attente pour des condamnés; dans l'embrasure d'une fenêtre, tous les prisonniers réunis et s'entretenant avec calme; au milieu de la salle, près d'une table, le commissaire en costume; à l'extrémité, une vaste cheminée qui éclairait les figures d'une façon lugubre : près de la cheminée, huit ou dix gendarmes debout et suivant d'un air grave tous les mouvements de leurs prisonniers. Confalonieri, absent, dominait cette scène, et imprimait à l'émotion de tous quelque chose de la majesté de son infortune. Tout à coup un commissaire ouvrit rapidement la porte et annonça que le comte approchait. Il avait voulu entendre sa sentence debout. A ce nom, tout prit dans la salle l'attitude d'un respect religieux; et lorsqu'un homme de haute taille, pâle, et soutenu par deux gendarmes, se montra sur le seuil, il se fit un grand silence, et on eût dit que la chapelle venait d'être consacrée de nouveau. On dressa un lit à la hâte pour l'illustre mourant, et tous ses amis l'entourèrent. C'était un tableau digne des premiers temps du christianisme. Après quelques heures d'attente, on conduisit les accusés dans une autre pièce, où, en présence de la commission, le greffier lut la sentence. Confalonieri et Andryane étaient condamnés à mort; mais l'empereur leur faisait grâce de la vie, et ils devaient passer le reste de leurs jours au Spielberg, *per somma clemenza di sua maësta*. Ces mots étaient dans l'arrêt.

Ce n'étaient là que les préliminaires d'une épreuve plus redoutable. Le jour commençait à naître, et venait, à travers les longues fenêtres de la chapelle, lutter contre les mourantes lueurs de la cheminée. On entendait le murmure croissant de la multitude qui attendait, sur la place, qu'on lui montrât les condamnés. La scène de la nuit devait se renouveler devant tout ce peuple et sur l'échafaud. Confalonieri retrouverait-il assez de force pour y monter, et subir pendant une heure, sous le froid piquant du matin, le regard insultant de cette populace? C'était là pour lui une question d'honneur. Il se remit à la grâce de Dieu. Il faut voir comme M. Andryane se fait petit pour laisser plus de place, en son récit, à l'héroïsme de son ami. Il n'avait qu'une pensée : le soutenir, le porter, pour ainsi dire, et communiquer à ce cher mourant un peu de l'énergie de sa jeunesse. Dieu leur accorda cette heure de force, entre deux crises qui faillirent emporter le malade.

Maintenant un autre drame commence; le citoyen a noblement joué son rôle, permis à l'homme de s'abandonner à toute la sincérité de ses impressions. Tout espoir de fuir n'était pas perdu; la comtesse Teresa était revenue à Milan; elle était allée à Vienne implorer la grâce de son époux; sa prière, durement repoussée par l'empereur, avait touché du moins le noble cœur de l'impératrice; la Providence avait fait le reste, en arrêtant dans les neiges le courrier qui portait l'arrêt de mort. Cette femme héroïque ne pouvait-elle trouver à la prison une issue secrète? Elle voulut du moins l'essayer. On l'avertit de

se concerter avec la sœur de M. Andryane ; les deux infortunées se rencontrèrent dégui-
sées derrière l'église de San-Fedel, mais elles n'avaient que des larmes à échanger. Ici
encore M. Andryane se borne à reproduire le journal de sa sœur ; on dirait que, libre
aujourd'hui par elle, il aime à se faire raconter à lui-même ce qu'elle a fait pour lui. Cette
entrevue n'aboutit à rien ; mais ces deux pauvres femmes purent du moins pleurer
ensemble, et se rendre ce témoignage que si les forces humaines avaient des bornes,
l'amour d'une épouse et d'une sœur n'en avait pas.

Les derniers adieux furent déchirants : ce n'était pas seulement la prison, c'était encore
l'exil, et quel exil ! Le voyage fut une longue torture. Si Confalonieri n'expira pas sur la
route, c'est qu'il est dans le cœur de l'homme des espérances plus fortes que la douleur,
et assez puissantes pour triompher même de la mort. Une nuit, à Crémone, dans une
prison glacée où on avait couché le malade près de son ami, celui-ci le vit se relever
doucement, et se traîner avec sa chaîne sous une lampe dont la lumière éclairait un angle
du cachot. Il regardait avec une extase passionnée un portrait qu'il avait toujours sur
son cœur ; c'était celui de la comtesse Teresa : le secret de ce grand courage n'était pas
tout entier dans le sentiment de sa noble mission. Le lendemain, on se remit en route.
Lorsqu'on arrivait à l'auberge, le comte se faisait asseoir devant la porte, et essayait de
se réchauffer aux pâles rayons d'un soleil d'hiver. Les autres l'entouraient en silence, et
le contemplaient avec une pieuse douleur. Mais bientôt il fallait remonter en voiture et traverser d'autres populations dont la curiosité n'était pas toujours bienveillante, de telle
sorte qu'ils éprouvèrent une sorte de joie, quelle joie ! lorsque, le 29 février, ils aperçurent
au delà de Brünn la citadelle du Spielberg.

Ici s'arrête la première partie du récit de M. Andryane. Nous allons le suivre dans la
seconde, au Spielberg ; nous dirons comment il y vécut, comment il en sortit.

Je commencerai par un aveu : je n'aime pas les conspirateurs. Leur tort est de dégoûter
les honnêtes gens des causes les plus saintes ; en contribuant à faire croire que ces causes
ne peuvent triompher que par la violence, ils aident à douter de leur sainteté même.
Toutefois, lorsque la fortune a prononcé, il semble que la prison ou l'exil changent subi-
tement la face des choses. Alors la jeunesse, alors l'irrésistible séduction des sentiments
généreux, alors le contagieux éclat des souvenirs et des exemples, tout cela vous revient
à la fois, et ne vous laisse voir qu'un infortuné là où le juge a dû souvent trouver un
coupable. Et maintenant, si cet infortuné ou ce coupable, comme on voudra, entraîné
un moment, a eu la loyauté de revenir sur ses pas sans attendre les dures leçons de l'expérience ; si, quand la pensée qu'il avait conçue n'est plus que le secret de sa conscience,
un inquisiteur s'acharne à torturer cette conscience, et le punit d'avoir eu cette pensée,
même après qu'il ne l'a plus, l'intérêt alors ne va-t-il pas devenir immense, et ranger la
justice du côté du malheur ? C'est là, on l'a vu, toute l'histoire de M. Andryane. Il se jette
étourdiment en Italie pour essayer de lui rendre la liberté. Qui de nous, une fois dans sa
vie, n'éprouva cette tentation magnifique ? En Italie, Andryane s'aperçoit d'abord qu'il n'y
a pas de révolution à faire, et, sans s'obstiner dans sa chimère, il se met à relire le Tasse,
à regarder les chefs-d'œuvre de Raphaël, à écouter ceux de Rossini, oubliant qu'il venait
là pour autre chose. Par malheur, il se rencontre des mémoires plus fidèles que la sienne,
et le voilà pris, jugé, condamné ; il périssait si, en sauvant Confalonieri, les prières
de l'impératrice n'avaient arraché deux têtes pour une aux ressentiments de l'empereur.

La première partie de ces Mémoires a conduit le lecteur à la porte du Spielberg ; la seconde nous y reprend, et poursuit jusqu'à la délivrance.

La première impression fut terrible ; elle s'adoucit pourtant chez les condamnés par la pensée que, leur sort venant à dépendre uniquement de l'empereur, il leur serait peut-être moins difficile de fléchir un prince qui avait parmi ses peuples la renommée d'être bon. Cette espérance s'évanouit bientôt. L'empereur s'empara de l'arrêt pour l'exécuter lui-même ; il en fit son affaire, intervenant pour punir, comme d'autres, nous le savons, aiment à le faire pour pardonner. Voilà par où les *Mémoires d'un prisonnier d'État* acquièrent un intérêt suprème. Lorsqu'au lieu d'un simple sbire, c'est un empereur que je rencontre sur le seuil de la prison, je n'ai plus le courage de chercher dedans un coupable, je ne vois plus qu'un malheureux aux prises avec la toute-puissance, et de politique qu'elle était, la question est devenue toute morale. La lutte alors grandit : elle est grave, solennelle, tranchons le mot, historique ; tant pis pour ceux qui ont à redouter la mémoire vengeresse de l'histoire. Mais il faut le dire, parmi les titres de l'empereur François, il en est un que son successeur a généreusement répudié, celui de geôlier du Spielberg. Une présomption touchante veut que le bien se fasse par le cœur du monarque, le mal par la loi, qui ne doit point avoir d'entrailles. La loi, auprès du condamné, ne représente que la justice, le souverain représente aussi la charité. Dans une époque comme la nôtre, où les royautés ébranlées devraient s'entourer de tous leurs prestiges, je m'afflige de voir un prince abdiquer, de gaieté de cœur, le rôle auguste que la Providence lui avait départi, et je bénis Dieu qui, à côté des monarchies absolues, a permis qu'il se trouvât des trônes constitutionnels pour donner au monde un autre exemple.

L'imputation est grave, mais les preuves sont là, dans tous les récits. Partout de la commisération pour le malheur, excepté dans le cœur d'un seul. Sur toute la route, de Milan à Brünn, la foule suit avec des larmes la voiture des condamnés. Dans la prison, les geôliers, vieux soldats couverts de blessures, nourrissent de leur propre pain ceux dont la garde leur est confiée ; les galériens eux-mêmes les regardent passer avec une pitié respectueuse : ils n'ont qu'un ennemi, et c'est l'empereur. On leur disait dans les villages : « Notre Frantz est si bon ! il se souviendra de vous. » Paroles naïves, mais terribles pour celui qui, en parlant des condamnés de Milan, les appelait *mes prisonniers*. C'est lui-même en effet qui les surveille ; il tient la clef de la citadelle, il en a le plan sous les yeux, il écrit et corrige de sa main le règlement de la prison, et toujours présent par la pensée, mieux que la sentinelle dont le pas monotone retentit dans le corridor, il épie les secrets confiés à la muraille à l'aide d'un mystérieux alphabet. Enfin, pour que toute parole arrive plus sûrement à son oreille, il se sert, que Dieu lui pardonne! il se sert de la religion pour organiser l'espionnage, laissant d'ailleurs à l'impératrice et à M. de Metternich le rôle de médiateurs évangéliques, et l'un et l'autre l'acceptèrent noblement.

Mais je reprends le récit. Séparé de Confalonieri, et poussé par les épaules dans un cachot infect, Andryane sentit comme une montagne qui tombait entre les vivants et lui. Les fers qu'on lui mit aux pieds, les grossiers vêtements qu'on lui jeta sur le corps, tous ces accessoires de la prison avec lesquels il fallut se familiariser, ajoutèrent encore à l'amertume des premiers jours. Mais dès lors quelques regards compatissants tombèrent sur lui en secret. Silvio a fait connaître le vieux Schiller ; mais de Krall il en parle moins. L'histoire de Krall, et il la racontait lui-même à Andryane, en l'accompagnant, le fusil à l'épaule, sur la plate-forme de la citadelle, cette histoire est touchante dans sa simplicité. C'est celle d'un pauvre soldat que sa fiancée attend depuis bien des années, et qui oublie, en pensant à elle, de quelles fatigues, de quel sacrifice il paie chaque jour la dot qu'il doit lui rapporter. Krall, d'ailleurs, est un précieux compagnon ; il sait plusieurs langues, il a même lu les poëtes, ceux du moins que le hasard lui a fait connaître, et au besoin il citera leurs vers. Mais déjà Andryane n'écoutait plus. Un billet remis par une main furtive venait de lui apprendre que Silvio était avec Maroncelli sous la plate-forme, qu'ils entendaient ses pas, qu'ils distinguaient sa voix. L'arrivée de Confalonieri apporta aussi une distraction douce aux pensées de son ami. L'hiver s'acheva moins tristement, et le printemps revenu, en voyant un rosier se couvrir de fleurs sur la plate-forme, l'intelligence des prisonniers éprouva aussi le besoin de s'épanouir. On avait oublié quelques volumes dans leurs mains ; ils se jetèrent sur ces livres comme sur une proie, et, à certaines heures, on aurait pu se croire dans une de ces communautés primitives où les douceurs de l'étude tempéraient seules les austérités de la pénitence. Mais cette passion de l'esprit qui tenait lieu de tout eut aussi ses mécomptes et ses angoisses : lord Byron mourut, et, à travers les épaisses murailles du Spielberg, cette nouvelle remua dans plus d'un cœur des orages qui commençaient à s'apaiser.

Sur ces entrefaites, un ecclésiastique arrivait de Vienne. On se souvenait donc à Vienne qu'il y avait au Spielberg des âmes à sauver. Le premier mouvement fut de la joie ; mais le doute en comprima bientôt les élans irréfléchis. Ah ! ce fut un moment cruel que celui où il fallut se demander si ce consolateur venu au nom du Christ n'était pas plutôt un intermédiaire placé entre les consciences craintives et l'oreille de l'empereur. Ce soupçon, faible dans l'origine et longtemps combattu, laissa d'abord toute leur force aux impressions religieuses. Don Stephano montrait d'ailleurs un grand zèle. S'imaginant, je ne sais pourquoi, que peut-être M. Andryane n'avait pas été baptisé, il voulut, à tout hasard, lui conférer le baptême. L'empressement qu'il y mit avait bien son côté ridicule ; mais la cérémonie en elle-même fut touchante, et laissa des traces profondes. On commença par ôter ses fers au prisonnier, et cette belle image de la liberté chrétienne qu'il n'appréciait pas encore fut pour lui comme une promesse de celle qu'il eût préférée. Dans cette première effusion d'un zèle qui alors semblait pur, le prêtre avait obtenu que les condamnés politiques entendissent la messe le dimanche. Jusque-là on leur avait refusé comme une faveur dont ils n'étaient pas dignes ce qu'on imposait comme un devoir aux simples galériens. Ce fut une occasion de se voir en passant. Un jour, Andryane entrevit Silvio ; il en fait un portrait qui émeut, et tel que depuis nous l'avons retrouvé à chaque page de *Mes Prisons*.

Cependant le bruit court en Europe que l'empereur va se rendre à Milan, et que ce voyage sera marqué par des grâces. Que de pauvres cœurs battirent dans les familles ! Mais quand toutes ou presque toutes attendaient en silence, la sœur de notre prisonnier était déjà sur la route de Milan. Ce nouveau pèlerinage de l'amour fraternel, c'est elle encore qui le raconte avec une simplicité si touchante qu'on craindrait de la profaner en disant qu'elle est éloquente. A Genève, madame Andryane retrouva la chambre où son frère avait passé deux ans ; à Milan, elle revit, dans l'église de San-Celso, cette angélique Teresa, et leurs larmes se confondirent une fois encore derrière l'autel de celui qui a dit : « Bienheureux qui pleurent ! » Il semblait que rien ne dût résister à cette alliance de deux saintes âmes, et qu'il n'y avait pas d'obstacle que ne pût surmonter un dévouement apporté de si loin. Mais la comtesse Teresa avait vu l'empereur de trop près pour espérer encore. Comment songer à l'émouvoir par le spectacle d'une misère qui était son ouvrage, son étude de chaque jour ? On ne pouvait qu'essayer d'adoucir en secret tant de maux. C'était encore une noble tâche, et Teresa s'y vouait tout entière. Une autre Milanaise, la comtesse Frecavalli, avait voulu en partager l'honneur et le danger. Madame Andryane la vit un soir, dans un cimetière, aux portes de la ville. Ces rencontres mystérieuses ont quelque chose d'antique. Madame Andryane, moins convaincue de l'impuissance de ses efforts, voulut du moins avoir tout tenté. Elle vit l'ambassadeur de France, M. de Caraman ; elle vit M. de Quélen, qui allait à Rome, et qu'elle avait connu à Paris ; M. de Metternich enfin, qui se montra digne de consoler une douleur si haute ; pour elle il y avait de la pitié dans tous ces cœurs. La pitié que l'on inspire devient aisément de l'espérance... Elle vit l'empereur ! Un souverain d'ordinaire ne se laisse voir que pour se laisser toucher; celui-ci méconnut cette noble tradition de la royauté, et les prières d'une sœur, le nom d'un père mourant, ne purent lui arracher que des paroles sévères qui se terminaient toujours par cette phrase : « *Ça je ne peux pas faire.* » Il ajouta, mais très-sérieusement, que si jamais il relâchait son prisonnier, il en aurait fait un *honnête homme.* Cela voulait dire qu'il y avait au Spielberg un prêtre chargé de promettre grâce et merci à qui voudrait se dénoncer soi-même ou ses compagnons d'infortune. Au Spielberg, personne ne doutait plus que telle ne fût la mission de don Stephano. Pendant que madame Andryane reprenait tristement le chemin de Paris, les prisonniers poursuivaient leurs études. Pellico écrivait quelque tragédie dont les lambeaux allaient porter de cachot en cachot de mystérieuses consolations. Mais le papier vint à manquer. On avait, pour s'en procurer, épuisé toutes les ressources. Restaient quelques feuilles assez grossières pour que l'on crût pouvoir impunément en permettre l'usage. L'un des prisonniers, ce fut Maroncelli, à force de patience et d'adresse, parvint à tirer parti de ce papier. Il fit dissoudre dans une cruche d'eau toute la mie de son pain, sa provision d'un jour, et les feuilles qu'il y fit détremper en sortirent collées. Quelle victoire! c'est à peine si, dans la vieille Allemagne, tant de joie éclata pour la découverte de l'imprimerie. De nouveau donc on se mit à l'œuvre. Mais cette joie, dont la cause restait pour lui impénétrable, ajouta au ressentiment de don Stephano, chaque jour plus humilié de voir dédaigner ses conseils. Il écrivit à Vienne, et l'empereur fit saisir tous les livres, même ceux qui avaient la religion pour objet. Vainement croyait-il avoir garrotté le corps, s'il n'avait aussi raison de l'intelligence. Avec quel amour on parcourut une dernière fois ces chers livres! La veille du jour où il fallut y renoncer, chacun voulut les prendre, les toucher l'un après l'autre, et lorsque retentit le bruit du marteau qui les clouait tous ensemble dans une caisse, on lui trouva quelque chose de sinistre, et il sembla que les ténèbres de la prison devenaient plus épaisses. Alors on cessa de lire, mais on écrivit davantage : douce compensation, si l'encre aussi n'eût fini par manquer. On en composait avec de la suie; la suie s'épuisa. Andryane ne pouvait se consoler de laisser incomplète une œuvre philosophique qui depuis longtemps l'occupait. Il en envoya les premières feuilles à Silvio, en lui confiant sa peine. Deux jours après, le manuscrit revint avec une petite fiole pleine d'une liqueur rouge : c'était le sang du généreux poète. Il n'avait garde de le dire dans ses humbles *Mémoires.* Je ne sais si beaucoup de livres seraient dignes d'être écrits avec un sang si précieux. Quel fut le sort de celui qu'Andryane écrivait? Un jour, surpris par la visite du directeur de la police, il en remit les feuilles à Schiller; la visite achevée, l'honnête caporal revint annoncer d'un air de triomphe qu'il n'y avait plus rien à craindre. Je le crois bien, il avait tout jeté dans le feu. Andryane ne se sentit pas le courage de troubler la joie du bon Schiller; mais il venait de perdre un des intérêts qui le rattachaient à la vie.

Don Stephano allait souvent à Vienne, et chaque fois il en revenait plus âpre à sa besogne. Chaque fois des rigueurs nouvelles signalaient son retour. Oroboni était mort de faim, Villa aussi se mourait. Exaltés par le désespoir, les prisonniers crurent ne pouvoir plus compter que sur la mort de l'empereur. Une sombre joie s'empara d'eux, sur la simple nouvelle qu'il était malade. Bientôt le bruit des cloches de la ville leur apprit sa convalescence. Je ne sais toutefois quel rayon d'espoir se glissa dans la prison vers cette même époque. Andryane et Confalonieri virent le moment où une porte secrète allait s'ouvrir pour eux : douce illusion qui ne les berça que deux jours. Schiller paraît avoir été, à son insu peut-être, l'instrument de ce complot dont la comtesse était l'âme. On le sépara de ses prisonniers. Son âme grandissait avec leurs épreuves; il trouvait du papier, prêtait ses livres, offrait son pain. Les adieux furent pleins de larmes. Schiller fut remplacé par Krall. Krall était aussi une belle âme; raison de plus pour craindre de lui attirer une disgrâce qui avec lui aurait frappé sa vieille mère et sa fiancée. Schiller, en partant, avait laissé à *ses chers fils* un petit dictionnaire allemand. On eût bien voulu le conserver, mais où le cacher? Andryane imagina d'en graver tous les mots sur la muraille avec la pointe d'un clou, et d'en déchirer les pages à mesure ; et il eut le courage de le faire. Ce travail lui prit un temps considérable, mais les heures étaient si longues! L'oisiveté, mauvaise pour l'esprit, ne l'était pas moins pour le corps. L'empereur fut supplié de permettre aux prisonniers d'État de travailler comme les autres forçats. Un jour l'un des gardiens fut surpris, comme il déracinait à la hâte le rosier de la plate-forme. Le pauvre diable avait eu peur que Stephano ne remarquât ce rosier, et ne s'emportât. Voilà comment les prisonniers apprirent que Stephano était de retour. Il revenait avec la réponse de l'empereur. Les malheureux étaient impatients de la connaître. Ils avaient demandé quelque rude labeur qui ranimât leurs forces en les exerçant : on leur fit faire de la charpie, et ce travail, qu'ils avaient réclamé comme une grâce, on ne se contentait pas de le rendre stérile pour leur santé, il leur fut imposé comme châtiment. De plus, on l'avait choisi tel qu'il le fallait pour laisser à la pensée sa douloureuse oisiveté. Silvio le premier se résigna en disant que cette charpie irait dans les hôpitaux étancher le sang des pauvres. Cette année fut pour Andryane une des plus cruelles. Krall n'avait pas eu le courage de lui reprendre une ou deux épingles : il fut renvoyé. Schiller aussi était parti, mais pour toujours. On l'aperçut une fois qui réchauffait ses membres au soleil dans l'angle d'un bastion. Il mourut, et de cette plate-forme où Schiller lui avait souri pour la dernière fois, Andryane vit quelques jours après le convoi de Villa. Des galériens emportaient le corps avec des éclats de rire. C'étaient pour le cœur d'Andryane de trop rudes épreuves. Insensiblement ses croyances religieuses l'abandonnaient. Assailli par le doute, il demanda une Bible et quelques volumes de Fénelon et de Bossuet. L'empereur répondit que la Bible avait ses dangers, ajoutant que pour Fénelon et Bossuet leurs ouvrages étaient presque interdits dans ses États. Mais en revanche, il envoyait je ne sais quel misérable recueil de formules ascétiques. Cette pauvre âme se sentait périr. Un moment ranimé par la *Philothée* de François de Sales, il essaya encore d'échapper, par un travail d'imagination, à l'ardeur inquiète qui le dévorait. Il commença donc un poëme qu'il récitait par fragments à Confalonieri. La présence de cet homme héroïque le fortifiait contre la prison et contre lui-même. On les sépara, et Andryane fut réuni à celui que les autres accusaient tout bas de vendre à l'empereur les secrets de la prison. Perdre Confalonieri pour se trouver face à face avec le juge S.; c'était une torture d'un nouveau genre. Le premier compagnon de cet homme, Moretti, avait failli en mourir. Andryane a fait de ce caractère une remarquable analyse. Le malheureux avait des enfants, et, pour l'honneur de l'humanité, il faut croire que leur souvenir avait brisé son courage, peut-être même égaré sa raison: Un traître ne peut voir qu'un ennemi dans celui qu'il vend, et une conscience malade jette sans cesse le trouble autour d'elle. Andryane l'éprouvait à toute heure. Étudier ses paroles, composer sa physionomie, son geste, surveiller jusqu'à sa pensée devant un compagnon d'infortune, il le fallait ; mais c'était là comme une captivité nouvelle, plus étroite mille fois que la première. S'il entendait Maroncelli siffler son air favori, comment et sur quel ton lui répondre? D'ailleurs le bruit gênait le juge. Si Andryane entr'ouvrait la lucarne pour entendre plus distinctement la voix affaiblie de Silvio qui ne pouvait quitter son lit, le juge avait froid et se plaignait avec humeur. Il fallait alors se tourner vers la muraille et prendre patience. Dans le cachot voisin était un excellent prêtre, D. Marco Fortini. La foi d'Andryane, on le croira sans peine, avait essuyé de rudes assauts dans les angoisses de sa prison nouvelle ; il se laissa doucement ramener en arrière, et en écoutant la voix pieuse du prêtre, il redevint presque catholique. Mais l'heure de la liberté arriva pour Fortini ; elle arrivait aussi pour le juge. Andryane se sentit soulagé d'un poids énorme. Qui sait cependant? Dans un tel moment, la compagnie de cet homme était peut-être au fond moins dangereuse pour lui que la solitude. Le protestantisme, où d'abord il s'était arrêté, ne le retint qu'un instant, et emporté par la logique, il recula jusqu'au déisme. Il était plongé dans ces luttes obscures mais cruelles de la conscience, lorsqu'un jour, sur la plate-forme, il vit un malheureux juif que d'autres galériens chargeaient de coups et de malédictions, lui reprochant son impiété. La vue de cet infortuné et le dégoût qu'il inspirait à de tels hommes laissèrent une vive impression dans le cœur de notre prisonnier, et de ce jour, il éprouva le besoin de remonter à sa croyance première. Mais sa chute avait été profonde. Dieu alors sembla vouloir lui tendre la main. Don Stephano, élevé à l'épiscopat, abdiqua les fonctions où il avait honteusement mérité le choix de l'empereur, et il fut remplacé par un jeune prêtre trop jaloux de mériter la faveur de son divin maître pour se soucier beaucoup des volontés de l'autre. La charité, qui s'empare des cœurs plus vite que la science, attira à l'abbé Wrba la confiance d'Andryane. Ils eurent ensemble de longs entretiens qui calmèrent d'abord cette âme orageuse ; les *Pensées* de Pascal firent le reste. Dans cette disposition d'esprit, Andryane recouvra assez de tranquillité pour composer quelques vers touchants. Un jour qu'il était dans un de ces moments de préoccupation douce où toute chose prend aisément un aspect romanesque, la porte s'ouvrit, et il vit entrer une jeune fille dont le regard était plein de mélancolie. Il eût voulu croire à une vision surnaturelle, et il n'osait respirer, de peur que l'apparition ne s'évanouît. Mais quand la jeune fille se mit à genoux pour laver le parquet, il se douta que c'était une simple galérienne qui avait pris ce cachot pour un autre, et sa surprise se changea en une tendre pitié. On se souvient de la *Madeleine* de Silvio ; c'était mieux cette fois. Mais le gardien entra tout à coup, et reprocha brutalement à la pauvre créature de s'être trompée. Si le roman en resta là, ce fut du moins une pensée pour quelques jours. Andryane ne pouvait se défendre de voir un doux présage dans cet épisode de sa solitude, et en effet Confalonieri lui fut rendu. Quelle joie de se retrouver ensemble ! Mais ce bonheur n'était pas sans mélange : l'état de Silvio empirait, Maroncelli était menacé de perdre une jambe ; chaque cachot enfermait son mystère de douleur. Andryane lui-même commençait à craindre pour sa vue ; le repos seul pouvait le soulager, et il ne dormait pas : un poêle placé dans le mur voisin lui causait d'affreuses insomnies. Le gouverneur de Moravie n'osa prendre sur lui d'y porter remède, et il fallut attendre près de deux mois l'ordre de l'empereur. Mais il est d'autres douleurs que celles qui atteignent le corps. Qu'étaient celles-ci auprès de ce mot : « Ton père a cessé de vivre? » Si la mort d'un père est toujours la plus cruelle des épreuves, qui peut dire ce que l'exil et la prison ajoutent à la force des sentiments naturels? C'était la sœur d'Andryane qui lui écrivait cette affreuse nouvelle. Pour unique consolation , les geôliers permirent à leur prisonnier de lire la lettre de ses propres yeux. Ainsi se termina l'année 1829. Dans le cours de cette même année, une seconde fois Confalonieri avait eu l'espoir de s'échapper ; mais, conçu à une époque où il était encore séparé de son ami, il n'avait pu cette fois le comprendre dans son plan. Quand le moment arriva, Andryane lui ayant été rendu dans l'intervalle, il ne voulut pas fuir seul. Ce sont de ces actes sublimes qu'il faut dire tout simplement. Andryane le suppliait de partir, lui parlait de son vieux père, de Teresa mourante ; il y avait là un homme qui n'attendait qu'un signe pour ouvrir la porte. Confalonieri, un peu ébranlé, se recueillit à l'écart. La nuit était profonde, et l'orage grondait sourdement : le silence du comte était orageux comme la nuit. Enfin, au bout de quelques heures d'une douloureuse attente : — Eh bien ! lui dit Andryane. — Je reste, répondit le comte. C'était un poste d'honneur qu'il croyait ne pouvoir déserter. Cette résolution sublime releva sans doute plus d'un courage abattu.

Celui d'Andryane était près de le quitter. Sa vue s'affaiblissait de plus en plus, et il sentit avec terreur qu'il pouvait devenir aveugle. Si malheureux qu'on soit, il y a toujours un malheur au delà de celui qu'on avait cru le dernier. Les médecins déclarèrent que le mal était grave. Il eût fallu des soins ; mais à qui les demander? Le seul remède, c'était l'air pur et la liberté ; elle arriva, mais pour d'autres, pour Silvio et Maroncelli. Ce dernier

ne l'avait que trop chèrement achetée. Avec quelle douceur mêlée de tristesse ceux qui
restaient entendirent s'éloigner leurs compagnons fortunés! C'étaient du moins pour les
familles des autres des messagers d'espérance. Depuis cette époque, il fut permis à Andryane de rester plus longtemps sur la plate-forme. Alors sa pensée, détournée du présent
par l'infirmité de ses yeux, se repliait sur elle-même, et le passé venait s'offrir à lui avec
les douces images qu'il revêt d'ordinaire pour ceux qui vont mourir. Dans cette mélancolique renaissance des impressions d'autrefois, le prisonnier trouva des vers charmants.
Chaque dimanche, le son de l'orgue et le chant des psaumes, dont le vent lui apportait les
derniers mots, entretenaient sa rêverie, et l'amenaient par degrés à d'heureux pressentiments que l'avenir devait réaliser.

Mais il est des événements qui savent percer même les pierres d'une prison d'État. La
France avait accompli une révolution, et quelque chose de ce grand bruit était monté
jusqu'à la plate-forme du Spielberg. Un jour le jeune prêtre avait fait allusion à de graves
événements. Une autre fois le gardien, brave Polonais, n'avait pu contenir l'orgueil de sa
joie, et avait laissé soupçonner la gloire nouvelle de Varsovie. Pendant une année entière,
Andryane n'en apprit pas davantage. Seulement au mois d'août 1831, il s'aperçut que les
sentinelles de la ligne avaient été remplacées par des soldats de la landwehr. Que se passait-
il donc en Europe? On n'était pas tenu de le dire à des prisonniers d'État; la revanche eût
été trop belle; mais il y avait dans l'ignorance où on les laissait une torture morale plus
cruelle encore que les autres. On leur parla vaguement de choléra-morbus, et de la nécessité d'un cordon sanitaire; c'était, sans calmer sur un point ces imaginations inquiètes,
doubler leur anxiété en la divisant.

Il n'était que trop vrai, le choléra était en Moravie. Bientôt il atteignit Brünn et péné-
tra au Spielberg. On y établit une seconde infirmerie, mais seulement pour les forçats
ordinaires; et quand les autres y réclamèrent une place, on leur répondit: « Cela ne nous
regarde pas, vous dépendez de l'empereur. » Après cela, il n'y avait de possible que la
mort ou la liberté. Ce devait être la liberté.

Ce fut encore par cette admirable sœur qu'elle fut reconquise. Une lettre touchante de
Silvio, l'aspect de Maroncelli mutilé, avaient animé d'une force nouvelle ce dévouement
inépuisable. Sa première pensée fut de se tourner vers la dynastie qui dès lors était le
refuge de toutes les infortunes. Un rendez-vous fut donné chez le général Lafayette, et
madame Andryane y rencontra M. le duc d'Orléans, qui lui parla du Spielberg et de ceux
qu'on y retenait avec le généreux élan d'une âme jeune et déjà royale. La reine, épousant
à son tour les nobles sympathies de son fils, écrivit à Vienne une lettre où elle priait
comme prie une reine, quand elle se souvient qu'elle est mère. Six mois s'écoulèrent. Le
jour arriva où l'empereur devait célébrer le quarantième anniversaire de son avénement.
Comment douter que cette époque ne fût signalée par des grâces? Madame Andryane
avait une fois déjà perdu cette illusion. Mais l'espérance est une illusion qui ne meurt
jamais, et la digne sœur se jeta sur la route de Vienne, comme deux fois déjà elle avait
pris celle de Milan. Plus heureuse aujourd'hui, elle emportait dans son cœur les vœux
d'une reine qui avait su s'associer en femme aux peines d'une femme. Il faut lire dans le
journal de madame Andryane le simple récit de ce silencieux voyage. Le 23 février, elle
était à Vienne. Quelles furent alors ses démarches, ses espérances, ses angoisses? Ce sont
des choses qu'on ne saurait analyser, et trop belles ici par le dévouement pour que j'ose les
abréger. Enfin l'empereur se laissa fléchir, et la grâce fut prononcée. L'héroïque sollicitteuse
ne crut pas avoir trop payé cette chère liberté. Depuis ce moment, Vienne prit à ses yeux
une tout autre physionomie. L'horizon s'éclaircit, et tout y devint doux à l'âme et au regard. Ce cœur, qui si longtemps n'avait pu contenir qu'une seule pensée, s'ouvrit à mille
émotions. Lisez surtout la page où le duc de Reichstadt, passant à cheval dans une allée de
Schœnbrunn, où se promenait madame Andryane, s'arrête tout à coup, au nom de son

Le duc de Reichstadt, passant à cheval dans une allée de Schœnbrunn, où
se promenait madame Andryane, s'arrête tout à coup, au nom de son père
prononcé à côté de lui

père prononcé à côté de lui, et revient tristement au pas, les yeux attachés sur l'étrangère.

Cependant M. Andryane se traînait, malade encore, mais libre ou à peu près, sur la route de Sharding. Il arrive enfin dans cette dernière ville où sa sœur l'attend. Mais comment reconnaître le beau jeune homme de 1822 dans cet homme courbé qu'on prit d'abord pour un vieillard? C'était bien lui pourtant, mais pâle et fléchissant sous le poids de sa longue douleur. Celle qui dans son enfance lui avait tenu lieu de mère se trouvait encore là pour le guider et le soutenir. Insensiblement la jeunesse se ranima dans ce corps appauvri. Rien de pathétique comme cette double renaissance à la vie morale et à l'existence matérielle. L'impression terrible de la prison quittée la veille se sentait encore dans les entretiens de chaque jour. Le souvenir de Confalonieri venait aussi troubler la douceur de ces entretiens. Et puis que de choses à apprendre! Que s'est-il passé depuis tant d'années? où en est le monde? on craint de le demander, et on interroge à voix basse. Le temps a-t-il épargné les amis qui nous furent chers? Cette liberté elle-même, si longtemps espérée en vain, n'est-elle pas un songe? La clémence de l'empereur peut avoir ses retours. La voiture n'allait jamais assez vite pour quitter le sol autrichien. Enfin elle atteint la frontière, et sur la cathédrale de Strasbourg on voit flotter le drapeau tricolore : c'était bien la liberté; son jour était venu pour Andryane comme pour la France.

Ici s'arrête cet attachant écrit d'une grande infortune. D'autres se sont inquiétés outre mesure de la forme littéraire de ce livre. Ils ont repris çà et là des phrases ambitieuses, des exagérations puériles, des longueurs inévitables à qui parle de soi et pour les siens. Ils auraient voulu, et moi aussi, que la mémoire de l'auteur fût restée moins fidèle à certains détails. La critique a toute raison dans son blâme; mais louer est aussi du droit de la critique, et ici, même quand l'écrivain faiblit ou s'égare, reste l'homme qui se fait toujours écouter.

Un mot encore sur l'empereur François, et ce sera ma conclusion. Ce prince, en accordant à madame Andryane la liberté de son frère, lui disait : « *Il faut qu'on lui fasse des vêtements chauds; s'il n'en avait pas, il s'enrhumerait, et j'en serais responsable.* » Étranges paroles que celles-là, et qui seraient une ironie amère, si elles n'étaient parfaitement sincères, et elles étaient sincères. Mais alors qui pourra comprendre que tout à coup l'on ait de ces préoccupations presque paternelles, après qu'on s'est montré inflexible à ce point? Je serais tenté de croire qu'à l'égard de ses prisonniers d'Italie l'empereur se regardait comme chargé d'une mission religieuse. Il voyait la société en péril, et pour la sauver il croyait devoir recourir à des remèdes héroïques. Il n'y a que cette manière de s'expliquer comment un homme naturellement doux et modéré, adoré de ses peuples, devenant cruel par fanatisme, a pu frapper si froidement. Il y a donc dans un pouvoir sans bornes quelque chose qui exalte les âmes les plus douces, qui trouble les intelligences, qui peut fausser la conscience elle-même! Il faudrait plaindre alors ces grandes victimes du droit divin, et se réjouir de vivre en un temps et sous les lois d'un pays où la royauté, sans être moins haute et moins respectée, a trouvé dans la raison de tous le contre-poids salutaire de sa force et de son droit.

DES

DEVOIRS DES HOMMES

DISCOURS A UN JEUNE HOMME

Justicia enim perpetua est et immortalis.
(Lib. Sap., cap. 1, v 15.)

INTRODUCTION

E jour où, sur la place publique de Venise, Silvio Pellico et Piero Maroncelli vinrent, les mains enchaînées, entendre l'arrêt qui les condamnait, ils prononcèrent solennellement dans leur cœur ces *vœux philosophiques* que l'un d'eux nous a conservés :

« Le malheur, non la justice, nous a frappés ; montrons qu'il a frappé des
« hommes, et non des enfants. Toute condition a ses devoirs : le premier de-
« voir d'un infortuné, libre ou captif, c'est de souffrir avec dignité ; le second,
« de faire son profit du malheur ; le troisième, de pardonner. Déjà dans nos
« cœurs sont écrits ces mots : Je soupire après la vérité, après la justice,
« après la liberté ! L'adversité les effacera-t-elle ? Maîtrisons-la, au lieu de
« souffrir qu'elle nous maîtrise. Si l'un de nous revoit un jour la lumière, qu'il
« témoigne pour ceux qui seront morts dans les fers. »

Silvio Pellico a revu la lumière ; il a témoigné pour ceux qui vivaient encore au Spielberg, pour ceux qui dorment à cet angle du cimetière vers lequel, à travers les barreaux de son cachot, il vit un soir s'acheminer la dépouille d'Oroboni ; il a souffert avec résignation ; il a tiré de son infortune le parti qu'une grande âme pouvait en tirer, il a pardonné. Le vœu sublime du prisonnier contenait d'avance le beau récit de ses mémoires ; ce récit s'écrivait ligne à ligne, et à son insu, dans son cœur, à mesure que tombait sur l'écha- faud la parole pesante de l'inquisiteur, lisant du haut du palais ducal la sen- tence venue de Vienne.

Voici maintenant l'épilogue du poëme, la moralité du drame évangélique : après le livre des *Prisons* le discours des *Devoirs*.

On raconte que chaque matin, en s'éveillant, Silvio Pellico éprouve le bien-être ineffable d'un homme qui renaît pour la première fois au sentiment de la liberté. C'est dans ce perpétuel retour vers les années de sa captivité qu'il a trouvé l'inspiration de son nouvel ouvrage. Ce monde lui est apparu comme un autre Spielberg, au fond duquel soupire l'humanité, dans l'attente de la parole divine qui doit la rappeler à la libre cité du ciel. Le véritable Spielberg avait pour tourments la faim, le froid, la misère, les insomnies, les souvenirs poignants et les mortelles angoisses de l'incertitude. Puis l'amitié d'un compagnon d'infortune, la mélancolique chanson d'un pauvre captif qu'on entendait et qu'on ne voyait pas, la compassion presque paternelle d'un vieux soldat devenu geôlier ; quelquefois, le soir, au printemps, un rayon du soleil qui glissait sur la muraille grise, et qui éclairait à l'horizon, par delà la froide cité de Brünn, les glorieux champs d'Austerlitz, Dieu enfin, qui pouvait d'un mot faire crouler ces murs épais, telles étaient les consolations.

Et ce monde n'est-il pas aussi un lieu d'incessante agonie ? L'un de nous a-t-il échappé à ces tribulations du jour et de la nuit, à ce morne désenchantement des espérances qui nous quittent, des liens qui se brisent, des affections qui ne résistent ni au temps ni à la vieillesse ? Et à côté de tout cela, n'avons-nous pas la vie humble et cachée de la famille, l'hymne saint des amitiés fidèles, les nobles passions de l'intelligence, les enivrements de la gloire, et au milieu des cris de douleur et des larmes universelles, n'entendons-nous pas aussi cette grande voix du christianisme, qui fait des larmes et des douleurs de chacun la preuve sublime de la future destinée de tous ?

L'homme captif de l'homme a ses devoirs ; l'homme prisonnier de Dieu, comme on disait à Port-Royal, a également les siens. Quelle que soit la durée de l'épreuve imposée à chacun par la volonté du maître, nous pouvons néanmoins nous affranchir dès maintenant, et conquérir, par l'accomplissement du devoir, la liberté de la vertu. On sait comment le chantre de *Francesca* est arrivé à cette liberté sublime ; comment nous-mêmes pourrons-nous y arriver, c'est lui encore qui nous l'enseigne.

Il y a deux classes de moralistes.

Les uns se retirent de cette société mobile des faits pour se reposer dans la sphère immuable des idées. De ces sommets de la pensée contemplative, ils abaissent les yeux sur le monde, et ne demandent qu'à la foi et aux idées générales la règle infaillible des devoirs de l'homme. En possession d'une synthèse qui a toute la puissance de l'unité, ils déroulent avec majesté dans un vaste et limpide système les conséquences pratiques d'un principe philosophique ou d'un dogme religieux. Dialecticiens avant toute chose, c'est à l'intelligence qu'ils s'adressent, enseignant à l'esprit ce qu'il doit croire plutôt qu'à l'âme ce qu'elle doit aimer. La vertu, dans leur système, est plutôt une déduction naturelle des prémisses qu'ils ont posées, qu'une naïve inspiration de la conscience, un instinct passionné du cœur.

Harmonieuse et recueillie, la vie de ces hommes a quelque chose de la sérénité des idées dont ils se font les apôtres. Ils parlent des passions avec une merveilleuse éloquence; mais on sent que ces passions ont bien peu remué leur âme. Les mots vertu, résignation, pardon, prennent sur leurs lèvres un accent ineffable de tendre et naturelle poésie; mais ici encore, on sent qu'ils n'ont eu à se résigner qu'à une douce et heureuse existence, où la vertu et le pardon ont été faciles comme le bonheur. Leur éloquence est bonne au commun des hommes, mais elle effleure à peine les cœurs qui ont eu beaucoup à souffrir.

Il est pour ceux-là d'autres moralistes, ou, pour mieux dire, d'autres consolateurs. Ce sont pour la plupart de bons et simples hommes qui rapportent au monde ce que les épreuves du monde leur ont appris. Les pensées que leurs livres nous révèlent, elles leur sont venues dans l'exil au milieu des bois, dans la captivité aux heures de l'insomnie ou de la faim, sur mer au milieu des tempêtes. Comme c'est leur âme qui a souffert, et que c'est leur âme qui, à côté de la souffrance, a trouvé la consolation, ils laissent parler leur âme. « Pour « moi, a dit un philosophe chrétien de nos jours, je prête l'oreille aux sons « que rendent les âmes saintes, avec plus de respect qu'à la voix du génie. » Le mot est beau; il serait sublime si l'auteur avait dit : Les âmes saintes qui ont souffert. Laissons-les donc parler, ces âmes saintes; les plus beaux traités de Nicole ne feront jamais autant de conquêtes sur le monde que le livre de l'*Imitation.*

Silvio Pellico appartient à cette classe de moralistes. Il se hâte de définir les principes qu'il ne discute pas, pour arriver plus vite aux préceptes qu'il développe avec complaisance. Il a oublié, dans les longues années de sa captivité, que les hommes se débattent longtemps contre la vérité avant de la reconnaître. Dans cette candeur d'âme, dans cette seconde jeunesse de l'esprit que le malheur lui a donnée, il croit qu'il suffit de montrer le vrai pour qu'aussitôt on y coure. Il dit simplement les grandes vérités qui sont la base de toute morale, réservant l'onction de sa parole et la vigueur de son raisonnement pour les enseignements de cette morale. Manzoni, d'ailleurs, avait depuis longtemps posé les principes dans un beau livre qui se lie intimement à celui-ci.

Nous sommes heureux du hasard qui amène le rapprochement de ces deux noms. Souvent, en songeant à cette âme douce et pieuse de Silvio Pellico, notre pensée s'en allait involontairement vers cet autre génie de la poésie chrétienne, dont le silence étonne l'Italie. Ils se rencontrèrent à Milan, il y a maintenant bien des années. Jeunes tous deux, ils étaient pleins pour leur patrie et pour eux-mêmes de magnifiques espérances. Ils venaient l'un et l'autre de révéler avec éclat leur talent dramatique. L'un continuait avec élégance les traditions d'Alfieri, et trouvait pour récompense, avec les sympathies de l'Italie, un sourire de lord Byron; l'autre renouvelait la scène avec de hardis essais auxquels Goethe battait des mains du fond de l'Allemagne. Il semble que ces deux grands hommes, Byron et Goethe, dont le nom se rencontre à ce double début, aient jeté sur la carrière des deux jeunes poëtes le reflet de leur propre destinée. Silvio souffrait pour la liberté au Spielberg lorsque pour elle aussi Byron mourait en Grèce; et la gloire paisible de Manzoni a, jusque dans le demi-jour où elle se dérobe, quelque chose qui rappelle la vie majestueuse de Goethe. Silvio emporta sans doute au Spielberg le souvenir de Manzoni.

Manzoni se recueillit pieusement avec sa mère dans une retraite où l'image de
Silvio fut, on aime à n'en pas douter, une des mélancolies de sa solitude.

Cette différence dans la destinée des deux hommes explique, selon nous, à
merveille la différence des deux ouvrages.

Manzoni n'apporte d'abord à la démonstration des vérités religieuses qu'une
admirable dialectique. Mais sa parole s'élève insensiblement du ton simple et
ferme d'une discussion lumineuse aux éclats passionnés d'une vive éloquence.

Ses *Observations sur la morale catholique* répondent victorieusement aux
assertions de M. de Sismondi. Mais qu'on y prenne garde, à l'époque où il
parut, il répondait mieux encore à d'autres opinions dont le danger n'était pas
moins grand.

L'école de Voltaire était morte, écrasée sous le poids d'une révolution immense, que sans doute elle avait préparée, mais dont il ne lui était pas donné
de pouvoir satisfaire les besoins moraux. Les idées religieuses reprenaient faveur de toutes parts, et l'art, qui au dix-huitième siècle avait ruiné leur empire, leur revenait au dix-neuvième et s'était fait leur plus séduisant apôtre.
Depuis l'année où mourut Voltaire, 1778, jusqu'en 1820, deux grands livres
ont renouvelé toute inspiration en France : le *Génie du Christianisme* et les *Méditations poétiques.*

Ainsi allaient les âmes, revenant à la foi par la poésie, lorsqu'on put craindre
un moment que l'entraînement de cette réaction ne suscitât au dogme catholique un danger véritable. Là, disons-nous, pouvait être le danger. Pour le
combattre, suffisait-il de répandre à vil prix des livres composés à une autre
époque, les uns avec l'emportement d'une polémique ardente, les autres avec
cette logique bien autrement puissante qui se dérobe sous les formes ingé-
nieuses de la satire? Nous ne le croyons pas. Dans une société paisible comme
l'était celle pour laquelle ces livres furent écrits, le ridicule et la passion sont
des armes intelligentes qui frappent sûrement l'erreur et n'atteignent que rarement les personnes. Mais dans une société à peine relevée d'une révolution,
tout ce qui ressemble à une attaque contre des conquêtes chèrement achetées,
agite si aisément les âmes, qu'il est toujours à craindre ou que la passion ne
les soulève jusqu'à la persécution, ou que le ridicule ne se prenne au fond
même des idées, dont on ne combat que l'exagération. Il y a donc péril, par
ces temps d'orage, à se servir de pareilles armes. Restait à faire une seule
chose, et c'est l'Italie qui l'a faite. Manzoni n'appela au secours du catholicisme
ni la colère de l'apôtre ni la moquerie du philosophe. Mais avec cette vue
haute du christianisme, qui donne tant de grandeur à son beau roman des
Fiancés, il se borna à exposer les principes de la morale catholique. Il sera
éternellement à regretter que personne alors n'ait songé à faire présent à la
France des *Observations* de Manzoni. Les livres qui ont la religion pour objet
font quelquefois des blessures profondes à l'âme des sociétés humaines ; quelquefois aussi, en versant dans les plaies le baume de la parole, ils y endorment
la souffrance, en attendant la main qui les cicatrise pour toujours.

Si le livre de Manzoni est l'œuvre puissante d'une ferme intelligence, celui
de Silvio Pellico est la confession tendre d'une âme renouvelée par la douleur
et le christianisme. Le livre des *Devoirs* tient aux *Observations* de Manzoni par

la précision de l'analyse et l'élévation des pensées; par l'émotion intérieure de l'écrivain, il se rapproche plus encore du livre de l'*Imitation*.

Ce dernier livre ne doit-il les larmes qu'il a fait couler qu'à ce doux épanchement de la charité évangélique, au charme singulier du dialogue établi entre l'humanité faible et le Dieu qui l'aide à se combattre elle-même? N'est-ce là que la prière fervente d'un pauvre moine qui entr'ouvre la porte de son couvent pour regarder ce monde où les chemins sont tortueux, le ciel sombre, les saisons incertaines, et qui se hâte de rentrer dans la sainte demeure, où tout est calme, où rien ne change, où le chemin tracé mène toujours de la cellule à la chapelle? Non. Le livre écrit sous cette inspiration aurait eu son originalité; mais le monde n'en eût tiré qu'une conclusion, le bonheur de la vie monastique. Oh! c'est qu'il y a plus dans ce livre, c'est que ce n'est pas un évangile tombé du ciel dans la solitude d'un monastère, c'est un poëme chanté par un homme et écrit avec ses douleurs; c'est que cet homme a été blessé par ce monde dont il raconte si bien les périls; c'est que ces passions qu'il analyse avec tant de délicatesse, il a senti leur flamme le brûler au cœur; c'est que ces faiblesses qu'il énumère avec tant d'effroi, il y a succombé comme nous. Il y a des âmes dans lesquelles se développe merveilleusement la tendresse cachée du christianisme, et qui s'en vont sans effort de l'innocence de l'enfant à la vertu forte et intelligente de l'homme. Ici ce n'est pas cela. L'âme qui palpite sous chaque ligne de l'*Imitation* a connu, aimé le monde, avant de connaître et d'aimer le Christ. Il ne faut pas se laisser abuser par l'ingénuité de la forme : c'est un homme qui parle par la bouche de cet enfant qui interroge. Jésus-Christ a son précurseur dans beaucoup d'âmes, comme il l'eut pendant sa vie mortelle, au bord du Jourdain, où Jean baptisait. Et ce précurseur, c'est le monde; quand ce monde a bien ravagé une âme, c'est alors le tour du Christ; car les hommes creusent des abîmes que Dieu seul a le pouvoir de combler. C'est dans cette connaissance terrible du cœur humain qu'est toute la puissance du livre de l'*Imitation*. Si l'auteur nous attire à lui, ce n'est pas seulement parce qu'il s'élève vers le ciel; c'est surtout parce qu'il est parti de la terre.

Telle est aussi la séduction sainte du livre des *Devoirs*. Comme simple exposé des obligations de la loi chrétienne, il serait beau encore, et son exquise concision empêcherait qu'il ne se perdît dans la foule des traités de ce genre. Mais comme corollaire d'une œuvre sublime, les *Prisons*, comme résumé de la vie d'un martyr, comme testament moral d'un confesseur de la vérité, il a droit de compter parmi ces livres qu'une main mystérieuse apporte dans la solitude aux âmes blessées par le monde, et dont une voix dit : Prends et lis.

Cet écrit est, si je puis m'exprimer ainsi, le journal d'une noble conscience. On dirait que chaque soir, après cet examen sévère que conseillaient les philosophes antiques, Silvio a écrit une phrase qui résumait ses actes et ses pensées du jour, et qu'il s'est endormi avec confiance dans cette prière éloquente de son génie.

Il n'est pas un chapitre de ce nouveau livre qui n'ait quelque part dans les *Prisons* son noble commentaire, et c'est avec un charme inépuisable que la pensée s'en va de l'un à l'autre volume. Les pages les plus austères s'animent d'une éloquence passionnée, à mesure que sous les simples paroles du précepte le lecteur sent l'effort de la lutte et entrevoit les traits endoloris de l'athlète.

Nous essaierons de recommencer en partie avec le lecteur cette touchante lecture. Mais auparavant, pour mettre en ses mains un fil qui l'aide à se retrouver dans cette analyse, on pourrait dire dramatique, d'un traité de morale, nous allons d'abord analyser en peu de mots le traité lui-même, isolé de tout ce qui précède.

Créé à l'image de Dieu et déchu par la désobéissance d'Adam de sa noble ressemblance avec son auteur, l'homme a pour devoir en ce monde de travailler à la reconquérir. Tel est son devoir, avons-nous dit : tel est aussi son bonheur.

La vie a mille faces, le devoir autant d'applications diverses; de même qu'au-dessous de la vertu il y a les vertus, ainsi au-dessous du devoir il y a les devoirs.

Le premier de tous est l'amour de la vérité, car la vérité c'est Dieu.

De là découlent plusieurs conséquences pratiques : repousser toute doctrine sceptique, faire en soi la guerre au mensonge, et croire à la véracité dans les autres.

Mais la vérité n'est pas une idée purement abstraite et majestueusement reléguée dans la sphère oisive des théories; elle se manifeste ici-bas dans le christianisme.

Croire à la vérité, c'est croire au christianisme; aimer la vérité, c'est pratiquer le christianisme.

Cette foi dans le christianisme ne coûte rien à la dignité de l'homme, le christianisme a été depuis dix-huit siècles la religion des plus fermes intelligences.

Il n'a qu'un précepte, la charité : mot sublime qui résume toute la doctrine de l'Évangile; le modèle a vécu, c'est le Christ.

Mais de pareils modèles épouvantent la faiblesse humaine; eh bien! d'autres ont eu ce courage de marcher dans la voie du Christ. Imitons ceux-là, et faisons-nous de leurs traits épars un type idéal où notre âme se repose un moment pour s'élever ensuite jusqu'à l'imitation du modèle véritable.

Une fois placé sous l'invocation de ce puissant idéal, l'homme abordera hardiment la vie et les devoirs qu'elle impose.

Un premier devoir l'unit à tous ses semblables, l'amour de l'humanité, expression sociale de la charité évangélique.

Un devoir plus étroit le rapproche de ceux de ses semblables qui vivent au bord du même fleuve, au pied de la même colline, l'amour de la patrie, expression nationale de la charité évangélique.

Un devoir plus étroit encore confond sa vie dans la vie de ceux qui naquirent sous le même toit et du même sang, l'amour de la famille.

L'amour de la famille se décompose premièrement en deux autres sentiments : l'amour filial, qui se réfléchit dans le respect que nous devons à la vieillesse et à ceux qui nous ont précédés; l'amour fraternel, qui, à son tour, se réfléchit dans l'amitié.

Voilà l'homme entré dans la société : une grave question se présente, le choix d'un état ; toutes les professions sont nobles par les qualités qu'elles exigent ; tout homme est honoré par sa profession, s'il l'honore lui-même par la vertu.

Entrer hardiment et sans regret dans la carrière que l'on a choisie, sans regarder derrière soi ou à côté de soi, si d'autres n'ont pas mieux choisi, ceci est encore un devoir.

Mais là ne s'arrête pas le développement de l'éducation morale : elle sera complète, à la condition qu'on saura revenir sur ses principes pour les affermir, sur ses défauts pour les combattre, sur ses fautes pour les réparer.

Maintenant, si vous vous souvenez de cette parole divine, *il n'est pas bon que l'homme soit seul,* vous chercherez avec amour la femme qui doit remplir cette solitude de votre âme.

Voyez d'abord cependant si le célibat ne serait pas préférable. Le mariage est chose sainte, mais le célibat est saint aussi ; et pour tous ceux qui croient ne pouvoir faire le bonheur d'une compagne, garder le célibat est un devoir.

Néanmoins la plupart des hommes sont appelés au mariage ; qu'ils sachent du moins en étudier les devoirs. Tous ont pour base le respect et l'amour que nous devons à la femme. Le paganisme l'avait abaissée au rang de l'esclave, le christianisme l'a relevée de son humble condition, et a fait de sa faiblesse quelque chose d'aussi puissant et d'aussi noble que la force. Volontairement courbée devant la force qui protège, elle ennoblit par l'amour et son obéissance à l'homme et l'empire que l'homme a sur elle.

La dignité morale de l'amour est dans la perfection de l'être aimé. Aimez une femme digne de vous, et votre amour en restant une passion deviendra néanmoins une vertu.

Honorer la femme est un devoir ; mais où il faut l'honorer surtout, c'est dans l'innocence des vierges et la vertu des épouses ; on ne mérite qu'à ce prix et l'amour d'une épouse et la vénération d'une fille.

Du mariage naissent deux devoirs sublimes :

L'amour conjugal. — Voici une maxime féconde : aucune femme qui fut bonne au jour de son mariage ne perd sa bonté dans la compagnie d'un époux qui continue à mériter son amour.

L'amour paternel : les bons fils et les bons époux ne furent jamais de mauvais pères.

Nous avons vu de la piété filiale naître le respect pour la vieillesse ; du devoir d'aimer ses enfants découle également l'obligation d'aimer l'enfance et la jeunesse.

Du souci de la famille naît ordinairement le goût des richesses. L'Évangile adopte les pauvres, mais il ne proscrit pas les riches.

Les riches s'égalent aux pauvres par le désintéressement et la bienfaisance. La bienfaisance est la vertu des riches, la résignation la vertu des pauvres.

Heureux, respectez le malheur dans les autres, et essayez de le secourir ; malheureux vous-même, sachez vous défendre de l'envie.

Savant, faites de vos lumières le patriotisme de l'ignorant ; ignorant, respectez dans ceux qui savent les bienfaiteurs de l'humanité.

Doux et affable envers tous, oubliez les injures, mais souvenez-vous des bienfaits. La reconnaissance a ses hypocrites comme toutes les vertus.

Tels sont, en peu de mots, les devoirs de l'homme. Il suffit d'en lire l'énumération pour avoir de cette vie une idée haute et sainte. On n'est ferme devant la mort qu'à la condition d'avoir accompli tous ces devoirs. Cette vie si noble, la mort la résume; cet homme si grand, la mort le juge. Celui-là meurt dignement, qui a dignement vécu.

Voilà ce livre dans toute la sévérité de sa doctrine. Entrons maintenant dans l'âme du moraliste, et demandons-lui le récit intime de la succession de ses pensées.

Ce discours s'adresse à un jeune homme. On se rappelle avec quelle émotion Silvio Pellico parle, dans ses mémoires, des fonctions qu'il exerçait auprès des enfants du comte Porro, Mimino et Giulio, gracieuses figures que nous avons vues sourire dans *Mes Prisons!* Pauvres enfants qui ont grandi, hélas! loin des regards paternels, et qu'on aime à se peindre graves et tristes, s'arrêtant tout à coup au milieu des jeux de leur âge, au souvenir de leur père exilé, de leur ami gémissant dans les fers! Je ne saurais me défendre de la pensée que Silvio a écrit cet ouvrage pour continuer l'œuvre chère de sa jeunesse; une âme si délicate et si élevée a des mystères qu'il faut aller chercher sous ses paroles les plus simples. Qui sait si par une fraîche matinée des Alpes de Savoie qui lui rappelait les heures de ses promenades aux environs de Milan, le poëte ne s'est pas tout à coup retrouvé, par l'imagination, entre ses deux charmants élèves, et si tout ce discours, qui semble sévère au premier abord, n'est pas le fruit heureux d'une délicieuse rêverie d'automne? Silvio a cherché du regard par toute l'Italie ces deux enfants de son adoption, et ne les voyant pas, il a composé ce volume pour tous ses jeunes compatriotes, dans l'espoir sans doute que le hasard le ferait tomber entre les mains de ceux qu'il n'osait nommer. Ce ne sont plus les mêmes leçons qu'autrefois; les enfants sont devenus grands, et l'adolescent s'est fait homme. Il a appris, en passant par l'expérience de la vie, que l'âme, bien plus que l'esprit, a besoin d'austères enseignements. Il y a ici dans l'accent du maître quelque chose d'une voix aimée qu'on laissa vive et mélodieuse, et qu'on retrouve mélancolique et à demi voilée. Jadis c'était déjà la parole sereine du sage, mais aujourd'hui quelle force nouvelle dans cette parole! La parole d'un moraliste qui peut dire : Le jour où cette pensée m'est venue, j'avais froid, et le soleil ne se levait pas; j'avais faim, et avec le pain de la veille j'avais mangé celui du lendemain, et je me suis mis à prier Dieu, et à penser aux devoirs de l'homme en cette vie.

Un grand poëte nous disait un jour que les heures qui suivaient le succès de l'une de ses compositions dramatiques se ressentaient encore pour lui de l'amertume de celles qui avaient précédé. C'était seulement le lendemain au matin qu'il jouissait de son triomphe de la veille. Le cœur de l'homme est ainsi fait : ni le bonheur ni l'adversité ne le trouvent prêt pour le plaisir ou pour la peine. C'est le lendemain, en s'éveillant, s'il a pu dormir, que le prisonnier mesure l'étendue de son infortune. Le lendemain donc de ce jour où il fut arrêté, Silvio Pellico se prit à penser à la douleur des siens, et sa propre douleur fut inexprimable. Mais lorsqu'il demanda qui donnerait un peu de force à cette famille désolée, il se souvint du Christ, qu'il avait si longtemps négligé, et il revint sans effort au christianisme, qui venait de lui apparaître comme un divin consolateur du désespoir de sa mère. Le christianisme est le dernier mot du livre, il en est aussi le premier. Imaginez aujourd'hui une théorie des devoirs qui n'aurait pas la loi chrétienne pour sanction et pour base, je m'assure qu'elle ne tiendra pas devant l'impitoyable logique de Manzoni, et que ses préceptes ne vaudront jamais la plus humble des naïves et profitables réflexions de Silvio Pellico. Ouvrons donc une fois encore la prison du pauvre captif, et recherchons dans ses *Mémoires* le commentaire des hautes pensées qu'il a écrites dans cet autre journal de son âme. Il ne tiendra qu'à nous d'interroger les sombres voûtes du Spielberg, de sonder les ténèbres humides, de faire raconter aux murailles les choses que le poëte lui-même nous a racontées un autre jour, en y joignant la moralité pratique de ces tribulations, c'est-à-dire en mêlant dans notre récit, comme ils l'étaient d'abord dans l'âme du poëte, le livre des *Prisons* et celui des *Devoirs*.

Le christianisme n'est qu'amour; la charité, ardente manifestation de l'amour chrétien, appliqué à ces objets les plus généraux, est d'abord l'amour de l'humanité et ensuite l'amour de la patrie. A qui est-il besoin d'apprendre que le vivant idéal de ces deux nobles sentiments, c'est le poëte?

Lorsqu'il se vit à Sainte-Marguerite, il se prit à penser au jour où, pour la dernière fois, il avait quitté sa famille. Ce jour-là son père l'avait accompagné pendant quelques milles, puis s'en était revenu, seul, consoler la mère affligée. Puis, ayant appris que son fils était arrêté, il accourut à Milan. L'entrevue fut déchirante par tous les efforts qu'ils firent pour la rendre sereine et enjouée. La mort peut-être allait frapper, mais ce n'était pas de la mort qu'ils s'entretenaient : le pauvre père parlait à son fils de sa petite chambre que sa mère tenait prête pour le recevoir à Turin. Ce jour-là encore, il s'en retourna seul. Hélas ! Silvio, de son côté, s'en allait à Venise, Venise jadis si belle et si chère, et qui n'était plus pour lui qu'une prison d'attente, sur le chemin du Spielberg. Au Spielberg, les épreuves étaient dures, le pain manquait, le froid était rude, le soleil avare de ses rayons : mais le plus cruel des tourments, c'était encore pour Silvio l'ignorance où il était du sort de sa famille. Un jour, un article de journal lui apprend que la plus jeune de ses sœurs est entrée au couvent de la Visitation. Ce lambeau de gazette, ramassé dans la cour d'une prison, renouvelle toutes ses pensées, et il n'a plus d'éloquence que pour nous attendrir avec lui sur le sacrifice de cette sœur chérie. Ah ! sans doute, elle s'est dévouée pour obtenir du ciel la liberté de son frère. Sa liberté ! Dieu l'avait mise à plus haut prix ; la jeune fille mourut. Il plut au Seigneur de mêler encore ce deuil aux joies ineffables de la liberté recouvrée. Le retour du prisonnier fut presque aussi triste que sa captivité; pâle, épuisé, il s'arrêtait à chaque village, pour reprendre haleine, et ne trouvait la force de vivre que dans le besoin qu'il éprouvait de revoir encore sa famille.

Mais pourquoi rappelé-je le pathétique récit de tant de douleurs? C'est qu'il y a dans le traité des *Devoirs* deux admirables chapitres, dont l'un a pour titre l'*Amour filial*, l'autre l'*Amour fraternel*.

Celui qui suit a pour sujet l'*Amitié*. N'avez-vous pas entendu une voix mélancolique chanter dans un cachot voisin de celui de Silvio? C'est la voix du comte Oroboni. Silvio et Oroboni s'aimèrent avant de s'être vus. Un jour, le hasard voulut que la porte d'Oroboni demeurât ouverte, et Silvio, qui vit cette porte en passant, vint tomber dans les bras de son ami. Il le vit une fois encore....... c'était un soir. On venait de le déposer dans la fosse commune des galériens, et il allait disparaître à jamais sous quelques pelletées de terre. Désormais il ne restait plus à Silvio que Maroncelli. Hélas ! pouvons-nous dire qu'il lui reste encore, aujourd'hui que l'exil les sépare de toute l'immensité de l'Océan ? Mais que dis-je ? Ce n'est que pour nos faibles yeux que l'Océan est sans rivages, et la terre d'exil n'enchaîne que les pieds de l'homme. Les âmes aimantes n'ont-elles plus les ailes de la colombe ? et le bonheur d'aimer dans le passé, qui l'ignore ?

Il est encore un nom qui revient naturellement à l'esprit dans ce chapitre de l'amitié. A cette réserve timide que le poëte recommande d'apporter au choix d'un ami, qui ne s'est souvenu de Julien ? Ce conseil laisse une impression pénible. Au fond de l'âme d'où il est sorti on soupçonne une plaie qui saigne encore.

Silvio, presque découragé de l'amitié par cette épreuve, essaya de se renfermer en lui-même ; mais il était doué d'une sensibilité trop expansive pour ne pas chercher à la répandre autour de lui. D'ailleurs quel prisonnier eût résisté au charme naturel et sans art de la gracieuse Zanzé ? Quel cœur ne se fût ouvert à ses naïves confidences ? Quelle main n'eût tremblé dans la sienne ? Quelles lèvres se seraient dérobées à ses chastes baisers ? Quelle âme de poëte ne serait émue à lui entendre dire que *les vers de Francesca la faisaient tant pleurer ?* Comme en voyant cette folâtrerie dans la candeur de Zanzé, cet abandon dans son innocence, on bénit le captif d'avoir craint de profaner même par la pensée le rêve doré de sa prison !

Est-il besoin de dire qu'il y a dans le traité des *Devoirs* un chapitre sur le *Respect qu'on doit aux jeunes filles ?*

Le contraste de la jeune Vénitienne, c'est Madeleine, la pauvre repentie de Milan, qui redemande en chantant, de l'autre côté de la cloison, sa félicité ravie. Comme le cœur de Silvio battait en l'écoutant ! Plusieurs fois il essaya d'élever la voix pour dire à Madeleine combien elle lui était chère. Mais la noblesse de son âme se refusa toujours à l'aveu d'une telle passion.

Le moraliste ne s'est-il pas souvenu de Madeleine en écrivant un chapitre sur la *Dignité de l'amour ?*

Et le pauvre petit sourd-muet qui venait sourire sous sa fenêtre n'a-t-il pas inspiré aussi le chapitre où Silvio recommande avec tant de douceur d'aimer les enfants, ces favoris du Christ ?

Silvio Pellico exprime avec un rare bonheur les sentiments qu'il a éprouvés : il faut donc lui pardonner de peindre avec moins d'effusion ceux qui lui sont restés étrangers. C'est précisément parce qu'il a fait un beau chapitre sur le *Célibat*, qu'il en a fait un moins beau sur le *Mariage*. On s'étonne cependant qu'une âme aussi tendre se soit vainement approchée de cette source d'ineffable éloquence où le génie de madame de Staël a puisé tant de fois de ravissantes paroles. Ce n'est pas qu'il n'y ait aussi dans ce chapitre des pensées élevées et de nobles élans ; mais il y règne par moment je ne sais quel ascétisme un peu morose qui vient du raisonnement plutôt que de l'âme. Il faut alors en appeler

de là logique du moraliste à l'âme du poëte ; car là même où le moraliste n'a
pas vu, le poëte du moins a senti. Nous emprunterons à l'une de ses plus touchantes tragédies une scène inspirée par ce sentiment de l'amour conjugal.

Nous sommes au milieu d'une tribu juive, dans les rochers d'Engaddi. Azarias, le chef des guerriers, se croit trahi par sa femme, qui, accusée d'adultère, a été enfermée dans une caverne, en attendant le jugement du peuple. Un reste de doute et d'amour amène involontairement auprès de son épouse le mari qui se croit outragé.

AZARIAS [1].

« ..... Je m'égare dans ces noirs détours, sans pouvoir la trouver. — Esther !
« elle ne m'entend pas ! Mais, ô ciel ! que vois-je étendu sur la terre ? est-ce
« bien elle ? morte ?.... Hélas ! un tremblement.... — Je n'ose m'assurer de la
« vérité. Est-ce que je l'aimerais encore ?

(Il s'approche et regarde avec douleur Esther sans mouvement.)

« N'est-elle qu'évanouie ? — Une pâleur effrayante couvre son visage. Est-elle
« morte, ou respire-t-elle encore ? — O vue lamentable ! Qui me soutient ? je
« chancelle... O femme trop aimée ! est-ce ainsi que je devais te revoir ? ces
« lèvres si vivantes hier, aujourd'hui blanches, flétries ! les paupières ouvertes,
« mais les yeux éteints ! — Oh ! non, elle ne vit plus, et je l'ai perdue ? Que dis-tu ?
« elle t'avait trahi : elle feignait de t'aimer, et un autre avait son amour, l'in-
« digne ! — Et cependant si jeune ! séduite peut-être, qui sait ? peut-être était-ce
« une passion involontaire, qui naissait à peine, et qu'elle combattait dans son
« âme avec d'affreux tourments ? La raison un jour aurait triomphé ! Eh ! — méri-
« tais-je, moi, son amour ? Je suis un homme emporté, mon humeur est violente,
« souvent injuste. — Ah ! l'infortunée voulait m'aimer, et ne le pouvait pas !
« Mon épouse ! Esther. — Son front est glacé. — Son cœur... muet. Oh ! comme
« autrefois sous ma main il palpitait, ce cœur ! — Mais où suis-je donc ? Que suis-
« je venu faire ici ? Je ne respirais que fureur et vengeance, et voilà que je
« pleure.... Je le sens, je suis un lâche, je n'ai pas de courage, je suis un es-
« clave de l'amour, un aveugle adorateur de cette femme. — Oui ! oui, reviens,
« reviens, reviens à la vie ; tu es coupable, mais vis ! que je meure, mais
« qu'une fois encore ta voix, ta voix chérie me vienne à l'âme ! Non, ce n'est
« pas une illusion, elle a remué la paupière..... O espérance ! Esther ! se-
« courons-la.

(Il l'aide à se relever et la soutient assise.)
ESTHER, revenant à elle-même.

« Quel est ce lieu ? Et toi, qui es-tu ? — Est-il vrai, mon époux bien-aimé,
« c'est toi ?.....
« ... Tu gardes le silence ! Tes yeux semblent pleins de douleur et de colère !

AZARIAS.

« Je suis le plus malheureux des mortels, un lâche, un époux outragé, qui
« voudrait abhorrer l'ingrate qui le trahit, et qui l'aime encore, qui l'aime à
« faire pitié !

---

1 Nous avons retranché de cette scène tous les développements qui ne rentraient pas directement dans notre idée.

ESTHER.

« Ah ! je retrouve maintenant tout le passé dans mon esprit. — Je suis pri-
« sonnière. — Ici, dans l'horreur des ténèbres, accablée du poids de mon dés-
« espoir, j'ai erré longtemps ; puis l'haleine m'a manqué. J'espérais que c'é-
« tait la fin de mes maux ; hélas ! je vis encore ! Mais quel motif t'amène auprès
« de celle que tu méprises ?

AZARIAS.

« Quel motif ? Je ne le sais pas bien moi-même : des emportements furieux,
« la colère, l'amour, la pitié, tout ensemble, le besoin d'acquérir la triste cer-
« titude de la vérité, et en même temps le besoin de m'abuser encore, de rêver
« que j'avais une Esther fidèle, à qui seul par-dessus tous les hommes, moi
« seul je fus cher ; — de croire un moment encore à cette Esther d'autrefois,
« d'y croire aveuglément, et de mourir ! Je ne pourrais te pardonner devant le
« monde.—Ici, loin du témoin qui se raille de ma faiblesse ; ici, devant Dieu
« seul, je pourrai en mourant te pardonner ; — je le pourrai. Avec tous les
« hommes, je suis un mortel superbe ; avec toi, tout mon orgueil s'en va. Que
« m'importe l'honneur de commander ? — T'aimer faisait toute ma joie ; tu ne
« l'as pas voulu ; une seule joie me reste encore.... mourir avec toi !

ESTHER.

« Tout autre qu'Azarias ne trouverait en moi que du dédain pour de tels ou-
« trages. Mais tu es mon époux ; et méprisée, indignement foulée aux pieds par
« toi, je dois encore t'honorer et t'aimer. — Tu parles de mourir ! Ah ! que je
« sois vile à tes yeux, j'y consens ; tu veux qu'Esther soit coupable, eh bien,
« qu'elle le soit ! Mais le fort se laissera-t-il vaincre par le malheur comme un
« homme vulgaire ? N'avais-tu de devoirs à remplir qu'envers moi ? Quel est le
« chef d'Israël ? N'est-ce pas Azarias ? Un vaste champ de bonheur, de vertu et
« de gloire est encore ouvert devant toi ; en sortir serait bassesse et lâcheté. —
« Tu es père : est-ce à moi de te le rappeler ? Mon Abel perdra peu de chose en
« restant orphelin de sa mère ; mais un père fait partie de sa vie. Tu lui dois
« des exemples de valeur ; la magnanimité, c'est de toi seul qu'il la peut bien
« apprendre. Hélas ! il serait aussi trop cruel d'abandonner ce cher gage à des
« mains étrangères. Qu'il te suffise de ma mort, et que ton ressentiment ne
« s'étende pas plus loin. Il est vrai qu'il me ressemble, ce cher petit Abel ! Ses
« traits te rappelleront quelquefois Esther, mais il faut le lui pardonner, — et
« quelque jour peut-être cela même te sera cher..... »

Et la scène continue avec cette simple et naturelle poésie. Nous avons cité ce
fragment pour montrer l'admirable harmonie de l'âme et du talent de Silvio.
Nous l'avons choisi de préférence dans l'*Esther*, parce que cette tragédie est
une œuvre de sa captivité. A Venise, pendant qu'on attendait le commissaire de
Vienne, le poëte la lut, à travers les barreaux de sa prison, à deux amis placés
dans une chambre vis-à-vis la sienne. Il y a loin de là, il faut en convenir, à nos
lectures de salon. Ce souvenir répand un charme singulier sur le chapitre où il
est parlé des consolations de l'étude et de la résignation au malheur.

Nous pourrions longtemps encore continuer ces rapprochements, et donner
ainsi sa date à chacune des pensées de l'écrivain ; mais peut-être vaut-il mieux
en laisser le soin à l'imagination du lecteur. Il nous suffit d'avoir montré par

quelques exemples comment procède la pensée des moralistes d'expérience ; comment des luttes les plus dramatiques de la vie active naissent ces paisibles enseignements qu'on croirait naturellement déduits des axiomes de la méditation contemplative ; comment enfin on arme les principes d'une invincible autorité, en retrouvant sous leur expression la plus stoïque le cri de l'âme qui a souffert et de la chair qui a vécu.

ANTOINE DE LATOUR.

Ce discours est adressé à un seul ; mais je le publie, dans l'espérance qu'il peut être utile à la jeunesse en général.

Ce n'est pas ici un traité scientifique, ce ne sont pas des recherches approfondies sur les devoirs. Il n'est pas besoin, ce me semble, de prouver par d'ingénieux raisonnements l'obligation où nous sommes d'être honnêtes et religieux. Quiconque ne trouve pas ces preuves dans sa conscience ne les trouvera jamais dans un livre. Ce livre a simplement pour objet d'énumérer les devoirs que l'homme rencontre dans la vie, de l'inviter lui-même à les étudier attentivement, et à les accomplir avec une courageuse persévérance.

Je me suis proposé d'éviter toute emphase de pensée et de langage. Le sujet m'a paru exiger la plus parfaite simplicité.

Jeunesse de ma patrie, c'est à toi que j'offre ce petit volume ; puisse-t-il, et c'est mon vœu le plus ardent, t'animer à la vertu et contribuer à ton bonheur !

DES DEVOIRS DES HOMMES

I

IMPORTANCE ET PRIX DU DEVOIR

'HOMME ne peut échapper à l'idée du devoir; il ne peut méconnaître l'importance de cette idée. Le devoir est invinciblement attaché à notre être; à peine commençons-nous à faire usage de la raison, que déjà la conscience nous avertit du devoir; elle nous en avertit plus vivement encore à mesure que cette raison grandit en nous, et toujours plus fortement selon qu'elle se développe davantage. Tout ce qui est *hors de nous* nous en avertit également, parce que tout est régi par une loi harmonique et éternelle. Tout ici-bas a sa destination chargée de manifester la sagesse et d'accomplir la volonté de celui qui est le principe et la fin de toute chose.

L'homme aussi a sa destination, sa nature. Il faut qu'il soit ce qu'il doit être, s'il ne veut renoncer à l'estime des autres, à sa propre estime, à son bonheur. Sa nature est d'aspirer à la félicité, de comprendre et de montrer qu'il ne peut y atteindre que par la vertu, c'est-à-dire en faisant ce que son bonheur lui commande, d'accord avec le système de l'univers, avec les vues de la Providence.

Si, quand la passion nous maîtrise, nous sommes tentés de voir notre bien dans ce qui est contraire au bien des autres et à l'ordre général, toujours est-il que nous ne pouvons nous en convaincre nous-mêmes; la conscience nous crie : non. Et une fois la passion éteinte, tout ce qui est contraire au bien des autres et à l'ordre ne manque pas de nous faire horreur.

L'accomplissement du devoir est tellement nécessaire à notre bonheur, qu'il n'est pas jusqu'aux douleurs et à la mort, dont les coups nous atteignent, ce semble, de la façon la plus immédiate, qui ne se changent en volupté dans le cœur de l'homme magnanime qui souffre et meurt pour être utile à son semblable, ou pour se soumettre aux conseils adorables du Tout-Puissant.

Reconnaître pour l'homme l'obligation d'être ce qu'il doit être, c'est donc définir en même temps le *devoir* et le *bonheur*. La religion exprime cette vérité d'une manière sublime, en disant que l'homme est fait à *l'image de Dieu*. Le devoir, le bonheur de l'homme, c'est d'être cette image; c'est de ne vouloir pas être autre chose; c'est de vouloir être bon parce que Dieu est bon, parce que Dieu lui a commandé de s'élever à toutes les vertus et de ne faire qu'un avec lui.

II

AMOUR DE LA VÉRITÉ

Le premier de nos devoirs est, sans contredit, l'amour de la vérité et la foi dans la vérité.

La vérité c'est Dieu. Aimer Dieu, aimer la vérité, c'est une seule et même chose.

Donnez à votre âme, ô mon ami, la force de vouloir la vérité, et de ne pas se laisser éblouir par la fausse éloquence de ces sophistes violents et mélancoliques qui travaillent à jeter sur toute chose des doutes énervants.

. La raison ne sert à rien, elle nuit, au contraire, lorsqu'elle s'épuise à combattre la vérité, à la décréditer, à soutenir de misérables hypothèses ; lorsque, tirant des maux dont la vie est semée des conséquences désespérées, elle nie que la vie soit un bien ; lorsque, énumérant quelques désordres apparents de l'univers, elle ne veut pas y reconnaître un ordre général ; lorsque, frappée de la nature palpable et mortelle des corps, elle refuse obstinément de croire à l'existence d'un *moi* immatériel, immortel ; lorsqu'elle traite de songes toute distinction entre le vice et la vertu ; lorsqu'elle se résigne à ne voir en l'homme qu'une brute, et rien qui lui vienne de Dieu.

Si l'homme et la nature étaient chose si digne de haine et de mépris, pourquoi perdre le temps à philosopher? Il faudrait nous tuer ; la raison n'aurait pas d'autre conseil à nous donner.

Puisque la conscience nous ordonne à tous de vivre (car l'exception de quelques malades d'esprit ne prouve rien) ; puisque nous vivons pour soupirer après le bien ; puisque nous sentons que le bien consiste pour l'homme non pas à s'avilir et à se confondre avec les vers de la terre, mais à se faire meilleur et à s'élever à Dieu, il est clair que l'emploi légitime de la raison est de donner à l'homme une haute idée de la dignité à laquelle il peut atteindre, et de l'exciter à la conquérir.

Ceci reconnu, repoussons énergiquement loin de nous le scepticisme, le cynisme, en un mot, toutes les philosophies qui dégradent l'homme. Faisons-nous un devoir de croire à ce qui est vrai, à ce qui est beau, à ce qui est bon. Pour croire, il faut vouloir croire, il faut aimer fortement la vérité !

Cet amour est seul capable de donner de l'énergie à notre âme ; c'est l'énerver que de se complaire à languir dans le doute.

A cette foi dans tous les principes élevés, joignez la ferme résolution d'être toujours vous-même l'expression vivante de la vérité dans toutes vos paroles et dans toutes vos actions.

La conscience de l'homme n'a de repos que dans la vérité. Celui qui ment, son mensonge demeurât-il ignoré, porte son châtiment en lui-même ; il sent qu'il trahit un devoir et qu'il se dégrade.

Pour échapper à la vile habitude du mensonge, il n'est qu'un moyen; c'est de décider que jamais on ne mentira. Faites-vous une exception à cette règle, il n'y aura pas de raison pour ne pas en faire deux, pour ne pas en faire cinquante, pour ne pas en faire à l'infini. Et voilà comment peu à peu tant d'hommes deviennent horriblement enclins à feindre, à exagérer, et même à calomnier.

Les époques les plus corrompues sont celles où l'on ment davantage. De là cette défiance de tous envers tous, cette défiance entre le père et les enfants; de là ce prodigieux débordement de protestations, de serments et de parjures. De là, dans la diversité des opinions politiques, religieuses, ou même seulement littéraires, ce penchant continuel à supposer des faits et des intentions défavorables au parti contraire; de là cette conviction que tous moyens sont permis pour décrier ses adversaires, de là cette fureur qui nous pousse à chercher des témoignages contre nos semblables, et quand nous en avons trouvé dont nous ne pouvons ignorer ni la frivolité ni la fausseté, cette opiniâtreté à les soutenir, à les amplifier, à paraître les croire concluants. Ceux qui n'ont pas la simplicité du cœur ne voient que duplicité dans le cœur des autres. Une personne qui leur déplaît a-t-elle pris la parole, elle ne dira rien qu'à mauvaise intention. Une personne qui leur déplaît prie-t-elle, fait-elle l'aumône, vite ils remercient Dieu de ne les avoir pas faits hypocrites comme elle.

Quoique né dans un siècle où le mensonge et l'extrême défiance sont chose si commune, demeurez également pur de ces deux vices. Ayez une généreuse confiance dans la véracité d'autrui, et si on refuse de croire à la vôtre, ne vous en irritez pas; il doit vous suffire qu'elle brille

Aux regards de celui qui sonde toute chose.

III

RELIGION

Une fois établi que l'homme est supérieur à la brute, et qu'il porte en lui quelque chose de divin, nous devons une haute estime à tous les sentiments qui contribuent à l'ennoblir ; et comme évidemment ce qui l'ennoblit le plus, c'est d'aspirer, malgré toutes ses misères, à la perfection, à la félicité, à Dieu enfin, force est bien de reconnaître l'excellence de la religion, et de la pratiquer.

Ne vous laissez décourager ni par le nombre des hypocrites, ni par les railleries de ceux qui vous traiteront d'hypocrite parce que vous serez religieux. Sans force d'âme on n'acquiert aucune vertu, on n'accomplit aucun devoir d'un ordre élevé : la piété elle-même n'est pas la conquête d'un cœur pusillanime.

Moins encore effrayez-vous de vous voir associé, en votre qualité de chrétien, à une multitude d'esprits vulgaires, peu capables de comprendre tout le sublime de la religion. Parce que le vulgaire aussi doit et peut être religieux, il n'est pas vrai que la religion soit chose vulgaire. L'ignorant aussi est obligé à l'honnêteté ; faudra-t-il pour cela que le savant rougisse d'être honnête ?

Vos études et votre raison vous ont amené à reconnaître qu'il n'est pas de religion plus pure que le christianisme, plus exempte d'erreurs, plus éclatante de sainteté, plus profondément empreinte du caractère de la Divinité. Il n'en est pas qui ait autant contribué à faire avancer et à répandre la civilisation, à détruire ou à adoucir l'esclavage, à faire comprendre à tous les mortels leur fraternité devant Dieu, leur fraternité avec Dieu même.

Appliquez votre esprit à tout ceci, et, en particulier, à la solidité des preuves historiques de la religion. Elles sont de nature à résister à tout examen désintéressé.

Et pour ne pas vous laisser prendre aux sophismes que l'on imagine contre la légitimité de ces preuves, joignez à l'examen que vous en ferez le souvenir de cette foule d'hommes supérieurs qui en reconnurent toute la force, à commencer par quelques penseurs puissants qui appartiennent à notre époque, et en remontant jusqu'à Dante, jusqu'à saint Thomas, jusqu'à saint Augustin, jusqu'aux premiers Pères de l'Église.

Toutes les nations vous offrent des noms illustres, qu'aucun incrédule n'ose mépriser.

Le célèbre Bacon, si fort vanté dans l'école empirique, bien loin d'être incrédule comme ses plus chauds panégyristes, fit constamment profession de christianisme. Grotius était chrétien, encore qu'il se soit

trompé sur bien des points, et il a écrit un traité *de la Vérité de la reli-*
gion. Leibnitz fut un des plus savants apologistes du christianisme.
Newton n'a pas dédaigné de composer un livre sur l'*Accord des Évan-*
giles. Locke a traité du *christianisme raisonnable.* Notre Volta, à nous,
était un physicien de premier ordre, un homme d'une science vaste, et
toute sa vie il s'est montré le plus vertueux des catholiques. Ces grandes
âmes, et tant d'autres, attestent bien quelque peu que le christianisme
est en harmonie parfaite avec le sens commun, c'est-à-dire avec ce sens
qui étend à toutes les questions ses connaissances et ses recherches,
qui ne se restreint pas à plaisir, qui ne se borne pas à regarder une seule
face des choses, qui ne se laisse corrompre ni par le caprice de la moquerie, ni par l'emportement de l'irréligion.

IV

QUELQUES CITATIONS.

Parmi les hommes renommés dans le monde, on en compte quelques-
uns d'irréligieux, et un assez grand nombre qui tombèrent dans beaucoup d'erreurs et d'inconséquences relativement à la foi. Mais qu'en
est-il résulté? c'est que, tant contre le christianisme en général que
contre le catholicisme en particulier, ils ont beaucoup affirmé sans
rien prouver; et même les principaux d'entre eux n'ont pu éviter, dans
tel ou tel de leurs écrits, de rendre hommage à la sagesse de cette religion qu'ils haïssaient, ou que si mal ils pratiquaient.

Les citations suivantes, quoiqu'elles n'aient plus le mérite de la
nouveauté, n'ont rien perdu de leur importance, et il est bon de les rappeler ici :

J.-J. Rousseau a écrit dans son *Émile* ces mémorable paroles :

« J'avoue que la majesté des Écritures m'étonne ; la sainteté de l'É-
« vangile parle à mon cœur..... Voyez les livres des philosophes avec
« toute leur pompe : qu'ils sont petits près de celui-là ! Se peut-il
« qu'un livre à la fois si sublime et si simple soit l'ouvrage des hommes?

« Se peut-il que celui dont il fait l'histoire ne soit qu'un homme lui-
« même ? Les faits de Socrate, dont personne ne doute, sont moins at-
« testés que ceux de Jésus-Christ. Au fond, c'est reculer la difficulté
« sans la détruire; il serait plus inconcevable que plusieurs hommes
« d'accord eussent fabriqué ce livre, qu'il ne l'est qu'un seul en ait
« fourni le sujet... Et l'Évangile a des caractères de vérité si grands, si
« frappants, si parfaitement inimitables, que l'inventeur en serait plus
« étonnant que le héros. »

Ce même Rousseau dit encore :

« Fuyez ceux qui, sous prétexte d'expliquer la nature, sèment dans
« les cœurs des hommes de désolantes doctrines..., renversant, dé-
« truisant, foulant aux pieds tout ce que les hommes respectent; ils
« ôtent aux affligés la dernière consolation de leur misère, aux puis-
« sants et aux riches le seul frein de leurs passions ; ils arrachent du
« fond des cœurs le remords du crime, l'espoir de la vertu, et se van-
« tent encore d'être les bienfaiteurs du genre humain. Jamais, disent-
« ils, la vérité n'est nuisible aux hommes. Je le crois comme eux, et
« c'est, à mon avis, une grande preuve que ce qu'ils enseignent n'est
« pas la vérité. »

Montesquieu (quoique en fait de religion il ne soit pas lui-même irréprochable) s'indignait contre ceux qui attribuent au christianisme des
crimes qui ne sont pas les siens :

« M. Bayle, dit-il, après avoir insulté toutes les religions, flétrit la
« religion chrétienne; il ose avancer que de véritables chrétiens ne for-
« meraient pas un État qui pût subsister. Pourquoi non ? ce seraient
« des citoyens infiniment éclairés sur leurs devoirs, et qui auraient un
« très-grand zèle pour les remplir : ils sentiraient très-bien le droit de
« la défense naturelle; plus ils croiraient devoir à la religion, plus ils
« penseraient devoir à leur patrie..... Chose admirable ! la religion
« chrétienne, qui ne semble avoir d'objet que la félicité de l'autre vie,
« fait encore notre bonheur dans celle-ci ! » Et plus loin : « C'est mal
« raisonner contre la religion, de rassembler dans un grand ouvrage

« une longue énumération des maux qu'elle a produits, si l'on ne fait
« de même celle des biens qu'elle a faits. Si je voulais raconter tous les
« maux qu'ont produits dans le monde les lois civiles, la monarchie, le
« gouvernement républicain, je dirais des choses effrayantes..... Que
« l'on se mette devant les yeux les massacres continuels des rois et des
« chefs grecs et romains, la destruction des peuples et des villes par ces
« mêmes chefs, Timur et Gengis-Kan qui ont dévasté l'Asie, et nous
« verrons que nous devons au christianisme et dans le gouvernement
« un certain droit politique, et dans la guerre un certain droit des gens
« que la nature humaine ne saurait assez reconnaître. »

Le grand Byron, ce génie prodigieux qui se laissa si malheureusement
entraîner à diviniser un jour le vice et l'autre la vertu, un jour la vérité
et l'autre l'erreur, mais qui, après tout, était tourmenté par une soif ardente de la vertu et de la vérité, a témoigné de la vénération que lui
inspirait malgré lui la doctrine catholique. Il voulut que sa fille fût
élevée dans la religion catholique, et on connaît la lettre où, parlant
de cette résolution, il dit qu'il l'a voulu ainsi, parce qu'en aucune
Église il n'avait trouvé une si grande lumière de vérité que dans la catholique.

L'ami de Byron, le plus grand poëte que possède encore l'Angleterre depuis sa mort, Thomas Moore, après avoir vécu de longues années incertain de la religion qu'il devait suivre, fit une étude approfondie du christianisme, s'aperçut qu'on ne pouvait être chrétien et
bon logicien qu'à la condition d'être catholique, et il a écrit l'histoire
de ses recherches et de l'irrésistible conclusion à laquelle il est forcément arrivé :

« Salut, s'écrie-t-il, salut, Église une et véritable ! tu es l'unique
« chemin de la vie et la seule dont les tabernacles ne connaissent pas
« la confusion des langues ! Que mon âme repose à l'ombre de tes
« saints mystères ! loin de moi également et l'impiété qui insulte à leur
« obscurité sainte, et la foi imprudente qui voudrait en sonder l'a-
« bîme ! C'est contre l'une et l'autre que saint Augustin semble avoir
« écrit ces paroles : Raisonne, moi j'admire ; dispute, moi je vais

« croire ; je vois la hauteur, quoiqu'il ne me soit pas donné d'atteindre
« aux limites de la profondeur [1]. »

V

RÉSOLUTION A PRENDRE SUR LA RELIGION

Que toutes ces considérations et les preuves sans nombre qui combattent en faveur du christianisme et de notre Église en particulier,
vous invitent à répéter ces paroles, et à dire résolument :

— Je veux demeurer insensible à tous ces arguments toujours spé-
cieux et si peu concluants, dont on se sert pour attaquer ma religion. Il
n'est pas vrai, je le vois, qu'elle s'oppose aux lumières; il n'est pas vrai,
je le vois encore, que, bonne aux époques barbares, elle ait cessé de
l'être pour nous, puisque, après avoir suffi à la civilisation asiatique,
à la civilisation grecque, à la civilisation romaine, aux gouvernements
les plus divers du Moyen-Age, elle a suffi en outre à tous les peuples qui
après le Moyen-Age ont commencé une civilisation nouvelle, et qu'aujourd'hui elle suffit encore à des intelligences qui, en élévation, ne le
cèdent à personne. Je crois que depuis les premiers hérésiarques jusqu'à l'école de Voltaire et des siens, jusqu'à l'école des saint-simoniens
de nos jours, tous les incrédules se sont vantés d'enseigner des vérités
meilleures, et que jamais aucun ne l'a pu. Donc ?

— Donc, tant que je ferai gloire d'être l'ennemi de la barbarie et le
zélateur des lumières, je ferai gloire aussi d'être catholique, et je plain-
drai ceux qui se moquent de moi, ceux qui affectent de me confondre
avec les superstitieux et les pharisiens.

Ceci convenu et cette résolution prise, soyez ferme et persévérant;
honorez la religion de tout votre pouvoir par vos sentiments et par votre
intelligence, et sachez également la professer parmi les croyants et les
incrédules. Mais il ne suffira pas pour cela d'accomplir froidement et ma-
tériellement la pratique du culte; encore faudra-t-il animer de nobles pen-

---

[1] Travels of an Irish gentleman... by Thomas Moore.

sées l'observance de ces pratiques, vous élever par l'admiration jusqu'à
la sublimité des mystères, sans prétendre orgueilleusement les expliquer; vous pénétrer enfin des vertus qui en découlent, et n'oublier
jamais qu'adorer seulement par la prière, n'est rien, si nous ne nous
proposons aussi d'adorer Dieu dans toutes nos actions.

Il en est aux yeux de qui brillent de tout leur éclat la beauté et
la vérité de la foi catholique; ceux-là sentent qu'il n'existe aucune philosophie qui soit plus qu'elle philosophique, plus qu'elle encore amie
de tout ce qui contribue au bonheur de l'homme; et cependant ils
se laissent tristement aller au courant, ils vivent comme si le christianisme était l'affaire du peuple, comme si les esprits cultivés n'avaient
que faire de lui. Ceux-là sont plus coupables que les véritables incrédules, et le nombre en est grand.

J'ai été de ceux-là, et ce n'est pas sans effort, je le sais, qu'on sort
de cet état. Si jamais vous y tombez, tentez-le cet effort. Que les railleries du monde vous trouvent insensible dès qu'il s'agira de confesser
un sentiment noble; et de tous le plus noble, c'est d'aimer Dieu.

Mais s'il vous arrive de passer des fausses doctrines ou de l'indifférence à la profession sincère de la foi catholique, n'allez pas donner aux
incrédules le scandaleux spectacle d'une ridicule dévotion et de scrupules pusillanimes; soyez humble devant Dieu et devant les hommes;
mais gardez-vous cependant d'oublier votre dignité d'homme et d'abdiquer la saine raison. Il n'y a de raison contraire à l'Évangile que celle
qui va jusqu'à l'orgueil et jusqu'à la haine.

VI

PHILANTHROPIE OU CHARITÉ.

Ce n'est que par la religion que l'homme est averti du devoir qui
lui commande une philanthropie sans bornes, une ardente charité.

Le mot *charité* est admirable, et il y a aussi quelque chose de saint
dans ce mot *philanthropie*, quoique bien des sophistes en aient abusé.
L'Apôtre s'en est servi pour exprimer l'amour de l'humanité, il l'a

. . . . . Venez, ô bénis de mon père! . . . .

même appliqué à cet amour de l'humanité qui est en Dieu même. On lit dans l'épître à Titus : « Lorsque parut la bonté et la philanthropie du Sauveur notre Dieu, etc...»

Le Tout-Puissant aime les hommes, et il veut que chacun de nous les aime. Nous l'avons déjà dit, il ne nous est donné d'être bons, d'être contents de nous, de nous estimer, qu'à la condition d'imiter en Dieu ce généreux amour, de lui demander pour nos semblables la vertu et le bonheur, et de leur rendre autant de services que nous le pouvons.

Cet amour résume, pour ainsi dire, toute la vertu de l'homme, et il fait partie essentielle de l'amour que nous devons à Dieu, comme il résulte de plusieurs endroits sublimes des livres saints, et particulièrement de celui-ci :

« Le Roi dira à ceux qui seront à sa droite : Venez, ô bénis de mon « Père! posséder le royaume qui vous est préparé depuis la création « du monde. J'ai eu faim, et vous m'avez donné à manger ; j'ai eu soif, « et vous m'avez donné à boire ; j'ai été sans asile, et vous m'avez ac- « cueilli ; nu, et vous m'avez couvert ; malade, et vous m'avez visité ; « prisonnier, et vous êtes venus à moi. Alors les justes lui répondront: « Seigneur, quand est-ce donc que nous vous avons vu ayant faim, et « que nous vous avons nourri? ayant soif, et que nous vous avons « donné à boire? sans asile, et que nous vous avons accueilli? nu, « et que nous vous avons vêtu? malade ou captif, et que nous sommes « venus à vous? — Et le Roi répondant, leur dira: En vérité, je « vous le dis, chaque fois que vous faites ces choses pour un de mes « frères, quelque petit que soit le sacrifice, c'est à moi que vous le « faites. »

Formons-nous dans l'esprit un type idéal de l'homme, et efforçons-nous ensuite de nous conformer à ce type. Mais que dis-je? ce type, notre religion nous le donne, et quel modèle admirable! celui qu'elle offre à notre imitation, c'est l'homme fort et patient au plus haut degré; — l'irréconciliable ennemi de l'oppression et de l'hypocrisie; — le philanthrope prêt à tout pardonner, excepté la perversité qui se refuse au repentir; — celui qui peut se venger et qui ne le veut pas; — celui qui vit fraternellement avec les pauvres, et qui n'a pas d'anathèmes pour les riches de ce monde, pour peu qu'ils se souviennent que les pauvres aussi sont leurs frères ; — celui qui n'apprécie pas les hommes selon leur science et leur prospérité, mais d'après les sentiments de leur cœur et les actions de leur vie ; — c'est l'unique philosophe où ne se rencontre pas la plus petite tache ; — c'est la complète manifestation de Dieu en un être de notre espèce ; — c'est l'Homme-Dieu.

Avec un si digne modèle présent à l'esprit, quelle vénération n'éprouvera-t-on pas pour l'humanité ! L'amour se mesure toujours à l'estime. Pour beaucoup aimer l'humanité il faut l'estimer beaucoup.

Celui qui, au contraire, se fait de l'homme une idée vague, mesquine, peu élevée ; celui qui trouve des jouissances à considérer le genre humain comme un troupeau de bêtes stupides et rusées, qui ne viennent en ce monde que pour satisfaire leurs appétits, pour se reproduire, s'agiter et retourner à la terre ; celui qui ne voit rien de grand dans la civilisation, rien dans les sciences, rien dans les arts, rien dans la recherche de la justice, rien dans cet immortel essor de notre nature vers ce qui est beau, vers ce qui est bon, vers ce qui est divin, ah ! celui-là, quelle raison aura-t-il de respecter sincèrement son semblable, de l'aimer, de l'entraîner avec lui à la conquête de la vertu, de s'immoler à son bonheur ?

Pour aimer l'humanité, il faut savoir regarder sans scandale ses faiblesses et ses vices.

Partout où nous la voyons ignorante, pensons quelle haute faculté c'est dans l'homme de pouvoir échapper à tant d'ignorance par le secours de l'intelligence ; pensons quelle haute faculté c'est dans l'homme de pouvoir, même au sein d'une si profonde ignorance, pratiquer de sublimes vertus sociales, le courage, la compassion, la reconnaissance, la justice.

Ceux qui jamais ne songent à s'éclairer, qui jamais ne se vouent à la pratique de la vertu, sont, après tout, des individus ; ce n'est pas là l'humanité. S'ils sont dignes d'excuse, et jusqu'à quel point, Dieu le sait ; qu'il nous suffise à nous de savoir qu'il ne sera demandé compte à chacun que de la somme qu'il aura reçue.

VII

ESTIME DE L'HOMME.

Regardons dans l'humanité ceux qui, témoignant par leurs actes, de sa grandeur morale, nous montrent en eux le modèle auquel nous devons aspirer d'atteindre. Nous ne pourrons sans doute les égaler en renommée, mais ce n'est pas là ce qui importe. Toujours pourrons-nous du moins les égaler en vertu réelle, c'est-à-dire cultiver comme eux les sentiments nobles, du moment que nous ne sommes pas des êtres stupides ou incomplets, et que notre vie, douée d'intelligence, peut s'étendre au delà de l'enfance.

Lorsque nous sommes tentés de mépriser l'humanité, en voyant de nos yeux ou en lisant dans l'histoire tant de faits qui tournent à sa honte, pensons à ces mortels vénérables qui brillent également dans l'histoire. Byron, cette âme irascible, mais généreuse, me disait que c'était là l'unique moyen qu'il eût trouvé pour se défendre de la misanthropie. « Le premier grand homme, me disait-il, qui me revienne « alors à l'esprit, c'est toujours Moïse; Moïse, qui relève tout un peu-« ple de l'avilissement où il est plongé; qui sauve ce peuple de l'op-« probre de l'idolâtrie et de la servitude; qui lui dicte une loi pleine de « sagesse, admirable lien entre la religion des patriarches et la religion « des temps civilisés, qui est celle de l'Évangile. Les vertus et les in-« stitutions de Moïse, voilà le moyen que la Providence a mis en œuvre « pour tirer de ce peuple de remarquables hommes d'État, d'intrépides « guerriers, de généreux citoyens, de saints zélateurs de la justice, ap-« pelés à prophétiser la chute des superbes et des hypocrites, et la fu-« ture civilisation de tous les peuples.

« Lorsque j'attache ainsi ma pensée au souvenir de quelques grands « hommes, et surtout à celui de mon Moïse, continuait Byron, je ré-« pète toujours avec enthousiasme ce vers sublime de Dante :

Comme à les contempler mon cœur s'exalte en moi !

« et je reprends alors bonne opinion de cette chair d'Adam et des esprits « qu'elle porte. »

Ces paroles du grand poëte anglais laissèrent dans mon âme une empreinte ineffaçable, et je confesse que souvent je me suis bien trouvé d'avoir imité Byron en ceci, lorsque je me sentais assailli par l'horrible tentation de la misanthropie.

Les grands hommes, morts ou vivants, donnent un éclatant démenti à quiconque se fait une idée basse de la nature humaine. Combien en a-t-on vu dans l'antiquité la plus reculée! Combien dans l'antiquité romaine! Combien dans la barbarie du Moyen-Age et dans les siècles plus éclairés de la civilisation moderne! Là les martyrs de la vérité, ici les consolateurs des affligés, ailleurs les Pères de l'Église, admirables pour la hauteur de leur philosophie et la ferveur de leur charité ; partout enfin de vaillants guerriers, des champions de la justice, des restaurateurs des lumières, de sages poëtes, de sages savants, de sages artistes!

N'allons pas croire, à cause de l'éloignement des âges et des magnifiques destinées de ces personnages, qu'ils appartiennent à une autre espèce que la nôtre. Non : à l'origine, ce n'étaient pas plus des demi-dieux que nous. C'étaient des fils de la femme; ils ont souffert, ils ont pleuré comme nous; ils eurent comme nous de mauvais penchants à combattre; comme nous, ils durent parfois rougir d'eux-mêmes, enfin lutter pour se vaincre.

Les annales des nations et les autres monuments qui nous sont restés n'ont gardé mémoire que d'un petit nombre des grandes âmes qui vécurent sur la terre. On compterait chaque jour par milliers ceux qui, sans jamais atteindre à la renommée, par les fruits de leur vie et par leurs bonnes actions honorent le nom d'homme, et leur fraternité avec tous les nobles cœurs, disons-le encore une fois, leur fraternité avec Dieu!

Rappeler l'excellence et le grand nombre des bons, ce n'est pas se faire illusion, ce n'est pas regarder l'humanité seulement par son beau côté, et nier que le nombre soit grand aussi des insensés et des pervers. Les insensés et les pervers abondent, je le sais; mais ce qu'il importe de relever, le voici : l'homme peut se faire admirer par son génie; — il peut se défendre de la perversité; — il peut même en tout temps, et quels que soient sa fortune et le développement de son esprit, s'enrichir de hautes vertus; à ces titres divers, il a droit à l'estime de toute créature intelligente.

C'est en lui payant ce légitime tribut, c'est en le voyant aspirer à une perfection indéfinie, c'est en le voyant appartenir au monde immortel des idées, plutôt qu'à ces quatre jours durant lesquels, semblable aux plantes et aux bêtes, il apparaît sur la terre, assujetti aux lois du monde matériel; — c'est en le voyant capable au moins de se détacher de ce vil troupeau des bêtes, et de leur dire : Je suis plus grand que vous, plus grand que toute chose terrestre qui m'environne! c'est alors que nous sentirons redoubler dans nos cœurs notre sympathie pour l'homme. Ses misères même et ses erreurs nous inspireront une pitié plus grande, dès que nous penserons quel être noble c'est là. Nous nous affligerons de voir s'avilir le roi des créatures. Nous nous efforcerons, tantôt de jeter un voile pieux sur ses fautes, tantôt de lui tendre la main pour l'aider à se relever de la fange, et à retourner au trône élevé d'où il est tombé; nous nous réjouirons saintement chaque fois que nous le verrons, jaloux de sa dignité, se montrer invincible au milieu des douleurs et des outrages, triompher des épreuves les plus pénibles, et, par la glorieuse énergie de sa volonté, se rapprocher de son divin modèle.

VIII

AMOUR DE LA PATRIE.

Il y a de la noblesse dans tous les sentiments qui resserrent l'union des hommes et les excitent à la vertu. Le cynique, si fécond en sophismes contre tout élan généreux de l'âme, a coutume d'exalter la philanthropie au préjudice de l'amour de la patrie.

Il dit : « Ma patrie, c'est le monde; le petit coin où je suis né n'a « aucun droit à ma prédilection, n'a rien qui l'élève au-dessus de tant « d'autres contrées où l'homme est tout aussi bien, s'il n'y est mieux, « qu'est-ce donc que l'amour de la patrie, sinon une sorte d'égoïsme « commun à une petite société d'hommes qui s'en autorisent pour haïr « le reste de l'humanité? »

Mon ami, ne soyez pas le jouet d'une philosophie si dégradante. Son caractère est d'avilir l'homme, de nier ses vertus, d'appeler illusion, sottise ou perversité, tout ce qui tend à le relever. Amasser de magnifiques paroles contre toute tendance généreuse, contre toute inspiration utile à la société, c'est là une science facile, mais qu'il faut mépriser.

Le cynisme tient l'homme dans la fange; la vraie philosophie est celle qui travaille à l'en tirer; — elle est religieuse, et elle honore l'amour de la patrie.

Oui, sans doute, nous pouvons dire aussi du monde entier qu'il est notre patrie. Tous les peuples sont les membres épars d'une vaste famille, trop étendue pour pouvoir être régie par un seul gouvernement, quoi-qu'elle n'ait que Dieu pour souverain maître. Cette pensée, que toutes les créatures de notre espèce forment une seule famille, a le mérite de nous rendre bienveillants pour l'humanité en général. Mais cette vue n'en détruit pas d'autres qui ont aussi leur justesse.

L'humanité se divise en nations, ceci est encore un fait. Une nation, c'est cette agrégation d'hommes que la même religion, les mêmes lois, les mêmes mœurs, une même langue, une même origine, la même gloire, les mêmes malheurs et les mêmes espérances, tous ces éléments enfin, ou seulement la plupart de ces éléments, unissent dans une com-mune sympathie. Appeler un égoïsme à plusieurs cette sympathie et cette communauté d'intérêts entre les divers membres d'un peuple, c'est comme si la manie de blâmer prétendait flétrir l'amour paternel et l'amour filial, en peignant ces deux sentiments comme une conspi-ration entre chaque père et ses enfants.

Souvenons-nous toujours que la vérité a plusieurs faces; qu'il n'est pas un sentiment vertueux qui ne mérite d'être cultivé. Mais il en est peut-être qui, en devenant exclusifs, pourraient devenir nuisibles? — Qu'ils ne deviennent pas exclusifs, et ils ne seront pas nuisibles. L'a-mour de l'humanité est excellent, mais il ne doit pas empêcher l'amour du pays natal; l'amour du pays natal est excellent à son tour, mais il ne doit pas empêcher l'amour de l'humanité.

Honte à l'âme vile qui n'applaudit pas à tous les aspects que peut prendre, à tous les motifs dont peut se fortifier, parmi les hommes, cet instinct sacré qui les porte à vivre en frères, dans un noble échange d'égards, de secours et de courtoisie!

Deux voyageurs d'Europe se rencontrent dans une autre partie du globe; l'un sera né à Turin, l'autre à Londres. Ce sont deux Européens;

cette communauté de noms établit entre eux une sorte de lien d'amour, je dirai volontiers une sorte de patriotisme, et par suite un empressement louable à se rendre mutuellement de bons offices.

Voici, d'autre part, quelques personnes qui ont peine à se comprendre ; elles ne parlent pas habituellement la même langue. Vous ne croyez pas qu'il puisse y avoir entre elles un patriotisme commun. Vous vous trompez. Ce sont des Suisses, celui-ci d'un canton italien, celui-là d'un canton français, cet autre d'un canton allemand. L'identité du lien politique qui les réunit et les protége, supplée à l'absence d'une langue commune, les rend chers les uns aux autres, et les fait contribuer, par de généreux sacrifices, au bonheur d'une patrie qui n'est pas une nation.

Voyez en Italie ou en Allemagne un autre spectacle : ce sont des hommes qui vivent sous des lois différentes, et qui sont devenus, par cette raison, des peuples différents, forcés quelquefois à guerroyer l'un contre l'autre. Mais ils parlent tous ou du moins ils écrivent la même langue ; ils honorent les mêmes aïeux ; ils n'ont qu'une seule littérature qui fait leur gloire ; ils ont à peu près les mêmes goûts, un besoin réciproque d'amitié, d'indulgence, de protection. Ces divers motifs leur inspirent entre eux plus de bienveillance et une noble émulation de bons procédés.

L'amour de la patrie, qu'il embrasse un vaste pays ou ne s'adresse qu'à une petite contrée, est toujours un sentiment noble. Il n'est pas de fraction de peuple qui n'ait ses gloires à elle ; des princes qui lui ont donné une puissance relative, plus ou moins considérable ; — de mémorables faits historiques ; — d'utiles institutions ; — des villes importantes ; — quelque trait distinctif qui honore son caractère ; — des hommes illustres par leur courage, renommés dans la politique, dans les arts et dans les sciences. Chacun trouve là de bonnes raisons pour aimer de préférence la province, la ville, le hameau où il est né.

Mais prenons garde que dans le cercle plus étendu de ses prédilections, comme dans le plus restreint, l'amour de la patrie ne nous rende sottement fiers d'être nés dans tel ou tel lieu, et n'excite en nous une haine coupable contre les autres villes, contre les autres provinces, contre les autres nations. Un patriotisme illibéral, hautain et envieux, n'est pas une vertu, mais un vice.

IX

LE VRAI PATRIOTE.

Pour aimer la patrie d'un amour vraiment élevé, nous devons commencer par lui donner en nous des citoyens dont elle n'ait pas à rougir, dont elle puisse au contraire se faire honneur. Tourner en dérision la religion et les bonnes mœurs, et dignement aimer la patrie, c'est chose tout aussi incompatible que de prétendre estimer, comme elle le mérite, une femme que l'on aime, et se croire dispensé de lui être fidèle.

Si un homme insulte aux autels, à la sainteté du nœud conjugal, à la décence, à la probité, et qu'il s'écrie : Patrie, Patrie! ne le croyez pas. C'est un hypocrite de patriotisme, c'est un détestable citoyen.

Il n'y a de bon patriote que l'homme vertueux, celui qui comprend, celui qui aime tous ses devoirs, et qui s'étudie à les accomplir.

Jamais il n'ira se confondre avec l'adulateur des puissants, ou le contempteur haineux de toute autorité : irrévérence ou servilité, excès des deux parts.

Si le gouvernement lui a confié un emploi militaire ou civil, le but qu'il doit se proposer, ce n'est pas sa fortune, mais bien l'honneur et la prospérité du prince et du pays.

S'il vit en simple particulier, l'honneur et la prospérité du prince et du pays sont également l'objet de ses vœux les plus ardents, et il ne fait rien qui puisse leur nuire, mais au contraire il fait tout ce qui est en son pouvoir pour arriver au même but.

Il sait que dans toutes les sociétés il existe des abus, et il désire vivement que ces abus se réforment; mais il déteste la fureur de ceux qui voudraient les réformer par la spoliation et les vengeances sanguinaires; car de tous les abus, ceux-là sont les plus terribles et les plus funestes.

Il n'appelle pas, il n'excite pas les discordes civiles; au contraire, par sa parole et ses exemples, il se fait autant qu'il le peut le modérateur des opinions exagérées, et le conseiller fervent de l'indulgence et de la paix. Il ne cesse d'être un agneau qu'au jour où la patrie en danger réclame son bras pour la défendre. Alors il devient un lion : il combat, et triomphe ou meurt.

X

AMOUR FILIAL.

La carrière de vos actions commence dans votre famille; votre premier gymnase de vertu, c'est le foyer paternel. Que dire de ceux qui prétendent aimer la patrie, qui font étalage de leur héroïsme, et qui manquent à ce haut devoir de la piété filiale?

Il n'y a pas amour de la patrie, il n'y a pas le moindre germe d'héroïsme, là où règne la noire ingratitude.

L'intelligence de l'enfant s'ouvre à peine à l'idée du devoir, que déjà la nature lui crie : « Aime tes parents. »

L'instinct de l'amour filial est si puissant qu'il n'est besoin, à ce qu'il semble, d'aucun effort pour l'entretenir toute la vie. Néanmoins, comme déjà nous l'avons dit, il n'est pas d'instinct honnête qui n'ait besoin de la sanction de notre volonté, et qui sans elle ne se détruise. La piété envers nos parents veut être cultivée avec une ferme résolution.

Si l'on se pique d'aimer Dieu, d'aimer l'humanité, d'aimer la patrie, comment ne témoignerait-on pas un respect sans bornes à ceux par qui l'on est créature de Dieu, homme, citoyen?

Notre père et notre mère sont naturellement nos premiers amis; ce sont, de tous les hommes, ceux à qui nous devons le plus. Un saint devoir nous oblige envers eux à la reconnaissance, au respect, à l'amour, à l'indulgence, à la noble manifestation de ces divers sentiments.

La grande intimité dans laquelle nous vivons avec les personnes qui nous appartiennent de plus près ne nous accoutume que trop vite à les traiter avec une excessive insouciance, et à nous croire dispensés du soin d'être aimables et d'embellir leur existence.

Gardons-nous bien d'un tort semblable. Quiconque ne veut pas être bon à demi doit porter dans toutes ces affections un certain désir d'exactitude et de bonne grâce qui leur donne la perfection dont elles sont susceptibles.

Attendre, pour se montrer observateur délicat des égards sociaux, que l'on ait quitté sa maison, et manquer en attendant à la déférence et aux complaisantes attentions que l'on doit à ses parents, c'est une faute et un mauvais raisonnement. Les belles manières ne s'apprennent que par une étude assidue qui doit commencer au sein même de la famille.

« Quel mal y a-t-il, disent quelques-uns, à vivre en toute liberté « avec ses parents? ils savent bien que leurs enfants les aiment, sans « qu'il faille pour cela imposer à ceux-ci l'afféterie des grâces exté- « rieures, et les obliger à dissimuler leurs ennuis et leurs petites co- « lères. » Vous qui ne voulez pas être vulgaire, gardez-vous de raisonner ainsi. Si vivre en toute liberté, cela veut dire être grossier, ce n'est plus que de la grossièreté; et il n'est pas de parenté assez intime pour la justifier.

Une âme qui ne se sent pas le courage de faire sous le toit paternel ce qu'elle fait au dehors pour se rendre agréable aux autres, pour acquérir des vertus nouvelles, pour honorer l'homme en lui-même et Dieu dans l'homme, est une âme pusillanime. Pour se reposer de la noble fatigue d'être bon, affable et délicat, l'homme n'a que l'heure du sommeil.

L'amour filial n'est pas seulement un devoir de reconnaissance, mais un devoir d'impérieuse convenance. Dans le cas, rare d'ailleurs, où nous aurions des parents peu aimables, peu en droit de prétendre à une haute estime, par cela seul que nous leur devons la vie, ils revêtent à nos yeux un caractère si auguste, que nous ne pouvons sans infamie, je ne dirai pas les flétrir, mais seulement paraître les traiter avec tant soit peu d'insouciance. Dans ce cas, les égards que nous leur témoignerons auront plus de mérite, mais n'en seront pas moins une dette payée à la nature, à l'édification de nos semblables, à notre propre dignité.

Honte à qui se fait le censeur rigide de quelque défaut de ses parents! Et par qui commencerons-nous à pratiquer la charité, si nous n'en avons pas pour un père, pour une mère?

Exiger, pour les respecter, qu'ils n'aient aucun défaut, qu'ils soient des modèles accomplis de l'espèce humaine, c'est à la fois de l'orgueil et de l'injustice. Nous qui désirons tous qu'on nous respecte et qu'on nous aime, sommes-nous toujours irréprochables? Alors même qu'une mère ou un père serait loin encore de cet idéal de sens et de vertu que nous nous sommes fait, devenons ingénieux à les excuser, à cacher leurs fautes aux yeux d'autrui, à apprécier leurs bonnes qualités. C'est en agissant ainsi que nous deviendrons meilleurs nous-mêmes, en nous formant un caractère pieux, généreux, et habile à reconnaître le mérite des autres.

Mon ami, ouvrez souvent votre âme à cette pensée triste, mais féconde en enseignements de patience et de compassion : — Ces têtes blanches qui sont là devant moi, qui sait si bientôt elles ne dormiront pas dans la tombe? Ah! tandis que vous avez le bonheur de les voir, honorez-les, et cherchez-leur des consolations à ces maux de la vieillesse dont le nombre est si grand!

Leur grand âge ne les porte que trop déjà à la tristesse, ne contribuez jamais à les attrister. Que vos manières avec eux, que toute votre conduite à leur égard, soient toujours si aimables, qu'il suffise de votre vue pour les ranimer et les réjouir. Chaque sourire que vous rappellerez sur leurs lèvres antiques, chaque contentement que vous exciterez en leur cœur, sera pour eux le plus salutaire des plaisirs, et tournera à votre avantage. Les bénédictions qu'un père ou une mère appellent sur la tête d'un fils reconnaissant sont toujours sanctionnées par Dieu.

XI

RESPECT AUX VIEILLARDS ET AUX ANCÊTRES.

Honorez dans toutes les personnes âgées, l'image de vos parents et de vos aïeux. La vieillesse a droit à la vénération de tous les cœurs bien nés.

L'antique Sparte avait une loi qui ordonnait aux jeunes gens de se lever à l'approche d'un vieillard; de se taire dès qu'il parlait; de lui céder le pas partout où ils le rencontraient. Ce que chez nous la loi n'ordonne pas, faisons-le, ce sera mieux encore, au nom de la décence.

Il y a dans ce respect un tel charme de beauté morale, que ceux-là

mêmes qui oublient de le mettre en pratique sont forcés de l'admirer
dans les autres.

Un vieil Athénien cherchait une place aux jeux olympiques, et tous
les gradins de l'amphithéâtre étaient occupés. Quelques jeunes gens
d'Athènes lui firent signe d'approcher, et quand, sur leur invitation, il
fut arrivé à grand'peine jusqu'à l'endroit où ils étaient, au lieu d'un
accueil respectueux, il ne trouva qu'indignes risées. Le pauvre vieillard,
repoussé d'un lieu à l'autre, s'en vint du côté où étaient assis les Spar-
tiates. Ceux-ci, fidèles à la sainte coutume de leur patrie, se lèvent
avec modestie, et le placent au milieu d'eux. Ces mêmes Athéniens qui
l'avaient ainsi raillé sans vergogne, furent saisis d'admiration pour
leurs généreux émules, et les plus vifs applaudissements éclatèrent
de tous les côtés. Des larmes coulaient des yeux du vieillard, et il
s'écriait : « Les Athéniens savent ce qui est honnête, mais les Spar-
tiates le font. »

Alexandre de Macédoine (et ici je l'appellerais volontiers Alexandre
le Grand), à l'époque où les plus éclatants succès conspiraient à l'enorgueillir, savait encore néanmoins s'humilier devant la vieillesse. Un
jour que des monceaux de neige l'arrêtaient dans sa course triomphante, il fit brûler quelques morceaux de bois, et, assis sur son banc
royal, il se chauffait. Il aperçut parmi ses soldats un homme accablé
par l'âge, et tout tremblant de froid ; il courut à lui, et avec ces mains
invincibles qui avaient renversé l'empire de Darius, il prit le vieillard
engourdi, et l'établit sur son propre siége.

« Il n'y a de méchant que l'homme sans égard pour la vieillesse,
pour les femmes et pour le malheur, » disait Parini. Et Parini employait tout l'ascendant qu'il avait sur ses élèves à les rendre respectueux envers les vieillards. Un jour il s'était irrité contre un jeune
homme dont on venait de lui rapporter quelque faute grave. Il lui
arriva de le rencontrer dans une rue au moment où, occupé à relever
un vieux capucin, ce jeune homme s'emportait noblement contre des
misérables qui avaient heurté ce pauvre homme. Parini se mit à crier
à l'unisson ; puis, jetant ses bras au cou de son élève, il lui dit : « Il y a
« une heure, je te croyais méchant ; mais depuis que j'ai vu ton respect
« pour les vieillards, je recommence à te croire capable de beaucoup
« de vertus. »

La vieillesse est surtout respectable dans ceux qui supportèrent les dégoûts de notre enfance et de notre jeunesse, dans ceux qui contribuèrent de tout leur pouvoir à nous former l'esprit et le cœur. Soyons indulgents pour leurs défauts, et apprécions généreusement les peines que nous leur avons coûtées, l'affection qu'ils placèrent sur nous, et la douce récompense qu'ils se sont promise de la persévérance de notre amour. Non, celui qui se consacre avec noblesse d'âme à l'éducation de la jeunesse, n'est pas assez payé par le pain que si justement on lui donne. Ce sont offices de père et de mère, et non de mercenaire. Ils ennoblissent celui qui en fait son habitude. Ils accoutument à aimer, et donnent le droit d'être aimé.

Portons un respect filial à tous nos supérieurs, parce qu'ils sont nos supérieurs.

Portons un respect filial à tous les hommes qui ont bien mérité de la patrie ou de l'humanité. Sacrés soient à nos yeux leurs écrits, leurs images, leurs tombes !

Et lorsque nous considérons les siècles passés et les restes de barbarie qu'ils nous ont légués; lorsque nous déplorons beaucoup de maux présents, et qu'ils nous apparaissent comme la conséquence des passions et des erreurs des âges écoulés, ne cédons pas à la tentation de blâmer nos pères. Faisons-nous conscience d'être pieux dans nos jugements sur eux. Ils entreprenaient des guerres que maintenant nous déplorons; mais n'avaient-ils pas leur excuse dans la nécessité ou dans d'innocentes illusions, qu'à la distance où nous sommes nous ne pouvons apprécier? Ils eurent recours à des interventions étrangères qui tournèrent à mal; mais n'avaient-ils pas encore leur justification dans la nécessité ou dans des illusions innocentes? Ils fondèrent des institutions qui nous déplaisent; mais est-il vrai qu'elles ne convinssent pas à leur temps? qu'elles ne fussent pas la meilleure combinaison de la sagesse humaine avec les éléments sociaux que leur donnait l'époque?

La critique doit se montrer éclairée, mais non cruelle à l'égard des aïeux; elle ne doit ni calomnier, ni refuser dédaigneusement son respect à ceux qui ne peuvent sortir du tombeau et nous dire : « La raison de notre conduite, nos enfants, la voici. »

On sait le mot célèbre du vieux Caton :

« C'est chose difficile que de faire comprendre aux hommes qui vi-
« vront dans d'autres siècles, ce qui justifie notre vie. »

XII

AMOUR FRATERNEL.

Vous avez des frères et des sœurs, faites tous vos efforts pour que
l'amour que vous devez à vos semblables commence en vous à se manifester dans toute sa perfection, premièrement à l'égard de vos parents, et ensuite à l'égard de ceux qui vous sont unis par la plus étroite
des fraternités, celle qui vous rattache à un père commun.

Pour bien pratiquer envers tous les hommes cette science divine de
la charité, il faut en faire l'apprentissage en famille.

Quelle douceur ineffable n'y a-t-il pas dans cette pensée : « Nous
sommes les enfants d'une même mère! » Avoir trouvé, à peine venus
en ce monde, les mêmes objets à vénérer et à chérir entre tous, quelle
douceur encore! Cette communauté de sang et la conformité d'un grand
nombre d'habitudes entre frères et sœurs, produisent naturellement
une puissante sympathie qui ne saurait être anéantie que par un épou-
vantable égoïsme.

Si vous voulez être bon frère, défendez-vous de l'égoïsme; proposez-
vous chaque jour d'être généreux dans les relations fraternelles. Que
chacun de vos frères, que chacune de vos sœurs voie que ses intérêts
vous sont chers autant que les vôtres. Si l'un d'eux commet une faute,
soyez indulgent pour le coupable, non pas seulement comme vous le
seriez avec un autre, mais plus encore. Réjouissez-vous de leurs vertus, imitez-les, et, à votre tour, excitez-les par votre exemple; faites
qu'ils aient à bénir la Providence de vous avoir pour frère.

On ne compterait pas tous les motifs de douce reconnaissance, d'affectueux désir et de pieuse crainte qui contribuent sans cesse à nourrir
l'amour fraternel. Il faut cependant y réfléchir; car ils passent souvent
inaperçus. Commandons-nous de les apprécier. Les sentiments les plus
exquis ne s'acquièrent que par une volonté bien arrêtée. De même qu'on
n'arrive pas sans étude à l'intelligence parfaite de la poésie et de la pein-

ture, ainsi ne comprend-on pas l'excellence de l'amour fraternel, ou de toute autre affection de cet ordre, sans une volonté assidue de la comprendre.

L'intimité du foyer ne doit jamais vous faire oublier d'être poli avec vos frères.

Soyez encore plus délicat de manières avec vos sœurs. Leur sexe est doué d'une grâce puissante ; c'est un don céleste dont elles usent habituellement pour répandre la sérénité dans toute la maison, pour en bannir la mauvaise humeur, et modérer les reproches qu'elles entendent parfois sortir de la bouche d'un père ou d'une mère. Honorez dans vos sœurs le charme suave des vertus de la femme ; réjouissez-vous de l'influence qu'elles exercent sur votre âme pour l'adoucir. Et puisque la nature les a faites plus faibles et plus sensibles que vous, soyez d'autant plus attentif à les consoler dans leurs afflictions, à ne pas les affliger vous-même, à leur témoigner constamment du respect et de l'amour.

Ceux qui contractent à l'égard de leurs frères et de leurs sœurs des habitudes de malveillance et de grossièreté, restent grossiers et malveillants avec tout le monde. Que ce commerce de la famille soit uniquement beau, uniquement tendre, uniquement saint ; et alors quand l'homme passera le seuil de sa maison, il portera dans ses relations avec le reste de la société ce besoin d'estime et d'affections nobles, et cette foi dans la vertu que produit toujours l'exercice journalier des sentiments élevés.

XIII

AMITIÉ.

Indépendamment de votre père, de votre mère et autres parents, qui sont les amis que la nature a placés le plus près de vous ; indépendamment de vos maîtres, qui ont si bien mérité votre estime, que volontiers aussi vous les appelez vos amis, il vous arrivera d'éprouver une sympathie particulière pour d'autres dont les qualités vous seront moins connues, surtout pour des jeunes gens de votre âge ou dont l'âge s'éloignera peu du vôtre.

Dans quel cas devez-vous céder à cette sympathie, dans quelle occasion la combattre? La réponse n'est pas douteuse.

Nous devons de la bienveillance à tous les hommes, mais cette bienveillance ne doit aller jusqu'à l'amitié que pour ceux qui ont des droits à notre estime. L'amitié est un lien fraternel, et dans son sens le plus élevé elle est le plus bel idéal de la fraternité. C'est un accord suprême de deux ou de trois âmes, jamais d'un bien grand nombre, qui se sont devenues nécessaires l'une à l'autre; qui ont trouvé l'une dans l'autre une parfaite disposition à s'entendre, à s'entr'aider, à s'interpréter noblement, à s'encourager au bien.

De toutes les sociétés, dit Cicéron, aucune n'est plus noble, aucune n'est plus stable que l'union qui se forme entre des gens de bien que rapprochent les mêmes goûts. *Omnium societatum nulla præstantior est, nulla firmior, quam quum viri boni moribus similes sunt familiaritate conjuncti.* (De Off., l. i, c. 18.)

Ne déshonorez pas le nom sacré d'ami, en le donnant à celui qui n'a que peu ou point de vertu.

Celui qui hait la religion, celui qui n'a pas grandement soin de sa dignité d'homme, celui qui ne sent pas qu'il doit honorer sa patrie par son intelligence et sa moralité, celui qui se montre fils peu respectueux et frère malveillant, fût-il le plus séduisant des hommes par le charme de son extérieur et de ses manières, par l'éloquence de sa parole, par l'étendue de ses connaissances, et même par une sorte d'entraînement généreux à des actions louables, celui-là n'a rien qui vous doive engager à faire de lui votre ami. Vous témoignât-il la plus vive affection, ne lui accordez pas votre amitié; l'homme vertueux possède seul les qualités qui conviennent à un ami.

Avant de reconnaître un homme pour vertueux, l'idée seule qu'il pourrait ne pas l'être doit vous maintenir à son égard dans les bornes d'une politesse générale. Le don du cœur est chose trop grave; il y a imprudence coupable, il y a absence de dignité à se hâter de le jeter au premier venu. Quiconque se lie avec des compagnons pervers, se pervertit lui-même, ou du moins fait honteusement rejaillir sur lui une part de leur infamie.

Mais heureux l'homme qui trouve un ami digne de lui! Abandonné à sa propre force, souvent sa vertu languissait : l'exemple et les encou-

ragements d'un ami doublent l'énergie de son âme. D'abord il s'effrayait
peut-être, se voyant enclin à beaucoup de défauts, et n'ayant pas encore toute la mesure de sa force : l'estime de celui qu'il aime le relève
à ses propres yeux. Il rougit encore en secret de ne pas posséder tout
le mérite que lui suppose l'indulgence d'un autre, mais son courage
s'accroît et l'aide à se corriger. Il se réjouit de ce que ses bonnes qualités n'ont pas échappé à son ami ; il lui en est reconnaissant; il brûle
d'en acquérir d'autres, et grâce à l'amitié, voici quelquefois s'avancer
rapidement vers la perfection un homme qui en était loin, qui en serait
demeuré loin.

Ne faites pas tant d'efforts pour trouver des amis. Il vaut mieux n'en
posséder aucun que d'avoir à se repentir d'un choix trop précipité. Mais
cet ami, si vous le rencontrez, honorez-le d'une haute amitié.

Ce noble sentiment a été sanctionné par tous les philosophes; il l'a
été par la religion elle-même.

Nous en trouvons de beaux exemples dans l'Écriture : — « L'âme
de Jonathas s'attacha à l'âme de David... Jonathas l'aima comme son
âme...» Mais qui plus est, l'amitié fut consacrée par le Rédempteur lui-
même! Il appuya sur son sein la tête de Jean qui dormait, et du haut
de la croix, avant que d'expirer, il prononça ces divines paroles, toutes
d'amour filial et d'amitié : — « Mère, voici votre fils! Disciple, voilà
ta mère! »

Je crois que l'amitié (je parle ici d'une amitié haute, la véritable
amitié, celle qui se fonde sur une grande estime) est presque nécessaire
à l'homme pour le défendre des vils penchants. Elle donne à l'âme je
ne sais quel élan poétique, fort, sublime, sans lequel il lui serait difficile de s'élever au-dessus de cette ornière fangeuse de l'égoïsme.

Mais cette amitié une fois conçue et promise, il faut vous en graver
les devoirs dans le cœur. Le nombre de ces devoirs est si grand! Il ne
s'agit de rien moins que de passer toute votre vie à vous rendre digne
de votre ami.

Quelques-uns conseillent d'éviter l'amitié, parce qu'à leur sens, elle
s'empare trop exclusivement de l'âme, donne trop de distraction à l'esprit, est une source de jalousies ; mais je suis, moi, de l'avis d'un excellent philosophe, de saint François de Sales, qui, dans sa *Philothée*,
appelle cela « un mauvais conseil. »

Il avoue qu'il peut y avoir de la prudence à interdire dans les cloi-
tres les affections particulières ; — « mais dans le monde, dit-il, il
« est nécessaire que ceux-là s'unissent, qui veulent combattre sous la
« bannière de la vertu, sous la bannière de la croix... Les hommes qui
« vivent dans le siècle, où ils ont à franchir tant de pas difficiles pour
« aller à Dieu, ressemblent à ces voyageurs qui, dans les sentiers rudes
« ou glissants, s'attachent les uns aux autres, pour se soutenir, pour
« cheminer plus sûrement. »

Au fait, les méchants se donnent la main pour faire le mal ; pourquoi les bons ne se donneraient-ils pas aussi la main pour faire le bien ?

XIV

LES ÉTUDES.

Dès que vous le pouvez, c'est pour vous un devoir sacré de cultiver
votre esprit. Vous vous rendrez par là plus propre à honorer Dieu, votre
patrie, vos parents, vos amis.

Ces folles assertions de Rousseau, — que le sauvage est le plus heureux des hommes, — que l'ignorance est préférable au savoir, — sont
démenties par l'expérience. Tous les voyageurs ont trouvé le sauvage
très-malheureux ; nous voyons tous qu'un ignorant peut être honnête
homme, mais que celui qui sait peut l'être comme lui, et même le doit
être à un degré supérieur.

Le savoir n'est condamnable que lorsqu'il mène à l'orgueil. Joint à la
modestie, il porte l'âme à aimer Dieu plus profondément, à aimer plus
profondément le genre humain.

Tout ce que vous apprenez, appliquez-vous à l'apprendre avec le
plus de profondeur qu'il vous sera possible. Les études superficielles ne
produisent que trop souvent des hommes médiocres et présomptueux,
des hommes qui, dans leur âme, ont la conscience de leur nullité, et
n'en sont que plus animés à faire alliance avec d'autres fâcheux qui
leur ressemblent, pour crier par le monde qu'eux seuls sont grands, et
que les grands sont petits. De là ces guerres éternelles des pédants
contre les génies supérieurs, et des vains déclamateurs contre les vrais

philosophes. De là cette erreur dans laquelle tombent les masses, de respecter quiconque crie plus fort et sait moins.

Les hommes de grand savoir ne manquent pas à notre siècle, mais les savants superficiels prédominent d'une manière effrayante. Dédaignez d'être mis au nombre de ceux-là. Toutefois, que votre dédain n'ait pas sa source dans la vanité, mais dans le sentiment du devoir, dans l'amour de la patrie, dans une haute estime de l'âme humaine que le Créateur vous a donnée.

Si vous ne pouvez approfondir toutes les sciences, glissez légèrement sur quelques-unes, afin seulement d'en prendre les notions qu'il n'est pas permis d'ignorer; mais entre ces divers objets d'étude, sachez en choisir un et y concentrer avec plus de force toutes vos facultés, et par-dessus tout votre volonté, pour ne demeurer en arrière de personne.

Voici en outre un excellent conseil de Sénèque : « Veux-tu que tes « lectures te laissent des impressions durables? Borne-toi à un petit « nombre d'auteurs animés d'un sage esprit, et nourris-toi de leur sub- « stance. Être partout, c'est n'être jamais en un lieu particulier. Une « vie passée tout entière à voyager donne beaucoup d'hôtes et peu « d'amis. C'est le sort de ces lecteurs avides qui, sans éprouver de pré- » férence pour aucun livre, en dévorent un nombre infini. »

Quelle que soit l'étude vers laquelle vous portent vos prédilections, gardez-vous d'un défaut assez commun : celui de vouer à votre science favorite une admiration tellement exclusive, qu'elle vous fasse mépriser les sciences auxquelles vous n'aurez pu vous appliquer.

Les vulgaires sorties de certains poëtes contre la prose, de certains prosateurs contre la poésie, des naturalistes contre les métaphysiciens, des mathématiciens contre ceux qui ne le sont pas, et réciproquement, ne sont qu'enfantillage. Toutes les sciences, tous les arts, tous les moyens dont nous pouvons disposer pour trouver, pour faire comprendre le beau et le vrai, ont droit à l'hommage de la société, et d'abord à celui de tout esprit cultivé.

Il n'est pas vrai que les sciences exactes et la poésie s'excluent. Buffon fut un grand naturaliste, et son style étincelle, animé d'une merveilleuse chaleur poétique. Mascheroni était à la fois bon poëte et bon mathématicien.

41

En cultivant la poésie et les autres sciences du beau, ne dépouillez pas votre intelligence de la faculté de pouvoir s'appliquer froidement à un calcul ou à des méditations logiques. Si l'aigle disait : « Ma nature « est de voler ; je ne puis contempler les objets qu'en volant, » l'aigle serait ridicule. Il est tant de choses qu'il peut contempler à l'aise, sans déployer ses ailes.

Si l'étude des sciences d'observation exige de vous du calme et du sang-froid, n'allez pas pour cela vous accoutumer à croire que l'homme sera parfait dès qu'il aura éteint en lui tout éclair de la fantaisie poétique, lorsqu'il aura tué en lui le sentiment de la poésie. Ce sentiment bien réglé, loin d'affaiblir la raison, lui donne, en certain cas, une énergie nouvelle.

En fait d'études comme en fait de politique, tenez-vous en défiance contre les partis et leurs systèmes. Examinez ceux-ci pour les connaître, pour les comparer aux autres et les juger, jamais pour être leur esclave. A quoi aboutirent ces querelles entre les enthousiastes furieux et les furieux détracteurs d'Aristote et de Platon, et de tant d'autres philosophes ? ou celles encore qui s'élevèrent entre les enthousiastes et les détracteurs d'Arioste ou du Tasse ? Ces grands maîtres, tour à tour déifiés ou blasphémés, sont restés en réalité ce qu'ils sont, pas plus des dieux que des génies médiocres ; ceux qui se donnèrent tant de mal pour les peser dans de fausses balances, on s'en moqua, et ils n'apprirent rien au monde, qu'ils étourdirent du bruit de leurs querelles.

Dans toutes les études auxquelles vous vous livrez, efforcez-vous d'unir à la vivacité de la conception un discernement calme et réfléchi, et à la vigueur de la synthèse, la patience de l'analyse ; mais principalement à la volonté de ne pas vous laisser décourager par les obstacles, la volonté de ne pas tirer vanité de vos triomphes, la volonté de vous éclairer de la façon que Dieu l'a permis, avec élan, mais sans arrogance.

XV

CHOIX D'UN ÉTAT.

Le choix d'un état est d'une souveraine importance. Nos pères disaient que pour bien choisir il fallait implorer l'inspiration de Dieu. Je ne sais si nous avons, même aujourd'hui, quelque chose de mieux à dire. Réfléchissez pieusement et sérieusement à l'avenir que vous vous tracez d'avance parmi les hommes, et priez.

Lorsque vous aurez entendu dans votre cœur la voix divine qui vous dira non pas un seul jour, mais des semaines entières, des mois entiers, et chaque fois avec une nouvelle force de persuasion : — « Voici l'état que tu dois choisir ! » — obéissez à cette voix avec une ferme et courageuse volonté. Entrez dans la carrière que vous aurez élue, et marchez en avant; mais portez-y avec vous les vertus qu'elle demande.

Avec le secours de ces vertus, toute profession est excellente pour qui s'y dévoue. Le sacerdoce, qui épouvante celui qui l'a embrassé légèrement et avec une âme avide de distractions, n'a que délices et honneur pour l'homme pieux et recueilli ; la vie monastique elle-même, que beaucoup de gens dans le monde regardent, les uns comme intolérable, les autres même comme ridicule, n'a que délices et honneur pour le philosophe religieux qui ne se croira pas inutile à la société, parce qu'il n'exerce toute sa charité qu'au profit de quelques autres moines et de quelques pauvres laboureurs. La toge, dont quelques-uns trouvent le fardeau si pesant, à cause des soins patients qu'elle exige, est légère à l'homme qui éprouve vivement le besoin de défendre par l'intelligence les droits de son semblable. Le noble métier des armes a un charme infini pour quiconque se sent au cœur du courage et comprend que s'il est quelque chose de glorieux, c'est assurément d'exposer ses jours pour la patrie.

Chose admirable! tous les états, depuis les plus brillants jusqu'à celui de l'humble artisan, ont leur douceur et une dignité véritable. Il ne faut pour cela que vouloir nourrir en soi les vertus qui appartiennent à chaque profession.

C'est parce qu'un bien petit nombre nourrit en effet ces vertus, que si souvent on entend les hommes maudire la condition qu'ils ont choisie.

Vous, lorsque vous aurez prudemment fait choix d'une carrière, n'allez pas imiter ces gens qui se lamentent éternellement. Ne vous laissez agiter par aucun vain regret, aucun vain désir de changer. Tout chemin de la vie a ses épines. Dès que vous avez posé le pied dans l'un de ces chemins, poursuivez. Reculer, c'est lâcheté. Il est toujours beau de persévérer, excepté dans le mal, et celui-là seul qui sait persévérer dans ce qu'il a entrepris, peut se flatter de devenir un homme distingué.

XVI

METTRE UN FREIN AUX INQUIÉTUDES D'ESPRIT.

Beaucoup persévèrent dans la carrière qu'ils ont choisie, et finissent par la prendre en affection; mais ils s'indignent de voir telle autre profession rapporter à d'autres plus d'honneur et une fortune plus belle; ils s'indignent, parce qu'il leur semble qu'ils sont eux-mêmes trop peu estimés, trop peu récompensés; ils s'indignent, parce qu'ils ont trop de rivaux, et que tout le monde ne veut pas rester au-dessous d'eux.

Loin de vous de telles inquiétudes; celui qui s'en laisse dominer a perdu sur la terre sa part de félicité; orgueilleux et quelquefois ridicule, il s'estime lui-même plus qu'il ne vaut; injuste, il estime moins qu'il ne doit ceux qu'il envie.

Il est certain que dans la société humaine le mérite n'est pas toujours récompensé dans d'équitables proportions. Tel qui travaille excellemment a souvent trop de modestie pour savoir se faire connaître, et souvent se voit tenu dans l'ombre, ou dénigré par des gens médiocres et audacieux qui brûlent d'arriver avant lui à la fortune. Le monde est fait de la sorte, et en ceci du moins, n'espérons pas qu'il change.

Il ne vous reste donc qu'à sourire à cette nécessité, et à vous y résigner. Gravez bien dans votre esprit cette puissante vérité : l'important c'est d'avoir du mérite, et non d'avoir un mérite récompensé par les hommes. S'ils le récompensent, c'est à merveille; s'y refusent-ils, conservons-le sans en attendre aucun prix : il en sera plus grand.

La société serait moins vicieuse si chacun s'efforçait de mettre un frein à ses inquiétudes et à ses ambitions; pour cela, il ne faudrait pas négliger d'augmenter la somme de son bonheur, devenir paresseux et apathique, ce qui serait un autre excès; mais bien se créer des ambitions nobles plutôt que des ambitions frénétiques ou envieuses; mais bien s'arrêter à ces limites qu'on saurait ne pouvoir franchir; mais bien

se dire : « Si je ne suis pas arrivé à ce haut grade dont je me croyais
« digne, dans la position inférieure où je reste, je suis toujours le même
« homme, et j'ai au fond la même valeur. »

Un homme n'est excusable de s'agiter ainsi pour être payé de ses
œuvres que s'il s'agit de son nécessaire et de celui de sa famille. Au
delà du nécessaire, tous les accroissements de prospérité qu'il nous est
permis de rechercher, nous pouvons les désirer, mais sans que ce désir
trouble notre repos. Viennent-ils, béni soit Dieu ! ce nous est un moyen
de rendre notre vie plus douce, et de secourir les autres. Ne viennent-
ils pas, béni soit encore Dieu ! on peut vivre avec dignité, même sans
prendre beaucoup de part aux douceurs de la vie ; et si nous ne pouvons secourir les autres, la conscience du moins ne nous en fait aucun
reproche.

Faites tout ce qui dépendra de vous pour être un citoyen utile, et
pour encourager les autres à vous imiter, puis laissez les choses aller
comme elles iront. Gémissez sur les injustices et sur les malheurs dont
vous êtes le témoin ; mais que ce ne soit pas là une raison pour vous
changer en ours, pour tomber dans la misanthropie, ou, ce qui serait
pis encore, dans cette fausse philanthropie qui, se couvrant de l'intérêt
de l'humanité, se montre dévorée de la soif du sang, et soupire après
la destruction comme après un noble édifice, comme Satan soupire
après la mort.

Celui qui hait toute réforme possible des abus de la société est un
scélérat ou un insensé. Mais celui qui devient cruel par amour pour la
réforme est également, et même à un plus haut degré, un scélérat et
un insensé.

Otez son calme à l'esprit, et la plupart des jugements humains seront
perfides et menteurs. Il n'est que ce calme pour vous rendre fort dans
la souffrance, persévérant et ferme dans l'action, juste, indulgent,
aimable avec tout le monde.

XVII

REPENTIR ET RETOUR AU BIEN.

En vous recommandant de bannir toute inquiétude d'esprit, je vous ai dit que vous ne deviez pas vous ralentir, surtout dans le dessein où vous êtes de vous rendre chaque jour meilleur.

Celui-là s'abuse, qui dit : « Mon éducation morale est achevée, et « mes œuvres l'ont affermie. » Nous devons sans cesse apprendre à nous faire une règle pour le jour présent et pour les jours à venir; sans cesse tenir notre vertu en haleine par de nouveaux actes de cette vertu; sans cesse être attentifs à nos fautes, et nous en repentir.

Oui, nous en repentir! Rien de plus vrai que ce que dit l'Église : que notre vie tout entière doit être une vie de repentir et d'effort pour nous corriger. Le christianisme n'est pas autre chose, et Voltaire lui-même, dans un de ces moments où il n'était pas dévoré du besoin de diffamer la religion chrétienne, Voltaire a écrit : « La confession est « une chose excellente par elle-même, c'est un frein pour le crime, « inventé dans l'antiquité la plus reculée; la confession était en usage « dans la célébration de tous les mystères antiques. Nous avons imité et « sanctifié cette sage coutume; elle est très-efficace pour ramener les « âmes ulcérées de la haine au pardon. »

Ce dont Voltaire a osé convenir ici, il serait honteux de ne le pas sentir, quand on se fait honneur d'être chrétien. Prêtons l'oreille à la voix de notre conscience, rougissons des actes qu'elle réprouve, confessons-les pour nous en purifier, et ne cessons, jusqu'à la fin de nos jours, de nous plonger dans ce bain sacré. Si l'on n'accomplit pas ce devoir avec une volonté endormie, si l'on ne se contente pas de condamner du bout des lèvres les fautes qu'on excuse, si à ce repentir s'unit un désir véritable de se corriger, en rie qui voudra, mais il n'est rien de plus salutaire, rien de plus sublime, rien de plus digne de l'homme.

Dès que vous apprenez que vous avez commis une faute, n'hésitez pas à la réparer. Ce n'est qu'après l'avoir réparée que vous aurez la conscience satisfaite. Le délai qu'on apporte à cette réparation enchaîne l'âme au mal par un lien chaque jour plus fort, et l'accoutume à se refuser son estime. Et malheur à l'homme dès qu'il cesse de s'estimer intérieurement! malheur à lui dès qu'il ne sait plus que feindre cette estime, se sentant dans la conscience une corruption qui ne devrait pas y être! malheur à lui, s'il croit qu'à ce poids de corruption il n'est d'autre remède que de le dissimuler! il est déchu du rang des êtres nobles; c'est un astre tombé, un malheur de la création.

Si quelque jeune impudent vous traite de lâche parce que vous ne vous obstinez pas à rester sous le poids de vos fautes, répondez-lui qu'il y a plus de courage à résister au vice qu'à se laisser entraîner par lui; répondez-lui que l'arrogance du pécheur n'est qu'une énergie factice, qu'il perd toujours au lit de la mort, pour peu qu'il conserve sa raison; répondez-lui que le courage dont vous êtes jaloux, c'est précisément le courage de dédaigner la raillerie, lorsque vous quittez le sentier du vice, pour entrer dans celui de la vertu.

Avez-vous commis une faute, ne mentez jamais pour la nier ou pour l'atténuer. Le mensonge est une honteuse faiblesse. Confessez que vous avez failli; là est la magnanimité : et la honte que vous coûtera cet aveu vous gagnera le suffrage des gens de bien.

S'il vous arrive d'offenser quelqu'un, soyez assez noblement humble pour lui en demander pardon. Comme votre conduite entière aura prouvé que vous n'êtes pas un lâche, personne pour cela ne vous accusera de lâcheté. Persister dans l'outrage, et, plutôt que de se dédire généreusement, aller se couper la gorge ou se faire un ennemi mortel, ce sont fanfaronnades d'orgueil et de cruauté, ce sont des infamies que vainement on couvre de ce nom brillant de l'honneur.

Il n'y a d'honneur que dans la vertu, et il n'y a de vertu qu'à la condition de se repentir du mal qu'on a fait, et de chercher à le réparer.

XVIII

LE CÉLIBAT.

Lorsque vous aurez pris entre les carrières sociales celle qui vous convient, et que vous croirez avoir donné à votre caractère d'assez bonnes et d'assez fermes habitudes pour pouvoir être dignement homme, alors, et pas avant, si vous songez à vous marier, appliquez-vous à choisir une femme qui mérite votre amour.

Mais avant de renoncer au célibat, réfléchissez bien s'il ne serait pas préférable. Dans le cas où vous n'auriez pu dompter votre penchant à la colère, à la jalousie, au soupçon, à l'impatience, au despotisme, de manière à pouvoir vous flatter d'être agréable à votre compagne,

ayez le courage de renoncer aux douceurs du mariage. Vous ne pren-
driez une femme que pour la vouer au malheur, et vous rendre malheureux vous-même.

Dans le cas où vous ne trouveriez pas une personne douée de toutes
les qualités que vous croyez nécessaires à votre femme, pour qu'elle
fasse votre bonheur et mette en vous tout son amour, ne vous laissez
pas entraîner à recevoir une épouse. Votre devoir est de rester céliba-
taire, plutôt que de jurer un amour que vous n'éprouveriez pas.

Mais soit que vous vous borniez à prolonger votre célibat, soit que
vous y restiez pour toujours, honorez-le par les vertus qu'il prescrit, et
sachez en apprécier les avantages.

Car il a aussi ses avantages. Dans quelque condition que l'homme se
trouve, il doit en rechercher et en apprécier les avantages; autrement
il s'y croira malheureux et dégradé, et détruira en lui la force d'agir
avec dignité.

La manie de se montrer indigné des désordres sociaux, et peut-être
aussi cette pensée qu'il est bon d'exagérer les désordres, afin qu'on les
réforme, a souvent porté des hommes d'une faconde véhémente, à diriger
l'attention de leurs semblables sur le scandale que donnent beaucoup
de célibataires, et à crier que le célibat est contre nature; qu'il est une
immense calamité, qu'il est la source la plus générale de la dépravation
des peuples.

Ne vous laissez pas exalter par ces hyperboles. Les scandales que
donne le célibat ne sont que trop réels. Mais de ce que les hommes ont
des bras et des jambes, il en résulte aussi ce scandale, qu'ils se donnent
des coups de poing et des coups de pied; cela cependant ne veut pas
dire que les bras et les jambes soient chose détestable.

Ceux qui accumulent les considérations sur la prétendue immoralité
inséparable du célibat, devraient aussi énumérer les maux qui naissent
de la légèreté avec laquelle on se marie sans inclination.

Aux courtes ivresses du mariage succède bientôt l'ennui. On s'impatiente de n'être plus libre, on s'aperçoit qu'on s'est trop hâté de choisir,
que les humeurs sont incompatibles. De ce regret des deux époux, ou
seulement de l'un des deux, proviennent le manque d'égards, les
offenses, les cruelles et amères aigreurs de chaque jour. La femme,
l'être des deux le plus doux et le plus généreux, est ordinairement la

victime de ce triste désaccord; elle en souffre jusqu'à en mourir, ou, ce qui est pis encore, elle ment à sa nature, elle perd sa bonté; elle accueille en son âme des sentiments qui semblent lui offrir une compensation à l'amour conjugal, et qui ne lui rapportent que la honte et le remords. De ces mariages formés sous de malheureux auspices, naissent des enfants qui, pour premier exemple, ont sous les yeux l'indigne conduite d'un père, d'une mère, ou de tous les deux à la fois, des enfants que précisément pour cela l'on aime peu, ou l'on aime mal, dont on néglige ou dont on dirige mal l'éducation, des enfants qui n'ont aucun respect pour leurs parents, aucune tendresse pour leurs frères, aucune notion des vertus domestiques, cette base des vertus civiles.

Toutes ces choses arrivent si fréquemment qu'il suffit d'ouvrir les yeux pour les voir. Personne ne me dira que j'exagère.

Je ne prétends pas nier les maux qui découlent du célibat; mais quiconque envisagera les autres maux dont je parle, assurément ne les tiendra pas pour moindres, et dira comme moi d'une foule de gens mariés : « Plût à Dieu qu'ils n'eussent jamais prononcé ce fatal serment! »

Une grande partie du genre humain est appelée au mariage; mais le célibat est aussi dans la nature. S'affliger de ce que tous ne travaillent pas à la reproduction, est d'un ridicule achevé. Le célibat, quand on s'y tient pour des raisons solides, et qu'on le garde honorablement, n'a rien que de noble. Il est même parfaitement digne de respect, comme toute espèce de sacrifice raisonnable qu'on accomplit dans un but élevé. Le célibat, en nous laissant étrangers aux soucis de la famille, donne aux uns plus de temps et plus de vigueur pour se consacrer aux études sublimes et aux sublimes ministères de la religion ; aux autres plus de moyens d'être utiles à ceux de leurs parents dont la famille a besoin de leur aide, à d'autres enfin une plus grande liberté d'affection qu'ils peuvent répandre sur beaucoup de pauvres.

Et tout cela peut-être n'est pas bien?

Ces réflexions ne sont pas inutiles. Pour quitter le célibat ou pour l'embrasser, il faut savoir ce qu'on embrasse et ce que l'on quitte. Les déclamations partiales pervertissent le jugement.

XIX

HONNEUR A LA FEMME.

Le cynisme insultant et vil est le génie des hommes vulgaires ; c'est un démon qui va quêtant partout des calomnies contre le genre humain, pour l'amener à rire de la vertu et à la fouler aux pieds. Il recueille tous les faits qui déshonorent l'autel, et, laissant de côté tous les faits contraires, il s'écrie : — « Qu'est-ce que Dieu? qu'est-ce que cette bienfaisante influence du sacerdoce et de l'instruction religieuse? Chimères de fanatiques! » — Il recueille tous les faits qui déshonorent la politique, et il s'écrie : — « Qu'est-ce que les lois? qu'est-ce que l'ordre civil? qu'est-ce que l'honneur? qu'est-ce que le patriotisme? Tout cela, guerre de la ruse et de la force du côté de qui commande, ou de qui aspire à commander, et sottise du côté de qui obéit! » — Il recueille tous les faits qui déshonorent le célibat, le mariage, la paternité, la maternité, le nom de fils, de parent, d'ami, et il s'écrie avec un infâme trépignement : — « J'ai découvert que tout cela n'est qu'égoïsme, imposture, fureur des sens, haine et mépris réciproques. »

Les fruits de cette infernale et moqueuse sagesse sont précisément l'égoïsme, l'imposture, la fureur des sens, la haine et le mépris réciproques.

Comment ce honteux génie de la vulgarité, qui abhorre toute chose élevée, ne serait-il pas l'ennemi mortel des vertus de la femme, ne serait-il pas jaloux de l'avilir?

Dans tous les siècles il s'est mis à la torture pour la peindre méprisable; pour ne voir en elle qu'envie, artifice, inconstance, vanité; pour lui refuser le feu sacré de l'amitié et l'incorruptibilité de l'amour. Toute femme de quelque vertu fut dès lors considérée comme une exception.

Mais les généreux instincts de l'humanité protégèrent la femme. Le christianisme la releva, en proscrivant la polygamie et les amours déshonnêtes, et en présentant, après l'Homme-Dieu, comme la première des créatures humaines, au-dessus de tous les saints et même des anges, une femme!

La société moderne a senti circuler en elle quelque chose de ce noble esprit. Au sein de la barbarie, la chevalerie s'embellit du culte épuré de l'amour; et nous, chrétiens civilisés, enfants de la chevalerie, à nos yeux celui-là seul est bien élevé, qui honore le sexe de la douceur, des vertus domestiques et des grâces.

Toutefois l'antique adversaire des nobles sentiments et de la femme est resté dans le monde. Et plût à Dieu qu'il n'eût pour adeptes que des âmes encore grossières ou les esprits médiocres! mais il déprave quelquefois des génies éclatants; et toujours cette dépravation commence là où cesse la religion, qui seule sanctifie l'homme.

On a vu des philosophes (c'est du moins le nom qu'ils prenaient), qui à certaines heures se montraient pleins d'amour pour l'humanité, et à certaines autres, en proie à l'irréligion, dictaient des livres obscènes, possédés qu'ils étaient de la fureur d'exciter l'ivresse des sens par des poëmes et des romans infâmes, par des raisonnements, des anecdotes et des fictions de tout genre.

On a vu le plus séduisant des écrivains, Voltaire (cette âme qui fit preuve de quelques bonnes qualités, mais qui se laissa corrompre par de basses passions et par un besoin effréné de faire rire), composer gaiement un long poëme où il se joue de l'honneur des femmes et de l'héroïne la plus sublime qu'ait eue sa patrie, la magnanime et infortunée Jeanne d'Arc. Madame de Staël avait raison d'appeler ce livre *un crime de lèse-nation.*

Par la bouche de gens obscurs ou célèbres, d'écrivains morts ou vivants, de quelques femmes qui se sont rendues indignes par leur impudence de la modestie de leur sexe, de mille côtés enfin, souvent vous entendrez autour de vous ce génie de la vulgarité s'écrier : — *Mépris à la femme!*

Rejetez cette affreuse tentation, ou vous-même, fils de la femme, vous serez méprisable. Détournez vos pas de la société de ceux qui dans la femme ne savent pas honorer leur mère. Foulez aux pieds les livres qui la dégradent en prêchant la licence. Restez digne, par votre noble estime pour la dignité de la femme, de protéger celle qui vous donna la vie, de protéger vos sœurs, de protéger un jour peut-être celle à qui vous aurez donné le titre sacré de mère de vos enfants.

XX

DIGNITÉ DE L'AMOUR.

Honorez la femme ; mais redoutez les séductions de sa beauté, et plus encore les séductions de votre cœur.

Heureux si vous n'aimez avec passion que la femme qu'il sera dans vos vœux et en votre pouvoir de choisir pour compagne de toute votre vie !

Conservez votre cœur libre de toute chaine d'amour, plutôt que de le livrer à l'empire d'une femme de peu de vertu. Un homme qui n'aurait pas le cœur bien placé, pourrait être heureux avec elle ; vous, vous ne le pourriez. Il vous faut, ou votre liberté à toujours, ou une compagne qui réponde à la généreuse idée que vous vous faites de l'humanité, et en particulier du sexe de la femme.

Ce doit être une de ces âmes choisies qui comprennent excellemment le beau de la religion et de l'amour. Seulement, n'allez pas vous la peindre d'une façon dans votre esprit, tandis qu'elle serait tout autre en réalité.

Si vous trouvez une femme ainsi faite ; si vous voyez qu'elle aime Dieu d'une ardeur sincère ; si vous voyez qu'elle soit capable d'un noble enthousiasme pour toute espèce de vertus ; si vous la voyez attentive à faire tout le bien qu'il lui est possible de faire ; si vous la voyez l'irréconciliable ennemie de toutes les actions que la morale réprouve comme viles ; si à ces mérites divers elle joint un esprit cultivé, sans aucune ambition de le faire briller ; si au contraire, avec un esprit aussi distingué, elle est encore la plus humble des femmes ; si tout en elle, paroles et actions, respire la bonté, une élégance naturelle, des sentiments élevés, un ferme attachement à ses devoirs, une attention continuelle à ne blesser personne, à consoler ceux qui souffrent, et à ne se servir de ses charmes que pour ennoblir les pensées des autres, — oh ! alors aimez-la d'un grand amour, d'un amour digne d'elle !

Qu'elle soit pour vous comme un ange tutélaire ; qu'elle soit pour vous comme l'expression vivante du Dieu qui vous commande d'éviter toute bassesse, de tenter toute œuvre louable. Dans tout ce que vous entreprenez, songez à mériter son approbation, songez à faire que sa belle âme se réjouisse de vous avoir pour ami, songez à lui faire honneur, non pas devant les hommes, cela n'importe guère, mais aux regards de Dieu qui voit toute chose.

Si cette femme est douée d'un esprit si élevé et si fidèle à la religion, votre grand amour pour elle ne sera pas un excès, ne sera pas de l'idolâtrie. Vous l'aimerez, précisément parce que ses volontés seront en harmonie parfaite avec les volontés de Dieu ; en admirant les unes, vous admirerez les autres, ou plutôt ce ne seront jamais que celles de Dieu que vous aurez admirées. De telle sorte que si ses désirs à elle pouvaient jamais devenir contraires aux désirs de Dieu, la magie de l'enchantement s'évanouirait tout à coup, et vous n'aimeriez plus cette femme.

Cet amour, le plus noble de tous, beaucoup d'esprits vulgaires le traitent de chimère, ceux qui n'ont pas de la femme une haute idée. Déplorez leur triste sagesse. Oui, ces amours si purs, et qui si puissamment nous excitent à la vertu, ne sont pas impossibles ; ils existent, quoique rares. Et tous les hommes devraient dire : — Ou ceux-là, ou aucun.

XXI

AMOURS BLAMABLES.

Mais prenez garde, je vous le dis encore, de vous peindre admirable de vertu une femme qui ne le serait pas. Ce n'est alors qu'une passion romanesque, comme on dit, ce n'est plus qu'un amour ridicule et nuisible ; c'est prostituer indignement son cœur aux pieds d'une vaine idole.

Cette femme digne d'estime, de votre estime la plus haute, oui, elle existe sur la terre ; mais il en est aussi, et en grand nombre, qui, gâtées par l'éducation, par les mauvais exemples des autres et par leur propre légèreté, ne surent jamais s'élever jusqu'à pouvoir seulement apprécier les vœux de l'homme vertueux, et qui trouvent plus de charme à être courtisées pour leur beauté et pour la grâce de leur esprit, qu'à mériter l'amour par la noblesse de leurs sentiments.

Ces femmes si imparfaites sont d'ordinaire très-dangereuses ; et moins dangereuses seraient des femmes tout à fait aviles. Elles séduisent non-seulement par le charme de leur élégance et de leurs manières étudiées, mais souvent encore par quelques belles qualités, et par l'espérance qu'elles nous donnent, que le bon chez elles l'emportera sur le mauvais. N'accueillez pas cette espérance, dès que vous remarquez dans ces femmes beaucoup de vanité ou d'autres défauts graves. Jugez-les sévèrement, non pas pour en dire du mal, non pas pour vous exagérer leurs torts, mais pour les fuir à temps, si vous vous croyez exposé à tomber dans quelque lien peu digne de vous.

Plus la nature vous aura fait aimant et disposé à vénérer une femme de mérite, plus vous devez vous dire qu'il ne suffit pas qu'une femme ait des vertus médiocres pour que vous lui donniez le nom d'amie.

Les jeunes gens sans mœurs et les femmes qui leur ressemblent se railleront de vous, vous appelleront fier, sauvage, bigot. Que vous importe ? méprisez leurs jugements. Ne soyez ni fier, ni sauvage, ni bigot ; seulement ne prostituez jamais vos affections ; demeurez fermement résolu à conserver votre cœur libre, ou à n'en faire hommage qu'à une femme qui ait tous les droits à votre estime.

Celui qui aime une femme distinguée ne perd pas le temps à la courtiser servilement, à l'enivrer de flatteries et de vains soupirs. Elle ne le souffrirait pas ; elle rougirait d'avoir pour amant un homme oisif, un efféminé ; elle ne saurait apprécier que l'affection d'un homme simple, digne, moins empressé à lui parler d'amour qu'à lui plaire par des principes louables et de louables actions.

La femme qui souffre un homme puérilement esclave à ses pieds, façonné à subir bassement ses mille caprices, uniquement préoccupé d'élégantes frivolités et d'amoureuses fadeurs, laisse bien voir qu'elle n'a qu'une idée mesquine de lui et d'elle-même. Et celui qui se complaît dans une telle vie, celui qui aime autrement que dans un noble but, dans le but de devenir meilleur en rendant hommage à une grande vertu, celui-là dissipe misérablement son cœur et son génie, et il serait difficile qu'il lui restât assez de vigueur pour faire jamais quelque bonne chose en ce monde. Je ne parle pas des femmes de mauvaises mœurs ; celles-là font horreur à l'honnête homme, et il y a grande honte à ne les fuir pas.

Dès qu'une femme vous 'aura paru digne de votre amour, ne vous laissez aller ni aux soupçons, ni à la jalousie, ni à l'indiscrète prétention de vous voir follement idolâtré.

Choisissez bien, et ensuite aimez sans fatiguer de vos emportements vous et la femme que vous aurez choisie, sans vous troubler parce qu'elle n'aura pas fermé les yeux à l'amabilité des autres, sans exiger qu'elle pâme d'amour pour vous.

Soyez-lui dévoué pour être juste, pour payer un tribut d'admiration et de noble servage à un mérite supérieur, pour vous élever vous-même jusqu'à cette créature qui vous paraît si haut placée, jamais pour qu'elle ajoute plus qu'elle ne peut au témoignage de son amour pour vous.

Les jaloux, ceux qui s'emportent parce qu'on ne les aime pas assez, sont de véritables tyrans. Plutôt que de devenir méchant dans la vue d'un plaisir quelconque, il faut renoncer à ce plaisir ; plutôt que de devenir tyran, ou de tomber, par excès d'amour, dans toute autre indignité de ce genre, renoncez à l'amour.

XXII

RESPECT AUX JEUNES FILLES ET AUX FEMMES DES AUTRES.

Soit que vous persévériez dans le célibat, ou que vous preniez une femme, respectez la pureté virginale et le mariage.

Rien de plus délicat que l'innocence et la réputation d'une jeune fille : ne vous permettez à l'égard d'aucune la moindre liberté de manières ou de paroles qui pourraient apporter quelque profanation à ses pensées, ou quelque trouble à son cœur. Ne vous permettez, ni en parlant à une jeune fille, ni loin d'elle, aucun propos qui puisse la faire passer aux yeux des autres pour être d'esprit léger et facile à la passion. Les plus minces apparences suffisent pour ravir l'honneur à une jeune personne, pour donner contre elle l'éveil à la calomnie, peut-être pour lui faire manquer un mariage qui l'eût rendue heureuse.

Vous arrive-t-il de sentir votre cœur épris d'une jeune fille sans pouvoir aspirer à sa main, ne lui déclarez pas votre amour, mettez au con-

traire tous vos soins à le lui cacher. Si elle se savait aimée, elle pourrait s'enflammer aussi pour vous, et devenir ainsi la victime d'une
passion malheureuse.

Remarquez-vous que vous ayez inspiré de l'amour à une jeune fille
qu'il ne serait pas dans vos vues ou en votre pouvoir d'épouser, n'ayez
pas moins d'égards pour la paix de son âme et les convenances de sa
position : cessez entièrement de la voir. Se complaire dans la pensée
qu'on a excité au cœur d'une pauvre innocente un délire qui ne peut
avoir pour elle d'autres fruits que la honte et le désespoir, c'est la plus
infâme des vanités.

Avec les femmes mariées, ne soyez pas moins sur vos gardes. Un
fol amour de vous pour l'une d'elles, ou le fol amour de l'une d'elles
pour vous, pourrait vous entraîner à quelque grand malheur, à quelque
grande ignominie. Vous y perdriez moins qu'elle, mais précisément
parce qu'une femme a bien plus à perdre que vous, qui s'expose à
déchoir de l'estime de son mari et de la sienne propre, précisément
à cause de cela, si vous êtes généreux, tremblez du danger qui la
menace, ne l'y laissez pas un moment exposée ; coupez court à un
amour que réprouvent Dieu et les lois. Votre cœur et celui de la femme
que vous aimez saigneront en se séparant ; qu'importe ? la vertu veut
des sacrifices : qui ne sait les accomplir est un lâche.

Entre une femme mariée et un homme qui n'est pas son mari, il ne
peut exister innocemment d'autre relation intime que cette juste et
bienveillante estime qui se fonde sur la connaissance de vertus réelles,
qui se fonde sur cette conviction que l'un et l'autre ont dans le cœur,
avant tout autre amour, un inébranlable dévouement à leurs propres
devoirs.

Ayez horreur comme d'une action profondément immorale de ravir
à un époux l'affection de sa femme. S'il est digne qu'elle l'aime, votre
perfidie est un crime atroce ; si le mari n'est pas digne d'estime, ses
fautes ne vous autorisent pas à dégrader l'infortunée qui est sa compagne. Pour l'épouse d'un mauvais mari, il n'y a pas à choisir : elle doit se
résigner à le supporter et à lui demeurer fidèle. Celui qui, sous couleur de la vouloir consoler, l'entraîne à un amour coupable, n'est qu'un
égoïste cruel. Et sa conduite eût-elle la pitié pour mobile, ce n'est qu'une
pitié illusoire, funeste, criminelle. En inspirant de l'amour à cette

femme, vous augmentèriez son malheur ; vous ajouteriez au tourment qu'elle souffre d'avoir un mari peu aimable, celui de le haïr chaque jour davantage, en vous aimant, et en s'exagérant votre mérite ; vous y ajouteriez peut-être la jalousie de son mari, avec toutes ses tortures ; vous y ajouteriez surtout cette déchirante pensée qu'elle est coupable. Une femme mal mariée ne saurait avoir de repos qu'en restant irréprochable. Quiconque lui parle de repos autrement acheté, ment, et la précipite dans la douleur.

A l'égard des femmes qui vous seront devenues chères pour leurs vertus, prenez bien garde, autant qu'à l'égard des jeunes filles, de ne pas faire naître d'injurieux soupçons à cause de l'amitié que vous aurez pour elles. Soyez réservé dans la manière dont vous parlerez d'elles aux hommes qui se sont fait une habitude de juger avec bassesse. Ceux-là, dans leurs suppositions, ne prennent jamais conseil que de la perversité de leur propre cœur. Infidèles interprètes de ce qu'on leur dit, ils donnent un sens perfide aux discours les plus simples, aux faits les plus innocents ; ils rêvent des mystères là où il n'en est d'aucune sorte. Il ne saurait y avoir de précaution frivole pour conserver sans tache la réputation d'une femme. Cette réputation, après son honnêteté même, est son plus beau trésor. Tout homme qui ne se montre pas très-jaloux de la lui conserver, tout homme qui sourit bassement à l'idée de voir supposer dans une femme quelque faiblesse pour lui, n'est à vrai dire qu'un misérable qui mériterait d'être chassé de toute bonne compagnie.

XXIII

LE MARIAGE.

Si le penchant de votre cœur et vos convenances particulières vous déterminent en faveur du mariage, marchez à l'autel animé de saintes pensées, et avec la résolution sincère de rendre heureuse celle qui vous confie le soin de ses jours, celle qui renonce au nom de ses pères pour prendre le vôtre, celle qui vous préfère à tout ce qu'elle eut de cher jusqu'à ce jour, et qui, par vous, espère donner la vie à d'autres créatures intelligentes, appelées à posséder Dieu.

Triste preuve de l'humaine inconstance! La plupart des mariages se contractent par amour. On y apporte de solennelles pensées, et la sanction d'une volonté fortement résolue à les bénir jusqu'à la mort, et au bout de deux ans, souvent au bout de quelques mois, le couple uni ne s'aime plus ; on se supporte avec peine, on s'offense par de mutuels reproches, et des deux parts on ne se soucie plus d'être aimable l'un pour l'autre.

D'où vient cela? C'est d'abord, et avant toute chose, qu'on s'unit sans s'être bien connu avant le mariage. Soyez prudent et réservé dans votre choix, assurez-vous bien des bonnes qualités de celle que vous aimez, ou vous êtes perdu. En second lieu, cet attiédissement vient de ce que nous cédons lâchement aux tentations de l'inconstance, de ce que nous oublions de nous dire chaque jour à nous-mêmes : « La résolution « que j'ai prise, j'ai dû la prendre, et je veux inébranlablement la main- « tenir ! »

Ici, comme dans toute autre circonstance de la vie, prenez garde avec quelle facilité le bien dans l'homme se change en mal ; prenez garde que ce qui fait l'homme méprisable, c'est toujours cette absence d'une volonté forte ; prenez garde que les turpitudes et les malheurs auxquels est en proie la société naissent précisément de ce défaut d'une forte volonté.

Un mariage ne peut être heureux qu'à cette condition ; chacun des deux époux se doit prescrire pour premier devoir cette invincible résolution : « Je veux aimer, je veux honorer toujours le cœur à qui j'ai « donné pouvoir sur le mien. »

Si le choix a été bon, si l'un des deux cœurs n'était pas déjà corrompu, il est faux qu'il puisse se corrompre et devenir ingrat, alors que l'autre le comble de délicates attentions, et l'environne d'un noble amour.

Il ne s'est jamais vu un mari pur envers sa femme de tous indignes traitements, ou du moins de toutes négligences coupables ; ou de tous autres vices, qui, s'il lui fut cher une fois, ait cessé d'en être aimé.

L'âme de la femme est naturellement douce, reconnaissante, disposée à aimer au plus haut degré l'homme qui se montre constant à l'aimer et à mériter son estime. Mais comme elle est douée d'une extrême sensibilité, elle s'irrite aisément de l'inamabilité de son mari et de tous les torts qui peuvent dégrader son caractère, et cette irritation peut la mener jusqu'à une invincible antipathie et à toutes les erreurs qui en sont la suite. La malheureuse alors sera grandement coupable; mais la cause première de ses fautes sera certainement le mari.

Que cette conviction demeure inaltérable en vous : — Aucune femme qui fut bonne au jour du mariage, ne perd sa bonté dans la compagnie d'un époux qui continue à mériter son amour.

Pour conserver ses droits à l'amour d'une épouse, il faut à ses yeux ne rien perdre de sa valeur; il faut que l'intimité conjugale ne change rien au respect et aux égards que le mari témoignait à sa femme avant de la conduire à l'autel; il faut qu'il ne devienne pas sottement son esclave, qu'il ne se montre pas incapable de la reprendre, et ne lui fasse pas non plus sentir le joug d'une autorité despotique, en la reprenant avec humeur. Il faut qu'elle puise partout autour d'elle une haute idée du sens et de la droiture de son mari; il faut qu'elle se puisse faire honneur d'être sa compagne et de dépendre de lui; il faut que cette dépendance où elle est de son époux ne lui soit pas imposée par l'orgueil de celui-ci, mais qu'elle-même l'ait voulue par amour et par un noble sentiment de la véritable dignité de l'homme et de la femme.

Quelque heureux que vous ayez été à choisir, l'excellence de votre choix et l'assurance des éminentes vertus qui parent votre femme ne doivent pas vous persuader qu'il soit moins nécessaire d'être toujours aimable à ses yeux; ne dites pas : « Elle est si parfaite, qu'elle me pardonne tous mes torts; il n'est besoin que je travaille à me rendre cher à son cœur; elle m'aime toujours également. »

Quoi! parce que si grande est sa bonté, vous serez moins ingénieux à lui plaire? Ne vous faites pas illusion. C'est précisément parce qu'elle est douée d'une exquise délicatesse d'âme, que l'insouciance, la grossièreté et les brusqueries seront pour elle une source plus amère de chagrins et de dégoûts. Plus est grande la noblesse de ses manières et de ses sentiments, plus est grand chez elle le besoin de trouver en vous la même noblesse. Ne l'y trouve-t-elle pas, vous voit-elle passer de la séduisante galanterie d'un amant épris à l'insultante indifférence d'un mauvais mari; longtemps, à l'aide de sa vertu, elle fait effort pour vous aimer, tout indigne que vous êtes, mais l'effort sera vain. Elle vous pardonnera, mais elle ne vous aimera plus; mais elle sera malheureuse. Et malheur à vous si sa vertu n'était pas à toute épreuve, et qu'un autre homme lui plût! Ce cœur si mal apprécié par vous, et si mal gardé, pourrait bien devenir la proie d'une passion coupable, d'une passion funeste à son repos, funeste au vôtre et à celui de vos enfants.

C'est le sort de beaucoup de maris, et ces femmes que maintenant ils maudissent, elles étaient vertueuses. Les malheureuses se sont égarées parce qu'elles n'étaient pas aimées.

Dès que vous avez donné à une femme le titre sacré d'épouse, vous devez vous consacrer à son bonheur, comme elle doit se consacrer au vôtre; mais c'est pour vous un devoir plus impérieux, parce que la femme est une créature plus faible, et que vous, qui êtes fort, vous lui devez, le premier, toute sorte de bons exemples et de secours.

XXIV

AMOUR PATERNEL. — AMOUR DE L'ENFANCE ET DE LA JEUNESSE.

Donner à la patrie de bons citoyens, et à Dieu même des âmes dignes de lui, telle sera votre mission si vous avez des enfants. Mission sublime! Celui qui l'accepte et qui la trahit est le plus grand ennemi de sa patrie et de Dieu.

Il est inutile d'énumérer et de définir les vertus d'un père; vous les aurez toutes si vous avez été bon fils et bon époux. Toujours les mauvais pères furent des fils ingrats et des époux sans cœur.

Mais avant même que vous ayez des enfants, lors même que vous ne devriez jamais en avoir, ajoutez à la noblesse de votre âme par ce doux sentiment de l'amour paternel. Tout homme doit le nourrir en soi, et l'étendre à tous les enfants, à tous les jeunes gens.

Témoignez un grand amour à cette partie nouvelle de la société; témoignez-lui une grande vénération.

Quiconque afflige ou méprise injustement l'enfance, s'il n'est pervers, le deviendra. L'homme qui n'est pas souverainement attentif à respecter l'innocence d'un enfant, à ne pas lui enseigner le mal, à prendre garde que d'autres ne le lui enseignent, à faire en sorte qu'il ne se laisse enflammer que par l'amour de la vertu, si cet enfant devient un monstre, celui-là peut avoir à se le reprocher. Mais pourquoi substituer de moins fortes paroles aux saintes et terribles paroles prononcées par l'adorable ami des petits enfants, le Rédempteur? « Qui-« conque, dit-il, accueille un de ces petits enfants en mon nom, m'ac-« cueille moi-même. Mais quiconque aura scandalisé une de ces petites « créatures qui croient en moi, il vaudrait mieux pour celui-là qu'on « lui eût suspendu une meule au col, et qu'on l'eût précipité au plus « profond de la mer. »

Ceux qui ont quelques années de moins que vous, et sur qui, pour cette raison, votre exemple et votre voix peuvent avoir autorité, considérez-les tous comme vos enfants; traitez-les avec ce mélange d'indulgence et de zèle qui est propre à les détourner du mal et à les exciter au bien.

L'enfance, de sa nature, est imitatrice; si les adolescents qui entourent un enfant sont pieux, dignes, aimables, l'enfant se montrera jaloux de devenir tel, et tel il deviendra. Ces adolescents sont-ils irréligieux, bas, malveillants, l'enfant sera mauvais comme eux.

Montrez-vous bon, même avec des enfants et de jeunes garçons que vous ne voyez pas habituellement, et à qui peut-être vous ne parlerez qu'une fois en votre vie; dites-leur, si vous en trouvez l'occasion, quelque parole féconde en vertus. Cette parole de votre bouche, ce regard honnête de vos yeux, pourra les arracher à une pensée dégradante, et leur suggérer l'envie de mériter l'estime des gens de bien.

Si un jeune homme de belle espérance place en vous sa confiance, soyez pour lui un généreux ami, venez à son aide avec de forts et salutaires conseils; ne le flattez jamais, mais sachez applaudir à ses actions louables, et le détourner par un blâme énergique de toute action répréhensible.

Si vous voyez un jeune homme tourner au vice, lors même que vous n'auriez aucune part à son intimité, ne dédaignez pas, si l'occasion s'en présente, de lui tendre la main pour le sauver. Quelquefois, à tel jeune homme qui prend la mauvaise voie, il ne faudrait qu'un cri, un signe, pour qu'il rentrât en lui-même et rétrogradât vers la bonne route.

Quelle sera l'éducation morale que vous donnerez à vos enfants? Vous ne sauriez le comprendre, si vous n'avez commencé par vous en donner une excellente à vous-même. Faites-le, et vous la donnerez telle que vous l'aurez reçue.

XXV

DES RICHESSES.

La religion et la philosophie s'accordent à louer la pauvreté lorsqu'elle est accompagnée de la vertu, et la préfèrent de beaucoup à l'amour toujours inquiet des richesses. Néanmoins elles confessent l'une et l'autre qu'un homme peut être riche et posséder un mérite égal à celui des meilleurs qui sont pauvres.

Il ne faut pour cela qu'une chose, c'est qu'il ne soit pas l'esclave de ses richesses, qu'il ne les recherche ou ne les conserve pas pour en faire un mauvais usage ; il doit, au contraire, ne les désirer que pour en user dans l'intérêt de ses semblables.

Honneur à toutes les conditions honnêtes de l'humanité, et partant honneur aux riches ! pourvu qu'ils fassent tourner leur prospérité à l'avantage de plusieurs, pourvu qu'ils ne puisent pas dans le luxe et les délices l'indolence et l'orgueil.

Vous resterez, selon toute vraisemblance, dans la condition où vous êtes né, également éloigné de la grande opulence et de la pauvreté. Ne donnez jamais accès dans votre âme à cette haine basse qui ronge souvent les pauvres ou ceux qui sont moins riches, et les excite contre plus riches qu'eux. Cette haine prend d'ordinaire le grave langage de la philosophie ; ce sont de véhémentes déclamations contre le luxe, contre l'injuste inégalité des fortunes, contre l'arrogance des heureux et des puissants ; c'est, en apparence, un besoin magnanime d'égalité, une soif ardente de voir soulager les grandes misères de l'humanité. Que tous ces faux semblants ne vous fassent pas illusion, quoiqu'il vous arrive de les rencontrer chez des gens de quelque renommée, ou dans les écrits de mille pédants fort diserts, qui mendient la faveur des masses en flattant leurs passions. Dans ces belles colères, il y a plus d'envie, d'ignorance et de calomnie, que de zèle pour la justice.

L'inégalité des fortunes est inévitable, et a ses avantages comme ses inconvénients. Tel qui traite si mal les riches, se mettrait volontiers en leur place; autant vaut laisser dans l'opulence ceux qui déjà s'y trouvent. Bien petit est le nombre des riches qui ne dépensent pas leur or; et en le dépensant, ils se font tous, avec plus ou moins de mérite, quelquefois même sans mérite aucun, les agents de la prospérité publique. Ils donnent l'impulsion au commerce qui s'étend, au goût qui s'épure, aux arts qui prennent l'essor, et aux espérances infinies de quiconque veut échapper à la pauvreté par le moyen de l'industrie.

Ne voir dans les riches qu'oisiveté, mollesse, inutilité, c'est en faire sottement la caricature. Si l'or engourdit les uns, il pousse les autres à de nobles actions. Il n'est pas dans ce monde une ville civilisée où les riches n'aient fondé et n'entretiennent d'utiles établissements de bienfaisance; il n'est aucun lieu dans lequel, par association ou individuellement, ils ne nourrissent les malheureux. Regardez-les donc sans colère comme sans envie, et ne vous faites pas l'écho des calomnies du vulgaire. N'ayez avec eux ni dédain, ni servilité. Voudriez-vous rencontrer de la servilité ou du dédain dans un moins riche que vous?

Soyez sagement économe des ressources de votre fortune; fuyez également l'avarice, qui endurcit le cœur et mutile l'intelligence; et la prodigalité, qui mène à de honteux emprunts et à des efforts peu dignes d'éloges.

Chercher à augmenter ses richesses est chose permise, pourvu qu'on se défende d'une honteuse avidité et des inquiétudes immodérées; pourvu qu'on se souvienne que des richesses ne dépendent pas l'honneur et la véritable félicité, mais bien de la noblesse de cœur devant Dieu et devant les hommes.

Si vous croissez en prospérité, croissez à proportion en bienfaisance. A l'opulence peuvent s'unir toutes les vertus, mais l'égoïsme dans l'opulence est une véritable infamie. Quiconque a beaucoup doit beaucoup donner; c'est un devoir sacré auquel on n'échappe pas.

Ne refusez pas votre aide au mendiant, mais que là ne s'arrête pas votre aumône : l'aumône intelligente et haute est celle qui procure aux pauvres de plus honnêtes moyens de vivre que la mendicité, c'est-à-dire celle qui aux diverses professions, libérales ou communes, donne travail et pain.

Songez quelquefois que des événements inattendus pourraient vous dépouiller de l'héritage de vos aïeux et vous jeter dans la détresse. Nos yeux n'ont que trop vu de pareils bouleversements. Aucun riche ne pourrait dire : Je ne mourrai ni dans l'exil, ni dans le malheur.

Jouissez de vos richesses avec cette généreuse indépendance de l'or que les philosophes de l'Église nomment, comme l'Évangile, *pauvreté d'esprit*.

Voltaire, dans un de ses jours de bouffonnerie, a feint de croire que cette *pauvreté d'esprit* recommandée par l'Évangile, c'est la sottise. C'est au contraire la force de conserver, même au sein des richesses, un esprit humble et ami de la pauvreté, capable de la supporter dans l'occasion, et de la respecter chez les autres; vertu qui veut tout autre chose que de la *sottise*; vertu qui ne peut avoir sa source que dans la sagesse et l'élévation de l'esprit.

« Voulez-vous cultiver votre âme? dit Sénèque; vivez pauvre, ou comme si vous étiez pauvre. »

Au cas où vous tomberiez dans la misère, ne perdez pas courage. Travaillez pour vivre, et travaillez sans en rougir. Le nécessiteux peut être aussi digne d'estime que celui qui lui vient en aide. Mais alors sachez renoncer de bonne grâce aux habitudes de l'opulence; n'offrez pas le spectacle ridicule et digne de pitié d'un pauvre orgueilleux se refusant à la pratique des vertus qui conviennent souverainement à la pauvreté : une humilité digne, une économie sévère, une patience invincible au travail, une aimable sérénité d'âme, en dépit des disgrâces de la fortune.

XXVI

RESPECT A L'INFORTUNE.—BIENFAISANCE.

Honneur à toutes les conditions honnêtes de la vie humaine, et par conséquent honneur aux pauvres!—pourvu cependant qu'ils se servent de leur infortune pour se rendre meilleurs, pourvu qu'ils n'aillent pas croire que leurs souffrances autorisent en eux les vices et la malveillance.

Toutefois ne les jugez pas avec trop de rigueur. Ayez pitié même de ces pauvres qui ne sont pas toujours assez maîtres de leur impatience et de leur colère. Songez que c'est chose bien dure que subir de rudes épreuves sur un chemin ou dans une pauvre cabane, tandis qu'à trois pas de celui qui gémit, passent des hommes supérieurement vêtus et nourris. Pardonnez-lui, s'il est assez faible pour vous regarder d'un œil d'envie, et secourez sa détresse, parce qu'il est homme.

Respectez le malheur dans tous ceux qui en souffrent les atteintes, lors même qu'ils ne seraient pas tombés au dernier degré de l'indigence, et qu'ils ne vous demanderaient aucun secours.

Quiconque vit dans la peine et le labeur, et dans un état qui le place au-dessous de vous, est en droit d'attendre de vous les témoignages d'une compassion affectueuse. Ne lui faites pas sentir, par l'arrogance de vos manières, la supériorité de votre fortune. Ne l'humiliez point par l'âpreté de vos paroles, lors même qu'il vous déplairait par ses façons grossières ou par tout autre défaut.

Rien n'est consolant pour le malheureux comme de se voir traité avec de bienveillants égards par ceux qui lui sont supérieurs; son cœur s'emplit de reconnaissance, et il comprend alors pourquoi le riche est riche, et il lui pardonne son bonheur, parce qu'il l'en juge digne.

Un maître méprisant et brutal ne manque jamais d'être haï, quelque salaire qu'il donne à ses serviteurs.

Il y a une grande immoralité à se faire haïr de ses inférieurs : 1° parce qu'alors on est méchant soi-même; 2° parce qu'au lieu de soulager leurs afflictions, on en augmente l'amertume; 3° parce qu'on les accoutume à servir déloyalement, à détester la dépendance, à maudire la classe entière de ceux que la fortune aura mieux traités. Enfin, comme il est juste que chacun jouisse de tout le bonheur qu'il peut avoir en ce monde, celui qui appartient à une condition élevée doit travailler à faire que ses inférieurs ne trouvent pas leur sort intolérable, mais qu'ils l'aiment au contraire, voyant qu'il n'est méprisé de personne, et que le riche prend soin d'y mêler d'honnêtes consolations.

Prodiguez à qui en a besoin des secours de tout genre : — secours d'argent et de protection, quand vous le pouvez; — de bons conseils, quand l'occasion s'en présente; — de bonnes manières et de bons exemples, toujours.

Mais surtout si vous voyez quelque part le mérite opprimé, employez-

44

vous de toutes vos forces à le relever, ou, si vous ne le pouvez, employez-vous du moins à le consoler et à lui rendre hommage.

Rougir de témoigner son estime à un honnête homme disgracié de la fortune, est la pire des bassesses. Elle n'est pourtant que trop commune; n'en soyez que plus vigilant à ne jamais vous en laisser infecter.

Lorsqu'un homme est dans le malheur, la foule incline à lui donner tort, à supposer que ses ennemis ont de bonnes raisons pour le flétrir et le tourmenter. Si ces derniers lancent une calomnie pour se justifier eux-mêmes et déshonorer leur victime, cette calomnie eût-elle toute l'invraisemblance possible, on l'écoute d'abord, et on la répète avec cruauté. Les quelques personnes qui travaillent à la détruire sont rarement écoutées. Il semble que la plupart des hommes soient heureux lorsqu'ils peuvent croire au mal.

Ayez horreur de ce malheureux penchant de notre nature. Partout où l'accusation retentit, sachez aussi écouter la défense. Et si les apologies manquent, soyez vous-même assez généreux pour oser en conjecturer quelqu'une. Ne croyez à la faute que lorsqu'elle est manifeste, et prenez bien garde que tous ceux qui ont la haine dans le cœur proclament manifeste plus d'une faute qui ne l'est point. Voulez-vous être juste? ne haïssez pas : la justice de ceux qui haïssent n'est que fureur de pharisiens.

Dès que le malheur a frappé un homme, eût-il été votre ennemi, eût-il dévasté votre patrie, il y a bassesse à triompher de sa misère et à la contempler avec orgueil. Si l'occasion l'exige, parlez de ses torts, mais avec moins de véhémence qu'au temps de sa prospérité; parlez-en au contraire avec une attention pieuse à ne pas les exagérer, à ne pas les séparer des qualités qui brillèrent aussi dans cet homme.

Il est toujours beau de compatir au sort des malheureux, même à celui des coupables. La loi sans doute a droit de les condamner ; l'homme n'a jamais droit de se réjouir de leur douleur, ou de les peindre sous des couleurs plus noires que ne le permet la vérité.

L'habitude de la pitié fera quelquefois que vous serez bon pour des ingrats. Ne décidez pas dédaigneusement à priori que tous les hommes sont ingrats; ne laissez pas que d'être bon. Parmi beaucoup d'ingrats, il y a aussi l'homme reconnaissant, digne de vos bienfaits. Vos bienfaits ne seraient pas tombés sur lui, si vous ne les aviez jetés à plusieurs. Les bénédictions de ce seul homme vous dédommageront de l'ingratitude de dix autres.

Et ne dussiez-vous jamais trouver une âme reconnaissante, la bonté de votre cœur sera votre première récompense. Est-il douceur plus grande que celle qui naît du sentiment de la pitié et des efforts que l'on fait pour soulager le malheur des autres! Elle surpasse de bien loin la douceur d'être secouru; car il n'y a point de vertu à être secouru, et il y en a beaucoup à secourir.

Soyez délicat avec tout le monde dans le bien que vous faites, mais surtout avec les personnes qui ont le plus particulièrement droit au respect, avec les femmes timides et honnêtes, avec tous ceux qui commencent à peine ce cruel apprentissage de la pauvreté, et qui souvent dévorent leurs larmes en secret, plutôt que de prononcer cette déchirante parole : *J'ai besoin de pain!*

Indépendamment de ce que vous donnerez en votre nom, sans que l'une de vos mains sache ce que l'autre a donné, comme le dit l'Évangile, unissez-vous encore à d'autres âmes généreuses pour multiplier les ressources du malheur, pour fonder de bonnes institutions et maintenir celles qui existent.

C'est encore un mot de la religion que celui-ci : Veillez à faire le bien, non-seulement devant Dieu, mais encore devant tous les hommes. (*Providentes bona non tantùm coram Deo, sed etiam coram omnibus hominibus.*)

Il est des choses excellentes que l'individu seul ne peut faire, et qui ne se peuvent en secret. Aimez les associations de bienfaisance, et si vous en avez le moyen, propagez-les, ranimez-les lorsqu'elles s'engourdissent, redressez-les lorsqu'on fausse leur but. Ne perdez pas courage pour les sottes railleries que les avares et les oisifs n'épargnent jamais à ces âmes laborieuses qui travaillent pour le bien de l'humanité.

XXVII

ESTIME DU SAVOIR.

Lorsque votre emploi et les soucis domestiques ne vous laissent plus grand loisir à consacrer aux livres, défendez-vous d'un penchant vul-

gaire auquel ont coutume de céder ceux qui n'ont jamais beaucoup
étudié ou qui n'étudient plus. Leur habitude est de prendre en haine
tout le savoir qu'ils n'ont pas acquis, de sourire au nom de tout homme
qui compte pour beaucoup la culture intellectuelle, de désirer l'ignorance comme un bienfait social.

Méprisez le faux savoir : il est funeste. Mais estimez le vrai savoir,
qui toujours est utile. Estimez-le, que vous le possédiez ou que jamais
vous n'ayez pu y atteindre.

Efforcez-vous toujours de faire vous-même quelque progrès, ou en
continuant de cultiver plus particulièrement une science, ou du moins
en lisant de bons livres en divers genres. Cet exercice de l'intelligence
est important pour un homme d'une condition élevée, non-seulement à
cause du plaisir honnête et de l'instruction qu'il peut en retirer, mais
parce que cette renommée d'homme instruit et de partisan des lumières
lui donnera plus d'influence sur les autres pour les exciter à bien faire.
L'envie n'a déjà que trop de pente à décréditer l'homme droit : si elle
a quelque raison ou quelque prétexte pour l'appeler ignorant ou fau-
teur d'ignorance, les meilleures choses qu'il fait, le vulgaire les voit de
mauvais œil, les déprécie, leur interdit toute autorité.

La cause de la religion, celle de la patrie, celle de l'honneur, veulent
des champions armés d'abord d'intentions vertueuses, ensuite de science
et de bonne grâce. Malheur à nous si les méchants peuvent, à bon
droit, dire aux gens de bien : Vous n'avez pas étudié et vous n'avez rien
d'aimable !

Mais pour conquérir ce crédit de la science, ne feignez pas des connaissances que vous n'avez point. Toutes les impostures sont honteuses,
toutes, jusqu'à la vanité de paraître savoir ce qu'on ne sait pas. En outre,
il n'est pas d'imposteur dont bientôt le masque ne tombe, et alors c'est
un homme perdu.

Tout le prix que nous attachons légitimement au savoir ne doit pas
cependant nous en rendre idolâtre. Désirons-le pour nous-même et pour
les autres ; mais s'il nous est difficilement donné d'en acquérir, sachons
nous consoler et nous montrer ingénument tels que nous sommes. La
multiplicité des connaissances est bonne à quelque chose ; mais, en défi-
nitive, ce qui vaut le mieux pour l'homme, c'est la vertu ; et le hasard
peut faire qu'elle soit alliée à l'ignorance.

Si donc vous savez beaucoup, ce n'est pas une raison pour mépriser l'ignorant. Il en est du savoir comme des richesses : on peut le désirer pour se rendre plus utile à ses semblables ; mais en est-on privé, dès que sans le posséder on peut être bon citoyen, on a droit au même respect.

Répandez les lumières et les idées sur la classe peu instruite. Mais quelles idées encore? Ce ne sont pas celles qui rendent les hommes sentencieux, malveillants et dédaigneusement supérieurs. Ce ne sont pas ces déclamations outrées qui plaisent si fort dans le commun des drames et des romans, où toujours les petits sont représentés comme des héros, et les grands comme des scélérats ; où l'on fausse à plaisir toute peinture de la société, pour la rendre elle-même odieuse ; où le savetier vertueux est celui qui parle insolemment à son maître ; où le maître vertueux est celui qui épouse la fille du savetier ; où il n'est pas jusqu'aux bandits qu'on ne peigne admirables, pour faire paraître odieux celui qui ne les admire pas.

Les idées et les lumières qu'il faut répandre parmi les ignorants de la classe inférieure, sont celles qui peuvent les préserver de l'erreur et de l'exagération ; celles qui, sans vouloir en faire de lâches adorateurs de qui sait plus et peut davantage, développent en eux une noble disposition au respect, à la bienveillance, à la reconnaissance ; celles qui les éloignent des violentes et absurdes idées d'anarchie ou de gouvernement populaire ; celles qui leur enseignent à remplir avec une religieuse dignité les obscurs mais honorables emplois auxquels la Providence les a appelés ; celles qui leur persuadent que les inégalités sociales sont inévitables, bien que par la vertu nous redevenions tous égaux devant Dieu.

XXVIII

AMÉNITÉ

Soyez affable pour tous ceux à qui vous avez affaire. Cette affabilité, en vous donnant des manières bienveillantes, vous dispose véritablement à aimer. Celui qui prend un air bourru, soupçonneux, méprisant, ouvre son âme à la malveillance. L'impolitesse engendre des maux qui sont graves : elle gâte le cœur de celui qui s'y abandonne, elle irrite ou elle-afflige les autres.

Mais ne vous étudiez pas seulement à être affable dans vos manières : que cette aménité entre dans toutes vos conceptions, dans toutes vos volontés, dans tous vos sentiments.

L'homme qui ne travaille pas à délivrer son âme du joug des viles pensées, et qui souvent les accueille, souvent aussi se laisse entraîner par elles à des actions blâmables.

On entend des hommes dont la condition cependant n'a rien de trop vulgaire, faire des plaisanteries grossières, et tenir un langage inconvenant. Ne les imitez pas. Que votre langage n'ait pas une élégance recherchée, mais qu'il soit pur aussi de toute trivialité brutale, de toutes ces exclamations vulgaires dont les gens sans éducation vont semant leurs discours, de tous ces badinages bouffons avec lesquels trop souvent on offense les mœurs.

Mais cette délicatesse de langage, c'est dès votre jeunesse qu'il faut l'avoir en vue. Qui ne la possède pas à vingt-cinq ans, jamais ne la possédera. Pas d'élégance recherchée, je vous le répète; mais des paroles honnêtes, élevées, capables de porter dans les âmes la sérénité, la consolation, la bienveillance, le désir de la vertu.

Travaillez aussi à rendre votre parole agréable par le choix heureux des expressions et la juste modulation de la voix. Celui qui parle d'une manière aimable attire les personnes qui l'écoutent, et partant, lorsqu'il sera question de les exciter au bien ou de les détourner du mal, il aura sur elles plus d'ascendant. Notre devoir est de perfectionner tous les instruments que Dieu nous donne pour être utiles à nos semblables, et par conséquent aussi le moyen de manifester nos pensées.

Cette excessive inélégance avec laquelle on parle, on lit, on se présente, on gesticule, provient moins souvent de l'impossibilité de mieux faire, que d'une honteuse indolence; on ne veut pas songer à cette obligation où l'on est de se perfectionner soi-même, et au respect que l'on doit aux autres.

Mais en vous faisant à vous-même un devoir de l'aménité, et en vous souvenant qu'elle est pour nous un devoir, parce que nous devons faire en sorte que notre présence, au lieu d'être une calamité pour personne, soit pour tous un plaisir et un bienfait, n'allez pas toujours vous emporter contre les gens sans éducation. Songez que les diamants sont quelquefois enveloppés de fange; il serait mieux, sans doute, que la fange ne les souillât pas, mais même en cet humble état, ce sont encore des diamants.

L'un des plus grands mérites de l'aménité est de savoir supporter de pareilles gens avec un sourire infatigable, comme aussi la tourbe infinie des ennuyeux et des imbéciles. Quand on ne peut leur être utile à rien, il est permis de les éviter, mais jamais de façon à leur faire entendre qu'ils vous déplaisent. Ce serait les affliger et vous attirer leur inimitié.

XXIX

RECONNAISSANCE.

Si le devoir nous oblige envers tous à des sentiments doux et à de bienveillantes manières, combien plus encore envers les âmes généreuses qui nous ont donné des preuves d'amour, de compassion, d'indulgence !

A commencer par nos père et mère, qu'il n'y ait personne qui, nous ayant libéralement prêté secours d'actions ou de conseils, nous trouve peu de mémoire pour ses bienfaits.

A l'égard des autres, nous pourrons quelquefois être sévères dans nos jugements, et ménagers d'amabilité, sans qu'il y ait grand crime à cela; mais à l'égard de celui qui nous fut utile, il ne nous est pas permis de ne pas mettre la plus scrupuleuse attention à ne point l'offenser, à ne l'affliger d'aucune façon, à ne porter aucune atteinte à sa renommée, à ne pas nous montrer au contraire toujours prompts à le défendre et à le consoler.

Beaucoup d'hommes regardent comme une impardonnable indiscrétion dans leur bienfaiteur, qu'il prenne ou seulement paraisse prendre une idée trop haute de ce qu'il a fait pour eux; ils s'en irritent et veulent que ce qu'ils nomment ainsi les délie de l'obligation d'être reconnaissants. Beaucoup d'autres, parce qu'ils ont la bassesse de rougir d'un bienfait reçu, sont ingénieux à supposer que le bienfaiteur ne s'est conduit ainsi que par intérêt, par ostentation, ou par tout autre motif aussi peu digne, et ils pensent excuser par là leur ingratitude. Beaucoup d'autres, dès qu'ils se sont élevés, se hâtent de rendre un bienfait pour se décharger du poids de la reconnaissance ; cela fait, ils croient pouvoir sans crime oublier tous les égards que cette reconnaissance leur impose.

Toutes les subtilités qu'on imagine pour justifier l'ingratitude sont vaines. L'ingrat est un homme vil, et pour ne pas tomber dans pareille bassesse, il faut se montrer prodigue de sa reconnaissance, il faut que la reconnaissance abonde pleinement.

Si le bienfaiteur s'enorgueillit des avantages que vous lui devez, s'il n'a pas à votre égard la délicatesse que vous désireriez, s'il n'est pas parfaitement clair qu'il n'y ait eu que générosité dans les motifs qui l'ont poussé à vous être utile, ce n'est pas à vous qu'il appartient de le condamner. Jetez un voile sur ses torts réels ou possibles, et regardez seulement au bien qui vous est venu de lui. Regardez à ce bien, alors même que vous l'auriez rendu, et rendu au centuple.

On peut quelquefois être reconnaissant, et ne pas publier le bienfait reçu ; mais chaque fois que la conscience vous dit qu'il y a une raison pour le divulguer, ne vous laissez pas arrêter par une mauvaise honte. Confessez-vous l'obligé de la main chère qui vous a secouru. Il y a souvent de l'ingratitude à remercier sans témoin, a dit l'excellent moraliste Blanchard.

Il n'y a de bon que celui qui se montre reconnaissant de tous les bienfaits, même des moindres. La reconnaissance est l'âme de la religion, de la piété filiale, de l'amour pour ceux qui nous aiment, de l'amour pour la société humaine, à laquelle nous sommes redevables d'une si haute perfection et de tant de douceurs en ce monde.

En pratiquant cette reconnaissance pour tout ce qui nous vient de bon, tant de Dieu que des hommes, nous apporterons plus de force et de résignation à supporter les maux de la vie, et une disposition plus grande à faire preuve d'indulgence et de dévouement à nos semblables.

XXX

HUMILITÉ.—MANSUÉTUDE.—PARDON.

L'orgueil et la colère ne s'accordent pas avec l'aménité, et dès lors celui-là manque d'aménité, qui ne s'est pas fait une habitude de la mansuétude et de l'humilité. « S'il est un sentiment qui détruise l'in-« sultant mépris pour les autres, c'est assurément l'humilité. Le mépris « naît de la comparaison que l'on fait des autres et de soi, et de la pré-« férence que l'on se donne : or, comment ce sentiment pourrait-il « jamais prendre racine dans un cœur accoutumé à considérer et à « déplorer ses propres misères, à reconnaître que tout mérite lui vient « de Dieu, à reconnaître que si Dieu ne le retient, il pourra se laisser « emporter à tous les excès? » (Voyez Manzoni dans son excellent « livre sur *la Morale catholique.*)

Réprimez tout mouvement de dédain dans votre âme, si vous ne vou-lez devenir dur et orgueilleux. Si une juste colère peut quelquefois être bien placée, cela n'arrive que dans des cas très-rares. Celui qui la croit légitime à tout propos, couvre d'un masque de zèle sa propre malignité.

Ce défaut est épouvantablement commun. Parlez à vingt personnes à cœur ouvert, vous en trouverez dix-neuf qui se soulageront à vous raconter ce qu'elles éprouvent contre tel ou tel d'indignation préten-due généreuse. On les dirait tous embrasés de fureur contre l'iniquité, comme si seuls au monde ils avaient le cœur droit. Le pays qu'ils ha-bitent est toujours le pire de la terre; le temps où ils vivent est toujours le plus triste; les institutions qu'ils n'ont pas fondées sont toujours les plus funestes. Entendent-ils les mots religion et morale, celui qui les prononce est toujours un imposteur. Un riche ne jette pas l'or à pleines mains, c'est toujours un avare ; un pauvre souffre et demande, c'est toujours un dissipateur. Leur arrive-t-il de rendre service à quelqu'un, vous verrez que ce ne sera jamais qu'à un ingrat. Médire de tous les individus dont se compose la société, excepté par hasard de quelques amis, semble généralement une inappréciable volupté.

Et voilà bien le pire : cette colère que tantôt on lance au loin sur les

45

absents, et que tantôt on laisse retomber sur ses voisins, plaît assez habituellement à quiconque n'en est pas l'objet immédiat. L'homme mor-
dant et emporté passe aisément pour un homme de cœur, qui, s'il avait
le monde à gouverner, serait à coup sûr un héros. L'homme doux, au
contraire, on s'accoutume à le regarder avec une pitié dédaigneuse
comme un imbécile ou un lâche.

Ces vertus de la mansuétude et de l'humilité ne donnent pas la gloire;
mais sachez vous y tenir, car il n'est pas de gloire qui les vaille. Ces
universelles manifestations d'orgueil et de gloire prouvent seulement
un universel défaut d'amour et de véritable générosité, une ambition
universelle de paraître meilleur que les autres.

Prenez la résolution d'être humble et doux, mais sachez montrer que,
de votre part, ce n'est ni sottise ni lâcheté. — Et de quelle manière?
Perdre patience dans l'occasion et montrer les dents aux méchants?
flétrir par des discours ou des écrits ceux qui se servent pour me calomnier de la parole ou de la plume? Non, dédaignez de répondre à
vos calomniateurs, et à l'exception de telles circonstances particulières
qu'il est impossible de déterminer, gardez-vous de perdre patience avec
le méchant, de l'accabler de vos menaces ou de votre mépris. La douceur, quand elle est vertu, et non impuissance de sentir avec énergie,
la douceur a toujours raison. Elle humilie plus l'orgueil d'un ennemi
que ne le ferait la plus foudroyante éloquence de la colère et du mépris.

Montrez en même temps que votre douceur n'est ni sottise ni lâcheté, en conservant toute votre dignité en face des méchants, en
n'applaudissant pas à leur iniquité, en ne mendiant pas leurs suffrages,
en n'abdiquant ni votre foi, ni votre honneur, par crainte de leur blâme.

Familiarisez-vous avec l'idée d'avoir des ennemis, mais sans vous
en effrayer. Il n'est aucun homme, pour peu qu'il soit bienfaisant, sincère, inoffensif, qui n'en compte plusieurs. Il est des malheureux qui
ont tellement naturalisé la haine dans leur cœur, qu'ils ne sauraient
vivre sans lancer des sarcasmes et des calomnies contre quiconque jouit
de quelque renommée.

Ayez le courage d'être doux, et pardonnez du fond de votre âme à
ces infortunés qui vous ont nui ou qui voudraient vous nuire. Pardonnez non pas sept fois, a dit le Sauveur, mais soixante-dix fois sept
fois, c'est-à-dire sans fin.

Les duels et toutes les vengeances sont d'indignes emportements. La rancune est un mélange d'orgueil et de bassesse. En pardonnant un outrage, d'un ennemi vous pouvez vous faire un ami, et ramener un homme corrompu à de plus nobles sentiments. Oh! le consolant et beau triomphe! qu'il surpasse en grandeur les horribles victoires de la vengeance!

Et si celui à qui vous avez pardonné son offense restait votre irré-conciliable ennemi, vivait et mourait en vous insultant, qu'avez-vous perdu à être bon? N'avez-vous pas conquis la plus ineffable des joies, celle d'être demeuré magnanime?

XXXI

COURAGE.

Du courage, toujours du courage! Il n'y a de vertu qu'à cette condi-tion. Courage pour vaincre votre égoïsme et devenir bienfaisant; cou-rage pour vaincre votre indolence, et avancer dans toutes les voies honorables de l'étude; courage pour défendre la patrie et protéger votre semblable en toute rencontre; courage pour résister au mauvais exemple et aux injustes dérisions; courage pour endurer et les maladies, et les peines, et les angoisses de tout genre, sans misérables lamentations; courage pour aspirer à une perfection à laquelle on ne saurait atteindre sur la terre, mais à laquelle il faut aspirer, selon la parole sublime de l'Évangile, si nous ne voulons perdre toute noblesse d'âme!

Quelque chers que vous soient votre patrimoine, votre honneur, votre vie, soyez toujours prompt à tout sacrifier au devoir, si le devoir exigeait de tels sacrifices. Sachons faire abnégation de nous-mêmes, renoncer à tout bien terrestre plutôt que de conserver ce bien à la con-dition d'être iniques; ou non-seulement l'homme n'est pas un héros, mais il peut devenir un monstre! « Nul en effet ne peut être juste, dit « Cicéron, s'il craint la mort, la douleur, l'exil et le besoin, ou s'il pré-« fère à la justice le contraire de ces épreuves. »

Vivre, le cœur détaché des prospérités méprisables, c'est aux yeux de plusieurs un précepte trop rude, et qu'on ne saurait accomplir. Il est vrai néanmoins que si dans l'occasion on ne sait pas être indifférent à ces prospérités, on ne saura vivre ni mourir dignement.

Le courage doit élever le cœur et l'exciter à la conquête de toute vertu; mais il faut craindre qu'il ne dégénère en orgueil ou en dureté.

Ceux qui croient ou qui feignent de croire que le courage est incompatible avec les sentiments doux; ceux qui se laissent aller habituellement aux rodomontades, aux querelles, à la soif du sang et du désordre, abusent de la force de bras et de volonté que Dieu leur avait départie pour être utiles à la société et lui offrir de bons exemples. Et il arrive très-souvent que les hommes dont je parle sont les moins intrépides dans les grands dangers; pour se sauver eux-mêmes, ils trahiraient leur père et leurs frères. Les premiers qui lâchent pied dans une armée sont précisément ceux qui se raillaient de la pâleur de leurs camarades, et qui insultaient grossièrement à l'ennemi.

XXXII

HAUTE IDÉE DE LA VIE, ET FORCE D'AME POUR MOURIR.

Beaucoup de livres parlent des obligations morales avec plus d'étendue et d'éclat; moi, je n'ai voulu, mon jeune ami, que vous offrir un manuel qui vous les rappelât toutes en peu de mots.

J'ajoute maintenant : ne vous effrayez pas du poids de ces obligations; il ne semble intolérable qu'aux cœurs lâches et mous. Ayons un peu de bonne volonté, et nous trouverons dans chaque devoir une mystérieuse beauté qui nous invitera à l'aimer; nous sentirons une merveilleuse puissance accroître nos forces, à mesure que nous gravirons le pénible sentier de la vertu; nous trouverons l'homme bien plus grand qu'il ne paraît l'être, pour peu qu'il veuille, et veuille hardiment atteindre le but sublime qui lui est marqué dans la vie, — lequel consiste à se purifier de tous les vils instincts, à cultiver au plus haut degré les meilleurs, à s'élever ainsi à l'immortelle possession de Dieu.

Aimez la vie; aimez-la, mais non pour ses plaisirs vulgaires et ses misérables ambitions. Aimez-la pour ce qu'elle a de grave, de grand, de divin! Aimez-la parce qu'elle est la lice du mérite, chère au Dieu tout-puissant, glorieuse pour lui, glorieuse aussi et nécessaire pour nous. Aimez-la en dépit de ses douleurs, et même pour ses douleurs, puisque c'est à ses douleurs qu'elle doit sa noblesse, puisque c'est par elles que germent, croissent et se reproduisent dans l'esprit de l'homme les pensées généreuses et les généreuses volontés!

Cette vie que vous devez estimer si haut, souvenez-vous qu'elle vous fut donnée pour peu de temps. Ne la dissipez pas en divertissements frivoles. Ne donnez au délassement que ce que réclament votre santé et le bien des autres, ou plutôt ne vous délassez qu'à faire de nobles actions, c'est-à-dire à servir vos semblables avec le sentiment d'une magnanime fraternité, à servir Dieu avec un amour filial et une filiale obéissance.

Et enfin, en aimant la vie de cette manière, pensez à la tombe qui vous attend. Fermez les yeux à la nécessité de mourir; c'est une faiblesse qui diminue notre ardeur pour le bien. Ne hâtez pas par votre faute ce moment solennel; mais ne veuillez pas non plus l'éloigner par lâcheté. Exposez vos jours pour le salut de vos frères, s'il en est besoin, et surtout pour le salut de votre patrie. A quelque genre de mort que vous soyez réservé, soyez prêt à la recevoir avec une fermeté digne, et à la consacrer de toute la sincérité, de toute l'énergie de votre foi.

En pratiquant tous ces devoirs, vous serez homme et citoyen dans le sens le plus sublime de ces deux mots; vous serez utile à la société, et vous vous rendrez heureux vous-même.

NOTES

ET

ÉCLAIRCISSEMENTS HISTORIQUES

EXTRAITS OU TRADUITS

DES *ADDIZIONI* DE PIERO MARONCELLI

NOTES

ET

ÉCLAIRCISSEMENTS HISTORIQUES

EXTRAITS OU TRADUITS

DES *ADDIZIONI* DE PIERO MARONCELLI

———————

A

. LES PRISONS.

Sainte-Marguerite, dont il est parlé dans la première page de ce livre, fut autrefois un cloître de religieuses, au centre de Milan, entre le théâtre de la *Scala* et la *Piazza dei Mercanti*. Dans ce couvent est aujourd'hui la direction générale de la police, qui réunit dans le même local une longue série de prisons de divers genres : prisons pour les prévenus ordinaires, prisons pour courtisanes accusées d'exercer irrégulièrement leur métier, prisons pour citoyens atteints d'un simple soupçon de délit politique. En 1821, les prisons affectées à cette dernière catégorie devenant insuffisantes, on en fit construire de nouvelles au niveau du sol. — Humides, aussi la plupart des prisonniers d'Etat y perdaient leurs cheveux. — Noires, ce qui produisait de dangereuses ophthalmies. — Fétides, pleines de tortures, ce qui les fit baptiser du nom de cloaques et de *bolge dantesehe*. Confalonieri fut enfermé dans la pire de toutes ; on l'avait nommée le grand cloaque.

Ces noms faisaient partie du jargon que les prisonniers d'État adoptèrent entre eux pour échapper, lorsqu'ils causaient, au danger d'être entendus par des oreilles peu amies. Dans un livre qui a pour titre *Mes Prisons*, et qui reporte précisément le lecteur à une époque où furent construites tout exprès de nouvelles prisons d'État, il n'est peut-être pas tout à fait inutile de donner le plan de ces dernières, de montrer en quoi elles diffèrent des précédentes, et d'établir une comparaison entre la manière dont les siècles barbares traitaient les prisonniers prévenus de crimes d'État, et le traitement qui les attend dans les siècles civilisés.

Tous les voyageurs connaissent les prisons les plus renommées de la république de Venise, les *puits*, les *plombs*, les ténèbres du *Pont-des-Soupirs*, et nous, nous les avons habitées presque toutes. Voici comme elles sont toujours : à l'intérieur, une porte ; à l'extérieur, une contre-porte, faite quelquefois de doubles panneaux de chêne, et quelquefois de doubles panneaux de fer. Dans plusieurs, le trou par lequel on entrait s'élevait à peine de terre à la hauteur de trois pieds, si bien qu'il fallait se courber entièrement pour passer. Les parois étaient de marbre, et avaient chacune environ trois ou quatre pieds carrés ; les murs, à l'extérieur et à l'intérieur, avaient cette profondeur. La lagune environnante non-seulement dans les *puits* (où nous n'avons pas été), mais encore dans les autres prisons, venait tenir compagnie au prisonnier, en pénétrant de toutes parts autour de lui ; ajoutez à cela les ordures de toutes sortes d'insectes.

La fenêtre, dont l'embrasure avait toute la profondeur du marbre dont j'ai parlé, avait trois ou quatre grilles superposées d'énormes barreaux croisés. Cependant, à travers ces barreaux, le pauvre reclus pouvait encore voir le ciel, voir le soleil, les maisons, les places, les hommes, tout ce qui vivait ou du moins se remuait au dehors, non pas au-dessous de lui, mais à quelque distance devant lui. Derrière lui, la porte, la porte immobile, muette, semblait encore lui assurer un dernier reste d'indépendance. — Je puis faire ce que je veux, rire et pleurer à mon gré, bénir ou maudire ; ma pensée restera mienne, et ne sera pas la proie d'un délateur empressé d'aller m'accuser de trahison ; enfin je puis me précipiter contre ces barreaux, contre ce marbre, contre cette porte, et me briser le crâne ; et alors, adieu le procès, adieu les tortures physiques et morales ! Je ne suis pas encore tout à fait prisonnier, je suis une puissance en lutte, et dans cette lutte, il dépend de moi de vaincre ou de me laisser vaincre.

Telles étaient jadis les maisons de force où l'on enfermait ceux qui étaient sous le poids d'une prévention de crime d'État. Voyons comment on s'y prend de nos jours quand on construit des prisons pour le même usage : la fenêtre, grillée comme dans les précédentes ; mais par delà les barreaux, essayez, si vous le pouvez, de voir le ciel, de voir le soleil, de voir les hommes et les choses ! Rien de tout cela : une triste caisse de bois disposée de manière à intercepter le jour sur les deux côtés, et, en face, n'ayant d'ouverture que par le haut, d'où vous vient une rare et fausse lumière, un mauvais air. La porte n'est plus cette muette, cette immobile porte, qui semblait vous assurer un reste d'indépendance : c'est un châssis en bois, tout vitré, à travers lequel le prévenu ressemble assez bien à un diamant monté à jour. Au delà des vitraux, une persienne, et, appuyé sur cette persienne, le nez d'un gendarme attentif à vos moindres actions.

Telles étaient les nouvelles prisons d'État construites à Sainte-Marguerite, à Milan, en l'année 1821, sous le règne de François Ier, empereur d'Autriche.

B

I

Eugène Beauharnais était à Mantoue, où il attendait que le sénat de Milan le proclamât roi. Il y avait des raisons pour, des raisons contre. Ces dernières pouvaient amener une conclusion fatale à la cause italienne ; mais ceux qui les faisaient valoir ne songeaient nullement à ressusciter la domination autrichienne ; c'était simplement de leur part fatigue et dégoût de tout nom étranger. La noblesse milanaise se crut assez puissante pour créer en Lombardie un État indépendant, qui, à l'imitation de l'ancienne ligue lombarde, serait bientôt devenu le centre et comme la citadelle de la liberté italienne ; pensée sublime, mais que les armes de l'Autriche devaient bien vite étouffer dans son germe.

Ce ne fut pas sans effusion de sang que fut obtenu ce déplorable résultat. On ne racontera pas ici le meurtre de l'infortuné Prina. Ce qu'on veut seulement, c'est rétablir les faits. Pendant que la plupart des honnêtes gens se bornaient à gémir des excès de la populace déchaînée, seuls, le comte Frédéric Confalonieri et le comte Luigi Porro montèrent à cheval, et se mirent à crier par la ville (eux-mêmes me l'ont mille fois répété) :

« Quel délire vous prend ? arrêtez ! ce que vous faites là est infâme ; qui vous y pousse, vous
« trompe ; vous ne voyez pas le piége qu'on vous tend. Ne soyez ni Français ni Autrichiens,
« soyez vous-mêmes. Voyez là votre sénat assemblé pour décréter que votre argent ne doit plus
« sortir de l'Italie, que votre sang ne doit plus se répandre que pour elle ; et c'est ce moment

« solennel que vous choisissez pour souiller d'un assassinat cette pauvre ville de Milan et la
« renommée de la Lombardie! »

Leurs paroles furent vaines.

Confalonieri et Porro coururent chez le général Pino, le priant de rassembler le peu de forces
militaires qu'il avait, et de les opposer à ce peuple menaçant pour le contenir sans violence.
Pino, qui craignait de compromettre d'avance le crédit du nouveau gouvernement qu'il attendait de la décision du sénat, se contenta de monter à cheval pour essayer de ramener le peuple
par de douces paroles, et unit ses efforts à ceux de Porro et de Confalonieri.

Néanmoins, comme ils ne pouvaient calmer l'effervescence populaire, ils eurent recours, en
désespoir de cause, au curé de *San-Fedele*, et le prièrent de sortir processionnellement de son
église avec le saint-sacrement. Ils espéraient que la présence de l'hostie consacrée produirait
sur cette multitude égarée l'effet qu'avait produit sur la mer Rouge la verge de Moïse, et que
l'émeute ouvrirait ses rangs pour donner passage au ministre du ciel et au ministre de la terre.
Le curé eut peur, et le meurtre fut consommé. Ce n'était pas le véritable curé de *San-Fedele*;
ce respectable ecclésiastique était alors malade des suites d'une apoplexie, et je me souviens
que, quatre ans après l'événement, il me disait en me serrant la main : « Si j'avais été dans
« mon église ce jour-là, et que le comte Porro et le comte Confalonieri, mes chères ouailles,
« fussent venus me prier de sauver Prina en sortant avec le saint-sacrement, ce n'est pas moi
« qui me serais fait prier; je n'aurais pas attendu qu'on vînt me chercher. »

Il se trouva des gens pour accuser Pino d'avoir été en cette circonstance de connivence avec
les rebelles; quelques-uns crurent même qu'il avait voulu se faire proclamer roi d'Italie. Il
n'est pas impossible que plusieurs l'aient voulu pour lui, et que Pino même ne l'ait cru. Lorsqu'on vint offrir cette royauté au vieux président Melzi, ce vénérable débris de la république
cisalpine, il montra ses béquilles et son corps infirme, et dit ces belles paroles : « Un prési-
« dent ne change pas son titre pour un autre; vous avez besoin d'un roi jeune qui vous mène
« au combat : choisissez Pino. » — Pino se retira à la campagne, où il termina son honorable
carrière.

Quelques-uns ont pensé que le prince Eugène avait profondément offensé le comte Confalonieri : cela n'est pas. Souvent Eugène avait voulu conférer à Confalonieri les charges les plus
importantes, et celui-ci avait toujours refusé : voilà tout.

Tout le monde s'accorda à reconnaître que Porro avait été irréprochable dans la tragique aventure de Prina; ses ennemis même ne l'ont accusé d'aucune complicité avec les coupables.

Confalonieri avait droit à la même justice; il ne faut que lire cette fière apologie qu'il expia
par l'exil. Voici encore un fait qui vient à l'appui de son innocence. La comtesse Calderara,
amie intime et compatriote du malheureux Prina, qui, avant la fin déplorable de ce dernier,
n'avait jamais eu aucune relation avec Confalonieri, rechercha son amitié après l'événement,
reconnaissante de tout ce qu'il avait fait pour sauver l'infortuné ministre. Son frère à elle était
le locataire de comte Porro, et chaque semaine il venait s'asseoir à sa table avec Confalonieri.

Le sénat, qui ne voulait pas des Français, et qui avait peur des Autrichiens, se sépara, et
une régence fut instituée à Milan. Son premier acte fut de choisir trois commissaires pour envoyer à l'étranger. Ces commissaires furent Frédéric Confalonieri, Porro et le baron Trecchi.
Confalonieri se rendit à Paris, où étaient assemblés tous les souverains; Trecchi à Genève, auprès
de lord Bentink, et Porro à Novarre, où s'était formé un camp autrichien sous le commande-
ment du général Bellegarde. Lord Bentink fit bon accueil à Trecchi, et lui promit tout ce qu'il
pouvait promettre, rien au nom de son gouvernement, tout du côté de sa bonne volonté per-
sonnelle. Le général Bellegarde, ne respectant pas dans Porro le nom sacré d'ambassadeur, ne
lui répondit qu'en le faisant arrêter; puis il leva le camp, et, sous les yeux de son prisonnier,
mit son armée en mouvement pour descendre en Lombardie. Le comte s'échappa des mains de
l'ennemi, et revint à la régence porteur de ces tristes nouvelles.

Quant à Confalonieri, il se présenta à Paris à l'empereur François, qui sembla frappé de stupeur de ce que ses anciens sujets de Lombardie, après vingt années d'occupation française,
avaient pu concevoir l'audacieuse pensée de se déclarer indépendants. « Allez, et dites-leur
« qu'à mes vieux droits viennent s'en joindre de nouveaux, mes armes; à l'heure où je parle,
« elles les ont reconquis, et ils sont doublement ma chose. »

Ce fut en effet ce qui arriva : la régence fut renversée, et Bellegarde établit un gouvernement
provisoire, sous lequel eut lieu la conspiration de Rasori et le procès auquel travailla le comte

Ghislieri. Mais parmi les conspirateurs on ne trouva ni Porro, ni Confalonieri. Nous les rencontrerons encore, mais toujours à visage découvert, quand s'est présenté un danger qu'ils n'ont pas provoqué, lorsque tout citoyen doit se souvenir qu'il a une patrie et qu'il y a un crime à l'oublier.

II

Après la Restauration, Porro se rendit à Naples, où il eut connaissance des préparatifs, secrets ou avoués, que faisait Murat pour étendre ses États. A son retour, il visita Pie VII, qui l'embrassa avant qu'il eût le temps de mettre un genou en terre. Interrogé sur les affaires de Naples, Porro raconta les préparatifs qu'il avait vu faire. Pie VII lui dit alors : « Je verrai sans peine « l'entreprise de Murat et les moyens secrets qu'il emploie. Les *carbonari* ont le cœur italien, « et vous êtes Italien, comte Porro, et je le suis aussi. » Quiconque a connu ce pape sait que ce n'étaient pas là de vaines phrases dans sa bouche, mais que tels étaient les véritables sentiments de son cœur. Le cardinal Spina, son ami intime, professait les mêmes principes, et tant qu'il demeura à Bologne, il déroba aux recherches de l'Autriche les *carbonari* de cette province ; on ne peut en dire autant de tous les cardinaux des Légations.

L'entreprise de Murat ne réussit pas.

III

Le comte Porro était revenu à Milan. Le gouvernement provisoire était devenu définitif. Tout ce qu'il restait à faire aux bons citoyens, c'était d'attendre, de protéger l'industrie, le commerce et les arts pendant les loisirs de la paix, et là encore nous retrouverons, et toujours ensemble, Porro et Confalonieri. « Faisons, s'étaient-ils dit, l'éducation de notre pays, régénérons-le. » Et littérature, arts, écoles, etc., tout fut appelé à contribuer à ce vaste système d'éducation nationale.

Confalonieri part pour Londres, où il commande, au nom de Porro, un appareil pour éclairer au gaz, le premier qu'on eût encore vu en Italie.

En 1819, est fondé dans la maison de Porro le célèbre journal *le Conciliateur*, dont Silvio Pellico est nommé secrétaire. Ce journal avait pour but de donner aux esprits une nouvelle direction littéraire, d'étendre à l'infini l'horizon de la critique, de mieux faire apprécier aux Italiens les trésors de l'Italie et de leur apprendre à profiter mieux des richesses étrangères, enfin de donner l'essor à de nouveaux écrivains ; et, depuis 1819, tout ce qu'a produit, tout ce que produit encore de plus remarquable la littérature italienne est dû, il faut le dire, à la salutaire impulsion que donna *le Conciliateur*.

Voici maintenant ce qui fut fait pour l'histoire, cette souveraine institutrice des nations. Silvio Pellico conçut la noble pensée de fonder une société de souscripteurs, dont les fonds seraient consacrés à la création d'une histoire nationale. Un seul homme était digne de mettre la main à ce vaste monument, l'éloquent historien de la guerre d'Amérique, Carlo Botta. Silvio Pellico lui écrivit à ce sujet ; les souscripteurs affluèrent de toutes parts, et à leur tête le comte Porro et Frédéric Confalonieri.

Le théâtre est un autre mode d'éducation publique : former à Milan une troupe de comédiens, c'était féconder l'avenir de l'art dramatique ; nos deux compatriotes voulurent l'essayer, le gouvernement n'y consentit pas.

Il se refusa également à la création d'un bazar où l'industrie avait tout à gagner.

L'enfance ne fut pas oubliée ; Confalonieri alla étudier à Londres et à Paris, auprès des maîtres les plus en renom, la théorie et la pratique de l'enseignement mutuel. A son retour, des écoles de ce genre furent établies à Milan, dans la maison de Porro et ailleurs. A Mantoue, le généreux comte Giovanni Arrivabene s'empressa de mettre la main à l'œuvre. Pareil empressement à Brescia, sous les auspices de ce vénérable Manpiani, qui portait si heureusement empreintes sur sa belle figure la grâce et l'aménité de son caractère, que tous, Italiens et étrangers, disaient de lui : « On croirait voir Jésus-Christ au milieu des petits enfants. » Ces écoles s'étendirent bientôt en tous sens; elles fleurirent quelques années, au bout desquelles le gouvernement les supprima. Ce fut une désolation pour tout ce petit peuple et pour un autre plus grand, les parents, qui commençaient à s'apercevoir que c'était là une éducation vraiment italienne.

Pour favoriser le commerce intérieur et limitrophe, Porro, Confalonieri et Alexandre Visconti avaient fait construire un bâtiment à vapeur qui, parti de Pavie, allait toucher le Piémont : c'était encore le premier qu'on eût vu dans le royaume.

Quant aux beaux-arts, les meilleurs artistes ont livré des chefs-d'œuvre à Confalonieri et à Porro. Ce dernier avait les plus beaux cartons du célèbre Bessi, et, dans son jardin, l'unique ouvrage de Thorwaldsen qui fût alors à Milan : c'était un monument élevé à la mémoire de la comtesse Porro.

IV

Les choses allèrent ainsi jusqu'en 1820. Le gouvernement avait tué le *Conciliateur* par la censure, qui ne laissait plus guère dans les articles qui lui étaient soumis que le titre et la signature.

Cependant la révolution de Naples avait éclaté. Au mois de septembre, le comte Porro, le comte Confalonieri, Pellico, le poëte Vincent Monti, deux Anglais, MM. Williams et Carregham, et quelques autres, étaient allés, sur le bâtiment à vapeur, de Pavie à Venise. Un moment avant qu'on montât en voiture, nous nous trouvions tous réunis dans la maison de Porro, et je dis à Monti :

« Ces messieurs vont à la conquête de la Toison d'or. Ils sont les Argonautes, vous Orphée. »

Montani, qui a dirigé depuis l'Anthologie de Florence, ajouta :

« Qui sait si un jour vous ne chanterez pas cet événement ? »

En revenant de Venise, Porro, Pellico et ses deux élèves passèrent à Mantoue, où le comte Giovanni Arrivabene les reçut à sa campagne. La police, qui depuis mit la main sur les *Argonautes*, n'oublia pas celui qui leur avait offert l'hospitalité; Pellico, Confalonieri, Arrivabene, furent arrêtés à divers intervalles.

Porro était à sa villa de Balbianino, sur le lac de Côme, lorsque le comte Bolza s'y présenta avec des gendarmes. Ils entrèrent par une porte, mais Porro s'était échappé par l'autre. Dieu protégea sa fuite.

Arrivabene fut arrêté à sa maison de la Guaita.

On nous mit ensemble à Venise, et je n'oublierai jamais quel excellent ami ce fut pour moi. On nous laissait lire et écrire; il assistait à mes études et moi aux siennes. Ce fut lui qui m'inspira l'idée de divers travaux que j'entrepris. Il serait difficile de trouver sur la terre une âme plus pure, plus éprise du bien, plus prompte à s'oublier elle-même, que l'était celle d'Arrivabene. L'agriculture et l'économie politique étaient l'objet spécial de ses méditations. Il y cherchait le moyen d'améliorer le sort des pauvres. Dans ce but, il avait déjà fondé à ses frais une école d'enseignement mutuel.

Reconnu innocent, il redevint libre. Le jour où il quitta Venise, les premières familles de la ville qui lui étaient alliées, la princesse Gonzaga, le bon président qui l'avait absous, M. le comte Cardani de Mantoue, l'invitèrent à dîner, le priant en grâce d'accepter. Il les remercia vivement, et dit au président, son compatriote :

« C'est moi plutôt qui vous demande une dernière grâce.

— Laquelle ? Je n'ai rien à vous refuser.

— Permettez-moi de rentrer dans ma prison pour y porter les consolations de l'homme libre à un ami moins heureux que moi. J'irai dîner à l'île Saint-Michel. »

Le digne président comprit ce qu'il y avait de noble et de généreux dans l'idée de cette âme chevaleresque, et accorda la permission.

Ce souvenir m'arrache encore des larmes, comme en ce jour où Arrivabene vint me faire ses adieux; son cœur ne l'a pas oublié, le mien ne l'oubliera jamais.

Il rentra dans sa patrie ; mais au bout de quelque temps, il s'aperçut que l'Autriche se repentait de l'avoir rendu à la liberté ; plusieurs de ses amis avaient été arrêtés ; il craignit pour lui le même sort, et se rendit secrètement à Brescia, où il alla frapper à la porte de ses deux vieux amis, Ugoni et Scalvini.

« Eh bien ! le gouvernement veut encore m'arrêter, et je me sauve ; vous n'êtes pas plus en sûreté que moi ; ma voiture est là, partons. »

Il était quatre heures de l'après-midi ; ils firent toutes leurs dispositions afin de partir, le lendemain matin, pour la Suisse.

Cependant le délégué de Mantoue avait envoyé des gendarmes dans tous les sens, quelques-uns même sur la route de Suisse. Trois de ces derniers arrivèrent à Edolo.

« Avez-vous ici trois messieurs ? dirent-ils à l'hôte.

— Non.

— Ils ne peuvent manquer de passer ici, nous les attendrons. »

Cela dit, comme il pleuvait à verse, ils ôtent leurs uniformes pour les faire sécher, et montent au salon, où ils trouvent un canapé sur lequel ils s'endorment.

Les quatre fugitifs (car Arrivabene avait avec lui un domestique) avaient pris ce chemin. Partout, sur leur route, ils avaient trouvé une généreuse hospitalité, de bons avis et des guides pour les conduire par les sentiers détournés, ce qui les avait forcés de quitter leur voiture. Ils arrivèrent ainsi à Edolo au bout de deux jours.

« Messieurs, dit l'hôte, nous avons là trois gendarmes qui vous attendent ; voilà leurs uniformes qui sèchent.

— Alors donnez-nous des chevaux frais, nous repartons à l'instant. »

Ils ne purent avoir que deux chevaux. Sur l'un montèrent Arrivabene et Scalvini, sur l'autre Ugoni ; le domestique suivit à pied.

Les gendarmes se réveillent : « Sont-ils arrivés ?

— Qui ? répond l'hôte.

— Les étrangers que nous attendons.

— Il est venu des étrangers ; je leur ai dit que vous étiez là ; ils ont dit que rien ne pressait, qu'il était inutile de vous réveiller, et sont partis. »

Le malheureux hôte fut mis en prison et sa femme en mourut de chagrin.

Les fugitifs avaient-ils pris le chemin de la plaine ou celui de la montagne ? Les gendarmes, ne pouvant décider cette question, suivirent la plaine à tout hasard.

Cependant Arrivabene et ses amis approchaient de Tyrano ; là était la frontière. Leurs guides répandirent sur le chemin que ces voyageurs étaient des marchands de bœufs qui allaient au marché, de sorte que les préposés autrichiens les saluèrent poliment quand ils les virent venir, et les laissèrent passer au milieu d'eux.

Ces malheureux eurent à peine touché la terre libre qu'ils se laissèrent tomber, épuisés de fatigue, au pied même de la borne qui marquait la limite des deux pays ; il y avait soixante heures qu'ils n'avaient pris aucun repos. Les Autrichiens, s'apercevant de leur méprise, rappelèrent les proscrits ; mais ceux-ci ne leur répondirent pas, et, insensibles à leurs injures, les écoutaient patiemment sans changer de place. Ils étaient libres.

Confalonieri ne l'était déjà plus : il relevait à peine d'une longue maladie qui l'avait mis sur le bord du tombeau, lorsqu'on vint l'avertir que l'ordre avait été donné de l'arrêter. Il ne voulait, il ne devait fuir que lorsqu'on viendrait pour le prendre. Ce moment venu, les gendarmes arrivent jusqu'à sa chambre, et mettent la main sur ses papiers. La comtesse court à son mari.

« Que penses-tu faire ?

— Ce que j'ai résolu depuis longtemps.

— Eh bien ! hâte-toi, car les voici. »

Confalonieri s'élança dans un cabinet dont il referma la porte sur lui ; puis il monta par un escalier à une lucarne dont il avait seul la clef. Il essaya de l'ouvrir, impossible ; peu de jours auparavant, son intendant ayant fait réparer le toit, avait très-innocemment fait changer la serrure de cette lucarne. Confalonieri fut arrêté.

Quelques mots sur une autre victime de cette triste époque.

Le vénérable Romagnosi avait été arrêté sur une conversation imprudemment rapportée. Le professeur Ressi, arrêté pour avoir assisté à cette conversation, fut condamné à mort, ensuite à cinq ans de *carcere duro*, à Leibach ; mais il tomba malade et mourut avant qu'on eût le temps de lui lire la sentence.

Il ne fut pas permis à sa digne épouse, accourue de Milan à Venise pour voir son mari, de l'assister dans sa dernière maladie. Plusieurs heures avant sa mort, comme il était tombé en léthargie, le chapelain, le croyant devenu sourd, se mit à lui crier sans pitié, pendant les longues heures de cette terrible agonie, les prières de la recommandation des âmes. Cela dura depuis le soir jusque vers le milieu de la nuit. La voix retentissait sous les vastes voûtes du couvent de Saint-Michel, et roulant à travers ses longs corridors, arrivait jusqu'aux portes de nos prisons. Le chapelain disait un verset latin, *Miserere mei, Deus*, et ensuite il ajoutait avec une voix de Stentor dans son dialecte vénitien : *La diga ben su, sino con la boca, col cor, beata verzene, verze le braza e mostrème la vostra bela fazia.* Il y avait quelque chose de lugubre dans ce mélange du saint et du profane, dans ces paroles vulgaires jetées au milieu des pathétiques expressions du rite catholique, et venant se joindre au pas sourd du soldat qui passait et repassait devant nos portes. C'était comme l'appel funèbre d'une sentinelle infernale qui venait sommer tous les prisonniers d'État de la suivre.

Ressi avait été professeur à l'université de Pavie pendant plusieurs années, et c'est alors qu'il publia son livre : *Economia della specie humana*.

Ressi, ami vénéré ! en quelque lieu que soit ton âme, je te salue, et te révèle un secret qui te consolera d'avoir trouvé un de tes disciples parmi tes juges ; j'ai vu couler ses larmes, et je les crois sincères. Il fut plus malheureux que méchant ; pardonne ! moi aussi j'ai pardonné.

C

LES VISITES.

Nous allons réunir sous un même titre tout ce qui concerne les visites de divers genres auxquelles étaient condamnés les captifs du Spielberg.

Mon courage se refuse à raconter toutes les tortures qu'il nous fallait subir à l'occasion de ces cruelles visites. Après avoir déclaré sincèrement, comme nous l'avons fait, que partout il s'est trouvé pour nous des âmes discrètes et compatissantes, peut-être ne me croira-t-on pas si je dis que dans ces visites on manquait indignement, à notre égard, de ce respect auquel tout homme semble avoir droit, et que les façons d'agir des visiteurs allaient jusqu'à la brutalité. Cela est ainsi pourtant, et c'est là un des motifs qui font que jusqu'ici tous les historiens ont regardé le peuple autrichien comme un problème ou plutôt comme une énigme dans la race humaine. L'Autrichien est bon, et cependant il se livre à un acte cruel, méchant, avec une sorte de confiance tout à fait sincère.

« Il s'agit de servir l'empereur! » Ce sont les paroles que le grand Schiller met dans la bouche d'Octave Piccolomini, au moment où il va commettre un crime que les lois punissent de la perte d'une main, et ces paroles peignent excellemment le caractère autrichien. Il semble que l'Autrichien n'ait pas dans la conscience un type absolu de justice ou d'injustice, et qu'il n'entrevoie le juste ou l'injuste qu'à travers la volonté de son empereur. Le plus vil office a sa noblesse, s'il a pour but le service de l'empereur ; le plus révoltant de tous, on s'en acquitte avec dévouement, avec abnégation, avec enthousiasme, comme d'un acte héroïque dont chacun peut s'enorgueillir de bonne foi. Cela fait que la noble nation allemande repousse d'elle les Autrichiens et ne veut, à aucun prix, qu'on leur donne le nom d'Allemands. Et cet orgueilleux dédain n'est pas particulier aux Germains ; on le retrouve en Bohême, on le retrouve en Hongrie. Un temps viendra où l'Autriche pourra reconquérir sa propre dignité, et où, rentrant dans le corps teutonique, elle comprendra qu'à la bonté familière du cœur on peut unir sans bassesse la fidélité au souverain. Il prendra exemple chez lui du *peuple type*, le peuple de Wurtemberg, et ce peuple, et celui du Hanovre, et celui de Bade, et celui de Bavière, salueront un frère en lui.

Pour le présent, il faut bien dire qu'aucun honorable fonctionnaire de ces divers États allemands n'aurait accepté la mission dont se chargèrent, dans les prisons du Spielberg, les directeurs-généraux de la police, des sénateurs, des conseillers auliques, des conseillers d'État.

Arrivons aux détails.

Le directeur-général de la police vint nous faire sa première visite le 17 mars 1823. Il avait avec lui, pour l'aider, un certain Pancraz que nous appelions Draghinazzo, non que nous eussions eu à essuyer de lui aucune dureté, mais uniquement à cause de son extrême ressemblance avec le démon que Dante a décrit sous ce nom dans son Enfer. C'était après tout un bon *diable*, comme aussi le directeur de la police. La première chambre visitée fut la nôtre : il y en avait sept. La visite fut commencée à sept heures du matin, à la lumière, et se prolongea jusqu'à sept heures du soir, encore à la lumière. Si l'on pense que nos meubles consistaient en deux paillasses, deux couvertures, deux brocs pour l'eau, et deux cuillers de bois, on aura peine à comprendre qu'il y ait eu là pour douze heures de recherches; mais cela prouve avec quel scrupule minutieux la chose se faisait. Les deux paillasses furent portées sur la terrasse pour que Draghinazzo pût en fouiller toute la paille, et regarder tout à son aise s'il n'y avait rien de caché. On secoua les couvertures, on vida les brocs; les cuillers n'avaient rien de caché. Enfin on nous déshabilla entièrement, on nous ôta jusqu'à notre chemise, qu'on nous remit ensuite, et on nous laissa ainsi. Le directeur de la police tira de sa poche un couteau, et se mit à défaire toutes les coutures de nos vêtements. Nos souliers eurent le même sort. Seulement j'interrompis cette besogne, mon indignation étant alors montée à son comble : jamais je n'en avais éprouvé une pareille.

Je me sentais avili de me voir en présence d'un homme qui traînait ainsi dans la poussière la dignité du maître au nom duquel il agissait. D'un autre côté, je voyais ce pauvre Pellico, dont la fièvre et le froid faisaient claquer les dents, Pellico, en chemise depuis trois quarts d'heure, attendant que monsieur le conseiller eût achevé de découdre ses misérables vêtements; moi, je n'en pouvais plus, et serrant les poings, je sommai le directeur, d'une voix tremblante et qui cachait mal le profond mépris qu'il m'inspirait, de donner une couverture à mon ami.

— Je ne puis pas, me répondit-il; il faut qu'auparavant je découse tout cela.

— Donnez la couverture; rien n'empêche que vous ne décousiez après autant que bon vous semblera.

— Non, je...

— Je te dis de lui donner une couverture. Et je crois que dans ma fureur aveugle j'aurais eu assez de force pour arracher la lourde et longue chaîne attachée au mur, et la faire retomber sur la tête du directeur. Par bonheur l'excellent Krall prévint l'effet de ma brutalité, et prenant une couverture, il dit au directeur-général : *Dass, dass.* — *Ach! eine cotze*, répondit celui-ci tout étonné. Je ne comprenais pas que par ces mots de *couverture* vous entendiez *eine cotze* : je croyais que vous me demandiez de couvrir votre ami avec les habits que je suis en train de découdre : voilà une couverture. — Et ce fut le seul soulagement que put obtenir le pauvre malade; il y gagna une grave maladie de poumons.

PREMIÈRE DÉCOUVERTE.

LES LUNETTES ET LES FOURCHETTES DE BOIS.

Le lendemain, nous fûmes appelés pour rendre compte des objets qui nous avaient été enlevés dans cette première visite.

A Pellico, une paire de lunettes; — à moi, un lorgnon.

A Pellico, une fourchette de bois, à moi aussi ma fourchette de bois.

Après avoir fait appeler Silvio, le directeur lui demanda : — Qui vous a donné la permission de conserver ces lunettes?

— Tout le monde et personne : depuis trois ans que je suis au Spielberg, je les ai toujours eues sur le nez. Le gouverneur, M. le comte Mitrowski, le surintendant de la maison, vous-même enfin me les avez toujours laissées.

— Je ne vous les ai jamais vues... je ne me souviens pas... c'est une irrégularité... je ne puis vous les rendre.

On ne saurait croire la douleur que ressentit de cette privation le pauvre Silvio. Il répondit :
— Vous allez plus loin que l'empereur ; l'empereur m'a condamné à quinze ans de *carcere.duro*, mais il n'a pas prétendu m'enlever le sens de la vue ; vous, au contraire, vous me frappez de cécité. Mon Dieu ! une de mes plus grandes consolations était de voir le soleil... je me croyais alors en Italie... maintenant je ne le verrai plus.

Le directeur enfonça la tête dans ses épaules, et passa à une autre question.

— Une fourchette de bois ! mais savez-vous bien que c'est une grande infraction à la discipline que d'avoir une fourchette de bois !

Silvio était patient et bon, mais il ne pouvait supporter certaines exigences stupides, quand on voulait les lui présenter comme nécessaires au bon ordre. Il ne pensait pas que ce fût troubler le bon ordre que de lui laisser une fourchette de bois. Impossible, on ne pouvait faire entrer dans leurs têtes qu'il n'y avait rien de plus innocent que cette concession... Silvio ne se retenait plus, et avec un accent inconnu à tous les prisonniers qui jusqu'alors avaient revêtu l'habit de galérien, il s'écriait d'une voix tonnante :— La monarchie autrichienne va s'écrouler sans doute, si, au lieu de manger salement avec les doigts, je le fais avec un morceau de bois !

L'excellent comte Mitrowski, maintenant grand-chancelier et ministre d'État, et alors gouverneur-général des deux provinces de Moravie et de Silésie, qui avait toujours eu pour nous les plus grands égards, vint nous trouver, et s'apitoya longuement sur notre sort, mais plus encore sur l'impuissance où il était non-seulement de l'adoucir, mais même de nous rendre les deux fourchettes de bois et les lunettes. Il disait :
— Si le directeur de la police n'avait pas mis ces misères-là sous séquestre, à la bonne heure ! mais la chose ayant été faite, je ne puis vous les rendre, *causa pendente*.

— Et où est donc en instance ce grand procès de la fourchette de bois ?

— A Vienne, mon ami, à Vienne, et par-devant l'empereur lui-même.

— Le refus des fourchettes est plus ridicule que cruel. Mais Votre Excellence conviendra que nous n'avons pas été condamnés à la cécité, mais seulement au *carcere duro*.

— Oui, oui, répondit-il tout ému. Il avait aussi des lunettes qu'il ne quittait jamais ; il y porta involontairement la main, les ôta, et épouvanté de l'espèce de nuit dans laquelle il se trouvait plongé, il comprit toute la peine de Silvio, et fit un mouvement qui voulait dire : Acceptez-les, vous me ferez plaisir. Il reçut en récompense un serrement de main où il y avait un refus plein de reconnaissance qui ne pouvait le blesser. Cet excellent homme se retira tout troublé, et le lendemain Silvio eut ses lunettes, et moi le lorgnon qu'on m'avait confisqué.

Le directeur le fit-il de plein gré ou par ordre de l'empereur, je ne sais ; mais je sais bien que pour les fourchettes il arriva une réponse négative.

Je ferai ici une confession : trois années après, c'est-à-dire en 1828, lorsque le comte Mitrowski eut été appelé à Vienne pour y remplir des fonctions plus élevées, et qu'on eut remplacé par un autre le surintendant de la maison, nous renouvelâmes notre demande, feignant d'ignorer que la volonté impériale eût déjà dit non. Notre argument était sans réplique : On nous donne, disions-nous, cinq longues et grosses aiguilles pour tricoter des bas. Nous pourrions, si nous voulions, les réunir en faisceau et en faire une espèce de fourchette artificielle. Pourquoi ne pas nous en donner une qui n'ait, si l'on veut, que deux ou trois branches seulement ? Le nouveau surintendant comprit et répondit :
— Cela ne paraît pas dépasser les limites de mon autorité ; je vous l'accorde, et je me rends responsable du fait ; seulement, pour la forme, je le ferai savoir au secrétaire du gouverneur.

M. de Lafayette non plus, pendant les cinq ans et demi qu'il passa dans les prisons d'Olmütz, ne put jamais obtenir une fourchette de bois pour lui ni pour sa famille. Un jour le commandant se trouvant présent à son triste repas, lui demanda si ce n'était pas chose nouvelle pour lui que de manger avec les doigts : — Pas tout à fait, répondit M. de Lafayette, car, en Amérique, j'ai vu les Iroquois manger de la sorte.

J'ai dit ce qu'était la visite que nous faisait chaque mois le directeur de la police. Mais avant celle-là, le surintendant de la maison en faisait une pour son propre compte. Ce n'est pas

47

tout : de même que le directeur de la police contrôlait le surintendant, il y avait pour le contrôler, lui, un conseiller aulique, ou un sénateur, ou même un ministre d'État. D'année en année, l'empereur envoyait spécialement de Vienne quelque personnage de ce rang, qui tombait sur nous à l'improviste, sans avoir prévenu personne, pas même le gouverneur de la province. Le premier de ces hauts délégués fut le baron Münch von Berlinghausen, le second fut le baron von Vogel, le troisième n'était désigné que par son titre de conseiller d'État.

Les deux premières visites avaient pour but la communication prétendue qu'on disait exister entre nous et les personnes du dehors. Le fait était parfaitement faux. Mais pour ôter toute pensée de doute à l'empereur, on lui dessina le plan du corridor où étaient nos cachots, le chemin qui allait de ce corridor à la terrasse qui nous servait de promenade, et la voie qui menait tout droit de la terrasse au petit chœur de l'église : portes, fenêtres, ouvertures de tout genre tout avait été muré, de sorte que non-seulement les étrangers, mais les galériens eux-mêmes ne pouvaient aucunement nous voir quand nous allions d'un lieu à l'autre. A ce plan on avait joint un règlement d'heures qui apprenait à l'empereur qu'à telle heure les prisons recevaient l'eau, à telle autre le pain, à telle autre le dîner, à telle autre la visite ; qu'à telle heure se promenait le numéro 1, à telle autre le numéro 2, et ainsi de suite ; de telle sorte que Sa Majesté assise dans son cabinet, pouvait se dire avec plus de certitude encore que le vieux Schiller : — Maintenant ils doivent manger, maintenant boire, maintenant se promener, maintenant se tenir tranquilles. Puis les visites qui avaient lieu de mois en mois lui apprenaient si le *statu quo* était maintenu ou non. Un long rapport spécial lui était adressé à cet effet.

Dans le cours des années suivantes on lit encore dans nos prisons de nouvelles découvertes qu'on qualifia du nom d'irrégularités.

SECONDE DÉCOUVERTE.

LES GANTS DE LAINE. — TROIS SORTES DE TRAVAUX : SCIER DU BOIS, TRICOTER DES BAS, FAIRE DE LA CHARPIE.

Le baron Münch von Berlinghausen aperçut sur le lit de camp de Foresti une paire de gants tricotés avec de grosse laine. A peine hors de la chambre, il dit au gouverneur, le comte Mitrowski :

—Comment? et des gants aussi?

Le gouverneur en parla au surintendant et aux secondini. Ils répondirent que LL. EE. n'avaient qu'à descendre dans les casemates pour s'assurer que tous les galériens indistinctement étaient libres de porter ou non de ces gants de laine ; qu'ils étaient ordonnés par le médecin et indispensables pour le froid.

Le lendemain nos gants nous furent inexorablement enlevés, et on nous fit appeler pour rendre compte.

Le directeur de police : — Qui a donné ces gants, et qui les a permis?

—Qui les a permis? vous. Qui les a donnés? nous.

—Moi, je vous les ai permis? cela n'est pas.

—Cela est ; je vous rappellerai qu'à l'approche de l'hiver, nous voyant condamnés à tricoter des bas de laine, nous vous avons demandé la permission de protéger nos mains contre la rigueur de la saison, en nous faisant avec la laine et les aiguilles de bois qu'on nous donnait pour faire les bas, des gants comme en portent tous les galériens.

— Que vous tricotiez des bas, c'est là volonté de l'empereur, et partant il y a là pour vous un devoir imprescriptible et sacré ; mais avec la laine et les aiguilles qu'on vous donne tricoter aussi des gants, cela dépasse... — Et voilà de nouveau ces bonnes gens qui s'exposent à essuyer de nous des impertinences que certainement nous aurions mieux fait de ne pas dire. Mais notre patience était poussée à bout, et c'était assez de la plus frivole occasion pour nous faire épancher au dehors une douleur d'autant plus cuisante que ces chicanes nous paraissaient plus absurdes. Condamnés successivement à scier du bois, à faire de la charpie, nous avions pris notre sort en patience. Quand je.sciais du bois, quand je faisais de la charpie, ma main seule était esclave ; ma pensée était en liberté. Mais pour faire des bas, l'esprit, l'œil et la main devaient rester là, irrévocablement enchaînés, là, sur chaque maille, et penser devenait impossible. Il y avait là double esclavage, esclavage du corps, esclavage de l'âme, et ce dernier mille fois plus insupportable que l'autre. Ne pouvoir penser à sa mère, à ses sœurs, à ses amis ! ne pouvoir *penser à sa douleur !* et même physiquement quoi de plus malsain, de plus nauséabond que pareille occupation ? et quelques réclamations qui aient été faites, jamais on n'a voulu les comprendre, ou plutôt y faire droit. On nous donnait un énorme peloton de laine puante (elle puait parce qu'elle était imbibée d'huile); la chambre en était aussitôt empestée, et un insupportable mal de tête était la première conséquence de cette fétide exhalaison qui restait avec nous.

Ce surintendant, qui avait si bien compris la cruauté qu'il y aurait à nous refuser des fourchettes de bois, et qui avait fini par nous en accorder, ne fut jamais capable de concevoir la cruauté de ce travail. Nous ne nous refusions pas aux *travaux forcés;* seulement celui qu'on exigeait de nous était au-dessus de nos forces. Tout fut vain ; on eut recours aux injures grossières et aux menaces de tout genre, je n'exagère pas, *aux menaces les plus brutales!!!* J'ai vu le pauvre Munari, vieillard de soixante et tant d'années, un ancien magistrat, digne de vénération pour son savoir et son caractère, demeurer impassible à toutes les douleurs physiques dont il était continuellement tourmenté, et pleurer comme un enfant de l'obligation où il était de tricoter des bas et d'en livrer une paire au moins par semaine. Celui qui n'aurait pas satisfait à cette double obligation, on le menaçait de le priver de nourriture et de promenade, d'en écrire à Vienne; on parlait même de bastonnade; on se contenta d'adresser des rapports à Vienne.

— Et moi aussi je ferai un rapport à Vienne !... répondis-je une fois au surintendant. Depuis l'amputation de ma jambe, le sang circule difficilement, et je ne puis demeurer longtemps assis sans me sentir en proie à mille douleurs. Mes doigts ne peuvent se fermer sur les aiguilles, et vous croyez que l'empereur refusera de m'exempter du travail, et d'un travail si absurde?

Silvio ajouta : — Si mon ami fait un rapport à Vienne, il dira tant et de telles choses que l'empereur en frémira, et nous exemptera tous du travail. Il est temps enfin que cesse une persécution si humiliante, si atroce, nous pouvons dire si contraire à la volonté de l'empereur. Tous les grands personnages qui sont venus de Vienne et à qui nous nous sommes plaints du travail, nous ont unanimement répondu que Sa Majesté nous l'avait accordé comme soulagement, et maintenant ce qui était un soulagement, vous en faites, vous, une obligation ! vous nous menacez de tortures physiques et morales ! oseriez-vous exécuter vos menaces?

Nous en étions là. Précisément le dernier jour de notre captivité au Spielberg, arriva une des infractions dont j'ai parlé, et lorsqu'on nous appela à la chancellerie pour apprendre la nouvelle de notre mise en liberté, il nous vint aussitôt en pensée qu'il s'agissait de nous infliger quelque châtiment pour n'avoir pas livré dans la matinée la paire de bas qu'on exigeait de nous chaque dimanche.

L'arthritis dont je souffre me vint, en grande partie, parce qu'on m'avait enlevé mes gants après la visite du baron Münch von Berlinghausen.

TROISIÈME DÉCOUVERTE.

LE COUSSIN DE LA COMTESSE CONFALONIERI.

Le second personnage que le ministre envoya pour nous visiter, M. le comte ou baron von Vogel, traita de chose irrégulière un coussinet qu'il aperçut sur le lit de camp de Confalonieri. Voici l'histoire de ce coussinet.

La comtesse était venue à Vienne pour solliciter la grâce de son mari. Le jour fatal où la décision avait été prise, à minuit, le courrier était parti avec l'arrêt de mort. L'impératrice, dans la bonté de son cœur, envoya à la comtesse un chambellan, chargé de lui transmettre, avec un silence grave, la douleur qu'éprouvait son angélique souveraine de n'avoir pu sauver Confalonieri.

Teresa Confalonieri, malgré l'heure avancée, saute en voiture et vole au palais ; l'impératrice, quoique déjà retirée, ne put refuser de la recevoir. Teresa pleura, elles pleurèrent ensemble, et le déchirement fut si cruel que l'impératrice, les cheveux en désordre, courut dans la chambre de son époux, et au bout de quelques minutes (qui furent pour Teresa un siècle de douleur), elle revint ayant obtenu grâce pour la vie du comte. Mais il fallait atteindre le courrier et le dépasser, car il était porteur de l'arrêt de mort. Teresa se jeta en voiture, et sans prendre un moment de repos, payant quatre et six fois leur course aux postillons, prenant quelque boisson pour toute nourriture, elle arriva à Milan assez à temps pour sauver Confalonieri du gibet. Pendant son voyage, elle avait reposé sa tête sur un coussinet qu'elle avait trempé de ses larmes, larmes que lui arrachait la crainte d'arriver trop tard, larmes d'espérances, au milieu de ses mortelles angoisses, larmes d'amour conjugal. Ce confident du plus solennel, du plus tragique moment de la vie des deux époux, fut remis entre les mains des juges qui avaient condamné Confalonieri à la mort. Ils le firent religieusement parvenir à l'époux sauvé par l'intercession de l'épouse. Confalonieri l'emporta au Spielberg. Là, dépouillé de tous ses vêtements, enchaîné, couché sur la paille, privé de toutes les commodités de la vie, jamais il ne se sépara de son coussinet, et tous les surintendants, tous les gouverneurs, Münch von Berlinghausen lui-même, l'avaient respecté.

En comparant cet acte avec celui qui priva Pélisson de son araignée, on trouvera le premier plus barbare de beaucoup que le second, parce qu'enfin ce coussinet était une relique sacrée.

QUATRIÈME DÉCOUVERTE.

LE MOINEAU DE BACHIEGA. — LA PERRUQUE DE VILLA.

Il arriva une fois que Bachiega, en revenant de la petite terrasse sur laquelle nous allions chaque jour prendre l'air, rapporta dans sa prison un petit moineau qu'il avait trouvé dans un trou de muraille, et dont il s'était emparé sans être aperçu par les gardes. Le moineau fut son compagnon fidèle jusqu'au jour de la visite mensuelle. Mais le jour de cette visite étant venu, dans le dépouillement de la paillasse qu'on ne manquait jamais de faire, le petit oiseau s'échappa de dessous le lit de camp où jusqu'alors il s'était tenu caché. Le directeur de police fit renvoyer les gardes pour n'avoir pas eu assez de vigilance, s'empara du moineau, et le pauvre prisonnier se vit privé de l'unique distraction, de l'unique consolation qui lui restait dans son isolement de tout être vivant. On le menaça, par suite, d'adresser un rapport à Vienne sur ce qu'on appelait son *indiscipline*. Bachiega protesta contre une telle qualification de sa conduite, et demanda qu'il fût ajouté dans ce rapport qu'en élevant un moineau, il ne croyait pas avoir enfreint les règlements de l'État, et qu'il réclamait formellement, au contraire, la permission d'en avoir un.

Alors le pauvre Villa dit au directeur de police :

— Puisque vous adressez un rapport spécial à Sa Majesté pour obtenir ce moineau, veuillez y faire mention quelque part d'une perruque pour ma tête chauve, puisque le médecin et le surintendant disent n'être pas autorisés à faire cette dépense extraordinaire. Le directeur ne pouvait se refuser à transmettre nos demandes, il les transmit. Au bout de deux mois, Sa Majesté écrivit au gouverneur, pour qu'il eût à consulter le surintendant sur ce qui se pratiquait à l'égard des galériens qui étaient chauves.

Le surintendant répondit qu'on leur donnait un berret de laine. L'empereur, au bout de deux autres mois, répondit au gouverneur qu'on ne fît aucune distinction entre Villa et les galériens chauves. Mais Villa ne put jouir de ce que lui accordait l'empereur, parce que le berret de laine lui échauffait trop la tête. Une troisième réclamation eut donc lieu, et au bout de deux mois encore (il y en avait six que la première avait été faite) arriva un rescrit de Vienne, par lequel l'empereur accorda un moineau à Bachiega, pour sa consolation, et une perruque à Villa. J'ignore si Sa Majesté écrivit de sa propre main que, pour raison d'économie, on ne fît pas cette perruque en cheveux; mais je sais bien que l'exécuteur de cette décision souveraine crut s'y conformer en présentant à Villa, au lieu d'une perruque ordinaire, un méchant tissu de poil de chien.

Le dernier personnage qui nous visita n'était désigné que par son titre de conseiller d'État. Son maintien fut digne, exemplaire. On voyait l'émotion que lui causait l'aspect d'une si grande misère; mais n'ayant aucun moyen de la soulager, il ne s'entretint avec personne, excepté avec moi, et pour me demander quelques détails sur ma maladie. Ce fut la seule visite qui n'ajouta aucune rigueur, aucune privation nouvelle, aux rigueurs et aux privations que nous éprouvions déjà.

Nous ne reçûmes aucune autre visite que celles que je viens de rapporter.

D

ODE SUR LA MORT PRÉTENDUE DE SILVIO.

Ceux qui veulent savoir avec quelle joie fut accueillie en Italie la nouvelle de la mise en liberté de Silvio Pellico, n'ont qu'à lire l'ode suivante. Elle fut composée pendant la captivité du poëte, et sur un faux bruit de sa mort. Cette pièce courut longtemps manuscrite, et elle est imprimée ici pour la première fois. Le succès en fut très-grand et ne peut se comparer, assure-t-on, qu'à celui de l'ode de Manzoni sur la mort de Napoléon.

« Astre solitaire, aérien, paisible astre d'argent, ô lune! comme une blanche voile tu navigues à travers le firmament, et comme une douce amie, dans ta course antique, tu suis au ciel la marche de la terre.

« La terre, si ton disque limpide se rapproche d'elle, la terre te sent venir, palpite et gonfle ses mers: peut-être est-ce une noble émotion, telle que l'aspect d'un ami en éveille dans un cœur mortel.

« Semblable à la fleur de Clytie qui cherche le rayon du soleil, la pensée de celui qui souffre te suit dans son pèlerinage, et ta pure lumière semble un rayon de pitié levé sur le malheureux.

« Hélas! malheureux entre les malheureux, ravi aux joies du monde, gémit l'infortuné Silvio, dans le fond du Spielberg! Il vit, sans nul espoir de secours; il vit, mais de la vie de l'homme qui demain doit mourir.

« Ton rayon tremblant, ô lune! frappe les murs de la triste forteresse, se glisse et brille sous sa voûte sombre, et vient toucher le visage pâle du jeune homme épuisé, le visage de la douleur.

« Seule, cette blanche figure apparaît au sein des ténèbres, comme un cierge qui va s'éteindre sur l'autel des morts, ou telle que déposée par une main chère sur le drap du cercueil, une blanche fleur.

« Seul, au milieu des fers, sa chevelure, qui a crû librement dans l'agonie, descend sur son front souillé, et va se perdre sur sa poitrine haletante et sur son lit de douleur, dans l'ombre de la prison.

« Rarement se renouvelle pour lui l'air qu'il respire; un double cercle de fer entoure ses flancs; sa main est chargée de liens, et nul homme en la partageant ne soulage sa douleur.

« Mais cette nuit est pour lui la dernière nuit du malheur, son âme tourmentée va prendre son essor, et dans ce moment fatal, ses pensées nagent en un sombre tourbillon :

« Quand j'ouïs cette inexorable parole : *vingt ans!* je crus que je ne survivrais jamais à ce « siècle de tourments, et déjà le désespoir qui a dévoré mes jours amène le terme de mes « souffrances.

« Me voici revenu sur le sein palpitant de ma mère... Ah! que le baume du pardon endorme « la douleur de mes plaies, maintenant que ta main compatissante repose avec une douceur « ineffable, là, sur le cœur de ton fils.

« Tu me le disais bien, effrayée de l'audace de mon génie : Prends garde, ô Silvio, de provo- « quer la colère d'un plus fort que toi! Mais belle, mais resplendissante comme les nuages au « soir, était alors mon espérance!

« J'espérais, nouveau Brutus, redonner à l'Italie un glaive libérateur, rappeler l'aigle tombé « à sa gloire antique, et réveiller la belle indolente qui pose sa tête sur les Alpes et qui étend « ses pieds vers l'Etna.

« Mais toi, qui donc es-tu qui insultes en barbare à ma douleur, et qui oses te moquer du « beau rêve qui mentait à mon cœur? Couvre-moi le visage, ô ma mère! et que ce superbe sou- « rire échappe à mes regards. »

« Silence, ô mourant! — Ta mémoire est pour l'Italie une source de larmes. Ah! qu'il dispa- raisse des siècles ce jour où l'Italie ne viendrait pas pleurer sur ta cendre, et honorer la mé- moire de celui qui mourut pour elle!

« Mais déjà la lune se perd doucement dans les blanches lueurs du matin, et tandis que l'in- fortuné s'éteint aussi doucement dans la mort, belle de son deuil, dans le paisible recueille- ment de son affliction, la lune quitte la dernière le chevet du juste expirant.

« Ils vinrent alors... ils dépouillèrent les restes inanimés... ils les déposèrent sous le seuil nu de la prison. Déplorable monument! le nœud lourd de la chaîne pèse encore sur le prison- nier.

« Et nul ne l'a su... et Silvio est la pensée de chaque jour, la pensée de chaque heure, et Sil- vio est le songe de toute nuit!... et l'Italie, l'Italie écoute encore le chant qui fit ses délices!... mais Silvio n'est plus !!! »

FIN.

TABLE

	Pages.
Silvio Pellico...	VII
Mes Prisons..	1
Chapitres inédits..	207
Appendice à Mes Prisons...	227
Poésies inédites de Silvio Pellico......................................	229
Les Prisonniers du Spielberg. — I. Piero Maroncelli......................	247
— II. Alexandre Andryane.............................	261
Des Devoirs des Hommes, discours à un jeune homme.......................	277
Introduction..	279
Chapitre Ier. — Importance et prix du devoir,..........................	293
— II. — Amour de la vérité....................................	294
— III. — Religion..	296
— IV. — Quelques citations....................................	298
— V. — Résolution à prendre sur la religion.................	301
— VI. — Philanthropie ou charité..............................	302
— VII. — Estime de l'homme.....................................	305
— VIII. — Amour de la patrie....................................	307
— IX. — Le vrai patriote......................................	310
— X. — Amour filial..	311
— XI. — Respect aux vieillards et aux ancêtres...............	313
— XII. — Amour fraternel.......................................	316
— XIII. — Amitié...	317
— XIV. — Les études..	320
— XV. — Choix d'un état......................................	322
— XVI. — Mettre un frein aux inquiétudes d'esprit.............	324
— XVII. — Repentir et retour au bien...........................	325
— XVIII. — Le célibat...	327
— XIX. — Honneur à la femme...................................	330
— XX. — Dignité de l'amour...................................	332
— XXI. — Amours blâmables......................................	333
— XXII. — Respect aux jeunes filles et aux femmes des autres...	335
— XXIII. — Le mariage...	337
— XXIV. — Amour paternel. — Amour de l'enfance et de la jeunesse	340
— XXV. — Des richesses..	342
— XXVI. — Respect à l'infortune. — Bienfaisance................	344
— XXVII. — Estime du savoir......................................	347
— XXVIII. — Aménité..	349
— XXIX. — Reconnaissance..	351
— XXX. — Humilité. — Mansuétude. — Pardon.....................	353
— XXXI. — Courage...	355
— XXXII. — Haute idée de la vie, et force d'âme pour mourir.....	356
Notes et éclaircissements historiques extraits ou traduits des *Addizioni* de Piero Maroncelli...	359
A. — Les Prisons..	361
B. — Le comte L. Porro, Frédéric Confalonieri, Giovanni, Arrivabene.....	362
C. — Les Visites..	367
D. — Ode sur la mort prétendue de Silvio...............................	373

FIN.

TABLE

DES GRANDS DESSINS DE CE VOLUME

ET ORDRE DE LEUR PLACEMENT.

1. FRONTISPICE.. Hébert, sculp...... En regard du titre.
2. Silvio Pellico.. Barbant, sculp..... En reg. de la pag. *a*
3. La séparation fut des plus douloureuses................ Lavieille, sculp..... — 4
4. Je lui jetais un beau morceau de pain.................. Piaud, sculp....... — 15
5. Quelquefois elle chantait............................. Brugnot, sculp..... — 26
6. Ce qu'on nomme *les plombs*, c'est la partie supérieure de l'ancien palais du doge, toute couverte en plomb........ John Quartley, scul. — 51
7. Elle avait coutume de me porter mon café le matin et après le dîner... Piaud, sculp....... — 52
8. S'il ne veut pas babiller, je babillerai................. Piaud, sculp....... — 66
9. La pauvre jeune fille eut pitié de moi.................. Hébert, sculp...... — 72
10. Une dame que je supposai être leur mère, se montrant à demi, suggérait de compatissantes paroles à ces chers petits enfants... Brugnot, sculp..... — 91
11. Nous montâmes dans une gondole, et nos gardes ramèrent vers Fusine.. Brugnot, sculp.... — 113
12. A l'occident s'élève une hauteur sur laquelle est cette fatale forteresse du Spielberg .... Piaud, sculp....... — 117
13. (Schiller.) Un jour il m'apporta un plat de cerises... .... Piaud, sculp....... — 134
14. Elle se faisait quelquefois porter sur un canapé au grand air.. Laisné, sculp...... — 137
15. Deux bonnes vieilles avaient coutume de rester avec ces enfants... Laisné, sculp...... — 138
16. Les joyeuses chansonnettes et le talent musical d'un caporal qui pinçait de la guitare........................... Brugnot, sculp..... — 161
17. Il ôta de son doigt un anneau d'argent, sa dernière richesse, et le mit au doigt de la jeune fille.................. Piaud, sculp....... — 166
18. « La signora Maria-Angiola Pellico, fille de, etc... a pris aujourd'hui, etc... le voile... »......................... Lavieille, sculp.... — 167
19. ... Peut-être Marietta, la seule qui survécût, allait bientôt s'éteindre dans les tourments de la solitude et les austérités de la pénitence................................ Laisné, sculp...... — 170
20. Je n'ai pas autre chose à vous offrir pour vous témoigner ma reconnaissance... Bara et Gérard, scul. — 178
21. Pendant que nous étions dans les magnifiques avenues de Schœnbrünn, l'Empereur vint à passer................ Lavieille, sculp.... — 191
22. Ah! que de fois, loin des regards, nous montâmes tous deux cet escalier du dôme......................... Piaud, sculp....... — 236
23. Où est ma jeunesse? Que sont devenues les heureuses années de l'amour, sur les bords du Rhône? .... John Quartley, scul. — 244
24. ... Le duc de Reichstadt, passant à cheval dans une allée de Schœnbrünn, où se promenait madame Andryane, s'arrête tout à coup, au nom de son père prononcé à côté de lui... Lavieille, sculp.... — 274
25. ... Venez, ô bénis de mon père !....................... Laisné, sculp...... — 303

www.ingramcontent.com/pod-product-compliance
Lightning Source LLC
Chambersburg PA
CBHW050743030726
47505CB00002B/370